1883-1889

MACHADO

EDITORA
NOVA
FRONTEIRA

DE ASSIS

**2
BALAS
DE ESTALO**
e outras crônicas
1883-1889

Direitos de edição da obra em língua portuguesa no Brasil adquiridos pela EDITORA NOVA FRONTEIRA PARTICIPAÇÕES S.A. Todos os direitos reservados. Nenhuma parte desta obra pode ser apropriada e estocada em sistema de banco de dados ou processo similar, em qualquer forma ou meio, seja eletrônico, de fotocópia, gravação etc., sem a permissão do detentor do copirraite.

EDITORA NOVA FRONTEIRA PARTICIPAÇÕES S.A.
Rua Candelária, 60 — 7º andar — Centro — 20091-020
Rio de Janeiro — RJ — Brasil
Tel.: (21) 3882-8200

Imagens de capa: ilustrações extraídas de charges e anúncios das publicações O mosquito (dos anos de 1872, 1873, 1874 e 1875) e O Mequetrefe (do ano de 1878) de autoria não identificada, pertencentes ao arquivo digital da Biblioteca Nacional.

Dados Internacionais de Catalogação na Publicação (CIP)

A848t   Assis, Machado de
            Todas as crônicas : volume 2 / Machado de Assis.
        - Rio de Janeiro : Nova Fronteira, 2021.
            448 p. ; 15,5 x 23cm

        ISBN 978-65-5640-328-1

        1. Crônicas. I. Título.

                            CDD: B869.93
                            CDU: 82-94

André Queiroz – CRB-4/2242

SUMÁRIO

BALAS DE ESTALO

Sabe-se que 16

Ocorreu-me compor umas certas regras 17

Há manuais e florilégios de oratória sagrada e profana 19

Está achada a epopeia burguesa 22

O sr. deputado Penido censurou a Câmara 24

Há na Câmara dos deputados uma certa sala 26

Neste dia venturoso 28

Vão-se os deuses! 29

Nota-se há algum tempo certa tristeza nos generais da armada 31

Desde alguns dias penso em meter a minha colher 33

E por que não trataremos um pouco de finanças? 35

Ninguém ceda aos primeiros impulsos de raiva 37

Acordei hoje com o desejo de desfalcar alguém ou alguma instituição ... 39

No momento em que me sentava a escrever 40

A *Gazeta de Londres* publicou 42

Nascer rico é uma grande vantagem que nem todos sabem apreciar ... 44

A *Folha Nova* afirma 46

Com:. por uma sup:. grat:. 47

Valentim Magalhães perdeu uma bela ocasião de não ficar zangado 49
Muita gente me tem dito 50
Hão de ter paciência 53
Meu caro Lulu Sênior 55
Enfim! os lobos dormem com os cordeiros 56
Chegando anteontem, à noite, de Macacu 57
O sr. Ferreira inventou um processo para escrever tão depressa como se fala ou pensa 59
Constou-me um destes dias 61
Tendo-me dirigido, por meio de respeitosa carta 63
Ontem, logo que tive notícia da crise ministerial 64
Agora que vamos ter eleição nova 67
E o Senhor, baixando os seus divinos olhos para a terra 68
Nenhuma pessoa medianamente instruída 70
Tenham paciência os meus amigos liberais do Rio 72
Anda nos jornais 73
Raspei ontem um susto 75
Estou em maré de coisas más 77
Um ex-deputado, prestes a embarcar 79
Ontem houve na Imperial Quinta da Boa Vista 81
Vou dar um alvitre aos liberais 83
Um dos candidatos a um lugar na Câmara 85
Peço ao sr. barão de Cotegipe e ao meu amigo Laet 86
Sim, senhor, agora compreendi 88
Duas pessoas que iam, ontem, em um bonde 89
Creio na opinião, toda poderosa 91
Acho hoje não sei que véu de melancolia sobre todas as coisas 93
A diretoria do Banco Industrial e Mercantil 94
Pessoas da roça escrevem-me a respeito de um assunto 96
Há nesta cidade uma reunião de ideólogos e jacobinos 97

Já tínhamos Lafaiete 99

O sr. dr. Castro Lopes deseja juntar aos seus louros de latinista 100

Venho pedir-lhe o seu voto 101

Vou dar um conselho 103

A Santa Casa de Misericórdia acaba de dar
uma prova de grande ceticismo 104

Foi publicada hoje uma estatística eleitoral do Ceará 106

Sr. dr. Castro Lopes escreveu um trabalho 107

Prestes a levar a minha cédula à urna 109

Chove sangue, fuzila sangue, troveja sangue 111

— Castro Malta? 112

Vou pregar um logro ao leitor 113

Começava a ler um artigo 115

De tudo o que ocorreu ontem 116

A minha velha amiga d. Sebastiana Municipalidade 118

Parece que cheira a chamusco 120

Mal a aurora, com os róseos dedos 121

Antes de começar, peço ao leitor 123

A polícia acaba de apreender a seguinte carta 124

Em nome da Santíssima e Indivisível Trindade 126

Venha o leitor comigo, sente-se nesta cadeira 128

Há pessoas que não sabem 129

Sabe o leitor o que lhe trago aqui? 131

Vai-se abrir concorrência 132

Também eu quero dar o meu "aspecto de céu em fevereiro" 133

Aqui tem o habitante do Rio de Janeiro 135

Vão começar as sessões preparatórias 136

Não acabo de entender 138

Vejo, pela ata da última assembleia geral 139

Os bons costumes são como as roseiras 141

Há um falar e dois entenderes 142
A arte de dizer as coisas sem parecer dizê-las 143
Trago aqui no bolso um remédio contra os capoeiras 144
Toda a gente sabe que eu 146
Aqui há dias o Clube de Engenharia deu parecer 148
O sr. Alves dos Santos 149
"Há alguém" 150
Fui ontem visitar um amigo velho 151
Escrevo sem saber o que sai hoje dos debates da Câmara 153
Como é possível que hoje, amanhã ou depois 154
Ninguém dirá, à primeira vista 156
Era uma vez uma vila pequena 157
Estamos em crise 159
— Amanhã é um grande dia! 160
Ontem, ao voltar uma esquina 161
Deusa eterna das ilusões 163
Rien n'est sacré pour un sapeur! 164
Ando tão atordoado 165
Por libelo acusatório 167
A razão que me faz amar 169
Diálogo dos astros 170
Custódio e Cristo Júnior! 172
Não concordo absolutamente 174
O que é política? 175
Não acabo de entender a raiva de João Tesourinha 177
Conheço um homem 179
Venha de lá esse abraço 180
O nosso velho sestro de dar às coisas nomes maiores que elas ... 182
Permita o Rio de Janeiro que lhe chame paxá 183
Enquanto se não organiza outro Ministério 185

A grande ventania política desta semana 186

Uma vez que toda a gente 188

As festas da Independência 190

Uma vez, em Roma 191

Vai haver domingo uma grande festa religiosa 192

Mal adivinham os leitores 194

Hão de lembrar-se da minha aventura espírita 195

Hesitei em dar aqui uma opinião 196

Além de outras diferenças que se podem notar 198

O sr. ministro da Justiça 199

Vou entrar para um convento 201

Participo aos meus amigos 202

Achei agora mesmo na rua um pedacinho de jornal 203

Não se trata de saber se a imigração alemã é boa ou má 205

Lulu Sênior ouviu cantar o galo 206

Adivinham-se os tempos 207

Vá que os telegramas 208

Em se descobrindo um desfalque 210

Tenho aqui um livro 211

A + B

Você já viu nada mais curioso que este tempo? 214

Vou dizer-lhe uma coisa incrível 215

Ora viva! 217

Vinha agora mesmo pensando 219

Ao ler este telegrama da Vitória 221

Estive há poucos minutos com uma senhora 223

...Nós ontem ouvimos o nobre senador pela Bahia 224

GAZETA DE HOLANDA

Um doutor da mula ruça	228
Muito custa uma notícia!	230
Aqui está, em folhas várias	234
Que será do novo banco?	237
Com franqueza, esta Bulgária	240
Tu és Cólera, e sobre esta	243
A lei darwínica é certa	245
E disse o Diabo: — "Fala	248
A Carmem Silva, à rainha	251
Depois de férias tão longas	253
Coisas que cá nos trouxeram	256
Quem diria que o Cassino	259
Há tanto tempo calado	262
Se eu fosse aquele Custódio	264
Câmara municipal	267
Coisa má ou coisa boa	269
Temos nova passarola	271
Não neguei Bahia ou Minas	274
Parece que há divergências	277
Rosa de Malherbe, ó rosa	280
Meu Otaviano amigo	282
Anda agora toda a imprensa	285
Ouvi que algumas pessoas	288
Anda-se isto a desfiar	290
Eu, pecador, me confesso	293
Eustáquio Primo de Seixas	295
Se Deus me dissesse um dia	298
Quando tudo em paz corria	301
A semana que há passado	303

Errata. Saíram ontem	306
Há muito inglês já defunto	307
Na semana que lá foi	309
Tudo foge; fogem autos	313
Alá! por Alá! Cá tenho	316
Que fará, estando junto	319
Vem cá, Gema Cuniberti	321
Ora, mal sabe a pessoa	324
Pessoas há... Por exemplo	327
Nascimento cura, cura	330
Peguei da mais rica pena	332
Por Júpiter! Cobre o rosto	335
Nos quoque gens sumus, digo	337
Eu cá, quando toda a gente	340
Deus lhes dê muitos bons-dias	343
Para quem gosta de sangue	345
Não, senhor, por mais que possa	348
Eu, acionista do Banco	351
Talvez o leitor não visse	353
Juro-lhe, meu caro amigo	356

BONS DIAS!

Hão de reconhecer que sou bem-criado	360
Agora, sim, senhor	361
...E nada; nem palavra, nada	363
O *cretinismo* nas famílias fluminenses é geral	365
...Desculpem, se lhes não tiro o chapéu	367
Vejam os leitores a diferença que há	369
Eu pertenço a uma família de profetas	371
Algumas pessoas pediram-me a tradução do evangelho	372

Cumpre não perder de vista o meteorólito de Bendegó 375

Agora fale o senhor, que eu não tenho nada mais que lhe dizer 377

Valha-me Deus! 378

Recebi um requerimento, que me apresso em publicar 380

Eu, se tivesse crédito na praça 382

Está o sr. comendador Soares no Senado 384

Não gosto de ver censuras injustas 386

Quem me não fez bei de Túnis 387

Antes de mais nada deixem-me dar um abraço no Luís Murat 389

Apesar desta barretada 390

Agora que tudo está sossegado 392

Não é pelo gosto de imitar o Fradique Mendes 393

Venho de um espetáculo longo 395

Não me acham alguma diferença? 397

A Agência Havas acaba de comunicar 398

Vive a galinha com a sua pevide 400

Há anos por ocasião do Movimento Ester de Carvalho 402

Agora acabou-se! 403

Nunca tirei o chapéu com tanta melancolia 405

Posso aparecer? 407

Cuidava eu que era o mais precavido dos meus contemporâneos 409

Eu, se fosse gatuno, recolhia-me à casa 411

Vi, não me lembra onde 412

Sanitas sanitatum et omnia sanitas 414

Toda a gente, além da febre amarela, fala da vitória Boulanger ... 415

Deus seja louvado! 417

O diabo que entenda os políticos! 418

Mea culpa, mea culpa, mea maxima culpa 420

Ei-lo que chega... Carnaval à porta! 422

Pego na pena com bastante medo 423

Faleceu em Portugal 425

Antes do último neologismo do sr. dr. Castro Lopes 427

Quantas questões graves se debatem neste momento! 428

A principal vantagem dos estudos de língua 430

Não gosto que me chamem de profeta de fatos consumados 432

Ó doce, ó longa, ó inexprimível melancolia dos jornais velhos! 433

Em Venezuela 435

Não venho desmentir o que ontem escreveu
a *Revistinha*, a meu respeito 437

Dizia-me ontem um homem gordo 438

Quem nunca invejou, não sabe o que é padecer 440

Hão de fazer-me esta justiça 442

BALAS DE ESTALO
Gazeta de Notícias (1883-1886)

Sabe-se que

Sabe-se que a Sociedade Portuguesa de Beneficência acaba de abrir uma enfermaria à medicina dosimétrica. Este é o nome, creio eu; e não há por onde trocar os nomes às coisas, que já os trazem de nascença.

Mas não basta abrir enfermarias; é útil explicá-las. Se a dosimetria quer dizer que os remédios dados em doses exatas e puras curam melhor ou mais radicalmente, ou mais depressa, é, na verdade, grande crueza privar os restantes enfermos de tão excelso benefício. Uns ficarão meio curados, ou mal curados, outros sairão dali lestos e pimpões; e isto não parece justo.

Note-se bem que eu não ignoro que os doentes, por estarem doentes, não perdem o direito à liberdade; mas, entendamo-nos: é a liberdade do voto, a liberdade de consciência, a liberdade de testar, a liberdade do ventre (teoria Lulu Sênior); por um sentimento de compaixão, a liberdade de descompor. Mas, no que toca aos medicamentos, não! Concedo que o doente possa escolher entre a alopatia e a homeopatia, porque são dois sistemas — ou duas escolas — a escola cadavérica (versão Maximiano) e a escola aquática. Mas não tratando a dosimetria senão da perfeita composição dos remédios, não há, para o doente, a liberdade de medicar-se mal. Ao contrário, este era o caso de aplicar o velho grito muçulmano: — crê ou morre.

Se, ao menos, a própria dosimetria permitisse o uso de ambos os modos, as doses bem medidas, e as doses mal medidas, tinha a enfermaria uma explicação. E não seria absurdo. Conheci um médico, que dava alopatia aos adultos, e homeopatia às crianças, e explicava esta aparente contradição com uma resposta épica de ingenuidade: — para que hei de martirizar uma pobre criança? A própria homeopatia, quando estreou no Brasil, teve seus ecléticos; entre eles, o dr. R. Torres e o dr. Tloesquelec, segundo afirmou em tempo (há quarenta anos) o dr. João V. Martins, que era dos puros. Os ecléticos tratavam os doentes "como a eles aprouvesse". É o que imprimia então o chefe dos propagandistas.

Mas a dosimetria é contrária a esses tristes recursos. Parece mesmo que esta nova religião ainda não passou do vers. 18, cap. IV, de são Mateus, que é o lugar em que Jesus chama os primeiros apóstolos, Pedro e André: "Vinde após mim, e farei que sejais pescadores de homens". Não há ainda tempo de ter hereges nem cismáticos: está nas primeiras pescas de doentes.

O único ponto em que a escola dosimétrica se parece com a homeopática é na facilidade que dá ao doente de tratar-se a si mesmo; mas isto não quer dizer que tenha de cair no mesmo abuso do ecletismo. Quer dizer que a ciência, como todas as moedas, tem seus trocos miúdos. Dois amigos meus andam munidos de caixas dosimétricas; ingerem isto ou aquilo, conforme um papelinho impresso, que trazem consigo. Levam a saúde nas algibeiras; chegam mesmo a distribuí-la aos amigos.

Lá que isto seja novo, é o que nego redondamente. O autor destas vulgarizações parece ser um certo Asclepíades, contemporâneo de Pompeu. Esse cavalheiro era mestre de eloquência; mas sentindo em si outros talentos, estudou a medicina, criou uma arte nova, e anunciou cinco modos de cura aplicáveis a todas as enfermidades. Estão ouvindo? Cinco, nem mais uma pílula para remédio. Essas drogas eram: dieta, abstinência de vinho, fricções, exercício a pé e passeios de liteira. *Cada um sentia que podia medicar-se a si próprio,* escreve Plínio, *e o entusiasmo foi geral.* Tal qual a homeopatia e a dosimetria. Nem uma nem outra tocou ao sublime daquele Asclepíades, que, segundo o mesmo autor, encontrando o saimento de um desconhecido, fez com que o inculcado morto não fosse deitado à fogueira, levou-o consigo e curou-o; mas, em suma, aguardemos o primeiro freguês que a escola cadavérica remeter para a Jurujuba.

Voltando ao ponto, espero que a direção da Beneficência atenda aos meus conselhos. Não negue a cem doentes o que tão liberalmente distribui a sete ou quinze. Que o semelhante cure ao semelhante, ou o contrário ao contrário, são afirmações que se excluem; mas, contrário ou semelhante, é de rigor que as doses sejam as mesmas.

Lélio
Gazeta de Notícias, 2 de julho de 1883

Ocorreu-me compor umas certas regras

Ocorreu-me compor umas certas regras para uso dos que frequentam bondes. O desenvolvimento que tem sido entre nós esse meio de locomoção, essencialmente democrático, exige que ele não seja deixado ao puro capricho dos passageiros. Não posso dar aqui mais do que alguns extratos do meu trabalho; basta saber que tem nada menos de setenta artigos. Vão apenas dez.

Art. I — *Dos encatarroados*

Os encatarroados podem entrar nos bondes, com a condição de não tossirem mais de três vezes dentro de uma hora, e no caso de pigarro, quatro.

Quando a tosse for tão teimosa, que não permita esta limitação, os encatarroados têm dois alvitres: ou irem a pé, que é bom exercício, ou meterem-se na cama. Também podem ir tossir para o diabo que os carregue.

Os encatarroados que estiverem nas extremidades dos bancos devem escarrar para o lado da rua, em vez de o fazerem no próprio bonde, salvo caso de aposta, preceito religioso ou maçônico, vocação, etc., etc.

Art. II — *Da posição das pernas*

As pernas devem trazer-se de modo que não constranjam os passageiros do mesmo banco. Não se proíbem formalmente as pernas abertas, mas com a condição de pagar os outros lugares, e fazê-los ocupar por meninas pobres ou viúvas desvalidas, mediante uma pequena gratificação.

Art. III — *Da leitura dos jornais*

Cada vez que um passageiro abrir a folha que estiver lendo, terá o cuidado de não roçar as ventas dos vizinhos, nem levar-lhes os chapéus. Também não é bonito encostá-los no passageiro da frente.

Art. IV — *Dos quebra-queixos*

É permitido o uso dos quebra-queixos em duas circunstâncias: a primeira quando não for ninguém no bonde, e a segunda ao descer.

Art. V — *Dos amoladores*

Toda a pessoa que sentir necessidade de contar os seus negócios íntimos, sem interesse para ninguém, deve primeiro indagar do passageiro escolhido para uma tal confidência se ele é assaz cristão e resignado. No caso afirmativo, perguntar-lhe-á se prefere a narração ou uma descarga de pontapés. Sendo provável que ele prefira os pontapés, a pessoa deve imediatamente pespegá-los. No caso, aliás extraordinário e quase absurdo, de que o passageiro prefira a narração, o proponente deve fazê-la minuciosamente, carregando muito nas circunstâncias mais triviais, repetindo os ditos, pisando e repisando as coisas, de modo que o paciente jure aos seus deuses não cair em outra.

Art. VI — *Dos perdigotos*

Reserva-se o banco da frente para a emissão dos perdigotos, salvo nas ocasiões em que a chuva obriga a mudar a posição do banco. Também podem emitir-se na plataforma de trás, indo o passageiro ao pé do condutor, e a cara voltada para a rua.

Art. VII — *Das conversas*

Quando duas pessoas, sentadas a distância, quiserem dizer alguma coisa em voz alta, terão cuidado de não gastar mais de quinze ou vinte palavras, e, em todo caso, sem alusões maliciosas, principalmente se houver senhoras.

Art. VIII — *Das pessoas com morrinha*

As pessoas que tiverem morrinha podem participar dos bondes indiretamente: ficando na calçada, e vendo-os passar de um lado para outro. Será melhor que morem em rua por onde eles passem, porque então podem vê-los mesmo da janela.

Art. IX — *Da passagem às senhoras*

Quando alguma senhora entrar, o passageiro da ponta deve levantar-se e dar passagem, não só porque é incômodo para ele ficar sentado, apertando as pernas, como porque é uma grande má-criação.

Art. x — *Do pagamento*

Quando o passageiro estiver ao pé de um conhecido, e, ao vir o condutor receber as passagens, notar que o conhecido procura o dinheiro com certa vagareza ou dificuldade, deve imediatamente pagar por ele: é evidente que, se ele quisesse pagar, teria tirado o dinheiro mais depressa.

Lélio
Gazeta de Notícias, 4 de julho de 1883

Há manuais e florilégios de oratória sagrada e profana

Há manuais e florilégios de oratória sagrada e profana; mas ainda ninguém se lembrou de compor um livrinho modesto, em que entrem, não largos pedaços ou discursos inteiros, mas pequenas expressões, locuções pitorescas, frases enérgicas e originais para uso dos oradores.

É o que vou fazer. Começo por extrair do discurso do sr. F. de Oliveira, proferido ultimamente na Câmara dos deputados, algumas daquelas frases, que, por sua novidade e energia, nos parecem dignas de ser coligidas e aconselhadas aos doutos. Às vezes uma só expressão viva e substancial dá força a um período inteiro; outras vezes uma ideia frouxa ou cansada ganha muito com o vocábulo em que se traduz. Mas para isso é indispensável ter à mão um destes florilégios. A oratória, como todas as coisas, exige seguramente disposição natural, mas também estudo. Por outro lado, a memória não é tão viva (salvo casos excepcionais) que possa trazer consigo todos os exemplos.

Vá, pois, um pequeno extrato; darei outros pelo tempo adiante. Não indico a coluna, página e linha do discurso, impresso no *Diário Oficial* de terça-feira 3 do corrente, por não parecer necessário. Sigo, porém, os exemplos na ordem em que o discurso do distinto deputado os manifestou. Eis aqui alguns:

"Entro tímido e vacilante na discussão."

"...a palavra que arrebata, a palavra que convence, e a palavra que ilumina..."

"O país está cansado de mistificações."

"Verdadeira rosa de Malherbe, (o Ministério) teve a existência de uma manhã."

"Batalhador infatigável em prol das liberdades públicas."

"...inimigo acérrimo... "

"...mistificar o país..."

"...esbanjamento dos dinheiros públicos..."

"... superar as imensas dificuldades econômicas que assoberbam o país."
"... o imortal Molière..."
"... os ditames da razão..."

Já não tenho o mesmo aplauso para a expressão *espancar* os *déficits,* que parece excessiva, demasiado enérgica. Os *déficits* não se espancam; sendo eles verdadeiros nadas, ausências, etc., mais depressa se gastará o pau do que lhes farão doer as costas, que eles não têm. *Déficit* não tem lombo; é justamente a falta de lombo que o constitui *déficit.* Entretanto, se aplicarmos o mesmo verbo aos saldos, veremos como sai uma frase lindíssima e verdadeira. Espancar os saldos: isto é, dar-lhes com tal gana que os desgraçados, apelando para Deus, que é grande, e para o mato, que é maior, untam sebo às canelas e desaparecem.

Outra expressão condenável. Diz-se que o imposto é o suor do contribuinte; mas esta frase, acerca de um distinto deputado: "guarda severo das garantias constitucionais e *do suor do contribuinte",* não merece aprovação por deselegante e ambígua.

Ouvi dizer, mas não verifiquei, que anda nos jornais um anúncio de casa de alugar casacas. Este novo ramo de comércio creio que virá a ter grande prosperidade entre nós, e aconselho ao industrial que não desanime durante os primeiros tempos.

Não desanime, porque ele é um progresso necessário. Salvo em relação ao orçamento, cujas casacas são alugadas a 5, 6 e 7 por cento, o nosso pendor é viver de casacas emprestadas. Não alugadas, emprestadas. Há casacas próprias, com certeza, umas mais novas que outras, de pano mais fino ou mais grosso; há mesmo algumas do tempo do cólera-morbo (1855), e outras recentíssimas; mas, geralmente, pedem-se emprestadas. Comte, Zola, Mac-Culloch, Leroy-Beaulieu, etc., cujo guarda-roupa anda continuamente provido, tem-nos emprestado muitas casacas, e, ou seja da elegância dos corpos, ou arranjo do alfaiate, uma vez vestidas, parece que foram talhadas para nós mesmos.

É claro que um tal sistema não deve continuar. Substituí-lo pelo da compra simples seria um salto mortal; mas alugá-las é um meio-termo; e, por mais duros que sejam os primeiros tempos da nova indústria, repito o meu conselho: não desanime o industrial; trabalhe que o futuro é dos que trabalham.

A propósito de casaca alugada, aqui vai uma ideia de comédia.

Não será raro que algumas casacas, ao serem restituídas ao alugador, levem por esquecimento na algibeira um lenço, um charuto, um papel, umas luvas, pode ser até que uma carteira. A comédia sai de um desses esquecimentos. Um sujeito aluga a casaca, vai a um baile, recebe aí uma carta amorosa, marcando uma entrevista, e esquece a carta no bolso. No dia seguinte a casaca é alugada a outros; esse outro, interessado no caso, etc. O resto fica para o autor.

Essa casaca dou-a de graça; receberei, quando muito, um bilhete para a primeira representação.

❈ ❈ ❈

Estou em formal desacordo com o autor das *Coisas políticas*, no ponto em que este condena os conflitos à unha, que se têm dado na Câmara municipal.

Eu creio que o exercício de força nervosa deve ser temperado pelo exercício da força muscular. Os ingleses não são mestres em parlamentarismo senão porque alternam a Câmara dos comuns com regatas, corridas de cavalos, corridas a pé, saltos, murros, etc. Entre nós, onde alguns desses exercícios apenas começam sem caráter de paixão nacional, parece iminente um desequilíbrio, desde que a força nervosa se esgote, e a muscular se atrofie.

A instituição do capoeira era um princípio de salvação; mas a imprensa, obedecendo a velhas chapas sem valor, acabou com ela. Surgiu o murro, cujo único demérito é não ser nacional como a cabeçada; o murro é inglês, mas se imitamos dos ingleses as duas câmaras, o chefe de gabinete, o voto de graças, as três discussões e outros usos políticos, de caráter puramente nervoso, por que não imitaremos o murro, o sadio murro, o murro teso, seco, reto, que tira melado dos queixos e leva a convicção às almas?

Ao lado do murro, surgiu o cacete. O cacete não traz a pecha de estrangeirismo. Nada mais nacional do que a nossa *vara do marmelo da infância;* por outro nome, o *camarão*. Fazê-lo intervir nas contendas políticas é continuar a obra de nossos pais.

❈ ❈ ❈

Quem passa nos bondes, homens ou senhoras, e olha para uns novos recessos misteriosos que aí estão assentados nas ruas, lê com pasmo este aviso: "abotoe-se antes de sair".

Querem a minha opinião? O aviso é mais obsceno do que vir desabotoado.

Lélio
Gazeta de Notícias, 10 de julho de 1883

ESTÁ ACHADA A EPOPEIA BURGUESA

Está achada a epopeia burguesa. Não confundam com a tragédia burguesa; essa está achada há muito. Refiro-me à epopeia, o mais difícil porque o heroísmo na vida pacata do século não era a mesma coisa fácil de aparecer. E apareceu; e aqui o tenho nas mãos, nestas poucas linhas que os jornais acabam de imprimir e divulgar:

TENÇÃO

"Ontem o sr. José Mendes de Abranches comprou-me objetos no valor de 60$000.

"Por lapso de soma, porém somente cobrei 50$000, por cujo motivo o dito sr. Abranches, conhecendo o meu logro, veio, horas depois, dar-me os 10$ que de menos eu havia recebido. Um ato de tanta probidade não merece ser esquecido, por isso assim o faço público. — O dono da Camisaria Especial, *Ed. Sriber,* rua dos Ourives nº 51, porta imensa, corte."

Vejam bem o sentimento poético e a insinuação do sr. Sriber: "Um ato de tanta probidade não merece ser esquecido." Isto e convidar os Homeros da localidade é a mesma coisa; portanto, acudo com o meu esboço de poesia, que porei em verso, se merecer a animação da crítica.

CANTO I

Musa, canta a probidade do Abranches, escrupuloso nas contas, exato nos pagamentos. Que as trompas do século repitam aos séculos futuros este lance extraordinário.

Já a Aurora, com seus róseos dedos, vinha abrindo a estrada ao sol, quando o Abranches acordou e levantou-se do leito. Desce os pés ao chão, calça as sandálias domésticas, toma do lençol de linho e passa ao banho. De pé, no centro da grande bacia talhada em lata, Abranches solta a mola que prende a linfa; esta, em jorro cristalino, esconde as belas formas do herói. Esgotada a água, ele sai, envolve-se todo no lençol de linho, alvo, como os primeiros albores da manhã, enxuga-se minuciosamente, e começa a vestir-se.

Então Mercúrio, patrono do comércio, toma a forma do camareiro, e, depois de uma profunda cortesia, profere estas palavras: "Abranches, tu careces de camisas!" O herói estremece, olha para si e reconhece a fatal verdade; sim, ele carece de camisa. Como a flecha que, embebida no arco, parte veloz, galga o espaço, rasga as nuvens, assim o Abranches acaba de vestir-se; mete dinheiro no bolso — uma nota de cem mil réis — e rápido corre à Camisaria Especial.

CANTO II

A Camisaria Especial é o ponto do universo onde os trocos, quando são de mais, não são restituídos ao dono da casa. O camiseiro põe todo o cuidado em contar o dinheiro: conta, reconta, soma, diminui, multiplica, divide, unta cuspe nos dedos para não perder nada; é o seu método. Se algum bilhete sai demais — um simples bilhetinho de cinco tostões — ninguém o restitui, vai forrar a porta do inferno dantesco.

Daí o olhar oblíquo que o Camiseiro deita ao Abranches, quando este, ao entrar, lhe brada: "Ó tu, que o destino instituiu para vender as vestes imperiosas do homem, atende à minha súplica; eu preciso de camisas; deixa-me ver uma dúzia". Mal o ouviu, o Camiseiro pegou da escada, subiu às prateleiras, puxou uma caixa comprida e verde, onde repousam dobradas doze camisas n. 40; desce com ela, e coloca-a no balcão. Com a mão solícita, desata o cordel, ergue a tampa, desdobra as filhas de papel que protegem as camisas, até que a primeira destas aparece aos olhos do Abranches. A cor da neve brilha no precioso linho; três botões de madrepérola marcam o peito como os astros da madrugada; o pano largo e luzidio acusa a consistência da goma e a assiduidade dos ferros.

CANTO III

Mas o Abranches não quer só camisas, quer também colarinhos e punhos. Paciente como Penélope, o Camiseiro sobe e desce a escada, para servir o herói. Este inclina-se, palpa, examina, inquire e compara; enfim o Camiseiro diz-lhe o preço. Abranches, econômico, regateia; depois, manda embrulhar tudo.

Enquanto o Camiseiro embrulha as compras, o herói, pontual como Helios, tira da algibeira o receptáculo de couro, cintado de borracha, descinta-o, abre-o, e, com dois dedos, tira a nota de cem mil réis, e entrega-a ao Camiseiro.

Qual a terra árida, que após um longo e queimado verão, recebe as primeiras águas do inverno, toda se alegra, toda parece remoçar, assim o rosto do Camiseiro fulgura, quando o Abranches levanta a nota. Esta passa às mãos do Camiseiro, que se encaminha à caixa para fazer o troco.

Então, o deus Cálculo chama um dos seus Erros, e diz-lhe: "Vai, vai ao Camiseiro da rua dos Ourives, e faz com que ele se atrapalhe na conta". O Erro, fiel à ordem, desce, entra na loja, e atrapalha o Camiseiro, que, em vez de dar ao herói trinta e dois mil réis, entrega-lhe quarenta e dois. Nem ele adverte no engano, nem o Abranches conta o dinheiro; pega das camisas, colarinho e punhos, cumprimenta e sai.

CANTO IV

Entretanto, a Probidade, amiga do Abranches, vê a aleivosia, e pensa em salvar o herói. "Não, brada ela; isto não pode ficar assim; é preciso um exemplo grande, raro, nobre, épico; é preciso que o Abranches restitua os dez mil réis".

E, tomando a figura de uma viúva pobre, aguarda o Abranches no corredor da casa deste; mal o vê entrar, lança-se-lhe aos pés. "Divino Abranches, sou uma viúva desvalida; dá-me de esmola o que te sobrar do troco que recebeste". O herói sorri; como pode sobrar alguma coisa do troco? Dócil, entretanto, saca o receptáculo, descinta-o, conta, reconta; é verdade, dez mil réis de mais. Então a deusa: "Em vez de os dares a mim, vai restituí-los ao Camiseiro". E, súbito, desapareceu no ar. Abranches reconhece o prodígio; algum deus benéfico lhe falou por aquela boca. Deposita a caixa em casa, e, rápido como um raio de Febo, voa à Camisaria Especial.

O Camiseiro, encostado ao balcão, refletia na estrada do Madeira e Mamoré, quando o Abranches lhe apareceu, dizendo que vinha restituir--lhe dez mil réis, que recebera demais. O Camiseiro não acreditou; deu de ombros, riu, bateu-lhe na barriga, perguntou-lhe como ia da tosse; mas o herói teimou tanto, que ele começou a desconfiar alguma coisa; examina a caixa e reconhece que lhe faltam dez mil réis. A preciosa nota é recebida como o filho pródigo; o Camiseiro beija-a, enche-a de lágrimas. O Abranches, comovido pela própria grandeza, deixa a Camisaria, e, teso, alucinado pelo albor de uma consciência imaculada e augusta, caminha impávido na direção da posteridade e da glória eterna.

Lélio
Gazeta de Notícias, 15 de julho de 1883

O SR. DEPUTADO PENIDO CENSUROU A CÂMARA

O sr. deputado Penido censurou a Câmara por lhe ter rejeitado duas emendas: uma que mandava fazer desconto aos deputados que não comparecessem às sessões; outra que reduzia a importância do subsídio.

Respeito as cãs do distinto mineiro; mas permita-me que lhe diga: a censura recai sobre s. ex.ª não só uma, como duas censuras.

A primeira emenda é descabida. S. ex.ª naturalmente ouviu dizer que aos deputados franceses são descontados os dias em que não comparecem; e, precipitadamente, pelo vezo de tudo copiarmos do estrangeiro, quis logo introduzir no regimento da nossa Câmara esta cláusula exótica.

Não advertiu s. ex.ª que esse desconto é lógico e possível num país onde os jantares para cinco pessoas contam cinco croquetes, cinco figos e cinco fatias de queijo. A França, com todas as suas magnificências, é um país sórdido. A economia ali é mais do que sentimento ou um costume, mais que um vício, é uma espécie de pé torto, que as crianças trazem do útero de suas mães.

A livre, jovem e rica América não deve empregar tais processos, que estariam em desacordo com um certo sentimento estético e político. Cá, quando há alguém para jantar, mata-se um porco; e se há intimidade, as pessoas da vizinhança, que não compareceram, recebem no dia seguinte um pedaço de lombo, uma costeleta, etc. Ora, isso que se faz no dia seguinte, nas casas particulares, sem censura nem emenda, por que é que merecerá emenda e censura na Câmara, onde aliás o lombo e as costeletas são remetidos só no fim do mês? Nem remetidos são: os próprios obsequiados é que hão de ir buscá-los.

Demais, subsídio não é vencimento no sentido ordinário: *pro labore*. É um modo de suprir às necessidades do representante, para que ele, durante o tempo em que trata dos negócios públicos, tenha a subsistência afiançada. O fato de não ir à Câmara não quer dizer que não trata dos negócios públicos; em casa pode fazer longos trabalhos e investigações. Será por andar algumas vezes na rua do Ouvidor, ou algures? Mas quem ignora que o pensamento, obra secreta do cérebro, pode estar em ação em qualquer que seja o lugar do homem? A mais bela freguesa dos nossos armarinhos não pode impedir que eu, olhando para ela, resolva um problema de matemáticas. Arquimedes fez uma descoberta estando no banho.

Mas, concedamos tudo; concedamos que a mais bela freguesa dos nossos armarinhos me leva os olhos, as pernas e o coração. Ainda assim estou cumprindo os deveres do cargo. Em primeiro lugar, jurei manter as instituições do país, e o armarinho, por ser a mais recente, não é a menos sólida das nossas instituições. Em segundo lugar, defendo a bolsa do contribuinte, pois, enquanto a acompanho com os olhos, as pernas e o coração, impeço que o contribuinte o faça, e é claro que este não o pode fazer, sem emprego de veículo, luvas, gravatas, molhaduras, cheiros, etc.

Não é menos curiosa a segunda emenda do sr. Penido: a redução do subsídio.

Ninguém ignora que a Câmara só pode tratar dessa matéria no último ano de legislatura. Daí a rejeição da emenda. O sr. Penido não nega a inconstitucionalidade desta, mas argumenta de um modo singularíssimo. O aumento de subsídio fez-se inconstitucionalmente; logo, a redução pode ser feita pela mesma forma inconstitucional.

Perdoe-me s. ex.ª; este seu raciocínio não é sério; lembra o aforismo popular — mordedura de cão cura-se com o pelo do mesmo cão.

O ato da Câmara, aumentando o subsídio, foi inconstitucional? Suponhamos que sim. Por isso mesmo que o foi, a Câmara obrigou-se a não repeti-lo, imitando assim de um modo moderno a palavra daquele general romano, que bradava aos soldados ao iniciar uma empresa difícil: — é preciso ir até ali, não é necessário voltar!

Lélio
Gazeta de Notícias, 22 de julho de 1882

Há na Câmara dos deputados uma certa sala

Há na Câmara dos deputados uma certa sala, onde são alojados os projetos inúteis, sem andamento, as moções abortadas, os requerimentos sem despacho, uma infinidade de *detrictus* da vida parlamentar. É dali que vão algumas vezes os srs. Scully, Tootal, Kemp, e outros dignos súditos de s. m. b., para contemplarem os papéis redigidos só para inglês ver. A porta é larga; e, apesar de larga, mal pode dar entrada ao novo hóspede que se lhe apresentou há dias.

Era a Reforma do Senado. Gorda, ombros largos, grandes bochechas, mal podia transpor a soleira fatal. Espremeu-se muito, e afinal entrou. Tão depressa entrou, como vieram recebê-la os hóspedes. Um requerimentinho esgalgado, relativo a não sei que contas da Câmara municipal, fez-lhe um discurso análogo ao ato. Disse-lhe entre outras coisas:

"Não vos consterne o fato de interromper uma carreira, que vos afiançavam ser brilhante. Em troca de algumas glórias ruidosas, vindes gozar a paz eterna. A vida neste recinto é menos aparente e heroica; não há aqui discursos, apartes, votações, uma, duas e três? etc.; mas também não há increpações, nem injúrias, não nos esfolam nem nos mutilam com emendas, não nos desconjuntam com aditivos. Ficamos o que somos."

A Reforma do Senado respondeu comovida que, quaisquer que fossem os seus destinos, daria graças aos deuses; e, se tinha de viver entre um povo tão numeroso e pacato, tanto melhor.

Esta frase habilíssima conquistou logo as simpatias gerais. Pediram-lhe então que lhes contasse tudo, como nascera, quem a partejara, etc. A ilustre Reforma contou que nascera do cérebro do sr. Zama. Este representante da nação, deu-lhe à luz, sem esforço, diante da Câmara estupefata. O fato de seu digno pai chamar-se Zama, nome de uma vitória, e César, nome de um vencedor, fez-lhe crer a ela que triunfaria; mas ao sair do salão um contínuo experiente disse-lhe com franqueza qual o destino que a esperava. "A senhora, concluiu o modesto e prático funcionário, a senhora pode pôr o coração à larga, ou fazer colheres, que é ofício de quem tem tempo".

Em seguida a Reforma falou de um desejo que teve lá fora e não pode realizar: o de ver o seu eminente avô, o Programa de 69.

— Está aqui! mora conosco! bradaram os hóspedes.

E levaram a recém-chegada a uma poltrona, onde se achava sentado um digno velho. Era calvo, com três ou quatro fios de cabelo branco, desdentado, e mastigando em vão. Tinha as peles do pescoço bambas, as mãos ossudas; os ossos do joelho rasgavam as calças; pelas mangas fora saíam dois palitos, à laia de pulsos.

Era o velho avô, que a reconheceu logo e travou com ela um interessante diálogo. Disse-lhe ele, que cansado da vida pública, recolhera-se à vida privada; queria morrer obscuro e tranquilo. As agitações parlamentares não eram mais para ele. Outrora, na mocidade, cedeu ao impulso do sangue; mas cada quadra tem os seus hábitos. Demais, ele foi lógico: pedira reforma ou revolução; alcançou a reforma com meio soldo, e não queria mais nada. Em seguida pediu notícias cá de fora. A neta, comovida, disse-lhe muita coisa interessante, e assim passaram as primeiras horas, até que o diálogo foi interrompido.

— Quem é? — disse o digno avô.

Eram os srs. Tootal, Scully e Kemp, que iam contemplá-lo. O digno velho apresentou-lhes a filha, e os três súditos de s. m. britânica dividiram com ambos as suas atenções.

❀ ❀ ❀

P. S. — À última hora sou obrigado a dar uma importante notícia.

Depois do remoque final de Lulu Sênior, em seu artigo de ontem, o nosso amigo Zig-Zag, justamente ofendido, entendeu de sua honra desafiar o adversário a um duelo.

Lulu Sênior não recusou o cartel, e incumbiu a Publicola e Décio de se entenderem comigo e Blick para estabelecermos as condições do combate.

Os quatro reunimo-nos imediatamente, e assentamos que o duelo seria a pistola, a dez passos de distância, sendo ambas as armas carregadas e disparadas ao mesmo tempo.

Verificou-se o duelo no fim da linha de Copacabana. Eis a ata do acontecimento:

> *Hoje, 31 de julho de 1883, às 4 horas da tarde, houve um duelo entre os srs. Zig-Zag e Lulu Sênior, no fim da linha de Copacabana.*
>
> *Reunidos os adversários e os abaixo-assinados, padrinhos de ambos, foram carregadas as armas, e marcadas as distâncias. Ao sinal convencionado, dispararam ambos, mas, tomados de um nobre sentimento de generosidade, não empregaram as balas nas panças inimigas, limitando-se a disparar as pistolas para o ar.*
>
> *As testemunhas, comovidas, não puderam conter as lágrimas diante de um ato bonito. Os dois inimigos abraçaram-se delirantes, e assentaram de confirmar a reconciliação, no dia 2 de agosto, em certo lugar, et cetera e tal pontinhos.*
>
> *Rio de Janeiro, 31 de julho de 1883.*
>
> *Publicola.   Blick.*
> *Décio.   Lélio.*

L.

Gazeta de Notícias, 1º de agosto de 1883

Neste dia venturoso

Neste dia venturoso,
Ufano entre os mais ufanos,
Bradarei com alma e gosto:
Parabéns a quem faz anos!

"Parabéns!" gritam as nuvens
Sopradas dos minuanos.
"Parabéns, dizem as flores,
Parabéns a quem faz anos!"

Os próprios anjos descendo
Lá dos astros soberanos
Vêm soltar o nobre grito:
"Parabéns a quem faz anos!"

Não pertence à turbamulta
Dos fulanos e sicranos;
É um médico distinto;
Parabéns a quem faz anos.

Com as drogas que receita,
Cura os ataques humanos
E apara os golpes da morte.
Parabéns a quem faz anos.

Nem dá só os seus cuidados
Aos sais e calomelanos.
Também pratica as virtudes.
Parabéns a quem faz anos.

Que importa o tempo lhe ponha
Sinais de seus longos danos?
É calvo mas é bonito.
Parabéns a quem faz anos.

Atirei um limão doce
Na cabeça de meus manos.
Saiu este som sublime:
Parabéns a quem faz anos.

Fresco é o mês de agosto,
Que não precisa de abanos;
Viva o grande dia cinco!

Parabéns a quem faz anos.

E o mesmo sol que ora surge
Neste pélago de enganos,
Ressurja cinquenta vezes.
Parabéns a quem faz anos.

Brava gente brasileira,
E gringos e carcamanos,
Brademos todos a uma:
Parabéns a quem faz anos!

Lélio
Gazeta de Notícias, 5 de agosto de 1883

VÃO-SE OS DEUSES!

Vão-se os deuses! É uma fórmula errada neste ano de 1883. Não; os deuses foram-se; não deixaram sequer um raio dos domingos ou um ar de sua graça.

Venha o leitor comigo a um leilão de trastes na rua do Senhor dos Passos. É um leilão particular: é a mobília de um distinto comendador que seguiu anteontem no *Elbe* para Europa. Tome este catálogo; leia os lotes das joias: o primeiro compõe-se de uma condecoração de Cristo e outra da Rosa.

Cristo e Rosa! Duas condecorações em almoeda! Quem mais dá? Não vale nada, meus senhores? Vejam bem: estão conservadas; são duas belas distinções. Não vale nada? Cinco mil réis, cinco mil réis tenho pelas duas condecorações; cinco, cinco... E quinhentos! seis! sete! oito! oito mil réis tenho! Oito! Então, senhores? Oito mil réis; é de graça. Nove mil réis, dez mil réis; dez mil e duzentos. E duzentos! Tan! É do sr. Arruda.

Graciosa burguesia! Se era para isto que foste buscar os títulos da nobreza, melhor era deixá-las com ela, que punha aí, muitas vezes, todo o seu valor pessoal; mas, enfim, não os confiava ao martelo.

❀ ❀ ❀

Outro indício de que os deuses já não estão cá, é o gás do Carmo. Eles amaram a cera e o óleo; o gás, esse produto científico e industrial, era para as lojas, as ruas e as nossas casas. Havia mesmo algumas casas que, em certas salas, nunca admitiriam senão velas. Em todo caso, só o óleo e as velas tinham entrada nos templos. *Hélas!* o gás acaba de os expelir do Carmo. Bentas velas de cera, óleo bíblico, onde ides vós?

Já o antigo repique dos sinos, o especial repique, a que Chateaubriand alude, já esse tinha sido expulso pela *Mascote, Barbe-Bleu* e outras melodias profanas. É um gosto ouvir o carrilhão da Lapa dos Mercadores ferir os ares com as notas do

> *Está dito, então,*
> *Tão, tão, tão, tão!*
> *É dar ao melro*
> *Uma lição!*

Carrilhão e gás são dois indícios da ausência dos deuses. Onde vão eles, esses bons deuses de outrora, quando tinham uma música sua, e uma luz também sua, diferentes da música e da luz dos teatros?

❊ ❊ ❊

Lê-se no discurso proferido, anteontem, na Câmara dos deputados pelo sr. Andrade Figueira:

> O passeio público devia continuar a pertencer ao Ministério do Império, porque foi estabelecido como horto botânico para servir aos alunos da escola de medicina no estudo da Botânica.

Com efeito, aparecem ali alguns cavalheiros e damas, a qualquer hora do dia ou da noite; mas bem longe estava eu de saber que se ocupavam no estudo da Botânica. Supunha, quando muito, que andassem verificando as *experiências ondulantes* de que ora tratam na imprensa os srs. Cruz e Reis; mas, estudantes de medicina, no cultivo da Botânica, é extraordinário!

❊ ❊ ❊

Outra notícia parlamentar:
Acusou-se o presidente de Minas de empregar no seu serviço os cavalos do corpo policial, o sr. Mata Machado explicou o caso, anteontem, na Câmara. Os cavalos trazem, com efeito, na anca as letras C. P., mas são de um cunhado do presidente, o sr. Cunha Prates.
Realmente o caso explica-se; mas convém mudar o nome de um dos proprietários. De outro modo, pode vir à dar-se alguma coisa análoga às vacas de Jacó; e, sendo em geral o Estado mais forte, os cavalos do sr. Corpo Policial passam ao quartel do Cunha Prates da província; quero dizer... não... é o contrário...

❊ ❊ ❊

Depois da Camisaria Especial fiquei com medo dos anunciantes; mas, enfim, sem exemplo. Há nesta cidade uma casa com este letreiro: "*À boa-fé; roupa para banhos de mar.*" O avesso deste letreiro seria este outro na loja Notre Dame: "*À dissimulação; roupas para andar na rua.*"

Lélio
Gazeta de Notícias, 11 de agosto de 1883

Nota-se há algum tempo certa
tristeza nos generais da armada

Nota-se há algum tempo certa tristeza nos generais da armada. Há em todos uma invencível melancolia, um abatimento misterioso. A expressão jovial do sr. Silveira da Mota acabou. O sr. De Lamare, conquanto tivesse sempre os mesmos modos pacatos, mostra na fisionomia alguma coisa nova e diferente, uma espécie de aflição concentrada. Não falo do sr. barão da Passagem, nem do sr. Lomba; todos sabem que esses jazem no leito da dor com a mais impenetrável das moléstias humanas.

Não atinando com a causa do fenômeno, os médicos resolveram fazer uma conferência, e todos foram de opinião que a moléstia tinha uma origem puramente moral. Os generais sentem necessidade de alguma coisa. Não pode ser aumento dos vencimentos; eles contentam-se com o soldo. Nem honras, eles as têm bastantes, e não querem mais. Nisto interveio o sr. Meira de Vasconcelos. S. ex[a]. conversou com os enfermos, e descobriu que eles padeciam de uma necessidade de denominação nova. Fácil era o remédio; eis a receita que s. ex[a]. lavrou ontem, no Senado, em forma de aditivo ao orçamento da Marinha:

> Os postos de generais do corpo da Armada passarão a ter as seguintes denominações, sem alteração dos vencimentos nem das honras militares: almirante (passa a ser) almirante da armada; vice-almirante (idem) almirante; chefe da esquadra (idem) vice-almirante; chefe de divisão (idem) contra-almirante.

Não é de supor que o Senado rejeite uma coisa tão simples; podemos felicitar desde já os ilustres enfermos.

Não terá escapado ao leitor, que, por este artigo passamos a ter quatro categorias de almirantes, em vez de duas; e ninguém imagina como isto faz crescer os pepinos. Outra coisa também não terá escapado ao leitor, é o dom prolífico deste aditivo, porquanto ele ainda pode dar de si, quando a moléstia atacar os outros oficiais, uma boa dúzia de almirantes: um quase-almirante, um almirante-adjunto, um almirante suplente, etc., até chegar ao atual aspirante de marinha, que será aspirante a almirante.

Não há que dizer nada contra a medicação. A Câmara municipal aplica-a todos os dias às ruas. Quando alguma destas padece de falta de iluminação ou sobra de atoleiros, a Câmara muda-lhe o nome. Rua de d. Zeferina, rua de d. Amália, rua do comendador Alves, rua do Brigadeiro José Anastácio da Cunha Souto; *c'est pas plus malin que* ça. Foi assim que duas velhas ruas, a da Carioca e a do Rio Comprido, cansadas de trazer um nome que as prendia demasiadamente à história da cidade, pelo que padeciam de enxaquecas, foram crismadas pela ilustre corporação: uma passou a chamar-se São Francisco de Assis, outra Malvino Reis.

❋ ❋ ❋

Creio que o leitor sabe de um banquete que as sumidades inglesas deram agora ao célebre ator Irving. O presidente da festa foi o *lord chief justice*. Levantando o brinde à rainha, disse, entre outras, estas palavras:

> Usarei de uma metáfora apropriada à ocasião; direi que sua majestade, durante muitos anos, tem desempenhado um grande papel no tablado dos negócios humanos, representando com graça, com dignidade, com honra e com uma nobre simpleza (*Apoiados*). Os seus súditos sabem como ela amava o drama na mocidade... Agora, nos últimos tempos, sob a influência de uma grande tristeza, tem se retirado do teatro público.

Ah! Se o sr. Lafayette caísse em usar cá uma tal metáfora! Se Sganarello lhe deu tantas amarguras, que diríamos desta comparação da rainha com uma atriz, e do governo com um tablado? Não sei se já disse que o discurso foi do *lord chief justice*.

Já o fato de ir este homem jantar com um ator é extraordinário; mas o que dirá o leitor de um bilhete com que Gladstone, que atualmente governa a Inglaterra, pede desculpa a Irving de não poder comparecer, acrescentando que há dois anos para cá, só tem ido aos jantares de *lord mayor*, que são jantares de rigor? E a ênfase com que o bispo de York escreve, dizendo que os que se interessam pela moralidade pública, devem simpatizar com as honras feitas a Irving, que tão nobremente tem levantado a arte dramática na Inglaterra?

Não quero citar mais nada; bastam-se estas palavras do lindo brinde do *lord chief justice* ao artista festejado:

> Em conclusão: assim como a América nos mandou Booth, assim mandamos Irving à América, e assim como Irving e a Inglaterra receberam Booth de braços abertos, assim também, estou certo, aquele grande e generoso país receberá o nosso primeiro e admirável ator.

À vista destes deploráveis exemplos quer-me parecer que Sganarello e Molière não fariam tão má figura na Câmara dos Comuns...

❊ ❊ ❊

Não vamos agora dar um banquete ao sr. Pedrosa só para imitar os ingleses.

❊ ❊ ❊

Um articulista anônimo, tratando há dias do uso da folga acadêmica nas quintas-feiras, escreveu que Moisés e Cristo só recomendaram um dia de descanso na semana, e acrescenta que nem Spencer nem Comte indicaram dois.

Nada direi de Spencer; mas pelo que respeita a Comte, nosso imortal mestre, declaro que a afirmação é falsa. Comte permite (excepcionalmente, é verdade) a observância de dois dias de repouso. Eis o que se lê no *Catecismo* do grande filósofo.

> O dia de descanso deve ser um e o mesmo para todas as classes de homens. Segundo o judaísmo, esse dia é o sábado; e segundo o cristianismo, é o domingo. O positivismo pode admitir, em certos casos, a guarda do sábado e do domingo, ao mesmo tempo. Tal é, por exemplo, o daquelas instituições criadas para a contemplação dos filhos da Grã-Bretanha, como sejam, entre outras, os parlamentos de alguns países, etc. E a razão é esta. Sendo os ingleses, em geral, muito ocupados, pouco tempo lhes resta para ver as coisas alheias. Daí a necessidade de limitar os dias de trabalho parlamentar dos ditos países, a fim de que aqueles insulares possam gozar da vista recreativa das mencionadas instituições. (*Cat. Posit.*, p. 302).

Rio de Janeiro, 3 do brigadeiro José Anastácio da Cunha Souto de 94 (14 de agosto de 1883).

Lélio
Gazeta de Notícias, 15 de agosto de 1883

Desde alguns dias penso em meter a minha colher

Desde alguns dias penso em meter a minha colher queimada na questão do *Ite; missa, est*. Mas confesso tê-la visto tão embrulhada, que não pude achar uma opinião razoável para sair à rua. Quem me podia servir, era o insigne Larousse; mas emprestei-o desde o começo da sessão legislativa, e estou *in albis*.

Resolvi calar-me. A questão, porém, continua, e o meu silêncio pode ser notado de covardia. Daí um recurso. Fui ter com o meu amigo padre Verdeixa, latinista e desbragado, autor deste horrendo *calembour:* "Ofício divino, ofício humano, são dois ofícios". Este homem, suspenso três vezes pelo bispo, continua a dar escândalo na diocese, e eu não o teria procurado, se ele não fosse além de desbragado, latinista. Consultei-o; ele respondeu-me prontamente:

— Meu caro Lélio, todos andam errados, desde o Castro Lopes até o... O *ite; missa est é* uma frase incompleta. Eu, por exemplo, nunca disse missa a menos de cinco mil réis. Quando, pois, ao fim do ofício (divino e não humano) uso da fórmula *Ite; missa est,* completo a frase mentalmente: *Ite; missa est cinco mil réis.* Em português: Ide; a missa é (ou custa) cinco mil réis.

— Mas eu queria um texto...

— Não há textos...

— Entretanto, há textos nos outros artigos...

— Não são textos; são pretextos para deitar erudição. Uma questão destas é uma boa festa da Glória; saem à rua as casacas antigas, os fogos de vistas, e, segundo parece dos artigos de hoje, começam a sair as quitandeiras. Vá com esta que lhe dou. O complemento é o preço.

— E quando a missa não é paga, quando é de puro ofício?...

— Completa-se dizendo: *missa est gratis pro Deo.* No caso de remuneração, já lhe disse o complemento.

❈ ❈ ❈

Há não sei que versinho francês com este estribilho:

Si cette histoire vous embête,
Nous allons la recommencer

Em matéria eleitoral temos vivido a repetir esse estribilho. No regime da eleição indireta, tivemos a eleição de província, a eleição do círculo de um, a eleição do círculo de três depois, continuando os inconvenientes, veio a eleição das maiorias. Esta última ideia, espécie de luz elétrica, mal estava em ensaios no interior, já aplicávamos às nossas cidades todas.

E nada: — nem um, nem três, nem província, nem minoria, nada estabelecia uma boa eleição. Veio então a eleição direta, com o círculo de um. Começou há pouco; mas já ontem foi apresentado um projeto para voltar ao círculo de três. Daqui a anos, a experiência volta para a província. Depois círculo de um outra vez, e de três. Há de haver mesmo alguém que se lembre dos círculos de cinco, ou cinco e três quartos. Tudo, pois, diz com esse bom sistema representativo, pelo mesmo método do médico que, para remover uma encefalite, mandasse o enfermo ao cabeleireiro. Mas, enfim, venha o círculo de três:

> *Si cette histoire vous embête,*
> *Nous allons la recommencer*

❋ ❋ ❋

Igual sistema vai usar o sr. Almeida Tostes, eleitor no município de Aiuruoca, Minas. Este cavalheiro foi sempre liberal. Assim o declarou hoje; acrescentando, porém, que de hoje em diante passa a ser conservador.

Não dá outra razão. Era assim, passa a ser assado. Talvez para o ano mude ainda a denominação. Toda a questão é que haja outro de igual nome. Em o havendo, o sr. Tostes muda o seu, até acertar, imitando assim a natureza, que é uma perpétua mudança:

> Tudo muda; só Marília
> Desta lei da natureza
> Queria ter isenção?

Lélio
Gazeta de Notícias, 30 de agosto de 1883

E POR QUE NÃO TRATAREMOS UM POUCO DE FINANÇAS?

E por que não trataremos um pouco de finanças? Tudo tem entrado no tabuleiro das balas; só as finanças parecem excluídas, quando aliás todos nós as amamos cá em casa, não só por motivos públicos, como por outros particularíssimos.

Vá, pois, de finanças. Resolvi isto hoje às oito horas da manhã. Para não vir de todo uma tábua rasa, peguei de um artigo de Leroy-Beaulieu, um volume da *Revista dos Dous Mundos,* de 1852, os retrospectos comerciais do *Apóstolo,* etc. Conversei mesmo com um barbeiro, que me provou a todas as luzes que o dinheiro é mercadoria, por sinal que muito cara. Li tudo, misturei, digeri, e aqui estou.

Aqui estou, e digo.

Já leram os debates de anteontem na Câmara dos senadores e os de ontem na dos deputados? Não; tanto melhor para mim. A questão é esta: o nosso último empréstimo externo (alta finança) foi contraído diretamente pelo governo, que se fez representar por um funcionário do tesouro. O sr. Corrêa, primeiro, e depois o sr. Junqueira, tendo notícia de que os antigos empréstimos deixaram uma lambujem ao intermediário, perguntaram ao governo, se este, isto é, o tesouro, tinha ficado com a dita lambujem, uma vez que não houve outro intermediário, senão ele mesmo.

A resposta resume-se assim: os empréstimos deixam 2% para o contratador, que costuma dividi-los com o intermediário. Sendo, porém, este o próprio governo, não tem o contratador a quem dar a lambujem, e fica com tudo. "O costume que existe em Londres (disse o sr. Lafaiete) é uma liberalidade dos contratadores, não tendo o tesouro o direito de reclamar essa comissão; por ter sido negociador o ministro da fazenda: nada se recebeu."

Parece que esta teoria inglesa, ou, mais especialmente, londrina, não agradou a algumas pessoas. A mim mesmo confesso que desagradou profundamente. Tinha intenção de pedir cinco mil réis ao Lulu Sênior, dando-me ele ainda por cima uns cinco ou seis tostões de lambujem, e confesso que o exemplo dos srs. Rotschilds quebrou-me as pernas.

Na verdade, qual é a condição para obter a liberalidade (ou lambujem) dos srs. Rotchilds? Quanto a mim, todo o mal foi do tesouro. O tesouro, em vez de chegar à casa dos srs. Rothschilds, propor o negócio, concluí-lo, esperar que eles lhe mandassem a preta dos pastéis, e, cansado de esperar, ir pedi-la; o tesouro, digo, devia ter feito o contrário. Devia ir daqui a Londres; uma vez chegado, a começar a passear pelas ruas, com as mãos nas algibeiras, como quem não quer a coisa. Os srs. Rothschilds, mal o vissem, corriam a apertar-lhe a mão:

— V. ex. por aqui! Que quer? que manda? Disponha de nós... Sabe que fomos e seremos os seus maiores amigos. Vamos, entremos. Que quer? Dois milhões? cinco milhões? dez milhões?

— Nada disso — responderia fleugmaticamente o tesouro —, venho empalhar um crocodilo.

Surpresa dos Rothschilds, que não compreendem nada; mas o tesouro, sempre dissimulado, pergunta-lhe se não conhecem algum empalhador hábil, ligeiro e moderado nos preços. Os srs. Rothschilds, versados na escritura, creem que o tesouro está falando por imagem, e que o crocodilo é o *déficit*. Oferecem-lhe dinheiro.

— Não — diria então o tesouro —, não preciso de dinheiro. Não imaginam como ando agora abarrotado. Cheguei ao extremo (é segredo, mas vocês são meus amigos), cheguei ao extremo de emprestar à 4%.

— Impossível!

— Verdade pura. O Paraguai pagou-me, há três semanas, tudo o que devia e mais os juros capitalizados; tive algumas deixas, fiz uns negócios; em suma, disponho agora de uns novecentos mil contos... E foi justamente por isso que resolvi fazer uma pequena viagem à Europa.

— Pois bem; mas numa hora cai a casa, nós podíamos fazer um pequeno negócio...

— Só se fosse muito barato.

— Pois sim.

— Com outra condição.

— Qual?

Era que o tesouro punha o pé no pescoço dos srs. Rothschilds. A condição era dividir a lambujem. Eles, arriscados a perder a ocasião e o freguês, aceitavam tudo. Emprestavam o dinheiro, davam a lambujem; chegavam mesmo ao apuro de lhe mandar outro crocodilo.

Lélio
Gazeta de Notícias, 2 de setembro de 1883

Ninguém ceda aos primeiros impulsos de raiva

Ninguém ceda aos primeiros impulsos de raiva; pode ser injusto. É o que me ia acontecendo há pouco, lendo a brilhante manifestação feita ao sr. Joaquim de Freitas, condutor de bonde da linha de São Cristóvão.

A manifestação consistiu numa chapa de prata, que esteve exposta na rua do Ouvidor, antes de ser entregue, no domingo, com o cerimonial do costume. O motivo da manifestação é premiar o sr. Freitas, pelas maneiras atenciosas com que trata os passageiros.

Tão depressa li isto, como dei três saltos e meio de furor. A parcialidade era evidente; ou, se não havia formal parcialidade, existia um tal desconhecimento de outros homens merecedores de iguais recompensas, que tirava toda a competência aos manifestantes. Fosse como fosse, tive ímpetos de fazer um protesto público; mas um acontecimento veio logo deitar-me água na fervura.

Com efeito, acabo de saber que alguns cavalheiros, comovidos ante a fina ombridade com que me abstenho de desandar pontapés nas pessoas que passam na rua ou entram nos cafés e nas lojas, resolveram fazer-me também uma manifestação. Vão dar-me um par de botas.

Realmente, eu merecia-as há muito. Custa-me dizê-lo; mas, para que se não atribua a este ato espontâneo, e para mim inesperado, nenhuma intenção de puff, proclamo alto e bom som que não é só nas ruas que me abstenho de dar pontapés; nas próprias salas o meu procedimento é o mais conspícuo possível. Não mando ninguém plantar batatas; não meto os pés nas algibeiras dos outros; não dou palmadas nas moças. Nunca deixei de tirar o chapéu ao Santíssimo. Nos jantares, não é meu costume derramar o molho no vestido das damas. Que me lembre, só puxo o nariz aos meus amigos íntimos, e isso mesmo muito em particular.

Portanto, venham as botas. Consta-me que são de marfim, com solas de ébano, e as tachas de ouro; os cordões são fios de prata. Estão incumbidas ao artista nacional Tico-Tico, e serão expostas na rua do Ouvidor. Venham as botas, que já não é sem tempo.

Não venham, porém, as invejas, como já estão aparecendo ao sr. Joaquim de Freitas. Alguns condutores da mesma companhia de São Cristóvão queixam-se amargamente nestes termos: — Mas então, se ele é premiado por ter maneiras finas com os passageiros, a conclusão é que nós somos uns grosseirões, uns malcriados? a conclusão é que eles não nos podem aturar? etc., etc.

Não venham também imitações. Dizem-me que um deputado, meu amigo, vai receber também uma manifestação; vão dar-lhe uma chapa de prata. Se a ideia fosse original, vá; mas depois da outra, não acho bonito.

Mal convalescido da emoção que me deu à notícia, abro os jornais, e dou com uma declaração da diretoria do Clube Terpsícore.

Ninguém ignora que este clube teve, domingo à tarde, na rua das Laranjeiras, um conflito, à unha e navalha, com a Sociedade Musical Prazer da Glória. Houve semifusas, confusas e profusas. Voaram caixas, gemeram clarinetas, uma amostra do pandemônio.

Na segunda-feira de manhã, veio a referida declaração, na qual o clube Terpsícore pede ao público que "suspenda o seu juízo duvidoso a nosso respeito". Realmente... Que eu, público, suspenda o meu juízo? Mas se eu não tenho neste momento outra preocupação que não seja firmar um juízo definitivo acerca da pancadaria de ontem. Questões destas não podem ser deixadas à revelia. Não vamos fazer com este caso o que temos feito com o negócio da emancipação. Olha, clube, eu estou pronto a suspender tudo o que quiseres. Um peso de dez arrobas, as calças, as reflexões enquanto escarrar, o sentido da oração; tudo, menos o meu juízo sobre o caso das Laranjeiras. Ora esta! Mas então em que é que o clube quer que eu pense senão nos seus conflitos?

❈ ❈ ❈

Anteontem, no Senado, trocaram-se algumas palavras, incidentemente, sobre qual das formas de governo é mais barata ou mais cara, se a monarquia, se a república.

Um assunto destes exige o voto de todos os cidadãos. Considero-me obrigado a vir dizer perante o meu país e o meu século, que a mais barata de todas as formas de governo seria a que Proudhon preconizava, a saber, a anarquia. Pode-se gastar mais ou menos com o galo ou o peru que está no quintal, não se gasta nada com o cisne, que se não possui. A anarquia não custaria dinheiro, não teria ministros, nem câmaras, nem funcionários públicos, nem soldados; não teria mesmo tabeliães; exatamente como no Paraíso, antes e logo depois do pecado.

Sendo, porém, difícil ou impossível a decretação de um tal governo, não há remédio senão escolher entre os outros. Qual deles? a autocracia, a democracia, a aristocracia ou a teocracia?

Vou dar uma solução. Os governos são como as rosas: brotam do pé. Os jardineiros podem crer que eles é que fazem brotar as rosas, mas a realidade é que elas desabotoam de dentro do arbusto, por uma série de causas de leis anteriores aos jardineiros e aos regadores. Portanto, e visto que não podemos fazer governos como mlle. Natté faz rosas, aproveito a circunstância auspiciosa de não ser presidente do conselho, para citar dois versos de Molière, que me parecem dar a solução verdadeira do caso, e é cá a do povo — miúdo:

Le véritable Amphytrion,
C'est l'Amphytrion ou l'on dîne.

Lélio
Gazeta de Notícias, 12 de setembro de 1883

ACORDEI HOJE COM O DESEJO DE
DESFALCAR ALGUÉM OU ALGUMA INSTITUIÇÃO

Acordei hoje com o desejo de desfalcar alguém ou alguma instituição. Se eu fosse mulher — Lélia, por exemplo — explicava-se a extravagância; era sinal de que andava alguma coisa no ar. Mas homem! Enfim, são segredos da natura.

Entretanto, a verdade é que estou com esse desejo, e para o caso de achar ocasião tenho já um plano acabado. Notícias de ontem dizem que em um município do Sul o agente do correio foi achado em alcance no valor de 14:000$. Decretou-se a prisão preventiva. Como o agente é homem bem reputado e estimado, no momento em que ia ser preso, apresentaram-se dois cavalheiros de superior posição, e, dando o braço ao preso, disseram ao oficial de justiça que os fosse esperar na cadeia civil. E, com efeito, eles lá foram e entregaram o preso.

Nesse oficial de justiça é que repousa o meu plano. Opero o desfalque. Chamo a dois ou três amigos, e digo-lhes com a franqueza das supremas situações: — Vocês têm duas caras patibulares, mas podem disfarçar-se. Disfarcem-se em pessoas sérias. Você, Zeferino, finge de barão, e você, Leocádio, de tenente-coronel. Um leva suíças, outro bigodes. No momento em que o oficial de justiça me deitar a unha, vocês chegam e dizem-lhe que vá esperar-me nos fins da rua do Conde. Saímos então em direção ao cais Pharaoux. Uma canoa, tripulada pelo Marcolino e o Matos, pega em mim e leva-me a um navio, cujo capitão, etc., etc.

Como se vê, esse plano reúne a profundidade à simplicidade. Tem todas as vantagens de mandar o oficial de justiça à tábua, sem nenhum dos seus inconvenientes. Além disso, põe o jocoso na representação. Dizia-me um velho rato de teatro, a propósito de um drama de Emílio Augier, que ele traduziu para o Furtado Coelho: "Traduzi-o com muito cuidado, e meti-lhe o jocoso, que não tinha". Cá, o jocoso é a primeira ordem. Um edifício ao fundo, a casa de detenção; à porta, um oficial de justiça esperando...

❊ ❊ ❊

...Interrompo o que ia dizendo, para contar o que me aconteceu agora.

Vieram dizer-me que uma senhora queria falar comigo, e estava na outra sala. Vou à outra sala, e acho uma graciosa dama, vestida de preto, olhos grandes, apaixonados, rendas pretas na cabeça e no colo.

— Desculpe, sr. doutor...
— Perdão, não sou doutor.
— Desculpe, se o vim incomodar, mas não hesitei em valer-me da sua bondade, tirando-me da mais cruel situação... Não precisa ficar sério; não venho pedir dinheiro emprestado.
— Oh! Minha senhora... Trata-se então?...
— Sou Filomena Borges.

Dei um salto na cadeira. A visita teve um sorriso amargo e suspirou. Depois repetiu que era Filomena Borges. Estava desesperada; há perto de uma semana que seu nome anda nas folhas, com alusões e ditos que a desdouram.

— Perdão — interrompi eu —; mas uma simples igualdade de nome... basta uma declaração...
— Não; eu sou a própria Filomena Borges.
— Mas então...
— Vou contar-lhe o escândalo, a pouca vergonha. O sr. é litógrafo?
— Não senhora.
— Vou contar-lhe o caso. Mandei imprimir uns dois mil cartões de visita em casa de um litógrafo, e ajustei-os por oito mil réis. Ficaram prontos no prazo marcado; mas achei-os tão ruins que não aceitei. Trocamos algumas palavras azedas, e ele acabou dizendo que não mandava imprimir mais nada, e, para vingar-se, pegou nos dois mil bilhetes e mandou-os distribuir. Veja o senhor que patifaria! Então o que eu queria era pedir-lhe que interceda com os seus amigos para ver se o meu nome descansa... Eu sou mãe de família; não tenho marido, porque sou viúva de um coronel, o coronel Graça Borges, conheceu?
— Não, senhora.
— Faz-me esse favor?... essa esmola?
— Pois não. Vou falar aos meus amigos, e espero que cedam. São todos boas pessoas, excelentes pessoas. Não afianço nada, porque também são cabeçudos; e, principalmente o Lulu Sênior, ninguém lhe tira da cabeça que é uma paixão que inspirou; mas, enfim, farei o que puder.
— A nossa casa é na rua de Santo Antônio nº 96.

Fiz o que ela pediu; mas não sei o que eles farão.

Lélio
Gazeta de Notícias, 10 de outubro de 1883

No momento em que me sentava a escrever

No momento em que me sentava a escrever, recebi uma carta de um nosso hóspede ilustre. *As-tu vu le mandarin?* Pois foi ele mesmo, o mandarim, que me escreveu, pedindo a fineza de inserir nas *Balas de Estalo* uma exposição modesta das impressões que até agora tem recebido do nosso país.

Não traduzi a carta, para lhe não tirar o valor. Além disso, há dela alguns juízos demasiado crus, que melhor é que fiquem conhecidos tão somente dos que sabem a língua chinesa. Em alguns lugares, o meu ilustre correspondente inseriu expressões nossas; ou por não achar equivalente na língua dele ou (como me parece) para mostrar que já está um pouco familiar com o idioma do país. Eis a carta:

Vu pan Lélio,
Lamakatu apá ling-ling Balas de Estalo, *mapapi tung? Keré siri mamma, ulamali tiká.*
Ton-ton pacamaré rua do Ouvidor nappi Botafogo, nappi Laranjeiras mappi Petrópolis gogô. China cava miraka rua do Ouvidor! Naka ling! tica milung! Ita marica armarinho, gavamacú moça bonita, vala ravala balcão; caixeiro sika maripú derretido. Moçanigú vaia peça fita, agulha, veludo, colchete, iva cuca trapalhada. Moço lingu istú passa na rua, che-berú pitigaia entra, namora, rini mamma.
Viliki xaxi xali xaliman. Acalag ting-ting valixú. Upa Costa Braga relá minag katu Integridade abaxung kapi a ver navios. Lamarika ana bapa bung? Gogô xu-pitô? Nepa in pavé. Brasil desfalques latecatú. Inglese poeta, Shakespeare, kará: make money; *upa lamaré in língua Brasil:* — mete dinheiro no bolso. *Vaia, Vaia, gapaling capita passa a unha simá teka laparika. Eting põe-se a panos; etang merú xilindró.*
Itá poxta, China kiva Li-vai-pé, abá naná Otaviano Hudson, naka panaka, neka paneca, mingu. Musa vira kassete.
— Mira lung Minas Gerais longú Senado. Vetá miná Lima Duarte passi Cesário Alvim; mará kari Evaristo da Veiga seba Inácio Martins. Rebagú sara Coromandel? Teca laia Coromandel?
Aba lili tramway Copacabana. Vasi lang? Tacatú, pacatú, pacatú. Hú-huchi edital Wagner, limaraia Duvivier. Toca xuxú Figueiredo de Magalhães, upa, upa, upa. Baba China páriú. Hêhê...
Siba-ú lami Assembleia provincial nanakaté. Mirô bobó xalu Galvão Peixoto: ridin teca maneca cabelinho na venta. Pantutu? Hermann limpatúba Arang chikang Companhia Telefônica rurú mamma, ipi, xuchi paripangatú; Caminha, Magalhães Castro, xela kapa, xela kipa, xela kopa. Neka sirí lipa Câmara dos deputados abaling. China seca pareka amolador empala. Laka pitaka? Nana pariú.

> *Faro e Lino papyros, biblos, makó gogó. Lino abatukamú, Faro abatiki. Eba ú laté! Castelões zurú! Club Beethoven paka xali! Tarinanga axá acaritunga. Harritoff dansa mari xalí!*
> *Xulica Brasil pará; aba lingú retórica, palração, tempo perdido, pari mamma; xulica Kurimantú. Iva nenê, iva tatá. Brasil gamela tika moka, inglês ver. Veriman? Calunga, mussanga, monau denguê. Valavala. Dara dara bastonara. Malan drice pakú. Ocuôco; momoréo-diarê. Ite, issa est.*
> *Mandarim de 1ª classe.*
>
> *Tong Kong Sing*

Como se terá visto, no meio de alguns reparos crus, há muita simpatia e viva observação. Quanto ao estilo, é do mais puro, é da escola de Macau, às doutrinas do século XII antes da Criação. A nossa crítica terá notado a linda imagem com que o ilustre escritor define o progresso, chegando à praia da Copacabana: pacatú, pacatú, pacatú. Em suma, é um documento honroso para o autor e para nós.

Lélio
Gazeta de Notícias, 16 de outubro de 1883

A *Gazeta de Londres* publicou

A *Gazeta de Londres* publicou, em seu número de 8 do mês passado, um ofício do vice-rei da Índia ao conde Granville, contendo informações interessantíssimas para a questão dos trabalhadores asiáticos. Visto que há tanto horror aos chins, pareceu-me interessante transcrever esse documento:

> *À s. ex.ª o sr. conde Granville, secretário de Estado dos Negócios Estrangeiros.*
> *Calcutá, 13 de agosto de 1883.*
>
> *Senhor conde.*
> *Noutro ofício que ora dirijo ao honrado secretário de Estado das Colônias, dou conta de alguns fatos relativos ao trabalho agrícola na Índia. Peço licença a v. ex.ª para resumi-los aqui, no caso de que o governo de sua majestade tenha de intervir naqueles países da América, onde o trabalho chim é usado, ou vai sê-lo.*
> *Em primeiro lugar, devo lembrar a v. ex.ª que é preciso distinguir o chim do chim. O chim comum está de muito abandonado em*

toda a Ásia, onde foi suplantado por uma variedade de chim muito superior à outra. Essa variedade, como já tive ocasião de dizer ao governo de sua majestade, é o chimpanzé.

O deplorável equívoco que, durante dilatados anos, classificou o chimpanzé entre os macacos, estava há muito abandonado. Mas persistia a convicção de que, embora pertencente à família humana, o chimpanzé fosse refratário ao trabalho. Esta mesma convicção vai desaparecer, depois das brilhantes experiências feitas nos domínios de sua majestade, e até na China e no Japão.

O primeiro súdito de sua majestade que empregou o chimpanzé, foi sir John Sterling, que reside na Índia há trinta anos. Desde 1864 o seu trabalhador era o chim comum. Ultimamente, porém, deu-se uma desordem, verdadeira rebelião, e a maior parte dos trabalhadores retiraram-se. Sir John Sterling resolveu liquidar e voltar para a Europa; mas tendo notícia de que o chimpanzé era moralmente superior ao chim comum, mandou contratar uns trinta para ensaio, e deu-se muito bem com eles. Daí a seis meses a plantação tinha cerca de cem indivíduos: hoje conta setecentos e trinta. Dois parentes seus lançaram mão do mesmo instrumento de trabalho; hoje há muitíssimas plantações que não têm outro.

Foram os parentes de sir John Sterling, que me deram as notícias que nesta data transmito a v. ex.ª o sr. secretário das Colônias, e que vou resumir para uso de v. ex.ª

A primeira vantagem do chimpanzé é que é muito mais sóbrio que o chim comum. As aves domésticas, geralmente apreciadas por este (galinhas, patos, gansos, etc.), não o são pelo outro, que se sustenta de cocos e nozes. O chimpanzé não usa roupa, calçado ou chapéu. Não vive com os olhos na pátria; ao contrário, sir John Sterling e seus parentes afirmaram que têm conseguido fazer com que os chimpanzés mortos sejam comidos pelos sobreviventes, e a economia resultante deste meio de sepultura pode subir, numa plantação de dois mil trabalhadores, a duzentas libras por ano.

Não tendo os chimpanzés nenhuma espécie de sociedade, nem instituições, não há em parte alguma embaixadas nem consulados; o que quer dizer que não há nenhuma espécie de reclamação diplomática, e pode v. ex.ª calcular o sossego que este fato traz ao trabalho e aos trabalhadores. Está provado que toda a rebelião do chim comum provém da imagem, que eles têm presente, de um governo nacional, um imperador e inúmeros mandarins. Por outro lado, a imprensa não poderá tomar as dores por ele, para não confessar uma solidariedade da espécie, que ainda repugna a alguns.

Quanto aos lucros, dizem-me que são de vinte e cinco a vinte e oito por cento. Sir John Sterling fez no ano de 1881, com o chim comum, vinte mil libras; em 1882, tendo introduzido em março os primeiros chimpanzés, apurou quinze mil libras; e nos primeiros seis meses deste ano vai em onze mil e quinhentas. A perfeição do trabalho é ou a mesma, ou maior. A celeridade é dobrada, e a limpeza é tão superior, que sir John não viu nada melhor na Inglaterra.

No ofício ao secretário das Colônias, mando alguns dados estatísticos, desenvolvidos, que não reproduzo para não alongar este.

A princípio houve relutância em admitir o chimpanzé pelo fato de andar muita vez a quatro pés; mas sir John Sterling, que é naturalista e antropologista emérito, fez observar aos parentes e amigos, que a atitude do chimpanzé é uma questão de costumes. Na Europa e outras partes, há muitos bípedes por simples hábito, educação, uso de família, imitação e outras causas, que não implicam com as faculdades intelectuais. Mas tal é a força do preconceito que, assim como no caso daqueles bípedes se conclui da posição das pernas para a qualidade da pessoa, assim também se faz com o chimpanzé; sendo ambos o mesmíssimo caso: — uma questão de aparência e preconceito. Felizmente, a propaganda vai fazendo desaparecer esse erro funesto, e o chimpanzé começa a ser julgado de um modo equitativo, científico e prático.

Rogo a v. ex.ª se digne submeter estes fatos ao conhecimento do sr. Gladstone.

Sou, etc.

Webster

Esta carta é realmente importante, e espero sejam devidamente apreciadas e não fiquem perdidas as lições que contém. O nosso defeito é não dar atenção a coisas sérias! Esta é das mais sérias.

As pessoas que preferem os chins não podem deixar de aceitar este substituto. Segundo a carta transcrita, o chimpanzé tendo as mesmas aptidões do outro chim, é muito mais econômico. Por outro lado, os adversários, os que receiam o abastardamento da raça, não terão esse argumento, porque o chimpanzé não se cruzará com as raças do país.

Lélio
Gazeta de Notícias, 23 de outubro de 1883

Nascer rico é uma grande vantagem que nem todos sabem apreciar

Nascer rico é uma grande vantagem que nem todos sabem apreciar. Qual não será a de nascer rei? Essa é ainda mais preciosa, não só por ser mais rara, como porque não se pode lá chegar por esforço próprio, salvo alguns desses lances tão extraordinários, que a história toda se desloca. Sobe-se de carteiro a milionário; não se sabe de milionário a príncipe.

Entretanto, dado o caso de vocação (porque a natureza diverte-se às vezes em andar ao invés da sociedade), como há de um homem que sente ímpetos régios, combinar o sentimento pessoal com a paz pública? Aí está o caso em que nem o mais fino Escobar era capaz de resolver; aí está o que resolveram alguns cidadãos de Guaratinguetá.

Reuniram-se e organizaram uma irmandade de Nossa Senhora do Rosário, que é irmandade só no nome; na realidade, é um reino; e tudo indica que é o reino dos céus. Os referidos cidadãos acharam o meio de cingir a coroa sem vir buscá-la a São Cristóvão: elegem anualmente um rei, e a coroa passa de uma testa a outra, pacificamente, alegremente, como no jogo do papelão. Aqui vai o papelão. O que traz o papelão?

No presente ano (1883-1884), o rei da irmandade é o sr. Martins de Abreu, nome pouco sonoro, mas não é de sonoridade que vivem as boas instituições. A rainha é a sra. d. Clara Maria de Jesus. Há um juiz do ramalhete, que é o sr. Francisco Ferreira, e uma juíza do mesmo ramalhete que é a sra. d. Zelina Rosa do Amor Divino. Não há a menor explicação do que seja este ramalhete. É realmente um ramalhete ou é nome simbólico do principado ministerial?

Segue-se o capitão do mastro. Este cargo coube ao sr. Antônio Gonçalves Bruno, e não tem funções definidas. Capitão do mastro faz cismar. Que mastro, e por que capitão? Compreendo o juiz da vara; compreendo mesmo o alferes da bandeira. Este é provavelmente o que leva a bandeira, e, para supor que o capitão tem a seu cargo carregar um mastro, é preciso demonstrar primeiramente a necessidade do mastro. Já não digo a mesma coisa do tenente da coroa, cargo desempenhado pelo sr. João Marcelino Gonçalves. Pode-se notar somente a singularidade de ser a coroa levada por um tenente; mas, dadas as proporções limitadas do novo reino, não há que recusar. Há também um sacristão, que é alferes, o sr. alferes Bueno, e... Não; isto pede um parágrafo especial.

Há também um (digo?) há também um meirinho. O sr. Neves da Cruz é o encarregado dessas funções citatórias e compulsivas, e provavelmente não é cargo honorífico; se o fosse, teria outro nome. Não; ele cita, ele penhora, ele captura os irmãos do Rosário. Assim, pois, esta irmandade tem um tesoureiro para recolher o dinheiro, um procurador para ir cobrá-lo e um meirinho para compelir os remissos. *Un capo d'opera.*

Agora, como é que se tratam uns aos outros esses dignitários? Não sei; mas presumo, pelo pouco que conheço da natureza humana, que eles não ficam a meio caminho da ficção. O rei pode ter majestade, e assim também a rainha. E quando receberem os cumprimentos, adivinho que os receberão com certa complacência fina, certo ar digno e grande. Hão de chover os títulos — vossa majestade, vossa perfumaria, vossa mastreação... Em roda o novo de Guaratinguetá, e por cima a lua cochilando de fastio e sono.

Lélio
Gazeta de Notícias, 7 de novembro de 1883

A *Folha Nova* afirma

A *Folha Nova* afirma em seu número de ontem, na parte editorial, que os membros da polícia secreta, agora dissolvida, tinham o costume de gritar para se darem importância: *Sou polícia secreta!*

Pour un comble, violá un comble. Há de haver alguma razão, igualmente secreta, para um caso tão fora das previsões normais. Por mais que a parafuse, não acho nada, mas vou trabalhar e um dia destes, se Deus quiser, atinando com a coisa, dou com ela no prelo.

Porquanto (e esta é a parte sublime do meu raciocínio), porquanto eu não creio que fosse a ideia de darem-se importância que levasse os secretas a descobrirem-se.

Conheci esses modestos funcionários. Não eram só modestos, eram também lógicos.

Nenhum deles bradaria que era secreta, com a intenção vaidosa de aparecer; mas, dado mesmo que quisessem fazê-lo, era inútil porque os *petrópolis* que traziam na mão definiam melhor do que os mais grossos livros do universo. Eu pergunto aos homens de boa vontade, razão clara e coração sincero: — Quando a gente via, na esquina, três ou quatro sujeitos encostadinhos da Silva, com fuzis nos olhos, e *petrópolis* na mão, não sabia logo, não jurava que eram três ou quatro *secretas*?

Afinal achei a razão do fato que assombrou ao nosso colega e a nós. Peço ao leitor que espane primeiro as orelhas e faça convergir toda a atenção para o que vou dizer, que não é de compreensão fácil.

Os *secretas* compreenderam que a primeira condição de uma polícia secreta era ser secreta. Para isso era indispensável, não só que ninguém soubesse que eles eram *secretas*, como até que nem mesmo chegasse remotamente a suspeitá-lo. Como impedir a descoberta ou a desconfiança? De um modo simples: — gritando: Sou *secreta*! os *secretas* deixavam de ser *secretas*, e, sabendo o público que eles já não eram *secretas*, agora é que eles ficavam verdadeiramente *secretas*. Não sei se me entendem. Eu não entendi nada.

Mas, neste assunto, tudo o que se possa dizer não vale a cena, que se deu há cinco ou seis anos, na rua da Uruguaiana. Está nos jornais do tempo. Um grupo de homens do povo perseguia a um indivíduo, que acusavam de ter praticado um furto. Os perseguidores corriam, gritando: *É secreta! é secreta!* Perto da rua do Ouvidor, conseguem apanhar o fugitivo, e aparece um urbano. Este chega, olha para o perseguido, e, com um tom de repreensão amiga: — Deixa disso, Gaudêncio!

Polícia secreta, que se divulga, ministros de uma República, que matam o presidente, eis aí dois fenômenos que comprovam aquele dito do cardeal Antonelli: *il mondo casca*. Que diria o bom cardeal, se visse, como vi há dias, um frade dentro de um tílburi? É verdade que chovia, e que a chuva, quando cai, não poupa ninguém; pode ser mesmo que a coisa não encontre oposição nos cânones. Mas para mim a questão é de estética. Há em mim um resto de costela romântica, que não permite frade fora do mosteiro. Concedo-lhe que ande a pé, concedo-lhe um cavalo, uma cama, um refeitório; mas homem, tílburi!

Lélio
Gazeta de Notícias, 24 de novembro de 1883

Com:. por uma sup:. grat:.

Com:. por uma sup:. grat:. Suponho que o leit:. não é maç:. Não me dig:. que é, porque não prec:. que não seja, para saber se, não sendo, recebeu também uma folh:. cor de tijolo, contendo os estat:. de uma Assoc:. de Benf:. e Previsão do Gr:. Or:. Brasil:.

Eu, quando hoje de manh:. me deram este impr:. fiquei pasm:. Mas, pensando bem, achei a cois:. mais nat:. do mundo. Com efeito, a vista faz fé. A leit:. do folh:. pode dar vont:. de entr:. para a maçon.., e neste sent:. foi um ato de gr:. sagac:. mandar-mo. A leitora há de ter entr:. alg:. vezes em um dos armar:. da rua do Ouv:. com o único fim de saber notícias do Ministério, ou descansar um bocad:., e, quando menos pensa, sai comprando uma grosa de agulh:.

Vamos, porém, aos estat:. Trata-se de uma assoc:. dest:. a levant:. a maçon:. do abat:. em que se acha (pág. 3). Diz-se aí (pág. 2) que "o altruísmo predominou na confecção do plano". É incrível a soma de trab:. que este pobr:. amig:. altruísmo desemp:. na roda do ano. Ele faz disc:., ele redige estat:., ele compõe arti:. de jorn:., dando muita vez um verniz modern:. a cereb:. canç:. E sempre ativ:., lepid:., alegr:.

Os estat:. são excel:. e os fins da assoc:. dignos de apl:. Como é, porém, uma obra humana, traz algum:. imperf:. que é ainda tempo de emend:. ou pelo menos explicar.

Assim, por exempl:. o § 8º do art. III diz que farão parte dos fundos da assoc:. "todos os metais e mais valores existentes nas oficinas que, por qualquer motivo, abaterem colunas". Eu suponho que todos os maç:. sabem o que isto quer dizer; mas, em suma, eu não sou maç:. e, se me mandaram o folh:. é para que eu o entenda. Que diabo quer dizer essa metáfora? O que é uma ofic:. que abate colunas? O que é mesmo uma ofic:. com colunas? Para mim é um verdadeiro anfiguri. Há outro anfiguri do mesmo gênero no art. XXV, em que se diz que "nas localidades onde não existirem oficinas, ou onde estas estiverem adormecidas, etc." Esta eu ainda chego a suspeitar que desconfio que não é impossível conjecturar remotamente o que quer que é; mas, enfim, é vago demais.

O art. XVII trata de um balanço semestral da tesouraria. Esse balanço há de ser "profano". Já deitei tod:. a liv:. abaixo, para ver se atino com o que seja um balanç:. prof:. e a não ser que nos balanços balanç:. prof:. os contos sejam de reis e nos sagrad:. sejam da caroch:., não lhe meto o dente. Será que os oito são setes e os setes noves? Somar-se-á da esquerda para a direita? Os saldos mudam de nome, ou vão, por exemplo, dar um passeio ao rio da Prata?

Felizm:. apar:. o art. XXX, que é um verdad:. refrig:. Este artigo dá "ao contribuinte a liberd:. de pagar adiant:., e por tempo indeterminado, qualquer quant:. com dest:. à assoc:." Esta liberd:. de pagar adiant:. é uma das que a reação tem sempre combat:. por todos os modos. Ninguém ignora que a idade média é histor:. trag:. das tentativ:. dos contrib:. para conquistar esta liberd:. preciosa. Nem o cárcere, nem o suplício, coisa nenhuma deteve os heróis dessa luta de séculos. A revol:. de 89 alcançou por esse momento a vitór:. nessa parte; mas Robespierre destruiu-a e Bonaparte acabou com ela inteiram:. restabelecendo os pagam:. vencidos. Falo de uma parte da Europa; no resto, em Portugal, por exemplo, e no Bras:. que era colon:. nunca um tal princípio triunfou.

Hoje mesmo, apesar de termos uma constituiç:. liberal, não possuímos esta divina liberd:., que é a garantia de todas as outras. Com efeito, se não tivermos a liberd:. de pagar adiantado, qualquer quantia que seja, dois, três, cinquenta contos, que valor pode ter a liberdade de reunião ou de imprensa? Mas, felizmente, a maç:. velava; os estat:. reconhecem esse magno direito do contribuinte, e acabam implicitamente com o cal:. O cal:. não é mais do que uma desforra dos oprimidos.

O art. XXXII precisa ser emend:. Diz ele: "Se o contribuinte tiver a infelicidade de falecer antes de completar um ano de contribuição, sua família só poderá receber uma parte proporcional da pensão até a quantia de 5$000". Acho que a nova Assoc:. não pode dizer, sem descomunal vaidade, que é uma desgraça morrer sem ter complet:. um ano de contribuiç:. Parece que a redação deve ser: Se a família do contrib:. tiver a desgraça de o perder, etc.

Ocioso é o art. XXXVI, que nunca há de ser executado. Esse artigo estabelece que o tesoureiro "poderá ter em si, para acudir a qualquer emergência do expediente, a quantia de 100$ mensais". Não conheço nenhuma pessoa que possa conseguir isto. Os tesoureiros trarão em si um pensamento, um remorso, uma lembrança, às vezes um bife, ou uma conclusão de bife; mas cem mil réis, não. O mais que fará algum zeloso é trazê-los na carteira.

A últ:. pág:. dos est:. é a mais alegre. Diz-se aí, no art. LVI, que o contribuinte, em certas condições, receberá em vida metade da pensão, provando, entre outras coisas, esta: "indigência e perda de emprego, por sentença profana, não aprovada pela ordem maçônica". Creio que isto quer dizer que as sentenças profanas só têm valor quando aprov:. pela maçon:. Mas então uma fraude condenada e absolvida, ao mesmo tempo, obriga os maçons a um proced:. duplo: têm de desprezar o autor e convidá-lo para o voltarete; mandá-lo à fava, e mandar-lhe o cartão; dizer dele o que Mafoma não disse do toucinho, e coisas bonitas.

É amolador.

São est:. as pouc:. crit:. aos estat:. No mais acho-os excel:., e dev:. ser lid:. e rel:. Vou fazer-me maç:. e ad:. porquanto: a:. b:. c:. d:. e:. f:. g:. h:. etc..., etc..., etc...

Lél:.
Gazeta de Notícias, 9 de dezembro de 1883

VALENTIM MAGALHÃES PERDEU UMA
BELA OCASIÃO DE NÃO FICAR ZANGADO

Valentim Magalhães perdeu uma bela ocasião de não ficar zangado. As suas *Notas à margem*, de ontem, são uma das mais odiosas injustiças deste tempo, aliás tão farto delas.

Não tenho nada com os quatro bacharéis em direito que foram ao enterro de Teixeira de Freitas, nem com os que lá não foram. Entretanto, podia lembrar ao meu amigo Valentim Magalhães que algum motivo poderoso, embora insignificante, pode ter causado a escassez de colegas no enterro; por exemplo, a falta de calças pretas.

Por mais poeta que seja, Valentim Magalhães tem obrigação (visto que está na imprensa) de compulsar os documentos oficiais e comerciais, os livros dos economistas, as tabelas de importação e exportação. Se o fizesse, saberia que todos os anos, desde fins de novembro até princípios de março, os países quentes exportam para a Groenlândia grande número de calças pretas. Nos países frios, a exportação verifica-se entre abril e agosto. Este fenômeno tem sido objeto de profundas cogitações. Laveleye (*Du Vêtement Humain*, p. 79) afirma que o consumo imoderado de calças pretas entre os groenlandeses há de produzir imensa alteração nos hábitos europeus. Eis as próprias palavras do economista belga:

> *Je crois même, avec de bons auteurs, que dans un siècle l'Europe ne portera plus que de pantalons gris, jaunes ou même bleus, car il est averé qu'avec nos moyens chimiques c'est impossible de teindre une telle quantité de pantalons noirs. Il faudra bien, ou changer nos habitudes, ou supprimer les groelandais.*

Leia Valentim Magalhães o *Jornal dos Alfaiates* (tomo XVII, p. 14) e achará que, nos últimos dez anos, a exportação de calças pretas da Europa e dos Estados Unidos para a Groenlândia atingiu a dez milhões de exemplares.

Essa pode ser a causa da escassez dos amigos e colegas. Essa foi também a causa da pouca gente que acompanhou Alencar ao último jazigo. Alencar morreu em dezembro. Também ele era jurisconsulto, e era romancista, orador e político. Não era só isto: era o chefe da nossa literatura. Poderemos crer que a pouca gente no enterro dele era uma expressão de indiferença? De nenhum modo.

Mas, em suma, nada tenho com os mortos. Vivam os vivos!

Os vivos são os que meu amigo Valentim designa pelo nome de medalhões. Em primeiro lugar, há ainda um certo número de espíritos bons, fortes e esclarecidos que não merecem tal designação. Em segundo lugar, se os medalhões são numerosos, pergunto eu ao meu amigo: — Também eles não são filhos de Deus? Então, porque um homem é medíocre, não pode ter ambições e deve ser condenado a passar os seus dias na obscuridade?

Quer me parecer que a ideia do meu amigo é da mesma família da de Platão, Renan e Schopenhauer, uma forma aristocrática de governo, composto de homens superiores, espíritos cultos e elevados, e nós que fôssemos cavar a terra. Não! mil vezes não! A democracia não gastou o seu sangue na destruição de outras aristocracias, para acabar nas mãos de uma oligarquia ferrenha, mais insuportável que todas, porque os fidalgos de nascimento não sabiam fazer epigramas, e nós os medíocres e medalhões padeceríamos nas mãos dos Freitas e Alencares, para não falar dos vivos.

E, depois, onde é que o meu Valentim compra as suas balanças? Ignora ele que a felicidade humana e social depende da repartição equitativa dos ônus e das vantagens? Perante qual princípio é aceitável essa teoria, de dar tudo a uns e nada aos outros? Lástima que Teixeira de Freitas não tivesse uma cadeira de legislador. Mas, com todos os diabos! não se pode ao mesmo tempo votar as leis e consolidá-las. Que um as consolide, e tanto melhor, se a obra sair perfeita; mas que outros as façam; que o sr. José Zózimo, que não consolidou nada, levante a voz no areópago da nação. Ele não paga imposto? Não está no gozo dos direitos civis e políticos? Que lhe falta, pois? Não inventa, é verdade; mas o meu amigo esquece que tudo ou quase tudo está inventado: a pólvora, a imprensa, o telescópio.

Portanto, emende a sua filosofia social, e venha tomar chá comigo.

Lélio
Gazeta de Notícias, 16 de dezembro de 1883

Muita gente me tem dito

Muita gente me tem dito que o interior do antigo Mercado da Glória é um mundo de gente. Li mesmo, há tempos, em não sei qual das nossas folhas, que há ali nada menos de 1.080 moradores, uma verdadeira população. Há dias repetiram-me a mesma coisa; e, pedindo eu notícias circunstanciadas, responderam-me que não há senão notícias vagas, boatos, conjecturas, cálculos, induções. Informações exatas ninguém as possui.

Entendi que os meus amigos da *Gazeta de Notícias* tinham o direito de exigir de mim uma pesquisa, e fui ao Mercado da Glória.

Cheguei à porta do lado de baixo e achei um homem que, ao saber das minhas intenções, perguntou-me se tinha licença do governo. Respondi-lhe que não me parecia necessário ir incomodar os...

— Faça o favor de esperar um instante — disse-me ele.

Foi ao interior, e logo depois voltou, dizendo-me:

— Suas Trindades vêm recebê-lo.

Cada vez mais espantado, esperei. Cinco minutos depois vieram de dentro três graves cavalheiros, engravatados de branco, os quais me cumprimentaram e me disseram que podia entrar.

— Nós somos o governo — disse o mais velho, dando-me o braço e passando à frente —; este povo pacífico e laborioso, entendendo que não podia continuar dependente das autoridades exteriores, resolveu organizar um governo, cujos atuais depositários somos nós.

Tudo isto me deixava cheio de assombro. Olhava para todos os lados e via, com efeito, ordem e tranquilidade. Muitos curiosos estavam parados e olhando, por já constar que ali chegara um nobre estrangeiro, que ia visitar o país, estudar-lhe as instituições e costumes.

Suas Trindades pediram-me informações cá de fora. Podem imaginar qual não foi o meu espanto, quando me perguntaram como ia o Ministério Sinimbu com a oposição. Respondi-lhes que o Ministério Sinimbu caíra há muito tempo; tinham passado mais quatro depois dele.

— A nossa vida é tão reclusa — redarguiu uma das Trindades —, que não admira que ignoremos tudo isso... Mas faça o favor de entrar; esta é a casa do governo.

Entramos. Era uma casa modesta. Comecei por assinar o livro dos visitantes, quero dizer inaugurá-lo; estava totalmente em branco. Em seguida mostraram-me a sala das deliberações e a respectiva mesa dos trabalhos, que é redonda, para não haver pendências de lugares. Vi depois a sala de recreio. Na biblioteca mostraram-me a Constituição, leram-na e deram-me longas explicações, que não reproduzo agora por fazerem parte de um livro inédito, em que estudo e comparo todas as instituições políticas do século. Terminada a visita, manifestei o desejo de ver outros edifícios públicos e particulares. Eles mesmos ofereceram-se a acompanhar-me, e fomos dali ao Tesouro.

Não posso descrever a minha admiração diante do mecanismo daquela grande repartição pública e dos saldos que fulguram nas respectivas arcas.

— Não temos dívida atrasada, seja ativa, seja passiva — disseram-me eles.

— Compreendo que o não estejam as passivas — disse eu —; basta que haja dinheiro para saldá-las; mas há dinheiro? os impostos são pontualmente pagos, e cobrem as despesas?

— Cobrem, são todos pagos; alguns até adiantadamente.

— Na verdade é extraordinário. Vejo que os seus cobradores são enérgicos...

— Não temos cobradores.

— Há então penas terríveis?
— Também não.
— Não entendo.
Suas Trindades sorriram. O mais velho dignou-se explicar-me o mistério.

— Nós estabelecemos como regra que os impostos devem ser pagos pelo contribuinte vindo ele ao Tesouro por seu próprio pé, com o dinheiro no bolso. Estabelecemos nós que todos os que estiverem quites no fim de oito dias (os impostos são mensais) poderão acrescentar um apelido honorífico ao próprio nome, e os que pagarem adiantado acrescentá-lo-ão no superlativo; por exemplo, José Antônio da Silva *Pontualíssimus*. Carlos da Mota *Liberalíssimus*, Mariano Antônio de Sousa *Dedicadíssimus*, etc. Não imagina como este sistema é fecundo. Sem pau nem pedra, cobra-se tudo, o número dos adiantados sobe hoje a vinte por cento. Compreendeu?

— Perfeitamente.

— Agora estamos estudando uma lei que estabeleça algumas vantagens honoríficas aos credores que não quiserem receber coisa nenhuma. Calculamos que isto nos trará uma economia de vinte por cento... quinze que seja...

Saímos dali a visitar outros estabelecimentos; a Casa da Justiça é alcunhada pelo povo a *Casa do Sono*, porque realmente não há nada que fazer; não há delitos, ou são raros. Os juízes dormem para matar o tempo. Visitei ainda outros estabelecimentos públicos; depois fui aos particulares.

Clubes, lojas, bancos, são em grande número. Comecei por uma loja de música. Havia muita gente à porta, para comprar a última polca, denominada: *Pega, que te dou eu!* Não se imagina o tumulto de gente que era! No fim de vinte minutos estava esgotada a primeira edição, e ia-se imprimir a segunda. Comprei um exemplar daquela e uma das últimas polcas do ano passado: *Redondo, sinhá! Quebre, minha gente! Remexa tudo! Ui, que gosto! Estás aí, estás mordido! Gentes, que bicho é este?*

Fui depois a uma loja de alfaiate, aparelhada de tudo o que se pode querer em tal gênero. A moda mais recente foi estabelecida com um fim político. Parece esquisito, mas é a verdade pura; ouvi-o da própria boca do governo.

— Começamos a notar — disseram-me Suas Trindades — que o amor da beleza humana se ia introduzindo muito entre nós e lançando as raízes de uma vaidade prejudicial aos bons costumes. Resolvemos, pois, decretar uma moda que destruísse todo o vestígio das nossas perfeições; e nada nos pareceu melhor do que as calças curtíssimas e estreitíssimas, as mangas idem, idem, e os paletós sungados, coisas todas que ficam bem nos ingleses e execráveis nos outros povos. O efeito foi pronto.

Fui dali aos bancos, onde me explicaram o mecanismo do câmbio; mas não entendi. Visitei outras partes. No fim convidaram-me a um jantar oficial, pude ouvir cerca de trinta brindes, a meu respeito. O último foi o do governo, e tais foram as finezas dele, que não me atrevo a transcrever neste papel. A menor delas foi chamar-me: *espírito educado nas mais altas e profundas questões do nosso tempo*. Agradeci vexado.

Vieram trazer-me até à porta, onde dois soldados me apresentaram armas. Suas Trindades pediram-me que desfizesse algum preconceito que houvesse cá fora contra o seu país, e sobretudo afirmasse o desejo que este nutre de viver em paz com o Império.

Nós não queremos outra coisa — disseram eles — senão governarmos em paz e respeitar os vizinhos. A história não mencionará uma só guerra nossa, ou, ao menos, por nós iniciada.

Lélio
Gazeta de Notícias, 8 de janeiro de 1884

Hão de ter paciência

Hão de ter paciência; mas, se cuidam que a bala hoje é de quem a assina, enganam-se. A bala é de um finado, e um velho finado, que é pior; é de Drummond, o diplomata. Se o leitor pode desviar os olhos das graves preocupações de momento, para algumas coisas do passado, venha ler dois ou três pedaços da memória inédita que a *Gazeta Literária* está publicando. A memória, realmente, trata de coisas antediluvianas, coisas de 1822; mas, em suma, 1822 existiu, como este ano de 1884 há de um dia ter existido; e se qualquer de nós fala de seu avô, que os outros não conheceram, falemos um pouco de Drummond, José Bonifácio, d. João VI e d. Pedro.

Diabo! Mas, pelos modos, não é uma bala de estalo, é uma bala de artilharia! Não, não; tudo o que há mais bala de estalo. Eu só extraio de *Memória* aquilo que o velho Drummond escreveu prevendo a *Gazeta de Notícias* e os autores desta nossa confeitaria diária. Não é que a *Memória* não seja toda curiosíssima de anedotas do tempo; mas os que se interessam por essas coisas são naturalmente em pequeno número, e eu só amolarei a maioria dos meus semelhantes, quando não der por isso; de propósito, nunca.

Assim, por exemplo, creio que ao leitor de hoje importa pouco saber, se em 1817, dadas as denúncias contra os maçons, houve grandes patrulhas e tropas nos quartéis, só para prender o maçom Luís Prates, que morava na rua da Alfândega. Creio mesmo que não lhe interessa este juízo de Drummond acerca do oficial encarregado de prender aquele indivíduo: "era o coronel Gordilho (diz o velho diplomata) que depois foi pelo *merecimento da sua ignorância* marquês de Jacarepaguá e senador pelo Império". Entretanto, esta expressão — *merecimento da sua ignorância* — é de bala de estalo. Vamos, porém, a uma anedota desse mesmo ano de 1817, galantíssima, uma verdadeira bala de estalo, feita pelo rei d. João VI, que também tinha momentos de bom humor:

Entre os maçons que se denunciaram a si mesmos, refiro os nomes de dois, pelas cenas bufas que essas denúncias causaram. Foram o marquês de Angeja e o conde de Parati. O rei caiu estupefato das nuvens, e ainda lhe parecia impossível que dois camaristas seus, ambos estimados e um valido, fossem maçons! O marquês de Angeja ajuntou aos protestos do seu arrependimento a oferta, que foi aceita, de toda a sua prata para as urgências do Estado. Foi logo expedido em comissão para Portugal, a fim de tomar o comando e conduzir ao Rio de Janeiro a divisão auxiliadora, que se mandava vir extraída do exército de Portugal. Quanto ao conde de Parati, o negócio era mais sério. O rei era muito afeiçoado a este conde, que foi no Rio de Janeiro o seu primeiro valido e morava no paço. Nem os protestos de arrependimento, nem a oferta de sua prata, que a não tinha, porque se servia da que era da casa real, podiam inspirar inteira confiança a respeito de quem, em razão do seu ofício e das relações de amizade, devia continuar no serviço e no valimento de sua majestade. Em tão apuradas circunstâncias, o rei saiu pela tangente de um expediente assaz curioso. Disse ao conde que, para lhe não ficar nada do passado, de que se arrependia, era necessário que tomasse o hábito de irmão da Ordem Terceira de São Francisco da Penitência. Foi um dia de festa no paço aquele em que o conde prestou juramento e foi recebido irmão da Ordem Terceira. O contentamento do rei não podia ser maior. O conde de Parati, para fazer a vontade à sua majestade, andou no paço todo aquele dia com o hábito da Ordem; destinado a lavá-lo dos seus erros.

Na verdade, a cena é engraçada, e força é dizer que o absolutismo tinha coisas boas. O marquês, dando a prata para salvar a pele, está indicando ao nosso governo constitucional um recurso útil nas urgências do Estado. Mas o caso do conde é melhor. Esse maçom, obrigado a passear vestido de hábito de São Francisco, foi um belo achado do rei. De certo modo, foi uma antecipação do conflito que mais tarde levou dois bispos aos tribunais, com a diferença que aquilo que o conde de Parati só pôde fazer obrigado, foi justamente o que a maçonaria queria fazer por vontade própria: — andar de hábito. Não penso nisto que me não lembre do nome que em geral teve esse famoso conflito, um nome inventado para castigo dos meus pecados. Lembra-se o leitor? Questão epíscopo-maçônica. Recite isto com certa ênfase: questão epíscopo-maçônica. Não lhe parece que vai andando aos solavancos numa cabeça de molas velhas? Epíscopo-maçônica.

Já transcrevi outros trechos, mas recuei. São interessantes, muito interessantes, mas não são alegres. São anedotas relativas todas à Independência, e nelas é que entram d. Pedro e José Bonifácio. Por consequência; o dito por não dito; não dou mais nada.

Contudo, sempre lhes direi, aqui, que ninguém nos ouve: o conselho de ministros no paço, as palavras de José Bonifácio ao Bregaro; a volta de d. Pedro depois de declarar a independência; a gente que correu a São Cristóvão; a imperatriz, que, não tendo mais fitas verdes para fazer laços, fê-los com as do próprio travesseiro; d. Pedro, um rapaz de 24 anos, impetuoso e ardente; José Bonifácio, grave e forte, e, quando preciso, alegre; a gente que encheu à noite o teatro; as senhoras de laço verde ao peito; toda essa nossa aurora dá-me uma certa sensação profunda e saudosa, que não encontro... onde? no nariz do leitor, por exemplo.

Lélio
Gazeta de Notícias, 10 de janeiro de 1884

Meu caro Lulu Sênior

Meu caro Lulu Sênior. — Você que é de casa — podia tirar-me de uma dúvida. Acabo de ler nos jornais a notícia de que estão coligidos em livro os artigos hebdomadários da *Gazeta de Notícias,* denominados *Coisas Políticas,* atribuindo-se a autoria de tais artigos ao diretor da mesma *Gazeta.*

Eu até aqui conhecia este cavalheiro como homem de letras, amigo das artes e um pouco médico. Nunca lhe atribuí a menor preocupação política, nunca o vi nas assembleias partidárias, nem nos órgãos de uma ou de outra das novas escolas políticas, como diria o redator da *Pátria,* que usa aquele vocábulo de preferência a qualquer outro — no que faz muito bem. Não vi o nome dele em nenhum documento político, não o vi entre candidatos à Câmara dos deputados, ou à vereança que fosse.

Isto posto, caí das nuvens quando li que as *Coisas Políticas* eram desse cavalheiro. Se quer que lhe fale com o coração nas mãos, não acredito. Não bastam a imparcialidade dos juízes, a moderação dos ataques, nem a sinceridade das observações; e, se você não fosse um pouco parente dele, eu diria que não bastam mesmo o talento e as graças do estilo para atribuírem-lhe tais crônicas. Acho nelas um certo gosto às matérias políticas, que, depois do efeito produzido por uma citação de Molière na Câmara, suponho incompatíveis com as aptidões literárias.

Essa última razão traz-me ao bico da pena um tal enxame de ideias, que eu não sei por onde principie, nem mesmo se chegaria a acabar o que principiasse. Restrinjo-me a dizer que o diretor da *Gazeta,* versado nas modernas doutrinas, não havia de querer desmenti-las em si mesmo. A especialização dos ofícios é um fato sociológico. Isto de ser político e homem de letras é uma coisa que só se vê naqueles países da velha civilização, onde perdura a tradição latina de Cícero, e a tradição grega de Alexandre, que dormia com Homero à cabeceira. O próprio Alexandre (se o Quinto Cúrsio é sincero) fazia discursos de bonita forma literária. Daí o uso de pôr no governo de Inglaterra um certo helenista Gladstone ou um romancista da ordem de Disraeli. As sociedades modernas regem-se por um sentimento mais científico. Sentimento científico não sei se entende o que é: mas eu contento-me com dar uma ideia, embora remota.

E daí, meu amigo, pode ser que me ache em erro, e que, realmente, as *Coisas Políticas* sejam realmente do diretor da *Gazeta*. Mas então, força é dizer que anda tudo trocado. Não há uma semana, o correspondente de Londres, do *Jornal do Commercio,* dizia que os conservadores pedem ali a dissolução da Câmara, mas que os liberais a *temem, porque estão no governo.* Se isto não é o mundo da lua, não sei o que seja. Um vizinho, padrinho de um dos meus pequenos, a quem li esse trecho da correspondência, na segunda-feira à tarde, só hoje de manhã acabou de rir. Creio que você o conhece: é o X., antigo comandante do 5º batalhão da Guarda Nacional da corte, o batalhão de Sant'Ana, uma pérola.

Se é assim, se as coisas são tais, então cumprimenta por mim o nosso Ferreira de Araújo, dizendo-lhe ao mesmo tempo que continue, e cá me tem a lê-lo e relê-lo, e adeus.

Lélio
Gazeta de Notícias, 13 de março de 1884

Enfim! os lobos dormem com os cordeiros

Enfim! os lobos dormem com os cordeiros, e as linguiças andam atrás dos cães. São as notícias mais frescas do dia.

Que os lobos dormem com os cordeiros, basta ver o anúncio que anda nas folhas, um anúncio extraordinário, pasmoso, um anúncio da rua do Hospício. Vende-se ali, está ali à espera de algum amador que o queira comprar, não um chapéu ou um gato, não um jogo de cortinas, um armário, um livro, uma comenda que seja, mas um (custa dizê-lo!) mas um (ânimo!) mas um (palavra, só escrever o nome dá um arrepio pela espinha abaixo), mas um (vamos!) mas um tigre.

Sim, senhores, vende-se ali um tigre. O tigre, essa fera que os poetas arcádicos nunca deixaram de dizer que era da Hircânia, e ao qual comparavam os namorados, quando elas olhavam para outros; o tigre já não é um simples desenho dos livros infantis ou uma criatura empalhada do museu; o tigre vende-se na rua do Hospício, como o chá preto e as cadeiras americanas.

Um pouco mais, e vamos ouvir discursar um camelo ou um jumento, ou damos a calçada a verdadeiros cavalos. Se isto não é a terra da promissão, façam-me o favor de dizer o que é.

Quanto aos cães perseguidos por linguiças, vão ver se minto.

Morreu um homem, deixando em testamento alguns legados. Noutro tempo, os legatários nunca mais perdiam de olho o inventário, tinham procurador para lhes cuidar do negócio, farejavam o cartório, e passavam algumas noites em claro. Tudo mudou depois que os tigres se vendem na rua do Hospício. Agora são os testamentários que andam atrás dos legatários. Um daqueles, desesperado de esperar por estes, fez um anúncio repleto de legítima impaciência, em que declara, decorrido algum tempo da publicação do testamento do comendador Pacheco, que, estando o inventário a encerrar-se, pede aos interessados vão requerer o que for a bem do seu direito "sob pena de, julgadas as partilhas, irem haver do herdeiro da terça os seus legados".

Ubinam gentium sumus? Os legados atrás dos legatários! as linguiças farejando os cães! Deus meu, bateu finalmente a hora da harmonia e do desinteresse? Vamos ver as comendas atrás das casacas, e elas a fugirem-lhes vexadas e desdenhosas? Os vencimentos em vez de os irmos nós buscar, irão ter com a gente? Os bens passarão a correr atrás dos frades?

Lélio
Gazeta de Notícias, 26 de abril de 1884

Chegando anteontem, à noite, de Macacu

Chegando anteontem, à noite, de Macacu, onde fui estudar as febres de 1845, fiquei surpreendido com a notícia de ter o meu nome figurado em uma comissão que foi pedir a Lulu Sênior a reentrada do colega Décio. Jurei a todas as pessoas que era falso; mas mostraram-me o número da *Gazeta* em que Lulu Sênior narrava tudo, e com efeito vi o meu nome, e até palavras que me são atribuídas.

Parecendo-me a graça um tanto pesada, entendi que era caso de um desforço pelas armas, e incumbi dois amigos, o dr. F. C., distinto médico, e um membro do Parlamento, lhe irem pedir satisfação ou testemunhas.

Eram oito horas da manhã, quando os meus dois amigos treparam ao morro, e onze quando voltaram ambos com a alma aos pés. Imaginei a princípio que ele recusara o duelo; mas o dr. F. C. tirou-me logo esta ideia, dizendo:

— Coisa pior, coisa pior.

— Que é então?

— Tenha ânimo; seja homem. O seu amigo...

— Que tem?

— Não se irrite contra ele. Tudo aquilo é um puro caso patológico. Estivemos seguramente duas horas juntos, e reconheci que ele está louco.

— Não me diga isto!

— Não digo louco varrido, formalmente louco; mas padece de alucinações, ideias delirantes; não está bom, não; e se não tiverem cuidado, pode acabar mal, muito mal. A história da comissão foi verdadeira, quero dizer, ele imaginou que tinha a comissão diante de si, conversou com as pessoas, ouviu as palavras e escreveu-as. Quando chegamos, ele supôs logo que éramos outra comissão, e que éramos cinco. Dirigiu-se a uma cadeira vazia para lhe dizer: "Mas, v. s.ª como relator da comissão..." Em suma, padece do que chamamos em medicina comissiomania ou mania das comissões. A prova é que o sondei logo, segundo nos ensinam os patologistas, e perguntei-lhe se iria hoje à Igreja de São Francisco, à rua Municipal, e ao paquete *Amazone*. Respondeu-me alegre que sim, que tinha que falar em São Francisco com o comissário da Ordem Terceira, na rua Municipal com dois *comissários* de café, e no paquete com o respectivo *comissário*. Vê Sempre a mesma mania.

— Mas, então, perdido?...

— Não; ainda pode salvar-se. Essas alucinações e delírios, quando não tratados, podem chegar à demência total, e mesmo à idiotia e à imbecilidade, para a qual noto-lhe uma certa tendência. Urge não perder tempo.

— Mas, doutor, é impossível, ele raciocina perfeitamente.

— Que tem isso? Há mil, há cem mil pessoas no universo, que raciocinam perfeitamente, e, entretanto, padecem de uma dessas alucinações ou delírios. Conheço um alferes que está persuadido de ser major. Um deputado da legislatura de 1864 imaginava que o imperador lhe oferecia todas as manhãs a pasta dos Negócios Estrangeiros. Contou-me mais de uma vez como se passavam as coisas. O imperador entrava (era na casa de d. Maria, rua da Ajuda), ia ao quarto dele, com a pasta na mão, e dizia-lhe: "Romualdo, tu por que é que não hás de ser ministro?" Pois bem; este deputado proferiu muitos dos melhores discursos parlamentares de 1864 e 1865. Você não tem lido nos jornais notícias de comissões que vão oferecer isto ou aquilo, um retrato, uma venera, etc., a pessoas completamente obscuras ou insignificantes?

— Tenho; leio muitas vezes.

— Pois saiba que não há tal. São casos de comissiomania. Essas pessoas veem, sinceramente, por alucinação, uma comissão diante de si, oferecendo-lhes alguma coisa, venera ou retrato, ouvem os discursos, agradecem, convidam para um copo d'água, e creem que dançam, e que as danças se prolongam até à madrugada. São casos puramente patológicos. Não há neles a menor sombra de comissão, ao menos no estado agudo da moléstia, porque é observação feita que, quando a cura começa a operar-se, o doente ilude-se a si mesmo, arranjando uma comissão de verdade, que vai deveras à casa dele com a venera, que ele mesmo comprou, e lhe fazem discursos, comem realmente, e as danças prolongam-se até de manhã...

— Pobre Lulu Sênior! Que faremos então?

— Sujeitá-lo a um regime rigoroso. Eu creio que os excessos da mesa, os comes e bebes, é que o têm perdido. O ilustre Maudsley vem em apoio da minha opinião, no seu magnífico livro: "Se os homens (diz ele) quisessem viver com sobriedade e castidade, diminuiria logo o número dos loucos, e mais ainda na geração seguinte". E ele aconselha aos homens uma coisa a que chama *self-restraint*, restringir-se, abster-se. Entende-me?
— Perfeitamente.
— Ora bem; é o que convém aplicar ao seu amigo. Nada de finos pratos, nem borgonha, nem champanha; deem-lhe durante seis meses bacalhau de porta de venda e vinho de Lisboa fabricado no Rio de Janeiro; podem mesmo aumentar no vinho a dose tóxica, com um ou dois decigramas de pau-campeche por litro, ou meio decigrama de estricnina: é a mesma coisa.

Lélio
Gazeta de Notícias, 15 de maio de 1884

O sr. Ferreira inventou um processo para escrever tão depressa como se fala ou pensa

O sr. Ferreira inventou um processo para escrever tão depressa como se fala ou pensa. A taquigrafia, inventada com esse intuito, é puramente nada ao pé do invento do sr. Ferreira, que por esse motivo pediu e obteve privilégio do governo, e espera naturalmente a glória universal.

Eu, se o governo e o sr. Ferreira desejarem ouvir-me, entendo que um e outro devem ser executados como inimigos públicos. E eis aqui os fundamentos da minha opinião. O poeta Simônides achou um dia um processo para conservar na memória as coisas passadas e foi dizê-lo a Temístocles. Que lhe respondeu o grande capitão? Respondeu isto que Camões pôs em verso:

Oh! ilustre Simônides.....
Pois tanto em teu engenho te confias
Que mostras à memória nova ira;

Se me desses uma arte que, em meus dias,
Me não lembrasse as coisas do passado,
Oh! quanto melhor obra me farias!

O mesmo digo eu ao sr. Ferreira e ao governo que privilegiou. Céus que me ouvis, nesta vida tão cheia de amarguras, se há alguma coisa que pode consolar a gente é a quantidade enorme de pensamentos e palavras que ficam pelo chão. Não nego que ainda há muita coisa que se salva, que se escreve, que se imprime, que se lê, que entra na economia, que mata, que esfola: mas, em suma, a convicção de que podia ser pior ajuda-nos a carregar a cruz.

Sai a gente de casa, mete-se no bonde, encontra um sujeito que está justamente espreitando um conhecido. O sujeito chama-nos, encolhe os joelhos para deixar passar, paga-nos o bonde e fala-nos; desde então podemos dizer que toda a liberdade pessoal desapareceu. Não somos nós, não somos um ente livre, dotado de razão, feito à imagem do Criador; somos um receptáculo. O sujeito tem duas ou três ideias na cabeça e um oceano de palavras nos gorgomilos. Dilui as duas ideias nas palavras, sacoleja e despeja aos cálices. Engole-se o primeiro; creio mesmo que o segundo ainda vai; mas o terceiro é o diabo. Vem o quarto, vem o quinto, vem o sexto, vem a garrafa, vem a pipa, vem o Atlântico.

A gente olha para a frente a ver se o bonde está chegando. Não chega; em geral os burros são aliados do algoz e andam devagar. De quando em quando para o bonde; é um freguês que vem lá no meio de uma rua transversal; ou então é uma passageira que sai, uma senhora gorda, com um pequeno, uma bolsa, um embrulho, e sai primeira a senhora, com a bolsa, depois o pequeno, finalmente o embrulho. Durante esse tempo continua o nosso castigo, lento, bárbaro, sem uma esperança de trégua. Nada; é apanhar calado.

Até aqui, porém, restava sempre uma consolação; a consolação ou a ilusão do inédito. Com o sr. Ferreira dissipou-se essa coisa. Já não haverá inédito; tirar-se-ão cem, duzentos, trezentos exemplares da mesma amolação. O autor terá cuidado de recolher as belas coisas que distribuiu, para dá-las depois em almaço ou pergaminho às outras criaturas humanas.

Não, Ferreira! não, governo imperial! Nada de tal processo; nada de dar mais asas à asneira. Basta as que tem. A asneira anda de bonde, de carro, a cavalo, a pé, tem as asas da fama, e vós ainda lhe quereis dar as do privilégio! Odioso privilégio, Ferreira.

Escuta, patrício. Olha uma coisa: Lope de Vega escreveu as suas mil e tantas peças sem o teu processo; Voltaire e Rousseau não precisaram dele. Nem Shakespeare, nem João de Barros, nem o nosso jornalista C. B. de Moura, que há trinta e três anos ou mais acompanha assiduamente as *evoluções* de uma política *bastarda* e os *protestos* mais *intencionais* que *eficientes* dos nossos partidos.

Nas câmaras? Quem é que sente necessidade de apressar mais a reprodução das ideias e palavras que se dizem nas câmaras? Quem? Elas aí vêm todas nos jornais, e às vezes todas e mais algumas; o que prova que a taquigrafia é um processo excessivo, pois não se limita a tomar o enunciado. A ciência é uma pessoa demorada e prudente; não precisa de máquinas para falar e escrever depressa. No comércio uma invenção dessas seria um perigo; na diplomacia uma inutilidade.

A conclusão é a do princípio. Governo e Ferreira são dois inimigos públicos, dignos da fogueira, neste mundo, e do inferno no outro. Que os diabos os levem e mais a tal máquina; é o meu voto, e será o de toda a gente que (modéstia à parte) enxergar dois palmos adiante do nariz.

Lélio
Gazeta de Notícias, 15 de julho de 1884

Constou-me um destes dias

Constou-me um destes dias, que o sr. conselheiro Lafaiete estava concluindo um livro. Fui ter com s. ex., que me confessou ser verdade. Trata-se de um volume de trezentas páginas in 4º, intitulado (à imitação de um escrito estrangeiro) *História que não aconteceu*. Pedi a s. ex. que me desse um trecho da obra, um capítulo, ou, quando menos, uma ideia geral do plano e da matéria; o ilustre senador declarou-me que não teria dúvida em dar-me um capítulo ou dois, mas era preciso copiá-los; o escrito está ainda em borrão, muito cheio de entrelinhas.

— Então, uma ideia, um resumo...

— Perfeitamente — disse s. ex. —, isso dou, e com muito prazer. Eu suponho a obra escrita em maio de 1885; o período histórico vai de 3 de junho deste ano a 15 ou 20 de janeiro do ano que vem. Estamos na Câmara no dia 3 de junho; as galerias e as tribunas enchem-se de povo, circunstância que aproveito para intercalar um belo pensamento, à maneira de Tácito. Sabe que foi o dia da eleição do presidente...

— Sim, senhor; Moreira de Barros contra Rodrigues.

— Abre-se a sessão, fazem-se dois ou três discursos, correm as urnas, contam-se os votos: sai eleito Moreira de Barros por unanimidade. Espanto do Prisco. Sussurro nas galerias; ninguém entende nada.

— Eu mesmo confesso a v. ex. que...

— Não confesse e ouça. Entra em discussão o orçamento; apareço eu no salão. Rompe o debate o Figueira, e declara que a manifestação da maioria, a que a oposição se associou, seria incompleta, se a oposição não me convidasse a jantar. Espanto do Soares Brandão. Ergo-me e agradeço não só a manifestação anterior como o convite, que declaro aceitar em nome de todos os princípios.

— Realmente, é imaginoso.

— Na política não há imaginação, há lógica, e lógica de ferro. Segue-se o capítulo do jantar, que é no Cassino, e naturalmente um jantar clássico: línguas de rouxinol, ostras de Cartago, etc. Creio que é uma das melhores páginas do livro. Na frente do edifício, em letras de gás, um trecho de Horácio: *Nunc est bibemus...* A mesa tem a forma de coração. Os brindes são numerosos e amistosos; fim da primeira parte.

— Vamos à segunda.

— A segunda compreende o resto do mês de julho, todo o mês de julho, até meados de agosto. Na discussão dos orçamentos acentua-se mais a fraternização dos partidos. O próprio Figueira, sem deixar de ser enérgico e inflexível nos princípios, declara que só quer ver restaurada à verdade da lei; não trama a queda do gabinete, deseja antes longa vida aos ministros. Votam-se os orçamentos nos meados de julho; unanimidade. Enquanto se discute lá fora, eu, na sala dos ministros aprendo grego com o Anísio, e epistolografia com o Rodrigues. Estou em dúvida se farei votar na Câmara uma coroa de louros para mim; receio que vejam nisso uma ideia de César para cobrir a calva, e, por outro lado, não quero tocar as raias da inverossimilhança; fico só na votação dos orçamentos e na unanimidade. Nisto acaba o mês de agosto...

— Sim, senhor; fecham-se as câmaras.

— Fecham-se as câmaras, e vamos à eleição. No dia 10 ou 12 de setembro, o Dantas parte para a Bahia, como um simples senador. Há de ter notado que em toda a minha história não há a menor probabilidade de Ministério Dantas; mas o que não notou, porque ainda não cheguei lá, é que eu não deixei partir os deputados sem lhes oferecer um jantar magnífico, no mesmo Cassino, com o mesmo aparato e a mesma alegria. A oposição congratula-se com o Ministério, e intima-se que continue a marchar na estrada da legalidade, afirmando que assim poderei contar com as bênçãos do país. Eu respondo que o país pode contar com os meus esforços, para servi-lo, e acrescento que, em todo caso, vai ter a palavra, para dizer com toda liberdade o que deseja. Compreende que é uma promessa de não intervir no pleito eleitoral...

— Que v. ex. cumpre?

— Homem, confesso-lhe que a princípio tenho cócegas de intervir alguma coisa (é no cap. XII), mas depois, diante do meu Pedro, do meu Montaigne... Nunca leu Montaigne?

— Algumas vezes...

— Excelente Montaigne! E Pedro? Gosto também de Molière; diga-me se acha muita coisa que se lhe compare; mas, enfim, o Montaigne...

— V. ex. esqueceu que estamos na eleição.

— Justamente. Ia intervir; mas deixo de mão a eleição, e meto-me na Gávea, lendo os meus amigos, vindo três vezes por semana ao Tesouro, e todos os sábados a São Cristóvão despachar com o imperador. Nada de Dantas no caminho, nem para lá, nem para cá. Nada; nem Dantas, nem projeto de elemento servil, nem escravos de sessenta anos, nem nada. Chegam as eleições, o Paulino trabalha, e...

Lélio
Gazeta de Notícias, 20 de julho de 1884

Tendo-me dirigido, por meio de respeitosa carta

Tendo-me dirigido, por meio de respeitosa carta, à presidência da Câmara dos deputados, recebi a resposta que dou em seguida, não por vanglória, mas porque interessa a todos.

❦ ❦ ❦

CÂMARA DOS DEPUTADOS GABINETE DA PRESIDÊNCIA
Rio de Janeiro, 24 de julho, 1884.

Ao sr. Lélio
Acuso recebida a carta que vm. dirigiu a esta presidência, em data de hoje, 24, perguntando-me pelo voto de graça. Confesso a vm. que estava tão longe de semelhante coisa, e, por outro lado, são tantas as dificuldades em que me vejo, que não poderei dar uma resposta cabal nem minuciosa. Entretanto, direi alguma coisa, retificando ao mesmo tempo algumas proposições suas, evidentemente errôneas, posto que desculpáveis da parte de um cavalheiro sem traquejo político.
E antes de tudo, declaro a vm. que a comparação estabelecida na carta a que respondo com o uso particular dos cumprimentos, é de todo o ponto inadmissível. Se nas relações pessoais a pergunta: Como passou? *exige logo a resposta:* — Bem, obrigado — *não acontece a mesma coisa nas relações políticas. Nestas pode haver necessidade de replicar:* — E que lhe importa a vossa majestade? *resposta a que a coroa treplica dizendo:* — Não se zangue; vou mudar o Ministério. *E basta essa feição possível do diálogo para ver que não se trata aqui de saber se a Câmara passou bem ou mal, mas se simpatiza ou não com a família política do imperador.*
Não colhe o argumento da Câmara dos comuns citado por vm. Lá é certo que a resposta à fala do trono é dada na mesma noite ou no dia seguinte; mas, em primeiro lugar, os ingleses têm um poder e método de trabalho a que ainda não atingimos; e depois, como eles é que inventaram o sistema, é natural que lhe deem mais pontualidade. Mas, sobre todas, há uma razão que vm. não recusará: é a diferença do clima. Vm. há de ter lido em Darwin que as espécies de uma região ártica, ou mesmo de uma região temperada, não podem suportar o clima dos trópicos e vice-versa... *Não digo tanto; mas que as coisas mudam mudando, isso mudam.*
Vou agora dar notícia do voto de graças, dizendo-lhe com franqueza que até agora ainda o não vi. Logo que recebi a sua carta, perguntei por ele aos secretários, que não me pareceram mais adiantados. Ninguém fala senão no elemento servil, Dantas, dissolução, ou Ministério

novo. Tão depressa, porém, o voto de graças apareça por aqui, logo o farei entrar na ordem dos trabalhos; é a mais que pode fazer esta presidência.

A conclusão de vm. é que, se no fim de três meses, ainda não se deu resposta à fala do trono, é que tal resposta é uma formalidade dispensável e melhor fora eliminá-la. Não me cabe discutir com particulares; mas direi neste ponto, que a resposta à fala do trono é uma prática de tal ordem que, ainda mesmo que venha a perder de eficácia política, será sempre um vasto terreno de eloquência, apropriado às belas estreias e às fórmulas brilhantes. Vm. não ignora que há uma geologia parlamentar. Em certas partes do terreno (orçamentos, reforma judiciária, etc.) a terra é apta para os matos cerrados e árvores gigantescas; noutras dão melhor as flores bonitas e as parasitas de toda a espécie. Quanto às urgências, encerramentos, requerimentos, etc., etc., são apenas aplicados às plantas urticárias, que picam as mãos e chegam mesmo a dar cabo de um homem ou de sete homens.

Tenho-lhe falado com certa familiaridade e para que vm. veja que a minha alma é boa e alegre. Digo-lhe mais, se não fosse esta obrigação de contar votos, ler o regimento da Câmara e dar aos tímpanos, creia que eu faria da cadeira em que me ache um verdadeiro paraíso. Infelizmente, deram-me isto no pior dos momentos políticos.

E aqui paro. Repito que farei discutir o voto de graças, logo que ele me apareça. E nunca será tarde, creia; não o é nunca para os arrependimentos, não o será também para os cumprimentos.

Sou, etc.
Gazeta de Notícias, 25 de julho de 1884

Ontem, logo que tive notícia da crise ministerial

Ontem, logo que tive notícia da crise ministerial, recolhi-me a casa para esperar os acontecimentos. Sabe-se que o imperador, nestas ocasiões, costuma chamar três e quatro pessoas, e eu não queria fugir ao meu dever cívico, se porventura a coroa se lembrasse de mim. Jantei, nada; fumei um, dois, três charutos, coisa nenhuma. Mandei ver se havia na caixa das cartas algum bilhetinho do Dantas. O criado achou apenas uns jornais da Bahia. Da Bahia? Que sabe se, dissimuladamente, em algum recanto, não havia escrito a lápis um recadinho do presidente do conselho, dizendo-me que sua majestade, etc. Abro um, abro outro, abro nove, e não acho o menor vestígio de chamado.

Comecei a ficar inquieto. Eram dez horas passadas. Tudo silencioso. Debruçava-me à janela, estendia o ouvido, para apanhar alguma coisa, um galope de ordenança ou um carro a toda a brida. Qual brida, nem qual ordenança!

Tudo continuava silencioso, como se não houvesse uma crise, um imperador e um ministro eventual esperando.

Às onze horas, furioso, meti-me na cama. Tinha os tais jornais da Bahia, e, para esperar o sono, entreguei-me a lê-los um por um.

Car, que faire en un lit à moins que l'on ne dorme?

Hão de crer que li até às duas horas da manhã? Não perdi nenhum, não me escapou nada, desde o artigo de fundo até à notícia literária ou artística, e desta ao anúncio. E foi bom, porque a minha intenção, quando perdi totalmente as esperanças, foi fazer desta bala uma catapulta contra imperador, que não me chamou, quando é certo que trago no bolso uma panaceia destinada a curar todos os males públicos. Mas os jornais da Bahia deram-me assunto menos facioso.

Sim, que imagina o leitor que se pode anexar à *Dama das camélias* para lhe trazer um pouco mais de interesse do que lhe deu o autor, se é que lhe deu algum? Há muitos anos, a Candiani, representando aqui a *História de uma moça rica,* introduziu no segundo ato, no momento de fugir ao marido, uma ária da *Norma,* creio eu. Processo feliz, mas já agora processo velho. Era preciso um tempero novo. Qual seria ele? Vamos, procure bem, leitor, nada de impaciências, vá devagar, com investigação. Achou? Não achou, não pode achar.

> Uma novidade (diz o *Diário de Notícias* de 19 do mês corrente), uma verdadeira surpresa gozarão hoje os espectadores. Calculem que no 1º ato cingirá a fronte da sublime atriz (Emília Adelaide) um lindo diadema encimado por uma estrela, a qual, em um momento dado, espargirá esplêndida luz elétrica.

Não tive jornais posteriores; ignoro o efeito da novidade. Não há dúvida, porém, que deve ter sido deslumbrante. Em verdade, o estilo de Dumas, à força de concisão, traz certas obscuridades que estão pedindo luz, e luz elétrica. Eu, uma vez que não fui chamado a São Cristóvão, quisera estar no Teatro de São João. Santo por santo. Ouvia as primeiras cenas, naturalmente distraído, à espera da entrada de Emília Adelaide. De repente, rumor em toda a sala, borborinho precursor dos grandes acontecimentos; é ela que vem entrando: "Nanine, manda preparar a ceia..." Ninguém ouve nada; todos os olhos estão na estrela. "Olha bem, nhonhô — murmuram os pais aos filhos — bota o olho na estrela para não perder a coisa..." Mas, por que a notícia do *Diário,* com uma obscuridade pouco elétrica, limita-se a dizer: *em um momento dado?* Não aponto o lugar... Mas é agora; zás! a luz aparece! bravo! esplêndido! viva o Campelo!

Que Campelo? Ah! é verdade, e esquecia-me falar do Campelo. Neste caso da estrela, não há só a ciência unida à arte, mas também a indústria ligada a ambas, como prova da unidade do espírito humano. O Campelo é o colaborador do Dumas. Foi ele o inventor da aplicação elétrica, como se pode ver deste anúncio do mesmo dia 19.

O proprietário da conhecida loja Campelo, tendo recebido dois ricos diademas elétricos... resolveu também apresentar aqui a sua estreia no Teatro de São João, na noite de sábado, 19, que para isso generosamente se presta a distinta atriz Emília Adelaide, colocando o diadema estrela em sua gloriosa fronte artística.

> Ao teatro pois
> Ver e admirar,
> Ao Campelo depois
> Barato ir comprar.

Binóculos, finos, para todos os preços, plumas, penachos, leques, grampos atartarugados, etc.

Profundo Campelo! Por que hás de tu vegetar na província, quando a corte chora por ti? Quantas peças nossas não esperavam um pouco de luz elétrica no primeiro ou mesmo no segundo ato. Não receies perder aqui o teu lugar. Cá mesmo serás o primeiro entre todos, ou mais exatamente o *primus inter pares,* porque há outros Campelos, e só o que lhes falta é o gênio inventivo; tu o tens de sobra, tu possuis a chama elétrica por fora e por dentro. Vem, Campelo, ensina teus irmãos, e o que ligares no palco será ligado no resto da cidade. *Tu es Campellus, et super hanc...*

Olha, Campelo. Tu só poderias ser vencido por outro Campelo, que vendes-se aves domésticas e mandasse pôr uma notícia deste teor:

> O sr. Latham, o ilustre trágico inglês, que ora trabalha no Ginásio, passou ontem duas horas na loja do Campelo (Júnior) estudando as belas aves que esse estabelecimento (único na América) possui. O glorioso artista pretende hoje, no 2º ato do Hamlet, cantar de galo.

> Ao teatro pois
> Ouvir e pasmar,
> Ao Campelo depois
> Barato ir comprar.

Mas onde está esse outro Campelo, único que te poderia desbancar? Onde? Nem nascido ainda, nem talvez concebido. Pura hipótese, mera probabilidade.

Lélio
Gazeta de Notícias, 30 de julho de 1884

Agora que vamos ter eleição nova

Agora que vamos ter eleição nova, lembraram-se alguns amigos que eu bem podia ser deputado. Tanto me quebraram a cabeça, que afinal consenti em correr às urnas. Resta só a profissão de fé, que é o ponto melindroso.

Eu podia, à semelhança de um candidato inglês, em 1869, fazer este pequenino *speech:* "Quero a liberdade política, e por isso sou liberal; mas para ter a liberdade política é preciso conservar a Constituição, e por isso sou conservador". Mas, além de copiá-lo, se apresentasse um tal programa (o que não fica bem), não sei se essas poucas linhas, que parecem um paradoxo, não são antes (comparadas com as nossas coisas) um *truísmo.*

Porquanto:

Há muitos anos, em 1868, quando Lulu Sênior andava ainda no colégio, e, se fazia gazetas, não as vendia e menos ainda as publicava, nesse ano, e no mês de dezembro, fui uma vez à Assembleia provincial do Rio de Janeiro, vulgarmente salinha. Orava então o deputado Magalhães Castro. Nesse discurso, essencialmente político e teórico, o digno representante ia dizendo o que era e o que não era, o que queria e o que não queria.

Ao pé dele, ou defronte, não me lembro bem, ficava o deputado Monteiro da Luz, conservador, e o deputado Herédia, liberal, que ouviam e comentavam as palavras do orador. Eles o aprovavam em tudo; e, no fim, quando o sr. Magalhães Castro, recapitulando o que dissera, perguntou com o ar próprio de um homem que sabe e define o que quer, eis o diálogo final (consta dos jornais do tempo):

O sr. Magalhães Castro: — Agora pergunto: quem tem estes desejos o que é? o que pode ser?

O sr. Monteiro da Luz: — É conservador.

O sr. Herédia: — É liberal.

O sr. Monteiro da Luz: — Estou satisfeito.

O sr. Herédia: — Estou também satisfeito.

Portanto, basta que eu exponha as teorias para que ambos os partidos votem em mim, uma vez que evite dizer se sou conservador ou liberal. O nome é que divide.

Resta, porém, a questão do momento, o projeto do governo, a liberdade dos 60 anos, com ou sem indenização, ou o projeto do sr. Felício dos Santos, que também é um sistema, ou o do sr. Figueira, que não é um nem outro. Sobre este ponto confesso que estive sem saber como explicar-me, até que li a circular de um distinto deputado, candidato a um lugar de senador. Nesse documento que corre impresso, exprimia-se assim o autor: "Quanto à questão servil, já expendi o meu modo de pensar em dois folhetos que publiquei, um sobre a baixa do açúcar, outro sobre colonização".

Desde que li isto vi que tinha achado a solução necessária ao esclarecimento dos leitores. Com efeito, é impossível que eu não tenha publicado algum dia, em alguma parte, um outro folheto sobre qualquer matéria mais ou menos correlata com os atuais projetos. Na pior das hipóteses, isto é, se não tiver publicado nada, então é que estou com a votação unânime. A razão é que devemos contar em tudo com a presunção dos homens. Cada leitor quererá fazer crer ao vizinho que conhece todos os meus folhetos, e daí um piscar de olhos inteligente e os votos.

Eu, pelo menos, é o que vou fazer. De tanta gente que andou pelas ruas, no centenário de Camões, podemos crer que uns dois quintos não leram *Os Lusíadas*, e não eram dos menos fervorosos. O mesmo me vai acontecer com o sr. Peixoto. Vou dizer a toda a gente que li e reli os dois folhetos do sr. Peixoto, tanto o do açúcar como o da colonização; acreditarei que são *in 8º*, com 80 ou 100 páginas, talvez 120, bom papel, estatísticas e notas. Interrogado sobre o valor comparativo de ambos, responderei que prefiro o do açúcar, por um motivo patriótico, visto que o açúcar é um produto do país e a colonização vem de fora; mas direi também que o da colonização tem ideias muito práticas e aceitáveis.

Podia também citar a Câmara anterior, que com infinita serenidade votou pela reforma eleitoral constitucional, e depois pela mesma reforma extraconstitucional; mas não adoto esse alvitre, um dos mais singulares que conheço, para não ser acusado injustamente de mudar a opinião ao sabor dos ministros. Prefiro entrar sem programa, e eis aqui o meu plano consubstanciado nesta anedota de 1840:

Era uma vez um sujeito que aparecia em todos os casamentos. Em sabendo de algum vestia-se de ponto em branco e ia para a igreja. Depois acompanhava os noivos à casa, assistia ao jantar ou ao baile. Os parentes e amigos da noiva cuidavam que ele era um convidado da noiva, e, vice-versa, cuidavam que era pessoa do noivo. À sombra do equívoco, ia ele a todas as festas matrimoniais.

Um dia, ao jantar, disse-lhe um vizinho:

— V. s.ª é parente do lado do noivo ou do lado da noiva?

— Sou do lado da porta — respondeu ele —, indo buscar o chapéu. Levava o jantar no bucho.

Lélio
Gazeta de Notícias, 4 de agosto de 1884

E o Senhor, baixando os seus divinos olhos para a terra

E o Senhor, baixando os seus divinos olhos para a terra, disse ao príncipe dos apóstolos:

— Pedro, o que é que vejo ali no Rio de Janeiro, no lado exterior da Capela Imperial?

— Senhor, são vários anúncios que...
— Anúncios de prédicas e missas? Pois que! tanto desceu o espírito religioso daquele povo, que seja preciso anunciar os ofícios divinos com letras grandes e escarlates?
— Perdoai, Senhor Deus meu, não são anúncios de missas...
— De escritos religiosos?
— Também não. São anúncios de várias coisas profanas... Não vejo bem de longe; creio que são camisas de flanela... Não; leio agora um: *Manteiga da Normandia*. Outro: *Sapatos do Curvelo*. Há também alguma coisa da grande alfaiataria *Estrela do Brasil,* e a *Erva Homeriana*... Não leio bem os outros.

Então o Senhor, depois de estar alguns minutos atento, soltou um suspiro que abalou todas as colunas do empíreo; mas, logo depois, ao bafejo da palavra eterna, agitou-se brandamente o ar, como se as asas de dez bilhões de serafins se movessem todas a um tempo. E eis aqui o que disse o Senhor Deus ao apóstolo:

— De maneira, Pedro, que eu expeli um dia os mercadores do templo, e ei-los que mandam pintar-lhe nas paredes os seus anúncios? Dezoito séculos bastaram a esta desforra... Pedro, o mundo está ficando triste. Sabes ao menos o que é essa Erva Homeriana, e essa outra?

— Senhor, deixai-me ler.

Ao dizer isto, invadiu o espaço um grande clarão: eram todos os sóis e estrelas do universo que aumentavam a intensidade, para que os olhos do santo pescador pudessem bem ler através de bilhões de léguas. Pedro leu tudo, para si; depois respondeu ao Senhor:

— Não direi nada em relação aos outros anúncios; mas relativamente à erva e às pastilhas, digo-vos que não se lhes pode aplicar o que fizestes um dia na Judeia. Os mercadores do templo, posto vendessem pombas para o sacrifício, não as tinham já sagradas, de maneira que elas tanto valiam como se fossem para comer. Não é assim com a erva e as pastilhas, que são puros milagres; fazem o que fizestes na terra...

— Ressuscitam os mortos?

— Só não ressuscitam os mortos. No mais, fazem tudo, ou quase tudo. São as últimas descobertas da ciência; e a tempo vieram, porque vieram, porque a natureza humana está ficando tão depravada, que em poucos séculos não há mais homem são.

— Mas, Pedro — disse o Senhor sorrindo —, que lugar se dará então nas boticas ao *Xarope do Bosque,* uma descoberta de 1853... Curava tudo.

— Senhor — respondeu doutamente o apóstolo —, esse outro milagre acabou. Os xaropes são como os impérios. Onde está Babilônia? O *Xarope do Bosque,* foi, com efeito, a última palavra da ciência em 1853; durou até 1857, creio eu. Tal qual a Salsaparrilha de Sands. Onde está a Salsaparrilha de Sands? Onde está mesmo a Salsaparrilha de Bristol? Conheceis a anedota de uma certa dama...

— Conheço tudo, Pedro, mas conta, conta.

— Anedota velha e revelha. Era uma dama adoentada, que ouviu a notícia de um grande remédio para muitos achaques, especialmente os que ela padecia. Consultou um médico sobre a eficácia do invento; e o médico, espírito fino e agudo, deu-lhe de conselho que tomasse a droga sem demora: "Vá, apresse-se enquanto ela cura"...

Ouvia-se em todo o empíreo uma imensa gargalhada, eram os anjos e arcanjos, que escutavam a narração de Pedro, e acharam graça ao dito do médico. O próprio apóstolo sorriu. Só o Senhor olhava melancólico para a sua obra universal. Após alguns instantes, disse ele:

— Assim, pois, cada descoberta nova tem a missão de curar até que aparece outra?

— Justamente. Logo que aparece outra, a primeira desaparece, à maneira das peças de teatro.

— Mas algumas peças voltam à cena — objetou o Senhor.

E o apóstolo, destro na réplica, acudiu sorrindo:

— Alguma diferença há de haver entre a química e a arte. O essencial é que cada droga, enquanto se usa, vá curando; se não fosse assim, não valia a pena inventá-la. Que ela cure, que preencha o fim a que a destinaram; mas nada mais. Se, uma vez substituída por outra, pretender continuar a curar, constitui-se em rebelião contra todos os princípios e costumes, além de praticar uma injustiça e um escândalo, pois é de razão que cada droga tenha o seu dia, para que todas passem sem contradição nem usurpação, nem diminuição.

Lélio
Gazeta de Notícias, 10 de agosto de 1884

NENHUMA PESSOA
MEDIANAMENTE INSTRUÍDA

Nenhuma pessoa medianamente instruída ignora que o Brasil foi descoberto pelo maestro Ferrari. As pretensões portuguesas a este respeito nasceram de uma interpolação no livro VI, cap. VII, de Damião de Goes, achada e provada a todas a luzes; ninguém mais lhe dá crédito.

Hoje está demonstrado, não só que o maestro Ferrari descobriu o Brasil, mas também que este lhe pertence, aplicando-se assim aos impérios o direito público que regula o achado e o uso dos suspensórios. Se ele abusasse do poder, era provável que, assim como as outras colônias americanas se rebelaram, assim o Brasil levantasse o grito de guerra, e se separasse; mas tal não há. A maneira por que o maestro Ferrari dispõe do Brasil, é um modelo de brandura e de amor.

Assim, por exemplo, as rendas públicas. O maestro Ferrari não cobra as nossas rendas públicas, deixa-as à discrição de uma espécie de governo local, composto de sete pessoas. Recebe, é verdade, uma porcentagem mínima, mas isso mesmo a título particular, e sob a forma voluntária de assinatura. Não vendeu a ninguém um palmo sequer das nossas estradas de ferro, não distribuiu ainda uma só das nossas minas de carvão e outras. Possui um certo número de apólices, mas não são beneficiárias; ele mesmo as vai comprando e pagando. Chega mesmo ao escrúpulo de pagar por sua mão os hotéis em que mora.

Vai senão quando, anuncia-se este ano que o maestro Ferrari não vem cá. Podia fazê-lo? Evidentemente não. Uma vez que nos descobriu, contraiu, *ipso facto*, a obrigação de uma visita anual. Tudo na natureza precisa de uma razão suficiente; a nossa é o maestro. Quem poderia imaginar uma chave sem fechadura? Pois tal é o absurdo que anda nos jornais; o maestro não vem cá este ano.

Já isto era bastante para levantar uma questão grave; mas há ainda mais. A lacuna traz uma complicação. Em vez de Ferrari, vamos ter Tartini. Este Tartini não inventou nada, mas tão depressa soube que Ferrari não vinha, deu-se pressa em substituí-lo — o que dá a entender que, pelo menos, presume ter inventado a pólvora. Vamos ver que não; porquanto aparemos ao preço de vinte e cinco mil réis por noite. Olhem bem: a vinte e cinco mil réis por noite, nem mais um ceitil, nem nada; vinte e cinco mil réis por noite. Está em letra redonda.

De duas uma: ou Tartini dá o mesmo que Ferrari, ou não. Se não dá, roubamos; e não lhe vale a desculpa do preço, porque ninguém lhe encomendou este sermão. Se, porém, dá o mesmo, corrompe no nosso espírito a ideia que tínhamos do Ferrari, e não lhe cabe um tal direito, não só pela razão jurídica de nos não ter inventado, mas ainda pela razão sentimental de não convir que se afrouxem os laços de respeito e dependência que nos ligam perpetuamente ao outro maestro.

Em princípio, rejeitemos Tartini; mas, a adotá-lo, imponhamos-lhe a condição de um preço sério. Vinte e cinco mil réis não é assinatura. Não digo que suba aos sessenta mil réis do Ferrari; nem todos possuem a arte infinita, graciosa e profunda desse cavalheiro. Mas entre vinte e cinco e sessenta há espaço para um acordo. Cinquenta mil réis, por exemplo, é um preço excelente, cômodo e real: por que não adotaremos cinquenta?

Nem por um minuto examino o alvitre de exigir a vinda do Ferrari.

Conquanto me pareça que ele tem obrigação de vir, força é confessar que nos falece o meio de fazer valiosa a nossa deliberação. Acresce que somos a coisa possuída, e ele o possuidor. Também examino o alvitre lembrado de ficarmos sem Ferrari nem Tartini, alvitre idiota, desde que um se propõe a substituir o outro. Toda a questão é de preço. Uma vez que Tartini convenha em subir da miséria em que voluntariamente se colocou, tudo fica arranjado, e podemos, como no *Barbeiro,* saudar o desponte do sol:

Ecco ridente in cielo
Cià sponta la bella aurora.

Lélio
Gazeta de Notícias, 15 de agosto de 1884

Tenham paciência os meus amigos liberais do Rio

Tenham paciência os meus amigos liberais do Rio; por mais que lhes custe à modéstia, vou compará-los a um grande povo, ao povo gaulês, e isto nada menos que a propósito da derrota, que acabam de padecer na eleição senatorial.

> Os gauleses (escreve um grave autor) eram cheios de fogo e de bravura; mas, divididos em grande número de nações, detestavam-se entre si. Uma cidade fazia muita vez guerra à vizinha, unicamente por ciúme. Vivos e impetuosos, amantes do perigo, raramente ouviam a voz da prudência.
> Sua ignorância de toda a disciplina, suas divisões, seu desprezo da ciência militar, a inferioridade dos seus meios de ataque e defesa, o seu costume de nunca aproveitar uma vitória, as rivalidades dos chefes tão impetuosos como valentes, deviam entregá-los sucessivamente a um inimigo tão bravo como eles, e ao mesmo tempo mais hábil e mais perseverante.

Que tal? O retrato é parecido, se não completamente exato. Esse inimigo hábil e perseverante, que a história gaulesa chama César, a última história senatorial chama Paulino. E a semelhança é completa, quando o nosso autor recorda que um dia César, estando em Ravenna, e sabendo que os gauleses pretendiam resistir-lhe, para reaver a liberdade, compreendeu o perigo e atravessou os Alpes por cima da neve. Reuniu rapidamente as tropas, e, antes que os gauleses pudessem transpor as fronteiras, apresentou-se diante deles com um exército. Fez um cerco memorável; os gauleses não tiveram remédio senão confessar-se vencidos. Toda a gente sabe quem é César, e que qualidades pessoais lhe deu a natureza; mas, já que cito um autor, e para acudir ao nosso sestro nacional das citações estrangeiras, darei este trecho, que parece aludir às artes eleitorais do sr. Paulino na última campanha:

> De ordinário andava ele com um soldado só, que lhe levava a espada; andava, em caso de necessidade, muitas milhas por dia, atravessava os rios a nado, ou por cima de odres de ar, e muita vez chegava antes dos correios. Como Aníbal, marchava sempre à frente das legiões, o mais das vezes a pé, e de cabeça descoberta, apesar do sol e da chuva. Sua mesa era frugal, e esse sibarita digno do nosso século mandou um dia castigar um escravo, que lhe serviu melhor pão do que ao exército. Dormia num carretão e fazia-se acordar a todas as horas, para visitar os trabalhos de um cerco. Vivia rodeado de secretários para trabalhar...

Et cetera. Não digo que não haja muito quem entenda disto, e basta lembrar a vitória de 1860, com Otaviano à frente: mas, em suma, desta vez perderam. E o caso do castigo ao escravo que deu a César melhor pão do que ao exército é singularmente apropriado à eleição última. O sr. Paulino distribuiu alguns pães com os companheiros, quando lhe queriam dar demais; ao passo que o erro dos liberais veio de cada um querer pão para si. Cristo deu uma vez comida a cinco mil homens, não tendo mais de cinco peixes e dois pães; mas era Cristo, e morreu na cruz. Fazer o mesmo milagre e morrer no Senado, é impossível.

Também os conservadores têm lá outros convivas, como Belisário, Ferreira Viana, Alfredo Chaves e Duque Estrada Teixeira, para não citar mais de quatro. Contudo, a disciplina calou-os todos, e os dois pães com os cinco peixes não passaram de três pessoas.

Notei que houve alguns votos de pura simpatia, alguns nomes obscuros, mais do que se podia esperar de um eleitorado tão escasso! Quem teve o seu compadre ou vizinho, parceiro de voltarete ou companheiro do bonde das quatro e dezessete, não perdeu esta ocasião de uma fineza, o que prova que a simpatia é ainda deste mundo.

Outra observação é que também a graça ou fino espírito não é incompatível com o eleitorado de 1880. Assim, por exemplo, o voto dado ao imperador e ao duque de Saxe. Imagino que o autor dessa manifestação não pode resistir à ideia; e quando se lhe pedia a designação de uma pessoa para ir no Senado, perpetuamente, defender uma certa ordem de coisas públicas, ele preferiu dar um estalinho com os dedos e rir. *Ride si sapis...*

Nada há, porém, em toda a eleição que me enchesse as medidas, como os votos dados ao meu amigo Lulu Sênior. Este cavalheiro tem vivido a difamar-me, atribuindo-me uma idade que não tenho, chamando-me velho e outras coisas correlativas. Ao mesmo tempo pretende não passar de 35 anos. Tem mesmo alguns sujeitos assalariados para espalharem essa mentira cronológica. Felizmente, há ainda eleitores em Berlim e os votos dados ao meu amigo são a prova cabal, eleitoral e política de que os 40 lá vão, e que ele é, enfim, mais velho do que eu. Que me negue agora se é capaz.

Lélio
Gazeta de Notícias, 19 de agosto de 1884

ANDA NOS JORNAIS

Anda nos jornais, e já subiu às mãos do sr. ministro dos Negócios Estrangeiros, uma representação do Clube ou Centro dos Molhadistas contra os falsificadores de vinhos. Trata-se de alguns membros da classe que, a pretexto de depósito de vinhos, têm nos fundos da casa nada menos que uma fábrica de falsificações. Segundo a representação, os progressos da química permitem obter as composições mais ilusórias, com dano da saúde pública.

Ou me engano, ou isto quer dizer que se trata de impedir a divulgação de certa ordem de produtos, a pretexto de que eles fazem mal à gente. Não digo que façam bem; mas não vamos cair de um excesso em outro.

Os homens reunidos em sociedade (relevem-me este tom meio pedante) estão virtual e tacitamente obrigados a obedecer às leis formuladas por eles mesmos para a conveniência comum. Há, porém, leis que eles não impuseram, que acharam feitas, que precederam as sociedades, e que se hão de cumprir, não por uma determinação de jurisprudência humana, mas por uma necessidade divina e eterna. Entre essas, e antes de todas, figura a da luta pela vida, que um amigo meu nunca diz senão em inglês: *struggle for life*.

Se a luta pela vida é uma lei verdadeira e só um louco poderá negá-la, como há de lutar um molhadista em terra de molhadistas? Sim, se este nosso Rio de Janeiro tivesse apenas uns vinte molhadistas, é claro que venderiam os mais puros vinhos do mundo — e por bom preço — o que faria enriquecer depressa, pois não os havendo mais baratos, iriam todos comprá-los a eles mesmos.

Eles, porém, são numerosos, são quase inumeráveis, e têm grandes encargos sobre si; pagam aluguéis de casa, caixeiros, impostos, pagam muita vez o pato, e hão de pagar no outro mundo os pecados que cometerem neste, e tudo isso lutando, não contra cem, mas contra milhares de rivais. Pergunto: o que é que lhes fica a um canto da gaveta? Não iremos ao ponto de exigir que eles abram um armazém só para o fim de perder. O mais que poderíamos querer é que não o abrissem; mas uma vez aberto, entram na pura fisiologia universal; e tanto melhor se a química os ajuda.

Também matar é um crime. Mas as leis sociais admitem casos em que é lícito matar, defendendo-se um homem a si próprio. Bem; o molhadista do nº 40, que falsifica hoje umas vinte pipas de vinho, que outra coisa faz senão defender-se a si mesmo, contra o molhadista do nº 34 que falsificou ontem dezessete? *Struggle for life*, como diz o meu amigo.

Depois, façamos um pouco de filosofia Pangloss, penetremos nas intenções da Providência. Se com drogas químicas se pode chegar a uma aparência de vinho, não parece que este resultado é legítimo, lógico e natural? Acaso a natureza é uma escola de crimes? E dado mesmo que um tal vinho seja danoso à saúde pública, não pode acontecer que seja útil à virtude pública, levando os homens a abster-se? E, porventura, a virtude merece menos que a saúde? Não são ambas a mesma coisa, com a diferença que a virtude é ainda superior? Não entrará tudo isso nos cálculos do céu?

❊ ❊ ❊

Eu bem sei que era melhor não vender nada, nem vinho puro, nem vinho falsificado, e viver somente daquele produto a que se refere o meu amigo barão de Capanema, no *Diário do Brasil* de hoje: "Alguns milhões de homens livres no Brasil (escreve ele) vivem do produto da pindaíba..." Realmente eu conheço um certo número que não vive de outra coisa. E quando o escritor acrescenta: "...pindaíba do tatu que arrancam do buraco..." penso que alude a alguns níqueis de mil-réis que têm saído da algibeira de todos nós.

Era melhor; mas isto mesmo pode dar lugar a falsificações. Nem todas as pindaíbas são legítimas. E a própria química finge algumas, por meio das lágrimas quie são, em tais casos, química verdadeira.

❉ ❉ ❉

Talvez por isso tudo, é que um cavalheiro, que não sei quem seja, mas que mora na travessa do Maia, lembrou-se de fazer este anúncio: "Brasão de armas, composição de cartas de nobreza, árvore genealógica, todo e qualquer trabalho heráldico, em pergaminho, pintura em aquarela e dourados, letras góticas, trata-se na travessa — etc."

Esse cidadão não viverá na pindaíba, nem lhe dirão que faz vinho nos fundos da fábrica. Não faz vinho, faz história, faz gerações, à escolha, latinas ou góticas. E não se pense que é ofício de pouca renda. Na mesma casa convidam-se as senhoras que se dedicam à arte de pintura e quiserem trabalhar. Se ainda acharem que há aí muita química, cito-lhes física, cito-lhes um "grande cartomante" (sic) da rua da Imperatriz, que dá consultas das 7 às 9 da manhã. Física, e boa física.

Que querem? é preciso comer. Cartomancia, heráldica, pindaíba de tatu, ou vinhos confeccionados no fundo do armazém, tudo isso vem a dar na lei de Darwin.

Lélio
Gazeta de Notícias, 23 de agosto de 1884

RASPEI ONTEM UM SUSTO

Raspei ontem um susto, que não desejo ao meu maior inimigo.

Eu, desde criança, sempre tive medo de almas do outro mundo. Será tolice, superstição, o que quiserem; mas é assim; cada qual tem o seu lado fraco. Ultimamente, o mais que admitia é que elas não voltam cá com muita frequência, nem por pequenos motivos; mas que voltavam, voltavam. Vão ver agora o que me aconteceu.

Acabei de jantar tarde. Deitei-me no sofá, alguns minutos, com a intenção de sair às nove horas da noite. Quase nove horas! Peguei no sono, e deixaram-me roncar à vontade. De repente, no melhor de um sonho, sinto que me puxam as pernas. Se eu tivesse a alma ao pé da boca, pegava de uma espingarda, e dava dois tiros; mas sou pacato, temente a Deus e aos homens, e só capaz de matar o tempo e as pulgas. Demais, acudiu-me logo a ideia de alguma alma e comecei a tremer.

— Em nome de Deus, vai-te! vai-te! — balbuciei.

— Não, não vou — respondeu uma voz soturna —, não irei daqui antes de acabar com a emenda do gás. Não quero a emenda do gás. Enquanto a emenda existir, não posso dormir o sono eterno.

— Mas quem és tu? — perguntei trêmulo — quem és?

— Sou a Câmara dos deputados.

— Vai-te! vai-te! Não me persigas! Em nome do Padre, do Filho e do Espírito Santo! Retira-te! eu te perdoo!

— Não vou daqui sem que suprimas a emenda do gás. Não a quero, ouviste? não a tolero, não a desejo, não a aprovo...

— Mas quem sou eu para tanto?

— Tu és o Senado, tu és o meu irmão gêmeo, que ainda vive.

Respondi-lhe que estava enganada, que eu era somente um certo Lélio; que o Senado morava noutro bairro. Mas o fantasma soltou uma gargalhada e tornou a puxar-me as pernas. Jurou depois que não voltaria ao outro mundo sem ver apagada a emenda, ou ficaria peregrinando neste até à consumação dos séculos.

Todo eu era suores frios; recomendei-me ao santo do meu nome e em geral a todos os santos do céu prometi rezar cinco coroas de padre-nossos e outras tantas ave-marias; mas foi tudo como se não fosse nada. De pé, ao lado da cama, continuava o fantasma com os dois olhos fitos em mim, os olhos do Andrade Figueira, o peito do Lourenço de Albuquerque, um braço do Martim Francisco, outro do Zama... Tudo rígido e solene. Não vendo auxílio do céu, recorri à linguagem da persuasão.

— Câmara — disse-lhe —, não sei se tens razão ou não; mas que queres tu? que esperas tu?

— A fusão.

— Que fusão?

— Quero a fusão contigo.

— Comigo? Crês então que sou deveras o Senado? Suponhamos que sim; não posso fundir-me contigo, que estás dissolvida. Sabes tu o que é viver atado a um cadáver?

— Velho gaiteiro! Deixa essas reminiscências do Eurico; eu leio Zola e outros modernos. Se sei o que é viver atado a um cadáver? Tenho passado muitos dias assim, com ministérios que cheiram a defunto, e vivo bem, discuto, voto, rejeito, interpelo...

— Bem; mas eu posso recusar...

— Não podes.

— Essa agora.

— Não podes, e vou prová-lo. Senado amigo, tu governas mais do que eu; tu emendas todos os meus orçamentos, e eu, para não perder tempo ou por outros motivos, aceito as tuas correções tais quais. Um ou outro protesto tímido, e mais nada. Assim as outras leis todas, ou quase todas. Ao contrário, é raro que eu emende o que me mandas. Que é isto senão a prova de que tu governas mais do que eu? Queres outra prova? Donde vêm os presidentes do conselho senão de ti? Eu terei dado um ou outro Zacarias ou Martinho de Campos quando muito, coisa rara, e ainda assim por pouco tempo, por horas. Gladstone, Palmerston, Thiers não morreriam nos meus braços, mas nos teus. Pois bem, a troco de tanta coisa, dá-me só esta, prende-te comigo uma vez, uma só vez.

— Sim, mas um cadáver...

— Tão pouco tempo!

Nisto lembrei-me que prometer era, talvez, um meio de ver-me livre do fantasma, e disse-lhe que sim. Imediatamente a visão desapareceu, e eu achei-me no sofá. Eram dez horas e meia da noite. Mal tive tempo de correr ao papel e escrever isto, pedindo ao Senado que, para não me expor a outra, aceite ou recuse a fusão, mas de uma vez, e de maneira que, ou se fundam ou se difundam, eu possa dormir as sestas tranquilas e roncadas, em nome do Padre, do Filho e do Espírito Santo. Amém!

Lélio
Gazeta de Notícias, 27 de agosto de 1884

Estou em maré de coisas más

Estou em maré de coisas más. Há dias tive a singular visão que referi aos leitores; agora sucede-me uma espantosa realidade.

Fui duas vezes à exposição das Belas-Artes; e, entre parêntesis, estimo ver que é um gosto que se vai desenvolvendo na população.

Da primeira vez, apesar de ser tarde, achei ali cinco pessoas, e da segunda, oito ou mais. Cumprimentei o porteiro por esse motivo; ele disse-me que, realmente, a concorrência era bonita, embora devesse descontar um certo número de visitantes, talvez metade, que não passava de pessoas pagas pela Academia para fazer de público. Ganham dez tostões por visita, e há tal que no fim do dia chega a comer os seus quinze ou dezesseis mil réis.

Vamos, porém, ao que importa. Não lhes falo da *Faceira*, que é um demônio, nem de outras estátuas que lá estão, mas especialmente da Vênus Calipígia.

Não faço ao leitor a injúria de crer que não sabe a significação desse epíteto. A leitora, sim, pode ser que o ignore, e em tal caso não acho meio de contar a minha aventura.

Calipígia, em bom português, quer dizer em latim, pela regra de que *le latin dans les mots brave l'honnêteté*. Mas, se a leitora ignora o grego, não é improvável que igualmente ignore o latim, e ficamos na mesma.

Recordo-me que há na *D. Branca* um episódio em que isto se explica. A dama está no chão, com a cara escondida, de costas, tendo as roupas violentamente arrançadas, e o poeta exclama, cheio de um arroubo discreto:

...Oh! não as tem mais belas,
Calipígia Vênus!

Espero que, depois disto, não seja preciso pôr mais na carta. Ouçam agora a aventura.

Em primeiro lugar, fiquem sabendo que o autor da Vênus Calipígia está vivo. Depois de tantos séculos, parece impossível; mas a coisa explica-se pelo caso de Epimênides, que também dormiu muito. O escultor dormiu todo este tempo. Não conheço o motivo do sono, nem por que aventuras chegou o artista a passá-lo todo na ilha da Samambaia. Sei que acordou na segunda-feira, à hora em que o sr. Correia requer alguma coisa, e achou-se ali no fundo de uma grota.

Conseguiu sair e vir para esta corte, onde o vi na praia das Marinhas, desembarcando. Recuei espantado; mas, passados os primeiros minutos, arranquei à memória algumas palavras gregas que sabia, o que lhe deu imenso prazer. Fomos dali à casa dos *Cem mil paletós,* onde o vesti à moderna, e depois ao *Hotel do Globo.*

Ao saber quem era, referi-lhe a bulha que a sua Vênus fazia no mundo. Ficou muito lisonjeado, e foi comigo à Academia, para ver a nova cópia. Não posso descrever o alvoroço do pobre diabo — ria, ajoelhava, chorava, andava à roda da estátua, dava-lhe beijos de pai, dizia que era uma obra-prima, uma inspiração do céu, etc., etc., etc. De noite, em minha casa, declarou-me que tinha uma ideia excelente, mas que me pedia a maior discrição.

— Diga.

— Não se dirá que o mundo moderno não possuirá também a sua Vênus Calipígia! Vou fazer outra, por algum modelo de hoje, e, para lhe mostrar a minha gratidão, darei à nova estátua o nome de Vênus Brasileira.

Caí-lhe nos braços, chorando lágrimas patrióticas e artísticas. Ele, vendo que eu tinha o sentimento estético, disse-me coisas tão bonitas que não posso repetir aqui. Em seguida, declarou-me que precisava de um modelo, que verdadeiramente o fosse.

No dia seguinte, saiu de casa, e, como eu quisesse acompanhá-lo, recusou.

Tenho memória bastante, disse ele, para saber voltar; e os devaneios de um artista devem ser solitários; até logo.

Não voltou logo; voltou ontem, triste, abatido, desvairado; perguntei-lhe o que era, e ele respondeu com um suspiro:

— Ao sair daqui fui para a tal rua dos *Cem mil paletós...* Como se chama?

— Rua do Ouvidor.

— Justamente. Fui e encostei-me às esquinas, para ver passar as damas. Você sabe que os gregos sempre gostaram de mulheres bonitas. E as suas patrícias podem gabar-se de que realmente o são; mas...

— Mas o quê?
— Todas aleijadas!
— Como! aleijadas?
— Todas. A primeira que vi era aleijada, a segunda também e a terceira. Pensei que fosse casual, e esperei as outras. Vieram mais cinco, também aleijadas, e depois vinte, cinquenta, cem, trezentas, quinhentas, mil, duas mil, três mil, todas aleijadas. Os aleijões de algumas eram incomensuráveis. Com que então as mulheres modernas...
— Mas, não entendo...
— Sim, homem, eu desde que saí daqui levava a ideia *calipígia* na cabeça, para fazer a minha segunda Vênus, e...
Compreendi tudo, e expliquei que o que lhe parecia realidade, não passava de um simples acréscimo, por moda. Concordei (para não brigar com ele) que era um adorno horrendo, e sem graça. Mas ele não quis crer em nada; achava impossível que, por moda, trouxesse uma senhora toda a mobília consigo, e continuou triste e acabrunhado. Felizmente chegou o João Velhinho (são contemporâneos), e lá os deixei em casa, conversando sobre a guerra de Troia.

Lélio
Gazeta de Notícias, 1ª de setembro de 1884

Um ex-deputado, prestes a embarcar

Um ex-deputado, prestes a embarcar, confiou-me agora a "Canção do exílio" que ele pretende soltar aos ventos, logo que ponha pé na província. Vou divulgá-la, não só porque de mexericos vivem os espíritos miúdos (e eu sou miúdo), como porque os versos parecem expressar uma situação moral interessante.

Hão de notar que ele imita a célebre canção de Gonçalves Dias; mas, imitando mesmo, pode-se reconhecer a originalidade de um homem. É o que o leitor verá destes versos, grandemente saudosos e filhos do coração. Em geral, estamos habituados a ver a nota lírica aplicada aos sentimentos de ordem doméstica e individual, não política. É um erro; e o nosso ex-deputado o demonstra com um vigor que espero será imitado por outros engenhos. Julgue o leitor por si mesmo:

❁ ❁ ❁

Minha terra tem cadeiras,
Onde a gente a gosto está,

Os homens que aqui palestram,
Não palestram como lá.

❀ ❀ ❀

Em descansar estes ossos
Mais prazer encontro eu lá;
Minha terra tem cadeiras,
Onde a gente a gosto está.

❀ ❀ ❀

Minha terra tem primores,
Que tais não encontro eu cá;
Em descansar estes ossos,
Mais prazer encontro eu lá;
Minha terra tem cadeiras,
Onde a gente a gosto está.

❀ ❀ ❀

E depois a força imensa
Do voto que a gente dá,
E faz andar o governo
Cai aqui, cai acolá!

❀ ❀ ❀

Assisti a muita crise...
Quem sobe? quem subirá?
É Saraiva ou Lafaiete?
Dantas ou Paranaguá?

❀ ❀ ❀

Vinha, enfim, o Ministério,
Casaca ou farda, e crachá;
Muita gente nas tribunas,
Muito rosto de sinhá...
Não era esta triste vida,
Vida, de caracacá.

❀ ❀ ❀

Se às vezes gastavam tempo
Com algum tamanduá,

A gente dava uma volta,
Deixava uns cinco por lá,
E corria à boa vida
Que se não encontra cá.

❋ ❋ ❋

Terra minha tão bonita,
Em que as tais cadeiras há,
Cadeiras amplas e feitas
Todas de jacarandá,
Deus lhe dê o que merece,
E o que inda, merecerá.

❋ ❋ ❋

Nem permita Deus que eu morra
Sem que volte para lá,
Sem que inda veja os primores
Que não encontro por cá,
E me sente nas cadeiras,
Onde a gente a gosto está.

Lélio
Gazeta de Notícias, 5 de setembro de 1884

ONTEM HOUVE NA IMPERIAL QUINTA DA BOA VISTA

Pour un comble, voilà un comble.

Ontem houve na Imperial Quinta da Boa Vista uma festa de São Benedito, obra da respectiva irmandade, ali estabelecida. Sendo a Imperial Quinta uma residência particular, não é preciso dizer que a irmandade está ali com autorização do imperador; parece mesmo que se compõe de uma parte do pessoal da casa, e não me admirará se o imperador ou a imperatriz a ajudar com alguma esmola.

Até aqui, tudo vai bem. A própria festa cuido que não andou mal. Compôs-se de uma missa cantada, um *Te-Deum,* fogo de artifício, e um leilão de prendas. Quem pensa o leitor que fez o leilão de prendas?

Dou-lhe uma, dou-lhe duas, uma maior, outra menor, à maneira das praças judiciais. Não atina? Dou-lhe uma... Dou-lhe todas, se me disser quem foi o leiloeiro, dou a minha cabeça, dou as fraldinhas de Lulu Sênior (menino de mama), dou o meu lugar no céu, dou o lugar do sr. Passos de Miranda na Câmara; dou tudo, se o leitor for capaz de adivinhar quem fez ontem o leilão de prendas na Imperial Quinta da Boa Vista.

Quem fez o leilão foi o sr. Augusto República. *Pour un comble, voilà un comble.* Ninguém dirá que a república não apregoou ontem as suas prendas na própria residência imperial, quase em cima do trono, ou, pelo menos, aos pés dele. Um frango! meus senhores! um frango! Quanto dão por este frango? Seiscentos réis, tenho seiscentos, seiscentos... setecentos! setecentos e oitenta! oitocentos! mil réis, mil, mil, mil...

E sua alteza dança! Permita-me que lhe diga: sua alteza dança sobre um vulcão.

Note-se uma circunstância que dá a este fato maior gravidade. O sr. República podia, só por uma noite, e em respeito ao lugar, trocar de nome, chamar-se por exemplo, Esteves ou Perdigão. Mas não o fez; entrou República, e República apregoou. E se isto honra a sua fidelidade política e onomástica, prova também que ele prefere a afronta à dissimulação.

Não se diga que exagero. República não é nome de gente. Ninguém se chama República, nem Monarquia. Só se pode tomar um nome desses por ser um símbolo. E se o sr. República não o escolheu por si mesmo, se o herdou, então o caso é ainda mais grave, porque as opiniões que vêm detrás tornam-se mais enérgicas: são legados de família, catecismo das gerações.

A única objeção que se me pode opor é que o sr. República não se chama só República; chama-se também Augusto, e este nome tira ao outro o que possa haver nele subversivo. Em verdade, a objeção tem algum valor; mas então prefiro crer que o leiloeiro das prendas como outros leiloeiros deste mundo, usa de dois símbolos, um para a esquerda, outro para a direita, e toca a andar: — Um frango! meus senhores! um frango! é amarelo, posto que, em rigor, se possa dizer cinzento. Quanto dão por este frango amarelo-cinzento?

Os leiloeiros dessa classe são, decerto, perigosos, mas são também inofensivos, como os seus frangos de duas cores; e, uma vez que se lhes comprem os frangos, tudo irá regularmente. Agora outra suposição.

Pode ser que o sr. República seja simplesmente um homem sagaz e maquiavélico. Concluindo da atual situação das coisas, que a revolução está perto, e o naufrágio das instituições é inevitável, o sr. República engendrou um plano. Tão depressa vir a revolução triunfante, o imperador embarcado, e as aclamações na rua — *Viva a república!* o sr. República aceita os vivas, dirige-se ao paço da Boa Vista e toma conta do poder. De maneira que, quando ali chegar a revolução, achá-lo-á sentado e ouvir-lhe-á estas ou outras palavras análogas:

— Cidadãos! agradeço-vos a indicação que fizestes de minha pessoa para este elevado cargo. Compreendestes que as instituições, por mais livres que sejam, devem concretizar-se num homem, e preferistes ao acaso das eleições a aclamação imediata do povo...

— Viva o República!
— Obrigado, concidadãos!
— Viva o República!
— Ainda uma vez obrigado! Ide agora, tornai aos trabalhos do dia, restabelecei a paz e a concórdia no seio da família brasileira. Vou nomear os meus ministros... Ide, ide.
— Viva o República!

E por este modo, no plano do maquiavélico leiloeiro, tomará ele conta do poder, assinando-se desde já com o nome da própria instituição, o que é um meio certo de lhe tirar o aspecto coletivo e comum — coisa sempre vaga — para lhe dar uma definição pessoal e distinta. E não se dirá que ele usurpou coisa nenhuma. Ele poderá responder, perante a história, que, estando muito descansado em casa, foi chamado ao poder pelas aclamações do povo. Viva a república, ou viva o República, (concluirá) é uma questão gramatical, não política.

Lélio
Gazeta de Notícias, 9 de setembro de 1884

Vou dar um alvitre aos liberais

Vou dar um alvitre aos liberais. As eleições estão perto, e cumpre não perder tempo nem Câmara.

Surgem as candidaturas, ou, mais propriamente, boquejam-se, murmuram-se, segredam-se candidaturas. Nos países de grande população, onde os eleitores são uma massa de gente que nunca mais acaba, os candidatos não têm remédio senão reuni-los, por este ou aquele modo. E não basta; é preciso que os jornais entrem todos na dança, e pregam-se cartazes: *Votai em Fulano! votai em Sicrano!* e as circulares voam, e repetem-se as manifestações públicas. Há também ventas esmurradas, é certo; mas todas as ventas do universo não valem um princípio.

Como fazer a mesma coisa entre nós, que somos duas dúzias de eleitores conhecidos uns dos outros? Somos literalmente uma família. Não há discurso, há recado; pede-se o voto ao ouvido, na esquina, ao voltarete, no bonde, à porta de uma loja. Às vezes pede-se ao mesmo tempo o fogo e o voto; "Bernardo, olha que eu conto com você; não me falte..."

Tudo isto vem para dizer que, se não há circulares na rua, nem por isso deixa de haver muita candidatura liberal. Dizem que são mais os candidatos que os eleitores; coisa que só posso atribuir ao Hermann, que abriu uma assinatura de *dez* récitas para a companhia francesa, prometendo dar aos assinantes as peças tais e tais: — contei-as todas: são treze.

Neste aperto, e vendo que o Paulino não é de graças, e está-se acostumando a vencer, lembrei-me propor um alvitre aos liberais.

Não é o sacrifício dos candidatos em proveito de um só. Jeová exigiu de Abraão que degolasse o filho, não que se matasse a si mesmo. Também não é o escrutínio prévio dos eleitores. Este meio teria o inconveniente de dar ao eleitor uma influência direta e desmoralizadora nas eleições.

A minha ideia (parece caçoada, mas juro que é sério), a minha ideia é o chapéu. Metem-se os nomes todos dentro de um chapéu, escritos em papelinhos enrolados, chama-se uma menina (a minha neta, por exemplo), a menina tira um, e esse é o escolhido para reunir todos os votos liberais. Deste modo, nem se dispersam votos, nem se desrespeita a igualdade política das pessoas.

❊ ❊ ❊

Até aqui o alvitre, agora um pedido.

Toda gente conhece umas certas construções de ferro, que suprem as esquinas. Antes delas, só as esquinas recebiam as expansões humanas; agora, porém, são elas e as casas. Tempo virá em que sejam só as casas; e as esquinas, como a escravidão e outras instituições do passado, não chegarão ao século XX. Vamos, porém, ao pedido.

Há muito que eu andava com vontade de o fazer; mas a coisa é tão crua, tão delicada, que fui sempre adiando. Hoje, porém, lendo nos jornais a notícia de um aviso do Ministério do Império, em que se pede água para uma daquelas casas (chamamos-lhe *vespasianas*), animo-me a dizer o que quero.

Preocupados com que os ingleses vejam alguma coisa, mandamos escrever no interior desses edifícios uma advertência, que não sei como transcreva neste papel. A razão não pode ser outra senão que tais casas em Londres têm análogo letreiro, com a diferença que o de cá é muito mais cru.

Se não passassem bondes ao pé, ainda vá; mas há alguns por onde passam bondes, a todos os instantes, e de dentro do bonde lê-se claramente a coisa, que aliás parecia feita só para os hóspedes. Para que se veja melhor, a letra é grande, de tinta branca sobre fundo preto.

Ora (e é para isto que eu convoco as atenções) uma tal advertência, lida assim a todas as horas, por todas as senhoras e meninas, parece-me mais obscena do que se, porventura, uma vez na vida e outra na morte, ocorresse uma pequenina infração nas leis do encerramento hermético. Isto parece grego, mas eu não posso dar aqui o que lá está pintado. E contudo lá está, muito bem pintado e perfeitamente inútil, pois, além do mais, é um conselho de La Palisse.

E o pedido? O pedido é que, ou levantemos a parede ou apaguemos o título, ou vamos passear; mas neste último caso, como está ventando e chovendo, abotoemo-nos antes de sair.

Lélio
Gazeta de Notícias, 14 de setembro de 1884

Um dos candidatos a um lugar na Câmara

Um dos candidatos a um lugar na Câmara recebeu anteontem uma manifestação de apreço e simpatia: foi o sr. dr. Cunha Sales, cujo programa, como se sabe, além de algumas ideias generosas, contém uma promessa especial — a aplicação do seu subsídio ao fundo de emancipação.

A manifestação não destoou um ápice deste gênero de fenômenos sublunares: os amigos foram, em bondes especiais, e em grande número, precedidos de uma banda de música; houve discursos e copo d'água. Profuso ou delicado? É só o que não posso dizer, ao menos, com certeza; mas suponhamos que uma e outra coisa, e está pronta a notícia.

Nem é a notícia que me estimula a falar; não é também a candidatura em si mesma, que acho muito legítima, tanto que, provavelmente, darei o meu voto ao candidato. O que me estimula a falar é a devolução do subsídio.

Compreendo que haja intenções santas, e esta é santíssima. Não se limita o dr. Cunha Sales a dar ao problema do elemento servil o seu simples voto: dá também o seu dinheiro. Voto por dinheiro, vá; mas voto e dinheiro, são dois proveitos num saco.

Não importa, pois, que o sr. dr. Cunha Sales abra mão do subsídio: o perigo é se a moda pega. O perigo é se em toda parte começam a surgir candidaturas idênticas, em tal número, que o eleitor some as desistências e ache mais econômico aceitar uma Câmara assim de graça. "De graça? — dizia Talleyrand ao rei, que teimava em não querer pagar ao Parlamento — é muito caro, real senhor." Há de ter errado muita vez o fino bispo; mas, em suma, parece que realmente o gratuito, mais do que o barato, pode sair caro.

Peço, pois, ao eleitor fluminense que vote no sr. Cunha Sales, por exceção; mas negue a pés juntos a bendita cédula aos outros que quiserem imitá-lo. Câmara não é lugar de recreio; fazer leis não é descansar de outras fadigas; discutir não é jogar gamão. Quem não precisa do nosso subsídio, faça como o meu antigo sapateiro, que desde que enriqueceu, não fez mais sapatos para ninguém. E eu temo justamente que ele, o sapateiro, se vir que pega o gosto das candidaturas gratuitas, se lembre de apresentar-se; temo, porque não se pode ser bom em tudo, e ele nos sapatos era insigne. *Ne sutor crepidam.*

E depois, onde ficaria o limite? As candidaturas gratuitas trariam as pagantes, e então é que era o diabo. Cavour ou Pitt, sem vintém, tinha de ceder o lugar ao sr. comendador Z. Z. da Silva. Os Silvas são leais, como diz a ópera, mas são também ambiciosos.

Eu, pela minha parte, estou pronto; e se tal costume pega, declaro obrigar-me, uma vez eleito, a beneficiar todas as ruas que se estão abrindo na cidade. As infelizes vão nascendo, em geral, tortas; não sei se para aproveitar alguns determinados terrenos e por serem caras as desapropriações, ou se para outro fim que, por sublime, escapa à minha compreensão. Pois eu encarrego-me de as endireitar todas.

Faço mais: abrirei também uma rua em certa nesga de terra que possuo, com a condição de se lhe pôr o meu nome. Ando há muito com a ambição de ver o meu nome nas esquinas de uma rua. Não falei nisto há mais tempo, porque esperava praticar alguma ação que me fizesse ilustre ou pelo menos distinto; mas a ocasião não aparece, e eu sou ambicioso. Rua Lélio é um bonito nome, e estou que fará furor.

Notem bem que eu não exijo casas. Contanto que a rua tenha o meu nome, as casas podem vir ou não. A de Francisco Eugênio (creio eu) também não tem casas, embora tenha o nome. E para que ir mais longe? Eu também tenho nome, e não tenho casas. Uma coisa não obriga a outra.

E se por esse tempo alguns amigos quiserem fazer manifestação, estou pronto a recebê-la, emendando três pontos: — hão de vir a pé, é mais bonito; trarão a banda de música atrás de si; e irão comer a outra parte. E com isto apanhamos os *repórteres,* que, em se lhes falando de manifestação, têm a papinha feita no bolso: grande número de amigos foram em bondes especiais, precedidos de uma banda de música. Houve discursos, depois do que o sr. F... ofereceu um delicado (ou profuso) copo d'água.

Lélio
Gazeta de Notícias, 18 de setembro de 1884

Peço ao sr. barão de Cotegipe e ao meu amigo Laet

Peço ao sr. barão de Cotegipe e ao meu amigo Laet, sejam menos injustos com o Asilo de Mendicidade. Nenhum deles frequenta esse estabelecimento, ao passo que eu morei defronte dele, e se ainda está como estava há anos, é um dos primeiros da América do Sul. Se decaiu é outro caso.

Os mendigos vivem ali uma vida relativamente boa. Desfiam estopa, é verdade; mas a gente alguma coisa há de desfiar neste mundo. Em compensação, não pagam casa, nem mesa. Mesa, ainda que queiram pagá-la, não poderiam fazê-lo: comem, nos joelhos, um prato de estanho com dois ou três bocados de feijão. É pouco, é quase nada; mas a consideração de não ser um pão mendigado de porta em porta, é o seu melhor tempero. Ninguém ignora que o pouco com alegria vale mais do que o muito com desonra.

Não procede o fato de andarem esquálidos, com os ossos furando a calça e a camisa. São esquálidos, concordo; cada um deles é um cadáver ambulante: mas, afinal, a gente não os foi buscar ao Banco do Brasil ou às fazendas de Cantagalo. Se algum entrou para ali menos magro, não sei; em todo caso, entrou para não morrer de fome, e uma vez que viva, também cá fora há gente magra, com a diferença: — que é magra e muita dela endivida-se, coisa que não acontece àqueles homens.

No tempo em que morei defronte do asilo, eles apanhavam frequentemente; mas ninguém será capaz de dizer que o chicote tinha pregos nas pontas, ou mesmo alfinetes: era um simples nervo de boi, ou coisa que o valha, e se lhes doía, é porque os chicotes fizeram-se para isso mesmo. Não quererão convencer-me de que chicote e cama de plumas é a mesma coisa.

Que eles tinham um ar triste, abatido, mais próximo de bestas que de homens, isso é verdade; mas perscrutou alguém as causas desse fenômeno? Seguramente, não; entretanto, as coisas do mundo vão de tal maneira que bem se pode atribuir a melancolia daqueles homens a uma causa propriamente filosófica, estranha à administração do asilo.

Em compensação tinham eles recreios de toda a sorte, que de certo modo lhes fariam esquecer a residência em tristes cubículos. Aos domingos de tarde, vinham para um pátio, não digo infecto, e ali sentados de volta, encostados à parede, olhavam uns para os outros. Às vezes olhavam para o chão, outras para o ar. Não falavam; mas o velho adágio oriental de que a palavra é prata e o silêncio é ouro, justifica essa falta de comunicação obrigada, que afinal era uma riqueza para eles.

Em vindo a noite, recolhiam-se todos e iam para os seus cubículos, onde os que não dormiam catavam pulgas ou piolhos. Cá fora nem mesmo isso faziam.

Outro recreio que, segundo me consta (e só hoje o soube), se lhes dá é a leitura da parte comercial das folhas públicas.

Parece que é uma sugestão médica: consolar da miséria, lendo o preço das apólices.

Eu até aqui andava persuadido de que a parte comercial era lida pelos comerciantes. Simples ilusão. Nenhum lê a parte comercial. Daí o fato de terem os jornais de 12, dando notícia da reunião da Associação Comercial de 11, anunciado que a assembleia unanimemente aceitou a demissão que o sr. Wenceslau Guimarães deu do lugar de diretor. Era inexato; a assembleia rejeitou-a, também unanimemente; foi o que o presidente da reunião retificou em data de 19, nas folhas de 20. Sete dias depois! Em seis fez Deus o mundo, e descansou no sétimo! façamos a mesma coisa, que é domingo.

Lélio
Gazeta de Notícias, 22 de setembro de 1884

Sim, senhor, agora compreendi

Sim, senhor, agora compreendi. Até aqui, conquanto louvasse a desistência que o sr. dr. Cunha Sales faz do subsídio de deputado — caso seja eleito —, não chegava a entender como é que se abre mão de cinquenta mil réis por dia. Acabo de ler a explicação.

Como se sabe, o candidato desiste do subsídio em favor da emancipação dos escravos, ou, para usar a própria expressão de uns *eleitores* que recomendam a candidatura nas folhas públicas, em favor da redenção dos cativos. Ora, segundo os mesmos *eleitores*, que ouviram a última conferência do candidato, a eloquência deste é tal, que arrebata e cativa o auditório. Tudo se explica: o sr. Cunha Sales cativa os que o ouvem, e depois dá-lhes o subsídio; é uma indenização delicada.

Assim pudesse eu entender o título da nova polca do outro Sales, o sr. Sales Bastos. Chama-se esta produção: *O Encarnado pegou fogo*. Não posso perceber quem seja este Encarnado, que é por força um vulto público, talvez histórico, talvez universal, desde que o sr. Bastos compôs uma polca, e não um enigma. Quem diabo será esse Encarnado? Supor que a polca é uma alegoria à morte de Robespierre, cujas opiniões eram efetivamente rubras, não me parece verossímil. Já imaginei se, entre os vestidos da célebre dançarina Taglioni, algum era daquela cor, e se esse algum dia ardeu...

Para tirar dúvidas, mandei comprar a polca, e dançei-a, em casa, em família; mas não achei nada que pudesse esclarecer-me.

E, entretanto, tinha o sr. Bastos ao pé de si um bom exemplo; tinha o sr. Nazaré, que acaba de reimprimir a sua polca: *Gentes! o imposto pegou?* Título claro, eloquente, definitivo, além de perfeitamete adequado a uma peça musical. Note-se que, por ocasião dos tumultos a que deu lugar o imposto de vintém, houve uma polca alusiva ao fato; restabelecida a ordem, pagou-se o imposto, e foi então que o sr. Nazaré compôs a polca a que deu aquele título. O maestro podia fazer a pergunta aos amigos, aos vizinhos, aos passageiros dos bondes: — *Gentes! o imposto pegou?* Mas podia encontrar algum casmurro que lhe respondesse mal, e então usou da polca. É a história do Brasil em rondós. *Sou útil ainda brincando.*

Não estou longe de crer que sete ou oito polcas fariam mais da próxima campanha eleitoral do que todos os artigos de jornais. Nem todo eleitor lê; mas todo eleitor dança, e dança especialmente a polca. Esta instituição, posto não seja nativa, aclimou-se depressa e bem, mais ainda do que o *déficit*, apesar dos aperfeiçoamentos que lhe têm dado os banqueiros londrinos; podemos dizer que são as nossas tulipas holandesas.

Ora, se os chefes, por meio de polcas bem ajustadas, bem tremidas, aconselhassem união, concórdia e fraternidade, é mais que certo que não haveria desperdício de votos, e ambos os partidos dariam um bom exemplo. Não digo que todas as polcas tivessem um título pesado, medalhão, um ar de artigo de fundo; trivial que seja; a nota trivial nunca foi desagradável às sociedades alegres.

Para explicar-me bem, contarei uma anedota. Há muitos anos, encontrei certo sujeito, e tive com ele algumas palestras. Um dia, confiou-me uma notícia literária: traduzira um drama de Augier.

— Ah!

— Acabei no sábado; vou levá-lo ao Furtado Coelho, e creio que há de agradar ao público.

— Sem dúvida; Augier, e bem traduzido...

— Fiz-lhe algumas modificações.

Estremeci.

— Fiz isto, não aquilo, e *meti-lhe o jocoso,* que não tinha.

Meter o jocoso! Mirem-se nisto os chefes de partido e empresários eleitorais: metam-lhe o jocoso. Nós definhamos por escassez de jocoso. Não confundam com o *ride, si sapis:* é coisa diferente.

Façam como eu, que, para que esta *bala* não saia totalmente insulsa, meto-lhe este anúncio, de um escrivão maranhense; está numa das folhas de São Luís. Limpem os beiços e leiam devagar.

> O escrivão dos feitos da fazenda precisa de um moço de 14 a 18 anos, morigerado e ativo, que esteja nas condições de ser caixeiro ou fiel do seu cartório, pois que o que se acha em exercício, tendo dado para as letras, com feliz sucesso, já não pode suportar o materialismo do emprego.

Como se chama o escrivão? — João da Mata, um seu criado. — Criado de Deus, que lhe dará bom pago.

Lélio
Gazeta de Notícias, 26 de setembro de 1884

Duas pessoas que iam, ontem, em um bonde

Duas pessoas que iam, ontem, em um bonde das quatro e meia da tarde (não importa saber a linha), travaram uma conversação que, por me parecer interessante, vou dar textualmente. Não sei quem eram; pareciam-me pessoas de primeira plana. Vão ambas designadas por iniciais para distinguir as reflexões de uma das de outra.

K. — Mas então você leu todos os discursos?

P. — Todos, desde o primeiro até o último, os do Cotegipe, o do João Alfredo, o do Costa Pereira, o do Coelho Rodrigues, o do Teodoro Machado, o do Amaral, todos, todos, e achei-os muito bons.

K. — Viu que o pensamento cardeal de todos é que a fiel execução da lei de 28 de setembro, é o penhor da paz pública, e que tudo o que transcender do princípio ali estabelecido é um mal.

P. — É a minha opinião.

K. — Não vamos discutir esta questão em público... Já pagou? Então, dê-me licença: duas passagens... Como íamos dizendo, não vamos discutir isto *coram populo*. Quero só que me diga se você também colaborou na lei de 28 de setembro.

P. — Singular pergunta! Votei com o Rio Branco.

K. — Sem restrição?

P. — Sem restrição. Em que está pensando?

K. — Estou pensando na Babilônia... Você é pouco lido em coisas babilônicas; não sabe o que perde. Podia contar-lhe muitas delas, mas estou perto de casa, e não tenho tempo. Contarei só uma. Havia ali um grande ídolo, cujo nome me escapa... Chamava-se, chamava-se...

P. — Seja o que for, vamos ao caso.

K. — Era uma soberba estátua de cedro, com olhos de ágata e cabelos de ouro; media três covados; as mãos, postas sobre os joelhos, davam a altura regular de um rapaz de dez anos. Era tradição que esse ídolo fora um dia levado a Babilônia por trezentos gênios celestes; daí este preceito que ninguém lhe tocaria nunca em nenhuma parte do corpo. Ninguém lhe tocava; acendiam-se lâmpadas em derredor dele, queimava-se-lhe incenso e mirra, mas ninguém, desde o primeiro ao último sacerdote, ninguém lhe punha a mão. Eis senão quando, um dos guerreiros mais ilustres do país, estando a envelhecer, e temendo a morte, sonhou que lhe aparecia um gênio de asas grandes, e lhe dizia: "eu sou um dos trezentos que trouxeram à Babilônia o ídolo..." Ora, que diabo! não me lembra o nome...

P. — Deixa lá o nome; vamos adiante.

K. — Não me lembra. "Sou um dos trezentos, e, pois que temes a morte, venho oferecer-te a imortalidade." Naturalmente o guerreiro instou com o gênio que lha desse logo e logo; ele, porém, replicou-lhe que devia ir buscá-la por suas mãos e ensinou-lhe como: era tocar com o dedo no umbigo do ídolo. O guerreiro acordou deslumbrado, mas desde logo esbarrou no preceito. Os doutores da lei, quando ele lhes contou o sonho, responderam, e muito bem, que o sonho era sonho e que a lei da morte era universal: tudo morre para que tudo viva. O guerreiro pegou dos livros sacros, estudou-os setenta dias e setenta noites, e não achou nada. Não havia mais que escapar a morte.

P. — Fale mais baixo; estão todos com os olhos em nós.

K. — Um dia, porém, lembrando-se das antigas façanhas, disse ele consigo que, a troco da imortalidade, valia a pena invadir o templo e tocar com o dedo o umbigo do ídolo. Ferveu-lhe o sangue, acenderam-lhe os olhos; pegou da espada de outros anos, e, seguido de antigos e novos camaradas, entrou no templo, no momento mesmo em que os sacerdotes cantavam os versículos da exortação. Não houve luta; os sacerdotes, inermes, tiveram a dor de ver o ancião trepar ao altar, levantar o braço, estender o dedo e tocar o umbigo do ídolo.

P. — E ficou imortal?

K. — Lá vou. A consternação foi grande e natural: mas, entraram a correr as luas, e foi pegando o costume de tocar no umbigo do ídolo. Vieram mais luas e ainda mais luas, e do umbigo passaram aos pés, aos joelhos, aos braços, às orelhas, às mãos, à boca e ao peito; era crença popular que o contato de uma parte do ídolo curava de moléstias, e todas as enfermidades do mundo ali vinham, tropeçando e gemendo, e subiam ao altar, e chegavam os dedos à benta figura. E continuando as luas, passou aquilo a ser um exercício, e depois uma aposta, e depois uma brincadeira, e foi assim, lentamente, que o ídolo perdeu o dom de fazer nascer o trigo. Um dia...

P. — Ainda não acabou?

K. — Um dia, os doutores da lei, reunidos para emendar os sagrados textos, examinaram bem a história da decadência de um preceito tão antigo, e acharam que o primeiro que tocou o umbigo, esse se podia dizer que tocou as outras partes do corpo. E disseram, e escreveram que não há divisão na inviolabilidade, e que o umbigo... Ó diabo! lá passei a casa! Pare! pare! adeus! amanhã lhe contarei o resto.

Lélio
Gazeta de Notícias, 1º de outubro de 1884

Creio na opinião,
toda poderosa

Creio na opinião, toda poderosa, criadora da Câmara e dos ministérios; creio na reforma eleitoral, filha sua, que padeceu e morreu com o Sinimbu, ressurgiu com o Saraiva, desceu às comissões de redação, e subiu à sanção imperial, donde há de vir, de quatro em quatro anos, julgar os vivos e os mortos; creio no Cotegipe, que a ajudou a passar no Senado; creio no Paulino que a propôs em 1869, nos agentes do Ministério de 28 de março, que quase perderam a eleição; e em vós, Dantas, que prometeis cumprir a maior imparcialidade em dezembro.

Tal era o meu credo, quando os dois finos epigramas do sr. ministro da Justiça e do Brasil vieram desencartar-me, e fazer de mim — não digo exatamente um renegado, mas um cético. Cruel ministro! Cruel jornal!

O primeiro acaba de recomendar aos presidentes das províncias que até à eleição não distribuam mais patentes da Guarda Nacional. O segundo dedicou um artigo a esse ato, chamando-lhe conquista da liberdade, tardia embora, mas ainda útil.

Não se pode ser mais finamente sarcástico do que ambos os autores. Não se pode dizer com maior aticismo àquela parte do eleitorado que oscila entre os partidos e cujo voto decide das eleições: — Vocês não passam de coronéis nomeados ou por nomear.

São (perdoem-me a familiaridade da frase); são duas verdadeiras encapelações no eleitor; mas com tal arte, que o encapelado arranca o chapéu e cumprimenta agradecido.

Assim é que eu gosto de epigramas. Se tivesse de falar só da forma, não regatearia louvores. Ambos foram excelentemente cinzelados. A linguagem seca e imperativa do ministro acentua bem a intenção maliciosa; assim também o artigo vitorioso do jornal. Um parece dizer melancolicamente: — Sem patentes estou desarmado. O outro parece bradar: — Já não pode distribuir patentes? Então a coisa muda de figura.

Mas não há só isso; há as minhas pobres ilusões, que o ministro e o jornal arrancaram. Vir dizer a um homem cujo credo se pode ler no começo destas linhas, que no ativo da opinião não há só princípios, mas também uma grande parcela de penachos, é um requinte de maldade. Bem dizia o sr. Lafayette que a política não tem entranhas.

E depois, no tempo de Luís Filipe a oposição também acusava o governo de comprar adesões por meio de concessões de casas de tabaco. Esse meio, ao menos, era palpável. O eleitor aderia por alguma coisa. Dar, porém, o voto a troco de uma patente da Guarda Nacional, não digo que seja pouco, acho mesmo que será muito, no dia em que o coronel, prolongamento e complemento do batalhão, tiver realmente um batalhão atrás de si; mas por ora é dá-lo por nada.

Agora uma ideia. Uma vez que o batalhão é puramente abstrato e nominal, porque não aplicaremos à Guarda Nacional o sistema da grande loteria da corte que ontem correu? Era um modo de afiançar a pureza da instituição, simplificando, ao mesmo tempo, o serviço administrativo.

Sim, apliquemos ao caso o regime das aproximações e das dezenas premiadas. Nomeado um coronel, os dois moradores da esquerda e da direita ficavam sendo, *ipso facto*, majores. Todos os cidadãos que, nas diversas vilas, e cidades da província, ocupassem casa com igual número ao dado nomeado, eram capitães. Para aqueles cujo número fosse par, e de alferes quando ímpar. Sendo os moradores estrangeiros, mulheres, eclesiásticos, ou pessoas que tivessem cumprido penas infamantes, etc., passaria a patente a outro morador, que, no caso das aproximações, seria o da casa imediata, e, no das dezenas, o da do lado direito.

Não posso dizer mais, dói-me a cabeça; o principal aí fica; é a Fichet harmonizando os espíritos e as ambições. Prêmio não peço. Contudo, se quiserem dar-me algum, podem mandá-lo entregar, em meu nome, ao Clube dos Viúvos, um clube que dança, canta e representa uma vez por mês, provavelmente alegres. Singulares viúvos!

Lélio
Gazeta de Notícias, 5 de outubro de 1884

Acho hoje não sei que véu de melancolia sobre todas as coisas

Acho hoje não sei que véu de melancolia sobre todas as coisas. Verdade é que motivos de tristeza não me faltam.

Logo de manhã, dei com a notícia da publicação de uma valsa sentimental intitulada: *A minha vida é bem triste oh! Virgem mãe celeste!* Fui comprá-la, voltei a casa e dancei-a logo antes do almoço.

No fim de dez minutos, chorávamos todos, chorava o piano, choravam as pernas, os suspensórios, as cadeiras, as portas, tudo chorava.

Ao almoço, novo motivo de tristeza, quando me trouxeram o café. Eu, há três dias a esta parte não penso senão nas quatorze mil e tantas sacas de café avariado, que correm mundo, pois a Junta de Higiene só chegou a apanhar seiscentas. A ideia de que uma parte desse café pode estar no meu organismo, lança-me na mais profunda consternação.

Só uma coisa me consola, e não muito, é a ideia de que o tal café não foi distribuído de graça. Também é o que lhe faltava: avariado e gratuito! Nada mais me consola, nem mesmo a persuasão em que estou de que uma coisa daquelas não se faz sem muita sagacidade, prontidão e sangue frio. Deus lhe dê uma comenda!

Outro motivo de tristeza: o fiscal da freguesia de Santo Antônio. Esse digno funcionário municipal acaba de dizer *buret parochia*, que vai mandar executar o § 14, título 3º, seção 2ª das posturas de 1838. E transcreve o parágrafo, em que se dispõe que os cães que andarem soltos serão mortos.

Ninguém ignora que essa postura era um dos modos como, em 1838, se faziam *vaudevilles*. O atraso da literatura naquele tempo, a nenhuma comunicação com a Europa, não permitia dar a esse gênero de invenção as propriedades que lhe são peculiares. Daí a forma incorreta e a inserção numa lei municipal.

A prova de que não há nessa postura a menor intenção proibitiva ou coercitiva é que ela nunca foi cumprida, e lá vai meio século. Neste ponto o Rio de Janeiro pode competir com Constantinopla, onde há quase tantos cães soltos como vizires decaídos, ou talvez mais; falo de Constantinopla. Aqui os cães viveram sempre na rua, soltos e em geral não fazem mal a ninguém, não furtam carteiras nem dão facadas. Puni-los por essa abstenção, ao cabo de meio século, é continuar o *vaudeville* de 1838. Continuemos a dar bola a uns cinco ou seis, no verão, para exemplo dos que ficam, e vamos dar graças aos deuses, que afinal também fizeram os cães.

Para sacudir todas essas causas de melancolia, recorri a um *sursum corda*, a circular do sr. Ramos Nogueira, que se propõe a deputado pelo 2º distrito de São Paulo.

Todo esse documento é de levantar os espíritos. Os tempos são chegados, diz ele, e prova-o dissertando longamente sobre a marcha da civilização e o advento do espiritismo. O sr. Ramos Nogueira é espírita, e o mais adiantado de todos. "Sendo o mais adiantado espírita do mundo (diz ele), pela misericórdia do senhor, falo em consequência de dupla vista". Noutro lugar afirma que "na Câmara há de levantar-se um braço de ferro, que porá ordem no seio da pátria; esse é o designado há 19 séculos".

Isso em Pindamonhangaba. Para os lados de Bertioga há outro *sursum corda,* um profeta, que ali prega, confessa e batiza, e começa a ter os povos atrás de si. As folhas locais chamam-lhe especulador. Não sei porque não há de ser também um homem convencido, e até mandado, profeta às direitas para anunciar o advento da verdade. Em Portugal, o sr. visconde de Visquela também prediz sucessos espantosos.

Eu cá aceito todos os profetas, contanto que estejam convencidos. Quanto às doutrinas, é outro caso. Há dias, o sr. dr. Aleixo dos Santos fez um discurso para demonstrar que é a verdade que governa o mundo moral. Venham, pois, todos os profetas do universo e não destruirão este dogma de um autor, cujo nome me escapa, mas basta o dogma: creio que dois e dois são quatro, mais *je n'en suis pas sûr.*

Por isso é que eu não vou a Bertioga, nem a Pindamonhangaba, e deixo-me estar à janela, vendo passar os cafés avariados, os cães mortos, as valsas sentimentais e as polcas alegres. Valha-me Deus! acabei ainda mais triste.

Lélio
Gazeta de Notícias, 10 de outubro de 1884

A diretoria do Banco Industrial e Mercantil

A diretoria do Banco Industrial e Mercantil convocou a assembleia geral dos acionistas para discutir o projeto dos novos estatutos. Não apareceu maioria. Nova convocação e igual resultado. Agora a diretoria convoca a assembleia para o dia 25, e declara que nesta 3ª reunião, qualquer que seja o capital representado, a assembleia poderá deliberar, são os termos da lei.

Este fato destruiu uma das minhas mais funestas ilusões.

Eu supunha que o acionista era uma criatura obediente, pacata, sabendo cinco até seis palavras da língua, e nenhuma negativa, salvo quando uma negativa equivale à afirmativa; por exemplo:

— Parece-lhe que temos andado mal?
— Não, senhor.
— Acha que devemos entregar a prebenda a outros cavalheiros?
— Nunca!

Quem me meteu esta ideia na cabeça foi um carneiro que eu tinha em casa. Nunca falei deste episódio, por medo dos sábios, que não admitem milagres; e, agora mesmo, se falo dele, é para explicar a minha errada convicção, não para discutir com pessoas competentes.

O carneiro de que trato foi-me dado por meu padrinho, no dia de meus anos, e chamava-se *Mimoso*. Era eu que o soltava todos os dias, que lhe dava de comer e beber, que o levava a passeio, coisas todas que ele agradecia e pagava, tornando-se meu amigo.

Um dia, estávamos ao portão (era em Catumbi), e passou um vizinho, dizendo-me que ia receber uns dividendos de companhia. Não se imagina o efeito que esta palavra produziu no carneiro. Começou ele a saltar, a querer ir também, rua fora; consegui subjugá-lo, dizendo-lhe, em voz alta, como se fala a um animal de estima:

— Anda, sossega, sossega, *Mimoso!*

Ele olhou para mim, com os olhos doces, próprios do carneiro, e perguntou-me melancolicamente:

— Por que me não há de deixar ir receber os dividendos?

Os cabelos ficaram-me em pé, recuei aterrado, mas ele tinha os olhos tão meigos, e a voz tão persuasiva, que a primeira impressão passou. Vim até ele, e disse-lhe com brandura, que ele não precisava de dividendos, bastava-lhe a minha estima, que lhe daria tudo. Demais, só recebem dividendos os acionistas, e ele não era acionista.

— Sou acionista.

— Está brincando...

— Falo sério, muito sério. Nem creia o senhor que haja muita onça, lobo ou leão, que compre ações; em geral são os carneiros, e uma ou outra raposa...

— Entretanto, você é o único que aparece assim; todos os outros...

Mimoso arregaçou a parte superior do focinho como se quisesse sorrir, e replicou:

— Nós, os acionistas, temos a faculdade de andar com a forma de carneiro ou de homem. Eu prefiro a de carneiro, por achá-la mais cômoda. Quem anda em dois pés, mais facilmente cai; por isso ando em quatro. Além disso, há da minha parte, neste procedimento, um certo amor-próprio; não quero usar cara emprestada. Carneiro sou, carneiro fico.

Foi dali que me veio a singular persuasão em que estava; descubro agora que foi ou uma caçoada do animal, ou uma alucinação minha.

Na verdade o caso do Banco Industrial e Mercantil prova que o acionista tanto não é carneiro, que não obedece ao chamado. A diretoria não o convoca para dar-lhe um ou dois cascudos, mas só e somente para ler-lhe e pedir-lhe que discuta a nova lei que tem de reger o meneio dos capitais; e chama-o uma vez, duas vezes, sem conseguir que ele lá vá.

Justamente, agora ocorre-me um caso sucedido há tempos. Estava eu em certo escritório de companhia, e no dia de assembleia. A diretoria tinha feito uma convocação, sem resultado, e marcara esse novo dia. De repente, corre um empregado a avisá-la de que havia uma pequena maioria de votos. Os diretores correram a apanhar os acionistas presentes, antes que uma parte deles desse às gâmbias — e inutilizasse a convocação. Tratava-se nada menos que de prestar contas do ano.

Quando se deu este fato, tinha ainda em casa o carneiro, e consultei-o. A explicação que ele me deu foi mais especiosa que verossímil. Disse-me que o carneiro, seja ou não acionista, morre calado; e, para morrer calado, não é preciso dar-se ao trabalho de estar sentado uma ou duas horas, ouvindo algumas coisas, e levantando-se, de quando em quando, para responder invariavelmente:

— Parece-lhe que temos andado mal?
— Não senhor.
— Acha que devemos entregar a prebenda a outros cavalheiros?
— Nunca!

Tudo isto é especioso. A verdade é que o acionista é indolente: importa-se mais com os dividendos, que com os divisores.

Lélio
Gazeta de Notícias, 14 de outubro de 1884

Pessoas da roça escrevem-me a respeito de um assunto

Pessoas da roça escrevem-me a respeito de um assunto, que considero melindroso, pelas revelações que sou compelido a fazer.

Chegou-lhe lá a notícia de uma instituição nossa, que permite a fundação de pensões por meio de entradas módicas e que anuncia, para exemplificar, as que dá à filha do subscritor Fulano (1:000$), aos herdeiros do subscritor Sicrano (1:000$) e aos de Beltrano (10:000$) tendo o primeiro entrado com 33$790, o segundo com 46$550 e o terceiro com 284$500.

Naturalmente os roceiros ficaram espantados com a diferença dos algarismos. Um deles, mestre-escola, meteu-se a dizer que, anunciando a instituição que tais são as quantias que *tem pago*, não as dá senão como um total de meses ou anos; mas os outros, homens de pão, pão, queijo, queijo, replicaram que então seria um convênio de caçoada. E escrevem-me de várias partes, perguntando donde sai o dinheiro para completar tão grandes pensões.

Respondo (e fique-lhes a responsabilidade desta revelação), respondo que quem dá esse dinheiro sou eu. Disponho de alguns capitais, que me não são preciosos, e entendo que o melhor emprego que lhes posso dar é ir em auxílio das instituições nascentes até que elas prosperem.

Em geral, o dinheiro nunca me serviu senão como instrumento do útil e do honesto. Para não ir mais longe, as sete pessoas que compõem os *meetings* eleitorais do sr. Cunha Sales, no largo de São Francisco de Paula, são estipendiadas por mim; dou-lhes um tanto em dinheiro (não digo a soma, por um sentimento de conveniência que toda a gente compreenderá) e um guarda-chuva.

Note-se que não levo nisso o menor interesse político. Ao contrário, as minhas opiniões corcundas são conhecidas, e o candidato é liberal; mas entendo que todas as aspirações devem ser animadas, e bem fraca é a opinião que se arreceia de mais um lidador da opinião oposta.

Outra despesa minha é a declaração oficial, que a Câmara municipal está fazendo de não ter nem reconhecer nenhuma *agência,* intermediária do matadouro para a preferência da matança do gado. Quando lhe insinuei a conveniência desta declaração, respondeu-me a Câmara que era um despropósito que uma tal declaração oficial equivalia a andar a gente com este letreiro na cabeça: "não é meu costume assoar-me nos lenços alheios."

Ri-me da graça, mas fiquei logo sério e respondi que, se a questão era de dinheiro, pagava eu as despesas da impressão. A Câmara, vendo que era uma economia, consentiu, mas protestou sempre que era um disparate. Revelando algumas ações boas, não minto a preceito que manda que a mão esquerda não saiba o que faz a direita. A direita é que está contando estas coisas; a esquerda não sabe nada, está metida no bolso das calças, donde a tiro agora, somente para dizer ao leitor: adeusinho.

Lélio
Gazeta de Notícias, 19 de outubro de 1884

HÁ NESTA CIDADE UMA REUNIÃO DE IDEÓLOGOS E JACOBINOS

Há nesta cidade uma reunião de ideólogos e jacobinos, que, com o nome de Centro Comercial de Molhadistas, está simplesmente afrontando a consciência humana.

Que os membros desse clube de perversos jurem vender vinho puro e legítimo, vá; é um ato de virtude e lealdade, que lhes merecerá a estima pública, além de ser um direito amparado pela Constituição.

Mas não fica aí o centro. Quer mais; quer impor a todos os que vendem vinhos a obrigação de os vender puros e verdadeiros, chegando ao excesso de divulgar os lugares em que os há falsificados, com todas as indicações de rua e número.

Filosoficamente, o ato do centro é um absurdo. É axioma de metafísica que nenhuma coisa, considerada em si mesmo, é *boa* ou *má*; só o pode ser comparada com outra. Ora, se todos os vinhos de uma loja forem de uma certa qualidade, antipática ao centro, não se pode dizer que sejam falsificados ou impuros. Para isso seria preciso que a loja vendesse outros vinhos, dos que o centro chama puros, e é isso o que ele, em alguns casos, não poderá provar.

Juridicamente, é um atentado. O direito de vender vinho puro implica o de vendê-lo falsificado. Não é um princípio abstrato, está nos códigos modernos, e verifica-se em todas as ordens da atividade humana. Os livros são o vinho do espírito, e ninguém se lembraria de estabelecer que só se escrevessem livros bons. Quando um tenor canta mal, tenho o direito de não voltar ao teatro, mas não o de impedir que o tenor cante no dia seguinte: 1º, porque ele tem o direito de cantar mal; 2º, porque o meu vizinho tem o direito de ouvi-lo.

Moralmente, é uma obra odiosa e vã. Há para a virtude a mesma escala que para o frio e o calor. A alma humana, e implicitamente a comercial, é uma sucessão de temperaturas. Assim, por exemplo, o mesmo homem pode vender vinhos falsificados e zurrapas verdadeiras; por que exigir dele que também os vinhos sejam verdadeiros? Virtudes inteiriças são raras. E quando não fosse baldado exigir de todos o mesmo grau de virtude, seria certamente odioso e maometano: — crê ou morre. Se para ganhar o céu, não exige Cristo sacrifício, como o exigirá o centro para ganhar quatro patacas, que, afinal, valem menos que o céu? É ser mais papista que o papa.

Socialmente, é um perigo, e gravíssimo. No dia em que cada classe se lembrar de indagar o que é que todos os seus membros vendem, chegaremos à guerra social. Por enquanto, só vejo esse uso nos vinhos e na política; fiquemos nisto.

Economicamente, é uma injustiça. Quem vende vinhos falsificados, não os vende a troco de ouro, mas de papel moeda, que é a moeda de convenção, simples promessa de dinheiro; donde resulta que há um contrato perfeito e igual em todas as suas partes. Creio até que dos dois objetos permutados, o vinho é ainda o mais valioso, porquanto o papel, representando a palavra da sociedade, representa implicitamente um certo número de velhacos que toda a sociedade não pode deixar de ter em si, ao passo que o vinho pode ser obra de um honesto cavalheiro, esmerado e transparente em todas as outras coisas da vida.

Teologicamente, é uma tríplice heresia: 1º, porque é dos livros, que o que salva é a fé, não as obras, e uma vez que o inculpado creia nas verdade morais e eternas, nada está perdido; 2º, porque é também dos livros, que há mais alegria no céu por um pecador que se arrepende, do que por um justo, e a perseguição aos inculpados tira-lhes a possibilidade do arrependimento; 3º, porque é ainda dos livros, que Deus permitiu a existência de heresias, e se o vinho falsificado é uma heresia, é provavelmente permitido por Deus, e destinado a afinar o valor dos vinhos puros, e dos que se dão ao mister de os vender.

Por todas essas razões e por outras que omito, e não são menos concluentes, proponho a extirpação do sobredito *centro*, como uma invenção do diabo, fator de desordens, iniquidades e abominações.

Lélio
Gazeta de Notícias, 24 de outubro de 1884

Já tínhamos Lafaiete

Já tínhamos Lafaiete, ministro de Estado e presidente do conselho, citando Molière na Câmara. Não é tudo. Para citá-lo bastam florilégios e o incomensurável Larousse, mas o nosso ex-ministro leva o desplante ao ponto de o ler e reler. Felizmente, a indignação parlamentar e pública lavou a Câmara e o país de tão grande mancha, e podemos esperar com tranquilidade o juízo da história.

Agora temos Taunay, em vésperas de eleição, cuidando das músicas do padre José Maurício, e citando (custa-me dizê-lo), citando Haydn e Mozart.

Não ignoro que tudo isto de Taunay e Lafaiete, afinal de contas, são francesias de nomes e de cabeças. Ouviram dizer que em França alguns deputados leem os clássicos, e imaginaram transportar o uso para aqui.

Não advertiram que nem todas as coisas de um país podem aclimar-se em outro. Não concluamos da pomada Lubin para o *Misantropo*. São coisas diferentes. Paul-Louis-Courrier, tão conhecido dos nossos homens, compondo na cadeia um opúsculo político, interrompia o trabalho para escrever à mulher que lhe mandasse uma certa frase de Beaumarchais. Segue-se daí que devemos todos ler Beaumarchais? Pelo amor de Deus!

O caso de Taunay é mais grave. Lafaiete conspurcou, é verdade, a tribuna parlamentar com um pobre-diabo que, posto viva há dois séculos na memória dos homens, era, todavia, um saltimbanco ou pouco mais. Taunay levanta os braços no céu, consternado, porque as obras musicais do padre José Maurício andam truncadas, perdidas ou quase perdidas.

A melhor explicação que se pode dar de um tal destempero, é que o estado mental de Taunay não é bom; mas, se não é assim, não sei como qualifique esta preocupação do meu amigo.

Reparem bem que Taunay embarca para a província de Santa Catarina, onde vai pedir que lhe deem votos para deputado. Nesse momento solene, em que o mais medíocre espírito gemeria pela queda de alguns delegados ou majores, Taunay lastima a perda de alguns responsórios de José Maurício.

Responsórios! Mas é de suspensórios que tu precisas, Taunay, tu precisas de suspensórios eleitorais que te levantem e segurem as calças legislativas. Deixa lá os responsórios do padre. Estão perdidos? paciência; perde-se muita coisa por esse mundo. Eu hoje, ao ler-te perdi a tramontana, e tu, se vais nesse andar, perdes a eleição.

Já tinhas a enxaqueca literária e as belas páginas de *Inocência*, e como se isso não bastasse, pões cá para fora a tua sabença musical. Taunay, Taunay, amigo Taunay, deixa as coisas de arte onde elas estão, achadas ou perdidas; muda de fraseologia, atira-te aos *cachorros*, *paulas*, *leões*, todo esse vocabulário, que só aparentemente dá ares de aldeia, mas encerra grandes e profundas ideias. Já estudaste o coronel? Estuda o coronel, Taunay. Estuda também o major, e não os estuda só, ama-os, cultiva-os. Que és tu mesmo, senão um major, forrado de um artista? Descose o forro, *et ambula*.

Sim, Taunay, fica prático e local. Nada de responsórios, nem romances e estás no trinque, voltas eleito e podes então, à vontade, dançar cinco ou seis polcas por mês. Também é música, e não é de padre.

Lélio
Gazeta de Notícias, 29 de outubro de 1884

O sr. dr. Castro Lopes deseja
juntar aos seus louros de latinista

O sr. dr. Castro Lopes deseja juntar aos seus louros de latinista eminente os de legislador. Apresenta-se candidato pelo 1º distrito, com uma circular em que promete aplicar todos os esforços em prover de remédios as finanças do país.

Tendo-as estudado desde longos anos, o recente candidato formulou alguns projetos, que apresentará na Câmara, tendentes principalmente "a aliviar a nação da sua dívida interna e externa, sem o mínimo gravame nem do povo nem do tesouro". Povo e tesouro para os efeitos puramente pecuniários pode dizer-se que são a mesma coisa; mas o importante é que a medida, qualquer que seja, é nada menos que a salvação do Estado.

Vede, porém, como uma ideia se liga a outra. A circular recordou-me um drama, que escrevi há muitos anos (vinte e três, não digam nada), obra incorreta e fraca, mas que ainda assim conservei comigo até 1878, ano em que mudei de casa e queimei vários manuscritos.

Chamava-se *Triptolemo XVII* ou o *Talismã*. Tratava também de um Estado onerado de grandes dívidas. Triptolemo quer casar a filha, a princesa Miosótis, com o príncipe Falcão, e não acha quem lhe empreste dinheiro para as bodas. Oferece altos juros, hipotecas, comissões gordas, e nada, ninguém acode. Ao contrário, os credores reúnem-se, amotinam-se e correm ao paço, que fica cercado por eles, pedindo em altos brados que lhes mandem dar tudo, capital e juros.

Os ministros sucedem-se com uma rapidez vertiginosa. Duram sete a oito minutos; não achando meio de pagar a dívida pública, são enforcados logo. O último nomeado está com a pasta desde as nove e cinco; Triptolemo vem dizer-lhe que só faltam oito para salvar o Estado ou morrer e retira-se.

Nisto aparece um respeitável ancião que declara possuir um segredo para salvar tudo, o Estado e a vida do ministro. Este manda-o embora, abre a janela e contempla a forca.

— Daqui a dez minutos serei cadáver — murmura ele.
— Não! — brada uma voz.

Era uma fada, a fada Argentina que, enamorada da beleza do ministro, vem oferecer-lhe um talismã, ensinando-lhe que, sempre que bater com ele no ombro de Triptolemo, as algibeiras deste regurgitarão de ouro. O ministro recusa crer; mas a fada pede-lhe que vá verificá-lo e desaparece.

Nove horas e onze minutos. Entra Triptolemo; fora ouvem-se os berros dos credores, o paço está prestes a ser assaltado. Então o ministro pede licença a Triptolemo, bate-lhe no ombro, e as algibeiras régias começam a entornar moedas de ouro. Estupefação do rei e do ministro. Outro toque, outra emissão, e as moedas correm, descem, amontoam-se. São ducados, libras, florins, liras, duros, rublos, thalers, é tudo, são milhões, vinte milhões, duzentos milhões, quinhentos milhões. Triptolemo paga aos credores juros e capital, casa a filha e o talismã é guardado nas arcas do Estado como um recurso para os lances difíceis.

No fim, aparece outra vez o ancião respeitável e confessa em público e raso que o seu meio, posto que eficaz, era muito mais lento.

— Consistia — concluiu ele — na aplicação desta regra de Franklin: "Se te disserem que podes enriquecer por outro modo, que não seja o trabalho e a economia, não acredites". Eu aplicava a regra ao pagamento das dívidas, que é um modo de enriquecer. Paga o que deves, vê o que te fica. Mas, reconheço que era levar muito tempo, e...

Já se compreende que a circular me lembrasse o drama. O único ponto obscuro para mim é se o remédio da circular é o talismã ou a regra de Franklin.

Lélio
Gazeta de Notícias, 3 de novembro de 1884

Venho pedir-lhe o seu voto

Venho pedir-lhe o seu voto na próxima eleição para deputado.

— Mas, com o senhor, fazem setenta e nove candidatos que...

— Perdão: oitenta. Que tem isto? A reforma eleitoral deu a cada eleitor toda a independência, e até fez com que adiantássemos um passo. Em rigor, e pelo antigo sistema, há dois modos de fazer eleição: ou por designação de um chefe ou por acordo dos eleitores em reuniões públicas. Não contesto que o primeiro modo dá a unidade e o segundo a liberdade do voto. Nós, porém, inventamos um terceiro meio mais próprio de família, mais adequado aos sentimentos bons e sossegados: a candidatura de paróquia, de distrito, de rua, de meia rua, de casa e de meia casa... Quem é que não tem um ou dois companheiros de escritório ou de passeio?

— Bem; pede-me o voto.

— Sim, senhor.

— Responda-me primeiro. Que é que fazia até agora?

— Eu...?

— Sim, trabalhou com a palavra ou com a pena, esclareceu os seus concidadãos sobre as questões que lhe interessam, opôs-se aos desmandos, louvou os acertos...

— Perdão, eu...

— Diga.

— Eu não fiz nada disso. Não tenho que louvar nada, não sou louva-deus. Opor-me! é boa! Opor-me a quê? Nunca fiz oposição.

— Mas esclareceu...

— Nunca, senhor! Os lacaios é que esclarecem os patrões ou as visitas; não sou lacaio. Esclarecer! Olhe bem para mim.

— Mas, então, o que é que o senhor quer?

— Quero ser deputado.

— Para quê?

— Para ir à Câmara falar contra o Ministério.

— Ah! é contra o Dantas?

— Nem contra nem pró. Quem é o Dantas? eu sou contra o Ministério... Digo-lhe mesmo que a minha ideia é ser ministro. Não imagina as cócegas com que fico em vendo um dos outros de ordenanças atrás... Só Deus sabe como fico!

— Mas já calculou, já pesou bem as dificuldades a que...

— O meu compadre Z... diz que não gasta muito.

— Não me refiro a isso; falo do diploma, o uso do diploma. Já pesou...

— Se já pesei? Eu não sou balança.

— Bem, já calculou...

— Calculista? Veja lá como fala. Não sou calculista, não quero tirar vantagens disto; graças a Deus para ir matando a fome ainda tenho, e possuo braços. Calculista!

— Homem, custa-me dizer o que quero. O que eu lhe pergunto é se, ao apresentar-se candidato, refletiu no que o diploma obriga ao eleito.

— Obriga a falar.

— Só falar?

— Falar e votar.

— Nada mais?

— Obriga também a passear, e depois torna-se a falar e votar. Para isto é que eu vinha pedir-lhe o voto, e espero não me falte.

— Estou pronto, se o senhor me tirar de uma dificuldade.

— Diga, diga.

— O X. pediu-me ontem a mesma coisa, depois de ouvir as mesmas perguntas que lhe fiz, às quais respondeu do mesmo modo. São do mesmo partido, suponho!

— Nunca: o X. é um peralta.

— Diabo! ele diz a mesma coisa do senhor.

Lélio
Gazeta de Notícias, 10 de novembro de 1884

Vou dar um conselho

Vou dar um conselho à futura Câmara dos deputados, e é de graça.

A Câmara abre-se no dia 1º de março de 1885. Na forma do costume, ouvirá o discurso imperial de abertura, em que se falará do seu patriotismo e das suas luzes, e se aludirá naturalmente à reforma do estado servil. Também na forma do costume, a Câmara elegerá uma comissão para redigir o projeto de resposta ao discurso imperial.

Sempre na forma do costume, essa comissão virá para a rua do Ouvidor, entre três e cinco horas da tarde, a fim de contemplar as damas; depois, irá jantar, depois, irá ao teatro, ou à casa de algum dos ministros; e voltará para casa, donde sairá no dia seguinte de manhã, e fará as mesmas coisas.

Fiel ao costume, essa comissão, no fim de um mês, perguntará a si mesma: "Homem, é verdade: e se redigíssemos o projeto de resposta à fala do trono?" E responderá logo: "Bem lembrado". Combinará imediatamente uma reunião, mas uma reunião à maneira de Lulu Sênior, que é cada um em sua casa com sua mulher e seus filhos. A diferença é que será no Recreio Democrático ou na Fênix, rindo muito, ou no Castelões, tomando um sorvete.

Sem se desviar do costume, a comissão, no fim de sete semanas, criará vergonha e determinará que o relator redija o projeto de resposta. O relator compreenderá a inconveniência de pensar e compor; pegará da fala imperial e vira-la-á do avesso, com o especioso pretexto de parafraseá-la; e, feito o projeto, deposita-lo-á assinado sobre a mesa.

De acordo com o costume, entrará a resposta em discussão, durante trinta ou cinquenta dias. Haverá, aproximadamente, cinquenta discursos, pró e contra; entre eles, dois sobre a comarca de Cabrobó, um contra o coletor da Vigia (Pará), três em defesa da ponte do Guandu (?), um em que se conte certo processo que o ministro da Justiça advogou, logo depois do Ministério Paraná, e sete com o modesto fim de citar uma ou duas páginas da *Revista dos Dois Mundos*.

Votada a resposta, na forma do costume irá uma comissão levá-la ao paço, um mês antes do encerramento da mesma Câmara; a não acontecer como este ano, em que não se fez isso, nem nada.

Aqui vai agora o meu conselho.

Faça a Câmara de conta que o imperador é um vizinho cortês, que soube da presença dela na cidade, e foi visitá-la em pessoa, perguntar-lhe como passou e oferecer-lhe os seus préstimos. E então responda-lhe logo, que passou bem, e que lhe fica muito obrigada; e só depois disso exponha os seus planos, os batizados que tenciona fazer, os carros que há de comprar, e o resto, mas depois, só depois.

Isto que lhe digo, pode não ser profundamente parlamentar, mas tem um grãozinho de bom senso, que lhe não ficará mal de todo. Parece até que a Câmara dos comuns e a dos lordes fazem isto mesmo; primeiro, agradecem os cumprimentos, e depois é que vão à sua vida; tal qual na primeira esquina de rua. Vamos lá; não cheguemos ao extremo de crer que sabemos mais disto do que os próprios inventores do sistema. A modéstia também fica bem aos povos.

E aí deixo o conselho de graça. Não lhe peço um vintém. Não quero nem um medalhão na sala, nem a mais remota alusão a este artigo, no correr dos debates. Volte a Câmara ao reinado do senso comum, tome juízo, corte pelas retóricas de terceira mão, e estou pago e mais que pago.

Agora, se apesar do meu desinteresse teimar em dar-me alguma coisa, seja por outro motivo, não por esse. Pretextos não faltam; e para não ir mais longe, aqui está um trecho da circular de um dos candidatos à Câmara, o sr. Valdetaro:

> Devo expor com franqueza meu parecer sobre a principal questão da nossa vida social. O elemento servil, fonte irrecusável do nosso atraso, deve desaparecer, e quanto mais rápido for a transformação que este fato tem de produzir, melhor consultados serão os interesses do país. O projeto apresentado ao corpo legislativo em 15 de julho do corrente ano satisfaz em parte a essa aspiração. Qualquer mudança que for de admitir-se ao sistema nele adotado, e no intuito de assegurar os seus benéficos efeitos, merecerá todo o meu apoio e cuidado.

Pois bem: estou pronto a receber uma gratificação da Câmara, se eu conseguir meter neste trecho o projeto do governo, duas ou três emendas, as constituições da Bolívia, os tratados de 1815, o livro de Esdras, as *Ruínas* de Volney, e também...

> E também as memórias gloriosas
> Daqueles reis que foram dilatando...

Lélio
Gazeta de Notícias, 14 de novembro de 1884

A Santa Casa de Misericórdia acaba
de dar uma prova de grande ceticismo

A Santa Casa de Misericórdia acaba de dar uma prova de grande ceticismo: resolveu que a enfermaria homeopática ali provisoriamente estabelecida seja considerada definitiva, com um médico pago por ela. Naturalmente o Instituto Hanemaniano dá graças ao céu, enquanto na Faculdade de Medicina há choro e ranger de dentes.

Que isto se faça na provedoria do sr. barão de Cotegipe é a coisa mais legítima do mundo, uma vez que s. ex. é presidente do Senado. Segundo a boa doutrina parlamentar, o presidente é o defensor da minoria, e por ora, a minoria é dos homeopatas. Ninguém exerce longos anos um grande cargo sem encarná-lo em si mesmo; é o caso do presidente de uma Câmara política.

Além dessa razão doutrinária, há outra puramente fenomênica. S. ex., durante quatro meses por ano, ouve no Senado as duas escolas políticas. Uma prega o curativo por meio dos contrários, outro por meio dos semelhantes; assim como esta chama bárbara à outra, a outra ri das gotas d'água desta. Para cúmulo de analogia, a alopatia política responde que certas regras, que os homeopatas cuidam ter inventado, lá estão há muitos séculos entre os aforismos de Hipócrates; enquanto a homeopatia, seja ou não política, repete o que me dizia, há anos, um médico da nova escola: "Nós também sangramos".

Quando se ouve durante anos a defesa constante de dois sistemas, com os mesmos processos, contrai-se um jeito à Montaigne: *Peut* être! A consequência é autorizar as enfermarias. Contanto que curem, todos os sistemas são bons.

A dosimetria, por exemplo, teve um princípio bonito. Eu cansei-me em dizer a alguns amigos que não era questão de medicina, mas de farmácia. Perdia o tempo; os devotos continuavam munidos de tubos de vidro, e a expressão *medicina dosimétrica* fez alguma figura. Hoje creio que vai acabando. Ocorre-me que, no século passado, uma fidalga foi consultar um médico célebre sobre o valor de não sei que remédio, então em voga: "Apresse-se em tomá-lo, respondeu o médico: apresse-se enquanto ele cura!" Quem se apressou com a dosimetria não se arrependeu.

A questão de saber onde está a verdade é importante, mas não é mais na Santa Casa do que fora dela: cá fora é o doente que escolhe o remédio. O mais ínfimo espírito resolve esta questão capital de saber onde está a verdade científica, se com Hipócrates ou Hanemann. A Santa Casa não fez mais do que permitir lá dentro o que é lícito cá fora e igualar a medicina à religião: liberdade para todos os cultos, para sarar, como para rezar. E ainda é mais liberal a Santa Casa do que a Constituição do Império, que permite os outros cultos, sem forma exterior de templo. A Santa Casa paga até o padre.

Desculpe-me os alopatas cá de casa; eu quero-os à minha cabeceira, e todos os seus, mas, se fosse a Santa Casa, faria a mesma coisa.

E agora me lembro que conheci há muitos anos um médico alopata, que acabou curando por ambos os sistemas. Como alguém lhe pedisse uma explicação da coisa, respondeu ele que só aplicava a homeopatia às crianças: — "Não hei de martirizar os pobres inocentes!"

Vós, que escreveis para o público, vede nessas frases que aí ficam dois gêneros de cômico. Dita assim, só por dizer, com um ar de epigrama, tem certa graça, não muita; mas o que lhe dá uma nota de Molière ou Balzac é o que o homem falava profundamente convencido. Pobre amigo! lá está na terra da verdade. Não perguntavam há pouco onde é que estava a verdade? Debaixo da terra. *Veritas quae será tamem...*

Lélio
Gazeta de Notícias, 18 de novembro de 1884

Foi publicada hoje uma estatística eleitoral do Ceará

Foi publicada hoje uma estatística eleitoral do Ceará, cuja importância parece ser de primeira ordem. Sabe-se por ela quantos votos tem a liga Aquirás-Paulas, e quantos a liga Ibiapaba-governo, em todos os distritos da província. No 7º, por exemplo, a primeira conta 518 eleitores e a segunda 263, exatamente isto, com todas as unidades de diferença. Não são números a esmo, 50 e tantos, ou 200 e tantos; são expressamente 518 e 263. Assim os outros.

Sendo assim, achei um meio de evitar que corra sangue na província daqui a dez dias. Declarem já, já, os eleitores de ambos os lados, publicamente, pelas folhas, em quem é que votam, e está tudo acabado. Como isto é prático, é provável que não seja aceito.

Outro artigo também de hoje, e igualmente anônimo, impõe dez coisas aos candidatos do dia 1 de dezembro. A primeira deslumbrou-me: é a cessação da escravidão com o século. Essa ideia simétrica de fazer que a escravidão acabe à meia-noite de 31 de dezembro de 1900, por modo que o século xx não alumie um só escravo, traz aquilo que hei de sempre pedir à legislação: — a nota lírica. Outras razões de ordem econômica e política poderiam acelerar ou retardar a solução do problema; mas faltava-nos esta simetria de um século e outro século.

A não ser assim, proponho ao governo uma ideia, que presumo contentará a toda a gente. Parece fantasia, e é a coisa mais prática do mundo. Não é verdade que o Ministério Dantas tem amigos firmes e resolutos? Esses votaram nele dentro e fora da Câmara, em qualquer caso que seja. Restam os adversários do projeto que trouxe a dissolução da Câmara. Pois bem; aberto o Parlamento, apresente-se este substitutivo: "Artigo único: — A escravidão acabará com o Ministério de 6 de junho". Todas as pessoas adversas à alteração do *statu quo* sustentarão o gabinete até à morte natural dos ministros. Concordo que um tal projeto pareça estranho às fórmulas usuais, mas a culpa é um pouco do sr. Ferreira Viana, cujo último discurso, publicado hoje em extrato, arrancou-me da estrada comum.

S. ex. não pede votos, "para respeitar à consciência do eleitor e deixá-lo na posição elevada, sem interromper os monólogos íntimos, que devem preceder à sua escolha patriótica".

Isso é racional e político, mas não é propriamente o poder que a reforma eleitoral nos conferiu.

Nós, eleitores, nada temos com o governo do país, nem com a composição das câmaras: isso é lá com os candidatos que triunfarem. O nosso poder é mais restrito. O meu monólogo, por exemplo, é este: — Disponho de um voto. Quero que o candidato venha à minha casa, que me pergunte pela saúde e pela família, traga doces aos meninos, e depois me peça o voto; que me cumprimente na rua; que me dê bilhetes da tribuna na Câmara; que me arranje duas ou três loterias para uma irmandade; que me dê algumas cartas de recomendação, etc. Posso mudar de estilo, mas o fundo é o mesmo.

Portanto, se o sr. Ferreira Viana não pede votos, não digo que ofende o eleitorado, mas arrisca-se a perder a eleição. Se nem todos querem, como eu, duas ou três loterias e algumas cartas, é certo que todos só gostam de dar quando se lhes pede. S. ex., que é filósofo, há de saber que o homem gosta da dependência do homem, e isto, ao menos: "Eleitores, dai-me o vosso voto...", isto é bastante para mostrar um certo ar de subordinação, extremamente agradável ao nosso amor-próprio.

Voltando, porém, à vaca fria, que são as dez coisas impostas hoje por um anônimo aos candidatos, não só aceito a primeira, já citada, como as outras nove. A temporariedade do Senado pode ser que mais tarde venha a rejeitá-la; por enquanto, com vinte e sete anos de idade, estou pronto a pedi-la na Câmara. Assim também a liberdade de testar. Não me consta que seja herdeiro forçado de ninguém; não arrisco, portanto, o pão dos filhos, pedindo esta reforma; ao contrário, pode ser que arranje por esse modo um ou dois legados.

A conversão da dívida externa em dívida interna e a extinção gradual desta é uma coisa tão fácil, que realmente admira não haja acudido há mais tempo aos nossos governos. Proponho-me a fazê-lo em poucos meses.

O equilíbrio da receita com a despesa é uma simples questão de algarismos.

Aceito também a obrigação de uma reforma judiciária. Há já tempos que se fez a última, e bom é que nós apressemos a outra, antes que chegue a vez de nova reforma eleitoral.

Digo mais: obrigo-me até a este outro ponto não incluído no artigo — a reforma eleitoral. Proporei a eleição por círculo de três; mais tarde por círculos provinciais; depois, voltaremos à unidade, para tornar aos outros métodos. Só se pode escolher bem, comparando. Creio que acabo de dizer uma coisa nova.

Lélio
Gazeta de Notícias, 21 de novembro de 1884

Sr. dr. Castro Lopes
escreveu um trabalho

Sr. dr. Castro Lopes escreveu um trabalho para provar que a atração não governa os astros, e o sr. conselheiro Ângelo Amaral refutou-o com uma carta inserta, hoje, no *País*.

Tratando-se de uma teoria de Newton, e não entendendo eu nada de astronomia, pareceu-me que o melhor de tudo era consultar o próprio Newton, por meio do espiritismo. Acabo de fazê-lo; e eis aqui o que me respondeu a alma do grande sábio:

— Estou acabrunhado. Imaginava ter deixado a minha ideia tão solidamente estabelecida, que não admitisse refutações do Castro Lopes, nem precisasse a defesa do Ângelo Amaral; enganei-me. Homem morto, é o diabo. Veja o que aconteceu ao Molière, que foi aí tratado, na Câmara, como um saltimbanco. A mim refutam-me: e (o que é pior) defendem-me. Palavra; isto tira toda a vontade de ser gênio...

Fiz ainda outras perguntas; mas o espírito esvaiu-se, e não me respondeu mais. Ficam aí as únicas palavras que lhe ouvi, e das quais parece concluir-se que Newton ainda está com os seus *Princípios*.

E agora, para que toda esta *bala* se componha de ciência, passemos a ver a ironia com que se está portando, delicadamente, o Instituto dos Bacharéis em Letras.

Eu não sei se o leitor tem acompanhado a peregrinação do sr. dr. Moreira Pinto. Este cavalheiro compôs um dicionário geográfico; se bom, ou mau, ignoro, mas tenho ideia de que na Câmara dos deputados disseram que era bom, e a Câmara sabe ou deve saber geografia.

Composto o dicionário, pensou o dr. Moreira Pinto em imprimi-lo. Imagino que todos os editores esfregaram as mãos de contentes, e declararam-se prontos ao negócio, com a ideia de que se tratava de um livrinho nacional; vendo, porém, a obra volumosa, com razão recusaram; é o que eu faria, se fosse editor. Nem por isso o autor desesperou; andou daqui para ali, até que foi bater às portas da Sociedade de Geografia e do Instituto de Bacharéis.

Não sei o que fará a primeira; mas o segundo, o instituto, propôs um meio de custear a despesa da impressão: um benefício no teatro. Ao teatro ninguém vai por um motivo especialmente geográfico, mas para divertir-se ou acabar a digestão. Meio certo, portanto, de recolher os fundos necessários ao custeio da impressão do livro. É isto o que me parece trazer uma intenção irônica da parte do Instituto dos Bacharéis. Fazer intervir a *Mascote* em um serviço à ciência (se o é) é o mesmo que dizer que, salvo para alguns efeitos especiais, não amamos cordialmente as coisas científicas.

Seja como for, está o sr. dr. Moreira Pinto reduzido à condição de irmandade. Ei-lo em breve a anunciar que ainda há um pequeno resto de bilhetes no escritório do teatro. Há trinta anos não faltaria este condimento: "O ator Martinho cantará uma de suas melhores árias". Mas tudo passa e muda; o próprio Martinho trocou o palco pelo comércio, e é agora cobrador de dívidas (alheias, entenda-se).

Vencida a cachoeira da impressão, aparecerá a da venda, que não é menos difícil de transpor, porque com o exemplar que o Capistrano comprará logo, não se pode dizer distribuído o livro. O Cabral, que imaginou enriquecer quando publicou as *Memórias de Drummond*, está nas mesmas condições pecuniárias que dantes. Note-se que ele contava que o nome de *Drummond*, puramente francês, fizesse crer em anedotas de Luís XIV ou XV; mas foi esbulhado das esperanças. Uma das nossas folhas denunciou que se tratava da Independência do Brasil e do Primeiro Reinado, e ninguém caiu na esparrela.

Eu, menos que ninguém, vivo de memórias e geografias. Deem-me o almanaque do ano, um romance maroto, duas ou três descomposturas picantes ao meu vizinho, e (para distrair as pequenas) a polca da semana, e podem levar o resto, que me não tiram o sono.

Entretanto, não tendo interesse em que o dr. Moreira Pinto fique com o livro em casa, proponho-lhe um destes dois meios. Ele que escolha.

O primeiro é que refunda o livro, dando-lhe uma forma narrativa, à maneira de Júlio Verne. Conheci um homem de boas letras, que execrava tudo o que era romance; adorava, porém, os de Verne, por esta razão, que dava aos amigos, e eu era um deles: "Ali aprende-se ciência".

Se a refusão lhe dá muito trabalho, então empregue o outro meio. Na capa da obra, e nos anúncios, imprima isto: "*Dicionário geográfico*, por Moreira Pinto, leitura só para homens". Eu não irei comprá-lo, porque sou inventor da dissimulação; mas os exemplares que lhe ficarem no fim de seis meses, são meus, pelo dobro do preço. Serve-lhe?

Ou então, outro e melhor conselho. Faça o que fizeram Capistrano de Abreu e Vale Cabral, que meteram ombros, silenciosamente, a nada menos que transportar Wappeus para a nossa língua, com acrescentamentos e correções, e acabaram agora mesmo o primeiro volume. Já o vi pronto, impresso, magnificamente impresso. Isto melhor que tudo: letras e ciências são ofício de sacrifício.

Lélio
Gazeta de Notícias, 25 de novembro de 1884

Prestes a levar a minha cédula à urna

Prestes a levar a minha cédula à urna, eis as condições que imponho ao candidato.

Não exijo dele método político, nem estilo, nem ainda sintaxe; peço-lhe tão somente, como liberal, que ampare a liberdade, na queda em que vai caminho do abismo.

Não vou falar nos vinhos falsificados e deitados no mar, nem especialmente dos 350 barris que foram para o Rio Grande do Sul, e que a Associação Comercial daqui denunciou à alfândega de lá, como feito de vegetais nocivos à saúde. Lá estão no mar com os outros. Também não quero saber se Ramalho Ortigão teve razão, há tempos, dizendo que o vinho do Porto é agora fabricado na rua dos Ingleses. Em alguma rua se há de fabricá-lo.

A minha questão é mais elevada; é de liberdade.

No andar em que vamos, não tarda que a denúncia desça a outros ramos de negócio. Hoje persegue-se um vinho nocivo à saúde; amanhã iremos aos pesos falsificados, às medidas incorretas, às trocas de tecido, à composição das velas, às solas dos sapatos, à seda dos chapéus de sol; e, porque há abusos no comércio, lançaremos a suspeição a todo ele: — é a inquisição, é a santa-irmandade, é o farisaísmo.

Não; senhores; não pode ser isto, sob pena de aluir tudo. Que capricho é esse de querer que a lebre seja sempre lebre, e negar ao gato o direito de substituí-la de uma ou outra vez? Há liberdade para as opiniões, que podem corromper a alma e a sociedade, e não a há de haver para as coisas da boca? Porventura o corpo é mais que o espírito? Não vale mais a sociedade, que alguns indivíduos?

Dão-se abusos, decerto, mas a liberdade é isto mesmo; o melhor é tê-la assim, que nenhuma.

E, depois, há uma solidariedade de classes e profissões, sem a qual a sociedade perece. O vinho nocivo, se acaso corrompe a saúde de um homem, dá dinheiro ao médico chamado para tratá-lo, ao farmacêutico; e, no caso de morte, ao armador funerário, ao padre, às cocheiras de carros. Tudo se liga na civilização. O falsificador não trabalhou só para si.

Outra razão e científica. A Associação Comercial costuma ler Spencer? Naturalmente, sim. Pois releia-o. Lá verá que esses abusos são uma forma de canibalismo. "Assim como se diz (escreve o grande filósofo) que a lei entre as criaturas vivas é esta: comer e ser comido; assim também a lei desses abusos é esta: embaçar e ser embaçado."

Se é uma lei, como fugir-lhe? e se há dois modos de cumpri-la, não é melhor fazê-lo pelo lado ativo? Não é claro que, se todos adotassem o lado passivo, se todos quisessem ser embaçados, não haveria embaçadela, por falta de embaçadores?

Propor tais questões é resolvê-las. Dou, portanto, o meu voto a quem defender a liberdade mercantil, e, com ela, a liberdade social e política.

Não peço mais nada, nem que me ponha para aqui a taxa de câmbio de 1841 (30 1/2 e 29 3/4, como ainda ontem li no *Jornal do Commercio* daquele tempo), nem que restitua o senso comum à irmandade de Santo Antônio dos Pobres. Quanto ao primeiro ponto, por mais que o sr. dr. Ferreira Viana se entristeça com os 19 1/2 atuais, acho que antes isso que nada. Quanto ao segundo, Deus que o permite, alguma razão terá.

Longe de mim contestar que a intimação da irmandade do padre Neville, para que cesse com as prédicas na ocasião da missa, é uma das coisas mais burlescas destes últimos dois anos; mas o burlesco, posto que inferior, é um gênero estimado.

Demais, o ofício do secretário diz que as prédicas são atos exclusivos do pároco, e isto lembra uma anedota de pregador, que do alto do púlpito fulminava os que na composição das velas com que se alumiavam os altares misturavam indecentemente a cera com o sebo. "As almas pias (concluía o pregador) devem comprá-las na loja de meu irmão, que é o único que as fabrica de cera pura." Logo, há velas e velas.

Lélio
Gazeta de Notícias, 1º de dezembro de 1884

Chove sangue, fuzila sangue, troveja sangue

Chove sangue, fuzila sangue, troveja sangue, tudo é sangue, sangue, sangue.

O assassinato telegráfico do sr. conselheiro Rodrigues encheu naturalmente de indignação a toda a cidade; mas, por isso mesmo que foi só telegráfico, e que o morto ressuscitou com o bálsamo igualmente telegráfico do presidente Otoni, serviu para congregar as simpatias em volta do ex-ministro da guerra, e fazer do seu nome o assunto obrigado de todas as palestras, ontem, entre a hora do *lunch* e a do chá.

Já há dias, tivemos de falar e ouvir falar do sr. José Mariano, ferido por um estilhaço telegráfico. Durante muitas horas foi ele o leão do dia, o assunto principal da rua do Ouvidor, e o fato, por fortuna mentiroso, deu grande relevo à vitória eleitoral.

Ao ver isso, lembrou-me que, se algum dia viver na província, empregarei por sistema o que a esses dois cavalheiros aconteceu por engano. Far-me-ei apunhalar algumas vezes, telegraficamente. Só isso valerá por cinco anos de vida pública.

Não presumo certamente inventar o sistema. Já Alcibíades tinha descoberto que cortar o rabo ao cão é coisa para entreter uma cidade inteira. Eu corrijo a ideia dele, unicamente no ponto de cortar o meu próprio rabo. Dói menos ao cão e o efeito é muito maior.

A razão é simples. Há em primeiro lugar, os amigos, que sentem deveras a coisa, e andam de um para outro lado, tontos, fora de si. Seguem-se os inimigos, que não se afligem, mas também não se consternam: limitam-se a iniciar a justiça da história. Uns dirão que eu, realmente, era um estouvado; outros que tinha o nariz implicante; e não faltará até quem chegue a negar-me toda a espécie de nariz, como um sinal de desespero do céu.

Chegam os bons, compassivos, filantropos, patriotas, que sentem como os amigos, e melhor que eles, pois não os leva nenhum sentimento pessoal. Vêm os indiferentes e os curiosos, que gostam de sair da monotonia, do ramerrão da cidade, e dão tudo por uma notícia de sensação. Alguns deles levam o diletantismo ao ponto de padecer com o desmentido de uma notícia dessas, e fazem tudo por salvá-lo.

Qualquer, porém, que seja o modo de sentir de cada um, contanto que todos falem, tudo vai bem; é o essencial. A gente vive mais e melhor, com um relevo raro, excluindo o resto dos homens. Durante horas e horas domina-se a opinião. Que ação nobre ou que magnífico livro não seria necessário para obter o mesmo? Uma simples facada produz tudo isso, sem gastar coração nem talento.

Está dito, é o que vou fazer. E estou já com tal pressa, que nem acabo esta bala. Adeus, vou para fora: daqui a sete dias sou atravessado por um bom telegrama de Toledo, e então é que hão de ver o que valho na rua do Ouvidor e cidade adjacente.

Lélio
Gazeta de Notícias, 6 de dezembro de 1884

— CASTRO MALTA?

— Castro Malta? — perguntaram-me os vermes.

— Sim, Castro Malta... Uns dizem que ele morreu, outros que não; afirma-se que está enterrado e desenterrado; que faleceu de uma doença, se não foi de outra. Então lembrou-me vir aqui ao cemitério a estas horas mortas, para interrogá-los e para que me digam francamente se ele aqui esteve ou está, e...

Os vermes riram às bandeiras despregadas; eu, menos vexado que medroso, pedi-lhes desculpa, declarando que só o amor da verdade me obrigara a fazer o que estava fazendo.

— Não pense que estamos mofando do senhor — respondeu um dos vermes mais graúdos —, Castro Malta é o nome do homem?

— Justamente. Onde está ele?

— *Alas, poor Yorick*! Não podemos saber nada; isto cá embaixo é tudo anônimo. Ninguém aqui se chama coisa nenhuma. César ou João Fernandes é para nós o mesmo jantar. Não estremeças de horror, meu filho. Castro Malta? Não temos matrículas nem pias de batismo. Pode ser que ele esteja por aí, pode ser também que não; mas lá jurar é que não juramos...

— Mas então...? Não, não creio.

— Não crê! — exclamaram eles em coro, rindo —; não crê!

— E por que é que não há de crer? — redarguiu o graúdo. Que interesse temos nós em lhe mentir? Não distinguimos nomes, nem caras, nem opiniões, quaisquer que sejam, políticas e não políticas. Olhe, vocês às vezes batem-se nas eleições e morrem alguns. Cá embaixo, como ninguém opina, limitam-se todos a ser igualmente devorados, e o sabor é o mesmo. Às vezes, o liberal é melhor que o conservador; outras vezes é o contrário: questão de idade. Os vermes (não os deuses, como diziam os antigos) os vermes amam os que morrem moços. Você por que é que não fica hoje mesmo por aqui?

— Lisonjeiro! Não posso; tenho que fazer.

— Deixe-se de imposturas!

— Não, palavra. Vou saber se a Erva Homeriana é da Sibéria ou da Prússia. Dá-se com esta erva o mesmo que se dá com o Castro Malta...

— Está e não está enterrado!

— Não...

— Então, é ela mesma que enterra os outros...

— Segundo o Sousa Lima; mas, segundo o Bertini, desenterra.

— *Esse et non esse*.

— Vocês sabem latim?

— Se lhe parece! Comemos todo o povo romano. Mas então a tal erva...

— Diz uma revista prussiana que é da Prússia, mas um atestado austríaco diz que é da Sibéria... Tal qual o Rodrigues.

— Outro defunto?

— Justamente, outro defunto, opinião de Teodoreto...

— Que está vivo.

— Que está vivo; mas na opinião do Rodrigues...

— Que está morto.

— Que estaria morto; na opinião do Rodrigues, o defunto é o Teodoreto. Tudo vai assim cá por cima; cada coisa é e não é ao mesmo tempo. Quantos deputados há favoráveis ao projeto Dantas? Perguntei a um vizinho da esquerda, e ele disse-me que 36, e citou os nomes; falei a outro da direita, e respondeu-me que 16, e citou também os nomes...

— Está vendo? E você ainda nos pede nomes de defuntos! Pois se os de gente viva andam da direita para a esquerda e de cima para baixo, como usá-los aqui, onde não há câmaras, nem governo, nem projetos, onde tudo é livre e mais que livre? Vá, meu amigo! Boa noite, ouviu? Boa noite, até à vista, e que seja breve.

Lélio
Gazeta de Notícias, 12 de dezembro de 1884

Vou pregar um logro ao leitor

Vou pregar um logro ao leitor, tanto mais de envergonhar quanto que o aviso desde princípio.

Era uma vez um rei... Assim começam as histórias que eu ouvia em criança; mais tarde, ouvi outras; mas as primeiras acho que eram ainda as melhores. Quem é que dizia, já varão feito, que teria muito prazer se lhe contassem a história da Pele de Burro? Creio que era La Fontaine. A que lhes vou narrar é, pouco mais ou menos, a mesma aventura.

Repito: era uma vez um rei, o qual governava por seus ministros. Os ministros, que não trabalhavam para o bispo, mas para o rei, tinham o seu ordenado, que o Tesouro lhes pagava pontualmente, como todos os tesouros dignos de um tal ofício.

Um dos ministros, recebendo um dia o subsídio, em vez de o guardar na algibeira, ou de o levar para casa, meteu-o no chapéu. Já o leitor adivinha que o dinheiro não era em ouro, mas em papel, três, quatro ou cinco notas grandes.

Posto assim o dinheiro no chapéu, e o chapéu na cabeça, o ministro, que gostava de teatro, foi à noite ao teatro. Digo que gostava, e pode ser que a expressão seja frouxa. Parece que era paixão, e de tal ordem, que ele não viu nada mais que o espetáculo. Tanto não viu, que no fim, indo retirar-se para casa, não encontrou chapéu, nem dinheiro. Não descrevo o espanto do ministro: toda a gente o imaginará. Digo só que, como era também filósofo, provavelmente não se demorou muito em lastimar o caso sem remédio, e cuidou de ir meter-se na cama.

O pior é que era preciso dinheiro para comer no dia seguinte, e o ministro achou-se, de manhã, sem chapéu, sem ordenado e sem almoço.

Pode-se governar um país sem almoço; mas há de ser com a condição de jantar, ou cear, pelo menos; e ao nosso ministro não lhe ficara sequer para a merenda. Felizmente, tinha em casa um sobrinho, que lhe acudiu com alguma coisa para as primeiras despesas.

De noite, em conselho no paço, contou o ministro roubado o caso da véspera, ao imperador... Imperador? Está dito: imperador.

— Mas então sem nada? — perguntou sua majestade.

— Sem nada — respondeu singelamente o ministro.

Sua majestade considerou um pouco. Tratava-se de um alto funcionário, membro do governo, com família e pobre; e as virtudes e os talentos do ministro pareceram-lhe merecer alguma coisa mais do que pêsames. Voltou-se para o ministro da Fazenda, e disse-lhe que, visto o caso excepcional e as circunstâncias, parecia acertado mandar dar no dia seguinte ao seu colega outro mês de ordenado. O ministro da Fazenda, com muito boas palavras, disse respeitosamente ao príncipe que não podia cumprir a ordem.

— Não posso — disse o ministro (e aqui a resposta é textual) —; não há lei que ponha a cargo do Estado os descuidos dos funcionários públicos. O ano tem 12 meses para todos, não há de ter 13 para os protegidos. Eu dividirei com ele o meu ordenado, e viveremos com muito mais parcimônia; é melhor que dar ao país o funesto exemplo de se pagar duas vezes à mesma pessoa o ordenado de um mês.

Sua majestade concordou plenamente com essa resposta; e tanto que o ministro roubado não recebeu mais nada, e o da Fazenda é que lhe deu metade do subsídio, e assim viveram ambos, apertadamente, os trinta dias. Não consta que o primeiro-ministro tornasse a pôr o dinheiro no chapéu, nem a ir com ele, assim posto, ao teatro.

Há aqui duas pequenas empulhações ao leitor. A primeira é que ele esperava um mexerico político, e sai-lhe uma anedota sem pimenta. A segunda é que ele cuida ver o nome de algum compadre ou do vizinho fronteiro; e vai ficar com água na boca, porque a coisa deu-se há mais de sessenta anos. O ministro que perdeu o dinheiro, foi nada menos que José Bonifácio; o da Fazenda era seu irmão Martim Francisco. O sobrinho que supriu as despesas chamava-se Belchior Fernandes Pinheiro. A anedota, posto que velha, só agora foi divulgada, nas *Memórias* de Drummond.

Confesso que lhe falta um certo pico; mas nem sempre a quente especiaria, alguma vez o arroz de água e sal, uma história da carocha; porque eu sou como La Fontaine.

Si Peau-d'âne m'était conté,
J'y prendrai un plaisir extrême.

Lélio
Gazeta de Notícias, 17 de dezembro de 1884

Começava a ler um artigo

Começava a ler um artigo a pedido do *Jornal do Commercio* de hoje, relativamente ao caso Malta, e apenas tinha chegado a estas palavras da 4ª linha: *Risum teneatis! Mirabile dictu!* quando me anunciaram a visita de duas pessoas.

Mandei-as entrar. Eram dois velhos, caindo de lazeira, ambos calvos, com alguns fiapos de cabeleira, curvados, pernas trêmulas e apoiados em bengalas. Ajudei-os a vir até o canapé, onde os fiz sentar e onde ainda ficaram por cinco minutos, arquejando e respirando a custo. Afinal disse-me um deles:

— Constou-nos que o senhor escrevia para os jornais e vinha pedir-lhe um imenso favor. Creia que serve a dois infelizes...

— Que não conheço — ponderei, sorrindo.

— É verdade; esquecia-me de dizer quem somos. Há de conhecer-nos de nome, pelo menos. Chamo-me *Risum teneatis;* este cavalheiro é meu primo, é o célebre *Mirabile dictu.*

Arregalei os olhos e não pude ocultar a minha admiração. Disse-lhes que, pelo serviço que faziam, imaginava que eram ainda dois rapazes.

— Justamente esse serviço é que nos tem trazido a este miserável estado. Ah! senhor, trabalhamos demais. Há um limite para tudo. As criaturas todas repousam, só nós andamos na faina constante, dia e noite, é demais. E às vezes para quê? Vou a encostar a cabeça, chamam-me, corro e dou com um homem que achou o colete do outro pouco à moda. *Risum teneatis*! Ou então é um sujeito que pretende mostrar a vantagem dos suspensórios elásticos, *Risum teneatis*! não lhe parece excessivo?

— Com efeito...

— Olhe, numa dessas corridas cheguei a perder o meu cajado interrogativo, e ando agora com esta simples bengala admirativa. Pode ser que seja melhor; mas eu estava tão acostumado ao cajado, que era um presente de meu finado pai... Desgraças! Mas vamos ao que importa.

— Eu, no seu caso, punha um anúncio, a ver se o cajado...

— Deus nos livre. Um anúncio! Se caísse nessa, toda a cidade desatava a rir e a exclamar: *Risum teneatis! Mirabile dictu!*

— Lá vou! lá vou! — acudiu o outro velho, que começava a cochilar.

Explicamos-lhe que não era nada e ele tornou a sentar-se. O primeiro ancião fungou-me uma pitada, sacudiu o peito da camisa e disse-me o que desejavam. Queria ver se haveria algum meio de iniciar uma propaganda no sentido de os aposentar. Parecia-lhe que havia dois modos: ou invocar os sentimentos de piedade cristã, ou excitar o espírito moderno...

— Não nos importa que nos dê por incapazes e carrancas. Tudo o que for aposentar-nos é bom. Trabalhem os moços; há muito rapazinho francês e até italiano. Chamem-nos, façam-nos descer à rua e deixem-nos morrer tranquilos. Não é justo?

— Justo é, mas não sei se será possível.

— Como assim?

— Naturalmente os senhores (desculpem a franqueza) são dois adornos de salão. São velhos, mas os adornos velhos são justamente os mais bonitos, uma vez que preencham certas qualidades. Além disso, em alguns casos, valem um argumento e às vezes mais do que um argumento. Esta simples exclamação: *Mirabile dictu...*

— Lá vou, lá vou — disse o ancião, acordando e procurando a bengala.

— Não é nada — acudi eu —; é uma exemplificação.

— Ainda bem que o senhor está vendo, disse o primeiro; esta é a nossa vida. Mas então, nenhum meio...

— Nenhum.

— Diabo! Veja bem.

— Já vi; não é possível a aposentação.

— Nesse caso uma licença. O senhor podia advogar a ideia de uma licença, ou só para descansar, ou mesmo alegando modéstia; e aliás é a verdade. Vê que ambos padecemos.

— Vejo, mas não posso fazer nada.

Os dois olharam um para o outro, abanaram a cabeça e suspiraram, depois estenderam-me as mãos. Fiquei com pena dos pobres velhos e prometi que ia ver se achava alguma coisa, e desde já falaria aos meus amigos, pedindo-lhes que, ao menos por uns seis ou oito meses, os deixassem tranquilos.

— Não será muito, mas antes isso que nada.

— Obrigado.

— Obrigado.

E caminharam a custo para a porta, indo eu com eles, para que não caíssem. Fui até o patamar da escada. Ali dei-lhes o braço, um à direita, outro à esquerda e eu no meio, e fomos descendo muito devagar. De repente, ouvimos ao longe duas vozes: *Risum teneatis! Mirabile dictu!*

— Lá vou! lá vou! — arquejaram ambos.

E precipitaram-se pela escada abaixo, cai aqui, cai acolá, levantando-se, voando, e desapareceram na rua, não sei como. Voltei para cima desconsolado, e faço daqui o pedido do descanso, uns seis ou oito meses. *Risum teneatis,* leitor? Pois a minha intenção (*mirabile dictu!*) era justamente o contrário.

Lélio
Gazeta de Notícias, 21 de dezembro de 1884

DE TUDO O QUE OCORREU ONTEM

De tudo o que ocorreu ontem, no cemitério, acerca do aparecimento de dois cadáveres sem calote e um terceiro sem cabeça, o que maior impressão me deixou não foi o encontro dos cadáveres.

Não. Acho até natural essa duplicata. Os que são gente viva, também aparecem duplos: não é muito que os cadáveres, em que tudo se corrompe, cheguem a perder a noção da unidade.

Pode ser também que os moradores da terra, enfadados com tanta exumação, assentassem entre si simbolizar desse modo o logro que estão pregando aos homens.

Tiveram estes um calote da primeira vez, agora têm dois, amanhã terão três.

Bem sei que isto é um trocadilho de palavras: mas que é este tempo em que vivemos senão um trocadilho de coisas?

Não; o que mais me impressionou no caso foi o concurso de duas mil pessoas, que ali foram ter, por baixo de um sol formidável, para assistir à exumação de cadáveres, durante duas e mais horas. Nem o desmaio de um dos médicos assustou a ninguém. Tudo ficou a pé firme, com o seu fenol nos lenços, nos narizes, nas mãos, na atenção e nos sentimentos.

Até aqui, esta questão Castro Malta parecia-me uma questão de moda. A eleição dá pouco de si, pela singular monotonia das duplicatas; não há adultério célebre; ninguém deitou cavalos novos na rua; o Ferrari não voltou a governar estes seus Estados. Que há de fazer um pobre homem, entre três e seis horas da tarde, ou de manhã, nos bondes, e de noite, entre duas licenças em copas?

Naturalmente, o Castro Malta serviu a esta necessidade de toda a sociedade polida, vadia e curiosa. Foi o que sempre me pareceu. E tive muita prova disso, conversei com muita gente, interroguei, ri, compus, também um ou dois trocadilhos necessários e concluí que o Castro Malta fazia o papel de macaco verde — ou o de uma célebre negrinha monstro que havia aqui na rua do Ouvidor em exposição há muitos anos. Coisa para encher o tempo.

Não posso afirmar se chegamos a ter algum chapéu à Castro Malta, mas creio, no caso negativo, que só por descuido. Não comendo em hotéis, não sei também se este nome cheio de prestígio chegou ou não a figurar na lista das comidas; mas conheço a perspicácia dos donos dessas casas, e sei que não perderiam tão boa ocasião de dar aos fregueses todas as vantagens da antropofagia sem nenhum dos seus inconvenientes.

Só isto. Moda, desfastio, pura curiosidade pública, simples interesse de pessoas que não têm nada umas com as outras; eis o que sempre me pareceu a opinião, relativamente a este negócio, como a todos os negócios análogos.

Vai senão quando, anuncia-se a exumação judiciária para ontem. O dia amanheceu formidável; o sol intenso, o ar abafado. Por outro lado, ver desenterrar cadáveres, ainda judiciariamente, pode ser um espetáculo interessante, mas eu prefiro ver a cena do cemitério, não só contada pelos jornais de hoje, mas também por Shakespeare: "Conheci-o, Horácio. Estes buracos... esta hora..." No livro, à fresca, em casa, é delicioso. No cemitério, devia ser o diabo.

Que levou então tanta gente ali, ontem, em tais circunstâncias? Evidentemente não foi a simples curiosidade. Não, não foi esse sentimento feminino, estreito, pai do mexerico e avô da calúnia. Não; foi por força da

solidariedade social, o sentimento de que todos nós somos, não *uns*, mas *um*.
Não foi outra coisa, não podia ser outra coisa.

Que seria, senão fosse isso? Um efeito sem causa, como escreveu gravemente uma folha da Restauração, quando caiu o Ministério Martignac? Não, meus amigos, não há efeito sem causa, digam o que quiserem as folhas de todos os regimens. Os efeitos são filhos legítimos das causas: é Calino, mas é verdade.

Logo, não podendo ser a simples curiosidade que levou tanta gente ao cemitério, debaixo de um sol de rachar, para o único fim de assistir à interrogação da sânie e do verme, havemos de crer, por força, que foi, como digo, o sentimento da solidariedade social. Por outros termos, nós não parecemos com o famoso acionista de bancos e companhias, que prefere saber como vai à cena um *vaudeville* ordinário a indagar como lhe administram o dinheiro. Não; nós aplaudimos os *vaudevilles* ordinários, mas vamos antes ao cemitério saber como os vermes administram os corpos.

Ohimè! sempre bene!

Lélio
Gazeta de Notícias, 24 de dezembro de 1884

A MINHA VELHA AMIGA
D. SEBASTIANA MUNICIPALIDADE

A minha velha amiga d. Sebastiana Municipalidade escreveu-me a seguinte carta, que me parece interessante:

26 de dezembro de 1884.

Meu caro amigo,
Posso chamar-lhe filho; mas não quero impor-lhe a título de mãe nenhuma obediência contrária à vontade. Leia isto como amigo, e, se lhe parecer que merece a atenção do poder e do público, peço-lhe que o imprima; far-me-á uma esmola. Só agora li a sentença de despronúncia do processo Apulco de Castro; ia lendo muito descansada da minha vida, quando dei com esta parte da decisão: "e pague a municipalidade as custas".
Meu bom amigo, você sabe e, se não sabe, juro-lho por Deus, que está no céu, que eu não tenho nada com isto. Nunca troquei uma palavra com Apulco de Castro, e posso afirmar-lhe que, se o visse agora, não sei se o conheceria. Em todo caso, não houve entre nós o menor desaguisado. Vivo metida com a minha vida e, se ele se metia com a dos outros, é o que me não importou nunca.

Os juízes têm esse costume de condenar-me, e eu não digo nada, porque os processos, em geral, são tão insignificantes, que eu perderia o meu tempo em falar; ninguém me prestaria atenção. Agora, porém, o caso é de tal monta que eu posso apelar para toda gente, e desafio que me digam se eu estive sequer na rua do Lavradio, na tarde de 25 de outubro.

Que condenassem nas custas o ator Pinto, por exemplo, que é pontual nas exumações e movimento de certa gravidade, vá; a justiça seria a mesma que no meu caso, mas podia haver a explicação de fazer um trocadilho pecuniário, exigindo o preço da plateia de quem está acostumado a falar do palco. Mas a mim, meu caro amigo? Que tenho eu com essas coisas?

Até aqui a questão de direito; vamos agora à de equidade.

Você sabe que eu não tenho mundos e fundos. Há pessoas da minha qualidade que dão bailes; eu não, um chá sequer, um refresco. Ando com a roupa enxovalhada, as botinas rotas, um chapéu de 1850, tudo porque o dinheiro mal me chega para comer.

Conhece a minha casa do Campo da Aclamação? Sabe que é bonita, com uma bela escadaria de mármore. Pois há de crer que ainda não achei uns pares de mil réis para comprar um tapete, com que forre os degraus, que daqui a pouco estarão como as paredes do beco das Cancelas? Conquanto eu não tenha nada com o júri, como ele funciona cá na casa, sempre quisera pôr-lhe outras tribunas para os advogados; as que ali estão são pífias. O mesmo Cristo precisa ser mudado; há muito ouro em volta da cruz, e todo o trabalho é de mau gosto; mas onde irei buscar os meios?

Não os tenho para isto, nem para fortalecer o soalho do salão, que, segundo o conselheiro Jaguaribe declarou um dia, ameaça cair, e hei de tê-los para pagar as custas de um processo, em que não entrei nem de longe? Realmente, é crueldade.

Entretanto, se teimarem muito, vou pôr em execução uma ideia que me anda na cabeça, há algum tempo.

Você sabe que uma das minhas ocupações é mudar o nome das ruas. Há duas razões para isto. A primeira é que ver o mesmo nome durante muito tempo dá-me impressão igual ao de ver uma camisa suja. A segunda é filha da primeira; para substituí--los mais facilmente, não escolho nomes célebres, históricos, desses que ficam de um século para outro. Caí em pôr o dos Andradas, o de Gonçalves Dias, o de Luís de Vasconcelos e alguns outros; mas levantei a cesta.

Seguramente, ainda escolho um ou outro, não digo histórico (nenhuma rua mais se há de benzer com um grande nome), mas distinto e de algum valor. A grande maioria, porém, há de ser dos que passam depressa, que é para se poder fazer com facilidade a substituição. A rua da Quitanda, por exemplo, que tanta significação tem relativamente à topografia primitiva da cidade, está-me pedindo um José Antônio e, mais dia menos dia, crismo-a.

Ora bem, a minha ideia é lançar uma taxa sobre isto. Sim, que eu ainda lhe não disse (tal é o estado do meu espírito!) que esta aplicação de nomes é, em muitos casos, desejada pelos donos.

E compreende-se: é mais uma distinção honorífica, e até superior às outras; a gente lê o seu nome nos jornais, nos almanaques, nas esquinas, nas cartas do correio, etc., tudo isso sem haver tomado Humaitá ou descoberto um micróbio.

Uma taxa moderada sobre os candidatos a essa imortalidade relativa é o único meio que tenho para ocorrer a tanta multa, com que já não posso. Veja se chama a atenção do público para isso, e creia-me.

Velha amiga
Sebastiana Municipalidade.

Aí deixo a carta da minha boa e velha amiga. Nem todas as reflexões me parecem exatas, mas a substância é justa e, ao menos por equidade, merece a atenção do poder competente.

Lélio
Gazeta de Notícias, 27 de dezembro de 1884

Parece que cheira a chamusco

Parece que cheira a chamusco. Dizem os papéis públicos que há receio de pancadaria eleitoral, agora no dia 4. Eu, se querem que lhes fale com o coração nas mãos, não creio em tal coisa; mas, a fim de que se não diga que, por negligência, deixei os meus concidadãos sem algumas indicações salutares, vou dar-lhes um remédio que reputo único e verdadeiro.

Hão de lembrar-se que a *Gazeta de Notícias* transcreveu há dias de uma folha alemã, do rio da Prata, a carta de um comissário argentino dando conta do procedimento que teve em território litigioso da fronteira do Brasil. O comissário achou ali um funcionário brasileiro, exercendo não sei que autoridade na povoação, demitiu-o, e deu-lhe logo a nomeação de alcaide da República. Ambos os atos foram aceitos sem resistência, e as bandeiras trocadas sem protesto.

Esse caso (se é verdadeiro, o que ignoro) traz em si não só a solução da questão de limites, mas também o remédio eleitoral que proponho.

Quanto à primeira, basta mandar lá um comissário brasileiro daqui a seis meses, que reponha o nosso patrício no cargo anterior. Seis meses depois, os argentinos mandam outro comissário, e fazem o mesmo; e, repetida a ação de ambas as partes, semestralmente tiraremos à consciência do nosso patrício qualquer vislumbre de escrúpulo; ele imaginará que está cumprindo um acordo internacional. Só mudará então uma coisa, a aclamação — "Meus filhos, está vingada a justiça, viva a república!" — "Meus filhos, restituídos ao Império, viva o imperador!" No mais não haverá mudança. Penacho e emolumentos.

Não há penhacho sem emolumentos para o eleitor, mas a paz pública é motivo bastante para um procedimento análogo. Conseguintemente, aconselho ao eleitor que divida os vivas, uns para o sr. Fulano, e outros para o sr. Sicrano, e ande com duas bandeiras, uma na mão, e outra no bolso. Não é fácil manejá-las, guardando e sacando, ora uma, ora outra, mas podem fazer um ensaiosinho em família. Uma vez adestrados, hão de ver que, não só escapam ao cacete, mas até podem achar nisso algumas horas de recreio, coisa rara neste ano de calamidades.

Ou então, se a coisa lhe parece difícil e pouco eficaz, aceitem a fórmula de um velho preto, jardineiro da Igreja da Glória. Não sei se sabem que voto naquela seção. No dia do 1º escrutínio, enquanto esperava a minha vez, passeava no corredor que vai da sacristia à pia, e tem janelas para o jardim. Numa destas, vi estirado, ao longo do peitoril, um preto velho, de barba curta e branca, tranquilo, com os olhos meio cerrados. Cheguei-me a ele, e perguntei-lhe se era pelo sr. Fulano ou pelo sr. Sicrano, candidatos. Respondeu-me atarantado:

— Eu sou aqui mesmo da igreja, sim, senhor.

Profundo filósofo! Filósofo prático! Enquanto um brada: "Penacho e emolumentos!", fórmula rude e demasiada franca; outro: "Viva o sr. Fulano e viva o sr. Sicrano!", fórmula útil, mas contraditória, tu, meu bom velho, meu jardineiro obscuro, tu, filósofo sem livros, achaste a fórmula prática, tangível, segura, sublime, o fundo dos fundos, a substância das substâncias, que é ficar sempre na igreja.

Lélio
Gazeta de Notícias, 1º de janeiro de 1885

Mal a aurora, com os róseos dedos

Mal a aurora, com os róseos dedos, abria as portas do Oriente, engolfei-me na pura linfa, e emergi fresco como uma alface. Abri a janela e relanceei os olhos pelo jardim, cujos arbustos moviam as folhas castigadas pela brisa matinal.

No meio do rumor das folhas, ouço subitamente algumas palavras soltas, frases truncadas, orações suspensas: — *A lei peca... togas... duplicatas... escrutínio... Ah! se o sr. senador Saraiva estivesse no governo!*

Curioso de todos os fenômenos, desci ao jardim, e não gastei mais de dois minutos em reconhecer que as palavras soltas eram justamente das que o *País* hoje de manhã deixou ao vento.

Não havia uma hora que elas tinham saído do prelo, e já haviam chegado ao seu destino. Afiei o ouvido, reconheci outra, cheguei a ligar um ou dois parágrafos, não havia dúvida, eram as palavras do *País*.

Fiz comigo este raciocínio: — se o vento repete o que lhe mandam, não é absurdo que responda ao que lhe perguntarem. E interroguei o vento, diretamente, que me dissesse o que achava das palavras e do sentido.

— Deliciosos! — disse-me ele. — Só lhes acho um ponto fraco; é a exclamação relativa ao Saraiva.

Naturalmente espantei-me. Quê? Pois então não era verdade que... Interrompeu-me com uma lufada, que me levou o chapéu de palha, e disse-me que ninguém mais do que ele respeita a imparcialidade e a rigidez daquele digno senador: mas, quanto às eleições de 1881, lembrava-me que a reforma estava novazinha sem que os empreiteiros eleitores tivessem ainda descoberto o meio de falsificá-la.

Era um aparelho desconhecido, em que eles pegam com certo medo; mas três anos bastaram para que inventassem a duplicata, o protesto e a anulação de seções e colégios, e outras belezas não cogitadas.

— Nem é outra opinião do *País* — concluiu ele agitando com graça as minhas roseiras em flor —, não é outra a opinião do próprio artigo em que o desbragamento dos costumes está pintado com muita verdade. A coisa está cá embaixo. Você quer saber o que vai acontecer?

Disse-lhe que sim. Ele, batendo as pesadas asas até às tranças das palmeiras do vizinho, desceu novamente, e serenando o ar com os mais puros eflúvios, anunciou-me que ainda haveria uma ou duas eleições, com a reforma sem emenda: depois emendaremos a reforma, trocando o círculo de um pelo de três, depois virá o de província, em seguida voltaremos ao de um, ao de três, ao de cinco, etc.

Si cette histoire vous embête
Nous allons la recommencer

— Olha, meu caro — concluiu ele. — Tu queres saber o que era preciso, antes de tudo, além da pureza dos costumes? Era aquela *melhor boa vontade* de que falou anteontem um dos candidatos últimos. Leste, não? Também eu. Sim, não basta a *boa vontade*, nem a *melhor vontade*, é preciso a *melhor boa*, que é um superlativo, não digo novo, mas prodigiosamente singular; e adeus.

Dizendo isto, deu-me um safanão, e voou aos ares, e foi buscar a chuva, que justamente começa a cair. Caiamos também, mas na sopa que me espera.

Lélio
Gazeta de Notícias, 5 de janeiro de 1885

Antes de começar,
peço ao leitor

Antes de começar, peço ao leitor que verifique se lhe falta alguma coisa nas algibeiras. Nestes tempos eleitorais não se anda seguro, e mais um diploma ou menos um lenço é a mesma coisa.

Não lhe falta nada? Bem, agora ouça e diga-me se quem concebeu esta ideia não merece, pelo menos, um tabelionato. Trago-lhe uma reforma eleitoral. Ouso crer que com a minha lei todos os males presentes vão acabar. Não a tendo ainda redigido, não posso dá-la com as formas técnicas, mas aqui vão as disposições principais.

Para nunca sair daquela simetria, que é o consolo dos olhos bem-nascidos, a presente lei eleitoral durará ainda até o fim do século. A minha começará com o século novo.

No princípio desse e de todos os séculos vindouros, até o ano 5 mil, se Deus for servido, organizar-se-á uma tabela de alternação dos partidos, para todo o século, tabela que será publicada nos jornais de maior circulação, depois de aprovada por um decreto. O prazo do governo de cada partido será de um decênio, se eles tiverem o sentimento da coletividade, e de um quatriênio, ou até de um biênio, se dominar o sentimento não menos respeitável das satisfações pessoais e dos prazeres de família. Não esqueçamos que a família é a base da sociedade.

Só o Ministério é homogêneo. A Câmara dos deputados dará sempre um terço ao partido adverso. Os deputados que formarem esse terço poderão fazer parte da maioria do seu partido, no prazo ulterior. A composição do Senado ficará sujeita ao mesmo processo, sem prejuízo da vitaliciedade. Como? Eis aí uma das belezas do meu plano. No Senado haverá duas maiorias. Subindo um partido, a maioria adversa ficará reduzida a um terço da mesma Câmara, para os efeitos legislativos, mas os senadores excluídos perderão o direito de voto e o dever do comparecimento, e poderão ir para onde lhe aprouver, até que finda o prazo. Não poderão, porém, sair do Império sem licença do Senado.

A eleição será feita na secretaria do Império, ficando incumbida desse trabalho especial uma seção também especial, composta de três amanuenses. O processo é simples.

Cada partido depositará na secretaria, 6 meses antes, uma lista dos seus candidatos, que serão o triplo do número de deputados que lhe houver de caber. Essas listas, autenticadas e lacradas, serão abertas no dia da eleição e escritos os nomes em papelinhos, metidos em uma urna e sorteados depois.

Os nomes que não saírem poderão voltar ao prazo seguinte se fizerem parte da nova lista de candidatos; mas, durante todo o prazo atual ficarão na secretaria para os casos de vaga.

Qualquer pessoa afeita ao estudo das instituições políticas terá penetrado já a profundeza da minha concepção; mas não para aqui. Há muita coisa mais, que não exponho por amor da brevidade. O fim principal está claro que é eliminar a paixão e a fraude. Vaidade à parte: creio que não se podia fazer melhor.

Uma das disposições, que constituem verdadeira novidade, é a última ou antes a penúltima, que a última é a que declara revogadas as disposições em contrário. Estatuo ali uma elevada pensão para o autor do projeto. Não o faço por nenhuma consideração pessoal, não cedo ao vil interesse, nem as concepções do espírito se pagam. Mas eu tenho família; e repito, a família é a base da sociedade. Fortifiquemos a base para que o edifício resista. Não demos a mão aos que derrubam.

Lélio
Gazeta de Notícias, 9 de janeiro de 1885

A POLÍCIA ACABA DE APREENDER
A SEGUINTE CARTA

A polícia acaba de apreender a seguinte carta de um socialista russo, Petroff, que se acha entre nós; é dirigida ao Centro do Socialismo Universal, em Genebra:

Rio de Janeiro, 12 de janeiro de 1885.

Logo que cheguei a esta cidade, tratei de cumprir as ordens que me deu o Centro, no sentido de espalhar aqui os germens de uma revolução. Pareceu-me que o melhor era fundar uma sociedade secreta, mas, com espanto, soube que já havia um Clube de Socialistas, e que a tolerância do governo é tal, que ele trabalha às claras. Pedi imediatamente um convite para assistir à primeira reunião; deram-mo e fui.

O pouco português que aprendi em Genebra, e mais tarde em Lisboa, facilitou-me a entrada no clube. Fui um pouco antes da hora marcada. A diretoria, a quem disseram que eu era um ilustre estrangeiro (neste país todos são mais ou menos ilustres), recebeu-me com as mais vivas demonstrações de apreço e consideração. Notei desde logo a presença de senhoras, e declarei que estimava ver que a mulher aqui já ocupava o lugar que lhe compete, ao lado do homem. Em seguida perguntei a que horas começava a coisa.

— Não tarda — disseram-me todos.

Eu levava um discurso preparado, verdadeiramente incendiário; copiei também algumas receitas de bombas explosivas, segundo me recomendavam as instruções do centro, e levei-as comigo.

Às nove horas comecei a ouvir afinar instrumentos, e (veja como os costumes mudam de um país para outro) rompeu uma quadrilha. Compreendi logo que era um meio de agitar o sangue, até pô-lo no grau de movimento e temperatura apropriado à nossa santa obra. E essa inovação pareceu-me útil.

A diretoria apresentou-me a uma senhora, que me aceitou para seu par, e fui dançar com ela. Vi que era uma pessoa de fisionomia enérgica e resoluta; teria vinte oito a trinta anos. Dançando, disse-lhe que estava entusiasmado com o Rio de Janeiro, onde não imaginaria achar o que achei. Ela sorriu lisonjeada, e declarou-me que sentia grande satisfação em ouvir tais palavras.

A nossa conversa foi interessantíssima, conquanto muita coisa me escapasse, pela presteza com que ela falava, e que, em geral, é a de todos que falam a própria língua. O estrangeiro, quando não está familiarizado, precisa de que se lhe articulem as palavras vagarosamente. Não obstante, pudemos trocar algumas ideias, e até recolhi muitas notícias, que comunicarei no meu relatório. Uma dessas é que há outras sociedades análogas ao clube, e com o mesmo fim.

— A principal e a mais brilhante — disse-me ela — é o Cassino Fluminense. Ainda não foi ao Cassino?

— Não, senhora.

— Pois vá, que vale a pena.

— Boa gente, não? os verdadeiros princípios?

— Ah! o melhor que se pode desejar.

Acabada a quadrilha, seguiu-se uma polca, e logo depois outra quadrilha. Pareceu-me demais; eu já tinha o sangue em fogo; mas não houve remédio, e fui fazendo como os outros. As senhoras dançavam com um ardor, que, se nesse momento, déssemos uma bomba explosiva a qualquer delas, iria dali, logo e logo, deitá-la onde fosse conveniente à boa causa.

Eram onze horas, e nada de começarem os trabalhos. Eu, impaciente, fui a um dos membros da diretoria, e perguntei de novo a que horas era a coisa.

— Não tarda, é à meia-noite em ponto. Vamos agora a uma valsa.

Pedi-lhe dispensa da valsa, e fui fumar um charuto, em companhia de um sócio, que me pedia notícias da Rússia, e se lá havia algum clube de socialistas. Respondi-lhe que havia muitos, mas todos secretos, porque o governo não consentia nenhum público, e, quando descobria algum, pegava dos sócios e mandava-os para a Sibéria. Não imagina o assombro do meu interlocutor.

— Ah! é bem duro viver em um tal país! — exclamou ele.

— Se é! — disse-lhe eu.
— Agora compreendo os atentados que por lá se têm praticado. Realmente, mandar para a Sibéria homens que apenas usam de um direito sagrado...
Expliquei-lhe bem o que era a Rússia, e conclui que, em geral, toda a Europa é um velho edifício que precisa cair. Nisso bateu meia-noite, e passamos todos a uma sala interior, onde vi uma mesa cheia de comidas e bebidas, e nenhuma tribuna para os oradores. Foi engano meu, como vai ver.
Homens e senhoras sentaram-se e comeram. No fim de 15 a 20 minutos, levantou-se o presidente, e declarou que saudava, em nome do Clube dos Socialistas, ao ilustre estrangeiro que ali se achava: era eu. Levantei-me e respondi com o discurso que levava de cor. Não posso dar-lhes ideia dos aplausos que recebi. Todas as teorias de Bebel, de Cabet, de Proudhon, e do nosso incomparável Karl Marx, foram perfeitamente entendidas e aclamadas. Fizeram-se outros discursos, em que entendi pouco, mas que me pareceram animados dos bons princípios. Cada um deles era fechado por toda a reunião com o grito: Uê, uê, Catu! Suponho que é a fórmula nacional do nosso brado revolucionário: Morte aos tiranos!
Um dos mais entusiastas era um militar, a quem fui cumprimentar, dizendo que estimava ver o exército conosco.
— O militar precisa de algum descanso — respondeu ele sorrindo.
Era uma alusão delicada à supressão dos exércitos permanentes, e eu apertei-lhe a mão de um modo significativo.
Mandarei mais pormenores por outro vapor. Ao fechar a carta recebo o diploma de sócio honorário do clube. País excelente; está todo nas boas ideias.

Lélio
Gazeta de Notícias, 12 de janeiro de 1885

Em nome da Santíssima e Indivisível Trindade

Em nome da Santíssima e Indivisível Trindade.
Eu, Lélio dos Anzóis Carapuça, estando em meu perfeito juízo, determinei escrever este testamento, para o fim de deixar expressas as minhas últimas vontades, que espero sejam cumpridas, como se eu presente fosse.

Não possuindo coisa nenhuma, não lego nada a ninguém, a não ser a minha bênção ao meu sobrinho Sousa Barradas, e a saudade eterna que há de ficar no coração de muitas pessoas.

Item, deixo de nomear testamenteiro, pelo motivo indicado, bastando que a justiça pública dê execução às vontades declaradas neste testamento pelo modo ordenado nas leis do país.

Item, é a minha principal vontade que, se a causa da minha morte der lugar a controvérsia científica e inquérito policial, não me levem os ossos para as vitrinas da rua do Ouvidor, nem o úmero, nem outro qualquer; não só porque, como nunca andei naquela rua em fraldas de camisa, não quisera ir para ali em simples osso, que é um modo de estar mais nu, como porque não gostaria de ver a questão generalizada, o que infalivelmente teria de acontecer, graças aos conhecimentos osteológicos de todas as pessoas que transitam por aquela rua, entre meio-dia e seis horas da tarde.

Item, como não desejo que, à falta de osso, fique em jejum a legítima curiosidade do país, nem que se diga que detesto as vitrinas, cedo para elas o meu último par de botas, a minha fotografia, e uma ou duas gravatas; e assim também consinto que o meu nome, se estiver perdido o uso da polca, vá adornar a tabuleta do *Café do Papagaio*, e de outras análogas instituições que precisem dos meus serviços para chamar freguesia.

Item, se o dito meu sobrinho Sousa Barradas, que traz diploma de deputado, vier a naufragar no 3º escrutínio, dou-lhe de conselho que recorra ao 4º, mandando expor o diploma rejeitado na mesma rua do Ouvidor, a fim de que os nossos amigos possam dizer sem medo de errar: "repelido da Câmara, foi recebido nos braços da nação".

Item, e já que estou com a mão na massa, se acontecer que, repelido da Câmara, fique sem mais que fazer, lembro-lhe que tem queda para o professorado, e pode fundar uma aula, impondo-lho eu, seu tio e amigo, esta única condição de não escrever na tabuleta: *Curso de instrução primária: externato Sousa Barradas.* Chame-lhe simplesmente *escola de meninos,* que é mais modesto, mais franco, mais natural e mais conciso; foi nessa escola que eu e seu pai aprendemos.

Item, não tendo mais que dizer, e faltando-me o rapé na caixa (e eu sem rapé não sei escrever) fecho aqui meu testamento, que pode ser exposto, se quiserem, na porta do Castelões, mas só em pública forma, ficando o original com o dito meu sobrinho; e a este digo que não vou apertar-lhe os ossos, por medo de os quebrar e dizerem depois que o desanquei, quando a verdade é que o amo e lhe dou daqui a minha bênção. Amém.

Lélio
Gazeta de Notícias, 17 de janeiro de 1885

Venha o leitor comigo, sente-se nesta cadeira

Venha o leitor comigo, sente-se nesta cadeira, e diga-me como é que a gente procurando uma ideia, acha outra, e produz a maior revolução do século.

Faço-lhe a justiça de supor que ainda me não entendeu. Conto com isso para gozar um pouco da sua estupefação, um dos raros e últimos prazeres deste ofício de escritor. Não entendeu; os olhos descem-lhe por aqui abaixo a ver se alcançam a minha intenção, ou, pelo menos, a matéria da bala. Uma revolução? a maior revolução do século? Dar-se-á que alguma nova alfaiataria... Não, senhor; trata-se de coisas mais altas.

Há de lembrar-se que eu, desde que o sr. Cunha Sales declarou renunciar ao subsídio de deputado, caso fosse eleito, examinei essa questão da remuneração parlamentar. Também não esquecera que, consternado pelas violências e fraudes da última eleição, formulei aqui um projeto com o fim de fazer as eleições sem furto nem facada. Daí para cá estudo os dois pontos com tal afinco, que faz crescer a admiração que sempre votei à minha pessoa.

Vai senão quando, achei que a questão do subsídio está resolvida, há perto de meio século, por um brasileiro, Paula Cândido; e, estudando a ideia que ele propôs, e jaz nos anais do Parlamento, cheguei a nada menos que descobrir o melhor processo eleitoral.

Paula Cândido era deputado; e em 1841, depois de um discurso em que examinou os prós e contras do subsídio, viu que o maior dos contras era a obrigação em que estava o eleitor vencido de pagar o subsídio ao deputado eleito contra a vontade dele. Então imaginou fazer pagar o subsídio pelos eleitores do deputado, e não do derrotado. A combinação era engenhosa, mas eu só transcrevo este parágrafo:

> § 1º. No momento de entregar a cédula, o eleitor depositará na mão do presidente do colégio tantos mil réis quantos forem indicados pelo quociente do total do salário dos deputados da respectiva província...

No correr do discurso, calculando quanto teria que dar cada eleitor na província de Minas, achou que 24$, e concluiu com estas palavras: "Qual será o eleitor que não queira dar 24$ para mandar um amigo seu à representação nacional? Todos".

Até aqui a ideia de Paula Cândido; agora a minha.

A minha é que basta decretar a ideia de Paula Cândido para termos boas eleições, pacíficas e solenes, sem fraude nem murro. Decreta-se que cada eleitor, ao entregar a sua cédula, depositará na mão do presidente uma nota de vinte mil réis, e aqui está como se passarão as coisas.

Às nove horas reúne-se a mesa. Não havendo ainda ninguém, o presidente conta aos mesários que passou mal a noite, preocupado com a ideia de acordar tarde, e não poder almoçar. Um dos mesários diz que passou mal, mas foi com os mosquitos. Outro conta que dançou até as duas horas da manhã. O presidente oferece rapé, que nenhum dos mesários aceita.

— Não são velhos como eu — diz ele enchendo as ventas. — Mas então, ninguém?

— Ninguém, é verdade. São nove e meia.

Nova conversação. Um dos mesários preconiza o espiritismo, outro refuta-o, o presidente faz narizes, a pena, em uma folha de papel do Estado. De quando em quando, levanta os olhos para referir alguma coisa da entrada do magnetismo no Rio de Janeiro. Falou também da Companhia Muzella. O relógio bate dez horas.

— Dez horas! Ninguém? A eleição vai começar muito tarde.

E o presidente levanta-se, vai à porta, olha para todos os lados, e volta a sentar-se. Realmente é aborrecido. Às onze horas, estão impacientes, mas atados, sem saber que façam. Ao meio-dia, desesperam. Um dos mesários, que tem de ir com a família para fora, propõe que se faça a chamada, assim mesmo.

— Está doido? chamar as paredes? — diz o presidente.

Mas outro mesário pega no regulamento e mostra-lhe que a chamada devia estar feita. Escrúpulos do presidente, que vacila entre o regulamento e o senso comum, e acaba pedindo uma espera. Todos suspiram. O mesário que tem de ir para fora da cidade, amaldiçoa o dia em que se meteu em tais histórias.

Uma hora, duas horas, três, quatro, cinco, nada, ninguém, coisa nenhuma. Todos os narizes feitos pelo presidente reúnem-se em um só nariz e juntam-se ao dele, que fica enorme. O mesário dos mosquitos cochila, outro resmunga, outro passeia; o presidente, com fome, abarrota-se de água. Cinco e meia, cinco e três quartos, seis horas; redigem uma ata, contando a verdade, e precipitam-se para suas casas.

Assim a nação toda. Nem duplicata de diplomas, nem sequer diploma. A virtude pública adejando sobre todas as cabeças, intactas.

Lélio
Gazeta de Notícias, 21 de janeiro de 1885

Há pessoas que não sabem

Há pessoas que não sabem, ou não se lembram de raspar a casca do riso para ver o que há dentro. Daí a acusação que me fazia ultimamente um amigo, a propósito de alguns destes artigos, em que a frase sai assim um pouco mais alegre. Você ri de tudo, dizia-me ele. E eu respondi que sim, que ria de tudo, como o famoso barbeiro da comédia, *de peur d'être obligé d'en pleurer*. Mas tão depressa lhe dei essa resposta como recebi das mãos do destino um acontecimento deplorável, que me obriga a ser sério, na casca e no miolo.

Nem há outro modo de apreciar o ato praticado pela polícia, ontem, pouco antes das dez horas da manhã, nas duas casas em que estão expostos alguns ossos de defunto.

Apareceu em ambas um agente policial, acompanhado de dois urbanos, e polidamente pediu aos donos que retirassem os ossos da vitrina. Responderam-lhe naturalmente que não podiam fazê-lo, desde que ali foram levados por outras pessoas, mas que iam entender-se com elas. O agente, porém, que levava o plano feito, declarou que não trazia ordem de esperar e insistiu em que os ossos fossem retirados imediatamente.

Antes de obedecer, perguntaram-lhe, em ambas as casas, se havia lei que proibisse a exposição dos ossos de gente morta. Na primeira, apanhado de supetão, deu uma resposta que lhe servia também para a outra, disse que, efetivamente, não havia lei especial, mas que a lei era feita para as hipóteses possíveis, não para absurdos. Reconhecia as intenções puras de todos e não entrava nem podia entrar na controvérsia dos úmeros; mas, como agente da autoridade, não podia consentir em tal profanação.

Em uma das casas, um rapazinho, freguês adventício, como tinha algumas lambujens da química dos ossos, lembrou-se de dizer que não havia tal profanação: tratava-se de um punhado disto e daquilo. Mas para a polícia não há química, não há nada. Resolvida a ir adiante, pediu segunda vez a retirada dos ossos. Em ambas as casas, ainda lhe disseram que, aparentando respeitar os mortos, a polícia diminuía-os, desde que punha os respectivos ossos abaixo de um estandarte de carnaval: pode expor-se um emblema de folia, uma vitela de duas cabeças, um ananás monstro, e não se há de expor dois ou três úmeros, quatro que sejam?

Mas estava escrito. A polícia trazia o plano de, sem lei nem nada, exceto uma razão de conveniência e decoro, fazer retirar dali os ossos, e conseguiu-o. Meteu-os em duas urnas, trazidas pelos urbanos, e remeteu-os para a Faculdade de Medicina. Em tudo isso, não há dúvida que se portou com muito tato e polidez; mas nem por isso os homens sérios deixaram de ficar acabrunhados, ao ver essa limitação da liberdade.

Eu, além desta razão última, fiquei aborrecido, porque tinha mandado dizer a umas primas de Itaboraí que viessem ver os ossos do Malta e os do outro que pelo nome não perca: elas chegam amanhã e não acham nada; e, pobres como são, terão de fazer maior despesa do que contavam. Costumam, efetivamente, todos os anos, vir à corte pelo carnaval, mas desta vez adiantaram a viagem para ver as duas coisas — os úmeros e os máscaras — e só lhe ficaram os máscaras. Não é pouco, mas não é tudo.

Enfim, está acabado. Concluo dizendo à autoridade que é um erro abusar do poder; as liberdades vingam-se, e a liberdade de expor não é a menos vivaz e rancorosa. Hoje tiram-nos o direito de expor um par de canelas; amanhã arrancam-nos o de expor as nossas queixas. Não vejam nisso um trocadilho, premissa traz consequência: liberdade morta, liberdade moribunda.

Lélio
Gazeta de Notícias, 26 de janeiro de 1885

Sabe o leitor o que lhe trago aqui?

Sabe o leitor o que lhe trago aqui? Uma pérola. Não acredita? Já esperava por isso; mas a minha vingança é que você tão depressa lhe puser o olho, põe-lhe a mão, e manda engastá-la em um botão de camisa, se não for casado, porque ela é tamanha, que está pedindo um colo de senhora.

Pesquei-a agora mesmo na costa da Câmara municipal. Gosto daqueles mares, às vezes tempestuosos, às vezes banzeiros, mas sempre fecundos. Dizem que há um plano de fazer desaguar ali os rios Maranhão e Caiapó, contra todas as induções de geografia, e a despeito das leis da hidráulica. Contanto que me não tirem as pérolas.

Vamos à que acabo de colher. Todos os anos, em se aproximando o entrudo, a Câmara manda correr um edital que o proíbe, citando a postura e apontando as penas. Até aqui a ostra; agora a pérola. Este ano a Câmara fez saber duas coisas: primeiro, que a postura está em seu inteiro vigor; segundo, que deve ser cumprida *literalmente*. Sim, meu senhor, *literalmente*; deve ser cumprida *literalmente*.

Je suis déjà charmé de ce petit morceau.

Isto em trocos miúdos, quer dizer: Meus filhos, olhem que agora é sério. Estou cansada de publicar editais que nem mesmo os ingleses veem. Não, não pode ser. Canso-me em dizer que atirar água é um delito, encrespo as sobrancelhas, pego na vara de marmeleiro, e é o mesmo que se caísse um carro. Nada, agora é sério. Hão de cumprir literalmente a postura, ou vai tudo raso.

Entretanto, a coisa é menos fácil do que parece. A postura impõe multa aos que jogam entrudo, e, não podendo o infrator pagar a multa, sofrerá "dois a oito dias de prisão"; sendo escravo, porém, sofrerá "dois a oito dias de cadeia". Como encaminhar literalmente esses dois infratores, um para a prisão, outro para a cadeia? Se não fosse a condição da literalidade, eu, no caso dos urbanos, mandava-os ambos para o xilindró, que é um meio-termo; mas devendo ser literal, não saberia que fazer.

Um grande romano recomendava, para os casos de dúvida, abstenção. Há de ser provavelmente a prática dos urbanos. Não sabendo distinguir entre as duas penas, mandarão os infratores para suas casas.

Mas também pode ser que eles prefiram as máximas cristãs aos preceitos pagãos, e, em tal caso, lembrados de que a letra mata e o espírito vivifica, traduzirão o *literalmente* do edital por esta frase: trabalhe o refle. Se a letra mata, não há nada mais literal que o refle.

Mas o que o leitor não suspeita é que não lhe dou esta pérola, e assim castigo a incredulidade com que me recebeu. Vou restituí-la à matrona municipal. Ela a porá ao colo, nos três dias de entrudo, para assistir ao baile dos limões-de-cheiro, que promete ser esplêndido, tão esplêndido que ela acabará por dançar com os outros.

Se assim acontecer, que fará a Câmara nos anos seguintes? Terá de recorrer a outros advérbios, *ferrenhamente*, *implacavelmente*, *terrivelmente*, e sempre inutilmente, porque nestas coisas, amiga minha, ou se trata de um recreio popular, e é preciso fazer como aquele chefe de polícia, que o trocou por outro; ou se trata de eleições, e então, antes de dar um advérbio à execução das leis, é melhor dar-nos o sentimento da legalidade, que está muito por baixo.

E depois, pode ser que o povo imagine que o direito de fazer entrudo, como o de expor ossos de defunto nas vitrinas, é constitucional. Se assim for, creia a Câmara que ele há de defendê-lo, a todo custo, considerando que, se hoje lhe tirasse o de jogar água, amanhã pode tirar-lhe o de profanar ossos nas vitrinas da rua do Ouvidor. Premissa traz consequência; liberdade morta, liberdade moribunda. Ou mais derramadamente: as liberdades dependem tanto umas das outras, que o dia da morte de uma é a véspera da morte de outra. Vá lá em vinte palavras o que estava em duas.

Lélio
Gazeta de Notícias, 30 de janeiro de 1885

Vai-se abrir concorrência

Vai-se abrir concorrência para o fornecimento de pastilhas de estricnina, destinadas a matar cães. Já a Câmara municipal aprovou o parecer da respectiva comissão; amanhã ou depois está o edital na rua.

Pastilha é nome moderno. Antigamente era bola. O processo é que é o mesmo. Confia-se as pastilhas ou bolas aos guardas-fiscais, e estes, de passeio pelas ruas, vão distribuindo aos cães que encontram a preciosa comida. Ninguém (salvo se lhe matam algum), ninguém clama em defesa dos pobres diabos.

Eu mesmo não diria nada, se não fosse um cão do meu conhecimento, pessoa instruída, que, não podendo escrever em virtude da conformação das patas (raro exemplo), veio pedir-me que pusesse no papel umas tantas ideias que ele trazia na cabeça. Prestei-me de boa mente, não só porque este cão, posto me dava alguns obséquios, nunca disse mal de mim, como porque é a melhor guarda da minha casa. Os criados, em geral, guardam-me a casa e os lenços.

Endimião (é o nome dele) alega as qualidades morais do cão, a posse de uma consciência que os naturalistas lhe reconhecem, os dotes preciosos que o tornam amigo do homem. Não pede o respeito maometano, mas lembra que a nossa cidade ainda não é Constantinopla, não são aqui tantos os cães, que permitam a uma sociedade cristã destruí-los friamente, na rua.

Concorda que a distribuição das pastilhas é um serviço leve para os guardas e não desconhece que a morte de um cão, na rua, estrebuchando, é sempre um espetáculo gracioso para os vizinhos desocupados às portas das casas. Mas, pergunta-se, não haveria meio de substituir um brinquedo por outro, um realejo, por exemplo, com um macaco; é clássico, e digam o que disserem, é graciosíssimo. Quanto aos guardas podiam andar do mesmo modo pelas ruas, mas sem as pastilhas; era ainda mais leve.

Disse-lhe que sim, que ia escrever alguma coisa, e aí deixo o meu pedido a d. Sebastiana, que mandará o que for justo. Creio que o justo é dar duas pastilhas, em vez de uma. Não é menos repugnante e gasta-se mais.

Lélio
Gazeta de Notícias, 1º de fevereiro de 1885

Também eu quero dar o meu "aspecto de céu em fevereiro"

Também eu quero dar o meu "aspecto de céu em fevereiro". A astronomia, que é a ciência do incomensurável, tem lugar para todos. *Sol lucet omnibus.*

Aqui vai, pois, uma pequena nota dos movimentos siderais, nestes vinte e seis dias, fruto de alguma aplicação e muita consciência.

Na noite de 10, aparecerá, a olhos desarmados, a constelação Temporária, uma das mais numerosas que se conhecem, situada a sudoeste, a pouca distância da Vitalícia. Compõe-se de um sistema de estrelas duplas, chamadas Diplomas, convergindo todas para a estrela denominada Cadeira, uma das mais esplêndidas daquele lado do céu. Pelo correr dos dias, ir-se-á observando um singular fenômeno: as estrelas duplas tomarão o aspecto de uma só, ou por meio de eliminação de uma das partes, ou porque a distância em que forem ficando nos dê essa sensação. A opinião mais aceita é a primeira: uma das estrelas resolve-se em matéria cósmica, e a outra subsiste com a forma primitiva.

Entre o constelação Temporária e o signo Salomão aparecerá o grupo das Plêiades (sete estrelas, como se sabe), todas de primeira grandeza. Uma delas, a principal, parece dividir-se em duas, mas é de fato uma, e ocupa tão grande espaço que vai da região do Tesouro à de Estrangeiros; de maneira que, rigorosamente, são seis ao todo, e não sete; mas os astrônomos, por uma convenção usual na ciência, dão-lhe o mesmo número antigo, apesar do desaparecimento de uma — na região do Feloio.

A nebulosa da Galeria é das mais vastas este mês; aparecerá também na noite de 10, e continuará por todos os demais dias, exceto aos domingos. Em geral, desaparece com a constelação Temporária, e reaparece na direção das estrelas Júri, Sebastiana e Exumação.

Um dos mais belos espetáculos do mês é o aparecimento (apenas por três dias) da constelação da Seringa, que abrange a maior parte do céu. Entre os outros que ali figuram, contam-se alguns de extraordinária beleza, como seja o Limão, o Balde, a Bisnaga, a Encapelação, e, mais tarde a Polca. Pode-se dizer, por uma comparação trivial, que são três dias de festa no céu. A cintilação é tal, e tantas são as miríades de estrelas, que chega a parecer que estas dançam e correm: mas evidentemente é ilusão.

O dia 21 era marcado para o aparecimento do cometa Caiapó, na direção da bela estrela Sebastiana. Saído das mais obscuras regiões do espaço, esse cometa passaria pela constelação da Urna, variando as conjecturas de alguns pontos, que por muito complicado e já agora inúteis, deixo de expor.

No dia 9, dar-se-ia o fenômeno semestral conhecido entre os astrônomos pelo nome de caçada dos Acionistas. Os Acionistas, como se sabe, são umas nebulosas que ficam ao norte, na distância de vinte mil trilhões de léguas do nosso planeta: é o cálculo mais moderado. Alguns vão a cinquenta mil, outros a cem mil. Há mesmo quem afirme que não existem, e são reflexos apenas; mas esta opinião é errônea. A distância diminui por ocasião do equinócio do Dividendo, mas passado ele, volta a nebulosa ao mesmo ponto. O fenômeno do dia 9 consistirá na marcha do planeta Banco do Brasil, em direção à nebulosa. Sabe-se que já duas vezes, no mês anterior, o mesmo planeta marchou para ela, mas, tendo passado o equinócio do Dividendo, a nebulosa prosseguiu na fuga do costume; no dia 9 o planeta alcançará apenas uma parte ínfima. Chama-se a este terceiro contato, em astronomia, a derrota dos pataus.

Não se infira dos nomes que eles são posteriores aos fenômenos terrestres de igual denominação. É o contrário. Chamam-se acionistas aos portadores de ações de companhia e bancos, por ser aquele o nome da nebulosa, cujo aspecto tem a forma de uma mão aberta, dando sempre e recebendo muitas vezes. A opinião de Herschell de que eles têm, além da mão, uma espécie de cabeça, está desmentida por todas as observações recentes.

O planeta Castro Malta será visível durante o mês, acompanhado agora de um pequeno satélite chamado Pessoa, cujo aparecimento fez uma revolução na astronomia. Tendo passado a constelação dos Úmeros, caminha agora na direção do Refle e do Escrivão. É um planeta de pouca luz, e mal pode ser observado, e só em parte, por instrumentos de poderoso alcance.

A posição do planeta Castro Lopes é a mesma. Dotado de luz intensa, a igual distância do planeta do Saber e da nebulosa do Paradoxo, um pouco mais inclinado a esta, irá *acordar eles,* sempre que um e outro dominarem.

Chama-se acordar, em astronomia, o fenômeno do aparecimento. Um planeta acorda a outro, ou a uma estrela, ou a uma nebulosa, sempre que aparece antes deles. Assim também, se desaparece por último, diz-se que *deitou eles*. Os satélites Barbarismo e Solecismo, posto não entrem de todo na penumbra, serão em parte eclipsados por um terceiro satélite, de oportuna manifestação, e até aqui conhecido por um nome extremamente longo. Chama-se Locução não castigada.

Todos os demais astros do céu, continuarão no céu, olhando para o nosso planeta, e perguntando uns aos outros que diabo se passa naquele pontinho escuro que vaga no ar.

Lélio
Gazeta de Notícias, 3 de fevereiro de 1885

Aqui tem o habitante do Rio de Janeiro

Aqui tem o habitante do Rio de Janeiro um meio barato de saborear o imprevisto e o extraordinário, sem ir às alturas do rio São Francisco ou do Amazonas, ou às cataratas do Niágara, ou aos impérios do Levante. São viagens longas e dispendiosas, enquanto que o bom carioca (de nascimento ou de morada) pode muito bem ter as mesmas coisas, sem sair da janela.

De manhã, levanta-se, mete-se na água, sai da água, enxuga-se, veste-se, dá um pequeno passeio, volta à casa, manda vir o café, e ali mesmo, à janela, entre dois golos, lê a última ata da Câmara municipal. Está em plena mágica. Toda a noção da realidade desaparece; o devaneio, espanejando as asas moles e apoiadas, leva-o às regiões mais inacessíveis do espírito humano. A própria nuvem, ao pé desse estado cerebral, faria um papel de rocha dura e bruta.

Consegui obter uma fotografia desses pincaros vertiginosos, e ora mostrar uma ao leitor. A coisa é tal, que, mesmo fotografada, dá vertigem; segure-se.

Está em obras uma rua. Para elas fornecem-se materiais. Os fornecedores pedem pagamento das despesas, na importância de muitos contos de réis. A comissão da Fazenda examina o negócio para poder mandar pagar, e declara, *ipsis verbis:* "A comissão de Fazenda, apesar de procurar obter os esclarecimentos, não chegou a conhecer (segure-se leitor!) como e por que autoridade se estava despendendo tão importante quantia, e por isso não pode tomar a responsabilidade de semelhante pagamento."

Nem eu, provavelmente, nem o leitor; mas, enfim, alguém há de ter mandado fazer essas despesas. Ouçamos o diretor das obras municipais. Este informa apenas à comissão que as despesas fazem-se desde maio passado e sobem a 24:540$50; e acrescenta: "com uma rua que não tem trânsito, quando esta quantia chegava para melhorar outras no centro da cidade". Aqui discordo do diretor. As ruas que não têm trânsito são justamente aquelas em que se deve gastar dinheiro, porque as obras não ficam estragadas pelos carros e carroças, e até pelos sapatos da gente. As ruas com trânsito é que são verdadeiros sorvedouros. Mas, em suma, nada disto nos diz quem é que autorizou as famosas obras.

Ouçamos o engenheiro do distrito. Este, apesar da comissão não se dar por esclarecida, esclarece tudo: "O fornecimento foi feito e autorizado pelas circunstâncias especiais". Bem; resta saber onde é que elas moram. Há aqui no meu bairro umas três senhoras gordas, que parecem irmãs, e ninguém sabe quem sejam, porque moram há pouco. Desconfiei que fossem elas, e fui lá agora, depois de ler a ata. Meu dito, meu feito; são elas mesmas.

Quem me recebeu foi a mais moça; depois veio a outra, e, afinal, a mais velha de todas, que é especialíssima. Confessaram-me que são elas, chamam-se Circunstâncias Especiais, e autorizaram as obras daquela rua, por um motivo que não podiam dizer. Instei com elas, e consegui que me revelassem tudo.

Agora cuidado; estamos no ponto mais alto da montanha, e do lado que dá para abismos negros e insondáveis.

— Não autorizamos essas obras para nós, mas para outra pessoa — disse a Circunstância Especial mais velha —... Jura que não revelará o nome a ninguém?

— Por esta luz que me alumia...

— Bem; nós autorizamos as obras para uma pessoa que se mudou e está morando lá: o Castro Malta. Não revele isto, porque, enquanto os médicos o descobrem no cemitério, nós sabemos que ele mora naquela rua, onde o visitamos muitas vezes e ainda ontem jantamos juntos. Castro Malta sempre gostou de ruas calçadas.

E eu agora é que começo a sentir vertigens. Na verdade, um morto vivo, morando em rua que se calçou por si mesma... Com um esticão mais é o Himalaia.

Lélio
Gazeta de Notícias, 7 de fevereiro de 1885

Vão começar as sessões preparatórias

Vão começar as sessões preparatórias. Um amigo meu, persuadido de que a curiosidade política deve ser protegida contra as calamidades eventuais, imaginou um aparelho para as pessoas que quiserem assistir às sessões da Câmara, e voltar para casa intactas.

Fui ontem ver esse aparelho em casa dele, beco dos Aflitos nº 67, loja. A casa é pequena, e está abarrotada, porque há um mês que ele trabalha nisto, e já tem vinte exemplares prontos, à espera dos fregueses. Realmente, é um primor de engenho e segurança.

Começa por uma camisa de flanela e aço — flanela por dentro e aço por fora — muito fina e sólida. Não tem braços e não desce da cintura. Sobre ela enfia-se uma vestidura inteiriça, desde o pescoço até aos pés, com braços e pernas, e toda de couro de boi. Vem depois igual vestidura de aço, um pouco mais grosso que o da camisa, mas ainda assim fino, para não sobrecarregar a pessoa. A quarta vestidura é de uma espécie de palma; que, segundo ele me afirma, tem a qualidade de repelir os golpes; e para reforçá-la, o inventor forrou-a de uma camada de borracha, de um centímetro de grossura, perfeitamente ligada.

Não se pense que acabou. Assim preparada, a pessoa veste uma camisa branca, de platina, tão bem-feita que parece linho puro. O colete é de um metal combinado, cujo segredo ele me não revelou, nem eu insisti em pedir-lho; digo só que é perfeitamente cômodo, não tolhe a respiração, nem os movimentos. Desse mesmo metal são as calças. A sobrecasaca é a usual, mas de um pano grosso e forte, e acolchoado no peito e nas costas com estopa.

As botas são de couro de anta, forradas de aço, com muito sebo nos calcanhares, para os lances imprevistos. São mais largas que as outras, para não magoar os pés. Meias de camurça.

A gravata, que é de ferro fundido, da fábrica de Ipanema, saiu tão boa, que pode ser usada nos dias ordinários, por gosto. O chapéu é de latão grosso, pintado de preto; é a parte mais importante e perfeita do aparelho.

Naturalmente, há luvas. São de duas qualidades, de couro de boi ou de camurça, com chumaço por dentro, a fim de amortecer qualquer golpe; entretanto, o inventor aconselha que, ainda assim, será prudente trazer as mãos nas algibeiras.

Está acabado? Não. Ele previu tudo, e tudo remediou. Considerando que, a despeito da segurança que oferece o invento, pode acontecer que algumas vezes os discursos metam medo aos ouvintes, por causa das apóstrofes duras e inflamadas, fez um aparelho especial para as orelhas, composto de duas chapas grossas, que impedem completamente a audição.

Mas a vista não pode produzir igual efeito, e até pior, porque, sem ouvir as palavras trocadas, o espectador imaginará, muitas vezes, coisa mais grave do que realmente estiverem dizendo? Pode; e é por isso que a última peça do aparelho é um par de óculos pretos, que não deixam ver mais que um palmo adiante do nariz.

Não é tudo. Há dois homens no homem, e não basta premunir o físico para resguardar o moral. Foi o que o meu amigo compreendeu; lembrou-se da expressão da Escritura: *A minha fortaleza é o Senhor*, e, para tranquilizar as consciências católicas, contratou dois padres, que se incumbem de as ouvir de confissão e absolve-as, antes de irem para a Câmara. Receberá por isso uns cinco por cento mais do preço fixado para o aparelho. Digo, independente da amizade, que acho este aparelho o melhor que se pode ter nas circunstâncias apertadas em que nos achamos. Vão vê-lo, e concordarão comigo. Olhem que é no beco dos Aflitos nº 67, loja. Não confundam com a casa nº 77, onde mora um concorrente do inventor, que afiança ter descoberto coisa melhor, que é deixar-se cada um ficar em casa. A inveja matou Caim. Não demos apoio aos exploradores dos que trabalham. Vão ao nº 67, casa do José Cândido. O nome todo é José Cândido da Silva; mas toda a gente o conhece por José Cândido, ou Candinho das Moças. Vão, vistam-se, dirijam-se para a Câmara e jantarão em paz com a família. *Senão, não* — como nas antigas cortes portuguesas.

Lélio
Gazeta de Notícias, 11 de fevereiro de 1885

Não acabo de entender

Não acabo de entender por que motivo as folhas de hoje, unanimemente, noticiam que o entrudo este ano foi menor que nos anteriores, quando a verdade é que não houve entrudo nenhum, nem muito, nem pouco. Não se chamará entrudo ao único limão que se atirou na cidade, e foi obra de um homem que chegara na véspera e não tinha lido as ordens proibitivas da polícia e da Câmara municipal. Assim o disse ele ao subdelegado, pagando a multa em dobro, e declarando (por um nobre sentimento de filantropia) que o excesso da multa legal fosse aplicado ao fundo de emancipação. O subdelegado apertou-lhe as mãos com efusão e dignidade. Eu teria feito a mesma coisa.

— O seu ato — disse-lhe ele — desfaz a má impressão que causou à polícia e à edilidade esta única contravenção a ordens, não somente legais e justas, mas até reclamadas por toda gente. Compreende que a autoridade não se exporia a fazer correr editais para não serem cumpridos; era como se pusesse um rabo de papel em si mesma. Neste caso, antes calar que falar. Compreende também que seria perigoso acostumar a multidão ao desrespeito da lei e da autoridade. A multidão tem a mesma lógica das crianças, e diria que, se se pode deixar de cumprir uma prescrição policial, nas próprias barbas da polícia, também se pode fazer a mesma coisa às outras leis. Veja, entretanto, que edificante espetáculo apresenta a nossa cidade. Os próprios fabricantes de limões-de-cheiro têm ido entregá-los à polícia. Nem aquele afago clássico, e ao mesmo tempo tão filosófico, de esmagar um ou dois limões no pescoço das namoradas, nem esse mesmo se praticou, tão profundo é o sentimento da legalidade manifestado nesta ocasião.

O delinquente respondeu com palavras igualmente elevadas e cabidas, a que o subdelegado replicou com outras da mesma feição, e acabaram almoçando juntos.

E essa foi a contravenção única, aqui vai agora um admirável exemplo da estrita obediência às ordens policiais.

Sabe-se que nesses três dias, das quatro horas da tarde em diante, não passa carro sem pessoa mascarada, nas ruas da Quitanda, Ourives, Gonçalves Dias e Uruguaiana, na parte compreendida entre as do Rosário e Sete de Setembro. Mora na primeira daquelas ruas um compadre meu, negociante de massames e aparelhos náuticos (*Ship-Chandler*), com armazém na rua da Saúde. Em outubro último, foi acometido de uma frouxidão de nervos, que o não permite andar a pé. Comprou um carro, em que sai de casa para o armazém, às oito horas da manhã, e que o traz do armazém para casa, às 5 da tarde.

Diante da ordem policial, achou-se o meu compadre um tanto perplexo, por lhe parecer que as qualidades e disposições do carro não ficavam alteradas pelo fato de trazer a pessoa que vai dentro um pedaço de papelão na cara ou no bolso. Releu a ordem a ver se ficavam excetuados os moradores daquelas ruas, mas não achou nada. Nesse conflito entre o dever e as circunstâncias, não quis recorrer à minha casa, onde ele sabe que terá sempre cama e um lugar à mesa. Não, senhor; mandou comprar uma máscara. Às cinco horas sai da rua da Saúde sem máscara; chega à esquina da rua do Rosário, manda parar o carro, põe a máscara, o carro continua a andar, e chega à porta da casa sem inconveniente.

Chamem-me o que quiserem; declaro que acho isto um bonito procedimento. Com pequena despesa (pois não há necessidade de máscara rica para andar algumas braças de rua), submete-se um homem à regra comum, sem grave alteração dos hábitos. Note-se que a máscara, apesar de barata, não é feia. Quem quiser vê-la ainda hoje vá postar-se na rua da Quitanda, esquina da do Rosário. Às cinco horas e dez ou cinco e quinze minutos, verá parar um carro, e observará o resto. Nestes dois dias tem sido o recreio da vizinhança.

Lélio
Gazeta de Notícias, 17 de fevereiro de 1885

Vejo, pela ata da última assembleia geral

Vejo, pela ata da última assembleia geral do Banco do Brasil, publicada hoje, que o sr. dr. Anísio Salatiel aludiu, de passagem, às pessoas que dizem dos acionistas dos bancos e companhias, que eles só esperam pelo *equinócio do dividendo* importando-lhes pouco a administração dessas instituições. Como o *equinócio do dividendo* é uma das minhas descobertas astronômicas, acudo por ele, explicando-me com s. ex.

Na verdade, a prova de que há, entre os acionistas, uma maioria consciente dos seus deveres, essa prova é s. ex. mesmo, autor da indicação para reformar os estatutos do Banco. Mas não é verdade que foram precisas três sessões para conseguir que se reunisse, não já a maioria dos interessados, mas um número qualquer, nos termos da lei? E não se tratava de uma simples assembleia para ouvir o relatório, caso em que os acionistas podem responder que confiam nos seus administradores. Tratava-se nada menos que reformar a lei constitucional do Banco, criar ou alterar direitos e obrigações, alargar ou estreitar o campo dos negócios; tudo isso estava ou podia estar na indicação de s. ex., e nada disso arrastou os acionistas.

Quer s. ex. melhor prova do que a que dou? Repare no que fez, com muito critério, a diretoria. Convencida de que acionista não gosta de deliberar, disse comigo: "Esperar que eles discutam a indicação do Anísio, nomeiem a comissão, esta faça o projeto e eles o discutam, é coisa que vai longe. Nada; o melhor é redigir eu mesmo um projeto, imprimi-lo e distribuí-lo". Foi o que fez; a maioria consciente é que discutiu o projeto, emendou-o, e por fim mandou-o a uma comissão.

Demais, isso que se dá com o acionista, dá-se com o resto. A própria Câmara de que s. ex. é membro, tem oferecido todos os anos este singular espetáculo: às 2 horas fica em metade, às 3 em um terço ou menos, às 4 e 5 está reduzida a um orador e três ouvintes, contando neste número o presidente, um secretário, dois contínuos, um soldado da galeria e cinco espectadores. Se o negócio debatido é o orçamento, ou entende com o que o Estado recebe e paga, então há mais o ministro da pasta e menos quatro espectadores da galeria; o quinto fica, mas dorme.

Onde existe nesse caso o *equinócio do dividendo*? Nas interpelações, no voto de graças, quando há esperança de uma boa troca de apartes e discursos, de palavras flamejantes, de invectivas, de sarcasmos, alguma coisa que faça pular o sangue. Esse é o *equinócio do dividendo* parlamentar. Cada qual corre com o escudelho da família para receber uma porcentagenzinha de sensações. Esta varia, umas vezes é de 8%, outras de 5%, outras de 12%, e se há queda ministerial, pode chegar a 15%, ou 20%.

Eu, se tivesse tempo e papel, mostraria ao sr. dr. Anísio como é vasta a maioria dos acionistas. Mas é que também há acionistas entre os leitores, e eu não estou para levantar a sessão por falta de número. Creio que isto vai econômico demais. Não acabarei, porém sem responder à única objeção que s. ex. pode fazer-me, que é esta: — Como explica então a assiduidade dos sócios nas nossas numerosas associações recreativas?

Podia dizer-lhe que o fenômeno explica-se justamente pela recreação; mas a resposta seria superficial e vaga. Recreação é um termo geral, que nada define, e pode caber a outras corporações de fins inteiramente diversos. Vou aprofundar o problema em cinco ou seis linhas.

A explicação é esta, nada mais do que esta, e dou-lhe com a fórmula filosófica e kantiana, porque em tais negócios toda a gravidade é pouca: é a *Polca an sich*. Olhe que não se pode substituir o primeiro termo por outro, valsa ou quadrilha. A quadrilha é o avesso da graça, a valsa é coisa propriamente alemã, confinando na metafísica; a polca é a grande naturalizada deste país, é a rasoura que nivela os palácios e as cabanas, os ricos e os pobres. Tudo polca, tudo treme. Não há propriamente dividendo naquelas associações; há perenidade de lucros.

Lélio
Gazeta de Notícias, 21 de fevereiro de 1885

Os bons costumes são como as roseiras

Os bons costumes são como as roseiras que plantei há dias no meu jardim: pegam. Há um costume excelente e antigo nas nossas câmaras, relativamente aos artigos de jornal, cartas ou outros documentos, que, por demasiado longos, o orador quer poupar aos ouvintes: é declarar este que os intercalará no discurso impresso.

Parece, à primeira vista, que só se pode imprimir nos anais o que realmente se leu ou proferiu na Câmara, porque esta precisa de ajuizar da conveniência da inserção. Parece também que a Câmara, formando opinião pelo que ouve, precisa ouvir tudo. Descendo, porém, ao fundo das coisas, reconheceremos que um tal costume não se teria perpetuado, se não fosse igualmente útil e legítimo.

A prova de que o é, vamos achá-la no desenvolvimento que lhe deu a atual Câmara municipal. Esta corporação não tem taquígrafos, mas tem ambições e um bonito futuro. Como fazer para dar direito de cidade na ata das sessões a cada transpiração da loquela dos vereadores? Deste modo: cada orador, acabada a sessão, vai para casa escrever o discurso, manda-o ao secretário, que o inscreve na ata. Soube disto, porque na última sessão um dos vereadores alegou que alguns colegas escrevem às vezes, não só o que disseram, como o que não disseram; asserção que foi logo contestada, e com razão.

Digo que com razão, porque os acréscimos podem considerar-se lógicos, naturais, deduzidos, por esta regra de que *tout est dans tout;* e se eu, ao copiar o meu discurso, acrescento-lhe um argumento, é porque ele estava no argumento anterior, e a pena não faz mais do que partejá-lo. Não é aditamento, é restituição. É mais; em rigor, deve entender-se que o aumento foi apresentado e ouvido. Isto quanto à substância. Pelo que toca às flores de retórica, toda a gente está de acordo que o silêncio do gabinete é muito mais propício a esse gênero de vegetação, do que o tumulto de um debate. E depois, digam-me, se eu não publicar as minhas belezas literárias por conta da Câmara a que pertenço, há de ser por conta das câmaras a que pertencem os outros? Seguramente não.

Em resumo, ainda quando os oradores pusessem alguma coisa de casa nos discursos escritos, nem por isso mereciam menos os nossos agradecimentos: 1º porque ninguém os obriga a isso, e os atos voluntários são sempre honrosos; 2º porque tornam as atas mais compridas e interessantes, variadas, e, uma ou outra vez, alegres; 3º porque, estritamente ou amplamente reproduzidos, nada se paga pelos discursos, vantagem grande, santa e boa economia. Não digo o resto, porque está fazendo um calor de todos os diabos.

Lélio
Gazeta de Notícias, 26 de fevereiro de 1885

Há um falar e dois entenderes

Há um falar e dois entenderes, costuma dizer o povo, e não diz tudo, porque a verdade é que há um falar e dois, cinco ou mais entenderes, segundo os casos. Contemplemos, por exemplo, a Companhia de Carris Urbanos.

A última assembleia geral dos acionistas desta companhia adotou duas propostas: uma para reconstruir o capital por meio de medidas que se vão descobrir e estudar, e outra para distribuir provisoriamente os dividendos de trimestre em trimestre. Na vida comum, estas duas propostas pareceriam excluir-se. Eu, quando tenho que reconstruir a algibeira, não dou aos amigos mais que um aperto de mão. Nenhum me pilha charuto. Nas associações o caso é diferente.

Em primeiro lugar, o dividendo trimestral é o mesmo que o semestral ou anual; dá-se em quatro partes em vez de se dar em duas. Só aumenta a escrituração e o trabalho.

Em segundo lugar, o sistema que consistisse em pegar dos dividendos e reconstruir com ele o capital, suspendendo a entrega aos acionistas por algum tempo, seria ridiculamente empírico e singularmente odioso, além de valer tanto como uma pinga d'água. Empírico, porque é assim que fazem os autores de quadrinhas, modinhas e outras obrinhas miudinhas: estando cansados de compor, vão primeiro refazer o intelecto, por quê? Eis o que eles não sabem. Odioso, porque quando o acionista estava em casa, ruminando a morte da bezerra, as pessoas que o foram buscar, não lhe disseram que os capitais são sujeitos a emagrecer no verão; ao contrário, em geral os capitais, mormente os capitais em preparo, são de uma gordura que faz pena.

Aí está porque as duas medidas, que na vida comum não chegariam a ir juntas, estão ali perfeitamente votadas, principalmente a segunda, que é a que me interessa; é a única que vale a pena.

O mesmo digo à Companhia de São Cristóvão, que anda discutindo na imprensa quem hão de ser os seus diretores; e discutindo a soco, a pontapé, a bolacha, quando a coisa para mim está resolvida por si mesma: é a do personagem de Molière:

Le véritable Amphytrion
c'est l'Amphytrion où l'on dîne.

Tudo isto é claro e claríssimo, para quem se der ao trabalho de ver se as coisas correspondem todas ao nome que têm. As questões devem ser examinadas. As ideias devem começar por ser entendidas. Não sou eu que o digo: di-lo um dos ornamentos do nosso clero, monsenhor Calino, que ainda ontem me fazia esta reflexão:

— Você repare que cada coisa tem o seu nome; mas o mesmo nome pode não corresponder a coisas ou pessoas semelhantes. Quiosque, por exemplo. Lá fora o quiosque é ocupado por uma mulher que vende jornais. Cá dentro é o lugar onde um cavalheiro vende bilhetes de loteria e cigarrinhos de palha nacional. Nome idêntico, coisas diversas, lei de aclimação.

Lélio
Gazeta de Notícias, 3 de março de 1885

A ARTE DE DIZER AS COISAS SEM PARECER DIZÊ-LAS

A arte de dizer as coisas sem parecer dizê-las é tão preciosa e rara, que não resisto ao desejo de recomendar dois modelos recentes.

Um deles é até um decreto. Com o especioso pretexto de reformar o regulamento de 12 de maio de 1883, o sr. conselheiro De Lamare expediu uma verdadeira advertência à oposição da Câmara, para o caso de que esta queira dar batalha ao Ministério. Não recusa a batalha (*abalroação*, na terminologia do documento), mas não quer ser apanhado de surpresa. Daí as multiplicadas recomendações aos barcos de boca aberta, ou embarcações de pescaria, tanto os que pescam de rede, como os de linha ou de arrastão, para que tragam luzes de duas ou mais cores, a fim de serem vistos de todos os pontos do horizonte. Horizonte é um sinônimo.

O segundo modelo desta arte de escrever é o programa da Associação Instrutiva e Beneficente.

Esta associação, que vai inaugurar os seus trabalhos no dia 25 do corrente, dá médico e botica aos sócios, cem mil-réis para o enterro, e quinhentos mil-réis como legado aos substitutos instituídos pelo sócio morto. Conta seis médicos, quatro alopatas e dois homeopatas, e duas farmácias. Um dos farmacêuticos é membro do conselho. Quanto às obrigações, são, por enquanto, a entrada mensal de 4$180; em breve, porém, só se admitirão sócios que entrem com 100$000 de joia.

On ne parle ici que de ma mort — exclama certo personagem de comédia. Não se pode dizer outra coisa deste prospecto, em que a gente sai do médico para a botica, e da botica para o médico. E a parte instrutiva? A parte instrutiva cá está:

> A associação, por sua administração, tendo tido imensos pedidos para que quanto antes dê começo aos seus trabalhos, mas sendo o seu intuito nunca prejudicar os associados, resolveu, por ora, suspender o benefício da instrução primária, contido em estatutos, para pô-lo em vigor em época mais favorável; bem como que irá contratando outros farmacêuticos...

Bem; adiemos a instrução primária para tempos melhores. Não nos falta tudo; temos as farmácias, que é parte beneficente.

O pior é que a associação ainda não começou os seus trabalhos, e já pesa sobre ela a mão da fatalidade, trazendo uma lacuna, ainda que passageira, à diretoria. Adoeceu uma pessoa da família do tesoureiro, e este teve de retirar-se para o interior, donde oxalá que volte, antes mesmo que a instrução principie. Tudo, porém, se recompôs, ficando a tesouraria interinamente confiada a um dos farmacêuticos, que já era membro do conselho. Creio haver dito que vão ser contratados outros farmacêuticos, e conseguintemente outras farmácias, tanto alopáticas como homeopáticas... Mas, com os diabos! *On ne parle ici que de ma mort!*

Lélio
Gazeta de Notícias, 8 de março de 1885

Trago aqui no bolso um remédio contra os capoeiras

Trago aqui no bolso um remédio contra os capoeiras. Nem tenho dúvida em dizer que é muito superior ao célebre Xarope do Bosque, que fez curas admiráveis e até milagrosas, até princípios de 1856, decaindo em seguida, como todas as coisas deste mundo. A minha droga pode dizer-se que tem em si o sinal da imortalidade.

Agora, principalmente, que a guarda urbana foi dissolvida, entregando ontem os refles, receiam alguns que haja uma explosão de capoeiragem (só para os moer), enquanto que outros creem que a substituição da guarda é bastante para fazer recuar os maus e tranquilizar os bons. Hão de perdoar-me: eu estou antes com o receio do que com a esperança, não tanto porque acredite na explosão referida, como porque desejo vender a minha droga. Pode ser que haja nesta confissão um ou dois gramas de cinismo; mas o cinismo, que é a sinceridade dos patifes, pode contaminar uma consciência reta, pura e elevada, do mesmo modo que o bicho pode roer os mais sublimes livros do mundo.

Vamos, porém, à droga, e comecemos por dizer que estou em desacordo com todos os meus contemporâneos, relativamente ao motivo que leva o capoeira a plantar facadas nas nossas barrigas. Diz-se que é o gosto de fazer mal, de mostrar agilidade e valor, opinião unânime e respeitada como um dogma. Ninguém vê que é simplesmente absurda.

Com efeito, não duvido que um ou outro, excepcionalmente, nutra essa perversão de entranhas; mas a natureza humana não comporta a extensão de tais sentimentos. Não é crível que tamanho número de pessoas se divirtam em rasgar o ventre alheio, só para fazer alguma coisa. Não se trata de vivissecção, em que um certo abuso, por maior que seja, é sempre científico, e com o qual, só padece cachorro, que não é gente, como se sabe. Mas como admitir tal coisa com homem e fora do gabinete?

Bastou-me fazer esta reflexão, para descobrir a causa das facadas anônimas e adventícias, e logo o medicamento apropriado. Veja o leitor se não concorda comigo.

Capoeira é homem. Um dos característicos do homem é viver com o seu tempo. Ora, o nosso tempo (nosso e do capoeira) padece de uma coisa que poderemos chamar erotismo de publicidade. Uns poderão crer que é achaque, outros que é uma recrudescência de energia, porque o sentimento é natural. Seja o que for, o fato existe, e basta andar na aldeia sem ver as casas, para reconhecer que nunca esta espécie de afecção chegou ao grau em que a vemos.

Sou justo. Há casos em que acho a coisa natural. Na verdade, se eu, completando hoje cinquenta anos, janto com a família e dois ou três amigos, por que não farei participante do meu contentamento este respeitável público? Embarco, desembarco, dou ou recebo um mimo, nasce-me um porco com duas cabeças, qualquer caso desses pode muito bem figurar em letra redonda, que dá vida a coisas muito menos interessantes. E, depois, o nome da gente, em letra redonda, tem outra graça, que não em letra manuscrita; sai mais bonito, mais nítido, mete-se pelos olhos dentro, sem contar que as pessoas que o hão de ler compram as folhas, e a gente fica notória sem despender nada. Não nos envergonhemos de viver na rua; é muito mais fresco.

Aqui tocamos o ponto essencial. O capoeira está nesta matéria como Crébillon em matéria de teatro. Perguntou-se a este, por que compunha peças de fazer arrepiar os cabelos; ele respondeu que, tendo Racine tomado o céu para si e Corneille a terra, não lhe restava mais que o inferno em que se meteu. O mesmo acontece ao capoeira. Não pode distribuir mimos espirituais, ou drogas infalíveis, todos os porcos nascem-lhe com uma só cabeça, nenhum meio de ocupar os outros com a sua preciosa pessoa. Recorre à navalha, espalha facadas, certo de que os jornais darão notícias das suas façanhas e divulgarão os nomes de alguns.

Já o leitor adivinhou o meu medicamento. Não se pode falar com gente esperta; mal se acaba de dizer uma coisa, conclui logo a coisa restante. Sim, senhor, adivinhou, é isso mesmo: não publicar mais nada, trancar a imprensa às valentias da capoeiragem. Uma vez que se não dê mais notícia, eles recolhem-se às tendas, aborrecidos de ver que a crítica não anima os operosos.

Logo depois a autoridade, tendo à mão algumas associações, becos e suspensórios ainda sem título, entra pelas tendas e oferece aos nossos Aquiles uma compensação de publicidade. Vitória completa: eles aceitam o derivativo, que os traz ao céu de Racine e à terra de Corneille, enquanto as navalhas, restituídas aos barbeiros, passarão a escanhoar os queixos da gente pacífica. *Ex fumo dare lucem.*

Lélio
Gazeta de Notícias, 14 de março de 1885

Toda a gente
sabe que eu

Toda a gente sabe que eu, sempre que é preciso elogiar-me, não recorro aos vizinhos; sirvo-me da prata de casa, que é prata velha e de lei. Agora mesmo, podia dizer prata ordinária ou casquinha; mas não digo. Digo prata de lei.

O sistema da mutualidade, inventada por Trissotin e Vadius, tem o defeito da dependência em que nos põe uns dos outros. Diz Trissotin a Vadius: *Aux ballades surtout, vous êtes admirable.* Se Vadius, em vez de responder, como na comédia: *Et dans le bouts-rimés je vous trouve adorable,* disser simplesmente: *A propósito, que é que há do Ministério?* — lá se vai todo o plano de Trissotin, que gastou o seu versinho bonito, sem receber nada.

Em vez disso, inaugurei o meu sistema, fundado no princípio de que o homem deve dizer tudo o que pensa. Se o meu vizinho pensa que é um pascácio, por que não há de escrevê-lo? Se eu cuido que sou um cidadão conspícuo e ilustrado, por que hei de calá-lo? A verdade, quer ofenda o meu vizinho, quer me lisonjeie, deve ser pública. Nua saiu ela do poço, nua deve ir às casas particulares. Quando muito, põem-se-lhe umas pulseiras de ouro; em vez de dizer ilustrado, direi *profundamente ilustrado.*

Agora vejam. Isto que é justo, claro, transparente e racional, não o tinha podido até aqui meter no bestunto dos meus contemporâneos. Vivia como uma espécie de Maomé sem Ali, pregava no vácuo, falava a surdos. Nas câmaras, continuava a dobrar-se o colo humilde de Trissotin: "Perante esta Câmara tão rica de talentos, eu, o último dos seus membros..." Logo Vadius retificando: "Não apoiado! V. ex.ª é um dos ornamentos do país!" Concordo que é bonito, mas está trocado.

Desanimado, cheio de desgostos, que só pode sentir quem já foi profeta sem aderentes, ia abandonar a empresa, quando a Providência fez reunir os acionistas do Banco Auxiliar; foi a primeira manifestação desse poder misterioso e oportuno. A segunda foi o parecer da comissão do exame de contas, papel excelente, em que leio que o sr. Del Vecchio, "no *louvável* intuito de concorrer para desenvolver o banco", tinha proposto em tempo certa reforma.

E o sr. Del Vecchio é justamente um dos signatários do parecer; circunstância que ele acentua bem, para mostrar a sua adesão à ideia nova.

Del Vecchio, amado Del Vecchio, tu que acreditaste em mim, fica sendo o meu califa. Não há mais que um Deus, e Maomé é o seu profeta. Agora posso fugir para Medina, a verdade vencerá, a despeito da fraqueza de uns, da maldade de outros e do erro de todos.

Corações que sufocais em gérmen os mais belos adjetivos do mundo, deixai que eles brotem francamente, que cresçam e apareçam, que floresçam, que frutifiquem! São os frutos da sinceridade. Eia, corações medrosos, sacudi o medo, bradai que sois grandes e divinos. As primeiras pessoas que ouvirem a confissão de um desses corações retos, dirão sorrindo umas para as outras:

— Ele diz que é nobre e divino.

As segundas:

— Parece que ele é nobre e divino.

As terceiras:

— Com certeza ele é nobre e divino.

As quartas:

— Não há nada mais nobre e divino.

As quintas:

— Ele é o que é mais nobre e divino.

As sextas:

— Ele é o único que é nobre e divino.

E tu descansarás nas sétimas, que amaciarão para ti o regaço absoluto. Tudo porque eu, um dos caracteres mais elevados do nosso tempo, espírito esclarecido e abalizado, iniciei a prática do verdadeiro princípio. E o que é que se dá comigo mesmo? Lulu Sênior, que é hoje (com razão) um dos meus mais estrênuos admiradores, já não me chama outra coisa: — espírito abalizado para cá, espírito abalizado para lá. Ainda ontem:

— Lélio, tu que és um dos espíritos mais abalizados que conheço, podes dizer-me por que é que no jantar político ao Silva Tavares não houve discursos políticos?

— Culpa do cozinheiro — respondi eu. — Como se não bastasse um *poisson fin à la diplomate*, incluiu ele no menu, publicado no *País*, uma certa *Dinde farcie à la Périgord*... Périgord, como sabes, é puro Talleyrand. Talleyrand-Périgord, o grão-mestre dos diplomatas.

— Não se pode contestar que és dos espíritos mais abalizados deste país.

— Apoiado! um dos meus ornamentos!

Lélio
Gazeta de Notícias, 19 de março de 1885

Aqui há dias o Clube
de Engenharia deu parecer

Aqui há dias o Clube de Engenharia deu parecer sobre uma máquina denominada Fluminense. Para saber o que era, parece que bastava perguntá-lo ao clube, ou ao inventor; mas, como as imaginações vadias contraem maus costumes, preferi ocupar a minha a ver se acertava por si mesma com a aplicação da coisa.

Não posso, não devo, não quero contar ao leitor qual foi o processo da minha imaginação, nem por que voltas e revoltas, depois de crer que era uma máquina para via férrea, acabei supondo que se tratava de um aparelho destinado a despolpar café! Parece pulha que, sem mais recurso que o da simples conjetura e um pouco de indução, pudesse alcançar tão prodigioso resultado; mas é a pura verdade.

Pois, senhores, posso limpar a mão à parede com o meu trabalho de imaginação: a máquina era simplesmente de loteria. Se é boa ou má, não vi; limito-me a publicar o caso, para escarmento dos espíritos temerários, ou rotineiros, não sei como diga; mas qualquer palavra serve, contanto que fique escarmento, que é o principal.

A primeira coisa que revela a máquina de que eu trato, é a fé no futuro. Os sapateiros não fariam mais sapatos, se acreditassem que todos iam nascer com pernas de pau. Inventar uma máquina para a loteria, disposto a aperfeiçoá-la com o tempo, é implicitamente declarar que não está perdida a fé na permanência da instituição. O contrário seria absurdo.

Ora, não como veículo da postura, mas como órgão de uma instituição, é que a máquina foi ter ao Clube de Engenharia para ser examinada. Como obra prática, admito que se preferisse ver a atenção do clube ocupada com algum aparelho de despolpar café; mas em teoria é a mesma coisa. Há até autores que afirmam que, ainda pelo lado prático, não há diferença nenhuma, porque ambas as máquinas despolpam, uma café, outra algibeiras; mas isto não passa de um execrável *calembour* indigno da ciência.

O que fica aventado é que a instituição da loteria tem ainda algumas boas décadas de existência. Deus a conserve! Ela é o auxílio da piedade econômica, organizada em irmandades, que alumiam o Altíssimo com a porcentagem da basbacaria humana, que é (perdoe a sua ausência) a melhor apólice que eu conheço, sem desfazer as do Estado. Ela distribui o pão, o lençol, levanta pontes, conserta estradas, cuida do homem todo, corpo e alma, por fora e por dentro, na vida e na morte.

Quando porém não fosse assim, a ciência nada tem que ver com a utilidade ou perversidade das instituições. O lado social não lhe pertence, mas só o mecânico. Demais, há um princípio de solidariedade que liga todas as instituições de um país, a loteria e a engenharia. Foi o primeiro aparelho nacional que o clube examinou? Não quer dizer nada; por algum se há de começar, e, máquina por máquina, antes a *Fluminense* que a do Fieschi, a infernal, que levava a gente desta para melhor. O que não mata engorda, dizem os velhos; mas supondo mesmo que emagreça... *Opportet magricellas esse*, com perdão de quem me ouve.

Lélio
Gazeta de Notícias, 24 de março de 1885

O sr. Alves dos Santos

O sr. Alves dos Santos exerce os cargos de vigário e de deputado provincial no Rio de Janeiro. Isto permite-lhe cumprir à risca o preceito evangélico, dar a César o que é de César, os orçamentos, e a Deus o que é de Deus, a oração. Já é dar muito; mas o sr. Alves dos Santos quis dar mais alguma coisa, e mandou-me duas fortes sacudidelas por intermédio de um discurso.

Um colega (temporal) de sua reverendíssima tinha proposto que se representasse ao governo geral sobre a necessidade de mandar párocos para as duas freguesias que os não têm há cinco meses. Levantou-se o sr. Alves dos Santos e propôs que, em vez disso, se oficiasse ao sr. bispo para que informe quantas freguesias estão sem pároco (declarou que eram muitas), e deu como razão do requerimento substitutivo a plausibilidade de parecer que o primeiro era uma censura ao diocesano, que nenhuma culpa tem na falta de párocos nas freguesias.

Até aqui vai tudo bem. Se o bispo não tem culpa, é injusto censurá-lo. Mas por que é que o bispo não tem culpa? Por dois motivos: o primeiro é a falta de sacerdotes, e aqui vai a primeira sacudidela, que não foi a maior. Têm morrido durante o episcopado atual mais de duzentos padres, e apenas se ordenaram vinte; os seminários estão desertos, e há anos que não se dá uma só ordenação nesta diocese, por não haver mais vocações para o estudo sacerdotal.

Ao voltar do abalo, perguntei a mim mesmo se há razão para censurar o bispo, quando ele escolhe para as freguesias padres estrangeiros. Onde não há, el-rei o perde. Entretanto, admirado da falta absoluta de vocações eclesiásticas, e cogitando nas consequências que daqui vos podem vir, tratei de ver se achava no discurso alguma razão explicativa de um tal fenômeno, além do que, por mim mesmo, e fora dele, pareceu-me haver achado.

E dei com outra no discurso. O sr. Alves dos Santos disse, de passagem, que o sr. bispo reformou os estudos, e dificultou um pouco mais a ordenação, "por querer um clero, não ignorante, mas com a ilustração necessária para combater as perigosas ideias do século". Deus me defenda de debater nesta coluna brincalhona, e com tão graves personagens, a questão de saber se o perigo é das ideias ou dos sentimentos do século; limito-me a concluir da reforma dos estudos, que em pouco tempo estará o sr. bispo sem ter quem mande para as freguesias, a não querer por lá os jornalistas que o censurarem. Aí está um resultado com que se não contava há vinte anos, e, por menos que se espalhe a todo o Brasil, teremos este singular contraste: um povo católico, em que ninguém quer ser padre... Mas eu tenho pressa de chegar à segunda sacudidela.

A segunda foi esta: "O padre, em geral, (disse o sr. vigário Santos) procura as melhores freguesias, nas quais possa subsistir sem o grande ônus de cura d'almas".

Desta vez caí no chão. Ao levantar-me, reli o trecho, era aquilo mesmo, sem perífrase. A perífrase é um grande tempero para essas drogas amargas. Se eu chamar tratante a um homem, ele investe para mim; mas se eu lhe disser que o seu procedimento não é adequado aos princípios corretos e sãos que Deus pôs na consciência humana para o seguro caminho de uma vida rigorosamente moral, quando o meu ouvinte houver desembrulhado o pacote, já eu voltei à esquina. Foi o que o sr. vigário Santos não fez, e podia fazê-lo.

Que o padre, em geral, procure as melhores freguesias, em que possa subsistir, vá; nem todos hão de ser uns sãos Paulos, nem os tempos comportam a mesma vida. Mas o que me fez cismar, foi este acréscimo: "sem o grande ônus de cura d'almas". Isto, se bem entendo, quer dizer ganhar muito sem nenhum trabalho. Mas, vigário meu, é justamente o emprego que eu procuro, e não acho, há uns vinte e cinco anos, pelo menos. Não cheguei a pôr anúncios, porque acho feio; mas falo a todos os amigos e conhecidos, obtenho cartas de recomendação, palavras doces, e mais nada. Se tiver notícia de algum, escreva-me pelo correio, caixa nº 1712.

Lélio
Gazeta de Notícias, 29 de março de 1885

"Há alguém"

"Há alguém", disse o sr. senador João Alfredo, citando um velho dito conhecido, "há alguém que tem mais espírito que Voltaire, é todo o mundo."

Não sei se já alguma vez disse ao leitor que as ideias, para mim, são como as nozes, e que até hoje não descobri melhor processo para saber o que está dentro de umas e de outras — senão quebrá-las.

Aos vinte anos, começando a minha jornada por esta vida pública que Deus me deu, recebi uma porção de ideias feitas para o caminho. Se o leitor tem algum filho prestes a sair, faça-lhe a mesma coisa. Encha uma pequena mala com ideias e frases feitas, se puder, abençoe o rapaz e deixe-o ir.

Não conheço nada mais cômodo. Chega-se a uma hospedaria, abre-se a mala, tira-se uma daquelas coisas, e os olhos dos viajantes faíscam logo, porque todos eles as conhecem desde muito, e creem nelas, às vezes mais do que em si mesmos. É um modo breve e econômico de fazer amizade.

Foi o que me aconteceu. Trazia comigo na mala e nas algibeiras uma porção dessas ideias definitivas, e vivi assim, até o dia em que, ou por irreverência do espírito, ou por não ter mais nada que fazer, peguei de um quebra-nozes e comecei a ver o que havia dentro delas. Em algumas, quando não achei nada, achei um bicho feio e visguento.

Não escapou a este processo a ideia de que todo o mundo tem mais espírito do que Voltaire, inventada por um homem ilustre, o que foi bastante para lhe dar circulação. E, palavra, no caso desta, senti profundamente o que me aconteceu.

Com efeito, a ideia de que todo o mundo tem mais espírito do que Voltaire, é consoladora, compensadora e remuneradora. Em primeiro lugar, consola a cada um de nós de não ser Voltaire. Em segundo lugar, permite-nos ser mais que Voltaire, um Voltaire coletivo, superior ao Voltaire pessoal. Às vezes éramos vinte ou trinta amigos; não era ainda todo o mundo, mas podíamos fazer um oitavo de Voltaire, ou um décimo. Vamos ser um décimo de Voltaire? Juntávamo-nos; cada um punha na panela comum o espírito que Deus lhe deu, e divertíamo-nos muito. Saíamos dali para a cama, e o sono era um regalo.

Perdi tudo isto. Peguei desta compensação tão cômoda e barata, e deitei-a fora. Funesta curiosidade! O que achei dentro, foi que todo o mundo não tem mais espírito que Voltaire, nem mais gênio que Napoleão. Cito estes dois grandes homens, porque o segundo lá está citado na frase do eminente senador.

Sim, meus amigos. Choro lágrimas de sangue com a minha descoberta; mas que lhes hei de fazer? Consolemo-nos com o ser simplesmente Macário ou Pantaleão.

Multipliquemo-nos para vários efeitos, para fazer um banco, uma Câmara legislativa, uma sociedade de dança, de música, de beneficência, de carnaval, e outras muitas em que o óbolo de cada um perfaz o milhão de todos; mas contentemo-nos com isto.

Nem me retruque o leitor com o fato de ter de um lado a opinião do autor da ideia, e as gerações que a têm repetido e acreditado, enquanto do outro estou apenas eu. Faça de conta que sou aquele menino que, quando toda a gente admirava o manto invisível do rei, quebrou o encanto geral, exclamando: — *El-rei vai nu!* Não se dirá que, ao menos nesse caso, toda a gente tinha mais espírito que Voltaire. Está-me parecendo que fiz agora um elogio a mim mesmo. Tanto melhor; é minha doutrina.

Lélio
Gazeta de Notícias, 3 de abril de 1885

Fui ontem visitar um amigo velho

Fui ontem visitar um amigo velho, Fulano Público, e achei-o acabando de almoçar; chupava os últimos ossinhos do processo do colar de brilhantes. A casa em que mora, é um resumo de todas as habitações, desde o palácio até o cortiço, para exprimir — creio eu — que ele é o complexo de todas as classes sociais. "Minha genealogia", bradava-me ele há anos, "remonta à origem dos tempos. No dia em que houve duas rãs para ouvirem o coaxar de uma terceira, nesse dia nasceu o meu primeiro pai."

Entrei, mandou-me sentar, e ofereceu-me almoço, que recusei. No fim, entre uma xícara de café e um charuto, perguntou-me o que queria.

— Meu caro Público... — ia eu dizendo.

— Chama-me ilustrado. Chama-me respeitável ou digno, se queres. Nada de adjetivos familiares. Vens pedir-me ainda para as vítimas da Andaluzia?

— Não.

Respirou; depois ouviu-me com muita atenção. Se eu me ria, ele ria também; se levantava os braços, fazia a mesma coisa: é a sua teoria de hospitalidade. Confessou-me que receia ficar com a sela na barriga. Acabou o colar de brilhantes, acabou a menina da fortaleza, acabou a menina espancada; acabou tudo. O próprio roubo do consulado, que prometia render, sabe ele que foi tudo mentira; não só estavam lá os trezentos contos, mas ainda se achou um acréscimo de quatro patacas; foi o próprio gatuno que, no ato da tentativa, sentiu um aperto no coração, e lá deixou, além do que estava, tudo o que trazia consigo. A Câmara dos deputados — também acabou.

— Não, senhor; está verificando os poderes. Não se reuniu na semana passada porque era penitência. Na segunda-feira, se não fez sessão, foi por causa da morte de dois membros.

— Quer-me parecer que era melhor, nos casos de morte de um representante, fazerem as nossas câmaras o que fazem todas as câmaras do mundo: notícia do fato, alocução do presidente adequada aos méritos do finado, e continuam os trabalhos, que são de interesse público.

— Velhaco! Tu o que queres, é que não te tirem o manjar dos debates.

— Não há tal; aceito qualquer coisa. Ao almoço, tendo uma fritadinha de cachações, navalhadas de escabeche, algum desfalque, e café por cima, estou pronto. Ao jantar, contento-me com uma boa arara; mas não rejeito segunda. O mais é o que me der o cozinheiro.

— Sim; mas a bela cozinha parlamentar à outra coisa. Confessa que estás aborrecido com a Câmara.

— Não digo que não.

— Tens o Senado.

— Fica um pouco longe. E depois, eu apesar de tudo, tenho umas esquisitices. Acho que este negócio de discutir no Senado o projeto do governo, antes que os convocados especialmente digam alguma coisa, é contra a etiqueta.

— Não sei por quê.

— Cada Câmara tem o seu papel: a dos deputados derruba os ministérios, o Senado organiza-os.

Sendo assim, é bom que se saiba já a opinião de quem tem de organizar o novo gabinete, se o houver.

— Crês que haja?

— Francamente, eu, nisto como em outras coisas, opino com o outro que dizia: creio que dois e dois são quatro, e quatro e quatro são oito; *mais je n'en suis pas sûr.*

Lélio
Gazeta de Notícias, 9 de abril de 1885

Escrevo sem saber o que sai hoje dos debates da Câmara

Escrevo sem saber o que sai hoje dos debates da Câmara. Uns dizem que sai o projeto, outros que o Ministério, outros que nada. Os desta última opinião são menos francos, mas não são menos enérgicos. Dizem eles que o melhor da festa é esperar por ela, que uma crise resolvida é uma crise acabada, e, conseguintemente, o melhor de tudo é não resolver coisa nenhuma. São os *dilettanti* da política: *l'art pour l'art.*

Entretanto, não para este caso de hoje, mas para todos os que possam sobrevir, lembrou-me aconselhar aos nossos partidos uma tramoia inédita.

Inédita é dizer muito, convenho; mas é a verdade. Não digo inédita no mundo, mas no nosso país. É tramoia inglesa, basta essa recomendação.

Sim, senhores. Há na Câmara dos comuns um costume singular. Como se sabe, os deputados jantam na Câmara, sem interromper os trabalhos, que continuam na parte menos interessante. Os negócios políticos mais graves vêm sempre depois do jantar, por volta das oito ou nove horas. Nada mais possível do que entrar maior número de deputados de um partido do que de outro e dar uma votação de assalto, enquanto os deputados remissos fumam o charuto da digestão.

Como impedi-los? Os deputados, para evitar descuidos, formam casais. Um deputado liberal liga-se, por palavra, a um conservador, e obrigam-se ambos a não voltar ao recinto senão ao mesmo tempo. Às vezes casados políticos não se dão ou nem mesmo se conhecem; mas o *leader*, ou quem quer que é que dirige a instituição, apresenta-os um ao outro e tanto basta para os obrigar.

Juro por tudo o que há mais sagrado que não estou brincando. Parece brincadeira, tem assim um ar de invenção, mas é a verdade pura, tão pura como a alma do leitor ou a minha, o que não é dizer pouco. Lá que é honesto é verdade; mas não é tanto por ser honesto, como por ser inglês, que eu proponho este recurso parlamentar ao meu país. Uma vez que temos câmaras, como os ingleses, podemos copiar-lhes os costumes.

Chamo-lhe tramoia, porque realmente não é outra coisa senão a tramoia do bem e do legítimo... Não sei se o leitor é como eu, mas esta frase parece-me que não é má, posto que um tanto chocha. Tramoia do bem e do legítimo! Sempre gostei dessas antíteses que dão muita vida à expressão.

A tramoia cá em casa seria, não para entrar juntos, mas para sair ao mesmo tempo. E podiam fazer-se os casais temporários, por hora, por meia hora, por quinze ou vinte minutos. Desse modo tudo estará seguro. A gente sabia com quem contava e não vivia a adiar as coisas de um dia para outro.

Em negócios de batizado, esses adiamentos não fazem mal e até fazem bem, porque a festa sai mais rija quando é mais demorada. Às vezes espera-se um parente coronel ou major, ou uma cantora, ou alguma coisa que dê maior lustre e animação. Já não é o mesmo com as câmaras, que, se me não engano, foram inventadas para fazer leis e votar impostos. Também se pensa nelas, mas acessoriamente. Em todo caso, elas são dos deputados, e um pouco dos que os elegem.

Aí fica a ideia: Não quero paga, nem agradecimentos. Contento-me em ter o nome na coisa. Não se diga fazer um casal, mas *fazer um Lélio*. Compreenderam, não? Não podendo pôr o meu nome em um beco que seja (*um beco! um beco! o meu reino por um beco!*), contento-me com uma usança parlamentar. Não é a mesma coisa; mas nem todos vivem das mesmas coisas.

Lélio
Gazeta de Notícias, 14 de abril de 1885

Como é possível que hoje, amanhã ou depois

Como é possível que hoje, amanhã ou depois, tornem a falar em crise ministerial, venho sugerir aos meus amigos um pequeno obséquio. Refiro-me à inclusão de meu nome nas listas de ministérios, que é de costume publicar anonimamente, com endereço ao imperador.

Há de parecer esquisito que eu, até aqui pacato, solicite uma fineza destas que trescala a pura ambição. Explico-me com duas palavras e deixo de lado outras duas que também podiam ter muito valor, mas que não são a causa do meu pedido.

Na verdade, eu podia comparar a ambição às flores, que primeiro abotoam e depois desabrocham; podia dizer que, até aqui, andava abotoado. Por outro lado, se a ambição é como as flores, por que não será como as batatas, que são comida de toda a gente? E também eu não sou gente? não sou filho de Deus? Nos tempos de carestia, a ambição chega a poucos, César ou Sila? mas nos períodos de abundância estende-se a todos, a Balbino e a Maximino. Façam de conta que sou Balbino.

Mas não quero dar nenhuma dessas razões, que não são as verdadeiras causas do meu pedido. Vou ser franco, vou abrir a minha alma ao sol da nossa bela América.

A primeira coisa é toda subjetiva; é para ter o gosto de reter o meu nome impresso, entre outros seis, para ministro de Estado. Ministro de quê? De qualquer coisa: contanto que o meu nome figure, importa pouco a designação. Ainda que fosse de verdade, eu não faria questão de pastas, quanto mais não sendo. Quero só o gosto; é só para ler de manhã, sete ou oito vezes, e andar com a folha no bolso, tirá-la de quando em quando, e ler para mim, e saborear comigo o prazer de ver o meu nome designado para governar.

Agora a segunda coisa, que é menos recôndita. Tenho alguns parentes, vizinhos e amigos, uns na corte e outros no interior, e desejava que eles lessem o meu nome nas listas ministeriais, pela importância que isto me daria. Creia o leitor que só a presença do nome na lista me faria muito bem. Faz-se sempre bom juízo de um homem lembrado, em papéis públicos, para ocupar um lugar nos conselhos da coroa, e a influência da gente cresce. Eu, por exemplo, que nunca alcancei dar certa expressão ao meu estilo, pode ser que a tivesse daí em diante; expressão no estilo e olhos azuis na casa. Tudo isso por uma lista anônima, assinada: *Um brasileiro* ou *A Pátria*.

Não me digam que posso fazer eu mesmo a coisa e mandá-la imprimir, como se fosse de outra pessoa. Pensam que não me lembrei disso? Lembrei-me; mas recuei diante de uma dificuldade grave.

Compreende-se que uma coisa destas só pode ser arranjada em segredo, para não perder o merecimento da lembrança. Realmente, sendo a lembrança do próprio lembrado, lá se vai todo o efeito, para ficar em segredo, era preciso antes de tudo disfarçar a letra, coisa que nunca pude alcançar; e, se uma só pessoa descobrisse a história e divulgasse a notícia, estava eu perdido. Perdido é um modo de falar. Ninguém se perde neste mundo, nem Balbino, nem Maximino.

Eia, venha de lá esse obséquio! Que diabo, custa pouco e rende muito, porque a gratidão de um coração honesto é moeda preciosíssima. Mas pode render ainda mais. Sim, suponhamos, não digo que aconteça assim mesmo; mas suponhamos que o imperador, ao ler o meu nome, diga consigo que bem podia experimentar os meus talentos políticos e administrativos e inclua o meu nome no novo gabinete. Pelo amor de Deus, não me atribuam a afirmação de um tal caso; digo só que pode acontecer. E pergunto, dado que assim seja, se não é melhor ter no Ministério um amigo, antes do que um inimigo ou um indiferente?

Não cobiço tanto; contento-me com ser lembrado. Terei sido ministro relativamente. Há muitos anos, ouvi uma comédia, em que um furriel convidava a outro furriel para beber *champagne*.

— *Champagne!* — exclamou o convidado. — Pois tu já bebeste alguma vez *champagne*?

— Tenho bebido... relativamente. Ouço dizer ao capitão que o major costuma bebê-lo em casa do coronel.

Não peço outra coisa; um cálice de poder relativo.

Lélio
Gazeta de Notícias, 20 de abril de 1885

Ninguém dirá, à primeira vista

Ninguém dirá, à primeira vista, que entre a nascente instituição dos guardas-noturnos e a Assembleia provincial de Sergipe, haja o menor ponto de contato. Mas, fitando bem os olhos, vê-se logo que há um, e não pequeno.

Relativamente aos guardas, confesso que a princípio achei a coisa esquisita, por me parecer que se tratava de um Estado no Estado; mas as explicações vieram, e vimos todos, que se trata de uma simples medida de vigilância particular, limitada ao quarteirão, sem nenhuma ação pública. Pelo amor de Deus, não vão acreditar que é este o ponto de contato com a Assembleia provincial de Sergipe, ou qualquer outra. Se o fosse, não teria dúvida em dizê-lo; mas é que não é.

A Assembleia sergipana, segundo as notícias de hoje, abriu-se solenemente há mais de um mês, e não tornou a reunir-se por falta de número — de *quorum*, é o termo técnico —, que aliás ainda não tinha no próprio dia da abertura. Vejam bem: ainda não havia *quorum* no dia da abertura da Assembleia. Não sou eu que o digo, é a *Gazeta de Sergipe*.

Estou a crer que o leitor já começa a descobrir o ponto de contato entre os guardas e a Assembleia sergipana; mas, ainda que o não descubra, peço-lhe que me acene com os olhos que sim, e então seremos dois, e daremos maior força à reclamação que proponho, reclamação pecuniária, ou, nos próprios termos da coisa, uma restituição.

Porquanto, os sergipanos pagam o subsídio à Assembleia, para que esta lhes faça as leis, assim como nós pagamos imposto ao Estado, para que ele, entre outros serviços de que se incumbe, nos guarde as casas e as pessoas. Ora, se a Assembleia sergipana, em vez de fazer as leis necessárias aos sergipanos, limita-se a beber os ares da bela Aracaju; e se nós, por segurança, pagamos a quem nos vigie a porta; parece (salvo erro) que há aqui lugar para clamar como o Chicaneau de Racine: *Hé! rendez donc l'argent!*

Escrevi Chicaneau? Mas a nossa posição e a dos sergipanos é muito mais sólida que a de Chicaneau. Este queria tão-somente peitar o porteiro do juiz, ao passo que nós não queremos peitar ninguém neste mundo. Os sergipanos dizem: "Não podendo nós mesmos fazer as leis, incumbimos estes cavalheiros de as fazerem; e para que não percam o seu tempo, os indenizamos do que deixam de ganhar..." E nós: "como temos de ganhar a nossa vida, vendendo, fabricando, medicando ou advogando, fica este cavalheiro, em nome do Estado, incumbido de fazer uma porção de coisas, entre outras guardar a integridade da nossa fazenda, dos nossos narizes e do nosso sono; pelo que receberá, com diversos títulos, um tanto por ano".

Se isto é peitar, não sei o que seja contratar. Em vez da exclamação sórdida de Chicaneau, prefiro uma fórmula singela e grave, que se ajusta a ambos os casos presentes: *quibus* exige *quorum*. Entretanto, como é meu vezo antigo não apontar um mal que lhe não dê logo o remédio, vou dizer aqui o que se pode fazer sem reclamação nem barulho. Nada de barulhos. Não é remédio para ambos os casos, note-se bem, mas para um só, ou mais exatamente para um daqueles e outro que me está pingando dos bicos da memória. Fica o da corte para melhor ocasião.

O remédio é este:

Li há dias, anteontem, que a Assembleia provincial da Bahia foi adiada por falta de subsídio. Assim, temos que na Bahia há deputados sem subsídio, e em Sergipe subsídio sem deputados. O remédio é transferir o subsídio de Sergipe para os deputados da Bahia, e os deputados do referido Sergipe para quando se anunciar. No atual estado, nem Sergipe nem Bahia têm leis, por falta de uma ou de outra coisa; mas, com o meio que lembro, uma das duas províncias ganha a legislatura. Dir-me-ão que Sergipe não ganha nada. Perdão, e a experiência?

Lélio
Gazeta de Notícias, 25 de abril de 1885

Era uma vez uma vila pequena

Era uma vez uma vila pequena, composta de duas margens de um rio, ambas povoadas. Sendo o homem um animal rusgento e progressivo, não tardou que se estabelecesse entre as duas margens grande rivalidade. A gente da esquerda dizia que a da direita queria tudo para si, e a da direita acusava a da esquerda de azedar e dividir os ânimos.

Uma folha da localidade, com o fim de conciliar as duas margens, atribuía a rivalidade a uma simples balela, acrescentando que nada via que pudesse legitimar "oposição de vistas entre as duas margens povoadas". Depois lançava um olhar sobre o passado, para recordar dois acontecimentos que desmentiam a balela: "Vamos ver (dizia a folha), que os moradores da esquerda e os da direita têm estado sempre unidos no concernente ao bem-estar comum da localidade".

E citava os fatos. O primeiro foi a construção do cemitério, para o qual os habitantes de ambas as margens contribuíram igualmente. O cemitério foi justamente estabelecido na margem direita, sem oposição de ninguém da outra margem. O mesmo ia acontecer com o teatro, que ainda não estava construído, é verdade, mas tudo ficava providenciado para que o fosse em pouco tempo, e a margem direita era ainda a escolhida. "Logo, não há rivalidade!" concluía a folha.

— Mas é justamente isso! — bradavam os da margem esquerda. — Tudo para a direita, nada para a esquerda.

— Não — retorquia a folha —, não há entre os habitantes da vila "motivos legítimos de dissidência".

Nisto chega o mês de maio. Justamente o mês que começa amanhã. Maio, como se sabe, é o mês de Maria, e a nossa vila, apesar das dissidências entre a esquerda e a direita, era católica e boa católica e não podia nem queria deixar de festejar o mês essencialmente católico. Se houvesse uma única margem povoada, tudo iria às mil maravilhas; juntavam-se os habitantes e caminhavam para a igreja, mas as margens eram duas, tal qual o caso da guerra das rosas:

> Paz entre as duas, jamais;
> Reinar ambas as rivais,
> Também não; e uma vencer?
> Como há de ser?

❋ ❋ ❋

Sim, aqui é que eu queria ver como o grande poeta havia de combinar as duas coisas. No caso de que trato, cada margem queria fazer o seu mês mariano, um mês de Maria particular, em oposição ao outro, com ladainhas inimigas, como se não fossem uma vila, mas duas. A folha da localidade acudiu logo, cheia de moderação, condenando a rivalidade no precioso mês de maio.

"Continuamos a pensar (escreveu ela), que seria muito mais razoável que os festeiros da esquerda se identificassem com os da direita e chegassem a um acordo, de modo a levar-se a efeito as festas anunciadas, aqui ou ali, mas em uma só margem..."

Justamente aí é que batia o ponto. Em que margem seriam os festejos do mês de maio? Na direita? Os da esquerda bradam que já há lá mais de uma glória, e que alguma coisa deve ficar aos outros. Na esquerda? Também não, porque os da direita alegam que entre eles há mais vida, e que as festas ficam melhor onde a vida é maior. Em vão a folha local brada aos dois grupos: "As retaliações neste caso, principalmente aqui, só trarão prejuízos e desgostos a uns e a outros dos que se interessam pelos festejos..."

Tal é o estado da questão; e, para falar verdade, não creio que seja fácil concluí-la em bem: ambas as margens estão armadas e irritadas, e a menos que se desvie o pequeno rio que as separa... Adeus leitor malicioso! Não cuides que inventei esta vila por alusão ao partido liberal da Câmara. Inventada, teria ainda menos graça do que tem — ou nenhuma. Isto é tão-somente a vila da Bocaina, em São Paulo, como podes ver pelo *Eco Municipal*, de 25 do corrente, folha de lá que tenho aqui no bolso. Entretanto, se a vila é que é uma invenção administrativa para definir a situação do partido liberal, isso não sei, assim como não sei se um artigo anônimo, que li há dias, convidando o sr. Saraiva a tomar conta do poder, foi escrito na Bocaina, ou aqui mesmo. As palavras são mais ou menos as mesmas do *Eco,* falam de congraçar, de apaziguar, de esclarecer...

Só há uma frase que não é propriamente da Bocaina; é esta: "todo o cidadão tem o dever de servir à pátria (como ministro) quando ela o reclama". Esta frase não é peculiar à vila, está escrita no fundo dos nossos corações, sendo que eu, para arredondá-la, pus-lhe esta cláusula, relativamente a mim "e ainda que o não reclame". Que querem? é a verdadeira e única *janua coeli* deste mês de Maria.

Lélio
Gazeta de Notícias, 30 de abril de 1885

Estamos em crise

Estamos em crise. Antes que a solução venha, ou por dissolução, ou por demissão, não quero deixar de dizer uma coisa que trago atravessada na garganta.

No Senado, manifestaram-se duas opiniões relativamente à prorrogação da Assembleia geral. Uma dessas opiniões é que, estando na Constituição que a sessão deve começar a 3 de maio, e não se achando a Assembleia inibida de tratar então do projeto de 15 de junho, a prorrogação foi inconstitucional e desnecessária. Outra é que, desde que o poder moderador tem a atribuição de prorrogar a sessão, poder-se-á dizer que houve, quando muito, um uso inconveniente, nunca um atentado. Mas nem isso, porque a Assembleia, seja ordinária ou extraordinária, está sempre no pleno gozo de suas atribuições, e a questão afinal não passa de palavras.

Eu, se os meus contemporâneos já tivessem feito o que deviam, que era dar-me uma cadeira naquela casa, adotaria neste lance uma terceira opinião, para a qual, a despeito de ser retrospectiva, cuido que arranjaria alguns adeptos. Eu caía em cima dos pais da Constituição.

Pais da Constituição, diria eu, que diabo de ideia foi essa de marcar um certo dia para a abertura das câmaras? Um temporal, um descarrilamento, um simples batizado, bastam para impedir que as câmaras se abram no dia 3 de maio, e lá se vai o preceito constitucional. Vede que condenastes a vossa bela obra, a ser infringida, como tem sido, e há de sê-lo, porque a abertura das câmaras não é coisa do momento cronológico, mas do momento psicológico, e uma vez que marcasses o prazo mínimo das sessões, o resto prova a sorte dos acontecimentos.

Digo isto, pais da Constituição, porque, apesar de não ter lido todas as constituições deste mundo, não conheço um caso igual ao desta data. Uma constituição — vós sabeis melhor que ninguém — ou é uma simples declaração de princípios — dez ou doze artigos — ou um compêndio das atribuições dos poderes; mas, em um ou outro caso, que tem que ver com isso o dia certo da abertura das câmaras?

Sim, pais da Constituição, a vossa bela filha tem já bastantes atrativos para enlear os olhos da gente. Para que esse sinalzinho preto na face? Não lhe bastam os filtros com que ela fez crer aos mesmos rapazes, em 1879, que tinha os olhos eleitorais, e em 1880, que os tinha extraeleitorais?

Olhai, ainda ontem uma publicação a pedido, dá um trecho de um livro alemão, recente, sobre o Brasil. Chama-se a obra: *Brasilien in socialischem und politischem Gesicht*. Eu podia dizer-vos que tenho o livro comigo; era charlatanice pura, mas o público, sempre indulgente, não desdenha uma ou outra arara, nem odeia tanto os charlatães que lhes não compre as pílulas. Não o digo; a verdade antes de tudo.

Diz-se aí muita coisa triste para nós e ao mesmo tempo alguma coisa agradável. Falta-nos o tato político, o regime não tem raízes, no país não há opinião, nem povo. Mas isso mesmo é o vosso elogio, pais da Constituição, pois que ela vai vivendo, a despeito do que nos falte e do que lhe sobra a ela, com esse 3 de maio, marcado como um destino.

Lélio
Gazeta de Notícias, 5 de maio de 1885

— Amanhã é um grande dia!

— Amanhã é um grande dia! — exclamou o meu amigo, faiscando-lhe os olhos de contentamento.

Não posso dizer o nome dele; suponhamo-lo Calisto. Amanhã é um grande dia para ele, porque é o da apresentação do Ministério às câmaras, fato que na vida do meu amigo equivale a um batizado de criança na vida de todos os pais. Vão entendê-lo em poucas linhas.

Calisto só adora uma coisa, mais do que as crises ministeriais, é a apresentação dos ministérios novos às câmaras. Moção anunciada pode contar com ele. E gosta das crises compridas, atrapalhadas, arrastadas, cheias de esperanças longas e boatos infinitos. Mas tão depressa se organiza o Ministério, como lhe cai a alma aos pés. O que o consola então, e muito, é a ideia da apresentação; nem mais nem menos o que lhe acontece desde o dia 4.

Amanhã vai ele muito cedo para a porta da Câmara dos deputados, com biscoitos no bolso e paciência no coração. A paciência, com perdão da palavra, é um biscoito moral, dado pelo céu a muito poucos. Calisto é dos poucos. É capaz de aguentar um temporal, uma soalheira, uma carga de cavalaria, sem arredar pé da porta da Câmara, até que lha abram. Abrem-lha, ele entra, sobe, arranja um bom lugar.

Não atribuam ao Calisto nenhuma preocupação política, pequena ou grande, nenhum amor ao Dantas ou ao Saraiva, ao projeto de um ou de outro, nem à grande questão que se debate agora mesmo em todos os espíritos. Não, senhor; este Calisto é um distintíssimo curioso, na política e no piano. Importa-lhe pouco saber de um problema ou da sua solução. Contanto que haja barulho, dá o resto de graça.

Justamente o dia de amanhã cheira a chamusco, debate grosso, veemência, chuva de apartes, impropérios, tímpanos, confusão. Pode ser que não haja nada; mas ele cuida que há, e lambe-se todo de contente só com a ideia de um pandemônio.

Na imaginação dele, a coisa há de se passar assim. Os primeiros minutos de ânsia e curiosidade — votações distraídas, arengas curtas. Pela uma hora da tarde, anuncia-se o Ministério, que aparece rompendo a custo a multidão de curiosos. Grande burburinho, crescente ansiedade. Sentam-se os ministros, explica-se a crise, e o Saraiva tem a palavra para expor o programa. O profundo silêncio com que ele há de ser ouvido é um dos regalos do Calisto, que ouve através do silêncio o tumulto das almas.

Depois rompe um deputado. Qual deputado? Não sabe qual seja, mas há de ser um, provavelmente o José Mariano, ou algum com quem se não conte, e está acesa a guerra, brotam os apartes, agitam-se os ânimos; vem outro orador, mais outro, cruzam-se os remoques, surgem os punhos cerrados, bufam as cóleras, retinem os entusiasmos. E o meu Calisto, de cima, olhará para baixo, e gozará um bom dia, um dia raro, igual àquele 18 de julho de 1868, quando o Itaboraí penetrou na Câmara liberal, com os conservadores. O Calisto ainda se lembra que não jantou nesse dia.

Agora, que a questão ainda é mais grave, a sessão há de render mais — ou *dar sorte*, que é a locução do meu amigo. Calisto espera sair amanhã dali, abarrotado de comoção para seis meses. Jura a quem quer ouvir, que não tem preferências nem antipatias. Também não quer saber se do debate lhe sairá alguma restrição pessoal ou pecuniária. Contanto que haja tumulto, está ganho o dia, e o dia seguinte pertence a Deus.

Ide vê-lo, à saída da Câmara, olhando embasbacado; estará ainda alegre. Mas no dia seguinte, que o diabo diz que também é dele, vereis o meu pobre Calisto arrimado a alguma porta ou esquina, à espreita de algum sucesso que passe, desconsolado como na ópera do nosso Antônio José:

Tão alegres que fomos,
Tão tristes que viemos.

Lélio
Gazeta de Notícias, 10 de maio de 1885

Ontem, ao voltar uma esquina

Ontem, ao voltar uma esquina, dei com os impostos inconstitucionais de Pernambuco. Conheceram-me logo; eu é que, ou por falta de vista, ou porque realmente eles estejam mais gordos, não os conheci imediatamente.

Conheci-os pela voz, *vox clamantis in deserto*. Disseram-me que tinham chegado no último paquete. O mais velho acrescentou até que, já agora, hão de repetir com regularidade estas viagens à corte.

— A gente, por mais inconstitucional que seja — concluiu ele —, não há de morrer de aborrecimento na cela das probabilidades. Uma chegadinha à corte, de quando em quando, não faz mal a ninguém, exceto...

— Exceto...?

— Isso agora é querer perscrutar os nossos pensamentos íntimos. Exceto o diabo que o carregue, está satisfeito? Não há coisa nenhuma que não possa fazer mal a alguém, seja quem for. Falei de um modo geral e abstrato. Você costuma dizer tudo o que pensa?

— Tudo, tudo, não; nem eu, nem o meu vizinho boticário, e mais é um falador das dúzias.

— Pois então!

— Em todo caso, demoram-se?

— Temos essa intenção. O pior é o calor, mas felizmente começa a chover, e se a chuva pega, junho aí vem com o inverno, e ficamos perfeitamente. Está admirado? É para ver que já conhecemos o Rio de Janeiro. Contamos estar aqui uns três meses, mas pode ser que vamos a quatro ou cinco. Já fomos à Câmara dos deputados.

— Assistiram à recepção do Saraiva, naturalmente?

— Não, fomos depois, no dia 13, uma sessão dos diabos. Ainda assim, o pior para nós não foi propriamente a sessão, mas o demônio do José Mariano, que, apenas nos viu na tribuna dos diplomatas, logo nos denunciou à Câmara e ao governo. Não pode calcular o medo com que ficamos. Eu, felizmente, estava ao pé de duas senhoras que falavam de chapéus, voltei-me para elas, como quem dizia alguma coisa, e dissimulei sem afetação; mas os meus pobres irmãos é que não sabiam onde pôr a cara. Hoje de manhã, queriam voltar para Pernambuco; mas eu disse-lhes que era tolice.

— São todos inconstitucionais?

— Todos.

— Vamos aqui para a calçada. E agora, que tencionam fazer?

— Agora temos de ir ao imperador, mas confesso-lhe, meu amigo, receamos perder o tempo. Você conhece a velha máxima que diz que a história não se repete?

— Creio que sim.

— Ora bem, é o nosso caso. Receamos que o imperador, ao dar conosco, fique aborrecido de ver as mesmas caras, e, por outro lado, como a história não se repete... Você, se fosse imperador, o que é que faria?

— Eu, se fosse imperador? Isso agora é mais complicado. Eu, se fosse imperador, a primeira coisa que faria era ser o primeiro cético do meu tempo. Quanto ao caso de que se trata, faria uma coisa singular, mas útil: suprimiria os adjetivos.

— Os adjetivos?

— Vocês não calculam como os adjetivos corrompem tudo, ou quase tudo; e quando não corrompem, aborrecem a gente, pela repetição que fazemos da mais ínfima galanteria. Adjetivo que nos agrada está na boca do mundo.

— Mas que temos nós outros com isso?

— Tudo. Vocês como simples impostos são excelentes, gorduchos e corados, cheios de vida e futuro. O que os corrompe e faz definhar é o epíteto de inconstitucionais. Eu, abolindo por um decreto todos os adjetivos do Estado, resolvia de golpe essa velha questão, e cumpria esta máxima, que é tudo o que tenho colhido da história e da política, e que aí dou por dois vinténs a todos os que governam este mundo: os adjetivos passam, e os substantivos ficam.

Lélio
Gazeta de Notícias, 16 de maio de 1885

Deusa eterna das ilusões

Deusa eterna das ilusões, Maia, divina Maia, entorna sobre mim a tua ânfora e conta-me o que se não passará hoje, nem amanhã, nem depois, nem segunda-feira.

Hoje, reunida a Câmara dos deputados, elege logo a mesa e a comissão de resposta à fala do trono. A comissão reúne-se imediatamente, e, considerando que já no ano passado encerrou-se o Parlamento sem responder nada à coroa; que este ano, durante a sessão extraordinária, nem se pôde nomear a comissão; e finalmente que esta lacuna, posto se trate de uma formalidade e não de um princípio, pode ser interpretada por alguns, não como um descuido, mas como um sintoma da podridão da própria Câmara, resolve formular o projeto para ser apresentado amanhã.

Amanhã, sexta-feira, é lido o projeto perante a Câmara, que aplaude a solicitude da comissão, e pede urgência para o debate. O presidente dá o projeto para a ordem do dia de sábado.

No sábado, a cidade, estupefata, vê reunir-se a Câmara, que até aqui cumpria fielmente aquela regra do Pentateuco que todo o israelita traz de cor, a saber: "no sábado, entrarás na tua tenda, e não sairás dela". Reúne-se a Câmara para o fim de resgatar pela brevidade a omissão das duas últimas sessões.

Logo no princípio do debate pede a palavra um deputado cujo nome me não ocorre, e começa uma dissertação acerca das origens do sistema representativo e do uso do voto de graças; mas a Câmara brada-lhe energicamente que passe ao dilúvio.

Não tem diversa sorte outro orador, que deseja saber por que motivo estão vagas algumas comarcas do Norte e se o carcereiro Reginaldo foi ou não metido em processo. Reginaldo? A Câmara levanta os ombros, diz-lhe que não se trata de questiúnculas locais e o deputado senta-se.

Varridos assim esses últimos elementos de um passado igualmente maçador e pueril, começa o debate, que não dura mais de três horas, falando em primeiro lugar o sr. Andrade Figueira, em nome do Partido Conservador, e seguindo-se-lhe os srs. Lourenço de Albuquerque, José Mariano e o presidente do conselho. Este faz algumas declarações importantes; diz redondamente à Câmara que, na questão de saber se o orçamento deve preceder à reforma servil, ou esta àquele, a opinião do governo é que devem ser tratados ambos ao mesmo tempo.

Antes das cinco horas estará votado o projeto; o Senado, para não ficar atrás da Câmara, terá discutido e votado o seu, e as respectivas mesas oficiarão ao governo comunicando que as respostas estão prontas. O imperador marca o dia de segunda-feira, à uma hora da tarde, no paço da cidade. Cerimonial do costume.

Assim, após longos anos de desvio nesta matéria, e de omissão nos últimos tempos, o Parlamento fará da discussão da resposta à fala do trono o que ela deve ser: uma expressão sumária e substancial dos sentimentos dos partidos, em vez de um concerto sinfônico, em que todos os tenores e todos os trombones desejam aparecer.

Maia, divina Maia, deusa eterna das ilusões...

Lélio
Gazeta de Notícias, 21 de maio de 1885

Rien n'est sacré pour un sapeur!

Rien n'est sacré pour un sapeur! Leio nas folhas públicas que a morte de Victor Hugo tem produzido tanta sensação, como os preços baixos da grande alfaiataria Estrela do Brasil. *Rien n'est sacré pour un... tailleur!*

Eu, em criança, ouvi contar a anedota de uma casa que ardia na estrada. Passa um homem, vê perto da casa uma pobre velhinha chorando, e pergunta-lhe se a casa era dela. Responde-lhe a velha que sim. — Então permita-me que acenda ali o meu charuto.

Imitemos este homem polido e econômico. Vamos acender os charutos no castelo de Hugo, enquanto ele arde. Vamos todos, havanas e quebra-queixos, finos ou grossos, e os mesmos cigarros, e até as pontas de cigarro. *Nunc est fumandum.* Incêndios duram pouco, e os fósforos são vulgares.

Completemos as estrofes com coletes, façamos de uma ode uma sobrecasaca. Está chorando, meu amigo? Enxugue os olhos no cós destas calças. Vinte e dois mil-réis serve-lhe? Vá lá, vinte e um. E olhe que é por ser para si. A gramática não é boa, mas o sentimento é sincero. *Ce siècle avait deux ans...* Pano fino; veja aqui, que está mais claro. *Gastibelza, l'homme à la carabine...* Vai pelos vinte e um? É de graça. Vinte? Vinte é pouco; dê vinte e quinhentos. Não? Está bom; vá lá... *Poète, ta fenêtre* était *ouverte au vent...*

É claro que isto pode aplicar-se a outras coisas, não só aos coletes. Em geral inventamos pouco, e a ideia que um emprega fica logo rafada. Haja vista o Café Papagaio, que lá deu de si o Café Arara e o Café Piriquito, e dará muitos outros, se Deus quiser, porque primeiro acabará o uso do café no mundo, do que as nossas belas aves no mato.

Que não venha o bando precatório, é só o que peço, e não peço pouco, porque, em vindo um, vêm duzentos. Se fosse um só, com outras festas diferentes, sim, senhor, era comigo; mas não pode ser um só, há de ser como o Café Papagaio e os carneiros de Panúrgio. Tudo irá pelo mesmo caminho. Os carros das ideias, a vara e a bolsa, a guarda de honra, tudo como no ritual. Eu, quando eles aqui andaram, estive quase a organizar um bando, não *precatório*, mas *precatário*. Cometia um trocadilho detestável (vai em grifo para que não escape a ninguém) mas ao menos salvava a minh'alma, que não sei onde anda desde esse tempo.

Sei que resta a polca, que não há de querer perder um petisco tão raro, como a morte de um grande poeta. Há a dificuldade dos títulos, que, segundo a estética deste gênero de dança, devem ser como os da última ou penúltima publicada: *Seu Filipe, não me embrulhe!* Não se pode dizer: — *Seu Vítor, não me embrulhe!* A morte, ainda que seja de um grande espírito, não se compadece com este gênero de capadoçagem.

O modo de combinar as coisas seria dar às polcas comemorativas um título que, com o pretexto de aludir a escritos do poeta, trouxesse o pico do escândalo. *Freira no serralho*, por exemplo, é excelente, com esta epígrafe do poeta: *De nonne, elle devient sultane.* E pontinhos. Ou então este outro: *A filha do papa!* Eia, polquistas, não desesperemos da basbacaria humana.

Lélio
Gazeta de Notícias, 28 de maio de 1885

ANDO TÃO ATORDOADO

Ando tão atordoado, que não sei se chegarei ao fim do papel. Se escorregar, segurem-me.

A primeira causa do atordoamento (são muitas) é a revelação que nos fez o sr. dr. Prado Pimentel no artigo que escreveu contra o vice-presidente de Sergipe, por intervir na eleição. S. ex.ª recorda ao sr. Faro (é o nome dele) alguns serviços que lhe prestou. Entre estes figura a nomeação de tenente-coronel da Guarda Nacional, feita a instâncias de s. ex.ª; cita mais o pedido que o governo não pôde satisfazer, de um título de barão — barão de Japaratuba.

Perdoe-me s. ex.ª. Cuido que esta revelação, desvendando o segredo profissional, vai lançar a mais cruel desilusão no ânimo de todos os agraciados deste país. Eu mesmo, que não tenho nada na casaca, nem no nome, estou que não posso comigo, pela razão natural de que posso vir a ter alguma coisa. Em verdade, pelo que se passou na consciência e na imaginação do sr. Faro, pode-se calcular o que acontece nas de todos que recebem uma graça.

Na consciência:

— Faro, estás tenente-coronel. Podes crer que não há graça mais bem merecida. Se há alguma coisa que notar no ato do governo foi a demora. Estás vendo, Faro? é o prêmio da modéstia, do zelo, do amor aos princípios, e principalmente, é o reconhecimento de que possuis o ar marcial. Não negues, Faro; tu tens o ar marcial. Vai ali ao espelho. Não és Napoleão, mas ninguém que te veja pode deixar de exclamar: ou eu me engano, ou este homem acaba tenente-coronel. E estás tenente-coronel, Faro. Não duvides; relê a carta imperial. Olha o chapéu que o Graciliano te mandou da corte. Não me digas que não tens batalhão que comandar; o teu ar marcial fará crer que tens um exército. *Incessu patuit Dea*. Dea ou Faro são sinônimos.

Na imaginação:

— Foi o imperador que disse ao ministro da Justiça, em despacho: "Sr. Lafayette, não esqueça o Faro". — Que Faro? — O Faro de Sergipe. — Cá está o decreto; digne-se vossa majestade de assiná-lo. E o Imperador, assinando o decreto, ia dizendo ao ministro: — Posso afirmar-lhe, sr. Lafayette, que tenho as melhores notícias deste Faro. — Também eu, acudiu o ministro da Justiça. — Todos nós, disseram os outros. E foi um coro de elogios: cada qual notava o teu zelo, retidão e clareza de espírito, temperança dos costumes, afabilidade das maneiras, sintaxe, penteado, filosofia, etc., etc.

Tudo isso desaparece com a revelação do sr. Prado Pimentel. Não desaparece para esse somente, mas para todos os agraciados, que vão perder os aplausos da consciência e as visões da imaginação; passam a ser agraciados de um amigo, de um compadre, de um colega, que vem à corte e escreve no rol de lembranças: "arranjar para o Chico Boticário uma comenda". Lá se vai toda a teoria das graças do Estado. Não, o dr. Prado Pimentel não podia desvendar o segredo profissional.

A segunda causa do meu atordoamento foi a notícia que li, nuns versos publicados em honra de Victor Hugo, versos cheios de sentimento e vigor, entre os quais estes dois que me estromparam:

> Com suas filhas e netos,
> Levou a cruz ao Calvário.

Como se vê, foi um suplício de família; mas, ainda sendo de família, todos os suplícios são lamentáveis. E aqui a consternação foi imensa. Ver aquele grande homem, ladeado de duas moças e duas crianças, calvário acima, para lá pôr uma cruz, é ainda mais doloroso que estupendo. E para que levaria lá aquela cruz, se não tinha de morrer nela? eis aí o que me pareceu requinte da malvadez. A compensação única de levar uma cruz ao calvário é morrer nela. Deram ao pobre velho um suplício, além de coletivo, gratuito.

Já me lembrou se o novo poeta apenas quis fazer uma figura. Em tal caso, desaparece esta segunda causa de atordoamento, para só ficar um desejo íntimo, que não hesito em tornar público. O desejo é que deixemos repousar o calvário por algum tempo. Há já muito calvário em verso e em prosa. Para que trocar este dobrão de ouro em moedinhas de níquel? é reduzi-lo a comprar cigarros.

Do calvário à torre de São José é um passo. Ouçam agora a terceira causa do meu atordoamento.

Ontem, ao passar pela igreja, ouvi tocar um belo tango ou fadinho; não sei bem o que era; mas realmente era coisa patusca. Os sons vinham da torre; eram os sinos que falavam aos fiéis da paróquia. Já os tenho ouvido muitas vezes, e mais os da Lapa dos Mercadores, que também nos dão da mesma música. Em qualquer outra ocasião, iria andando o meu caminho; mas já estava atordoado, e então quase caí.

Confesso-lhes que, a princípio, fui injusto; atribuí essa mistura de piedade e troça a uma certa soma de pulhice e trivialidade que suponho existir nos nossos miolos; mas adverti que a culpa, se há culpa, deve ser toda do sineiro, que aproveita a ocasião de anunciar aos fregueses a missa da manhã para anunciar também o fandango da noite.

E realiza ao mesmo tempo o que o personagem de Boileau só podia fazer em horas separadas:

Le matin catholique et le soir idolâtre,
Il dine de l'Église et soupe du théâtre.

Tu, meu sineiro, tu ceias e jantas de uma e de outra cozinha, sem descer da torre. Os fregueses gostam, e a irmandade gosta ainda mais. Artificioso *muezzin* cristão. Ulisses do badalo! Unes assim o salmo ao *couplet*, em nome do Padre, do Filho e do Espírito Santo.

Lélio
Gazeta de Notícias, 3 de junho de 1885

Por libelo acusatório

Por libelo acusatório, dizem cinquenta cidadãos anônimos contra a polícia, e especialmente o sr. Ciro de Azevedo, delegado, e, sendo necessário,

P.P. que os autores estavam pacificamente reunidos na casa nº 130 da praça Onze de Junho, assistindo a uma briga de galos, quando o réu ali apareceu acompanhado de alguns esbirros, e dissolveu a reunião, com o pretexto de que era um espetáculo bárbaro, lançando assim um labéu a cinquenta cidadãos contribuintes e católicos; pelo que,

P.P. que o dito réu praticou um duplo atentado, perturbando o uso do direito de reunião e deslustrando a fama dos que o exerciam; e mais,

P.P. que, sendo o pensamento secreto dos autores profundamente político e patriótico, ainda mais grave se tornou o ato da autoridade, que daquele modo, além de ferir a lei e afrontar os autores, atrasou a marcha do Estado; tríplice violência que a justiça não deve nem pode deixar impune, sob pena de abalar todos os alicerces da nossa vida nacional; porquanto,

P.P. que, residindo na Inglaterra a origem do sistema parlamentar e representativo, é a ela que devem recorrer todos os Estados congêneres, quando quiserem fortificar a própria vida política; sendo aliás certo e universal, e nem pode negá-lo o réu, que a imitação dos bons é um preceito de costumes, tanto na vida do indivíduo como na dos povos; pelo que,

P.P. que, lendo os autores, um dia destes, os debates das câmaras, acharam que, a propósito da lei de forças de terra e da resolução prorrogativa do orçamento, foram discutidos alguns negócios de Sergipe, a reforma do estado servil, a dissolução da Câmara em 1884, a organização do conselho de Estado, o poder pessoal e uma professora de primeiras letras, e parecendo que esta prática não é inglesa assentaram de prover de remédio um mal tão grave; e assim,

P.P. que, não tendo assento na Câmara, e não dispondo de um jornal sequer, trataram de escolher algum remédio externo e indireto; e foi então que um deles declarou possuir um galo, e fazendo outro igual declaração, todos os demais autores, em número de quarenta e oito, bateram na testa e exclamaram que o remédio estava achado, pois que a briga de galos é prática essencialmente britânica; e ainda mais,

P.P. que, escolhendo a briga de galos, não tiveram os autores a mais remota intenção de aludir à atual briga entre o sr. Coelho e Campos, da Câmara, e o sr. barão da Estância, do Senado — alusão sem mérito, porque cada um dos combatentes está no seu poleiro; e se a alguma coisa quisessem os autores aludir, seria antes ao melhoramento trazido pelo *Diário de Notícias*, onde um articulista conservador fala ao pé de uma articulista republicano, à mesma mesa, como se estivessem em casa própria; e, sendo certo,

P.P. que, se não tiraram nenhuma comparação do conflito entre os ditos senador e deputado, não lhes caiu no chão uma palavra do discurso do primeiro destes, o citado barão da Estância, a qual palavra é que o presidente de Sergipe, apenas ali chegou, demitiu todas as autoridades da localidade de s. ex.ª, "parecendo assim que ia hostilizar o Partido Liberal e não o Conservador", palavra que, atenta à probidade e singeleza de quem a proferiu, vale por um capítulo de psicologia política; mas, sendo certo,

P.P. que citam isto de passagem, e para se defenderem de qualquer alusão menos cabida, não se demorando nisso, nem no trecho em que outro digno senador, o sr. Correia, se admira de que devam ao tesouro 17.250:902$917 de impostos, e aconselha o meio executivo para cobrá-los, como querendo s.

ex.ª acabar violentamente com um dos ofícios mais rendosos deste país, que é não pagar impostos ao Estado; e, pois,

P.P. que, começando a perder o fio das ideias, voltam aos galos e à casa nº 130 da praça Onze de Junho, onde os ditos galos brigavam, e onde o réu os foi dissolver, como se galo fosse gente para merecer tanto barulho, e como se não fosse muito melhor fazer brigar os galos do que brigarem as próprias pessoas umas com as outras, escorrendo sangue das ventas humanas, sem divertimento para ninguém, e principalmente para os sangrados; e finalmente,

P.P. que param neste ponto, a fim de não os aborrecer mais, aconselhando que, enquanto não chegam outros usos da Inglaterra, vamos fazendo uso do galo e suas campanhas. Antes o galo que nada.

Lélio
Gazeta de Notícias, 8 de junho de 1885

A RAZÃO QUE ME FAZ AMAR

A razão que me faz amar, sobre todas as coisas deste mundo, a nossa ilma. Câmara municipal é que ali a gente pode dizer o que tem no coração.

Cá fora tudo são restrições e cortesias. Um homem crê que outro é tratante e dá-lhe um abraço, e raramente um pateta morre com a persuasão de que o é. Obra das conveniências, costumes da civilização, que corrompe tudo.

Na ilustríssima é o contrário.

Tudo ali parece respirar o estado social de Rousseau, é a pura delícia da natureza em primeira mão. Não há sedas rasgadas, nem outras bugigangas e convenções.

Se nem todos observam a regra da casa, que é, logo à porta, desabotoar o colete e tirar os sapatos, não só para estar à fresca como para meter os pés nas algibeiras dos outros, é porque não se perdem facilmente os hábitos corruptos, mas basta que a regra exista, para crer que a reforma total se fará.

A última sessão (para não ir mais longe) deu-nos um desses espetáculos em que a natureza rude e ingênua vinga os seus foros. Tratava-se da limpeza do matadouro.

Ao que parece, este serviço estava a cargo de Fuão Silva, que o fazia de graça, e foi dado a outro por 400$000 mensais. Um dos vereadores pegou do ato, e começou por dizer que o presidente não tinha culpa do que fizera, visto que foi mal informado por outro vereador, e caiu em cima deste. Não esteve com uma nem duas; disse-lhe claramente que estava perseguindo o Silva, e protegendo a alguém à custa dos cofres municipais; que era um escândalo e já não era o primeiro; que o dito vereador é uma potência do matadouro, onde prefere a quem quer; que prorroga contratos sem conhecimento da causa; que protege também um certo Marinho, e muitas outras coisas, concluindo por dizer ironicamente que esperava que o outro, com a eloquência que todos lhe reconhecem, viria explicar o ato.

Tudo isso foi dito sem barulho, e respondido sem barulho. A resposta do outro foi que o novo empresário Fuão Dumas, que faz a limpeza por 400$000, dá 200$000 mensais ao primeiro, que a fazia de graça. Juro por Deus Nosso Senhor que não estou inventando. A única coisa que faço é não entender nada. Nem isso, nem a proposta com que o orador terminou, para que se faça o contrato definitivo com o dito Fuão Dumas, pagando este à Câmara 100$000 mensais, em vez de receber os 400$000. Mas, repito, tudo isto sem barulho.

Pode-se dizer, é verdade, que os pontos mais escabrosos deviam ser excluídos da ata, onde se relacionavam os serviços da Câmara, que não são poucos nem fáceis. Com efeito, a natureza é rude e franca; mas os ventos, que são os seus jornais, não transmitem tudo o que ela arranca do coração; alguma coisa morre para todo o sempre. Não; o exemplo não presta; vejamos outro.

A civilização, que não inventou o defluxo, inventou o lenço, que dissimula o defluxo, guardando no bolso os seus efeitos. Mas a pura natureza ainda está com o chamado lenço de cinco pontas, que são, Deus me perdoe, os próprios dedos que ele nos deu, e a sua regra é ir deixando os defluxos pelo caminho. Pois bem; deixe a ilustríssima Câmara o uso piegas do lenço, não guarde na algibeira os seus defluxos, mas tão-somente o suor do seu trabalho. Deite o resto ao chão.

Lélio
Gazeta de Notícias, 14 de junho de 1885

Diálogo dos astros

Dom Sol — Mercúrio, dá cá os jornais do dia.

Mercúrio — Sim, meu senhor (procurando os jornais). Sempre me admira muito como é que Vossa Claridade pode ler tantos jornais. São todos interessantes? Olhe, aqui tem o *Escorpião*.

Dom Sol — Uns mais que outros; mas ainda que não tivessem interesse nenhum, era preciso lê-los, para saber do que vai pelo Universo. Já chegou a *Via-Láctea*?

Mercúrio — Aqui está.

Dom Sol — Esta folha é das menores; tem uma circulação de trezentos bilhões de exemplares.

Mercúrio — Já não é mau! Aqui está o *Eclipse* e a *Fase*...

Dom Sol — Não são tão bons.

Mercúrio — O *Crescente*, a *Bela Estrela Canopo* e a *Revista das Constelações*. Creio que é tudo. Falta só o *Cometa*, mas, como sabe, só aparece de longe em longe; dizem até que vai fechar a porta.

Dom Sol (distraído) — *Il faut qu'une porte soit ouverte ou fermée.*
Mercúrio — Gracioso! mui gracioso!
Dom Sol (à parte) — O que eu disse não tem graça nenhuma; foi uma coisa como qualquer outra, mas ele há de rir por força. (Alto) Bem; agora deixe-me.
Mercúrio — Perdão, mas... acho aqui uma folha que nunca vi... *Diário do Brasil*. Vossa Claridade conhece-a?
Dom Sol — *Diário do Brasil*? Não.
Mercúrio — Estava aqui com as outras; são três números. Creio que é da terra.
Dom Sol — Mercúrio, tu sabes que eu da terra só leio o que diz respeito ao aspecto do céu, e isso mesmo só para saber que figura fazemos lá embaixo. *Diário do Brasil*? Tu vês que até o título é bárbaro. Leva, leva...
Mercúrio (percorrendo um número) — Contudo, há coisas interessantes... Oh! cá está o nome de Vossa Claridade; é uma carta que lhe mandam. Há de haver outras nos outros números. Cá está mais uma, mais duas.
Dom Sol — Cartas a mim? Eles que me escrevem, é que têm alguma coisa nova ou interessante na cabeça. Se assim não fosse, não me escreveriam.
Mercúrio — Exato! perfeitamente exato!
Dom Sol (à parte) — Isto que acabo de dizer é inteiramente falso; mas a mania dele é achar exato tudo o que não acha gracioso. (Alto) Mercúrio, preciso de estar só; vai ali à constelação da Grande Ursa fazer-lhe uma visita.
Mercúrio — Obedeço! (À parte) Os tais números do *Diário do Brasil* foram recebidos por mim mesmo à porta do Firmamento, para fazê-los chegar às mãos de Sua Claridade. Esperemos agora o efeito da leitura. (Sai).
Dom Sol — Vejamos as tais cartas. São três... Tratam-me com muito azedume e ainda pior. Elemento quê?... Servil. Não sei o que é. Elemento servil? Eu só conheço os antigos elementos, que eram quatro, e hoje andam às dúzias. Diz aqui que eu, se mergulhar numa pipa de azeite não saio incólume; mas é que eu não mergulho. Para que diabo havia de mergulhar numa pipa de azeite? Confesso que não entendo. (Depois de algum tempo) Aqui parece que se me exorta a não esquecer um inolvidável dever, e não acho isto bom, porque o dever é coisa tão árdua, que, ainda sendo inolvidável, pode ser olvidável. Provavelmente a palavra está na moda; lá que é bonita, é. Inolvidável! Já me disseram que naquele país certas palavras são como o feitio do fraque, aparece um com um feitio novo, todos pegam do feitio, até abandalhá-lo; depois vem outro. Houve o feitio *imaculado*, depois veio o feitio *incomparável*, depois o feitio *nítido*, agora é o *inolvidável*. (Pausa) Começo a ficar aborrecido. Mercúrio!
Mercúrio — Pronto!
Dom Sol — Já tinhas saído?
Mercúrio — Já, sim, Senhor; estava ali a cinco mil quilômetros, quando Vossa Claridade se dignou chamar-me.
Dom Sol — Mercúrio, eu não entendo estas cartas. Dizem-me coisas de que não sei absolutamente nada. Eu não mandei ninguém soprar coisa

nenhuma no seio da Representação Nacional. Não sei mesmo onde é que ela fica. É alguma constelação nova?

Mercúrio — Saberá Vossa Claridade que, metaforicamente, pode chamar-se uma constelação, mas não o é, no natural sentido.

Dom Sol — Então o que é?

Mercúrio — Com sua licença, é a assembleia das pessoas que o povo escolhe para tratar dos seus negócios, fazer as leis, votar os impostos. Compõe-se de uma maioria e uma minoria.

Dom Sol — Mas então este pedaço de carta alude à lua, que também se divide em minguante e crescente...

Mercúrio — Gracioso! Mui gracioso!

Dom Sol (à parte) — É insuportável! Os senhores são testemunhas de que eu disse aquilo somente para matar o tempo, mas o diabo acha gracioso tudo o que não acha exato. (Alto) Mercúrio, estas cartas provavelmente são para o imperador daquele país. Chamam-lhe sol, como a Luís XIV, mas é pura sinonímia, não tem nada comigo.

Mercúrio — E o mais é, que bem pode ser assim. Pois agora direi a Vossa Claridade, que eu mesmo é que as recebi à porta, com recomendação de as entregar em mão. E o que foi; enganaram-se com o nome.

Dom Sol — Manda-as ao imperador, que naturalmente terá recebido muitas outras. Sabes se ele guarda-as todas?

Mercúrio — Não, meu senhor, não sei.

Dom Sol — Eu, no caso dele, só guardava as que tivessem estilo. Olha, Mercúrio, os arrufos passam, mas o estilo fica. (À parte) Entendam lá este paspalhão: agora que eu disse uma coisa melhorzinha, é que ele se deixa estar calado.

Lélio
Gazeta de Notícias, 20 de junho de 1885

Custódio e Cristo Júnior!

Custódio e Cristo Júnior! Tais são os nomes de duas interessantes criaturas, cujos feitos andam nas folhas públicas e nos anais judiciários. Podia dizer isso em palavras menos graves, mas então descairia do assunto, que é gravíssimo, e das pessoas e dos nomes.

Vejamos o que fez Custódio; depois vejamos o que fez Cristo Júnior.

Custódio (subentende-se anjo Custódio) não fez absolutamente nada. Foi Deus que matou as reses, ou então foi algum perverso que as envenenou. O certo é que elas apareceram ervadas e mortas, na chácara Castanheiro, que o leitor da corte não conhece, nem eu, porque fica em Sorocaba. Custódio o que fez, foi pegar das reses, cortá-las, salgá-las e vendê-las.

Daí alvoroço, pesquisa e interrogatório. Custódio confessa nobremente o que fez e o que não fez. O que fez foi, como digo, cortar e salgar as reses; mas nem foi ele que as matou, nem (atenção!) as vendeu para Sorocaba, mas para fora, para longe, para onde nenhum sorocabano lhes metesse o dente.

Trago isto à coleção, como dizia o outro, para perguntar ao leitor como é que procederia, se tivesse de julgar este homem. Ele é verdade que ia vender as reses envenenadas, que receberia por elas um cobrinho, compraria um burro, talvez dois, talvez três burros, viria à corte, ao teatro, para rir um pouco, mas é certo que não as ia vender em Sorocaba. *Une nuance, quoi!* Ia vendê-las alhures, na Limeira, em São José dos Campos, longe dos olhos, longe do coração. Se há uma virtude universal e outra nacional, por que não há de haver uma virtude municipal? Verdade em Sorocaba, erro na Limeira. Para os ventres da Limeira, Custódio é execrando; para os de Sorocaba, é angélico, verdadeiro Custódio, Custódio sem mais nada.

Cristo Júnior não fez a mesma coisa, mas não é menos sutil o problema que oferece, nem menos nobre o seu impulso. Não se trata de um martírio, como se pode crer pelo nome; não morreu nem morrerá na cruz. Entretanto, o nome de Cristo Júnior parece estar aqui para distingui-lo do outro Cristo, que é o Sênior. Chamamos-lhe simplesmente Júnior.

Júnior parece que falsificava uns bilhetes de loteria, e entrou a vendê-los. Aparentemente, é um crime; mas se atentarmos bem, veremos que é, pelo menos, meia virtude.

Convém notar que Júnior pode ter cedido a uma tal ou qual comichão interior. Santo Antônio teve igual prurido, e resistiu, donde lhe veio a canonização; Júnior não resistiu. Comendo-lhe o caráter, não pôde deixar de meter-lhe as unhas e coçá-lo até fartar a epiderme. Em termos lisos, Júnior teve cócegas de falsificar alguma coisa neste mundo, fosse o que fosse, à escolha, virtude ou vício; e escolheu o vício.

Podia imitar uma nota de duzentos mil-réis (bela e rara virtude!) mas preferiu os dez tostões da loteria, e fez uma imitação tão perfeita, que ia dando com os burros (do vizinho) n'água. O pior que podia acontecer à gente, era ficar com os bilhetes brancos na mão; mas nem seria a primeira vez nem a última.

— Compre este número! Olhe esta loteria, que tem um bonito plano! — clamam os rapazes na rua do Ouvidor, esquina do beco das Cancelas, quando metem à cara da gente os seus bilhetes.

Júnior tinha um plano muito superior, que era ficar do mesmo modo com os cobres, e deixar nas mãos da gente a sombra de uma sombra. Mas como era o vício de um vício, podemos contá-lo por meia virtude.

Meia virtude ou virtude municipal, é a virtude posta ao alcance de todas as bolsas. Custódio ou Júnior, ou qualquer outro nome, que eu de nomes não curo, como dizia o Garrett, que Deus tenha por lá muitos anos sem mim.

Lélio
Gazeta de Notícias, 26 de junho de 1885

Não concordo absolutamente

Não concordo absolutamente com a censura feita ontem pelo *Jornal do Commercio* aos nossos costumes parlamentares, e não concordo por três razões tão grandes, que não sei qual delas é maior. A censura, como todos leram, teve por objeto a demora na discussão da proposta da emissão de vinte e cinco mil contos, que foi apresentada a 25 de maio, e só agora chegou ao Senado.

A primeira razão, por mais que a achem má, é sólida e legítima. Há folgas extraordinárias na Câmara, dias de repouso, dias de chuva, e todo o sábado vale domingo. É isto novo? Abra o *Jornal do Commercio*, o livro dos *Anais*; veja a sessão de 25 de agosto de 1841, e leia um discurso que lá vem do finado Otoni (Teófilo).

Não é preciso lembrar que 1841 valia para nós uma segunda virgindade política. Acabava-se de declarar a Maioridade, parecia que o Parlamento ia ser o beijinho da gente. Entretanto, Otoni declarou a 25 de agosto de 1841 que muitos deputados da maioria gostavam de ficar nas suas chácaras, divertindo-se. "Outros (exclama ele) querem ir patuscar à Praia Grande!" E mais adiante afirma que é comum suceder não haver casa só porque chove um pouco. O melhor é transcrever este trecho por inteiro:

> V. ex.ª sabe que eu não tenho medo do mau tempo (concluiu Otoni), que, qualquer que ele seja, apresento-me na casa, e às vezes deixo de entrar, porque me revolta ver que, tendo eu vindo com o meu guarda-chuva debaixo d'água, muitos senhores se deixam ficar em casa; de modo que às vezes deixa de haver casa porque chuvisca um pouco.

Lealmente, que culpa pode ter a geração de hoje de um costume tão velho? Ou querem negar as leis do atavismo? Note-se até uma circunstância, que, por ser grave, deve pesar no nosso juízo acerca dos contemporâneos. O discurso de Otoni era a propósito da ata de 24, dia santo então, no qual a Câmara resolveu trabalhar. Resolveu na véspera, e não se reuniu; e, segundo o cônego Marinho, que falou depois de Antônio Carlos, os que não compareceram foram justamente os que votaram que se trabalhasse. Não posso dizer se isto foi assim mesmo, porque, a despeito das calúnias de um tal Lulu Sênior, ainda não era nascido; mas o meu amigo João Velhinho, cuja memória conserva a mesma frescura de outros tempos, jura que estava lá, e que o cônego Marinho tinha razão; lembra-se como se fosse hoje.

A segunda razão que me faz recusar a censura é que, em geral, as discussões de tais propostas são a ocasião mais apropriada para tratar de tudo, e que não se pode tratar de tudo como um gato passa por brasas. Ou seja um assunto qualquer, pequeno, local, indiferente, ou seja uma dessas belas teorias, amplas, vagas, assopradas, tudo leva tempo e, se além de tudo, ainda se há de falar da própria matéria da proposta, é claro que não se pode gastar menos de um mês ou mais.

A terceira razão (e isto responde a qualquer objeção que me façam com a Câmara dos comuns ou outras), a terceira razão é que se dá com os governos o que se dá com outros produtos naturais: o meio os modifica e altera. Lá nas outras câmaras pode ser que as coisas marchem de diverso modo. Mas segue-se que, por termos a mesma forma externa, devamos ter o mesmo espírito interior? Seria cruel exigi-lo. Seria admitir que o cabeleireiro faz o dândi. Maria Cristina dizia uma vez ao famoso Espartero: — Fiz-te duque; nunca te pude fazer fidalgo.

E agora reparo que essa última razão ainda me dá outra, uma quarta razão, não menos esticada dos colarinhos. Assim como um governo sem equidade só se pode manter em um povo igualmente sem equidade (segundo um mestre), assim também um Parlamento remisso só pode medrar em sociedade remissa. Não vamos crer que todos nós, exceto os legisladores, fazemos tudo a tempo. Que diria o sol, que nos deu a rede e o fatalismo?

Lélio
Gazeta de Notícias, 1º de julho de 1885

O QUE É POLÍTICA?

O que é política? Aqui há anos, creio que por 1849, lembrou-se alguém de propor uma questão em um jornal. A questão era saber o que é honra. Em vez, porém, de escrever deveras aos outros, coligir as respostas e publicá-las, engendrou as respostas no escritório, e deu-as à lume.

Compreende-se que isso se fizesse em 1849. Naquele tempo fazia-se a eleição a bico de pena. Mas, depois da lei de 1880, não há meio de recorrer a outra coisa que não seja o sufrágio direto.

Foi o que fiz em relação à política. Peguei de tudo o que sabia nesta matéria (e não valia dois caracóis), arranjei um embrulho e mandei deitá-lo à praia. Depois escrevi uma carta aos meus concidadãos, pedindo-lhes que me dissessem francamente o que consideravam que fosse política, e dispensando-os de citar Aristóteles nem Maquiavelli, Spencer nem Comte, não só porque apenas se devem citar os devedores remissos (e Deus sabe se aqueles quatro são credores de meio mundo!), como porque os referidos autores são estranhos completamente ao

Tirolito que bate, bate,
Tirolito que já bateu.

Relativamente a este *Tirolito*, disse-lhes que era uma cantiga, e que as cantigas, ao contrário do que queria o nosso Álvares de Azevedo, fazem adiantar o mundo. *Ils chantent, ils payront*, dizia não sei que profundo político francês; e o nosso maestro Ferrari, original como um bom italiano, emendou a máxima, e aplicou-a aos nossos dias: *Nous chanterons, ils payeront*. Um e outro são muito superiores aos mestres apontados.

Não tardou que o correio começasse a entregar-me as respostas; e, como eu não pagava o porte, reconheci que há neste mundo uma infinidade de filhos de Deus, ou do diabo que os carregue, que estão à espreita de um simples pretexto para comunicar as suas ideias, ainda à custa dos vinténs magros.

Não publico todas as definições recebidas, porque a vida é curta, *vita brevis*. Faço, porém, uma escolha rigorosa, e dou algumas das principais, antes de contar o que me aconteceu neste inquérito, e foi o que se há de ver adiante, se Deus não mandar o contrário.

Uma das cartas dizia simplesmente que a política é tirar o chapéu às pessoas mais velhas. Outra afirmava que a política é a obrigação de não meter o dedo no nariz. Outra, que é, estando à mesa, não enxugar os beiços no guardanapo da vizinha, nem na ponta da toalha. Um secretário de clube dançante jura que a política é dar excelência às moças, e não lhes pôr alcunhas quando elas já têm para esta. Segundo um morador da Tijuca, a política é agradecer com um sorriso animador ao amigo que nos paga a passagem.

Muitas cartas são tão longas e difusas, que quase se não pode extratar nada. Citarei dessas a de um barbeiro, que define a política como a arte de lhe pagarem as barbas, e a de um boticário para quem a verdadeira política é não comprar nada na botica da esquina.

Um sectário de Comte (viver às claras) afirma que a política é berrar nos bondes, quer se trate dos negócios da gente, quer dos estranhos.

Não entendi algumas cartas. A letra de outras é ilegível. Outras repetem-se. Cinco ou seis dão como suas, opiniões achadas nos livros. Uma dama gamenha escreve-me, dizendo que a política é praticar com os olhos o que está no Evangelho de São Mateus, cap. VII, verso 7: "batei e abrir-se-vos-á".

Note-se que, em todo esse montão de cartas, não há uma só de deputado ou senador, e contudo escrevi a todos eles pedindo uma definição.

Minto; o sr. Zama deu-me anteontem uma resposta, embora indiretamente. S. ex.ª disse na Câmara que quer a abolição imediata, mas aceitou o projeto passado e aceita este, pela regra de Terêncio: quando não se pode obter o que se quer, é necessário que se queira aquilo que se pode. Regra que me faz lembrar textualmente aquela outra de Thomas Corneille:

Quand on n'a pas ce me l'on aime.
Il faut aimer ce que l'on a.

Terêncio ou Corneille, tudo vem dar neste velho adágio, que diz que quem não tem cão, caça com gato. É oportunismo, confesso; mas prefiro-lhe o aparte de um deputado, no discurso do sr. Rodrigues Alves, quando este tachava um presidente de interventor, não porque recomendasse candidatos, mas porque fez favores a amigos destes. "Queria que os fizesse aos amigos de

v. ex.ª?" perguntou um colega. Tal qual a política do boticário: não comprar na botica da esquina.

Lélio
Gazeta de Notícias, 8 de julho de 1885

Não acabo de entender
a raiva de João Tesourinha

Não acabo de entender a raiva de João Tesourinha contra o pianista e o piano da esquina fronteira.

> *Tudo dança: só Marília*
> *Desta lei da natureza*
> *Queria ter isenção?*

Em primeiro lugar, não há botequim que se respeite, que não tenha hoje um piano e um pianista para consolar os fregueses. Não há rua digna deste nome, que não possua uma ou duas sociedades de música, e ensaio todas as noites, ou seis vezes por semana, sem contar os domingos. Há cem clubes coreográficos. Hoje mesmo, para não ir mais longe, dança-se e toca-se em diferentes sociedades, sendo que o baile dos Progressistas da Cidade Nova, segundo o seu gracioso anúncio, é refrigerante e estomacal.

João Tesourinha, em relação aos bailes, tem o recurso de lá não ir, porque a entrada em todos é o recibo do mês, e o meu colega não é sócio. Uns chamam-lhe *calunga*, outros *espantabilontra:* tudo isso exprimindo quer dizer o recibo do mês anterior, para evitar que os amigos se divirtam sem pagar. Quanto, porém, aos pianos e filarmônicas, ouça-os João Tesourinha, como eu os ouço, como os ouvirão os nossos sobrinhos, pois que a vocação pública é a polca.

Olhe, agora mesmo houve uma revolução na Conceição de Macabu, freguesia do município de Campos, e fez-se a revolução a poder de música. O vigário daquela freguesia é o padre Antônio Chiaromonte. Quem é o padre Antônio Chiaromonte? É o vigário daquela freguesia. Não sei outra coisa do padre, nem do vigário; mas este homem não é homem, é um princípio, como ides ver.

A população da paróquia estava dividida em dois partidos irreconciliáveis: um que queria que a provisão do vigário fosse renovada, outro que não. Quando um princípio separa os homens, e as paixões acendem-se, dá-se uma consequência que recebe um destes dois nomes, segundo o ponto de vista em que o narrador se coloca: tragédia ou sarrabulho. Foi o que ali se deu, em circunstâncias que merecem ser confiadas à memória dos séculos.

Chiaromonte, como simples vigário, podia sacrificar-se à paz pública; mas Chiaromonte é um princípio, e a natureza dos princípios é a inflexibilidade e a imutabilidade. Chiaromonte ficou. Minto; Chiaromonte não ficou, retirou-se para a Barra de São João, à espera que a provisão lhe chegasse. Chegada a provisão, meteu-a no bolso e voltou para a Conceição de Macabu.

Agora tu, Calíope, me ensina o que é que aconteceu depois que este princípio novamente provisionado por um ano, voltou às fronteiras da paróquia.

Os seus partidários ergueram-se como um só homem para recebê-lo, precedidos da fama e de uma banda de música, não menos imortal que os princípios, e a verdadeira figura risonha dessas solenidades. Chiaromonte entrou assim na freguesia, não sei se bailando como o rei David, diante da arca, mas bailando-lhe a alma com certeza. Entrou na igreja, disse missa, que os seus partidários ouviram, e foi dali para casa acompanhado por eles e pela banda.

Até aí tudo andou bem. Mas, ou fosse da música, ou de outra coisa, não se contentaram os vencedores com a manifestação. Saíram dali a arruar um pouco, música à frente, e passaram pela porta de um partidário adverso, Nepomuceno chamado, que ali estava com a senhora. Então pediram-lhe o menos que um vencedor pede nestes lances: que desse vivas ao vigário. Nepomuceno recusou. Um dos vencedores, Mesquita, pegou de uma garrucha de dois tiros e apontou-a ao peito de Nepomuceno; era o menos que podia fazer. A música tocava um dobrado.

Foi nesse momento que a natureza fez ouvir um grito sublime e consolador. A esposa de Nepomuceno, ao ver a arma apontada ao marido, bradou que antes a matassem. Mesquita hesitou um pouco, mas um tal Serpa emendou a mão ao Mesquita, pegando da garrucha e desfechando um tiro no peito da senhora. O marido recebeu o segundo tiro.

Vejo daqui o nariz do leitor um pouco atônito. Não leu provavelmente a notícia, e está pasmado com um tal desfecho: é o castigo dos narizes descuidados. Eu, no seu caso, espirrava; não conheço outro modo de botar fora o espanto.

Compreendem agora a vantagem da banda de música? Dados os tiros, a manifestação recompôs a ordem anterior, e foi andando ao som do ofeleide, cujas notas, unindo-se de longe ao grito das vítimas, parece que formavam a mais deleitosa coisa deste mundo.

Os que acharem que a consequência parece maior que a causa, devem advertir (e apelo para todos os partidos), que não basta, na vitória, mostrar a força dos princípios; é preciso mostrar também a força dos pastéis. Foi o que aconteceu em Conceição de Macabu. É o que pode acontecer na freguesia da Glória, onde dizem que já há um partido Honorato e outro anti-Honorato. Para evitar o conflito quando se renovar a provisão não vejo outro recurso senão acabar com todas as filarmônicas do bairro.

Sem banda de música, o entusiasmo perde cinquenta por cento, e os vencedores, se quiserem mostrar a força dos pastéis, hão de fazê-lo com pastéis de verdade, coisa muito mais superfina. Pastéis e Xerez! é menos trágico e menos grotesco, e pesa menos no estômago, que uma bala, ainda que esta seja de estalo e do

Lélio
Gazeta de Notícias, 12 de julho de 1885

Conheço um homem

Conheço um homem que, além de acudir ao doce nome de Guedes, acaba de receber um profundo golpe moral, desfechado pelo sr. visconde de Santa Cruz.

Ponha o leitor o caso em si. Há trinta anos, ou quase, que o Guedes espreita um trimestre de popularidade, um bimestre, um mestre que fosse, para falar a própria linguagem dele. Ultimamente, já se contentava com uma semana, um dia, e até uma hora, uma só hora de popularidade, de andar falado por salas e esquinas.

Não se imagina o que esse diabo tem feito para ser popular. Deixo de lado 1863, por ocasião da Questão Christie, em que ele propôs-se a ir arrancar as armas da legação inglesa. Só achou cinco imprudentes que o acompanharam; e, ainda assim, saiu com eles da rua do Ouvidor, a pé. No largo da Lapa achou-se com quatro; na Glória, com três, no largo do Valdetaro, com dois, e no do Machado com um, que o convidou a voltar para a rua do Ouvidor.

Mais tarde, vendo passar o coche triunfal do Rio Branco, por ocasião da lei de 28 de setembro, compreendeu que era um bom veículo de molas, vistoso, e atirou-se à traseira; mas já lá achou outros, que o puseram fora a pontapés, e o meu pobre Guedes teve de voltar à obscuridade.

Tentou outras coisas. Tentou uma orchata higiênica, uma loteria de crianças, uma polca, uma rua e uma casa de fazendas baratas. Falhou tudo. A polca dançou-se muito, mas ninguém lhe decorou o nome. A rua, rua João Guedes, trouxe-lhe um singular destempero. Um dia, sendo apresentado a uma família, disseram-lhe todos com ingenuidade: "Ah! o senhor tomou o nome daquela rua em que morou um primo nosso!"

Afinal, deitou os olhos para o fechamento das portas; e o leitor não é capaz de adivinhar quando foi que a atenção se lhe volveu para ali. Foi por ocasião da morte de Ester de Carvalho. Entre os artigos fúnebres que então apareceram, um houve em que se convidava os esteristas a lançarem mão do movimento produzido pela morte da distinta atriz para alcançar o fechamento das portas. O Guedes refletiu: estava achada a popularidade.

A questão era pertencer à Câmara municipal; e o meu amigo fez tudo o que pôde para isso. Sempre derrotado e sempre resoluto, esperava ali meter o pé, um dia, quando o sr. visconde de Santa Cruz propôs, e os seus colegas aprovaram, que as portas se fechem aos domingos e dias santos. Foi o mesmo que arrancarem-lhe o bocado da boca.

Agora, se realmente quer popularidade, abra mão de planos complicados; limite-se a fazer anunciar, por meio de alusões engenhosas, que é o Guedes, o célebre Guedes, que é esclarecido, e varie os termos, passe de esclarecido a ilustrado, e de ilustrado a eminente, e acrescente que é bonito, *ce qui ne gâtrien*. O leitor não acredita, nos primeiros quinze dias; no fim de vinte fica um tanto perplexo; passados trinta, pergunta se realmente não se enganou; ao cabo de cinquenta, jura que se enganou, que é o Guedes, o verdadeiro Guedes. Três meses depois, mata a quem lhe disser o contrário.

Faça isto, meu amigo; é o segredo do mulungu composto e da salsaparrilha, tanto da de Bristol como da de Sands. Esperar cadeira de vereador é muito demorado. E depois, as ideias são tão poucas — digo os motivos de popularidade — que, quando a gente está pensando em plantar uma, já outro está colhendo os frutos da que plantou também; e a gente não tem remédio senão recorrer à única cultura em que não há concorrência de boa vontade, que é plantar batatas. É a ocupação atual de todos os Guedes.

Lélio
Gazeta de Notícias, 19 de julho de 1885

Venha de lá esse abraço

Venha de lá esse abraço; trago-lhes um divertimento para passarem as noites.

Nem todos terão treze mil-réis para dar por uma cadeira do Teatro Lírico. Eu tenho cinco; faltam-me oito. Podia ir ao Teatro de São Pedro, onde a cadeira custa menos; mas eu só entendo italiano cantado, e a Duse-Checchi não canta. Fui lá algumas vezes levado pelo que ouvia dizer dela e da companhia; fui, gostei muito do diabo da mulher, fingi que rasgava as luvas de entusiasmo, para dar a entender que sabia daquilo; nos lugares engraçados ria que me escangalhava, muito mais do que se fosse em português; mas, repito, italiano por música.

Nos outros teatros dizem-me que só há peças, ou muito tristes, ou demasiado alegres. Ora, eu não sou alegre, mas também não sou triste. Meu avô, que era carneiro de Panúrgio, não passava de sorumbático. Ir ao teatro para cair num daqueles dois extremos, e adoecer, não posso.

Pode-se, é verdade, ler os jornais à noite, e assim matar o tempo. Mas como deixar resfriar notícias importantes? Vá que o façamos nos dias em que eles, para acudir aos cochilos da Agência Havas, transcrevem da *Nación*, de Buenos Aires, notícias telegráficas da vida política e internacional do mundo; mas como fazê-lo, quando, ainda há dias, a mesma agência nos comunicou este caso grave: "Adelina Patti ganhou o processo de divórcio contra o seu marido, o marquês de Caux".

Façam-me o favor de dizer com que cara ficaria um homem que se respeita, andando pela rua, e ouvindo perguntar a todos se sabiam do grande sucesso, do sucesso indescritível e incomensurável, o sucesso dos sucessos: Adelina e Caux estão judicialmente separados. — Não me diga isto! — É o que lhe digo: estão separados.

Tudo isto me levou a propor um divertimento barato para as famílias honestas e econômicas, um jogo de prendas. Não se riam: o jogo de prendas já foi o nosso teatro lírico.

Joga-se com qualquer número de pessoas, mas nunca menos de dez. Podem ser vinte, trinta, quarenta, e quanto mais melhor. Cada pessoa escolhe um personagem. Um é o vigário, outro o sacristão, outro o sineiro, outro o moleque do vigário, outro o coadjutor, outro o barbeiro, e etc. Chama-se o *roubo do consulado*. Joga-se completamente às escuras.

O diretor do jogo coloca-se no meio da sala, e conta que, tendo desaparecido as sobrepelizes da igreja, é provável que estejam na casa da costureira do vigário. Acode a costureira:

— Mentes tu!
— Onde estavas tu?
— Estava em casa do sineiro.

Acode o sineiro:

— Mentes tu!
— Onde estavas tu?
— Em casa do sacristão.

Contesta o sacristão:

— Mentes tu!
— Onde estavas tu?
— Estava em casa do coadjutor.

E assim por diante até correr a roda toda. Acabada a roda, volta-se ao princípio, e repete-se a mesma coisa com os mesmos personagens, até dez e meia ou onze horas, que é boa hora de cear e dormir.

Há uma particularidade neste jogo: é que ninguém paga prenda. Dei-lhe o nome de jogo de prendas tão-somente para definir um divertimento de família. Ninguém paga nada. Quando acontece que algum dos personagens não responde à citação, a obrigação do outro é repetir o nome, até que ele responda. Uma vez respondido, passa-se adiante.

Escusado é dizer que as sobrepelizes não aparecem nunca; são apenas uma convenção.

Por ser que lhe mude o nome; dizem-me que *inquérito* é melhor que *roubo do consulado*, justamente por não se falar em consulado; mas confesso que pus este disparate do nome para lhe dar alguma graça.

Qualquer que seja o nome, cuido que ficará popular nestas noites úmidas e aborrecidas. Tem a vantagem de não cansar. Faz-se uma noite, repete-se na noite seguinte, sem fatigar absolutamente nada: é muito superior ao da berlinda, e não obriga ninguém a ir para ela.

Lélio
Gazeta de Notícias, 26 de julho de 1885

O NOSSO VELHO SESTRO DE DAR ÀS COISAS NOMES MAIORES QUE ELAS

O nosso velho sestro de dar às coisas nomes maiores que elas, fez-me passar por uma dos diabos.

É o caso, que eu lia os jornais, muito sossegado da minha vida, quando dei com esta frase, de uma carta de Sergipe: "Estamos em pleno domínio de terror". Não quis ler mais nada. Os cabelos ficaram-me em pé. Mísero Sergipe! terror! Robespierre! guilhotina! lei dos suspeitos! Ah! não! nunca! Há de haver um brasileiro que...

Mandei aprontar o carro. Toda a gente sabe que não tenho carro; mas a consternação alucinou-me. A mesma consternação vestiu-me em menos tempo do que é preciso para escrevê-lo. Chegou o carro, entrei, mandei tocar para a casa do ministro do Império.

— Onde mora?

— Cocheiro do inferno, não me perguntes onde mora o ministro do Império. Leva-me; trata-se da humanidade! Leva-me à casa do ministro, ou eu faço-te saltar os miolos com esta pistola!

O carro voou. As patas dos cavalos iam ferindo fogo, enquanto eu, sacolejado dentro, meditava nos excessos da política. Mísero Sergipe! detestável terror! Cá de longe ia vendo e ouvindo tudo, as prisões atulhadas de suspeitos, a forca trabalhando, processo sumário, execução sumaríssima, zás, trás, nó cego. E os brados da multidão? Ouvi-os todos, ouvi distintamente a cantiga com que ela ia acompanhando os padecentes ao suplício. Não era o famoso:

Çá, ira, çá ira, çá ira,
Les aristocrates à la lanterne

era a nossa popular cantiga, e porventura mais feroz pelo sarcasmo:

Onde vai seu Pereira de Morais
Se você vai, não volta mais.

Tudo isso vi, ouvi, com os cabelos em pé, e o coração do tamanho de uma pulga. Cocheiro dos diabos, põe um raio nesses cavalos! eia! tens cem, duzentos, trezentos mil-réis de gratificação! Mas vamos! anda! voa!

E por mais que o carro voasse, parecia-me que não saía do mesmo ponto, e até que andava para trás. Completamente desvairado, ergo-me, engatilho a pistola e disparo-a no cocheiro. Ouço um grito e volto a mim. Achei-me entre dois vizinhos, na minha própria sala. Tinha o dedo apontado a um deles: era a pistola do delírio. Deram-me água, perguntaram-me se estava melhor, disseram-me que sossegasse, que não era nada, que era fraqueza... Fraqueza do povo! bradei indignado.

Depois, já tranquilo, acabei de ler a carta. Vi então que tinha havido em Sergipe duas demissões, uma remoção e uma reintegração: era o Terror. Respirei duas e três vezes. Tornei a ler, consultando os dicionários, para ver se aquelas palavras não teriam algum outro sentido mais cru, e não achei nada. Continuei a respirar.

Nada disso, porém, me teria acontecido se, em vez de falar no pleno domínio do Terror, a carta dissesse apenas que se estavam tomando algumas vingançazinhas por questiúnculas de nada. Era o termo próprio, ajustado, e não menos interessante; era o nome verdadeiro da coisa.

Conto isto, não pelo gosto de divulgar as anedotas de casa, mas somente para pedir que não me preguem sustos iguais. Estou pronto para tudo. Vá lá que um homem distinto seja ilustre, uma bonita obra deslumbrante, um coxo paralítico, o morro da Providência um Himalaia. Eu aceito tudo o que quiserem. Esgotemos os dicionários, para o bem e para o mal, não admitamos meio-termo entre Corneille e Prudhon.

Mas, pelo amor de Deus, não me ponham o Terror em trocos miúdos. Robespierre, apesar de morto, é ainda um tutu muito aproveitável. Se lhe desconcertamos o esqueleto, e fazemos das tíbias umas vaquetas de tambor, reduzimos aquilo a uma caçoada. Desçamos das nuvens; mandemos para os algibebes da rua da Carioca esse velho par de óculos castelhanos, que nos mudam o aspecto de todas as coisas. Não estejamos a ver gigantes por toda a parte. *Mire vuestra merced, que no son gigantes sino molinos de viento.*

Lélio
Gazeta de Notícias, 1º de agosto de 1885

Permita o Rio de Janeiro
que lhe chame paxá

Permita o Rio de Janeiro que lhe chame paxá. É um nome como qualquer outro; mas no caso especial em que nos achamos é o que melhor assenta: lembra uns versos célebres de Victor Hugo.

Qu'a-t-il donc le pachà? Acho-o preocupado. Não é certamente com o sr. padre Olímpio Campos, que aceitou o desafio do sr. José Mariano, e venceu-o ontem, em plena Câmara; porquanto, o distinto deputado de Pernambuco tirou de dentro de um imposto inconstitucional nada menos que a reforma das eleições, o trabalho livre, Jorge III, Nestor, o Senado, o poder pessoal, e o próprio imposto com grande espanto dele e meu; mas o ilustrado deputado de Sergipe fez mais.

— Estão vendo isto que aqui tenho na mão? — disse ele à Câmara.

— É uma ajuda de custo paga pelo presidente de Sergipe a um deputado; trago-a aqui para saber se o governo sanciona o ato daquele administrador. Agora, enquanto estou com a mão na massa, quero mostrar-lhe o que esta ajuda de custo tem na barriga.

E abrindo delicadamente o ventre do animal, tirou de lá, em primeiro lugar o seu procedimento acerca do projeto Saraiva, depois a opinião da Igreja, e finalmente a história da escravidão desde os mais remotos séculos até sexta-feira passada.

Qu'a donc le doux sultan? Não me parece que seja a declaração do sr. Castro Lopes, relativamente a Moisés. O nosso eminente latinista, analisando o Gênesis, assevera que Moisés nada soube do verdadeiro dilúvio, e ouviu cantar o galo sem saber onde, e isto por não ter conhecimento de geologia e física, nem a menor noção da evaporação atmosférica.

É certo que Moisés não conhecia a evaporação atmosférica; mas, em compensação, não conhecia a pólvora, nem a fotografia, nem a encadernação inglesa, nem a arte dentária, ignorava absolutamente a hidrografia, a dosimetria, a coreografia, o positivismo, o oportunismo, o naturalismo, a acústica, o formicida Capanema, e uma infinidade de coisas, que nunca lhe passaram pela cabeça, ou por elas serem mais modernas que ele, ou por ele ser mais antigo que elas: talvez por ambas as razões.

Qu'a-t-il l'ombre d'Allah? Não acabo de acertar com a causa de tamanha preocupação. Receará ele que o exemplo do *17º Distrito*, folha de Minas Gerais, pegue em todo o Império?

Essa folha noticiou a recepção que teve ali o sr. conselheiro Mata Machado. Chegando o viajante a São Gonçalo, recolheu-se à casa de um amigo, onde ia passar a noite. Trocaram-se vários discursos; e depois de todos, ainda dois, que a folha menciona nestes termos: "Falaram também no mesmo sentido o sr. Joaquim José Pedro Lessa, que acabava de chegar, e o dr. Álvaro da Mata Machado, *saudando a este*".

Compreende-se que o saudado é o conselheiro. O escritor não fez mais do que aproveitar a identidade dos apelidos para poupar algumas palavras. Não digo que isto seja invenção do *17º Distrito*. Já há muitos anos, um francês parcimonioso, dizia a um amigo: *Venez de bonne heure; le mien est de vous voir*. Não creio, porém, que haja motivo para recear que, de economia em economia, os jornais cheguem ao extremo de falar por gestos.

Que será então que preocupa tanto ao paxá? Que é que lhe ensombra a fronte? Não é a história do sr. padre Olímpio, não é a ignorância de Moisés, não é o estilo econômico do *17º Distrito*, não é também a reforma servil,

nem o estado da Fazenda, que diabo será que o faz sorumbático e tonto? Coisas de paxá: perdeu o tenor Tamagno.
Son tigre de Nubie est mort.

Lélio
Gazeta de Notícias, 10 de agosto de 1885

Enquanto se não organiza outro Ministério

Enquanto se não organiza outro Ministério, deixem-me dizer o que me aconteceu, quando li a declaração de voto do sr. Amaro Bezerra.

Principalmente, fiquei com os cabelos em pé. Quando li que há "um divórcio pleno entre a política e a moral"; que há "a mais lamentável e perigosa decadência dos espíritos, dos caracteres, das instituições, que assinala as vésperas de um desmoronamento ou dissolução geral, de um grande cataclismo"; que depois disto virá "alguma dominação caricata, perniciosa e repugnante"; e finalmente que só poderemos então "reconquistar a liberdade, à custa de movimentos sanguinolentos"; quando li tudo isso, repito que fiquei com os cabelos em pé, e tive duas razões para tanto.

A primeira é que não sou careca; a segunda é a que vou confiar à história do meu país.

Eu, por mais que me quebrem a cabeça com palavras, creio nas palavras. As paixões políticas podem causar muito desabafo no calor da discussão; mas não é o caso da declaração daquele voto, ato escrito, pensado e determinado.

Naturalmente, imaginei que a mesma impressão tivessem recebido os meus concidadãos; e como não era bonito consternar-me sozinho, em casa, saí para a rua, a fim de consternar-me com eles.

Saí, fui ao que me pareceu mais conspícuo, e perguntei-lhe se não estava consternado.

— Seguramente!

— Parece-lhe então?

— Que a égua *Icária* não tem a filiação que lhe querem dar. Pode lá ser possível? Conhece o garanhão? Não conhece... Estive na última sessão do Jockey Club; vi os documentos, as tais provas, ouvi os discursos, uma pouca vergonha!

— Perdão, falo-lhe de um desmoronamento social...

— Nem eu lhe falo de outra coisa. O Jockey Club não pode continuar assim. Desmoronamento, e desmoronamento sério. A égua *Icária!* Mas advirta o meu amigo...

Deixei esse cidadão — ainda menos conspícuo que hípico — e caminhei para outro, cujo nariz revelava a mais profunda amargura. Apertei-lhe a mão comovido: disse-lhe que tinha razão.

— Não lhe parece? — acudiu ele. — Entram-me quatorze pessoas em casa, para jantar, com o pretexto de ver o fogo da Glória! Mas então por que não foram de noite? O fogo era de noite. Quatorze pessoas! E um pobre diabo, que só pode contar com os tristes vencimentos de empregado público, que vá arranjar um peru, um leitão, um jantar, em suma, para quatorze pessoas.

— Há coisa pior do que isso.

— Compreendo; teve lá vinte em sua casa? É isto. O melhor de tudo é morar no inferno; lá, ao menos, embora haja fogo, não se janta nunca.

Abri mão deste homem. Pouco adiante vi uma cara que parecia regozijar-se com a esperança de um desastre próximo. Cheguei-me, disse-lhe que era antipatriótica essa alegria, que era indecente...

— Por quê? — replicou ele. — Que obséquios devo ao dr. João Damasceno? — e continuou rindo muito. — O engraçado é que ele veio contar ao público a sova que lhe deram. Verdade é que gastou duas colunas e meia, e ninguém lê artigo tão comprido. O senhor sabe que os nossos patrícios são sóbrios: duas fatias e um copo d'água, estão prontos. Quem lê artigo de duas colunas e, meia? Você leu?

— Não; o que eu li foi que uma dominação repugnante e perniciosa...

— A do Cantagalo? Lá está no artigo. O dr. Damasceno atribui as pancadas ao barão, que era chefe de partido e já não é, e que foi por isso que mandou dar-lhe uma sova... na rua, por isso ou por outra coisa...

Corri a outro, que me confirmou tudo, que sim, que havia ambições sem escrúpulos, e a prova era o Tamagno. Outro também concordou que há dominações caricatas, e citou o Ferrari. Outro falou de um vizinho, outro de um parente, outro de si próprio.

Voltei a casa, ainda mais consternado. Reli o voto, e concluí que ou ninguém tem consciência do mal que nos cerca, ou o mal não existe. Uma de duas. Vou resolver o problema, depois do novo Ministério.

Lélio
Gazeta de Notícias, 17 de agosto de 1885

A GRANDE VENTANIA
POLÍTICA DESTA SEMANA

A grande ventania política desta semana dissipou um princípio de questão astronômica. Dissipou ou fez adiar, até que a ventania cesse. Cruls e Reis compreenderam que o nosso fôlego não dá para mais de um conflito. Passagem de pastas e passagem de Vênus, tudo ao mesmo tempo, é excessivo.

E entretanto, poucas coisas serão mais graves. Reis, lente de astronomia da Escola Politécnica, afirma que o Imperial Observatório tem, nestes últimos anos, grosseiramente errado. Cruls, diretor do observatório, repele a acusação, cita os louvores obtidos no exterior, e retruca com igual censura, dizendo que Reis, na *Tese de concurso,* cometeu erros grosseiros.

Creio que é positivo. Espero e desejo que, amainado o temporal político, volte a questão à tela do debate. A principal razão é que tenho um filho na Escola Politécnica, e quero saber que astronomia é que lhe ensinam, se verdadeira, se de caçoada. É certo que destino o meu rapaz a tabelião; mas não há incompatibilidade entre o cartório e o céu. O cartório é, pelo menos, o céu do tabelião. O céu é o cartório de Deus, que lá tem escritas as nossas culpas. E depois há de ficar bem ao rapaz dar um ou dois dedos de conversa, no fim do dia, com os escreventes, enquanto escova a sobrecasaca.

— Vocês viram hoje a escritura de hipoteca do Barcelos? Um barulho imenso por causa da fazenda do Saturno, que tem cinco léguas de extensão. Cinco léguas! Mas daqui ao verdadeiro Saturno há tantos e tantos bilhões de léguas. Que me dizem a isto? Olhem que não são centenas, nem milhares, são bilhões. Imaginem que distância.

A astronomia é, com efeito, uma bebedeira de léguas. As léguas são as polegadas do espaço. O menos que ali há, são milhares. Dá vertigem a leitura daqueles milhões de bilhões de trilhões de quatrilhões. Entendamo-nos: dá vertigem aos meus amigos; porque eu cá — falo a minha verdade — acho que é muito mais longe ir a pé daqui da rua do Ouvidor ao Saco do Alferes. Que são trilhões de trilhões de léguas, em relação ao infinito? Nada; ao passo que daqui ao Saco do Alferes é deveras um estirão.

A segunda razão (são três) que me faz desejar ver liquidado este negócio, é que o observatório é que me informa dos fenômenos celestes, e não posso ficar assim sem saber se as informações são exatas ou não, ficar entre o céu e a terra, como a mãe de são Pedro. Comparação estrambótica, mas não tenho outra.

A terceira é que, morando longe, gasto muito tempo nos bondes, e preciso da companhia do leitor habitual desses e outros debates públicos. Suponho que, em geral, ele sabe tanta astronomia como eu, mas lê e comenta alto nos bondes.

— O Reis veio hoje muito forte.
— O Cruls está mais forte.
— Não li o Cruls; mas não pode estar mais forte que o Reis.
— Leia; eu tenho lido os dois.
— Tem lido o Cruls?
— Todos os dias. Ontem veio muito forte.
— Duvido que esteja mais forte que o Reis. Olhe que está fortíssimo.

Nisto o bonde para, a gente desce e vai desenfadado às suas ocupações. Não importa que os contendores sejam exatos; ao comentador, meu irmão em Cristo, é indiferente que lhe troquem a mobília do céu, ponham o sol no lugar da lua, e a lua na minha algibeira; uma vez que haja algumas taponas bem puxadas, tudo irá bem. Forte, muito forte.

Lélio
Gazeta de Notícias, 23 de agosto de 1885

Uma vez que toda a gente

Uma vez que toda a gente pede explicações da última crise; e ainda agora, no Senado, o sr. Silveira da Mota entra em longos desenvolvimentos para excluir os motivos expostos; não há remédio senão dizer alguma coisa a este respeito. Constituo-me assim amigo da história, para que lhe não aconteça, como ao Guerra *Sapateiro,* que deixou uma parte dos bens fora de inventário.

Não é que eu traga comigo a revelação das coisas, o segredo dos deuses; mas trago um meio de saber tudo, tintim por tintim, não já, mas um dia, mais tarde ou mais cedo.

Agora mesmo acabam de fazer na outra parte da América os funerais de Grant, que morreu pobre. Os americanos, sabendo que os herdeiros ficavam sem nada, verdadeira calamidade no país do dólar, acharam um bonito meio de lhes dar dinheiro. Grant deixara um volume manuscrito de memórias políticas. Eles correram a assinar a obra, que já contava, à última hora, 200.000 subscritores, ou 300.000 dólares.

A minha ideia não é outra senão aconselhar aos nossos homens de Estado, e em geral aos políticos, que imitem o exemplo e escrevam as suas memórias; é lucrativo para os seus herdeiros (mais de 300.000 dólares gastamos nós só em loterias) e para o próprio Estado. Nem todas as verdades se dizem, mas todas as verdades podem escrever-se, e quem vier atrás que feche a porta. Tudo o que em vida andou pelos corredores, tudo o que anda no fundo da alma, fatos e opiniões, tudo isso será divulgado e classificado, e a história que recolha e escolha o que lhe convier.

O cemitério passará a ser o Parlamento, o longo Parlamento, o eterno Parlamento. Quando toda a cidade dormir, a lua, coando o seu brando clarão sobre o vasto silêncio da morte, poderá ver um raro espetáculo.

Abrir-se-ão as campas. Fantasmas sairão da terra, e sentar-se-ão à beira das sepulturas, para contar as coisas da vida e completar o que disseram, dizendo o que calaram. Nenhum barulho; todas as paixões extintas. Verá ali unidos os desunidos, conciliados os irreconciliáveis. Nenhuma rolha; o sr. Zama (sempre bíblico), pacificamente assentado à beira da cova, dirá ao sr. Amaro Bezerra este versículo de Lucas (XIII, 34): "Jerusalém, Jerusalém, que matas os profetas e apedrejas os que a ti são enviados, quantas vezes quis eu ajuntar os teus filhos, bem como uma galinha recolhe a ninhada debaixo das asas, e tu não quiseste".

Espanto do sr. Amaro, que nunca leu são Lucas; mas o sr. Zama, que terá morrido de fresco, pensando ainda na vida, murmurará o versículo 34: "Eis aí vos será deixada deserta a vossa casa. E digo-vos que não me vereis, até que venha o tempo..."

Nisto agita-se uma campa, e cai: surge um morto recente, e murmura com a mesma voz do vento que agita as árvores do cemitério:

> Senhores, desci a esta catacumba para dizer toda a verdade ao meu país. Não dissimularei nada; não guardarei coisa nenhuma. Homem vivo não fala, como sabeis; é só quando transpomos os umbrais desta mansão de sossego, que recebemos o dom das línguas, e bradamos tudo a todos os ouvidos...

Alguns mortos recentes dão apoiados, pelo longo hábito da vida; mas a maioria faz-lhe ver que tudo o que se diz no cemitério está por si mesmo apoiado. O orador continua então: refere todos os seus sentimentos íntimos, aquilo que só o travesseiro soube, e os fatos calados, e as conversas escondidas, e os simples gatos, que até aqui só víamos com o rabo de fora, tudo passará da algibeira do dia para a sacola da eternidade.

Falarão todos fraternalmente, o sr. Martinho Campos depois do sr. Correia; e o sr. Lafaiete dirá coisas muito agradáveis do sr. Rodrigues Júnior.

Ergue-se de repente outro. Acabou justamente de entrar: é o sr. padre Olímpio de Campos. Vem expor as suas memórias, que declara dividir em mil e seis capítulos, e começa a falar.

No primeiro capítulo, trata da etimologia da palavra. No segundo, ocupa-se com a origem desse gênero de escritos, e examina este ponto: se o Pentateuco, desde o Êxodo até o Deuteronômio, pode ser considerado memórias. No terceiro, conclui que sim. No quarto, mostra que há uma razão sentimental, ao mesmo tempo que racional, para dar o nome de memórias, tanto a certos escritos biográficos, como às argolas de ouro que se metem nos dedos. O quinto capítulo é destinado a afirmar que o uso das memórias (escritas) não podia existir na idade de pedra, e porquê. No sexto, chega à sociedade brasileira, começando pela descoberta do Brasil. No sétimo, remonta ao caos, passa à criação, ao dilúvio. No oitavo...

Mas já então a aurora, com os róseos dedos, irá abrindo as portas ao sol. Os mortos, aterrados com este astro importuno, volverão precipitadamente às campas, enquanto a lua espargirá os seus últimos raios sobre os bondes que vão para o Jardim Botânico ou para o Caju, cheios de melancolia.

Lélio
Gazeta de Notícias, 31 de agosto de 1885

As festas da Independência

As festas da Independência, este ano, são devidas especialmente à Câmara municipal, e devem ser-lhe levadas em conta, quando se houver de julgá-la. Valha por isso, que valerá bastante.

O que se lhe dispensava era envolver nas festas um epigrama. Não digo que um epigramazinho bem afiado não tenha seu lugar; mas a ocasião é que era inoportuna.

A Câmara tinha de mandar pintar um quadro e abriu concorrência. Vários foram os pintores que acudiram ao chamado do edital, declarando na forma dele os preços. A Câmara examinou não os quadros, que os não há ainda, nem esboços, examinou os preços e escolheu o mais barato.

Com franqueza, a Câmara não tinha o direito de ser cruel, mormente agora que nos convida a celebrar a nossa data nacional.

Para que vir dizer-nos que somos Cartago e não Atenas? que o preço módico é o nosso princípio estético? etc., etc. Supõe a Câmara que o sabe melhor do que nós mesmos? Não; nós o sabemos e confessamos. A diferença é que o confessamos com humildade e franqueza, e isto mesmo indica que temos aptidão para a emenda, e que (com o favor de Deus) havemos de emendar-nos um dia.

Não se pode ser tudo ao mesmo tempo, César e João Fernandes. Vamos sendo João Fernandes, por ora — o comendador João Fernandes; dia virá em que sejamos César.

Também não gostei que a Câmara agravasse o epigrama com uma razão administrativa e um conselho de caçoada. A razão é que lhe cabe zelar os dinheiros municipais e o conselho é o que deu um dos vereadores para que o concurso fosse decidido por uma comissão de artistas. Nem um nem outro valeu muito; a razão, porque a Câmara não tratava de calçar a minha rua, necessidade urgente e da natureza daquela em que toda a economia é benefício; o conselho, porque, se os artistas é que haviam de decidir, então eles é que deveriam estar na Câmara.

Digo isto, sem o menor espírito de zanga, por mais que me sinta mortificado. Digo só porque não quisera que, quando a Câmara celebra o grande dia nacional por um modo elevado como a emancipação de escravos, nos desfechasse um golpe destes.

Eu, pelo que me toca, se não dou, nem dei nunca mais de quinze mil-réis por um quadro, seja ele do diabo, é fora de dúvida que sei honrar os que tenho com molduras riquíssimas, largas, todas douradas e já me lembrou pôr duas grandes esmeraldas em um deles, mas o De-Wilde, com quem me entendo nestas coisas, disse-me que não se usa. É por isso que trago as esmeraldas na corrente do relógio.

E faço isso sem diferençar méritos, em que não entro, faço a todos os quadros que possuo, ainda os que um sobrinho meu costuma dizer que são pratos de erva. Pratos de ervas, vá ele! Se o fossem, já cá estariam no bucho, há muito tempo, e as molduras passariam a outros, que andam bem precisados delas.

Outra prova de que não desadoro as artes é o dinheiro surdo que o Teatro Lírico me tem comido; tão surdo, que, por mais que o chamasse depois, nunca me ouviu nem voltou cá. E as minhas pequenas ainda gostam mais do que eu, porque eu e alguns amigos, um dia irritados com o Ferrari, pateamos o *Dom João* de Mozart, e elas em casa disseram-me que andei mal, e fiquei com a cara à banda mas, repito, não foi nada com o Ferrari, foi com o Mozart, ou o contrário, não me lembra bem.

Portanto, a Câmara, já pelo que toca a outros, já pelo que me toca especialmente, foi injusta e cruel. Que seja econômica e zele os nossos dinheiros, não serei eu que lho tire da cabeça; mas tudo se pode fazer sem ofensa a ninguém, mesmo ainda de quem vendeu os seus votos e está disposto a dar-lhos, contanto que, como hoje, resgate brilhantemente alguns dos seus erros.

Lélio
Gazeta de Notícias, 8 de setembro de 1885

Uma vez, em Roma

Uma vez, em Roma, eleito um cônsul por vinte e quatro horas, para suprir uma vaga repentina, e saindo alguns senadores a cumprimentá-lo, dizia-lhes Cícero: — Vamos depressa, depressa, antes que ele perca o lugar.

A mesma coisa podemos dizer acerca do dr. Joviniano Ramos Romero, que deve ser hoje reconhecido deputado e tomar assento na Câmara.

Não se pode dizer que madrugou, nem que estava ansioso por entrar. Parece até que não espera senão o anúncio da dissolução para ser reconhecido e empossado.

Eu de mim digo que, se não tivesse muito que fazer, dava um pulo à Câmara para assistir à cerimônia. A circunstância de ser à última hora, quando a espada de Dâmocles pende do fio de um decreto, exige da parte do novo deputado uma tal soma de sangue frio e impassibilidade, que dará à cerimônia da posse um caráter especialíssimo.

Na verdade, trata-se nem mais nem menos que de fechar nas mãos o impalpável. É o mesmo que entrar num baile, quando estão vestindo as capas, ou chegar a um jantar, no momento em que os criados servem o queijo. Só muita intimidade permite começar a comer; mas não há intimidade que tire à gente um ar de encalistrado, de alheio a tudo, às conversações que continuam, às alegrias de duas e três horas, à comunhão das boas petisqueiras e dos bons ditos, e tudo o mais que ignoramos inteiramente. Come-se mal e depressa, ou não se come nada, tasquinha-se um pedaço de pão, outro de queijo, e passa-se à sala dos fumantes.

Por essas e outras, é que eu hei de sempre preferir o Senado à Câmara dos deputados. O Senado dá-me ideia das nossas construções antigas, como o Convento da Ajuda, para não ir mais longe — todas feitas com grandes lajedos, para toda a vida de uma pessoa. A Câmara é como os *chalets* modernos, obra ligeira, com ornamentações finas e rendilhadas, mas sujeitas ao primeiro pé-de-vento, que sopra. E, se não é o vento, é a água que cai do forro, é uma parede que se alui, porque é obra do dia e para o dia.

No Senado, qualquer que seja a hora em que a gente chegue, chega sempre a hora da sopa, e ali não cai água, nem entra vento. Olhem, o sr. Gomes do Amaral entrou agora, há pouco, e é como se tivesse entrado em 1826. Nem começa nem acaba. Está em sua casa; dir-se-á que saiu de uma sala para outra.

Um grande poeta, não menos filósofo que poeta, diria que era doce ao coração estar a salvo na praia, vendo, ao longe, o naufrágio dos outros. Consinta o sr. barão da Estância que explique a s. ex., relativamente ao seu comprovinciano deputado, esse profundo conceito. S. ex. está na praia, muito quieto, enquanto o sr. dr. Joviniano vai cair n'água, não tarda nada, e lutar com as ondas, que prometem estar bravas por ocasião da lua nova. Não lhe aconteceria isso, se s. ex. tivesse ficado cá fora da barra, como os outros.

Não serei eu que o crimine. Tanto não o crimino, que estou pronto a acompanhá-lo logo que queira. Vou fazer quarenta anos (apesar da aritmética de Lulu Sênior) e posso muito bem ir ver de longe, e ao lado de s. ex., como é que as câmaras naufragam; e ainda mais, como é que um homem embarca, em um casco arruinado e prestes a dar à costa. Dê-me s. ex. a mão e verá se lança a semente a um coração ingrato.

Lélio
Gazeta de Notícias, 14 de setembro de 1885

Vai haver domingo uma grande festa religiosa

Vai haver domingo uma grande festa religiosa, com assistência do internúncio. Oficia um dos nossos distintos vigários, "monsenhor (copio o convite) monsenhor comendador doutor Honorato."

Até aqui nada há que dizer. Uma vez que os títulos são verdadeiros, e, ainda mais, quando merecidos, não há senão dá-los e publicá-los. Há tempos, contaram-me de um presidente de província, que, dispondo de três títulos, mandou encabeçar com eles a coluna do expediente na folha oficial: "Administração do exm. sr. brigadeiro conselheiro doutor Fulano". Se os títulos pertenciam deveras ao distinto funcionário, por que motivo excluí-los ou cerceá-los? Já o velho Karr zombava muitas vezes da singular modéstia que impomos aos outros.

Também não acho diferença entre o sagrado e o profano, para admitir cá fora umas coisas, e recusá-las lá dentro. O sagrado, por mais que o seja, repousa na terra, e vive no meio de coisas profanas; e, para persuadir aos homens, é preciso falar a linguagem deles. Devo dizer também, que tudo o que eleva ao serviço das coisas humanas, deve igualmente elevar ao serviço das divinas.

Demais, não esqueçamos a grandeza das nossas montanhas, o caudaloso dos nossos rios, toda essa vida larga, infinita e aberta, que nos dá temperamento vívido e cálido. Compreende-se no meio dos casarões de Londres um simples cardeal Manning, ou um ainda mais simples Gladstone. Já não pode acontecer o mesmo em Venezuela, por exemplo, onde nunca pude descobrir entre os governadores das províncias um simples coronel; são todos generais.

A minha questão é outra: é a dos acréscimos. Nada mais natural que ser distinguida a pessoa de que se trata, daqui a um ano ou dois, com uma carta de conselho. Dir-se-á então, nos convites: "Oficiará monsenhor comendador doutor conselheiro Honorato." Se vier alguma guerra, e s. ex. for prestar serviços espirituais ao nosso exército, nada mais justo e legítimo que receber honras de coronel, e a lista dos títulos no convite ulterior será esticada a este ponto: "Oficiará monsenhor comendador doutor conselheiro coronel Honorato." E assim por diante.

Compreende-se que a minha objeção é toda de forma e de estilo. Parece-me que os títulos, sendo assim muitos, produzem um efeito desengraçado. Como resolver a questão? Não se há de obrigar o cidadão a recusar os que excederem de três, seja da Igreja, seja do Estado; também não se pode admitir que só sejam mencionados os primeiros; menos ainda que se faça uma escolha entre todos. Quem seria o juiz da escolha? Obrigar a não mencionar nenhum, era cair no reparo do velho Karr: *la modestie qu'on impose aux autres*.

Cuido haver achado um meio-termo, em que se concilia tudo, o número das distinções com as exigências do estilo. É empregar, quando os títulos excederem de três, tão-somente as iniciais de todos, assim: "Oficiará — m. c.d. c. c. Honorato". Ou então, cá no profano: "Administração do ex. sr. c. b. d. s. d. p. Mascarenhas". Pode dar-se até uma distinção nova, resultado deste sistema; usadas todas as letras do alfabeto (o que será mui raro), adotar-se-á esta fórmula última: "Oficiará o abecedário Honorato".

Não vejo outro meio. O próprio Internúncio — aquele grave e digno homem que toda a gente vê passar, às tardes, Catete acima —, o próprio Internúncio, que possui uma quantidade de títulos, herdados e doados, poderia usá-los todos, uma vez adotado o meu sistema. Por não conhecê-lo ainda, é que não usa nenhum.

Lélio
Gazeta de Notícias, 24 de setembro de 1885

MAL ADIVINHAM OS LEITORES

Mal adivinham os leitores onde estive sexta-feira. Lá vai; estive na sala da Federação Espírita Brasileira, onde ouvi a conferência que fez o sr. M. F. Figueira sobre o espiritismo.

Sei que isto, que é uma novidade para os leitores, não o é menos para a própria Federação, que me não viu, nem me convidou; mas foi isto mesmo que me converteu à doutrina, foi este caso inesperado de lá entrar, ficar, ouvir e sair, sem que ninguém desse pela coisa.

Confesso a minha verdade. Desde que li em um artigo de um ilustre amigo meu, distinto médico, a lista das pessoas eminentes que na Europa acreditam no espiritismo, comecei a duvidar da minha dúvida. Eu, em geral, creio em tudo aquilo que na Europa é acreditado. Será obcecação, preconceito, mania, mas é assim mesmo, e já agora não mudo, nem que me rachem. Portanto, duvidei, e ainda bem que duvidei de mim.

Estava à porta do espiritismo; a conferência de sexta-feira abriu-me a sala de verdade.

Achava-me em casa, e disse comigo, dentro d'alma, que, se me fosse dado ir em espírito à sala da Federação, assistir à conferência, jurava converter-me à doutrina nova.

De repente, senti uma coisa subir-me pelas pernas acima, enquanto outra coisa descia pela espinha abaixo; dei um estalo e achei-me em espírito, no ar. No chão jazia o meu triste corpo, feito cadáver. Olhei para um espelho, a ver se me via, e não vi nada; estava totalmente espiritual. Corri à janela, saí, atravessei a cidade, por cima das casas, até entrara na sala da Federação.

Lá não vi ninguém, mas é certo que a sala estava cheia de espíritos, repimpados em cadeiras abstratas. O presidente, por meio de uma campainha teórica, chamou a atenção de todos e declarou abertos os trabalhos. O conferente subiu à tribuna, traste puramente racional, levantaram-lhe um copo d'água hipotético, e começou o discurso.

Não ponho aqui o discurso, mas um só argumento. O orador combateu as religiões do passado, que têm de ser substituídas todas pelo espiritismo, e mostrou que as concepções delas não podem mais ser admitidas, por não permiti-lo a instrução do homem; tal é, por exemplo, a existência do diabo. Quando ouvi isto, acreditei deveras. Mandei o diabo ao diabo, e aceitei a doutrina nova, como a última e definitiva.

Depois, para que não dessem por mim (porque desejo uma iniciação em regra), esgueirei-me por uma fechadura, atravessei o espaço e cheguei a casa, onde... Ah! que não sei de nojo como o conte! Juro por Allan-Kardec, que tudo o que vou dizer é verdade pura, e ao mesmo tempo a prova de que as conversações recentes não limpam logo o espírito, de certas ilusões antigas.

Vi o meu corpo sentado e rindo. Parei, recuei, avancei e disse-lhe que era meu, que, se estava ocupado por alguém, esse alguém que saísse e mo restituísse. E vi que a minha cara ria, que as minhas pernas cruzavam-se, ora

a esquerda sobre a direita, ora esta sobre aquela, e que as minhas mãos abriam uma caixa de rapé, que os meus dedos tiravam uma pitada, que a inseriam nas minhas ventas. Feitas todas essas coisas, disse a minha voz.
— Já lhe restituo o corpo. Nem entrei nele senão para descansar um bocadinho, coisa rara, agora que ando a sós...
— Mas quem é você?
— Sou o diabo, para o servir.
— Impossível! Você é uma concepção do passado, que o homem...
— Do passado, é certo. Concepção vá ele! Lá porque estão outros no poder, e tiram-me o emprego, que não era de confiança, não é motivo para dizer-me nomes.
— Mas Allan-Kardec...

Aqui, o diabo sorriu tristemente com a minha boca, levantou-se e foi à mesa, onde estavam as folhas do dia. Tirou uma e mostrou-me o anúncio de um medicamento novo, o *rábano iodado*, com esta declaração no alto, em letras grandes: "*Não mais óleo de fígado de bacalhau*". E leu-me que o rábano curava todas as doenças que o óleo de fígado já não podia curar — pretensão de todo medicamento novo. Talvez quisesse fazer nisto alguma alusão ao espiritismo. O que sei é que, antes de restituir-me o corpo, estendeu-me cordialmente a mão, e despedimo-nos como amigos velhos:
— Adeus, rábano!
— Adeus, fígado!

Lélio
Gazeta de Notícias, 5 de outubro de 1885

HÃO DE LEMBRAR-SE DA MINHA AVENTURA ESPÍRITA

Hão de lembrar-se da minha aventura espírita, e da promessa que fiz, de iniciar-me na nova Igreja. Vão ver agora o que me aconteceu.

Fui iniciado quinta-feira, às nove horas da noite, e não conto nada do que se passou, porque jurei calá-lo, por todos os séculos dos séculos. Uma vez admitido no grêmio, preparei as malas para ir estabelecer-me em Santo Antônio de Pádua.

Claro era o meu plano. Metia-me na vila, deixava-me inspirar por potências invisíveis, predizia as coisas mais joviais ou mais melancólicas deste e do outro mundo, reunia gente, e fundava uma igreja filial. Antes de seis meses podíamos ter ali um bom contingente.

Vejam, porém, o que me sucedeu. Era hoje que devia abalar daqui. Tudo estava pronto, malas, alma e algibeiras, quando li o código de posturas da Câmara municipal de Santo Antônio de Pádua, que está sujeito à aprovação da Assembleia provincial do Rio de Janeiro. Nesse código leio este ominoso artigo, o art. 113: "Fica proibido fingir-se inspirado por potências invisíveis, ou predizer coisas tristes ou alegres."

Caiu-me a alma aos pés. Daí a alguns minutos reli o artigo, para ver se me não enganara. Dei-o a ler ao meu criado e a dois vizinhos; todos eles leram a mesma coisa, com este acréscimo, que me escapou, que o infrator pagará de multa 50$ e terá oito dias de prisão.

Não me digam que o artigo apenas veda a simulação. Os fiscais de Santo Antônio de Pádua não podem saber quando é que a gente finge, ou é deveras inspirado. Jeremias, que lá fosse, e o seu secretário Baruch podiam dizer pérolas; iriam ambos parar à cadeia, porque o art. 113 não explica por onde é que se manifesta a simulação.

Desfiz tudo, as malas, a alma e as algibeiras. Peguei em mim e atirei-me à rede, com o famoso código na mão, resolvido a achar-lhe algum ponto em que lhe pegasse. Não achei nada. Ao contrário, todas as suas disposições mostram espírito precavido, delicado e justo; ao menos, é o que imagino, porque ao cabo de cinco minutos dormia a sono solto.

Acordei agora mesmo para ir jantar. Podia dizer-lhes ainda alguma coisa, mas não tenho alma para nada. Lá se foi todo o meu plano! Bárbaro código! Torturas do diabo! Aqui na corte, a gente pode dizer, por meio de cartas de jogar, uma porção de coisas alegres ou tristes, e ainda em cima recebe dois mil-réis, ou cinco, se a notícia é excelente, e a pessoa é graúda, e ninguém vai para a cadeia; ao passo que ali em uma simples vila do interior...

Lélio
Gazeta de Notícias, 11 de outubro de 1885

Hesitei em dar aqui uma opinião

Hesitei em dar aqui uma opinião, que suponho de alguma gravidade; mas afinal, tendo ela de ser emitida talvez, por outros, daqui a dias, melhor é confiá-la desde já aos quatro ventos e aos leitores da *Gazeta*.

Trata-se do matadouro. Quaisquer que sejam os divisores parece certo que houve dividendo e divisão; e não se podendo racionalmente acusar o Grão-Turco de receber os cobres — a prova é que está com o exército sem sapatos e até sem soldados —, resta crer que eles ficaram por cá. Mas não importa saber com quem é que ficaram; basta saber que sim, e concluir que há grande desmando.

Sendo essa a causa do mal, e acrescendo ao caso do matadouro o barulho das barraquinhas, e ao das barraquinhas outros que vêm citados no Novo Método, parece certo que a causa das causas não é senão a própria organização da municipalidade, que tem caído por falta de vida e de condições próprias.

Isto posto, parece-me que o governo, tendo de decretar alguma medida, devia resolver a questão mais profundamente. Suspensões e responsabilidades, portarias e outras providências, está provado que não passam de remédios anódinos. A questão é outra: entende com o próprio coração do organismo.

Creio, pois, que o governo deve voltar aos princípios. Um bom princípio vale mais que a melhor das práticas. A prática é sempre uma coisa transitória. A prática dos antigos era levar ao vizinho o boi que lhe fugia do curral; a de hoje é tirar-lhe cinco mil-réis do nariz (ao boi); ao passo que o verdadeiro princípio, o princípio eterno, é deixar o boi na rua e ir cada qual aos seus negócios.

Ora, os princípios, em relação às municipalidades, exigem para elas uma vida e independência, que a nossa perdeu há muito. Restituir-lhas é a verdadeira medicação do momento: é a que todos reclamamos há muitos anos.

Assim é que o governo, segundo penso, para evitar por uma vez que se repitam os casos de matadouros e barracas, deve entregar também à Câmara municipal a administração do serviço de gás, a concessão das linhas de *tramway*, a limpeza das ruas, e tudo o mais que pertence ou pode caber a essa corporação.

Uma vez empossada da gerência de tão graves interesses, parecerá a alguns que os bois vão multiplicar-se; mas é engano. Duas causas obstam a isso. A primeira, ou antes a segunda, porque a outra é que é fundamental; a segunda causa é que o prazer de sentir-se à frente de todos os negócios, dará à Câmara tal sentimento de gravidade, que não haverá mais arenga no beco. A primeira causa, porém, é o próprio influxo da instituição restaurada. Ele só basta para restituir ao organismo esfalfado toda a vida, grandeza e eficácia anteriores.

Neste ponto sou intratável. Deem-me um caderno de papel almaço, e uma das muitas constituições do famoso Sieyès, para copiá-la e aplicá-la, e dou a cabeça se, em poucas horas, não fizer das ilhas Carolinas umas ilhas britânicas. Querer que essas infelizes achem por si mesmas o caminho do Parlamento, é o mesmo que exigir do boi que se nos apresente, por si mesmo, feito bife; mas entreguem-no ao marchante, ao açougueiro e ao cozinheiro, e verão como estes nos darão um bom almoço, e cinco mil-réis por cima; por cima ou por baixo, é a mesma coisa.

Lélio
Gazeta de Notícias, 19 de outubro de 1885

Além de outras diferenças que se podem notar

Além de outras diferenças que se podem notar entre o sol e a chuva, há esta: que o sol, quando nasce, é para todos, como diziam as tabuletas de charutaria de outro tempo, e a chuva é só para alguns.

Hoje, por exemplo, levanto-me com chuva, e fico logo aborrecido, desejando não sair de casa, não ler, não escrever, não pensar — não fazer nada. A mesma coisa acontece ao leitor, com a diferença que ele faz ou não faz nada se quer, e eu hei de pegar do papel e da tinta, e escrever para aí alguma coisa, tenha ou não vontade e assunto.

Vontade já se vê que não. Assunto ainda menos; não posso dar tal nome ao caso do matadouro, que é antigo, e está ficando (perdoe a sua ausência) um tanto amolador. Já lá vão sete ou oito dias; creio que é uma boa idade para qualquer negócio que se respeite, recolher-se a bastidores, e dar lugar a outros.

Foi o que fizeram as barraquinhas. As barraquinhas eram umas meninas bonitas, gorduchas, que apareceram aqui roendo biscoitos, e nos divertiram muito há menos de um mês. Não se demoraram mais; tão depressa viram aparecer o matadouro, esquivaram-se com a mesma discrição com que a gente deixa um salão de baile.

Assim fez o montepio. Uma noite, recebemos convite para assistir ao belo fogo de artifício com que o montepio entendera fazer-nos lembrar os tempos antigos da Lapa e de Mato-porcos. Fomos, e não há dúvida que, no gênero, foi coisa galante, muito animada, principalmente a luta final da fragata com as fortalezas. Acabado o fogo, deu-nos uma ceia; mas lá porque nos deu fogo e ceia, não nos obrigou a ficar em casa dele, e antes das duas horas da manhã estávamos todos no vale de lençóis, esquecidos do anfitrião.

Não procedeu diferente o caso do consulado. Um dia de manhã, fomos acordados ao som de aldrabadas fortes, que troavam a casa toda; mandamos ver quem era; era um distinto cavalheiro, que pedia licença para vir cumprimentar-nos. Recebemo-lo como merecia. Homem discreto e manso, não sabia nada, não sabia sequer da morte de Sesóstris. E bem vestido, note-se, corretamente vestido e engomado. Convidamo-lo para almoçar; almoçou, fez-nos o favor de elogiar as batatas, mas não disse o nome delas, por mais que lho pedíssemos. Não sabia o nome, não sabia nada. Acabado o almoço, não esperou que lhe déssemos o menor sinal de desagrado ou de impaciência: pegou no chapéu, disse que ia ali e já voltava e safou-se.

E assim os outros. Chegam, aturdem nos primeiros minutos, depois dão algumas horas de palestra, bebem dois goles de chá, e adeus.

Portanto, não tenho assunto. Não hei de, à falta dele, meter-me a encarecer alguma ação bonita. As boas ações têm o preço na consciência dos que as praticam; elogiá-las muito é ofender a modéstia dos autores. Lá uma ou outra palavrinha doce — não muito doce —, um aperto de mão, e, se houver copo d'água, um bom par de queixos, sim, senhor, é comigo. Querer, porém, que eu, além do trabalho de digerir o jantar de um homem, venha cá para fora dizer que ele é virtuoso, não é comigo, é aqui com o meu vizinho. Nesse caso preferia roer num duro escândalo, a papar o melhor guisado deste mundo.

São gostos. É como o *Cristo* de Bernardelli. Com franqueza, acho que estão fazendo barulho demais. Já se fala em dar a mão ao rapaz, já ele é um bom talento, já tem grande futuro, e outras coisas desse jaez, como se todos não fôssemos filhos de Deus, e se Deus, para fazer escultor a um homem, precisasse saber primeiro se ele se chama Bernardelli.

Também eu gosto de mármore. Tenho cá em casa uma pia de lavar as mãos, que é de mármore; não é tão bonito como o do *Cristo*, mas não é feio. O que há, é que o uso já o tem estragado bastante. Custou-me oitenta mil-réis, tudo; oitenta ou cem, tenho as contas guardadas.

Afinal, vão ver que tudo isso são baleias de estudantes. Eu, que lá fui à academia duas vezes (a segunda foi para falar a um empregado que me deve quinze mil-réis) vi sempre estudantes que entravam, com os seus livros debaixo do braço, e ficavam pasmados diante do grupo. Não os censuro, por isso; são rapazes. Também eu fui rapaz; também gostei de bonecos.

Lélio
Gazeta de Notícias, 26 de outubro de 1885

O SR. MINISTRO DA JUSTIÇA

O sr. ministro da Justiça entende que os tabeliães devem (com perdão da palavra) tabelionar. Entende que arrendar o ofício não é exercê-lo, segundo a intenção da lei.

Perdoe-me s. ex.ª Essa doutrina é subversiva, não da ordem legal, mas da ordem natural, o que é pior. As leis reformam-se sem risco; mas torcer a natureza não é reformá-la, é deformá-la.

Ponhamos de parte o caso de verdadeira doença do serventuário, que o obrigue a pedir licença. Vamos ao princípio geral. S. ex.ª confunde nomeação e vocação. Ponhamos o caso em mim. Eu, se amanhã me nomearem bispo, poderia receber com regularidade a côngrua e os emolumentos; mas, por falta de vocação, preferia uma boa rede a todas as câmaras eclesiásticas. S. ex.ª dirá, porém, que esta hipótese é absurda; aqui vai outra.

Suponhamos que no dia 15 de janeiro, por uma dessas inspirações geniais que o céu concede aos povos nos momentos supremos da história, elegem-me deputado. Vocação, aquilo que se chama vocação ou aptidão parlamentar, não a tenho; mas tenho respeito à vontade do eleitor, à indicação das urnas, e, para conciliar a ordem soberana com a minha inópia, dividiria o tempo de maneira que fosse algumas vezes à Câmara. Poderia o eleitor, em tal caso, obrigar-me a conhecer as matérias, estudá-las, expô-las, redigir pareceres, fazer discursos? Não; era cair no mesmo erro de deformar a natureza com o intuito de reformá-la. O mais que o eleitor podia e devia fazer, era afirmar o seu direito soberano, elegendo-me outra vez.

O caso dos tabeliães é mais grave. Não se trata de um cargo temporário, como o de deputado, nem se lhe pode dar, como a este, um tal ou qual exercício mínimo e aparente, por meio de alguns papéis à Câmara. O ofício é vitalício, e exerce-se ou não. Exercê-lo sem vocação é produzir dois grandes males, em que s. ex.ª não advertiu. Constrange-se um espírito apto para outra coisa a definhar nos recessos de um cartório, e arrisca-se a fazenda particular aos descuidos possíveis de quem faz as coisas sem amor.

Veja agora o contrário. Dê-me sua ex.ª um desses ofícios. Eu, que não nasci para ele, vou ter com outro, que nasceu, que sabe, que ama a escritura e o traslado, e digo-lhe: — Velho é o adágio que diz que onde come um português, comem dois e três, e nós não podemos desmentir a origem nacional. Você fica aqui, que eu já volto.

Não voltava, é claro. E ganhávamos todos, começando pela ciência, porque eu, mineralogista de algum valor, iria viver o resto dos meus dias examinando as pedras de Petrópolis e da Tijuca, e até as da rua do Ouvidor, que, por estarem à mão, ninguém sabe o que valem. Não conto a vantagem do Governo, que acomodaria assim duas pessoas na mesma casa. S. ex.ª tem uma escapatória que é esta: recusar o ofício. Mas eu pergunto se era decente fazê-lo; pergunto se, vindo o Estado a mim, e dizendo-me: "Cidadão, partícula de mim mesmo, aqui tens este ofício, exerce-o, segundo as leis e os costumes, escuta a viúva, atende ao herdeiro, ouve o vendedor, e o comprador, lavra, traslada, registra", pergunto se, em tal caso, tinha eu o direito de recusar. Evidentemente, não.

Não tenho a menor esperança de fazer revogar o ato de s. ex.ª. Mas estou certo de que estas ideias hão de frutificar. A questão é mais alta do que pode parecer aos frívolos. Trata-se de pôr nos atos do governo certas considerações de ordem científica; trata-se de mostrar que o Estado pode dar-me um ofício, e até dois, se lhe parecer; mas não pode, sem abuso e perigo, constranger-me a ocupá-lo ou ocupá-los.

E quando falo em Estado, refiro-me a todos os seus órgãos, cujo exercício anticientífico entre nós é realmente deplorável. Leu s. ex.ª o último edital do juiz municipal de Barra Mansa? Chamam-se ali compradores para os bens penhorados a um major; e entre outras vacas, inscreve-se esta: "Uma vaca magra, muito ruim, avaliada em 10$000". Não há procedimento menos científico. Por que é que a lei do particular não será a lei do Estado?

Nenhum particular diria tal coisa. Querendo vender a vaca, o particular poria no anúncio qualquer eufemismo delicado; diria que era uma vaca menos que regular, uma vaca com defeito, uma vaca para serviços leves. Jamais confessaria que a vaca era muito ruim. E vendê-la-ia, creiam, não digo pelos dez mil-réis, mas por quinze ou dezoito mil-réis. Se isto não é científico, então não sei o que é científico neste mundo e no outro.

Lélio
Gazeta de Notícias, 6 de novembro de 1885

Vou entrar para um convento

Vou entrar para um convento. E quem me leva a este ato de desespero é o sr. visconde de Santa Cruz.

S. ex. declarou à Câmara municipal que examinara, com o presidente e outro colega, o cofre da tesouraria e tudo acharam na melhor ordem, combinando a escrituração com os saldos; pelo que propôs, e foi unanimemente aprovado, que se consignasse na ata um voto de louvor.

Quando li isto, caíram-me os braços. Cheguei a supor que era uma pulha de escritor alegre; mas atentei bem e reconheci que era a própria ata da Câmara.

Imediatamente, com o olhar de águia que costumo empregar nos casos difíceis, vi todas as consequências do ato da Câmara e do visconde. Vi que a Câmara não adotaria a moção do visconde, nem este a própria, se o procedimento do tesoureiro, aliás cidadão digno, não merecesse realmente o louvor dos poderes constituídos. A obrigação dele era guardar os saldos; ele guardou os saldos; a Câmara deu-lhe perpétua memória.

Logo, são chegados os tempos. Que lá fossem os dias felizes, em que a gente dormia com as portas abertas, concede-se. Nem sempre havia de governar a virtude; mas em suma era opinião minha e de muitas pessoas que a virtude ainda vivia neste mundo e que seria um singular espetáculo louvar os tesoureiros que não fogem com a caixa.

Erro evidente! Com efeito, se a Câmara não perdeu o senso das coisas, ninguém mais pode sair de um bonde sem apertar a mão às pessoas do mesmo banco e dos dois bancos contíguos, pela fineza rara e preciosa de nos não terem ficado com a carteira.

Entro num baile, dou dois giros de valsa, danço uma quadrilha e saio. Ao sair, verifico que ainda levo a comenda ao peito; corro a agradecer às damas, que dançaram comigo, e ao dono da casa, que as convidou. Chego ao excesso de entusiasmo de advertir que a comenda era de brilhantes.

— Se quer que lhe diga — concluo —, vim com ela para honrar a festa de v. ex.; mas não contava levá-la para casa. Foi, na verdade, um ato de deferência e cortesia...

Tudo o mais por esse teor. Banqueiro que pague as letras, lavadeira que não fique com as camisas, criado que não leve os níqueis do amo, toda a escala social vai merecer os nossos apertos de mão agradecidos. A ideia, da benemerência estende-se; e a própria canonização alargará as suas bases, bastando a qualquer pessoa não vender gato por lebre para figurar no céu entre os primeiros santos.

Deduzi tudo isso do ato do visconde e da Câmara, e fiquei triste. Concluí que não valia a pena viver num tempo de tal calibre e resolvi sair dele; mas a morte é dura e definitiva. Escolhi então o convento, que é um meio-termo.

— André — brada o Carnioli na *Dalila* —, tu ainda hás de fazer com que eu acabe os meus dias num convento.

Não digo a mesma coisa; faço-a logo, que é melhor. Vou daqui para os capuchinhos, onde tenho amigos, e despeço-me de um mundo tão perverso e corrupto, onde um cidadão honesto não pode cumprir simplesmente o seu dever sem acordar elogiado. Tuh!

Lélio
Gazeta de Notícias, 15 de novembro de 1885

Participo aos meus amigos

Participo aos meus amigos que vou abrir (ou erigir) um quiosque. Resta-me só escolher o lugar e pedir licença à Câmara.

Toda a gente sabe que o quiosque é um dos exemplos mais expressivos da lei de adaptação. Creio que na capital donde ele nos veio, é o lugar onde se mete uma mulher a vender jornais.

Aqui serve de abrigo a um ativo cidadão, que vende cigarros e bilhetes de loteria. Parece, à primeira vista, que um negócio desses não há de deixar grandes fundos. Pois deixa; e a prova é que ainda agora, a Câmara, concedendo um, para o largo de São Francisco de Paula, impôs ao pretendente uma entrada de quinhentos mil-réis para *O livro de ouro*.

Nunca as mãos lhe doam à Câmara. Vá fazendo as suas concessões, uma vez que sejam justas, com a cláusula, porém, de que os pretendentes hão de entrar para *O livro de ouro*, por onde se vão libertar escravos no dia 2 de dezembro. A última sessão rendeu-lhe uns seis contos. Só um dos concessionários tem de dar cinco contos de réis; os outros quinhentos mil-réis são do dono de um estábulo.

O único senão que se poderá notar nesse método, é que, ao lado da filantropia real, estamos vendo florescer uma filantropia artificial em grande escala; mas, depois do sol artificial do sr. dr. Costa Lopes e dos vinhos artificiais de outras pessoas, creio que podemos ir aposentando a natureza. A natureza está ficando velha; e o artifício é um rapagão ambicioso.

No *livro de ouro* há vinho puro, e sol verdadeiro. Há até uma parte, que é do melhor vinho cristão, daquele que a mão esquerda ignora: os dez contos anônimos que o sr. conde de Mesquita para lá mandou. Mas como o vinho puro não chega para o festim da Câmara, lembrou-se ela, e em boa hora, de aceitar do outro, considerando que no fim dá certo, e os escravos ficam livres.

Também há dias um anônimo teve a ideia de aconselhar ao governo um modo de acabar com a escravidão. Era estabelecer uma escala de preços para os títulos nobiliários, e convidar as pessoas que quisessem admissão ou promoção na classe. O autor chegou a citar nomes de titulares conhecidos e até de senhoras. Marcou ele mesmo os preços: um marquesado custaria cinquenta contos, etc...

A ideia em si não é má. Dever um título à alforria de uns tantos escravos, pode ser menos heroico, mas não é menos cristão que devê-lo à tomada de Jerusalém. Acho a coisa perfeitamente justa; nem é por aí que a critico. Também José Clemente levantou o Hospício de Pedro II, por igual método; lucraram os infelizes, doidos, e lucramos todos nós, que podemos jantar à mesma mesa sem deitar os pratos à cara uns dos outros; a presunção é que temos juízo; digo a presunção legal...

Não; o mal da ideia é que, por mais que acudissem aos títulos, o dinheiro que se recolhesse não chegaria para um buraco do dente da escravidão. *O livro de ouro*, da Câmara, é mais fácil de encher, porque é mais limitado.

Lá vou pôr os meus quinhentos mil-réis, ou mais, se mo pedirem, a troco do quiosque. Agora, principalmente, depois que li uma folha de São Paulo, estou pronto a abrir os cordões da bolsa. A citada folha declara que se deve votar no sr. comendador Malvino Reis para deputado, por ser daqueles que aguentam com as despesas públicas. Eu até aqui, quando as lojas de fazendas me pediam alguma coisa mais pela roupa e me diziam que era por causa dos impostos, imaginava que elas e eu dividíamos a carga ao meio, e que lá entrava o triste de mim, indiretamente, com alguma coisa nos ordenados dos funcionários; mas uma vez que é o sr. Malvino que me paga a casa e a comida, sinto-me aliviado, e posso dar mais um tanto para a festa da Câmara.

Lélio
Gazeta de Notícias, 23 de novembro de 1885

Achei agora mesmo na rua um pedacinho de jornal

Achei agora mesmo na rua um pedacinho de jornal, coisa de três dedos de altura e pouco mais de largura. A minha regra, em tais casos, é deixar o papel onde está: é a do meu vizinho, e provavelmente a do gênero humano. Mas, não sei por que, deu-me cócegas de apanhar este; lembrei-me de certa máxima que ouvi proferir em um drama, que aqui se representou há muitos anos, quando as galinhas ainda tinham dentes: "não se deve deixar rolar papel nenhum". E vai então inclinei-me, apanhei-o e li este anúncio:

"Contratam-se coristas de ambos os sexos no Teatro Politeama; *preferem-se moços que saibam música.*"

Antes de mais nada, agradeci à Providência Divina este imenso favor de haver-me deparado alguma coisa que, exprimindo um resto de superstição antiga, dá-me ocasião de pedir a meus contemporâneos que hasteemos audazmente a bandeira da liberdade.

A razão da superstição é clara. Sociedades políticas que ainda tresandam à Idade Média, em que tudo se dividia em classes, não podem conceber que a liberdade das funções seja um corolário da liberdade das opiniões. Daí a exigência, ainda vulgar, de que os melhores sapatos são os dos sapateiros: erro funesto e odioso, direi até ridículo, que é preciso acabar de uma vez para sempre.

Quando, por exemplo, certa folha dizia há alguns dias que convinha pôr de lado os políticos de profissão, e votar nos que o não eram, essa folha escrevia uma grande verdade, daquelas que devemos trazer gravadas na alma em letras perpétuas. E não digo isto, nem o disse ela, porque os políticos de profissão não possam exercê-la algumas vezes com vantagem, como Bismark, Pitt, Richelieu e alguns outros; mas porque o monopólio, sendo inimigo nato da liberdade (segundo elegantemente afirma o brigadeiro Calino), faz perdurar o vício medieval que apontei, e impede que outros cidadãos levem ao governo do Estado uma parte das qualidades que lhes são próprias. Além disso, restringindo Bismark à política, impede talvez que haja neste mundo mais um bom escrivão de órfãos e ausentes. O mesmo direi do sr. Maia.

Nada de ódios às preferências. Por causa delas, vimos o que aconteceu no matadouro. Mandemos governar o Estado pessoas que não entendam de política; encomendemos as calças aos ourives, e os relógios aos boticários. Só assim chegaremos à perfeita liberdade universal. Tudo que não for isso é voltar ao regime das corporações de ofícios; é fazer da sociedade um vasto tabuleiro de xadrez, ou ainda pior; pois neste jogo, se o tabuleiro se divide em quadrados, é certo que as peças vão de um a outro. Na sociedade, como a criaram, as peças têm de ficar onde estão, bispo é bispo, cavalo é cavalo.

Não, ilustres contemporâneos meus; é evidente que este regime já deu o seu cacho. A sociedade não pode ser isto. A própria história oferece exemplos salutares. Camões, que se gaba de ter tido em uma das mãos a pena, e na outra a espada, esqueceu de dizer se era ele próprio que consertava os seus calções rotos, mas provavelmente era, e ninguém lhe levou a mal. De são Paulo, sabe-se que ora apostolava, ora trabalhava de correeiro, e não lhe saíam malfeitas, nem as correias, nem as epístolas. Reduzamos esses casos raros a um princípio fixo e eterno; tudo para todos; não se preferem moços que saibam música.

Lélio
Gazeta de Notícias, 30 de novembro de 1885

Não se trata de saber se a imigração alemã é boa ou má

Não se trata de saber se a imigração alemã é boa ou má; todos estão de acordo que é excelente. A questão aventada é se a força de resistência da raça é tal, que os alemães não cheguem nunca a dissolver-se no nosso corpo nacional, isto é, e para usar uma figura de atola-dente, se o nosso estômago tem ou não o poder de digerir e assimilar aquele forte e saboroso pedaço de lombo. Uns mostram que sim, outros juram que não; e a questão está neste pé.

Sendo isto assim, é preciso não conhecer os meus hábitos de exame e inquérito, para não adivinhar que desde o primeiro dia em que aqui apareceu um artigo, ando em pesquisas de toda a casta. Estou com duas gavetas cheias de notas recolhidas, vou pô-las em ordem, e dá-las em volume. Verão por elas, que o meu parecer, no ponto controverso, é pela afirmativa. Sim; eu creio na assimilação completa e rápida do elemento germânico, e tenho para isto muitas provas. Apontarei uma só, que dispensa as outras.

Conversando com pessoa do Rio Grande, perguntei-lhe se realmente, como me dissera outra pessoa, fala-se por lá muito alemão; respondeu-me que sim. Os próprios filhos dos alemães falam a língua dos pais, além do português. Mas, brasileiros de nascimento, não o são menos de coração, laboriosos, ativos, dedicados à pátria comum. Muitos deles são tenentes e capitães da Guarda Nacional.

Não quis ouvir mais nada; é certo que estão assimilados, e toda a argumentação deve cessar diante de um fato que basta por si. Conhece-se nisto a influência do meio, a lei de adaptação, etc., etc. Compreende-se que não posso escrever aqui, de passagem, uma porção de coisas profundas e bonitas, que me estão a cair do bico da pena; recolho-as a tempo, e ficam para o livro. Ilustrarei somente a observação com outra. Seja esta o tenente Lúcio.

Lúcio, fundador da religião espírita em Taubaté, é tenente da Guarda Nacional. Todos quantos têm tido notícias deste apóstolo, não repararam ainda numa feição do caso. Entretanto, é simples.

Não há, não houve nunca fundador de religião que fosse tenente ou major. Não se imagina um tenente Maomé, ou um major Buda, pela razão de que, uma vez tenente ou major, ninguém os acompanharia. Uma religião nova impõe-se principalmente pela persuasão, e não há nada menos persuasivo que um tenente, a não ser um major. Como explicar que o tenente Lúcio tenha feito exceção a esta regra universal e de todos os tempos?

Não acho outra explicação, senão a influência do meio. A regra (ponha-se o leitor entre as exceções), a regra é obedecer, não à lei em si, mas ao tenente, e não porque o é, senão porque pode mostrá-lo e documentá-lo. Não sei se me explico; é natural que não, porque acordei hoje um pouco obtuso, menos que ontem, e provavelmente menos que amanhã. Mas, enfim, aquela é a regra; e quem quiser ser apóstolo comigo, não me exorte com boas palavras, porque só não perderá o seu latim, se empregar outro idioma; e perderá mais o tempo, que é ouro. Não; comigo há de brandir algum aço, se quiser que confesse que quem fez o mundo foi uma rã, e até que a traga no coração. Confesso tudo, mas aço e penacho.

Lélio
Gazeta de Notícias, 17 de dezembro de 1885

Lulu Sênior ouviu cantar o galo

Lulu Sênior ouviu cantar o galo, mas não soube onde. É certo que houve uma visita, mas não fui eu que a fiz; eu é que a recebi; também não foi o João Velhinho que a fez, mas outra pessoa mais decrépita. Trazia, é certo, um pedaço de jornal, mas era a folhinha do Ano Novo.

A coisa passou-se assim; e não foi no dia 1º, mas no dia 2. Estava eu almoçando, quando me vieram dizer que alguém queria falar comigo.

— Mas quem é?

— Não sei, não senhor; parece mascarado.

Se isto fosse há quarenta anos, ou pouco menos, já eu sabia que era um bando de festas com música à frente, pedindo alguma coisa. Mas os bandos acabaram; não sei quem diabo se lembraria de ir mascarado falar comigo. Mandei abrir a sala, e fui receber a visita.

Realmente, era um mascarado, ou mais propriamente um fantasiado, pois trazia a cara descoberta; mas daqui a pouco veremos que vestia as suas próprias roupas. Estas eram gregas e antigas.

— Com quem tenho a honra de falar? — disse eu.

— Com um infeliz — disse ele suspirando —; e venho pedir-te que me faças a esmola de ver se alcanças a minha liberdade...

— É escravo? — perguntei admirado.

— Antes fosse!

— Pior que escravo?

— O escravo pode libertar-se; eu não posso nada mais que gemer e pedir, pedir e gemer. Vês estas roupas? São dois belos séculos de Atenas.

— Vossa senhoria é ateniense?

— Não me dês senhoria. Lá em Atenas todos me tratavam por tu; o próprio Alcibíades, o próprio Aristides... Ai, Aristides! Não posso falar deste homem sem cobrir-me de vergonha. Fui eu que o exilei.

— Ora, espera! És então aquele votante anônimo, que, cansado de ouvir chamá-lo justo, condenou-o por ocasião do ostracismo?

— Não; eu sou o próprio Ostracismo.

— Tu... Ostracismo...

— Eu mesmo. Desde que me aposentaram, nunca mais servi, até que, em 1850 da era cristã, alguns patrícios teus foram pedir-me, como grande obséquio, que viesse ajudá-los na política. Recusei a pés juntos, dizendo que, depois de tantos remorsos que me pungiam, nunca mais me veriam pôr a pontapés da pátria para fora os melhores servidores dela. Então eles explicaram-se; não queriam ostracismo de verdade, mas só de fraseologia, um ostracismo puramente caligráfico, e tipográfico. Tanto que a mesma ostra, se chegassem a empregá-la, seria ao almoço, crua, com Sauterne. À vista disso, aceitei, sem saber que aceitava a minha prisão. Sim, meu caro, vês aqui um triste prisioneiro dos teus patrícios.

— Mas... como...

— Ainda hoje. Aqui tens uma folha, é o *Diário do Brasil*; recomenda (ainda que merecidamente) um candidato às eleições próximas; mas acrescenta que ele sofreu com os seus amigos o ostracismo, e que os acompanhou. Juro-te que nunca fiz sofrer ninguém, desde que me aposentei; é uma calúnia, meu caro. Tenho-me calado, ouvindo dessas e de outras, mas também assim cansa, não posso mais.

— Mas, enfim, que quer que lhe faça?

— Quero que bote na *Gazeta* alguma coisa em meu favor; que me libertem, ou pelo menos que me deixem descansar até o fim do século; sempre é um alívio. Mais tarde, pode ser, que assim como se põe meias solas aos sapatos, assim se possa fazer às imagens, figuras e outras partes do estilo. Por ora estou muito acalcanhado... Ostracismo para cá, ostracismo para lá; é ostracismo demais. Se os teus patrícios recusarem libertar-me diretamente, então lança mão de um meio indireto e infalível: recomenda-lhes que empreguem sempre os nomes apropriados às coisas... Verás, verás se vou daqui dormir por alguns anos. Sim?

Disse-lhe que sim; ele saiu. Escusado é dizer que era um doido; daí a meia hora foi preso e recolhido à 5ª estação.

Lélio
Gazeta de Notícias, 4 de janeiro de 1886

ADIVINHAM-SE OS TEMPOS

Adivinham-se os tempos, e mais ainda que os tempos. A profecia era que os cães seriam um dia atados com linguiça; estamos vendo que eles próprios desfazem o nó, e vão entregar a linguiça ao açougueiro.

Sem metáfora, alguns amigos do sr. dr. Santos e Silva, e outros do sr. dr. Nobre (creio que ainda há outros de outros), tinham-se lembrado de lhes dar os seus votos, agora, no dia 15. Ambos, os cidadãos vieram à imprensa declarar que não queriam ser deputados. E não é só declarar, é pedir, é suplicar que lhes não deem os votos. "Suplico que não o façam", escreve o dr. Nobre, como quem pede pelo amor de Deus. E apelam todos para a disciplina do seu partido.

Que concluis daqui senão a originalidade do eleitor? Rezam as escrituras políticas que Saraiva, à imitação de Jeová, criou o eleitor ao sexto dia, com um pouco de barro temporário e outro vitalício. Para que ele não vivesse só, deu-lhe um sono, tirou-lhe uma costela e fez dela outro eleitor; depois entregou-lhes o paraíso. Mas tudo isso é lenda; a verdade é esta outra.

O eleitor, narrou obsequioso, é geralmente benigno, dado a mimos de festas e outras finezas. Logo que Saraiva lhe entregou o voto, disse consigo: A qual dos meus amigos darei este leitão? Tenho Fulano, que é meu advogado antigo, há mais de oito anos, tenho Sicrano, padrinho de Ninica, e que assistiu ao meu casamento; finalmente, tenho também Beltrano, que nunca deixava de me convidar para os seus bailes, onde acho sempre boa roda. A qual deles mandarei este leitão gordo?

Daí todos esses grupos de amigos, inventando candidaturas contra a vontade dos candidatos, que são obrigados a vir pedir pelo amor de Deus que os não levem a um malogro certo. Estou que, se os candidatos vissem bem as coisas, não viriam pedir nada; não se trata de malogro, porque não se trata de eleger; trata-se de um brinde a um amigo, uma dúzia de lenços que se lhe manda em lembrança. Ou os candidatos não usam lenços?

Eu cá é que, por mais que ache aquilo bonito, não dou o meu voto, nem que mo peçam. E não é pedir por escrito, mas por boca, e não em discurso, mas cá em casa, diante de mim. Hão de vir cá sentar-se nas minhas cadeiras, e dizer o que querem, e pedir o que desejam; e se eu mastigar alguma escusa, hão de insistir comigo. Ou isto, ou nada. Lá papar-me o voto só pelos bonitos olhos, sem me conhecerem, para que me não tirem o chapéu no dia seguinte, isso não. Quero que a criatura conheça o criador, e o adore, e lhe queime incenso. E se o incenso for da loja de meu primo Matias, que anda muito por baixo, então é ouro sobre azul. Se não, não.

Lélio
Gazeta de Notícias, 11 de janeiro de 1886

Vá que os telegramas

Vá que os telegramas do Chile nos digam que o finado Viculia Mackena "vai ter um dia destes exéquias *régias*". Régias para um republicano, parece esquisito, mas aqui se pode dizer que a República não possui ainda um léxico suntuário.

Vá também que certo ateu, apanhado pela Inquisição, e metido por ela em torturas, berrasse com dores: *Ah! meu Deus! oh! meu Deus!* Pode dizer-se aqui que a sensibilidade do homem conservava a língua primitiva.

Vá ainda que um jornal lisboense nos dissesse, há poucos meses, que o deputado Fulano, em França, fora nomeado ministro do Reino. O equívoco era natural, e a questão principal era ser entendido pelos leitores.

Jornais, telegramas, ateus, todos podem trocar umas palavras por outras. Nós mesmos diremos ainda, que quem lhe dói o dente, é que vai à casa do barbeiro, quando é certo que o barbeiro está hoje limitado às barbas. Quem lhe dói o dente, vai à casa do dentista.

Mas o que admira, é que a Câmara municipal, em documento oficial publicado, faça referência à rua do Rio Comprido, que ela própria trocou de nome, mandando chamá-la Malvino Reis.

Oficialmente é esquisito. E como isto prova que, se a própria Câmara esquece o que faz, toda a gente pode igualmente esquecê-lo; e visto ainda, que as mudanças de nomes têm sido numerosas: pareceu-me achar aqui uma carreira nova e lucrativa.

Sim; a pessoa que abrisse um curso noturno para ensinar a topografia da cidade, antes e depois do dilúvio onomástico, obrigando-se a formar alunos em um ou dois anos, podia ganhar muito honradamente o pão de cada dia.

Eu mesmo, que aqui estou criticando a Câmara, fui ontem procurar um amigo, e não achei os antigos nomes das ruas do bairro, nem sequer conhecia os novos. Alguns destes eram de senhoras; outros eram muito compridos.

Esta última classe despertou em mim a esperança de ainda poder obsequiar o padre que me batizou. Não voto agora em vereador que me não prometa tirar o nome de alguma rua para pôr o daquele digno sacerdote. Rua do Cônego Honorário da Capela Imperial do Reverendo Fortunato Matias de Vasconcelos — pode ser difícil de reter na memória, mas como pintura de esquina faz um figurão; e demais, serve a um amigo meu.

Ou então, se não quiserem aceitar a condição, façam uma coisa; votem em mim. Uma vez empossado da cadeira de vereador, farei comigo esta reflexão: "Lélio, deixa-te de histórias. *Comme les autres...* Tu tens amigos; não lhes pode dar uma comenda, nem um jantar, que é raro; dá-lhes uma rua. Rua do coronel Alberto não faz mal a ninguém, e faz muito bem ao coronel Alberto. Não dizes sempre que a tua afilhada Vitorina está ficando uma linda mocetona? Tens aqui uma travessa à mão; chama-lhe travessa de d. Vitorina Pessoa. Ou preferes dar-lhe um vestido? O vestido rasga-se..."

E iria por diante. Justamente o pai da travessa, meu compadre, deu em energúmeno, depois que perdeu a esperança de obter um título; fala já em República. Eu, vereador, restituiria esta ovelha ao redil, dizendo-lhe pouco mais ou menos: "João Raimundo, tu não dás para titular; és vulgar, não chegas a persuadir ninguém; mas, meu filho, aqui estou eu que sirvo para as ocasiões. Há uma coisa que te posso dar, e que vale ainda muito; dou-te uma rua. Queres a rua da Quitanda? pega-la..."

E se ele respondesse que não, que o nome da rua da Quitanda está ligado às origens da cidade, à sua história, que era um destempero, ou, pelo menos, uma prova de inteligência das coisas mudar tal nome para pôr o dele, respondia-lhe com quatro pedras na mão, que fosse para o diabo, que as ruas eram minhas, por ser da Câmara, e podia fazer delas o que quisesse. Não admitia réplica; havia de ir para a rua da Quitanda. E mostrava-lhe as vantagens: 1º o nome em todas as esquinas; 2º nos almanaques; 3º nos assentamentos públicos, judiciais, administrativos e outros; 4º nos anúncios de lojas de fazendas, de papel, de chapéus, de charutos; 5º nos sobrescritos das cartas que vão pelo correio e outras; 6º nos itinerários das procissões; 7º em um ou outro desastre de tílburi, etc., etc.

Mas se é certo que não me ficaria amigo nem parente pobre, não menos o é que atenderia a algumas celebridades das próprias ruas ou do bairro a que elas pertencessem. Um homem que foi juiz de paz em 1850, que liquidou em 1864 o negócio de malas para viagem, que se barbeia, que não dá taponas nas pessoas que passam, por que é que não há de ver o seu nome nas esquinas? Isto não é só para os Andradas. O mérito tem escalas; uns fazem política, outros sapatos; mas não há boa política sem bons sapatos. E o sol quando nasce é para todos, tanto para Gonçalves Dias, como para o meu amigo Prudêncio, um que não tem este olho.

Lélio
Gazeta de Notícias, 9 de fevereiro de 1886

Em se descobrindo um desfalque

Em se descobrindo um desfalque, sinto logo a mesma coisa que com os trovões: fico a tremer pelo que há de vir.

Os desfalques dividem-se em duas classes, os descobertos e os encobertos. Desfalque descoberto (sigo a versão do cônego Filipe) é o que já se descobriu, o que aparece nos olhos de todos, é anunciado nas folhas de maior circulação, recebe a polícia, um inquérito, dois advogados, um ou dois júris, e o esquecimento, que é o lençol de nós todos. Desfalque encoberto é o que ainda se não levantou da cama.

Destes é que eu tremo. Não me hão de negar que podem haver alguns desfalques encobertos, agora mesmo, dormindo. Os desfalques deitam-se tarde; passam a noite com amigos, ceia lauta, algumas damas, e recolhem-se de madrugada. Não se admira que se levantem tarde. Lá porque as janelas ainda estão fechadas, não se pode dizer que em casa não há ninguém. Pode ser que haja; e é o que me mete medo.

Um dia destes, abre um deles o olho, estica os braços para sacudir a preguiça, salta da cama e abre a janela. Espanto na vizinhança, que supunha que a casa estava para alugar. Junta-se gente à porta; todos querem ver o dorminhoco; os mais afoitos entram-lhe em casa; outros ainda mais afoitos puxam-lhe pelo nariz. E ele deixará fazer tudo o que quiserem, com a tolerância própria de um cidadão que dormiu bem e longamente, sem mosquitos, nem ratos, ceou à larga e sonhou com os anjos.

Contará tudo o que quiserem. Se ele for gordo, andar-lhe-ão em volta, com um metro de alfaiate, para lhe tomar as medidas: tantos de altura, tantos de largura. Perguntar-lhe-ão o que comeu e o que bebeu, e ele não negará nada. A vizinhança, cada vez mais espantada, perguntará a si mesma como é que não tinha dado pelo morador. Concordará, finalmente, que o descuido veio das janelas fechadas, que lhe fizeram crer que a casa estava vazia.

E quando digo um dia destes, não me refiro à presente semana. Agora o mais provável é que os desfalques se preparem para festejar o entrudo, a despeito do edital da Câmara municipal. A verdade é que eles podem responder muito especiosamente à Câmara; podem dizer que as ordens desta são endereçadas à população, e que eles, em vigor, não povoam nada, ao contrário.

Esta semana, não; nem esta, nem ainda a seguinte, que é para cada um ir tratar das bronquites que tiver apanhado. Mas a outra e as outras?

Agora, se querem saber por que é que tremo dos desfalques que hão de vir, não sendo eu cofre nem gaveta de ninguém, não tenho dúvida em confessar que disse isso por falta de outro assunto para estas linhas.

Porquanto (e fique isto consignado na ata) eu até admiro os desfalques. Economicamente, é sinal de que há dinheiro; entre os Crichanas não há desfalques. Socialmente, é mais um assunto de conversação, que nos faz descansar de outros. Não dura muito, algumas horas, dois ou três dias; mas o que é que dura neste mundo, a não serem as Pirâmides do Egito e a boa-fé da minha comadre?

Lélio
Gazeta de Notícias, 3 de março de 1886

Tenho aqui um livro

Tenho aqui um livro — um folheto apenas — com cento e vinte e duas páginas de texto e cinco de índice. Parece pouco mas vale uma biblioteca.

Chama-se este livro *Leis e resoluções da província da Bahia votadas no ano de 1885*. Como se vê, é a coleção dos atos legislativos do ano passado, e se o leitor não tem mais que fazer, sente-se aqui ao pé de mim, acenda o seu charuto (o fumo não me faz mal), e folheemos estas páginas instrutivas.

São cinquenta e seis leis e resoluções, das quais pertencem a diversos assuntos dezesseis, não mais. As outras quarenta instituem loterias. Não faça essa cara, que lhe fica mal; conte-as comigo: uma, duas, dez, vinte, trinta, quarenta leis.

Contemos agora as loterias; é um pouco enfadonho, mas provavelmente o leitor não sai já de casa, e se costuma ler de manhã o seu romance, creia que é a mesma coisa. Vai ter uma comoção muito maior do que lhe poderia dar o velho Dumas, conquanto não seja minha intenção abusar dos seus nervos.

Veja bem, ponha os óculos. Desde 16 de junho, que é a data da primeira lei sobre loteria, até 15 de setembro, que é a da última, concedeu a Assembleia, novecentas e onze loterias (911), digo bem, novecentas e onze. Juro por esta luz que me alumia, que as contei todas, com o maior cuidado. São novecentas e onze loterias, em um só ano, para juntar às anteriores, e não sei se ainda vou receber este ano algumas centenas mais.

A mor parte delas são destinadas a obras e alfaias de igrejas; e acho nisto grande finura do legislador, que obriga os fiéis a constituírem o edifício do céu com os tijolos do pecado. *Ex fumo dare lucem*. Mas há certa porção destinada a outros fins. A vila de Poções tem de limpar um riacho? Três loterias. É preciso construir uma escola no Brejo Grande? Cinco loterias. O Montepio dos artistas Nazarenos obteve vinte; a Beneficência Caixeiral, dez; a Bolsa de Caridade, três; um clube literário, cinco; o Liceu de Artes e Ofícios, duas; as obras de um cais de Ilhéus, vinte; o calçamento da rua de Tororó, seis; o Asilo de Expostos, cinquenta; o das Órfãs de Santíssimo Coração de Jesus, vinte; a Associação dos Empregados Públicos, cinco; e ainda outras instituições, que não cito por brevidade.

Diz-me alguma coisa, que os livros e folhetos desta espécie hão de ser lidos com grande avidez, lá pelos anos de 1980, e ainda mais tarde, se Deus lhes der vida e saúde. A história estuda-se em documentos assim, não preparados, mas ingênuos e sinceros; é deles que se pode sacar a vida e a fisionomia de um tempo.

E qual é a vida e a fisionomia deste tempo? Longe os espíritos superficiais, que concluem logo a aparência das coisas! Cavemos fundo o problema. O investigador sagaz de 1980 achará que por este nosso tempo se operou uma grande fusão religiosa, que fizemos do paganismo e do cristianismo um só credo, convertendo a Fortuna antiga na Providência moderna, isto é, uma terceira entidade cega e vidente, que tira das algibeiras de uns para limpar os riachos dos outros — dois mundos acordes — *teste David cum Sibylla...*

Lélio
Gazeta de Notícias, 22 de março de 1886

A + B

Gazeta de Notícias (1886)

Você já viu nada mais curioso que este tempo?

A — Você já viu nada mais curioso que este tempo?

B — Que tempo?

A — O tempo, o tempo escuro, o tempo claro, ventoso, chuvoso, caloroso...

B — É o seu ofício. Mais esquisito me parece o general Santos, que ora agoniza, ora despacha; há poucas horas estava com um pé na sepultura; há meia hora ratificou um decreto.

A — Pois tudo isso é do tempo. Também há poucos dias estavam uns oitocentos contos muito caladinhos, na tesouraria da Fazenda de Pernambuco; vai senão quando pegam em si e abandonam a caixa, sem deixar a menor notícia do destino; um bilhete que fosse, um bilhete de quinhentos réis, que podia ficar muito quieto e explicar-se com a polícia. "Os meus colegas", diria esse gracioso infante, "saíram daqui com intenção de evitar, embora por caminhos mais longos e tortuosos, a estrada do imposto, por exemplo, que é comprida como todos os diabos. Não voltarão todos juntos, nem no mesmo ano; mas, se é verdade que Roma não se fez num dia, também é certo que não se desfez num ano. Foi o que eles me disseram."

B — Não creia que eles fizessem isso; bilhete pernambucano não imitaria assim o caso do consulado português, onde uma libra disse a mesma coisa aos poderes públicos, quando desapareceu dali uma quantia grossa...

A — Era esterlina?

B — Esterlina.

A — Ah! as libras esterlinas são muito sinceras. Eu creio mais em uma libra esterlina, quando é mesmo esterlina, do que em cinco mil-réis; mas no caso presente era apenas dar um recado...

B — Isso, mas era imitar; e você sabe... a guerra dos mascates... Veja, por exemplo, o caso do English Bank; aí não houve a menor hesitação, justamente por não ser o bilhete pernambucano, mas a nossa boa libra amiga...

A — Ficou alguma?

B — Tudo estava acabado, morto, esquecido, creio que já lançado a lucros e perdas, quando reapareceu uma pessoa e disse: "Vamos ver como se passou este negócio"

A — Parece-lhe então que voltarão todas?

B — Não diga tanto; algumas até já terão voltado, em depósitos, letras, cambiais e... A pessoa que voltou quer saber como a descoberta se passou e, se é verdade que o Banco *n'avait oublié qu'un point...*

A — *C'etait d'allumer sa lanterne?*

B — Acertou. É incrível como você ainda não esqueceu esses e outros adminículos do fabulista...

A — Ah! meu amigo, as fábulas são ainda agora as coisas mais verdadeiras desse mundo e do outro; o próprio Deus algumas vezes falou por parábolas. Com que então, o Banco esqueceu o principal do negócio?

B — Justamente; e é por aí que vai a gata aos filhos.

A — Cá está outro petisco. Parece que se descobriu que o testamento de Custódio Bíblia...

B — Quem?

A — Custódio Bíblia. Conheceu-o?

B — Não. Conheci há muitos anos um padre protestante, que aqui andava pregando e a quem o *Apóstolo* chamava por desprezo O *Bíblia* assim como se dissesse: o *pinta-monos*.

A — Pois não é esse; é um Custódio José Gomes, que tinha aquela alcunha, morreu há tempos, deixando um testamento. Diz-se agora que o testamento é falso, e acrescenta um jornal que pessoas de conceito estão envolvidas no negócio.

B — Diabo.

A — Diga-me cá. Juntando todas essas coisas a outras coisas, não lhe parece que aqui há coisa?

B — Há coisa e pessoas; mas, estando as pessoas no plural e a coisa no singular, chega-se à necessidade de uma divisão equitativa da coisa, porque em suma, é preciso brilhar, gozar...

A — Mas um país riquíssimo?

B — O Belisário já provou que esta velha chapa não merece atenção de homem sério. Nem o país é riquíssimo, nem riqueza escondida vale grande coisa. Toda a questão é ir buscá-la. A mais rica pérola do mundo, escondida aos olhos do homem, vale menos que este níquel de duzentos réis. Finalmente, li há pouco, agora mesmo, uma velha verdade da ciência moderna. Você crê na luta pela vida?

A — Como não crer, se é a verdade pura?

B — Bem: na luta pela vida tem de vencer o mais forte ou o mais hábil. Você é forte?

A — Sou um banana.

B — Pois seja hábil. *Make money;* é o conselho de Cássio. *Mete dinheiro no bolso.*

João das Regras
Gazeta de Notícias, 12 de setembro de 1886

Vou dizer-lhe uma coisa incrível

A — Vou dizer-lhe uma coisa incrível, mas verdadeira. Tenho uma ideia...

B — Guarde-a, guarde-a... Uma ideia, amigo! É encafuá-la; é metê-la nos cafundós do espírito.

A — Pois sim, mas não há inconveniente em confiá-la a um amigo discreto; não é seguramente botá-la ao meio da rua. Você sabe que as ideias dos homens são como os filhos das mulheres; lá vem a hora... A minha completou agora mesmo os seus nove minutos... Vamos, apare-a nos braços. Sabe que no Recife, não só se desconfia que houve desfalque na Tesouraria, em vez de roubo, mas até já se suspeita que o método ali empregado foi o mesmo do English Bank.

B — Já sei: os tais maços de notas miúdas com uma nota grande por fora, fazendo tudo um conto de réis aparente, mas na realidade uns cento e tantos mil-réis.

A — Tal qual.

B — Mas que ideia lhe deu isso?

A — Veja lá se adivinha.

B — Não posso.

A — Imaginei que algumas das nossas cabeças públicas podem ser assim compostas de uma grande nota por fora e outras miúdas por dentro. Contos de réis de caçoada... Que lhe parece? Fiquei tão contente com esta conjetura, que até me deu vontade de dançar um minuete... Tra la la, tra la la, la la... Compreende, não? Uma nota grande, vistosa, cem mil-réis, encapando uma porção de quinhentos réis muito ralados, e embaindo a multidão. A multidão aplaude, crê nos rolos de dinheiro, adivinha outros, e dança como eu, tra la la, tra la la.

B — Bem pode ser.

A — Vá ouvindo. Espontaneamente, ou para animar as turbas, um dos presentes grita: "Viva o conto de réis!" Mil vozes repetem: "Viva o conto de réis!" E jura-se que não há menos de um conto de réis, que há até mais. Mas lá vem um que apenas possui uns cento e vinte mil-réis, em notas pequenas e espalhadas, e fica triste, sente-se invejoso, e clama que o conto de réis, embora certo, é falso.

B — "Embora certo", confesso que é sublime. Não acham outro meio de desmoralizar esses contos de réis, senão dizer que são falsos, embora certos.

A — Falso? replicam os outros; é preciso não conhecer dinheiro, para dizer que esta nota é falsa. Não há nada mais verdadeiro; tão verdadeiro como Deus que está no céu.

B — A sua ideia, entretanto, esbarra numa dificuldade. As notas não podem ficar emaçadas; há despesas... o dono tem de abrir os maços, distribuir o dinheiro...

A — Há despesas, mas há também crédito. Uma nota grande por fora é a alavanca do crédito intelectual. Para que serviria então a velha instituição dos fiados? Fia-se tudo, até a reputação.

B — Não sabia desta. Depois é que aparecem os desfalques.

A — Raro, muito raro.

B — Como raro?

A — Quando os desfalques começam a aparecer, a multidão está ocupada com outro conto de réis, que pode ser verdadeiro ou falso, mas é outro, e ninguém dá fé dos desfalques, ou todos os desculpam. Aqui entra uma boa liquidação sossegada, e adeus.

B — Compreendo; refere-se à História.

A — Deus de Misericórdia, não! Não vou tão longe. A História é uma bela castelã, muito cheia de si, e não me meto com ela. Mas a minha comadre Crônica, isso é que é uma boa velha patusca, tanto fala como escreve, fareja todas as coisas miúdas e graúdas, e põe tudo em pratos limpos.

B — Se fosse em pratos mal lavados, era capaz de saber também alguma coisa dos dois mil contos daquela companhia francesa, os tais que fomos condenados a pagar.

A — Não é outra coisa, esses contos são verdadeiros.

B — Como verdadeiros? Então acha que devemos entregar assim...

A — Homem dos diabos, não digo isso; digo que esses contos pedidos e concedidos (por ora) são dos que não comportam desfalques. Se houvermos de pagar *(quod Deus avertat),* há de ser em maços certos, certos e contados.

B — Mas convenha que é horrível; pagar certo e receber errado.

A — Antes errado que nada. Antes alguma coisa pouca nos cofres e nas cabeças, que uma simples hipótese, uma ou duas. Mas já é tarde; adeus.

B — Não; leia primeiro este trecho de um discurso do meu amigo Cândido de Oliveira, proferido ontem na Câmara dos deputados. Queixa-se de quererem pôr a Câmara abaixo do Senado. Mas como é que ele ainda não percebeu que o Senado tem mais força que a Câmara, e deve tê-la?

A — Lá isso não. Tanto percebeu, que deseja entrar para lá, e com razão, porque o merece. Na Inglaterra, o sr. Gladstone não deseja nem por sombras que a rainha o meta na Câmara dos lordes; justamente porque a dos comuns é mais forte. Toda a retórica do mundo não responde a esta comparação sociológica. Agora, musque-se; até depois.

João das Regras
Gazeta de Notícias, 16 de setembro de 1886

Ora viva!

A — Ora viva! Há que tempo que não o vejo!

B — Estive doente; apanhei uma constipação.

A — Eu, quando encontro alguma deixo-a estar onde está; não me abaixo a apanhá-la.

B — Pois bem; podia lá ter deixado também essa tolice. É um trocadilho que data do primeiro constipado, talvez Adão; pode ser que as primeiras folhas de figueira fossem tão somente uma camisa de flanela rudimentária... Enfim, você promete não dizer outra?

A — Já vejo que você ainda está impertinente. Constipação mal curada. Vamos a saber, não leu nada? não sabe nada?

B — Sei vagamente uma história de emendas que passaram no Senado, e que provavelmente não passam na Câmara. Que se há de fazer em tal caso?

A — Fusão, naturalmente.

B — Fusão? Explique-me isso pelo miúdo. Quer uma pastilha?

A — Não, obrigado. Você há de saber que o sistema parlamentar, como todos os sistemas, deve ter uma definição. A melhor de todas (modéstia à parte) é a minha.

B — Diga.

A — Confusão de línguas, fusão dos votos. As línguas divergem, trabalham, confundem-se, daqui o hebraico, dali o caldaico; mas as línguas cessam, e falam então os votos. Trata-se no caso presente de uma confusão de línguas, início de uma fusão de votos, que acabará por uma difusão de pessoas.

B — Sem trocadilho?

A — Sem trocadilho.

B — Mas o Senado pode negar a fusão?

A — Há opiniões, uns dizem que não, outros que sim, e este ponto depende dos partidos. Assim os liberais entendem que não se pode negar, os conservadores que sim. Quando a maioria do Senado for conservadora, nega, quando for liberal concede. Você vê que não há nada mais estável, mais definitivo que isto. Mais definitivo que isto só a morte; e ainda assim não sei.

B — Mas agora?

A — Agora é provável que haja fusão; demais, trata-se do orçamento, e aí está a finura da rejeição da emenda Correia. Orçamento ou revolução.

B — Entendi; mas diga-me: não era melhor que, por meio de poderes especiais, se definisse bem esse ponto constitucional da fusão obrigatória ou facultativa?

A — Upa! Você falou agora como um doutor. *Cabricias autem,* como diz o médico de Molière. Poderes especiais, ponto constitucional, fusão obrigatória ou facultativa... Mas você não vê que tudo isso é comprido, leva tempo, muito tempo, e que esta vida não chega a netos? Que haja alguma dificuldade grave em 1914, por causa desse ponto, é possível; mas que temos nós com 1914? Há de haver gente em 1914. Ou você crê que tudo acaba em 1913?

B — Não.

A — Logo...

B — E de eleição de senadores como vamos? Creio que é no dia 7 de outubro. Nada de chapa liberal?

A — Como não? Já está organizada; aqui está ela.

B — Queixavam-se de que o nosso Otaviano não queria organizar nada; mas afinal parece...

A — Parece o quê?
B — Que Alexandre deixou a tenda e tomou o comando das forças dispersas.
A — Não, senhor; Alexandre é mais fino; abdicou o Império...
B — Em quem?
A — Não designou nomes; fez mocô o macedônio, deixou-o *ei qui esset optimus;* e não houve briga pela definição. *Optimus* apareceu, reuniu, presidiu e concluiu. Dê cá uma pastilha.
B — Tome lá duas.

João das Regras
Gazeta de Notícias, 22 de setembro de 1886

Vinha agora mesmo pensando

A — Vinha agora mesmo pensando em vossa excelência...
B — Excelência!
A — Desculpe-me; foi um jeito que me ficou da conversa que tive com um deputado. E justamente por causa dele é que eu vinha pensando em você; falamos das últimas votações do Senado; ele, supondo estar na Câmara, disse-me, levantando os braços: "Os acontecimentos precipitam-se de uma maneira vertiginosa".
B — Que acontecimentos?
A — Foi o que ele me não quis dizer; ou por discrição, ou porque efetivamente não sabe nada. Chegou mesmo a queixar-se de não perceber em que paravam as modas. Já esteve certo da fusão, depois perdeu-a de vista, afinal parece-lhe que é inevitável. Eu, para consolá-lo, falei do *Chapéu de palhinha de Itália* um *vaudeville* antigo, contei-lhe a ação da peça, e citei-lhe as exclamações do pai da noiva: "Meu genro, tudo está desfeito!", "Meu genro, tudo está reconciliado!" Expliquei-lhe que o genro era o Ministério, e que o Senado é o sogro... Disse-lhe mais, que todas as peças, ainda as de cinco atos, acabam sempre; e que para ele toda a questão era dormir cedo ou tarde, com ceia ou sem ceia, talvez sem ceia... Em suma, duas horas de conversação...
B — Noto uma coincidência.
A — Qual?
B — Você citava um *vaudeville* antigo; eu pensava na Ópera Nacional...
A — Não a conheci; estava fora da corte por esse tempo.
B — A Ópera Nacional foi uma instituição que aqui houve para cantar óperas italianas, traduzidas pelo De-Simoni. Quando menos pensava, deu-nos o Carlos Gomes... Se todas as instituições deixassem assim alguma coisa...

Bons tempos! Estou a ver o Ribas, o Amat, o Trindade, sem contar as damas. Tempos deliciosos! Cantavam-se óperas sérias, óperas bufas e zarzuelas.

A — Mas a que propósito?

B — Uma dessas peças (e foi isto que me fez pensar na Ópera Nacional) tinha por título: *Eram due, or son tre*. Eram duas...

A — Agora são três.

B — Justo. Pensei no título por causa das chapas senatoriais, que eram duas, uma conservadora, outra liberal; mas a liberal dividiu-se, e aí ficam três

A — Mas por que é que se dividiria, sendo já difícil a luta de uma só?

B — Por causa dos princípios. Meu caro, os princípios valem alguma coisa; é preciso contar com eles. Por exemplo, eu não li a circular do Malvino.

A — Li-a eu.

B — Sim? Não a li, mas aposto que lá vem certo número de princípios: autonomia municipal, temporariedade do Senado, grande naturalização, casamento civil, alargamento do voto, federação das províncias...

A — Vá-se embora! Você leu a circular.

B — Não li.

A — Leu-a, por força; como é que se pode, sem ler...

B — Não li, homem de Deus! é que os princípios, ora são princípios, ora são favas contadas. Parece que foram eles ou elas, ou só um deles, a causa da divisão da chapa liberal, e da criação de outra abolicionista, que, se vencer, mete o Beaurepaire Rohan no Senado.

A — Sim? Acho que tem real merecimento; mas, por que não será um dos outros?

B — Não pode ser. O Bezerra também tem serviços, mas não se pode servir a dois senhores, ou ao Baependi ou a Allan-Kardec.

A — Bem; o Eduardo...

B — Seria um grande prazer para os seus amigos; mas, custa dizê-lo, neste país de dispêndios à larga, o Eduardo ficava à porta; ele, que foi tão econômico quando esteve no Ministério, era capaz, entrando no Senado, de propor logo a supressão do cabide dos chapéus, com o venerável pretexto de que no Parlamento britânico todos estão de chapéu na cabeça, ou em cima das pernas.

A — E da outra quem lhe parece que entraria?

B — Creio que o Malvino. E creia que, se não for agora, há de ser um dia; havemos de vê-lo entrar. Ele é dos sinceros e ingênuos; e lá está no evangelista: "Bem-aventurados os limpos de coração, porque eles verão a Deus". Deus aqui é um sinônimo do conde de Baependi.

A — Mas diga-me cá uma coisa...

B — Não posso; vou correndo para o Liceu de Artes e Ofícios, vou à conferência materialista.

A — Com esta chuva? Diga-me cá...

B — Não digo nada.

A — Olhe não falte ao Banco do Brasil no dia 28. Temos a eleição do diretor e presidente, e aqui não há princípios, são todos meios. Você sabe que há o diabo. É o caso da Ópera Nacional: *Eram due, or son tre*.
B — Adeus, adeus.
A — Mas qual a tese dessa conferência, que você não quer perder?
B — É esta: "Se a direção do materialismo científico pode ser ou não vantajosa aos seres organizados". Ora, eu tenho um gato de muita estimação, que não está no caso em que são Mateus manda que se faça alguma distinção entre o filho da casa e o cão da rua. O gato é também de casa; e eu quero ver se nos pode aproveitar a ambos a direção do materialismo científico.
A — Ah! meu caro, você cita os santos, eu cito os gentios. "Felizes os que podem conhecer a origem das coisas", e (acrescento eu) explicá-las entre o almoço e o jantar. Adeus.

João das Regras
Gazeta de Notícias, 28 de setembro de 1886

Ao ler este telegrama da Vitória

A — Ao ler este telegrama da Vitória na *Gazeta de Notícias*, o que é que pensa que mais me admirou?
B — Foi o magistrado que puxava a orelha da sota.
A — Não.
B — Foi o ex-legislador.
A — Também não.
B — Os empregados públicos?
A — Não; nada disso. A *Gazeta* deu muita importância a esse negócio, sem advertir que a província do Espírito Santo não tem loterias, como as outras; e, por outro lado, não há lá Sarah Bernhardt. Em alguma coisa se há de passar o tempo.
B — Mas então o que foi?
A — Foi a memória do correspondente. Singular correspondente! Segundo o seu telegrama, aquela jogatina liga-se ao desfalque do correio da Vitória. Mas então ainda há alguém que se lembre do desfalque do correio?
B — Não foi há muito tempo; um ou dois anos, não?
A — Que me importam os anos. O roubo de Pernambuco é de dias, e lá virá tempo em que escorregue para a lagoa Stígia, onde tudo se esquece. Daqui a pouco o Instituto Pernambucano insere o fato nos seus arquivos, entre a morte de Nero e a invasão dos bárbaros. Sócio haverá que prove que o tal roubo de oitocentos contos é uma inscrição lapidaria:

D. C. C. C. *contos...* isto é: "Deus, criador do céu conserta os contos (das lanças)". Dirá que foi achada em Nápoles pelos holandeses, trazida por eles, e aqui deixada escondida à margem do Beberibe.

B — Mas que quer que lhe façam? Você sabe que estes casos são como os desastres causados por bondes, em que os cocheiros sempre fogem. Não se há de inventar um cocheiro só para ter o gosto de o levar ao júri, como lá foram ter os que arranjaram o testamento do Vila Nova do Minho.

A — 1855. Vai longe!

B — Há trinta e um anos.

A — Longe, muito longe. *Mete dinheiro no bolso,* não te digo mais nada; é o que dizíamos há tempos. Não metas este paio que aqui está pendurado; suja-te as calças, e o meu amigo dr. Matos, 1º delegado, autua-te brincando. *Mete dinheiro no bolso.* Dinheiro grosso, muito grosso, mais grosso que o paio.

B — Mas a opinião pública?

A — O público, dizia um padre italiano, gosta de ser embaçado. Eu acrescento que é o seu destino. *Mete dinheiro no bolso.*

B — Queres parecer imoral, à força; tu não passas de um desanimado...

A — Como o Leão Veloso?

B — Que tem o Leão Veloso?

A — Está desanimado com o parlamentarismo; não o quer mais.

B — Tal qual o Uchôa.

A — Não; este apenas quer que se cumpra a constituição na nomeação livre dos ministros: é a mesma coisa, mas por motivo unicamente de legalidade. Leão Veloso é por tédio.

B — O que eu concluo é que há então parlamentarismo aqui.

A — Naturalmente.

B — As oposições disseram sempre que não; é verdade que depois diziam o contrário. E a Câmara? O que pensa a Câmara dos deputados acerca do parlamentarismo?

A — Falei a alguns dos seus membros; ouvi que não concordavam com os dois distintos senadores. Um deles explicou a divergência. Questão de ponto de vista. "A pessoa que passa de *bonde* por uma rua (disse-me ele) e olha para um palácio, recebe uma impressão diferente da pessoa que estiver à janela do palácio e olhar para o *bonde.* Os *bondes* passam e o palácio fica".

B — Que lhe disse você?

A — Que os palácios são mais sólidos, e abrigam melhor, nos dias de temporal. Os *bondes* não, senhor; passam, atropelam, molham, quebram as pernas à gente, e o cocheiro foge ou retira-se.

B — Mas então onde está a verdade?

A — *Mete dinheiro no bolso.*

João das Regras
Gazeta de Notícias, 4 de outubro de 1886

Estive há poucos minutos com uma senhora

A — Estive há poucos minutos com uma senhora, que veio desconsolada da sessão da Assembleia geral, vulgo fusão. Rejeitou um passeio nesse dia, só para ter o gosto de ver a coisa, e não viu nada.

B — Como nada?

A — Nada, ou quase nada, disse-me ela; tal qual a passagem de Vênus, tão rara como a fusão de câmaras, e que eu também não vi nem por sombras. Respondi-lhe galantemente, que a passagem de Vênus não era rara, visto que ela ia todos os dias à rua do Ouvidor, e que se a não via, é porque a rua do Ouvidor não é um espelho. Parece-me que disse uma fineza, não achas?

B — Talvez duas; mas a questão é saber porque é que ela não viu nada.

A — Espera. Dita a fineza, insinuei-lhe que era melhor que neste dia tivesse ido ela comigo à Câmara dos deputados...

B — Mas não havia lá ninguém!

A — Foi o que ela me replicou; eu disse-lhe que por isso mesmo que não havia ninguém, é que devíamos ir. Ela fez então o que devia: corou. Tu farias a mesma coisa; tu coravas.

B — Mas se eu estou corando.

A — Esperei que descorasse. Logo que descorou, expliquei-lhe que era para vermos, a gosto, na sala de espera, as tribunas que se mandaram fazer há tempos para os oradores, e que duraram, com perdão da palavra, *l'espace d'un matin*. Ela, que esteve em Paris, perguntou-me espantada porque eram muitas tribunas, em vez de uma, como viu lá. Respondi-lhe primeiramente, que as nossas eram duas, de vinhático e ridículas. Depois, dei-lhe a razão de serem duas.

B — Que razão, homem de Deus?

A — A razão foi terem feito a encomenda a um marceneiro que não tinha estado, por exemplo, em França, onde teria visto o que era a tribuna, que forma tinha, e em que lugar se punha; em seguida não terem emendado o regimento, que obriga a falar ao presidente, etc.

B — És sincero? Confessa que pregaste a essa senhora uma formidável amolação.

A — Ao contrário.

B — Não acredito... tu...

A — Achou tanto interesse, que me perguntou porque é que as tribunas estavam na sala de espera, à vista de todos; expliquei-lhe que era para consolação dos contribuintes atrasados. Em seguida, falou-me de um discurso do jovem deputado Afonso Celso Júnior, que concluiu pedindo a supressão das bolas de votação.

B — Então a votação é por bolas?

A — Aí está; você nem isso sabe. É por bolas; a cor da bola dá a significação do voto. Ela perguntou-me se cada bola tinha escrito o nome do deputado; naturalmente disse-lhe que não; se tivesse o nome escrito, quebrava-se o sigilo, que é a alma deste mundo e do outro. Para isso a Câmara, quando quer votação nominal, há de votar primeiro que o quer, coisa tão rara como a passagem de Vênus.

B — Mas, com os diabos, voltemos ao princípio! Por que é que ela não viu nada?

A — Agora o amolador és tu. Deixe-me concluir. Sabes o que ela me disse, depois de alguns minutos de reflexão? Que o melhor de tudo, nestas reformas parlamentares de uso interno, era fazer como se faz na indústria nacional dos chapéus...

B — Essa agora!

A — Foi o que eu lhe disse, mas por outras palavras delicadas; notei-lhe até certa contradição... Ela respondeu-me com um discurso do Martinho Campos.

B — Mas isso não é mulher, é um volume de *Anais!*

A — O Martinho Campos, disse-me ela, esclareceu este negócio dos chapéus, no Senado; declarou que o nosso chapéu vem todo de França, aos pedaços; aqui o que se faz, é enformá-lo, expô-lo, comprá-lo e usá-lo. É o que se devia fazer com a tribuna. Depois, estendeu-me a mão, despedindo-se; eu perguntei-lhe porque motivo não vira nada na Assembleia geral.

B — Enfim!

A — Ela emendou a mão. Ver, sempre viu alguma coisa; mas ia com a esperança de uma sessão cálida, agitada, muitos discursos; ouviu apenas três; não ouviu o primeiro, mas há de lê-lo, quando sair.

João das Regras
Gazeta de Notícias, 14 de outubro de 1886

...Nós ontem ouvimos o nobre senador pela Bahia

A — "...Nós ontem ouvimos o nobre senador pela Bahia, aliás um parlamentar de talento..."

B — Eu! Olá! pare, homem!

A — "... Tão distinto, falar no descrédito do parlamentarismo..."

B — Pare, pare! Que distração é essa?

A — Ah! és tu! Vou lendo este discurso do nosso Martinho de Campos, que só agora saiu impresso; aqui está; lê comigo.

B — Não posso. Vou com pressa; vou à cata de notícias.

A — Notícias de que?

B — Há dias correu aqui que uns dois coronéis ensaiavam o voo para uma revolução no Estado Oriental. Vou saber o que há. Que alguma coisa há de haver, creio; a prova é que o general Santos prestes a sair para a

Europa, resolveu ficar e esperar. Nota que a viagem para ele é indispensável, por causa do ferimento que recebeu, e que exige completa cura; mas, apesar de tudo, o general fica. Eu faria a mesma coisa.

A — Eu faria outra coisa.

B — Que farias tu?

A — Suprimia os coronéis.

B — Matando-os?

A — Não, homem de Deus, suprimia os postos; nem coronéis nem generais. Eu faria decretar que todos os filhos de república fossem cabeleireiros. Cabeleireiro, como se sabe, é o mais pacato dos cidadãos de um Estado. Outros que o solapem, que deitem fogo às instituições; o cabeleireiro compõe as cabeças, e, quando muito, abre uma espécie de estrada da liberdade, que alegra a vista, sem alteração da ordem... Mas vamos ao Martinho de Campos.

B — Singular disparate! Mas se todos fossem cabeleireiros, a quem é que eles penteariam, pateta?

A — Uns aos outros, pateta! reciprocidade capilar, permuta de penteadelas, troca de pomadas. Em vez disso, a República tem os seus coronéis, que aspiram ao governo supremo, como o ex-coronel Santos, embora não tenham o mesmo pulso. Crê nisto; os nossos vizinhos ainda estão na idade geológica do general. Um sujeito que não gosta de Santos, dizia-me há meses, com simplicidade: *No comprendo hombre político sin galones.*

B — E por isso queres os cabeleireiros?

A — Sem galões.

B — Mas então o cabeleireiro não é homem? Não há de aspirar também ao governo do Estado? Quem faz pastinhas não pode distribuir pastas? Perdão, mas tu és capaz de levar-me ao desespero, ao suicídio, ao *calembour,* ao assassinato!

A — Está bom, sossega, respira. Vamos para este corredor... Não foi nada; respira. Ouve agora o Martinho de Campos...

B — Deixa-me respirar ainda um pouco. Há por aí alguém que nos tivesse ouvido?

A — Ninguém.

B — Nenhum desfalque, ao menos?

A — Nenhum... isto é, não juro. Os desfalques são como as chuvas deste mês; está um céu muito bonito, de repente, zás, uma bátega d'água.

B — Depois o céu fica outra vez bonito.

A — Fica ainda mais bonito. E o Martinho de Campos também tratou desse ponto, mas sempre exagerado; disse que o caso de Pernambuco é o duodécimo, em três anos, e que isto revela profunda corrupção.

B — Corrupção profunda é demais; digamos que o passarinho está *faisandé,* ou, portuguesmente, tem uma pontinha de fedor. Mas, corrupção profunda! Era isso o que querias mostrar-me?

A — Não é, era est'outro ponto. O ilustre senador, falando do parlamentarismo, declarou que este em si é excelente, mas que no nosso país está corrompido.

B — Corrompido.

A — Há três opiniões neste negócio: a do senador Uchôa, que o julga inconstitucional, a do senador Leão Veloso, que lhe perdeu a fé, e a do senador Martinho de Campos, que o acha corrompido. Qual das três lhe parece melhor?

B — A melhor é a do meu alfaiate, que não me faz roupa senão por medida. "Se o senhor vestir um paletó do José Telha", disse-me ele no sábado, "fica demasiadamente vestido, e depois há de queixar-se do paletó e os seus amigos hão de dizer que o paletó está corrompido, e faz perder a fé, ou então que é inconstitucional..."

A — Discordo inteiramente, porque um paletó muito largo, ainda que não dê elegância, agasalha. É a opinião de todos os coronéis que se rebelam contra o general Santos; uma vez no governo, é certo que não o largam mais das unhas; mas nenhum deles deitará fora este nome de república, que é um vasto poncho consolador.

B — *Amem!*

João das Regras
Gazeta de Notícias, 24 de outubro de 1886

GAZETA DE HOLANDA

Gazeta de Notícias (1886-1888)

Um doutor da mula ruça

> *Voilà ce que l'on dit de moi*
> *Dans la "Gazette de Hollande"*

Um doutor da mula ruça,
Caolho, coxo e maneta,
É o homem que se embuça
No papel desta gazeta.

Gazeta que, se tivesse
Outra forma, outro formato,
Pode ser que merecesse
Vir com melhor aparato.

Mas é modesta, não passa
De uma folha de parreira,
Que dá uva, que dá passa,
Que dá vinho e borracheira.

Traz programa definido,
Para entrar no grande prélio:
Nem bemol, nem sustenido,
Nem Caim, nem Marco Aurélio.

Não traz ideias modernas,
Nem antigas: não traz nada.
Traz as suas duas pernas,
Uma sã, outra quebrada.

E vem, como é de ciência,
Entre muletas segura,
A muleta da inocência,
E a muleta da loucura.

Se uma não pega, outra pega,
E fica o corpo amparado;
Se para um lado escorrega,
Fica-lhe sempre outro lado.

De modo que, quando diga,
Seja ou não o que a lei manda,
Há de achar entrada amiga
Esta *Gazeta de Holanda*.

Que traga ideias a folha
Liberal que se anuncia,
Que as espalhe, que as escolha,
Como a *Reforma* fazia.

Vá que seja — posto seja
Tarefa das mais reversas,
Fazer uma só igreja
De tantas seitas diversas.

A prova é que, ainda agora,
Já pronta a bagagem sua,
Somente esperando a hora
De sair a folha à rua,

Feito um capítulo apenas
De tão diversos capítulos,
E, contando boas penas,
Já traz a folha dois títulos.

Voz da Nação, ou — *Gazeta
Nacional*; só falta a escolha.
Já principia a mareta,
Antes de sair a folha.

Eu cá, perfeita unidade,
Ora aprovo, ora contesto,
Sem que haja necessidade
De ouvir protesto e protesto...

Exemplo: ao ler que se trata
De fazer um edifício
Para o júri: — colunata,
Vasto e grego frontispício.

E que esta ideia bizarra
Nasceu mesmo agora, agora,
Quando foi ali à barra
Uma distinta senhora;

Quando a afluência de gente
Era tal, que o magistrado
Teve de ir incontinenti
Pedir sabão emprestado;

Comigo disse: — Bem feito
Que a Joaninha expirasse
De uma moléstia do peito,
E que a Eduarda cegasse

Só assim tínhamos prédio
Para um tribunal sem nada;
Não foi morte, foi remédio;
Foi vida, não foi pancada.

Pangloss, o doutor profundo,
Mostra que há grande harmonia
Entre as coisas deste mundo,
Entre um dia e outro dia;

Que os narizes foram dados
Para os óculos; portanto,
Trazem óculos pousados...
Pangloss é o meu padre-santo.

Logo, se uma e outra escrava
Brigaram sem sentimento,
A razão de ação tão brava
Foi termos um monumento.

Neste ponto o ponto pingo,
E despeço-me no ponto
Em que cada novo pingo,
Já não é ponto, é posponto.

Malvolio
Gazeta de Notícias, nº 1, 1º de novembro de 1886

Muito custa uma notícia!

Voilà ce que l'on dit de moi
Dans la "Gazette de Hollande"

Muito custa uma notícia!
Que ofício! E nada aparece.

Que canseira e que perícia!
Que andar desde que amanhece!

E tu, leitor sem entranhas,
Exiges mais, e não vês
Como perdemos as banhas
Em te dar tudo o que lês.

És assim como um janota
De maneiras superfinas,
Que não sabe o preço à bota
Com que cativa as meninas.

Agora mesmo, buscando
Saber de associação
Que se deu ao venerando
Ofício de proteção

Aos animais — não sabia
Onde achasse os documentos
Dessa obra de simpatia,
Para transmiti-la aos ventos.

Achei quatrocentas atas
De reuniões semanais,
Ofícios, notas e datas,
Tudo espalhado em jornais.

Mas das ações praticadas
Em favor da bicharia,
E das vitórias ganhadas,
Nada disso conhecia.

Então lembrei-me de um burro,
Sujeito de algum valor,
Nem grosseiro nem casmurro,
Menos burro que o senhor.

E pensei: naturalmente
Traz toda a história sabida;
É burro, há de ter presente
A proteção recebida.

Lá fui. O animal estava
Em pé, coos olhos no chão

Tinha um ar de quem cismava
Coisas de ponderação.

Que coisas, porém, que assunto
Tão grave, tão demorado,
Ocupava o seu bestunto,
Nada lhe foi perguntado.

Talvez, ao ver-se assim magro,
Cativo como um Nagô,
Pensasse no velho onagro,
Que foi seu décimo avô.

Entrei, dizendo-lhe a causa
Daquela minha visita;
Ele, depois de uma pausa,
Como gente que medita,

Respondeu-me: — Em frases toscas
Mas verdadeiras, direi,
Enquanto sacudo as moscas,
Tudo o que sobre isto sei.

Juro-te que a sociedade,
Contra os nossos sofrimentos,
Tem obras de caridade,
Tem leis, tem regulamentos.

Tem um asilo, obra sua,
Belo, forte, amplo e capaz;
Já se não morre na rua,
Dá-se ali velhice e paz.

Gozam dessa benta esmola,
Em seus quartos separados,
Mais de uma onça espanhola,
E muitos gatos-pingados.

Todos os galos na testa
Acham lá milho e afeição;
Lá vive tudo o que resta
Da burra de Balaão.

Mora ali a vaca fria
E mais a cabra Amalteia,

Única e só companhia
Do pobre leão de Nemeia.

Não posso fazer elipse
Dos bichos caretas, nem
Da besta do Apocalipse,
Que ali seu abrigo têm.

E o cisne de Leda, e um bode
Expiatório, e o cavalo
De Troia, escapar não pode;
Mas há outros que inda calo.

Peguei no papel, e a lápis
Escrevi tudo, e escrevi
Mais o nome do boi Ápis,
Que ele inda me disse ali.

E perguntei: — Meu amigo,
Por que é que a tantos amaina
O tempo, naquele abrigo,
E você anda na faina?

Ele, burro circunspeto,
Asno de boa feição,
Tirou de fino intelecto
Esta profunda razão:

— Se eu estivesse ali junto
Com outros da minha banda,
Você não tinha este assunto
Para a *Gazeta de Holanda*.

Vá consolado: que importa
Que eu viva cá fora ou lá?
Qualquer porta há de ser porta,
Para sair; vá, vá, vá.

E enquanto assim me dizia
Frases que chamava toscas,
Chagas de pancadaria
Iam convidando as moscas.

Lá o deixei como estava,
Em pé, coos olhos no chão,

Parecendo que cismava
Coisas de ponderação.

Malvolio
Gazeta de Notícias, nº 2, 5 de novembro de 1886

Aqui está, em folhas várias

Voilà ce que l'on dit de moi
Dans la "Gazette de Hollande"

Aqui está, em folhas várias,
Uma coisa que se presta
A notas e luminárias.
Aqui vai a coisa, é esta:

"Na rua Larga se aluga,
Em bom estado, uma beca."
Parece uma simples nuga,
E é mais que uma biblioteca.

Eis aqui o que eu diria:
Há nesta beca alugada
Uma ideia que devia,
Há muito andar publicada.

Primeiramente, reparo
Que esta beca não se vende,
Por preço barato ou caro;
É que, alugada, mais rende.

Comprá-la era possuí-la;
Alugá-la é só trazê-la,
Usá-la é restituí-la,
Sem rompê-la ou descosê-la.

Não haverá neste caso
Um sintoma? Não parece
Que a beca tomada a prazo
Uma lição oferece?

Que, sem correr Seca e Meca,
Muita gente delicada,
Assim como traz a beca,
Traz a ciência alugada?

Que, sendo esta leve e pouca,
Apenas meia tigela,
Não chega a entornar da boca,
E pouco pedem por ela?

Que, inda mesmo sendo um quarto
De tal tigela, e não meia,
Parece falar de farto
Quem fala de boca cheia?

E que esse pouco, bastando
A que o locatário almoce,
É tolice andar catando
Ciência de sobreposse?

Nada sei; mas ofereço
A toda a pessoa séria
Este problema de preço;
E passo a outra matéria.

Escreve um correspondente
Cholera-Morbus chamado:
"Conto que proximamente,
Malvólio, estou a teu lado.

"Aqui, nesta Buenos Aires,
Terra de belas meninas...
Que *salero* e que donaires!
Que formosas Argentinas!

"Aqui, por mais que me esbofe,
Levo uma vida vadia;
Esperava um rega-bofe
E vou de pança vazia.

"Quando mato uma pessoa,
Surge-me logo uma junta,
Que a declara viva e boa,
Por mais que a deixo defunta.

"Negam-me tudo: o meu ato,
O nome, e até a existência;
Chamam-me simples boato,
Sem razão nem consistência.

"Aborrecido com isto,
Determinei ir-me embora
Por esse mundo de Cristo;
Estou aqui, estou lá fora.

"Aí me vou, *caro mio,*
Só não sei de que maneira,
Se diretamente ao Rio,
Se atravessando a fronteira.

"Ir por água é arriscado
A dar com o nariz na porta,
Se achar o porto trancado,
Eu fico de cara torta.

"Enfim, veremos... Espero
Que, de um modo ou de outro modo,
Lá entre; e aqui te assevero
Que com pouco me acomodo.

"Saudade, tenho saudade
De outrora. Há mais de trinta anos
Que andei por essa cidade
Com grandes passos ufanos.

"Mudou tudo? Existe ainda
O Teatro Provisório?
Onde está Lagrua, a linda,
Que teve um lapso amatório?

"O gordo Tatti? o magano
Ferranti? a Charton divina?
Vive ainda o João Caetano?
Vive ainda a Ludovina?

"A Loja do Paula Brito
Mudou de dono ou de praça?
Paranhos, grave e bonito,
Vive ainda? Vive o Graça?

"Mora ainda no Rocio
Muita família? O teatro
Tem inda o mesmo feitio?
São ainda os mesmos quatro?

"Publica-se inda o elegante
Mercantil? Que faz? Que escreve
Maneco? e o Muzzio? e o brilhante
Alencar de estilo leve?

"Vou vê-los todos, e juro
Em honra aos dias passados,
Que ao meu golpe áspero e duro
Serão poupados, poupados..."

Malvolio
Gazeta de Notícias, nº 3, 12 de novembro de 1886

QUE SERÁ DO NOVO BANCO?

Voilà ce que l'on dit de moi
Dans la "Gazette de Hollande"

Que será do novo banco?
Interroga toda a gente.
Respondem uns que um barranco,
Outros dizem que uma enchente.

Certo é que andaram milhares
De contos, contos e contos,
Uns por terra, outros por mares,
Contos de todos os pontos.

Caíam como sardinhas,
Pulavam como baleias.
Ai belas ambições minhas!
Ai sonho, que me incendeias!

E o Holman, o forte e ledo
Inglês abrasileirado,

Contemplava o Figueiredo,
Que olhava, grave e barbado.

Supunham que muita gente
Viesse; mas gente tanta
Não cuidavam certamente...
Obra abençoada e santa!

Da empresa, ora começada,
Há quem diga maravilhas;
Muita ideia cogitada...
Ouro a granel, ouro em pilhas.

Circulação recolhida,
Câmbio a vinte e seis ou sete,
Mudança da antiga vida,
Outra cara, outro topete.

Ai, sonho! ai, diva quimera!
Pudesse eu entrar na dança!
Ai viçosa primavera!
Ai verde flor de esperança!

Nem eu, nem o meu compadre
Eusébio Vaz Quintanilha,
Que, por mais que corra e ladre,
Nenhum grande emprego pilha.

Que, para matar a fome,
Vem matá-la em minha casa,
Sem poder dizer que come,
Mas que destrói, mata, arrasa.

Pobre Quintanilha! Um anjo!
Coitado! Afinal parece
Que lá teve algum arranjo
Que lhe dá certo interesse.

Há já dias que o não via;
Onde iria o desgraçado?
Quem sabe se morreria,
Faminto e desesperado?

Eis que ontem, quando passava
Pela rua da Quitanda,

E nos negócios cismava
Desta *Gazeta de Holanda*,

Lá no outro lado da rua
Uma figurinha para;
Trazia a cabeça nua,
Bacia, opa e uma vara.

Era o pobre... Deu comigo
E veio, em quatro passadas,
Ao seu delicado amigo
Apertar as mãos pasmadas.

— "És andador de Irmandade?
Aprovo os teus sentimentos
De devoção, de piedade...
Toma um níquel de duzentos".

— "Não, Malvolio, não, não ando
Como um andador professo..."
— "Andador de contrabando?"
— "Também não; ouve, eu te peço.

"Esta opa, esta bacia
Alugo a alguma Irmandade;
Dou cinco mil-réis por dia,
E corro toda a cidade.

"Varia o lucro, segundo
Dou mais ou menos às pernas;
Não escandalizo o mundo
E mato as fomes eternas.

"Rende-me oito ou nove, e há dias
De dez mil-réis, dez e tanto.
Crês? Já faço economias,
Já deito algum cobre ao canto.

"É este o meu banco. O fundo
É variável, mas certo;
Deus dá banco a todo o mundo;
Uns vão longe, outros vão perto.

"Eu cá não ando com listas
De ações, nem faço rateio;

Todos são meus acionistas,
Gordo ou magro, lindo ou feio.

"Que um só vintém esmolado
Vale no céu muitos contos;
E há muito vintém cobrado...
Vinténs de todos os pontos!"

Malvolio
Gazeta de Notícias, nº 4, 17 de novembro de 1886

Com franqueza, esta Bulgária

Voilà ce que l'on dit de moi
Dans la "Gazette de Hollande"

Com franqueza, esta Bulgária
Vai-me esgotando a paciência;
Lembra a ilha Baratária,
Onde, após uma audiência,

Sancho, que naquele dia
Começara a governá-la,
Foi, com muita cortesia,
Levado a uma grande sala.

Tinha uma fome de rato
O governador recente,
E viu prato, e prato, e prato,
Prato de atolar o dente.

Quanto manjar, quanto molho,
Não direi, por mais que diga;
Só a vista enchia o olho...
Restava encher a barriga.

Mas tão depressa acudia
Algum servo respeitoso,
Trazendo-lhe uma iguaria
De cheirinho apetitoso,

Um doutor, que se postara
Ao lado, sem mais demora
Fazia um gesto coa vara,
E ia-se a iguaria embora.

Afinal, pergunta o Sancho
Que era aquela caçoada.
Responde o doutor, mui ancho,
Que nada, não era nada.

Que, como ele tinha a cargo
A sua saúde e vida,
Cabia-lhe pôr embargo
A uma ou outra comida.

— "Bem, então dê-me essas belas,
Maravilhosas perdizes.
— "Livre-o Deus de tocar nelas,
Nem de chegar-lhe os narizes".

— "Mas, aquele gordo coelho
Espero que me não negue".
— "Senhor, o melhor conselho
É que nem sequer lhe pegue".

— "Naquele prato travesso
Cuido que há *olla-podrida*..."
— "Não coma, por Deus lho peço!
Aquilo espatifa a vida.

"Deixe vossa senhoria
A cônegos e a reitores
Essa péssima iguaria
Que tanto estraga os humores".

E o pobre Sancho com fome,
Por mais que lhe dê na gana,
Tudo pede e nada come,
Até que se desengana.

Assim anda a tal Bulgária;
Elege, mas não elege,
Pois, como na Baratária,
Há um doutor que a protege.

— "Este príncipe!" — "Não presta;
Faz-lhe mal aos intestinos".
— "Estoutro?" — "Escolha funesta".
— "Aqueloutro?" — "Um valdevinos.

"Para os seus humores basta
Este da Mingrélia; é moço,
Boa cara e boa casta;
Demais, pertence ao colosso".

E a Bulgária, se há de os braços
Estender e recebê-lo,
Fazendo assim com abraços,
Em vez de a murros fazê-lo,

Timeo Danaos, et dona
Ferentes, pensa consigo;
E com ar de valentona,
Recusa o presente amigo.

Bulgária dos meus pecados,
Imita o meu pobre Sancho,
Que, vendo os pratos negados,
Agarrou um pão a gancho.

Um pão seco e frescas uvas,
Acaba essas longas bodas.
Já tens véu, grinalda e luvas,
Escolhe uma vez por todas.

E, tomando a liberdade
De te chamar d. Amélia,
(Ó rima! ó necessidade!)
Bulgária, escolhe o Mingrélia!

Malvolio
Gazeta de Notícias, nº 5, 21 de novembro de 1886

Tu és Cólera,
e sobre esta

> *Voilà ce que l'on dit de moi*
> *Dans la "Gazette de Hollande"*

"Tu és Cólera, e sobre esta
Doença amiga edifico
A minha igreja, e uma sesta
Perpétua, em ficando rico".

Assim me dizia o Bento
Da Silva Luz, boticário,
Inventor de um cozimento,
Inócuo e pecuniário.

E, vendo que eu o escutara,
Cheio de alegria e riso,
Como alguém que se prepara
A ter igual paraíso,

Quis saber qual fosse a causa
Daquela expressão ridente;
Eu, depois de certa pausa,
Disse-lhe naturalmente:

— "Quando cogito em que a peste
Pode entrar por nossa casa,
Cuido no favor celeste
Que trará pendente na asa.

"Deu ela entre alienados
De Buenos Aires, matando
Metade dos atacados,
E nova gente atacando.

"Cada telegrama conta
Dois, três, cinco, oito, dez loucos,
Que ficam de mala pronta
E vão deixando isto aos poucos.

"Não tarda que o derradeiro
Hóspede saia do asilo
E fique o edifício inteiro
Despovoado e tranquilo.

"E calcule agora a soma
De palácios encantados,
Feitos de nácar e goma,
Telhados e destelhados;

"Calcule os pássaros feios,
De asas longas, longas pernas,
Que enchem por todos os meios
As frias noites eternas;

"Calcule as meias ideias
Feitas de meias lembranças,
E a meia luz das candeias,
E a meia flor de esperanças;

"E as gargalhadas sem bocas,
Ouvidas perpetuamente,
Ora claras, ora roucas,
E as conversações sem gente.

"Farrapos de consciência,
Cosidos pelo delírio,
E uma enorme concorrência
De patuscada e martírio;

"Calcule agora essa vida
De doidos enclausurados,
De repente interrompida,
E os corpos amortalhados.

"Nem sempre a peste é moléstia,
Sacramentos e ataúde;
Aos doidos vale uma réstia
De inesperada saúde.

"Por isso é que, quando penso
Naquele monstro terrível,
Acho um benefício imenso,
Que o torna bom e aprazível.

"E digo: Oh! abençoado
Destino que tal prescreve!

Que haja ao pé do alienado
A epidemia que o leve!"

Malvolio
Gazeta de Notícias, nº 6, 28 de novembro de 1886

A LEI DARWÍNICA É CERTA

Voilà ce que l'on dit de moi
Dans la "Gazette de Hollande"

A lei darwínica é certa
Inda em acontecimentos...
Não fiquem de boca aberta,
Vão vê-lo em poucos momentos.

Há neles a mesma luta
Pela vida, e de tal arte
A crua lei se executa
Que é a mesma em toda a parte.

Há seleção, persistência
Do mais capaz ou mais forte,
Que continua a existência,
E os outros baixam à morte.

Demonstro: — O famoso caso
Da escola e pancadaria,
Caso que pôs tudo raso,
Tudo, até a epidemia.

Tal foi ele que, tomando
Todo ou quase todo o espaço,
Foi de um trago devorando
Quanto lhe embargava o passo.

Escapou a Cantagalo,
Por trazer comprido bico,
Unha capaz de matá-lo,
Peito largo e sangue rico.

Mas, por um só que resiste,
Quantos passaram calados
Na penumbra vaga e triste
Dos seres mal conformados!

Cito dois — um pequenino,
Um telegrama celeste,
Oficial e argentino,
Sobre os destroços da peste.

Dava os óbitos do dia,
De modo tão encoberto,
Que o duvidoso morria
E só escapava o certo.

"Rua tal: um duvidoso,
 Outro duvidoso ao lado..."
Pois, com ser tão engenhoso,
Foi lido e não foi guardado.

Segundo caso: o de Arantes,
Arantes, a testemunha,
Que os juízes implicantes
Cuidam de pegar à unha.

Porquanto há necessidade
De ouvir-lhe a palavra de ouro,
Para saber a verdade
Do que houve no Matadouro.

Seja pró ou seja contra
Essa testemunha rara,
Onde é, onde é que se encontra?
Onde vive? Onde é que para?

Mandou-se às partes remotas
Da cidade, e logo ao centro;
Foram ao fundo das botas
E não o acharam lá dentro.

Em Minas? Vá precatório,
Rápido, para intimá-lo...
Esforço inútil e inglório!
Voltou sem lograr achá-lo.

Não sendo encontrado em Minas
Nem pelas matas cerradas,
Foram às ilhas Malvinas,
Ao Congo e ao reino das Fadas.

E bradaram-lhe: "Ó Arantes,
Chamado como quem sabe
O nome aos bois pleiteantes,
E o mais que no caso cabe;

"Arantes, onde respiras?
Onde estás? Onde te escondes?
Na trama das casimiras?
Chamo-te e não me respondes.

"Talvez no centro da Arábia,
Talvez na rua da Ajuda,
Talvez estudando a *Fábia,*
Talvez adorando a Buda.

"Donde quer que estejas corre,
Acode ao nosso chamado;
Vem, que, se não corres, morre
O processo começado".

E passou esse episódio
Sem fazer maior barulho
Do que as saúdes de um bródio
Na Gávea ou no Pedregulho.

Porque nos próprios eventos
A lei darwínica é certa.
Provei-o em poucos momentos,
Não fiquem de boca aberta.

Malvolio
Gazeta de Notícias, nº 7, 6 de dezembro de 1886

E disse o Diabo: — "Fala

> *Voilà ce que l'on dit de moi*
> *Dans la "Gazette de Hollande"*

E disse o Diabo: — "Fala,
Que queres ser nesta vida?
Antonino ou Caracala?
Capucho ou jardins de Armida?

"Escolhe, e serás, Malvolio,
Tudo o que quiseres; pede
Um sólio, e terás um sólio,
Pede um culto, e és Mafamede".

E eu, respondendo-lhe, disse
Que nem tronos nem altares;
Que, na minha mandriice,
Tinha sonhos singulares.

Ou antes, um sonho apenas,
Um só desejo, um só, único,
Mais velho que a velha Atenas,
Mais velho que um vintém púnico.

Não era ter a coroa
Do Egito nem da Bulgária,
Nem ver as moças de Goa,
Nem ter os beijos da Icária.

Nem dormir o dia inteiro
Em tapetes persianos,
Sentindo o vento fagueiro
De numerosos abanos.

Digo abanos meneados
Por muitas damas formosas,
Feitos de fios delgados
De palma, e plumas, e rosas.

Nem comer em pratos de ouro
Figos secos da Turquia,
Acompanhados do louro
Néctar que há na Andaluzia.

Nem possuir as estrelas
Que são tão minhas amigas,
Para um dia convertê-las
Em meias dobras antigas.

Pois tudo isso, e o mais que pode
Entrar no mesmo cortejo,
Duvido que se acomode
Ao meu íntimo desejo.

Sabes tu o que eu quisera?
Quisera ser cartomante,
Dizer que espere ao que espera,
E dizer que ame ao amante.

Saber de coisas perdidas,
Saber de coisas futuras,
De verdades não sabidas,
De verdades não maduras.

Se uma senhora é amada,
Ou se há lá na costa mouras;
Se a costureira — casada —
Chega a depor as tesouras.

Quem é certo moço que anda
De chapéu branco e luneta,
E algumas vezes lhe manda
Lembranças por uma preta.

Se a mulher de um diplomata
Vive enredando as pessoas...
Se há de esperar certa data...
Se as filhas hão de ser boas...

Onde para uma pulseira,
Um recibo, um cachorrinho...
Se a neta da lavadeira
Bifou algum colarinho...

Se há de morrer de um inchaço
Que traz na perna direita...
Ou se a luxação de um braço
Pode deixá-la imperfeita...

Tudo isso, e o mais que não cabe
Em verso rápido e breve,
E que a cartomante sabe,
Sabe, conta e não escreve.

É o meu desejo. E tenho
Que, se essa coisa me ensinas,
Serei, com o meu engenho,
O doutor destas meninas.

Que a nós outros coube em sorte
Política e loteria,
Coisas que têm, como a morte,
Mistério e melancolia.

Mas que hão de fazer as damas
Com a alma incendiada
Das mesmas secretas flamas
E ao mesmo abismo inclinada?

Procuram timidazinhas
Aquelas claras vivendas,
E crescem as adivinhas,
Não dão para as encomendas.

Pois se tu, Diabo amigo,
Me pões capelo de mestre,
Juro-te que dás comigo
No paraíso terrestre.

Cá virão as Evas novas,
Inquietas, desordenadas,
Pedir-me, com ou sem provas,
As verdades mascaradas.

E olha que farei no ofício
Notáveis melhoramentos,
Tapetes, largo edifício,
E o preço — mil e quinhentos.

Malvolio
Gazeta de Notícias, nº 8, 21 de dezembro de 1886

A Carmem Silva, à rainha

> *Voilà ce que l'on dit de moi*
> *Dans la "Gazette de Hollande"*

A Carmem Silva, à rainha
Da Romênia, à delicada,
Egrégia colega minha,
Pelas musas laureada.

Pobre trovador do Rio,
Cantor da pálida lua,
Esta breve carta envio,
E aguardo a resposta sua.

Note bem que lhe não falo
Das suas lindas novelas,
Nem do plácido regalo
Que nos dá com todas elas.

Não, augusta e bela moça,
Não é prosa nem poesia
O meu assunto... Ouça, ouça,
Verá que é sensaboria.

Cá se soube que um partido,
Que há muito não dava cacho,
Após combate renhido,
Tomou ao outro o penacho.

Fez-se isso eleitoralmente;
A gente que não queria
O partido então vigente,
Mudou de cenografia.

Se fez bem ou mal, lá isso
É com ela; a culpa inteira
Pertence-lhe de o feitiço
Virar contra a feiticeira.

Mas, como aqui neste canto,
Não há tal eleitorado,
Que faça nunca outro tanto,
E pense em coisas do Estado.

E também porque isto, às vezes,
Está em qualquer coisa (adágio
Que herdamos dos portugueses,
E tem o nosso sufrágio),

Lembrou-me que poderia
Obter, por seu intermédio,
Para uma tal embolia
O apropriado remédio.

Serão pastilhas? xarope?
Pílulas de qualquer coisa?
Um cozimento de hissope?
Fricções de madeira e lousa?

Seja isto ou seja aquilo,
Peço a vossa majestade
Uma amostra, um frasco, um quilo
Para ensaiar na cidade.

Porque, como ora se trata
De uma operação sabida,
Que a gente que se maltrata
Torna a pôr amada e unida,

Operação que dissolve
Os grupos mais separados,
E rapidamente absolve
Todos os ódios passados;

Quisera, logo que esteja
Toda a obra recomposta,
E esta liberal igreja
De novo aos fiéis exposta,

Quisera ver se, tomando
A droga romena um dia,
Chegaríamos ao mando
Pela mesma e larga via.

De outro modo ficaremos
Nestas náuticas singelas
De largar o leme e os remos
E abrir à fortuna as velas.

Eia, pois, augusta musa,
Mande-me o remédio santo,
E não vos concedo escusa;
Quero tirar o quebranto.

Quero ver se, finalmente,
Depois de tão larga espera,
A nossa eleitoral gente
É gente, não é quimera.

Para que depois se queixe
De si e das culpas suas,
E por uma vez se deixe
De murmurar pelas ruas.

Vede, flor das maravilhas,
Como esta alma pede e roga:
Mandai-me as vossas pastilhas,
Pílulas ou qualquer droga.

Malvolio
Gazeta de Notícias, nº 9, 24 de dezembro de 1886

Depois de férias tão longas

Voilà ce que l'on dit de moi
Dans la "Gazette de Hollande"

Depois de férias tão longas,
Tão docemente compridas,
Ó musa, minhas candongas,
Voltemos às nossas lidas.

Assim faz a *Pátria*, às vezes,
E é certo que não estoura;
Descansa um mês ou dois meses
O nosso C. B. de Moura.

E a *Pátria*, meio enfadada
Daquelas extensas férias,
Volta mais fortificada
Aos combates e às pilhérias.

Eia, pois, minha gorducha,
Vê que recomeça a aurora,
Puxa daqui, puxa, puxa,
Vamos trabalhar lá fora.

E antes de tudo, inclinando
O gesto a todos os lados
Vai a todos desejando
Plácidos dias folgados.

Desejarás uma boa
Vereança aos cariocas,
Que se não esgote à toa
Em longas brigas e mocas;

Que eleja pacatamente,
Sem atos tumultuários,
O seu vice-presidente
E os restantes comissários.

Pouco calor, pouca chuva,
Nenhuma peste que assole,
Algum vinho feito de uva,
E menos gente que amole.

Grandes bailes mascarados
E passeatas nas ruas,
Câmaras de deputados
Sem as discussões tão cruas.

Boatos sobre boatos,
De modo que quem passeie
Por esses bondes ingratos
Tenha coisa que recreie.

E mais que tudo, meu anjo,
Anjo meu do meu sacrário,
Desejo um bonito arranjo
Ao nosso estafado erário.

Não sei se leste a mensagem
De Cleveland, um documento
De americana homenagem
Lá para o seu Parlamento.

Pois conta-se aí (por esta
Luz do céu minh'alma jura
Que não é peta funesta,
Mas pura verdade, pura);

Conta-se que a renda é tanta
Que urge cortar-lhe os babados,
Que é demasiada a manta
Para tão vastos Estados.

Que, se vão nessa carreira,
Pagam aqueles senhores
Em breve a dívida inteira,
E ficarão sem credores.

Depois vem maior excesso
De renda, e será tamanho
Que não haverá processo
De o dar a melhor amanho,

Porque ou fica no tesouro,
Inútil, mudo e parado,
Ou saem carradas de ouro
Para os delírios do Estado.

Ora bem, estes fenômenos
Dados como desastrosos,
Terríveis paralipômenos
De grandes livros lustrosos,

Hás de pedi-los, amiga,
Mas pedi-los de maneira
Que uma segunda barriga
Coma sem dor da primeira.

Es decir, que aquela caixa
Que ronca de tanta altura,
Se quiser ficar mais baixa
Tem receita mais segura.

Pegue em si, tire metade
E verá como lhe pego,
Pego-lhe com ansiedade,
Com ansiedade de cego.

E digo ao Tesouro nosso:
— Amigo, aqui tens dinheiro;
Precisas dele, aqui posso
Dá-lo às tuas mãos inteiro.

Vê tu que singular obra
A deste mundo peralta:
Geme um pelo que lhe sobra,
E outro pelo que lhe falta.

Malvolio
Gazeta de Notícias, nº 10, 10 de janeiro de 1887

Coisas que cá nos trouxeram

*Voilà ce que l'on dit de moi
Dans la "Gazette de Hollande"*

Coisas que cá nos trouxeram
De outros remotos lugares,
Tão facilmente se deram
Com a terra e com os ares,

Que foram logo mui nossas
Como é nosso o Corcovado,
Como são nossas as roças,
Como é nosso o bom-bocado.

Dizem até que, não tendo
Firme a personalidade,
Vamos tudo recebendo
Alto e malo, na verdade.

Que é obra daquela musa
De imitação, que nos guia,
E muita vez nos recusa
Toda a original porfia.

Ao que eu contesto, porquanto
A tudo damos um cunho

Local, nosso; e a cada canto
Acho disso testemunho.

Já não falo do quiosque,
Onde um rapagão barbado
Vive... não digo num bosque,
Que é consoante forçado,

Mas no meio de um enxame
(É menos mau) de cigarros,
Fósforos, não sei se arame;
Parati para os pigarros;

Café, charutos, bilhetes
Do Pará, das Alagoas,
Verdadeiros diabretes,
E outras muitas coisas boas.

Mas a polca? A polca veio
De longes terras estranhas,
Galgando o que achou permeio,
Mares, cidades, montanhas.

Aqui ficou, aqui mora,
Mas de feições tão mudadas,
Que até discute ou memora
Coisas velhas e intrincadas.

Pusemos-lhe a melhor graça,
No título, que é dengoso,
Já requebro, já chalaça,
Ou lépido ou langoroso.

Vem a polca: *Tire as patas,
Nhonhô!* — Vem a polca: *Ó gentes!*
Outra é: — *Bife com batatas!*
Outra: *Que bonitos dentes!*

— *Ai, não me pegue, que morro!*
— *Nhonhô, seja menos seco!*
— *Você me adora?* — *Olhe, eu corro!*
— *Que graça!* — *Caia no beco!*

E como se não bastara
Isto, já de casa, veio

Coisa muito mais que rara,
Coisa nova e de recreio.

Veio a polca de pergunta
Sobre qualquer coisa posta
Impressa, vendida e junta
Com a polca de resposta.

Exemplo: Já se sabia
Que esta Câmara apurada,
Inda acabaria um dia
Numa grande trapalhada.

Chega a polca, e, sem detença,
Vendo a discussão, engancha-se,
E resolve: — *Há diferença?*
— *Se há diferença, desmancha-se.*

Digam-me se há Ministério,
Juiz, conselho de Estado,
Que resolva este mistério
De modo mais modulado.

É simples, quatro compassos,
E muito saracoteio,
Cinturas presas nos braços,
Gravatas cheirando o seio.

— *Há diferença?* diz ela.
Logo ele: — *Se há diferença,
Desmancha-se*; e o belo e a bela
Voltam à primeira avença.

E polcam de novo: — *Ai, morro!*
— *Nhonhô, seja menos seco!*
— *Você me adora?* — *Olhe, eu corro!*
— *Que graça!* — *Caia no beco!*

Desmancha, desmancha tudo,
Desmancha, se a vida empaca.
Desmancha, flor de veludo,
Desmancha, aba de casaca!

Malvolio
Gazeta de Notícias, nº 11, 20 de janeiro de 1887

QUEM DIRIA QUE O CASSINO

> *Voilà ce que l'on dit de moi*
> *Dans la "Gazette de Hollande"*

Quem diria que o Cassino,
Onde a fina flor se ajunta,
Ficaria tão mofino,
Que é quase coisa defunta?

Aqueles lustres brilhantes
Que viram colos e braços,
Pares e pares dançantes,
E os ardores e os cansaços;

Que viram andar em valsas,
Quadrilhas, polcas, mazurcas,
Moças finas como as alças,
Moças gordas como as turcas;

Que escutaram tanta coisa
Falada por tanta gente,
Que eternamente repousa,
Ou geme velha e doente;

Que viram ir tanta moda
De toucados e vestidos,
Vestidos de grande roda,
E vestidos escorridos;

Ministros e diplomatas,
E outros hóspedes ilustres,
E sábios e pataratas...
Ó vós, históricos lustres,

Que direis vós desse estado,
Cassino à beira de um pego;
Melhor direi pendurado
De um prego, lustres, de um prego?

Deve até o gás, aquele
Gás que encheu os vossos bicos,
Que deu vida, em tanta pele,
A tantos colares ricos;

Deve ordenados, impostos,
E gastos tão incorretos,

Que até não foram expostos
Por diretores discretos.

E vede mais que há ruínas
No edifício, e é necessário
Colher muitas esterlinas
Para torná-lo ao primário.

E há mais, há a ideia nova
De alguns acrescentamentos,
E pôr o Cassino à prova
Com outros divertimentos.

Oxalá que a coisa saia
Como se deseja. Entanto,
Posto que a reforma atraia,
Acho outro melhor encanto.

Não basta que haja bilhares,
Conversações e leituras,
Partidas familiares,
E algumas outras funduras.

Preciso é coisa mais certa,
Coisa que dê gente e cobres,
Disso que chama e que esperta
Vontades ricas e pobres.

Não digo elefante branco,
Nem galo de cinco pernas,
Nem a ossada de um rei franco,
Nem luminárias eternas.

Mas há coisa que isso tudo
Vale, e vale mais ainda,
Coisa de mira e de estudo,
Coisa finda e nunca finda.

Que seja? Um homem. E que homem?
Um homem de Deus, um Santos,
Que entre as dores que o consomem
Não esquece os seus encantos.

Esse general que estava
Há pouco em Paris, e voa

Quando apenas se curava,
Voa por mais que lhe doa,

Voa à pátria, onde uns pelintras,
A quem confiara o Estado,
Para ir ver as suas Cintras,
E tratar-se descansado,

Entenderam que podiam
Pessoas de pouco préstimo
Governar, e que o fariam,
Como seu, o que era empréstimo.

Homem tal, que mais não sente
Que a sede do eterno mando,
Que, inda prostrado e doente,
Quer morrer, mas governando,

Olhe o Cassino, valia
Algum esforço em pegá-lo,
No dia, no próprio dia
Em que passasse, e guardá-lo.

Pois tão depressa a Assembleia
Oriental e aterrada
Soubesse disso — uma ideia
Seria logo votada.

Vejam que ideia e que tino:
Que anualmente o seu tesouro
Pagasse ao nosso Cassino
Trezentos mil pesos de ouro,

Dando à velha sociedade
Particular encomenda
De guardar nesta cidade
Aquela famosa prenda.

Com isso, e mais o cobrado
Às pessoas curiosas,
Passavas de endividado,
Cassino, a maré de rosas.

Malvolio
Gazeta de Notícias, nº 12, 5 de fevereiro de 1887

HÁ TANTO TEMPO CALADO

> *Voilà ce que l'on dit de moi*
> *Dans la "Gazette de Hollande"*

Há tanto tempo calado...
E sabem por quê? Por isto:
Pelo número fadado
Da ceia de Jesus Cristo.

Número treze. Com esta
São treze as minhas *Gazetas*.
Numeração mui funesta,
Cheira a cova e a calças pretas.

Há, porém, quem afiance
Que treze é dúzia de frade.
É opinião de alcance,
Que anima e que persuade.

Contudo, em uma pessoa
Sendo supersticiosa,
Antes que na coisa boa,
Crê na coisa perigosa.

Daí veio esta comprida
Vadiação; era medo,
Medo de perder a vida
Cedo, mais que nunca cedo.

Lembra-me inda certo dia,
Quando eu tinha treze anos,
Jantamos em companhia
Treze rapazes maganos.

Um acabou reprovado
Na Escola de Medicina;
Outro está bem malcasado;
Outro teve pior sina.

Pior, digo, e em muitos pontos;
Geria a casa dos Bentos;
Fugiu, levando dez contos,
Em vez de levar quinhentos.

Outro é político, e anda,
Ora triste, ora sinistro;
Dizem-me que ele tresanda
Vontade de ser ministro.

Em dia de crise, voa
A meter-se em casa, à espera
De alguma notícia boa;
Espera que desespera.

Só sai quando o gabinete
Fica de todo formado,
E jura pelo cacete
Que há de pô-lo derreado.

Bufa, espuma. Abrem-se as câmaras,
E o meu companheiro e amigo
Aguarda o tempo das tâmaras,
E torna ao seu voto antigo.

Outro daqueles rapazes
Procura sinceramente,
Entre os meios mais capazes
De encher a barriga à gente,

Um que seja imediato
E de graúdas prebendas,
Ou testamento, ou barato...
Já não há pras encomendas!

Cá por mim, tive um inchaço
Na perna esquerda; diziam
Que essa doença era andaço,
E até que muitos morriam.

Sarei; mas foi sobre queda Coice.
A morte tão sombria,
Que tantas casas depreda,
Poupou-me para este dia.

Pois, minha dona, aqui fico,
Já daqui me não arranco,
Achei um recurso rico:
Deixo este número em branco.

Não dou *Gazeta* nem nada;
Não falo em coisa nenhuma,
Gouveia, moção, espada;
Em suma, de nada, em suma.

E tanto mais ganho nisto
Que, como se fala em rolo,
Podia um lance imprevisto
Tirar-me o melhor consolo.

Que é este: olhar para a rua
Cheia de coisas chibantes,
E dizer: — Feliz a lua...
Se é que não tem habitantes.

Malvolio
Gazeta de Notícias, nº 13, 24 de fevereiro de 1887

SE EU FOSSE AQUELE CUSTÓDIO

Voilà ce que l'on dit de moi
Dans la "Gazette de Hollande"

Se eu fosse aquele Custódio
Gomes ou Bíblia chamado,
Que não deu esmola ou bródio,
Nem mimos por batizado,

Pela luz que me alumia,
Juro, e mais que nunca, juro,
Que pesaroso olharia
Para este processo escuro.

Daria grandes palmadas,
Ao ler tantas testemunhas,
Tantas coisas encontradas,
Tantas mãos e tantas unhas.

Pesquisas de parte a parte,
E um testamento que é tudo:

Ora forjado com arte,
Para uso e para estudo,

Ora verdadeiro e filho
Do próprio autor sepultado,
Que ajuntara tanto milho
Para não vê-lo espalhado.

Audiências e audiências,
Nomes, nomes, nomes, nomes,
Pendências sobre pendências...
Fosse eu o Custódio Gomes,

Suspiraria: — "Bem tolo
Que fui eu em prepará-lo,
Esse rico e imenso bolo,
Se não tinha de papá-lo!

"Que ajuntei, dia por dia,
Vintém a vintém suado,
Para deixar tal quantia
De dinheiro amontoado;

"Que, quando havia desmancho
Na casa de um inquilino,
Em vez de dar esse gancho,
Saía intrépido e fino,

"Armado de cal, tijolo,
Colher e as coisas restantes,
E lograva recompô-lo,
Melhor do que estava dantes.

"Que, se vagava algum prédio
Dos meus, ia ver se tinha
Uma tábua pra remédio,
Talho ou caco de cozinha,

"Qualquer coisa que algum dia
Valesse às necessidades...
Com pouco e pouco (dizia)
Fazem-se as grandes cidades.

"Comi o pão que o diabo
Amassou; fui parco e ativo,

Trazia as botas no cabo,
Mas a mão firme, o olho vivo.

"E no fim de tanta lida,
Não sei se boa ou má sorte,
Saí do rumor da vida,
Sem olhar a paz da morte.

"Todos os dias cá leio
Impresso o meu triste nome;
Vejo escrito que fui meio
Maluco e unhas-de-fome.

"A minha vida sem ócios,
Gente de casa e costumes,
E todos os meus negócios...
Já dá para encher volumes!

"Ah se em vez de andar coa sela
Na barriga a vida inteira,
Vida de meia tigela,
De poupança e de canseira,

"Vivesse à larga, comesse
Deliciosas viandas,
E cauteloso bebesse
Vinho de todas as bandas;

"Roupa fina, o meu teatro,
Uma ou outra vez berlinda;
Moças, o diabo a quatro
Até a existência finda;

"Quem se lembraria agora
De mim? Dormia esquecido,
Sem chegar a voz sonora
Dos prelos ao meu ouvido.

"Convivas e devedores,
Pode ser que se lembrassem
Das ceias e dos favores,
E alguma vez me louvassem;

"Mas tão baixinho e tão pouco
Que a voz não me chegaria,

E eu, que acabei meio louco,
Surdo e mudo acabaria".

Malvolio
Gazeta de Notícias, nº 14, 7 de março de 1887

CÂMARA MUNICIPAL

Voilà ce que l'on dit de moi
Dans la "Gazette de Hollande"

"Câmara municipal
Sem ter regimento interno!"
Exclamou, com ar paterno
Vereador pontual.

"Sem um acordo fraterno,
Um papel, um manual,
Certo, acabaremos mal,
Faremos disto um inferno.

"Digo-vos que é usual,
Em qualquer lugar externo
Haver regimento interno
Para evitar todo o mal".

Em tom sossegado e terno,
Diz outro municipal
Que o pau (físico ou moral)
É regímen mais superno.

— "Há de haver algum sinal
Aqui, pelo lado interno,
Do efeito vivo e fraterno
Desse estatuto formal.

"Palavras (é dito eterno)
Às sopas não trazem sal;
Quero ação, ação real,
Venha do céu ou do averno.

"E que outra menos verbal
Que a ação do cacete alterno,
Não como um vento galerno,
Porém como um vendaval?

"Se, assim amparado, externo
Meu parecer cordial,
Para que me serve o tal
Regimento de caderno?

"Saiba a Câmara atual
Que, se eu aqui não governo,
Tenho este dever paterno
De a não fazer trivial,

"Paterno disse? Materno;
Quero outro tom pessoal.
Fique-lhe o tom paternal
Ao colega mais moderno.

"Sim, o pau, é pau real
Venha do céu ou do averno,
E palavras (dito eterno)
Às sopas não trazem sal".

Não sei que disse o paterno
Vereador pontual;
Eu, por mim, prefiro a tal
Um copo do meu falerno.

Não que seja um casual,
Ruim, triste e subalterno
Modo de encontrar em *erno*
O consoante final,

É falerno e bom falerno
Sorrir da municipal
Que vive *tant bien que mal*,
Sem ter regimento interno.

Ou esse escrito legal
Que o outro chamou caderno,
Para o bom viver paterno
Vale tudo ou nada val.

Se não, por que é que o superno
Parlamento nacional
Conserva um trambolho igual,
Quer de verão, quer de inverno?

Se sim, como é curial,
Que não tenha esse uso interno,
Corpo tal, que vive alterno,
Conservador, liberal?

Relevem, se um subalterno
Entrou nesse cipoal...
Olha a taça de cristal,
Leitor, vamos ao falerno!

Malvolio
Gazeta de Notícias, nº 15, 20 de março de 1887

Coisa má ou coisa boa

Voilà ce que l'on dit de moi
Dans la "Gazette de Hollande"

Coisa má ou coisa boa
Traz vantagem boa ou má;
O incêndio da Gamboa
Neste aforismo entrará.

Não fosse aquele medonho
Desastre que ali se deu,
E do qual nada aqui ponho,
Pois que o leitor tudo leu,

Não saberia eu agora,
Pelas narrações que vi,
Uma notícia que chora,
E que — essa, sim — ponho aqui.

Foi quando a água, correndo
Pela rua e para o mar,
Ia ardendo, ardendo, ardendo,
Ardendo de amedrontar.

Então li que os habitantes
De um beco, com tal horror,
Viram as águas flamantes,
Arrastando a morte e a dor,

Que pensaram em deixá-lo,
O beco em que há muito estão,
Onde a morte, a fogo e a estalo,
Punha em gelo o coração.

Esse beco, o beco escuso,
O beco que nunca vi,
Beco de tão pouco uso,
Que nunca o nome lhe li,

Chama-se do conselheiro
Zacarias; leiam bem.
E vá, reflitam primeiro,
Como eu refleti também.

Ó meu douto Zacarias!
Meu velho parlamentar!
Ó mestre das ironias!
Ó chefe ilustre e exemplar!

Quantas e quantas batalhas
Deste contra iguais varões!
E de quantas, quantas gralhas,
Tiraste o ar de pavões!

Sólido, agudo, brilhante,
Sincero, que vale mais,
Depois da carreira ovante,
Depois de glórias reais,

Deram-te um beco... Olha, um beco...
De tantas coisas que dar,
Coube-te a ti, homem seco,
Triste beco ao pé do mar.

Não digas que são mofinas
Estas nossas distinções
Pintadas pelas esquinas;
Esquinas fazem barões.

Não cuides que, nesta lida
Em que andamos, tem de ser
Viva ainda a tua vida,
Escrita ou por escrever.

Logo, era uma honrosa graça
Se entrasses no grande rol
Com uma rua, uma praça,
Bem à vista, bem ao sol.

Mas, não. De quanto valias,
Agora nada valeis.
Há o beco Zacarias,
E a rua Malvino Reis.

Daqui, amigo, derivo
Esta antiga e estranha flor:
"Mais vale *súdito* vivo
Que enterrado imperador".

Malvolio
Gazeta de Notícias, nº 16, 27 de março de 1887

Temos nova passarola

Voilà ce que l'on dit de moi
Dans la "Gazette de Hollande"

Temos nova passarola
De grandes asas escuras,
Mexidas por certa mola
Que dá sono às criaturas.

Chama-se — não sei maneira
De pôr este nome em verso...
Palavra, é grande canseira,
Tão duro é ele e reverso.

Deito sílabas de lado,
De outro sílabas arranco,
Trabalho desesperado
E fica o papel em branco.

Vá lá: medicina hipnótica,
Custou, mas saiu... Parece
A coisa um tanto estrambótica,
E mais se a gente adoece.

Notem bem — é medicina,
Posto a sugestão opere;
Cá o meu bestunto opina
Que um nome de outro difere.

Há em *sugestão* um jeito
Teórico, feio, enigmático;
Mas *medicina* é perfeito,
Perfeito, rápido e prático.

Quando aqui há poucos anos,
Já me não lembra em que dia,
Deu entrada entre os humanos
A exata dosimetria,

Disse eu: "Invenção potente!
Perfeição do formulário!
Consolação do doente!
Fortuna do boticário!"

Mas daí a pouco ouvia
(Outro inimigo da métrica)
Em vez de dosimetria,
Medicina dosimétrica.

E isso que cuidava que era
Farmácia, era uma doutrina,
Uma escola em primavera
Contra a velha medicina.

Não digo que o sugestivo
Hipnotismo também seja
Ária sobre outro motivo,
Nem igreja contra igreja.

Digo... Não sei como diga...
Não sei como diga... Ai, musa
Do diabo e de uma figa!
Você ri! você abusa!

Digo (vá) digo que, quando
Cuidava que esta matéria,
Da qual não estou mofando,
Que é séria, três vezes séria,

Não pelas razões do grave
Apóstolo, que cogita
Não fazer dela uma chave
Pra prender moça bonita;

Como se amor não tivesse
Outra sugestão nativa,
Que, quando menos parece,
Faz arder o esquivo e a esquiva.

Quando (como ia dizendo)
Supunha que a academia,
Por sua vez, lendo e vendo,
Ia explicar a teoria;

Que visse os graves problemas
Envoltos na descoberta,
E como antigos sistemas
Passam a questão aberta;

Que, como órgão da ciência,
Examinasse, estudasse
A vontade e a consciência
Pela novíssima face;

Que visse como a pessoa
Humana se multiplica,
Vai a Túnis e a Lisboa,
E cá reside, e cá fica;

Em vez disso, a academia
Dá-lhe duas passadelas
De escova, e manda a teoria
Curar as nossas mazelas.

Isto é que me põe os braços
Caídos, e a boca aberta...
E já daqui vejo os passos
Desta nova descoberta.

Atrás dos homens sabidos
Virão os que nada sabem,
E gritarão desabridos
Até que os astros desabem.

Chegaremos aos cartazes
E aos anúncios de vinhetas,
Pílulas Holloway capazes
De dar beleza às caretas.

Ora, há trinta anos havia
Xarope que se chamava
Do Bosque, e tanto valia,
Que tudo e algo mais curava.

Hoje, esse licor exótico
Não tem uso, interno ou externo...
Receio que o sono hipnótico
Chegue a tudo, e ao sono eterno.

Malvolio
Gazeta de Notícias, nº 17, 6 de abril de 1887

Não neguei Bahia ou Minas

Voilà ce que l'on dit de moi
Dans la "Gazette de Hollande"

Não neguei Bahia ou Minas,
Nem nunca fora capaz
De negar Crato ou Campinas...
Neguei, é certo, Goiás.

Pois que Goiás eu supunha
Uma simples convenção,
Sem existência nenhuma,
Menos inda que ilusão.

E achava uma prova disto
Naquele caso sem-par,

Nunca dantes, nunca visto,
Nem por terra nem por mar:

O caso do presidente
Que por dez anos ficou
Presidenciando... Ó gente!
Dez anos! Quem tal sonhou?

Dez meses, vá; é costume,
E ninguém pode exigir
Que um homem perca o chorume
A trabalhar e a delir...

Ou, se é lícito em matéria
De tanta ponderação,
Tão avessa ao chasco e à léria,
Ter alguma opinião,

Digo que nem dez semanas...
Dez dias podia ser.
Traduziria em bananas
O chegar, ver e vencer.

Não se impõe aos nossos climas
Ars longa... É abreviar,
Como eu abrevio as rimas;
Não coser, alinhavar.

Quem podia, em nossa terra,
A não ser entre galés,
Como os comuns de Inglaterra,
Trabalhar dez horas, dez?

Os nossos comuns gastaram
Três dias em eleger
Mesa e comissões; e andaram
Perfeitamente, a meu ver.

Não vamos crer, porque temos
Sistema parlamentar,
Que só copiar devemos
Os costumes de além-mar.

Mas, voltando à vaca fria...
Que vaca? Onde íamos nós?

Que diabo é que eu dizia?
A digressão, vício atroz.

Não era a dívida, creio,
Lamberti chamada, uns mil
Contos de papo e recheio,
Contos ou contões com til.

Também não era o desfalque
Do Recife... ai, uma flor
De esperanças... ai, não calque,
Não calque nisso, leitor!

Eu, que tinha o meu bilhete,
Pronto para enriquecer,
Estou como se um cacete
Me houvesse dado a valer.

Mas, com todos os diabos,
Que era então? Não eras tu,
Nariz dos grandes nababos,
Nem tu, céu de Honolulu.

Ah! Goiás... Goiás existe;
E tanto que, a vinte e dous
De março, saiu um triste
E longo bando de grous,

Como os de que fala o Dante,
Que *van cantando lor lai*;
Mas cá o pio ora ovante,
Era só: quebrai, quebrai!

Um dos grous é delegado,
Outros dizem que juiz;
E tudo foi arrasado,
Ou ficou só por um triz.

Defuntos lavras do Abade,
Mulheres, que ora gemeis
De dor e necessidade,
Justiça esperar deveis.

Mas eu daquela ocorrência
Tiro uma lição vivaz:

Goiás tem certa a existência,
Goiás existe, Goiás.

Malvolio
Gazeta de Notícias, 13 de maio de 1887

Parece que há divergências

Voilà ce que l'on dit de moi
Dans la "Gazette de Hollande"

Parece que há divergências
Entre Câmara e Senado;
Comparam-se as influências,
Fala-se em patriciado,

Soube disso ultimamente
Pelas folhas... Pelas folhas
Sabe tudo toda a gente,
Votos, lãs, óbitos, rolhas.

E, antes de ir ao Parlamento,
Direi que soube por elas
Negócio de algum momento,
De varões e moças belas.

Li que uma sociedade,
Sociedade Protetora
Dos Animais da cidade
(Ó minha Nossa Senhora!)

Ia dissolver-se, e dava
A razão do ato; era, em suma,
Que nenhum esteio achava
Nas leis nem em parte alguma.

Ora, eu, que me ri, há meses,
De vê-la, toda capricho,
Falar de si muitas vezes
E mui rara vez de um bicho,

Injusto fui. Ora o vejo,
E confesso os meus remorsos:
Não fiz justiça ao desejo
Dela nem aos seus esforços,

Nem também principalmente
À sua audácia provada
De falar do bruto à gente,
Sem ser para bordoada.

Cuidar de cães! Ter piedade
De um triste e magro orelhudo,
Que arrasta pela cidade
Carroça, este mundo e tudo.

Isto a sério, isto sem medo
Do riso de outras pessoas;
Fazer disto ofício ledo,
Pôr isto entre as ações boas;

Quando é certo que cachorro,
Nem burro, cavalo ou gato,
Não sabem de tal socorro,
Nem dão charanga ou retrato.

Trabalhar sem recompensa
Imediata e tangível,
Não é de gente que pensa,
É maluquice risível.

Entretanto, a sociedade,
Depois de pensar uns dias,
Fica, e não se persuade
Que entra em baldadas porfias.

Baldadas e generosas...
Fique-lhe este prêmio, ao menos:
Espalha as mãos dadivosas
Aos pequenos mais pequenos.

Mas, voltando à vaca fria,
Li que a Câmara conhece
No Senado a primazia,
E se dói, e se aborrece.

No tédio vem dar, a ponto
De brigar abertamente;
Faz com tristeza o confronto
Sem magoar a outra gente.

Quando muito, ouve calada,
Alguma palavra nua,
E confessa encalistrada
Que ou cede ou vai para a rua.

Busca-se agora um remédio,
Alguma coisa que faça
Cessar esse amargo tédio...
Aqui lho trago de graça.

Deu-mo um espírito agudo,
Que também é deputado,
Varão conspícuo e sisudo,
Não sei se desanimado.

Droga fácil e sumária,
Que não traz dor, mas delícia;
É fazer da temporária
Uma coisa vitalícia.

Então, sim; iguais as damas,
Serão iguais os vestidos,
Iguais as perpétuas chamas
Nos peitos endurecidos.

Não respondi à pessoa
Que isto me dizia, nada;
Se a ideia é ruim ou boa,
Aí a deixo estampada.

Malvolio
Gazeta de Notícias, nº 19, 12 de junho de 1887

ROSA DE MALHERBE,
Ó ROSA

> *Voilà ce que l'on dit de moi*
> *Dans la "Gazette de Hollande"*

Rosa de Malherbe, ó rosa
Velha como as botas velhas,
Que foste grata e cheirosa,
E ora desprezada engelhas;

Rosa de todos os vasos,
De todas as mãos humanas,
Trazida a todos os casos,
Com lírios e com bananas;

Rosa trivial e chocha,
Pior que as mal fabricadas,
Menos que rosa, uma trouxa
De folhas esfarrapadas,

Não por má, não que não prestes,
Não que não sejas ainda
A mesma rosa que deste
Vida e cor à estrofe linda;

Mas porque é nosso costume,
Se achamos um dito a jeito
Tirar-lhe todo o chorume
Até deixá-lo desfeito,

Às vezes, menos que um dito,
Uma locução somente,
Um verbo novo ou bonito,
Pelintra ou coisa decente.

Vagabundo é que não anda;
Terá tanto e tanto emprego
De salão ou de quitanda
Que nunca achará sossego;

Até que lá vem um dia,
Em que o infeliz surrado,
Gasto, podre, sem valia,
Ao lixo é abandonado.

Lá vou eu buscar-te, ó rosa
De Malherbe; é necessário
Fazer citação dengosa
Num caso extraordinário.

Não o caso pavoroso
Do sindicato, alta e baixa.
Negócio tão ponderoso
Que acabou quebrando a caixa.

Demais, ouço tais notícias,
Tantas coisas segredadas,
Que só pegando em milícias
Para rimar com pancadas.

Posto que essa rosa bela
Viveu, como as outras rosas,
Um dia, e sem mais aquela
Perdeu as folhas viçosas.

Não trato dessa, mas trato
Da rosa legislativa,
Nascida sem aparato,
Morta quando apenas viva.

Foi o senador Uchôa
Que lhe deu vida e nascença;
Pareceu-lhe a ideia boa,
Propô-la sem mais detença.

Em verdade, não contava
Ninguém com tal aditivo;
Foi como uma vaca brava
Ao pé de um par pensativo.

De mais a mais, sem discurso,
Modesto, calado e manso;
Mal comparando, era um urso
Metido em pernas de ganso.

Urso, embora perecesse
Ao golpe das mãos humanas,
Podia ser que vivesse
Uma, duas, três semanas.

Era vir, tambor à frente,
Polcando ao som de rabeca,
Lançando ao ar, como gente,
Foguete, bomba ou peteca.

Menos de um mês viveria;
Mas, surgindo assim calado,
Viveu apenas um dia,
Foi morto e foi sepultado.

Lá que mais tarde apareça
Em forma de ideia nova,
E que outrem se desvaneça
De o passar por outra prova,

De maneira que essa rosa,
Que foi rosa e que foi urso,
Ganso e vaca furiosa,
Passe a sol nalgum discurso,

Não me espantará. Comigo
Uma só coisa há que espante:
Se desta vez a não digo
É falta de consoante.

Malvolio
Gazeta de Notícias, nº 20, 18 de junho de 1887

Meu Otaviano amigo

> *Voilà ce que l'on dit de moi*
> *Dans la "Gazette de Hollande"*

Meu Otaviano amigo,
Que ideia foi essa vossa
De deixar que o inimigo
Inda uma vez ganhar possa?

Ruim verso, mas aí fica;
Pior que fosse, ficara;
Não há rima bela ou rica,
Brilhante, sólida ou rara,

Quando o espírito, pasmado,
Mal sabe o que vai dizendo...
E eu sinto-me apatetado
Ante esse conselho horrendo.

Sim, eu penso com Malvino
Que as abstenções são fatais.
É este o melhor ensino
Em coisas eleitorais.

Pois não há aí três pessoas...
Digo mal, duas somente,
Sinceras, válidas, boas,
Que lutem proximamente?

Que é a vida? Uma batalha,
Tiro ao longe, espada à cinta;
Para os barbeiros, navalha;
Para os escritores, tinta;

Para os candidatos, cédula.
Quantas vezes tenho visto
Confessar a gente incrédula
Que não soube atentar nisto!

Sim, eu penso com Malvino
Que as abstenções são fatais;
É esse o melhor ensino
Em coisas eleitorais.

Eu, em rapaz, era dado
Às moças. Lembra-me que uma
Tinha o corpo bem talhado
E olhos feito verruma.

Olhos tais que penetravam
Na gente, em reviradela;
E muitos moços sangravam
Da marcenaria dela.

Quis ver se era amado. Um tio,
Fazendo por dissuadir-me,
Andava num corrupio
E eu firme, três vezes firme.

Sempre entendi com Malvino
Que as abstenções são fatais.
É esse o melhor ensino
Em coisas eleitorais.

E notem a coincidência:
Essa moça, esse pecado
Tinha a sua residência
Mesmo à rua do Senado.

E notem mais que não era
Uma cadeira, mas duas...
Camões, que falou da hera,
Meta aí palavras suas.

Confesso que, ao recordá-la,
Sinto em mim tais pensamentos,
Que era capaz de arrancá-la
A cinco ou seis regimentos.

Nisto entendo, com Malvino,
Que as abstenções são fatais.
É esse o melhor ensino
Em coisas eleitorais.

Lutei muito. Ela fechava
Muitas vezes a janela,
Quando eu por ali passava
Para ver o rosto dela.

Outras vezes devolvia
Cartas escritas com sangue...
Lembra-me uma, que dizia:
"Anjinho meu, não se zangue,

"Se passo por sua casa;
Menos ainda, se temo
Em alimentar a brasa
Deste fogo em que me queimo.

"Que eu penso, como Malvino,
Que as abstenções são fatais;
É esse o melhor ensino
Em coisas eleitorais".

E o certo é que fiz tanto,
Tanto andei por essa rua,
Gemi, gemi tanto canto,
Sem lua, e ainda mais com lua,

Que a moça, de compassiva,
Escutou meus ais tristonhos
E pegou da pena esquiva,
Para responder-me aos sonhos.

"Sei que és coração perfeito,
Que me amas e que não cansas.
Mando-te aqui do meu peito,
Não amor, mas esperanças...

"Crê, amigo, com Malvino,
Que as abstenções são fatais:
É esse o melhor ensino
Em coisas eleitorais".

Malvolio
Gazeta de Notícias, nº 21, 4 de julho de 1887

Anda agora toda a imprensa

Voilà ce que l'on dit de moi
Dans la "Gazette de Hollande"

Anda agora toda a imprensa,
Ou quase toda, cuidando
De alcançar que, sem detença,
Acabe um vício nefando.

Na brasileira linguagem,
Essa nacional usança
Chama-se capoeiragem;
É uma espécie de dança,

Obrigada a cabeçadas,
Rasteiras e desafios,

Facadas e punhaladas,
Tudo o que desperte os brios.

Há formados dois partidos,
Dizem, cada qual mais forte,
De tais rancores nutridos,
Que o melhor desforço é morte.

Ora, os jornais que desejam
Ver a boa paz nas ruas,
Reclamam, pedem, forcejam
Contra as duas nações cruas.

Referem casos horrendos,
Já tão vulgares que soam
Como simples dividendos
De bancos que se esboroam.

E zangam-se as tais gazetas,
Enchem-se todas de tédio,
Fazem caras e caretas
Por não ver ao mal remédio.

Vou consolá-las. É uso
Das alminhas bem-nascidas
Dar, contra o pesar intruso,
Consolações repetidas.

Eu (em tão boa hora o diga,
Que me não minta esta pena!)
Tenho aquela corda amiga
Que, em pena, dá eco à pena.

Inda quando a rima saia,
Como essa, um pouquinho dura,
(Ou esta da mesma laia)
É rima que dói, mas cura.

As consolações — ou antes
A consolação é uma;
Trepa tu pelas estantes,
Busca, arruma, desarruma;

E, se tens livros contendo
Decisões de Vinte e Quatro

(Há sessenta anos!) vai lendo
Um aviso áspero e atro.

Lê isto: "Para que cessem
De uma vez os capoeiras,
Que as ruas entenebrecem,
Com insolentes canseiras,

"Manda o imperador, que sabe
E quer pôr a isto cobro,
Dar a pena que lhes cabe,
E se for preciso, em dobro.

"Recomenda neste caso
Que haja a maior energia,
Para que em estreito prazo
Acabe a patifaria;

"E seja restituída
A paz aos bons habitantes,
De modo que tenham vida
Igual à que tinham dantes".

Ora, se este aviso expresso
(Que é de vinte e oito de maio)
Teve tão ruim sucesso
Que inda fulge o mesmo raio,

Concluo que o capoeira
Nasceu com a liberdade,
Ou deu a nota primeira
Se tem mais que a mesma idade.

Valha-nos isto, que ao menos
Consola a gente medrosa,
E faz de alguns agarenos
Cristã gente gloriosa.

Sete de abril, a Regência,
Depois a Maioridade,
Partidos em divergência,
Barulhos pela cidade,

Guerras cruas e compridas,
Exposições, grande festa,

Paradas apetecidas,
Tudo viu a faca e a testa...

Malvolio
Gazeta de Notícias, n° 22, 1° de agosto de 1887

Ouvi que algumas pessoas

Voilà ce que l'on dit de moi
Dans la "Gazette de Hollande"

Ouvi que algumas pessoas
Entendidas e capazes
De distribuir coroas,
Andam estudando as bases

Da festa que comemore
Uma grave ação recente:
— Jantar que a pança devore,
Doce de atolar o dente,

Ou retrato a óleo, e banda,
Com algum palavreado,
Uso desta velha Holanda,
Antigo e repinicado.

Há quem pense em monumento,
Obra fina que reúna
Bronze, mármore e cimento,
Ou busto ou simples coluna.

Em suma, nada que cheire
A inquérito ou a devassa,
Ou coisa que se lhe abeire...
Grande obra e de grande traça.

Porquanto, se aquela preta,
Que ia sendo sepultada,
Não chega a fazer mareta,
E desce tranquila ao nada,

Se já no caixão metida
E levada ao necrotério,
Não suspira pela vida,
Mistério contra mistério,

Não tinha havido barulho,
É certo, nem artiguinhos;
Tudo acabava no entulho,
Bichinho entre mil bichinhos;

Mas também nem a vitória
Ao inspetor caberia,
Que mandou a preta à glória,
Aonde ela ir não queria.

Pois no rosto da sujeita,
Que ressurgiu com malícia,
Talvez porque em sua seita
Ninguém morre de polícia,

Tu, sagaz, tu descobriste
Que a morte era coisa certa,
E — vendo quanto era triste
Viver de ferida aberta

No meio desta cidade,
Por mais algum magro dia —
Encheste-te de piedade,
Vibraste de inspetoria.

E perdoando à coitada
O resto da vida horrenda,
Mandaste dar-lhe pousada
Debaixo da eterna tenda.

Ela, que tornou ao mundo,
Entre as cantatas da imprensa,
Torna ao báratro profundo,
Morre sem pedir licença.

Triunfa, inspetor, triunfa!
Neste voltarete, filho,
Trunfa, trunfa, trunfa, trunfa,
Que a todos deste um codilho.

Imagina tu se abrissem
Inquérito sobre o caso,
E que afinal concluíssem
Que o teu ato era um desazo;

E que isto de meter gente
Viva em caixão de finado,
Sem exame competente,
Devia ser castigado;

Que cara com que ficávamos,
Agora que a preta é morta!
Seguramente tomávamos
Novas da nossa avó torta.

Malvolio
Gazeta de Notícias, nº 23, 20 de agosto de 1887

Anda-se isto a desfiar

Voilà ce que l'on dit de moi
Dans la "Gazette de Hollande"

Anda-se isto a desfiar:
Quem será o responsável
Dos atos que praticar
O poder irresponsável?

Há várias opiniões
Sobre esta questão pendente;
Contradizem-se as razões,
Um afirma, outro desmente.

Vão aos livros e aos *Anais*
Buscar uma extensa lista
De palavras textuais
Deste ou daquele estadista.

Nem só nacionais, também
Surgem nomes estrangeiros,
Nomes ilustres, que têm
Merecidos pregoeiros.

Um deles foi o senhor
Benjamim Constant, pessoa
Que o poder moderado
Criou e deu à coroa.

Foi ele, em escrito seu,
Que a Constituição brasília,
Sem saber, o artigo deu
Que pôs a toda família

Dos poderes, um poder
Que a regesse e moderasse...
Outros porfiam em ver
O caso por outra face.

E tu, Benjamim, fatal,
Grande amador de pequenas,
Tu, morto, tu imortal,
Lá das regiões serenas,

Que pensas, que pensas tu
Nesta questão, obra tua?
Tira do espírito nu
Opinião crua e nua,

Põe-lhe sobrescrito a mim,
Se achas melhor escrevê-la;
Ou brada-ma, Benjamim,
Que eu poderei entendê-la.

E logo uma bela voz
Me entrou pelo gabinete,
Fininha como um retrós,
Viva como um diabrete.

E disse: — "Queres saber
O que nesta causa penso?
Qual o meu modo de ver?
A que partido pertenço?

"Se acho que o moderador,
Nos atos em que modera,
Tem ou não algum senhor
Que responde e o desonera?

"Se o poder, a quem chamei
Neutro, pode, irresponsável,
Ter por isso mesmo em lei
Um ministro responsável?...

— "Sim, despacha", respondi
Já zangado e impaciente.
— "Di-lo-ei a ti, a ti;
Se queres, di-lo a mais gente.

"Não verás em mim a flor
Da modéstia, planta rara,
Responderei com rigor,
Certeza e palavra clara.

"Digo que gostei de ouvir
Ideias finas e tantas;
Gostei de as ver discutir
Leão, Cotegipe e Dantas.

"Mas, com franqueza, eu deitei
Tudo ao mar, nesta viagem,
Só uma coisa guardei
E trago-a cá na bagagem.

"Não que julgue sem valor
Outras páginas escritas
Ou faladas, não, senhor;
São puras e são bonitas.

"Foram feitas ao buril,
Pensadas e bem pensadas.
Deixei-as às mil e às mil,
Por esse mundo espalhadas.

"Mas agora que aqui estou,
Livre de ruins cuidados,
Digo: o melhor que ficou
Dos escritos lá deixados

"Foi... palavra que não sei,
Não sei bem como me exprima:
Foi um livrinho de lei,
Uma joia, uma obra-prima,

"Um livro, um livrinho só,
Que entre os escritos passados,
Resiste ao mórbido pó
— Dos anos empoeirados.

"Custa-me dizê-lo, crê:
Um romance, e pequenino;
Relê, amigo, relê
O meu *Adolfo*; é divino.

"Do mais tanto cuido aqui
Como daquela camisa,
A primeira que vesti...
Diz a rima que era lisa".

Malvolio
Gazeta de Notícias, nº 24, 23 de agosto de 1887

Eu, pecador, me confesso

Voilà ce que l'on dit de moi
Dans la "Gazette de Hollande"

Eu, pecador, me confesso
Ao leitor onipotente,
E a grã bondade lhe peço
De ouvir pacientemente

Uma lengalenga longa,
Uma longa lengalenga,
Áspera, como a araponga,
E tarda como um capenga.

Saiba sua senhoria
Que, em coisas parlamentares,
A minha sabedoria
Vale a de um ou dois muares.

Não? Isso é bondade sua...
Modéstia minha? Qual nada!

Digo-lhe a verdade crua
Nua e desavergonhada.

Não entendo patavina,
Eu, que entendo a lei mosaica,
Humana, embora divina,
Límpida, conquanto arcaica.

"— E disse o Senhor:
Faze isto, Moisés, faze aquilo, ordena,
Eu, com meu poder te assisto;
Põe esta pena e esta pena".

Eram assim leis sem voto,
Sem consulta, sem mais nada.
Deus falava ao grão devoto,
E vinha a lei promulgada.

Mas por que é que tanta gente,
Reunida numa sala,
Examina a lei pendente
Escuta, cogita e fala!

E por que vota? pergunto...
Nisto abro uma folha, e leio
Bem explicado este assunto:
Era um discurso alto e cheio.

O orador, um deputado
Do Ceará, respondia
A um que o tinha acusado
De manter a escravaria.

Defendia-se, mostrando
Que, desde anos longos, fora
Dos que viveram chamando
A aurora libertadora.

Que a obra da liberdade
Era também obra sua,
Fê-la com alacridade,
Sem proclamá-lo na rua.

Votou, é certo, em contrário
Ao projeto com que o Dantas

Criou o sexagenário
E umas outras coisas tantas.

Mas não foi porque o julgasse
Oposto ao que entende justo,
Nem porque ele lhe vibrasse
Qualquer sensação de susto.

Foi só porque o gabinete
Para o Ceará mandara
Um presidente e um cacete,
Ambos de muito má cara.

Ele, vendo os seus amigos
Perseguidos, destinados,
Depois de grandes perigos,
A serem exterminados.

Votou contra a lei; e a prova
De que lhe não era oposto,
É que, vindo gente nova,
Votou a lei, de bom rosto.

E conclui assim: "Senhores,
Qualquer outro que se achasse,
Cheio de iguais amargores
E injúrias da mesma classe,

Faria o que fiz". Pasmado,
De tudo o que não sabia,
Vim confessá-lo humilhado
Ante vossa senhoria.

Malvolio
Gazeta de Notícias, nº 25, 30 de agosto de 1887

EUSTÁQUIO PRIMO DE SEIXAS

Voilà ce que l'on dit de moi
Dans la "Gazette de Hollande"

Eustáquio Primo de Seixas,
Morador em Santo Amaro

(Bahia), fez umas queixas
Sobre um caso duro e amaro.

Parece que um tal Francisco
De Paula Aragão e Sousa,
Para reduzi-lo a cisco
E pôr-lhe em cima uma lousa,

Pegou de um revólver, obra
Bem-feita, bem-acabada,
Pior que dente de cobra,
Melhor que fio de espada;

E, indo ao sobredito Seixas,
Despejou-lhe, não a arma
Nem precisamente endeixas,
Nem violetas de Parma,

Mas uma descompostura,
Como se diz vulgarmente,
Porque quando a gente cura
De falar mais finamente,

Diz torrentes de impropérios;
Tal foi o modo limado
Que, em seus artigos tão sérios,
Empregou este agravado.

Eustáquio estava na rua
Da Matriz — tão concorrida
De gente, que viu a sua
Pessoa assim ofendida.

De tais injúrias e acintes
Ouviu metade calado,
Até que, em tantos ouvintes,
Um houve, mais animado,

Que pôde dar escapula
Ao que ouvia tanta cousa,
Mas o diabo que açula
A alma a Aragão e Sousa,

Faz com que lhe não estaque
A torrente de impropérios,

Sotaque sobre sotaque,
Ditérios sobre ditérios.

Já em casa recolhido
Eustáquio, vai muita gente
Pôr-se ao lado do ofendido
Contra aquele ato insolente,

Vai mais; vai gente inimiga;
Vai mais; vai o próprio Sousa
Pedir-lhe que o não persiga;
Que lhe perdoe tanta cousa.

Responde-lhe Seixas: "Pronto
Estou a dar-lhe o que pede,
Mas só quero um ponto, um ponto,
E cederei se me cede.

"Peço-lhe que se retrate
Das injúrias que me há dito..."
Aragão, dado ao combate,
Repete, e repete escrito

Todas as injúrias feitas...
Aqui, meu leitor amigo,
Tu que buscas, tu que espreitas
Achar sentido ao que digo,

Não decifrando a charada,
Perguntas naturalmente:
"Que tenho eu com isso?" — "Nada",
Respondo-te eu; "e a Regente?"

Porque o mais rico da cousa
É que o tal Eustáquio Seixas,
Contra o Aragão e Sousa,
Trouxe à imprensa as suas queixas,

Escrevendo: "A Sereníssima
Princesa Regente". Ó dura
Condição triste e tristíssima,
Que mal sei como se atura!

Governar para ler estas
E outras ridiculezas...

Ó sorte das régias testas!
Ó destino de princesas!

Que um homem em Santo Amaro,
Ouvindo duas graçolas
(Caso antes comum que raro)
Toque no chapéu de molas,

Enfie a casaca, e calce
As botas envernizadas,
E, todo flor e realce,
Suba as imperiais escadas,

Para contar uma cousa
Que se conta ao delegado,
Isto é, que Aragão e Sousa
É pouco morigerado,

Palavra que desanima
De ocupar na terra um sólio:
Antes governar a rima,
Bem ou mal como o Malvolio.

Malvolio
Gazeta de Notícias, nº 26, 6 de setembro de 1887

SE DEUS ME DISSESSE UM DIA

Voilà ce que l'on dit de moi
Dans la "Gazette de Hollande"

Se Deus me dissesse um dia:
— "Que desejas tu, Malvolio?
Castelos na Normandia?
Uma biblioteca in-fólio?

"Um punhado de brilhantes,
Grandes como ovos de pomba?
Um batalhão de elefantes,
Marfim puro e extensa tromba?

"Moças, com as quais cantasses
A vida, e pelo estio,
Cantigas velhas que achasses,
Como esta, no peito frio:

"Cajueiro pequenino,
Carregadinho de flores,
Eu também sou pequenino,
Carregadinho de amores.

"Ou tendo espíritos altos,
Ir correr desejarias
Perigos e sobressaltos
De Rússias e de Turquias,

"Pegando, com alma icária
E braços impacientes
A coroa da Bulgária,
E defendê-la das gentes?"

Responder-lhe-ia eu, contrito:
— Não desejo, ó verdadeiro
Deus grande,
Deus infinito, Ser castelão nem livreiro,

Nem ter pedras preciosas,
Nem legiões de tamanhas
Alimárias pavorosas,
Vindas de terras estranhas,

Nem bonitas raparigas
Com quem eu cantar pudera
Algumas velhas cantigas,
Cantigas de primavera,

Menos inda, muito menos,
Correr sem mais nada, à toa,
Pequeno entre os mais pequenos,
A apanhar uma coroa.

Não, o que eu quisera, ó divo
Senhor, que mandais a tudo,
O meu desejo mais vivo,
Que me corrói, longo e mudo,

Era entrar pela janela
Do Senado... Olhai, não digo
Pela porta. A porta é bela,
Porém já não vai comigo.

A porta, traz como agora,
Obrigações superfinas;
Li-as em prosa canora,
Sobre as eleições de Minas.

A primeira é que resida
O candidato na terra,
Pois se acaso a própria vida
A outra terra o desterra,

Perca as tristes esperanças
De conservar eleitores.
Se há exemplos, são carrancas,
Outra quadra, outros amores.

Olindas, Celsos, Correias,
Nabucos e Zacarias,
São estragadas candeias,
De outros homens e outros dias.

Agora, quanto à segunda
Obrigação do diabo,
É igualmente profunda...
Não se quer nenhum nababo,

Que anda assim, como um tesouro,
Em carruagens de prata,
Cavalos ferrados de ouro,
Um jantar em cada pata;

Mas se o candidato é pobre
E passa a vida lidada,
Não entra em funduras.
Dobre, Amigo, dobre a parada.

Ora, eu que há muito suspiro
Pelo Senado, e aqui moro,
Lidando, que mal respiro,
Sem o vil metal que adoro,

Uma noite adormecia
Lendo alguma velha história
De Veneza ou da Turquia,
E acordava em plena glória,

Diante do presidente
Aparecia sentado.
Ai, Deus justo, ai, Deus clemente...
Janela... curul... Senado...

Malvolio
Gazeta de Notícias, nº 27, 13 de setembro de 1887

QUANDO TUDO EM PAZ CORRIA

Voilà ce que l'on dit de moi
Dans la "Gazette de Hollande"

Quando tudo em paz corria
Cai uma nuvem prenhada
De chuva e de ventania,
De saraiva e trovoada.

E cai lá naquela banda
Do paço dos senadores,
O melhor paço da Holanda,
Boa pedra, arminho e flores.

Inda se fosse no paço
Dos deputados, vá feito;
Embora sendo embaraço,
Caía no próprio leito.

Pois se este paço figura
Ao pé do velho Senado,
Que afigura e transfigura,
Como ele, o que lhe é levado,

Certo é que é mais dada a zona
Aos temporais desabridos;
Quem lá vai mete-se em lona,
Oleado e outros tecidos.

Mas, no Senado, em verdade,
Posto não seja o primeiro
Exemplo de tempestade
Nem talvez o derradeiro,

Causa espanto, porque tudo
Parecia que ia andando,
Não inteiramente mudo,
Mas lentamente calando.

Vai então, como eu buscasse
Saber por algum amigo
Maneira com que explicasse
Este singular perigo,

Achei um vizinho, um magro,
Um que não tem este olho;
Chamá-lo-ia Meleagro,
Di-lo-ia autor de algum molho,

Se não parecesse abuso
Esse recurso mofino,
Mofino, mas não escuso...
Os versos têm seu destino!

Tenho sido belo, às vezes,
Só por exigi-lo a rima;
Chama-se a um homem Meneses
Quando não passa de um Lima.

Mas, qualquer que seja o nome
Do vizinho consultado,
Fui lá pra matar a fome
E saí esfomeado.

Procurei-o, como disse,
E no meio da palestra
Aconteceu que surgisse
Uma questão grave e mestra:

Se o Senado é que governa
Ou a Câmara. O sujeito,
Querendo passar-me a perna,
Tira estas vozes do peito:

"— Dizem que a Câmara baixa,
Conforme a prática inglesa,
Assim como tem a caixa
Da receita e da despesa,

"Rege a política, e forma
Os homens à sua imagem,
Que é essa a única norma
Da parlamentar viagem.

"Sendo, porém, coisa certa
Que os ingleses querem antes
Achar sempre a porta aberta
Dos comuns representantes.

"E comuns há que padecem,
Se a boa sorte lhes falta,
E após os pais que falecem
Vão para a Câmara alta;

"Onde é menor o trabalho,
Sessões curtas, pouca vida,
Galho do poder, mas galho
De folha amarelecida;

"Cá buscamos o Senado;
E se o que há mais forte e fino
Tem ali lugar marcado,
É que ali mora o Destino".

Malvolio
Gazeta de Notícias, nº 28, 20 de setembro de 1887

A SEMANA QUE HÁ PASSADO

Voilà ce que l'on dit de moi
Dans la "Gazette de Hollande"

A semana que há passado...
Deixe o leitor que me escuse,
E de um falar tão usado
Abuse também, abuse.

Há passado, hão carcomido;
Hão, hão, hão, hão posto em tudo,
Hão, hão, hão, hão recolhido...
Estilo de tartamudo.

Ai, gosto! ai, cultura! ai, gosto!
Demos um jeito e outro jeito:
Venha *dispor* e *há disposto*
Venha *dispor* e *há desfeito.*

Mas usar de uma maneira
Até reduzi-la ao fio,
Não é estilo, é canseira;
Não dá sabor, dá fastio.

Porém... Já me não recordo
Do que ia dizer. Diabo!
Naveguei para bombordo,
E fui esbarrar a um cabo.

Outro rumo... Ah! sim; falava
Da outra semana. Cheia
Esteve de gente escrava,
Desde o almoço até a ceia.

Projetos e mais projetos,
Planos atrás de outros planos,
Indiretos e diretos,
Dois anos ou cinco anos.

Fundo, depreciamento,
Liberdade nua e crua;
Era o assunto do momento,
No bonde, em casa, na rua.

Pois se os próprios advogados
(E quem mais que eles?) tiveram
Debates acalorados
No Instituto, em que nos deram

Uma questão — se, fundado
Este regime presente,
Pode ser considerado
O escravo inda escravo ou gente.

Digo mal: — inda é cativo
Ou *statu liber*? Qual seja?
Correu lá debate vivo,
Melhor dizemos peleja.

Mas peleja de armas finas,
Sem deixar ninguém molesto:
Nem facas, nem colubrinas,
Digesto contra Digesto.

Uns acham que é este o caso
Do *statu liber*. Havendo
Condição marcada ou prazo,
Não há mais o nome horrendo.

Outros, que não são sujeitos
Ferozes nem sanguinários,
Combatem esses efeitos
Com argumentos contrários.

Eu, que suponho acertado,
Sempre nos casos como esses,
Indagar do interessado
Onde acha os seus interesses,

Chamei cá do meu poleiro
Um preto que ia passando,
Carregando um tabuleiro,
Carregando e apregoando.

E disse-lhe: "Pai Silvério,
Guarda as alfaces e as couves;
Tenho negócio mais sério,
Quero que mo expliques. Ouves?"

Contei-lhe em palavras lisas,
Quais as teses do Instituto,
Opiniões e divisas.
Que há de responder-me o bruto?

— "Meu senhor, eu, entra ano,
Sai ano, trabalho nisto;
Há muito senhor humano,
Mas o meu é nunca visto.

"Pancada, quando não vendo,
Pancada que dói, que arde;
Se vendo o que ando vendendo,
Pancada, por chegar tarde.

"Dia santo nem domingo
Não tenho. Comida pouca:
Pires de feijão, e um pingo
De café, que molha a boca.

"Por isso, digo ao perfeito
Instituto, grande e bravo:
Tu falou muito direito,
Tu tá livre, eu fico escravo".

Malvolio
Gazeta de Notícias, nº 29, 27 de setembro de 1887

Errata. Saíram ontem

Errata. Saíram ontem
Dois vocábulos errados...
Que os meus leitores descontem
A dor minha aos meus pecados

Devem ler por este gosto
Os tais que têm o defeito
"Venha *disposto* e *há disposto*;
"Venha *desfez* e *há desfeito.*"

E não tenda mais que diga
Aqui me fico espreitando
Fortuna ruim que obriga
A andar errando e emendando.

Malvolio
Gazeta de Notícias, (suplementar), 28 de setembro de 1887

Há muito inglês
já defunto

> *Voilà ce que l'on dit de moi*
> *Dans la "Gazette de Hollande"*

Há muito inglês já defunto,
Canning, Peel e consortes,
Que são o perpétuo assunto
Da eloquência e seus transportes.

Cada ano que passa, deixa
Nos anais parlamentares,
Entre um ataque e uma queixa,
Esses nomes singulares.

Assim, posto que vivamos
À moda francesa, é certo
Que todos imaginamos
Estar dos ingleses perto.

Vede, por exemplo, os nomes
Dos que escrevem de política;
Não são Barros, não são Gomes,
Nomes de fama somítica.

Entre um Guizot e um Horácio,
Quantos Walpoles facundos!
Pobre Gália! Pobre Lácio!
Britânia é mundo entre mundos.

E, na verdade, a Inglaterra
Tem de sobra exemplos grandes
Para ensinar toda a terra,
Do Cáucaso até os Andes.

Hão de dizer, com justiça,
Que até aqui tenho usado
O latim da velha missa,
Já sabido e decorado.

Que sou vulgar como um bule
De botequim — como um homem
Que, perdendo ontem na pule,
Narra as dores que o consomem;

Vulgar como um par de botas
Rotas e desengraxadas,
Vulgar como as quatro sotas,
Copas, ouros, paus e espadas.

Muito bem; mas, tendo em vista,
Embora a vulgaridade
Procurar alguma pista,
Por onde ache a realidade,

Li agora um documento,
Circular de candidato,
Feita com discernimento,
Bom estilo, ameno e grato.

Tão grato, que pede o voto
Como *um favor*, e confessa
Que, vencido o terremoto,
Fará que jamais o esqueça.

Que seja novo não digo,
Nem novo, nem menos raro;
É costume um pouco antigo,
Vulgar, sem ofensa e caro.

Pois o eleitor, de outro lado,
Não faz favores à toa,
Quer ser mui cumprimentado
Em palavras e em pessoa.

Há tal que o votinho nega
A gente que o não visite,
Não que queira ver se emprega
Bem a cédula que emite,

Perguntando ao candidato
Qual a escola que mais usa,
Se a de um governo barato,
Se a do que gaste e produza;

Não, senhor; mas tão somente
Para ouvir coisinhas finas,
E mostrar a sua gente,
A esposa, a sogra e as meninas.

Ouvir que a filha terceira
Há de ser uma figura
Como a segunda e a primeira,
Modelos de formosura.

Ouvir um bom elogio
À laranjinha da casa;
Dar notícia de algum tio,
Que perdeu na ilha Rasa.

Ver que o candidato mira
De quando em quando a poltrona,
Em que se alarga e se estira,
Gesto de louvor que a abona.

Se há tais entre os eleitores,
E pedes, ó candidato,
Como o favor dos favores,
O voto, e lhes ficas grato,

Para que tantos ingleses,
Que dormem nas sepulturas,
Virem bailar tantas vezes
Nas nossas legislaturas?

Nacionalizemos isto.
Queres citar? Cita, cita
Nome cá nascido e visto;
Deixa o Pitt; cita o Pita!

Malvolio
Gazeta de Notícias, nº 30, 4 de outubro de 1887

NA SEMANA QUE LÁ FOI

Voilà ce que l'on dit de moi
Dans la "Gazette de Hollande"

Na semana que lá foi,
Houve coisas do diabo,
Já de vaca, não de boi,
Já com rabo, já sem rabo.

Sem rabo o que apareceu,
Foi a grande tartaruga,
Que naufragou e morreu
Em praia onde o mar se aluga.

Espécie nada comum,
Foi logo classificada,
Sem nenhum erro, nenhum,
E está no Museu guardada.

Ora, é muito de saber
Que a bicha, ao pousar na praia,
Sorriu consigo de ver
Tanta senhora sem saia.

E consigo murmurou,
Porque é animal sabido,
Tanto que Deus lhe botou
Nome latino e comprido:

— "Mostra a gente ao pé do mar
O que numa sala esconde.
Tudo é conforme o lugar,
Preciso é saber aonde.

"E tais encantos em flor,
Que ninguém arrastaria
Pela rua do Ouvidor,
De noite, e menos de dia,

"Aqui publicados são
Sem bulha, nem matinada,
Aos olhos do camarão
Que nada, e do que não nada.

"Pascal é que disse bem
Quando da justiça ria:
'Verdade aqui, erro além'.
Cabe o dito à rouparia".

Com rabo, houve o edital
Da Câmara, um documento
Que apareceu no *Jornal*
No mesmo dia e momento

Em que deviam abrir
As propostas que acudissem...
Aos que ficaram a rir,
Bradaram que se não rissem.

Que o tenente-coronel
Presidente é que mandara
Compor aquele papel
Que a folha não publicara

Conquanto a tempo o doutor
Secretário o remetesse...
Não sei se o comendador
Tesoureiro andou com esse.

Pode ser que o general
Procurador da fazenda,
Como é muito bom fiscal,
Não gostasse da encomenda.

Pode ser; mas pode ser
Também que o protonotário
Escrivão, em vez de ler
O *Jornal,* lesse o *Diário.*

Ora, em verdade, foi bom
O caso: fico inteirado
Que é de rigor e bom-tom
Cargo com título ao lado.

E não escrever papel
Em que venha o presidente
Sem tenente-coronel,
Seria pouco e insolente.

Quanto ao que houve, não de boi,
Mas só de vaca, naquela
Semana que lá se foi,
Certo não foi bagatela.

Foi um projeto que quer
População vacinada,
Seja homem ou mulher,
Gente grande ou criançada.

E não mais se casará
Sem se provar que a menina
E o noivo tiveram já
Ultimamente vacina.

Mas, como falasse alguém
Na Câmara contra isto,
Dizendo que a coisa tem
Pecha contra a lei de Cristo,

Responderam-lhe que sim,
Que os noivos terão dispensa;
Bastará ao grande fim
Toda a mais lei, que é extensa.

Pois manda revacinar,
Além dos tenros infantes,
Soldados de terra e mar,
Funcionários e estudantes.

Mas por que se há de excluir
Desse dever mal cruento
Quem vai à gente pedir
Um lugar no Parlamento?

Quero crer que as ambições
Hão de vir em grande malta,
Suprindo as vacinações
O mérito que lhes falta.

Dir-se-á de um legislador
Morto, que era homem honrado,
Bom caráter, bom senhor,
Modesto e revacinado.

E, pois que um caso esqueci
Da outra semana, digo
Muito à puridade aqui,
Que falta à lei outro artigo.

Falta artigo, pelo qual,
Em caso de desafio,
Pudesse um homem mortal
Cortar à pendenga o fio.

Cortar deste modo: ouvir
O outro, em lances extremos,
E responder-lhe a sorrir:
"Vacine-se e falaremos".

Malvolio
Gazeta de Notícias, nº 31, 11 de outubro de 1887

TUDO FOGE; FOGEM AUTOS

Voilà ce que l'on dit de moi
Dans la "Gazette de Hollande"

Tudo foge; fogem autos,
Fogem onças, foge tudo.
Ó guardas moles e incautos!
Ó corações de veludo!

Uma onça, que vivia
Em casa de uma senhora,
Viu aberta a porta um dia
Da gaiola, e foi-se embora.

Na roça? Não; na cidade.
Que cidade? É boa! a tua.
Dou mais esta claridade:
Era na rua... na rua...

Rua da América... Pronto!
Mas, se não leste a notícia,
Cuidarás que é isto um conto,
E talvez conto e malícia.

Não, amigo. Era uma onça,
Tinha aos três anos chegado;
Vivia discreta e sonsa
Em casa, num gradeado.

Vai senão quando — um descuido
— Deixaram-lhe aberta a porta,

E a onça sentiu um fluido
Que não sente onça já morta.

Sentiu passar-lhe no lombo
O fluido da liberdade,
E, ligeira como um pombo,
Deixou a casa da grade.

Nenhum liberal, que o seja
Como deve, achará livro
De tantos da sua igreja
Que condene este carnív'ro.

Pois se foge o papagaio,
O macaco, a patativa,
Seja outubro, seja maio,
Tenha ou não tenha mãe viva,

Que muito é lá que uma nobre
Onça das brasílias matas,
Logo que possa, recobre
O uso das suas patas?

Lá por viver entre gente
E canapés delicados,
Não acho suficiente
Para condená-la a brados.

Certo é que fugiu. Bem perto,
Duas casas logo abaixo,
Achou como que um deserto,
E resolveu: "Lá me encaixo".

Era casa em obras. Passa
Todo o sábado e domingo,
Sem comer sombra de caça,
Sem beber de sangue um pingo.

Na segunda-feira, cedo
Sobe ali um operário,
Despido de qualquer medo:
Vai ganhar o seu salário.

Casualmente (bendito
Seja Deus!) o desgraçado

Vê o olhar da onça fito
De dentro de um tabuado.

Foge; muita gente acode
Armada, e com laço e rede,
A ver se apanhá-la pode;
Ela, com fome e com sede,

Fere o pé a um bom valente,
Mas é já laçada, e morre
À faca da demais gente,
Que ali bravamente corre.

E porque não era grave
A ferida recebida,
Fechou-se com dura chave
A história, e mais a ferida.

E disse alguém, que não erra
Ocasião de uma vaza:
— "Que há mais natural na terra
Que criar onças em casa?

"Quando muito, demos graças
Aos deuses, que esta podia
Matar duas ou três praças,
E toda uma inspetoria.

"Não há onças espanholas?
Não há onças desgraçadas?
Estas não rugem nas solas
Das botas acalcanhadas?

"Virá tempo em que não ande
Pessoa que se respeite
Sem uma onça já grande,
Ou, pelo menos, de leite.

"Que toda a senhora fina,
De passeio ou de passagem,
Tenha uma onça menina
Ao lado, na carruagem.

"Que algumas fujam, que trinquem
O pé a qualquer pessoa,

Ou por mal, ou porque brinquem...
Pode acontecer, é boa!

"Mas quem já viu neste mundo
Progresso sem sacrifício?
Sangue que corre é fecundo,
E há virtude que foi vício.

"Cavalo que anda direito
Já foi bravio e inquieto;
Onça que morde um sujeito,
Talvez não lhe morda o neto.

"Vamos, pois, encomendemos
Onças, muitas onçazinhas,
E nos quintais as criemos,
Como se criam galinhas".

Malvolio
Gazeta de Notícias, nº 32, 18 de outubro de 1887

Alá! por Alá! Cá tenho

Voilà ce que l'on dit de moi
Dans la "Gazette de Hollande"

Alá! por Alá! Cá tenho
Inda nos tristes ouvidos
O som duro, o som ferrenho,
Destes termos desabridos:

"Os liberais padecemos
Como os cristãos da Bulgária
Padecem duros extremos
Da turca espada nefária."

E porque tenho uma veia
Com sangue de Mafamede,
Coisa que não acho feia,
Que não desdoura, nem fede;

Juro que andei azoinado
Com o dito do estadista,

Azoinado e envergonhado,
Sem voz, sem sabor, sem vista.

Mas (Alá é grande!) agora,
Agora, neste momento,
Chegam notícias de fora,
Da Bulgária e de espavento.

Vejo que o governo novo
Daquele povo inquieto,
Para aquietar o povo,
Achou um meio discreto.

Convidou madre Censura
Para rever os diários,
Enterrando a unha dura
Por modos crespos e vários,

Nos trechos em que apareça
Opinião tão à toa,
Que em tudo, se mostre avessa
Ao que ela entender que é boa.

Assim podem os censores
Riscando uma parte ou tudo,
Fazer dos espinhos flores,
Fazer do rudo veludo.

É pouco. Um dos jornalistas
Tantas fez que foi pegado,
E teve, de mãos artistas,
Não pouco, nem moderado,

Castigo de tal volume
Que era de ver... Cem açoites!
Quase lhe levam o lume,
Quase lhe dão boas-noites.

E disseram-lhe ao soltá-lo,
Que se voltasse à escritura,
Haviam de castigá-lo,
De outra forma inda mais dura.

Ora, o que me espanta nisto
É que a gente que maltrata

Os pobres filhos de Cristo
São cristãos de pura nata.

Lá que impeçam tais diários,
Acho até bom, não somente
Nos dias incendiários,
Mas nos de vida corrente.

Nunca veio mal de um mudo;
E imprimir o que se pensa,
Tudo, tudo, ou quase tudo,
É desastre, não imprensa.

Assim, acho grão perigo
Que, em obséquio ao Ramalho
Ortigão, meu grande amigo,
Honra do engenho e trabalho,

Desse a *Gazeta* uma festa
De autores e jornalistas,
Cerrada e longa floresta
De opiniões e de vistas.

Conservadores sentados,
Em frente a republicanos,
E liberais afamados
Ao lado de ultramontanos.

Gente ruim, gente feia,
Merecia nessa noite,
Não festa, porém cadeia,
Não Borgonha, mas açoite.

País de tal liberdade
E tolerância tamanha,
Vai com toda a alacridade
Ao lodo, ao delírio, à sanha.

Olhemos para a Bulgária;
Arruma, cristão amigo,
Simples pancada ordinária:
Cem açoites por artigo.

Malvolio
Gazeta de Notícias, nº 33, 29 de outubro de 1887

QUE FARÁ, ESTANDO JUNTO

> *Voilà ce que l'on dit de moi*
> *Dans la "Gazette de Hollande"*

Que fará, estando junto
Sócrates a um hotentote?
Falo de varão defunto,
Pode sair livre o mote...

E, antes de mais nada, digo
Que essa junção de pessoas,
Vi hoje mesmo em artigo
Repleto de coisas boas.

O artigo é de sociedade
Espírita e brasileira;
Trata só da humanidade,
É divisa sua e inteira.

Que eu já sou meio espírita,
Não há negá-lo. Costumo
Pôr na cabeça uma fita,
Em vez do chapéu a prumo.

Chamo à vida uma grã-bota
Calçada pelo diabo;
Quando escrevo alguma nota,
Principio e não acabo.

Dou o João, velho amigo,
Nascido em cinquenta e sete;
E ele, quando isto lhe digo,
Todo se alegra e derrete.

E proclamam em recompensa,
Que sou de cinquenta e cinco;
Rimo-nos em boa avença,
Do meu brinco e do seu brinco.

Aqui há poucas semanas,
Puxei fieira na rua,
E comi sete bananas
Com pimenta e linha crua.

José Telha, que no sótão
Sustenta os seus macaquinhos,
Crê que alguns deles se botam
Para a casa dos vizinhos.

Mas eu respondo-lhe a cada
Palavra com heroísmo,
Que o que parece *pancada*,
É simples espiritismo.

E, voltando à vaca fria,
Sócrates era um sujeito
De grande filosofia,
Alta mente, heroico peito.

O hotentote — conquanto
Lembre uma Vênus famosa
Pelo volumoso encanto,
Mas tão pouco volumosa,

Comparada àquela raça,
Tão pouco, como seria
Uma uva a uma taça,
A laranja à melancia;

O hotentote, em bestunto,
É pouco mais que um cavalo;
Dê-se-lhe um simples assunto,
Mal poderá penetrá-lo.

Mas, sendo um e outro feitos
Pela mesma mão divina,
Força é que sejam perfeitos,
Di-lo a grande Espiritina.

Daí a necessidade
De andar a gente em charola,
Não de cidade em cidade,
Mas de uma bola a outra bola.

Morre aqui algum peralta,
Que furtou grandes dinheiros,
Ressurge em bola mais alta,
Entre os simples caloteiros.

Vai a outra, e paga em dia
Todas as dívidas suas;
Vai a outra, e principia
A dar esmolas nas ruas.

Vai a outra, e já suprime
As ruas; chega à perfeita
Máxima pura e sublime
De só saber a direita.

Sobe finalmente à esfera
Onde uma sociedade
De arcanjos lindos o espera,
E o conduz à eternidade.

Ali Sócrates jucundo
Receberá o hotentote,
E falarão deste mundo,
E glosarão este mote:

— Para que há de haver juízes
Em Berlim, ou noutra parte?
Têm aqui iguais narizes
O inocente e Malazarte.

Malvolio
Gazeta de Notícias, nº 34, 2 de novembro de 1887

Vem cá, Gema Cuniberti

Voilà ce que l'on dit de moi
Dans la "Gazette de Hollande"

Vem cá, Gema Cuniberti,
Dize-me aqui a esta gente
Quanto se deve ao Lamberti,
Exata, precisamente.

Que não és vereadora,
Escrivã, nem magistrada,

Bem o sei, minha senhora,
A mim não me escapa nada.

Nem é preciso que digas
Coisa alguma, não sabendo
As somas novas e antigas
Deste negócio estupendo.

Basta que me tenhas dado
Rima para o italiano.
Agora que está rimado,
Volta à paz de todo o ano.

Pois saber exato, exato,
Quanto é que lhe deve a gente,
Não é só trabalho ingrato,
É pôr um homem demente.

Uns dizem que cento e trinta
Contos — outros, mil e tantos;
Que isto se afirme ou desminta
Enche o coração de espantos.

Esperta logo o desejo
De não dar mais que um cruzado,
Ou perder de todo o pejo
E ir a um milhão quadrado.

Que, assim como nós quadramos
As léguas, quadrar podemos
O dinheiro que pagamos,
Jamais o que recebemos,

Explico-me: a vereança
Paga tarde e paga em dobro,
Porque o credor, quando cansa,
Não põe aos ímpetos cobro.

Mas para que o miserável
Contribuinte não gema,
Faz-se-lhe grata e afável;
Não é assim, minha Gema?

Não põe aumento na taxa,
Mormente se é baratinha;

A taxa quanto mais baixa
Parece mais bonitinha.

Desta maneira a fazenda
Municipal, acusada,
Não de torva, nem de horrenda,
Mas só de desbarrigada,

Perde inteiramente o resto
Da pele que traz nos ossos;
Fica-lhe o corpo mais lesto,
Já sem casca, só caroços.

Então é que é ver o ufano
E gracioso esqueleto
(Falemos italiano)
Dançar o seu *minuetto*.

Dançar não paga comida,
Nem vestido, nem calçado,
Mas alegra um tanto a vida,
E o gozo é tão pouco usado!

O pior é se, na faina
Do ofício, os vereadores
Arranjarem uma andaina
De caixas e borradores.

Pois não há maior desgraça,
Nem pior melancolia,
Do que ter ostras na praça
E a escrituração em dia.

Ao menos, tudo confuso
Faz crer que inda poderemos
Guardar um traste em bom uso...
E então, evoé! bailemos!

Malvolio
Gazeta de Notícias, nº 35, 8 de novembro de 1887

Ora, mal sabe a pessoa

> *Voilà ce que l'on dit de moi*
> *Dans la "Gazette de Hollande"*

Ora, mal sabe a pessoa
Que lê estas linhas toscas,
Compostas assim à toa,
Entregues ao prelo e às moscas,

Mal sabe o susto que tive
Nas eleições da semana:
Vi Cartago, vi Nínive,
Vi além da Taprobana.

Por isso darei ao verso
Certo tom grave e pausado,
Diverso, muito diverso
Do meu tom acostumado,

E, se não, amigo, veja:
Batendo a hora do voto,
Vesti-me e fui para a igreja
Como um eleitor devoto.

Tinha comigo o diploma,
E a lista dos meus eleitos,
Fechada com boa goma,
Juntinha, agarrada aos peitos.

Começou pela chamada...
Sei que sabe que ainda estamos
Nesta usança desusada
De só votar quem chamamos.

Dizia o mesário: — Antônio
Vaz de Sousa, e repetia,
Depois: — Arlindo Teotônio
De Vasconcelos Faria.

E Arlindo, que era presente,
Levava o diploma aberto
Aos olhos do presidente,
Votava, e rápido, e certo,

Escrevia o nome: — Arlindo
Teotônio de Vasconcelos
Faria. — Trabalho findo,
Ia ao bife e ao Carcavelos.

Mas o curioso, o incrível,
O trágico, o inopinado,
O que parece impossível
E entanto foi praticado,

É que entre os nomes dos vivos
Tinha nomes de defuntos,
De tantos que ora, entre os divos,
Gozam o descanso juntos.

E não defuntos de agora,
Mas de alguns anos passados,
Alguns que a pátria inda chora,
Outros pouco ou mal chorados.

Essa chamada de mortos
Trouxe-me um sono profundo,
Fui sentindo os olhos tortos,
E o mundo ao pé do outro mundo.

Primeiro vi Duque-Estrada
Teixeira — chegar sombrio
Para acudir à chamada
Feita ao seu pátrio Rio.

Vi depois o Azevedo
Peçanha, vi a figura
Do Buarque de Macedo,
Labor, honradez, cordura.

Vi outros muitos, vi tudo,
E, continuando o mistério,
Vi, com gesto carrancudo,
A história e o seu cemitério.

Numerar os esqueletos
Que entrar vi na sacristia,
Já bolorentos ou pretos,
É obra que excede a um dia.

Vi César e mais as suas
Válidas tropas, vi Galba,
Maomé e as meias-luas
E os três Curiácios de Alba.

Nino vi, Gigés, e aquela
Semíramis, graça e fama,
Cleópatra, e a donzela
D'Orléans, Vasco da Gama,

Pedro o Grande, Henrique
Oitavo, Amílcar, os comerciantes
Cartagineses, Gandavo,
Napoleão e Cervantes.

E vinham todos trazendo
Uma cédula entre os ossos
Ao mesário, que ia lendo,
Os nomes desses destroços...

Sonho foi... Quando desperto,
Não achei mais que o sacrista,
A mesa vazia perto,
Nem mais eleitor nem lista.

Tonto do meu pesadelo,
Contei-o ao sacrista, e o moço
Facilitou-me entendê-lo,
Ambos à mesa do almoço:

— "Nada lhe aconteceria
Se a lista dos eleitores
Pudesse ter algum dia
Revisão e revisores.

"Se fosse oportunamente
Cada morto eliminado,
Nenhum seria presente
E muito menos chamado.

"Mas, como a preguiça é grande
E os trabalhos são maçudos...

E não há quem nisto mande...
E os tempos andam bicudos..."

Malvolio
Gazeta de Notícias, nº 36, 15 de novembro de 1887

Pessoas há... Por exemplo

Voilà ce que l'on dit de moi
Dans la "Gazette de Hollande"

Pessoas há... Por exemplo,
Que vale um desfalque triste
Cuja notícia contemplo?
Acho que já nem existe.

Pois, entrados os cobritos,
Desmancha-se a *diferença*,
E o que eram terríveis gritos
Chega a pura *indiferença*.

Pessoas há que detestam
Rimas daquele feitio;
São cadeias que molestam
A inspiração, mais o brio.

Eu cá, sendo necessário
Ir andando, vou andando;
Rimo *Corsário* e corsário,
E bando com contrabando,

Sem saber se o leitor gosta,
Ou não dessa rima rica.
Se eu quero a obra composta,
Menos que fazer me fica.

Se não sair boa a quadra,
Que saia, ao menos, completa;
Lá, se lhe quadra ou não quadra,
É queixar-se do poeta;

Não do triste gazeteiro,
Que rói o tempo e trabalha

Sem encontrar no tinteiro
Qualquer assunto que valha.

Ninguém me dirá que as notas
Falsas e germanizadas
Valem nunca um par de botas,
Novas ou acalcanhadas.

Pois que já tratara delas
O cronista do costume,
E ora são como panelas
A que não resta chorume.

Nem elas, nem os debates
Do Jockey-Club, e os palpites,
Nem os terríveis combates
De agudas encefalites.

De encefalites agudas,
Das quais não escrevo nada;
As rimas devem ser mudas,
Quando a matéria é pancada.

E brigar por dois cavalos,
Gastar suor, sangue e murros,
Defendê-los, levantá-los,
Para um amador de burros,

É completa maluquice.
Eu amo os burros, capazes,
Sem ardor nem casquilhice,
Maduros desde rapazes.

Barulhos entre campistas?
Cadeira de Torres Homem?
São matérias de altas vistas,
Que aos fracos olhos se somem.

Sobretudo, em medicina,
Basta-me um só documento,
Coisa séria, não mofina,
Obra séria e de momento,

A autópsia de um tal Garrido,
Que foi achado enforcado,

Sem ficar bem definido
Se era ou não um suicidado.

Se sim ou se não — responde
O auto que é impossível
Achar por onde se sonde
Esse problema terrível.

Mas, continuando a pena
Naquele labor ingrato,
De toda a descrita cena
Conclui que houve assassinato.

É por isso que os problemas
Nunca me meteram susto;
São simples estratagemas
Que a gente desfaz sem custo.

Assim desfizesse o dano
E a funda melancolia
De não ser pernambucano!
Teria visto, de dia,

Vênus, o astro, no Recife,
Onde apareceu agora...
Ah! tu rimas com patife,
Tu, Recife de má hora!

Lembra a notícia que Eneias,
Indo da troiana parte,
Viu assim a flor de ideias,
E assim a viu Bonaparte.

Foi o que li e acredito;
Que eu creio em tudo o que leio,
E como sigo um só rito
Só leio aquilo em que creio.

Faça o leitor outro tanto;
Se não crê nesta *Gazeta*
De Holanda, ponha-a num canto;
E rimará com Gazeta.

Malvolio
Gazeta de Notícias, nº 37, 22 de novembro de 1887

Nascimento cura, cura

> *Voilà ce que l'on dit de moi*
> *Dans la "Gazette de Hollande"*

Nascimento cura, cura,
Curandeiro Nascimento;
Curandeiro fura, fura,
Fura-vidas e fura-vento;

Pois que tens a liberdade
De curar tantas mazelas
Que devastam a cidade,
Curar e viver por elas;

Tudo isso com quatro passes
De evocação de defuntos,
Que, sem que mostrem as faces,
Todos ali falam juntos;

Espíritos diferentes;
Um cura barriga d'água.
Outro arranca um ou dois dentes,
Sem deixar sangue nem mágoa;

E mais que tudo, são grandes
Em ler, como as adivinhas,
Para o que, basta que mandes,
Com tais e tais palavrinhas;

Nascimento (apre! que custa
Desfiar um pensamento
Verso abaixo! Custa e assusta).
Dize-me cá, Nascimento,

Dize o que virá de Minas,
Se queijo, tabaco, ou lombo,
Se coisas mais superfinas,
Quem dá pulo e quem dá tombo.

Antes que tudo nos venha,
Veio muita porcaria,
Muita rixa e muita lenha,
Pulso de gente bravia.

Palavrada sem estilo...
Ao menos, se os escritores
Nos fizessem ler aquilo
Com alguns poucos lavores,

Dariam à pobre gente
Que vive de outros negócios
Um receio de patente
Para entreter os seus ócios.

Então, padecesse o Veiga,
Calmon, Santa Helena e o resto,
Para uma pessoa leiga
Era um gosto puro e honesto.

Lia em boa e sã linguagem
Que o vizinho era um modelo
De ignorância e parolagem,
Um papagaio e um camelo.

E, vice-versa, diria
O vizinho assim tratado,
Que a maior patifaria
Tinha no outro o grão-mestrado.

Eram certamente afrontas,
Mas rendilhadas, cobertas
De corais e finas contas,
Menos que afrontas, ofertas.

Ah! mas justamente é isso
O que faria à polêmica
Perder o melhor feitiço,
E pô-la inválida e anêmica.

E por que tanto barulho?
Para ter lugar mareado
Na casa, que é nosso orgulho,
E a que chamamos Senado.

Que vale a pena, isso vale!
Ponham-me ali já eleito
Pela serra ou pelo vale,
E verão se não aceito.

Aceito, fico e sustento,
Com alma, com heroísmo,
Esse forte monumento,
Flor do parlamentarismo.

Uma só condição, uma,
Para pleitear aquilo,
Descompostura nenhuma,
Ou nenhuma, ou com estilo.

Malvolio
Gazeta de Notícias, n° 38, 29 de novembro de 1887

Peguei da mais rica pena

Voilà ce que l'or. dit de moi
Dans la "Gazette de Hollande"

Peguei da mais rica pena,
Molhei-a na melhor tinta,
E fiz uma cantilena:
"Tinta que repinta e pinta".

Que haja nisso algum sentido,
Livre-me Deus de escrevê-lo;
Sentido, bem entendido,
No sentido de entendê-lo.

Mas que há nessa linha escura
Uma íntima harmonia
Com tudo o mais que se apura
De tantos casos do dia,

Isso é que não há negá-lo,
Exceto se uma pessoa
Quiser fazer de cavalo,
Assim, sem mais nada, à toa.

Pois não andou toda a gente
Coa imaginação acesa,
Em busca do presidente
Da República Francesa?

Havia apostas. Um era
Ferry, outro — homem de espada,
Outro Freycinet quisera,
Outro — Floquet, outro — nada.

E de tanta gente oposta
Sai um que a ninguém havia
Peito cuidar em aposta,
Se seria ou não seria...

Já sei... Não me explique, amigo;
Não seja de uns desfrutáveis
Que juram sempre consigo
Explicar os explicáveis.

Por exemplo, não me explique
O Ney, nem a delicada
Ação que faz com que fique
Toda a cidade pasmada.

Essa joia, esses quinhentos
Mil-réis dados de pronto,
Como quem espalha aos ventos
Palavras leves de um conto,

Ação foi de grande siso;
Ter-se entre duas pilhérias
Ney, o marechal do riso,
Consolador de misérias.

E muitos pasmados ficam,
Por não crer que alguém possua
Cobres que se multiplicam
E os lance estéreis à rua.

Depois disto vem aquilo
Que a nenhum de nós consola,
Nem deixa a ninguém tranquilo,
Nem traz figura de esmola.

Refiro-me às ameaças
Da Amazônia, que deseja,
Resguardar as suas graças
Do nosso amor, salvo seja.

Tudo porque há um sujeito,
Cardoso, ou coisa que o valha,
Que, não sei por que respeito,
Na tarefa em que trabalha,

Brigou com outra pessoa,
E os dois, que podiam juntos
Fazer muita coisa boa,
Em variados assuntos,

Agora não fazem nada;
Pregam-me até esta peça
De pôr a quadra acabada
Pendente da que começa.

Depois daquilo, aquiloutro,
Expressão que ficaria,
Não rimando (e mal) com potro,
Sozinha, sem companhia.

Aquiloutro é a abundância
De roubos eclesiásticos,
Feitos com a petulância
Dos grandes dedos elásticos.

Sacrílegas limpaduras
Da casa de Deus — dos ouros,
Das pratas sacras e puras...
Naturalmente, só mouros.

Mouros — sejam da Mourama,
Ou mouros da Cristandade,
Que os há de uma e de outra rama
Por toda essa humanidade.

Não foram seguramente
Os capoeiras da rua;
Que matam e francamente
Pela forte gente sua.

Adeus, versos duros, frouxos,
Sem inspiração nem graça,
Obra destes dias coxos,
Furtados e sem chalaça.

Por isso peguei da pena,
Por isso a molhei na tinta,
E fiz esta cantilena:
"Tinta que repinta e pinta!"

Malvolio
Gazeta de Notícias, nº 39, 6 de dezembro de 1887

POR JÚPITER! COBRE O ROSTO

Voilà ce que l'on dit de moi
Dans la "Gazette de Hollande"

Por Júpiter! Cobre o rosto,
Risonha Hélade amiga,
Cobre-o de pejo e desgosto;
Chora a tua graça antiga.

Lembras-te daqueles tempos,
— Da galante mocidade,
Em que eram teus passatempos
Grave e fina agilidade?

Em que as tuas formas belas
Mostravam-se aos olhos puros,
Tempos quase sem mazelas,
Quase sem dias escuros?

Então floresciam jogos
De toda casta e destino,
E coros cheios de rogos
Ao céu e ao povo divino.

Já não falo dos famosos
Jogos de corridas — quando
Voavam carros briosos
Pelo solo venerando.

Falo (e serve ao que ora trato)
Falo daquelas usanças

Em que vinha o pugilato
Entre cantigas e danças.

Seguramente que havia
Pancada — porém pancada
De valor e bizarria
Por uma coisa sagrada.

Eram modos e maneiras
De lutar de língua e punho,
Traziam tantas canseiras,
Grécia, o teu amável cunho.

E agora, ai, chora pitanga!
Pitanga é fruta moderna,
Mas a qualquer mágoa ou zanga
Qualquer fruta é fruta eterna.

Contudo, se não te agrada,
Chora aquele mel do Himeto,
Que inda agora a abelha amada
Verte ao comum e ao seleto.

Chora o que for, chora, chora...
Vês este grego, chamado
Manuel Rotas, que aqui mora?
Foi há pouco encarcerado.

Que pensas tu que fazia
Este filho tão malandro,
Em cujas veias podia
Correr sangue de Lisandro?

Ouve... fecha os olhos...
Cobre O belo rosto, faceira;
Não há cautela que sobre...
Rotas era capoeira...

Sim, capoeira, repito.
E cometia na praça
Das Marinhas o delito
De dar aos colegas caça.

Chamavam-lhe por gracejo
O *grego das ostras,* nome

Que em si mesmo não dá pejo,
Antes creio que dá fome.

Grego e capoeira!
Ó manes Dos seus avós acabados!
Ó recordações inanes
De outros tempos e outros lados!

Bem conheço que, assim como
Cada roca tem seu fuso,
Cada macieira seu pomo,
Tem cada terra seu uso.

Nem é o uso que me espanta;
Espanta-me esse contraste
Da terra e da sua planta,
Da habitação e do traste
.
Bem sei que a Grécia recente
É outra da Grécia antiga,
Mas no coração da gente
És a mesma, Hélade amiga.

E por mais que a razão pura
Mostres que ora estás mudada,
Espanta-me esta figura:
Rasteira, grego e facada.

Malvolio
Gazeta de Notícias, nº 40, 14 de dezembro de 1887

NOS QUOQUE GENS SUMUS, DIGO

*Voilà ce que l'on dit de moi
Dans la "Gazette de Hollande"*

Nos quoque gens sumus, digo
Sem nenhum acanhamento;
Se é moda, eu a moda sigo;
Se é vento, acompanho o vento.

Não somente ao literato
Cabe descobrir mistérios;
Eu sou curioso nato,
Tão sério como os mais sérios.

*Et quoque cavalgare
Sabemus,* como ia expondo;
Lá se acaso errar, *errare
Humanum est*, respondo.

Eu — não é porque me gabe —
Mas acho que o elogio
De um tio muito mais cabe
Na boca do próprio tio.

Esperar que outras pessoas
Descubram seus pensamentos
E cantem honrosas loas
Aos nossos merecimentos,

Palavra que me parece
Negócio muito arriscado;
Este cala, aquele esquece,
Nada fica publicado.

Vamos ao caso. Há dois dias
Recebi este bilhete
Do meu amigo Matias,
Residente no Catete:

"Pois que já fomos colegas,
Manda-me a razão bastante
Por que se diz: *Cá o degas."*
Não corri à minha estante.

Corri à pena e ao tinteiro,
Porque trazia comigo
O histórico verdadeiro
Do que me pede este amigo.

E aqui lhe conto — deixando
Que riam os maus e praguentos;
Ouço o riso e vou andando
Cá com os meus bolorentos.

Ora bem, ninguém ignora,
(Menos que ninguém, Matias)
Que houve um grande Egas outrora,
Varão de altas bizarrias.

Afonso, meio enteado,
De um tal Peres, se encastela
Em Guimarães já cercado
Pelas forças de Castela.

Vai então Egas, pensando
Em livrar o rei, caminha
Para o castelhano infando
E segreda-lhe ao que vinha.

Vinha prometer que o moço
Afonso obedeceria,
Sem mais sangue nem destroço;
Castela creu no que ouvia

Mas logo que os castelhanos
Daquele sítio abalaram,
Afonso e os seus lusitanos
Entregar-se recusaram.

Que faz o grão Egas? Vendo
Que faltara ao prometido,
Faz sacrifício horrendo,
Ele, pai, ele, marido.

Vai com a família, e dá-se
Ao inimigo. Ação única!
Outra não há que a ultrapasse;
Ou esta fé, ou fé púnica.

Tempos vindos, tempos idos,
Entrou no povo esta fala,
Quando alguém os ofendidos
Brios punha em grande gala:

*"Cá o Dom Egas não há de
Deixar de cumprir a jura".*
Depois a celeridade
Do tempo, que tudo apura,

Foi diminuindo o adágio,
Perdeu-se o *jura* primeiro,
E foi crescendo o naufrágio
Do primeiro ao derradeiro.

Já no século passado
Ia em tais e tantas penas,
Que ficou — do que era usado,
"*Cá Dom Egas*" — apenas.

Mas o Dom tanto se escreve
Na forma acima apontada,
Como por outra mais breve,
Um D, um ponto e mais nada.

Daí resultou que o povo,
Lendo, como lê, às cegas,
Faz um dito inda mais novo
E ficou só: — "Cá o degas".

Malvolio
Gazeta de Notícias, nº 41, 20 de dezembro de 1887

EU CÁ, QUANDO TODA A GENTE

Voilà ce que l'on dit de moi
Dans la "Gazette de Hollande"

Eu cá, quando toda a gente
Chora ou treme de assustada,
Tenho um desejo veemente
De dar uma gargalhada.

E a razão — se há razão nisto,
Não é senão porque é útil
Fazer deste mundo um misto
De terrífico e de fútil.

Outrora o teatro dava,
Ao riso afrouxando a rédea,

Depois de uma peça brava,
Uma farsa, uma comédia.

Acabado o *Aristodemo*,
Vinha uma ária do Martinho;
Ao fel que chorava o demo,
Ao fel sucedia o vinho.

Eu não, eu misturo tudo,
De modo que cada grito,
Angustioso ou sanhudo,
Não nos traga um faniquito.

Ou então uso o contrário;
Quando é geral alegria
Solto o verbo funerário
E misturo a noite e o dia.

Para não irmos mais longe,
Ninguém dirá que passamos
Uma existência de monge,
Que rezamos, que choramos.

Antes vejo anunciados
Bailes de vários feitios,
Teatros abarrotados
De cristãos e de gentios,

Malgrado o sol e a poeira,
Corridas de bons cavalos;
Toda uma cidade inteira
Brincando sem intervalos.

Pois é justamente agora
Que eu, por integrar a vida,
Deito a vista para fora,
Desordenada, insofrida.

E, ao ver do lado do norte
Aquele pobre-diabo
Que encontrou comprida morte
Onde torce a porca o rabo;

Que foi com rara presteza,
Agarrado, arrebatado,

E com toda a ira acesa,
Crucificado e esfolado;

Vingando a sorte, vingando
Aquela porca mesquinha,
Que, em suas roças entrando,
Foi morta e não foi rainha;

E, ao lado do sul, a dama
Que à preta engolir fazia,
Não garoupa sem escama,
Nem doce, nem malvasia;

Mas, comidas singulares,
Não feitas por encomenda,
E a beber com tais manjares
Vinho de outra pipa horrenda;

E se a boca recusava
O petisco enjoativo,
Tição aceso lhe dava
Novo e forte aperitivo;

Sem contar a bordoada,
Que as rijas carnes alanha,
E era a música obrigada
Daquela ceata estranha;

Às pressas trago estas duras
Histórias com que tempero
As folias e aventuras,
E ato ao jovial o fero,

Para que, quando tomarmos
No Pascoal alguma cousa,
Ou algum colar mirarmos
Na loja do v. de Sousa,

Digamos: — Trá lá, menina,
Menina in-oitavo, in-fólio,
Dá cá tua mão divina
Ao teu amador Malvolio.

Malvolio
Gazeta de Notícias, nº 42, 28 de dezembro de 1887

Deus lhes dê muitos bons-dias

Voilà ce que l'on dit de moi
Dans la "Gazette de Hollande"

Deus lhes dê muitos bons-dias,
Deus lhes dê muitos bons anos,
Lençóis para as noites frias,
Para as de calor, abanos.

Se é certo que os novos planos
Melhoram as loterias,
Convém evitar enganos,
Devaneios e utopias.

Exemplo: as arcas vazias
Estão dos tais soberanos
Com que se pagam folias,
Prazeres e desenganos.

Logo, os ímpetos insanos
De curar academias
Com os tais calomelanos
Das modernas francesias,

São custosas fantasias
Para a arte e seus arcanos;
Mil vezes as ferrovias
E os carros americanos.

Façamos com que dois manos,
Saindo às ave-marias
De Ubá ou Curitibanos,
Vão almoçar a Caxias.

Mas gastar novas quantias
Para ter alguns maganos
Que pintem quatro Marias
E as bodas de dois ciganos;

Ou meia dúzia de ulanos
Entre bélicas porfias,
Ou revoltas de oceanos...
Sou seu criado Matias!

Lá para ver agonias
De um mártir, de dois tiranos,
Conheço melhores vias:
É ler casos mexicanos.

Se os Zeferinos ufanos
Podem ser seguros guias
Digam lá os paduanos;
Não sou dessas freguesias.

São talvez carrancerias,
Chamam-me a flor dos marçanos,
Cá vou pelas simpatias
Cá dos meus paroquianos.

Neste tempo de pianos,
Lembra-me ainda as poesias
Em que falavam Albanos
Com as pastoras Armias.

Então quando as minhas tias,
Casadas com dois baianos,
Tinham as peles macias,
Inda sem rugas nem panos;

E nos meses marianos,
Cantavam as melodias,
Que os nossos peitos humanos
Enchem de melancolias;

Enquanto duras harpias,
Com a guerra dos Cabanos,
Tiravam sangue às bacias,
Além de outros muitos danos;

E as velhas tinham bichanos,
Que eram as suas manias,
E os primos Salustianos
Iam às alcomanias;

Então as mesmas teorias
Tinha a arte e seus fulanos;
Tudo o que agora copias
Copiaram veteranos.

E os fulanos e sicranos,
Batizados noutras pias,
Podiam ser Ticianos,
Sem novas filosofias.

Concluo que as velharias,
Como os tabacos havanos,
Podem trazer alegrias
A nós, como aos turcomanos.

Que mais? Bahias? Tucanos?
São rimas de melodias...
Deus lhes dê muito bons anos,
Deus lhes dê muito bons-dias.

Malvolio
Gazeta de Notícias, nº 43, 3 de janeiro de 1888

Para quem gosta de sangue

Voilà ce que l'on dit de moi
Dans la "Gazette de Hollande"

Para quem gosta de sangue...
Peço à leitora querida
Não desmaie nem se zangue;
Não venho arrancar-lhe a vida.

A gente pode, em conversa,
Dizer alguns nomes duros,
Não por índole perversa,
Nem maus costumes impuros.

Se achar algum dito horrendo,
Não desmaie nem se zangue...
Porém, como ia dizendo,
Para quem gosta de sangue,

Houve-o em Moura, São Fidélis,
Grajaú, Piracicaba;

Esfriaram muitas peles
Na própria grave Uberaba.

Ali, fogueira queimando,
Muito antes de Santo Antônio,
Cará de gosto execrando
Para a boca do demônio.

Mais longe, uma catequese;
Mais perto, uns tiros trocados...,
Quem souber rezar que reze
Por alma de tais finados.

Eu, de todas essas cenas
Que acaso coincidiram,
E que outras melhores penas,
Em prosa, já referiram,

Confesso que a de Uberaba
Vale mais que outra nenhuma;
Tem luz que se não acaba,
Ensina e conforta, em suma.

Note-se que lá não houve
Sangue propriamente dito,
Omissão que é bom se louve
Em vista de outro conflito.

E por quê? Porque um Sampaio
Que, pelo nome não perca,
Para copiar o raio,
Que voa, mas não alterca,

Logo que viu a gente armada
Vociferando nas ruas,
Disposta, pronta, assentada
A ir a cenas mais cruas;

Bradar que ou lhe tiraria,
Sem compaixão a existência,
Ou ele a favorecia
Nada mais que com a ausência,

Ele, coronel e cabo
De partido, achou cabido

Não afrontar o diabo
Na gente do outro partido.

Saiu; logo a gente amiga
Para trazê-lo de novo,
Cuidou de uma vasta liga
E andou ajuntando povo.

De modo que, se lá volta,
Havia provavelmente
Nova e sangrenta revolta,
Em que morreria gente.

Poupou-se uma cena crua;
Sampaio ficou de fora.
Tem casa ali, casa sua;
Morava; já lá não mora.

Porém onde a luz do caso?
Que há aí que conforte e ensine?
Escute, ou vai tudo raso,
Depois de escutar, opine.

A luz é que tem Sampaio,
Com a maior segurança,
Nas mãos um futuro ensaio
De desforra e de vingança.

Ponha-se de lá à espreita
De ocasião valiosa,
E vá com a sua seita
Contra o Borges, contra o Rosa,

Contra o Marques e os capangas
Ponha-os fora da cidade,
E entre vivas e charangas
Fique em paz e em liberdade.

Virá dia em que eles troquem
As bolas contra Sampaio,
E a toque de caixa o toquem
Nas asas de novo raio.

Fuja então; de novo espreite,
E a murro e a tiro os disperse,

Tranquilamente se deite
E alegremente converse.

E assim, aumentando a soma
Das proscrições alternadas,
Uberaba será Roma,
Ambas imortalizadas.

Ora Mário, agora Sila,
Um de dentro, outro de fora,
Antefila ou cerra-fila,
Ora Sila, Mário agora.

E não haverá na vida,
Na vida em que tudo acaba,
Coisa mais apetecida
Que ir viver para Uberaba.

Malvolio
Gazeta de Notícias, nº 44, 18 de janeiro de 1888

Não, senhor, por mais que possa

Voilà ce que l'on dit de moi
Dans la "Gazette de Hollande"

Não, senhor, por mais que possa
Achar censura, confesso
Que não tenho medo à troça,
Referindo este sucesso.

Há muito que me pejava
Da botoeira que tenho,
Cava, inteiramente cava;
Sem qualquer sinal de engenho,

De serviço ou caridade,
Coisa que haja merecido
A particularidade
De me fazer distinguido,

Não é que imitar quisesse
O José Telha, que corre
Por fita que não merece,
E se lha não derem, morre.

Não quis hábito da Rosa,
Cristo nem Pedro Primeiro,
Avis ou mesmo a famosa
Fita do grave Cruzeiro.

São moedas da coroa,
E eu, democrata, não devo
Expor a minha pessoa
A ser contrária ao que escrevo.

Mas então, de que maneira
Preencheria o vazio
Desta minha botoeira
Sem diminuir o brio?

O que desde logo acode
É pôr uma flor bonita,
Ou rosa ou cravo, que pode
Suprir muito bem a fita.

Porém, dês que a alma nossa
Tem casaca e bem talhada,
Preciso é fita que possa
Encher-lhe a casa sem nada.

Mas que fita? em que armarinho
Recente podia havê-la?
Encontrei logo o caminho:
Corri a Venezuela.

Venezuela tem uma
Ordem muito bem-disposta,
Com que premiar costuma,
Costuma, procura e gosta.

Tem grã-cruzes, tem comendas,
Tem dignitárias e o resto.
Há para todas as prendas
Um sinal brilhante e honesto.

Ordem é muito bem fundada
Sobre a liberdade amiga,
Grave como a Anunciada,
Como o Banho, como a Liga.

Simão Bolívar se chama,
Grande nome e livre nome;
Coroou-o eterna fama
Do louro que se não some.

A venera é justamente
Como são outras veneras,
Usa-se ao colo pendente,
Ao peito, em forma de esferas.

A fita é de chamalote,
Como são as outras fitas,
Não é certo que desbote
E tem as cores bonitas.

Quanto ao efeito no rosto
Da multidão é perfeito;
Dá o mesmo grande gosto
E o mesmíssimo despeito.

Corri a Venezuela,
Venezuela escutou-me,
Pude logo convencê-la,
Ouviu-me, condecorou-me.

Não é só a monarquia
Que tem plantas reverendas;
Vento da democracia
Também faz brotar comendas.

Malvolio
Gazeta de Notícias, nº 45, 4 de fevereiro de 1888

Eu, acionista do Banco

> *Voilà ce que l'on dit de moi*
> *Dans la "Gazette de Hollande"*

Eu, acionista do Banco
Do Brasil, que nunca saio,
Que nunca daqui me arranco,
Inda que me caia um raio,

Para saber como passa
O Banco em sua saúde,
Se alguma coisa o ameaça,
Se ganha ou perde em virtude,

Li (confesso) alegremente,
Li com estas minhas vistas,
O anúncio do presidente
Convocando os acionistas.

Para quê? Para o debate
Do reformado estatuto,
Obra em que há de haver combate,
Que traz gozo, que traz luto.

Pois nesse anúncio, à maneira
De censura, escreve o homem
Que é já esta a vez terceira
Que chama e que eles se somem.

Minto: sumiram-se duas.
Não tem culpa o anunciante,
Se há necessidades cruas
Do metro e de consoante.

Pela vez terceira os chama,
E agora é definitivo,
Muitos que fiquem na cama,
Um só punhado é preciso.

Mas eu pergunto, e comigo
Perguntam muitos colegas,
Que, indo pelo vezo antigo,
Não vão certamente às cegas:

— O acionista de um banco,
Só por ser triste acionista,
É algum escravo branco?
Não tem foro que lhe assista?

Não pode comer quieto
O seu costumado almoço,
Debaixo do próprio teto,
Velho já, maduro ou moço?

Barriga cheia, não pode
Dormitar o seu bocado,
Para que o não incomode
O que tiver almoçado?

Pois então a liberdade
Que tem toda a outra gente
Cidadã, meu Deus, não há de
Tê-la esta pobre inocente?

É certo que os diretores
Do Banco são reduzidos
A quatro, e que outros senhores
Vão a menos: suprimidos.

Em tal caso; é razão boa
Para que, firmes, valentes,
Compareçam em pessoa
Diretores e gerentes.

Res vestra agitur. Justo.
Mas que temos nós com isto?
Para que me metam susto
Só outra coisa, está visto.

Sim, o que algum susto mete,
Transtorna, escurece, arrasa,
Não é que eles sejam sete
Ou quatro os chefes da casa:

Sejam sete ou quatro, ou nove,
Disponham disto ou daquilo,
É coisa que me não move,
Posso digerir tranquilo.

Porquanto, digo, em havendo
Nas unhas dos pagadores
Um bonito dividendo,
Que nos importam divisores?

Tenham estes cara longa,
Cabelo amarelo ou preto,
Nasceram em Covadonga,
Em Tânger, em Orvieto;

Usem de barbas postiças,
Ou naturais, ou nenhumas;
Creiam em sermões, em missas,
Ou na sibila de Cumas;

Para mim é tudo mestre,
Contanto que haja, certinho,
No fim de cada semestre
O meu dividendozinho.

Malvolio
Gazeta de Notícias, nº 46, 10 de fevereiro de 1888

Talvez o leitor não visse

Voilà ce que l'on dit de moi
Dans la "Gazette de Hollande"

Talvez o leitor não visse,
Entre editais publicados,
Uma boa gulodice?
Abra esses beiços amados.

Vamos, não tenha vergonha,
Estenda agora a linguinha,
Para que esta mão lhe ponha
Sobre ela esta cocadinha.

Disse nesse documento
A Câmara que é vedado
Usar o divertimento
Entrudo denominado.

Impôs as palavras duras
Do parágrafo e artigo
Do código de posturas,
Código já meio antigo.

A mim disse que a pessoa
Que outras pessoas molhasse,
Fosse a água má ou boa
Que das seringas jorrasse,

Incorreria na multa
De uns tantos mil-réis taxados
E não ficaria inulta,
Se os não desse ali contados.

Porque iria nesse caso
Pagar suas tropelias
Na cadeia, por um prazo
De (no mínimo) dois dias.

E as laranjas, que se achassem
Na rua ou na estrada à venda,
Mandava que se quebrassem,
Como execrável fazenda.

Laranja, bem entendido,
Laranja, própria de entrudo,
Um globo de cera, enchido
Com água... às vezes, com tudo.

Ora, se o leitor compara
A exemplar compostura
Do povo (exemplar e rara)
Com o dizer da postura;

Se adverte que uma só pinga
D'água não caiu na gente,
Que não houve uma seringa
Para acudir a um doente;

Que o belo colo das damas
Não viu o gesto brejeiro
De apagar-lhe internas chamas
Quebrando um limão-de-cheiro;

Conclui logo que a cidade
Obedece, antes de tudo,
A si (porque a edilidade
É ela) e deixou o entrudo.

Porém eu, que vi, em todos
Os anos, isto na imprensa,
Já desde o tempo dos godos
(João, com tua licença!);

E que, apesar de postura,
Vi seringas respeitáveis
De água cheirosa e água pura,
Terríveis e inopináveis;

Crioulas e molequinhos
Carregando em tabuleiro
Prontinhos e arrumadinhos
Infindos limões-de-cheiro;

Eu diversamente opino,
E digo que a lei se engana,
Se cuida ter no destino
Alguma ação soberana.

Recorda a mosca pousada
Na carroça, diz a fama,
Que, ao vê-la desatolada,
Cuidou tirá-la da lama.

Não, amiga lei. O entrudo
Desapareceu um dia
Entre calções de veludo,
Carnavalesca folia.

Reapareceu mais tarde;
Vingou por bastantes anos,
Com estrondo, com alarde,
Triunfos grandes e ufanos.

Chega a polícia de novo
E desterra o velho entrudo;
Troca de brinquedo o povo,
Fica somente veludo.

Mas quando houverem passado
O tempo e a polícia, a ponta
Da orelha do desterrado
Entre bisnagas aponta.

E porque *legem habemus,*
Seja branda ou seja dura,
Anualmente veremos
A mesma inútil postura.

Malvolio
Gazeta de Notícias, 16 de fevereiro de 1888

JURO-LHE, MEU CARO AMIGO

Voilà ce que l'on dit de moi
Dans la "Gazette de Hollande"

Juro-lhe, meu caro amigo
Leitor, pelo que há sagrado,
Que eu, que a triste regra sigo
De viver apoquentado;

Que suporto as sanguessugas
Humanas e desumanas,
Que não ganhei estas rugas
Em redes e tranquitanas;

Que aturo todo o importuno,
Que me refere a maneira
Por que o demo de um gatuno
Lhe foi levando a carteira;

Ou me conta tudo, tudo
(Mas tudo!) o que há padecido,
Para que, após longo estudo,
Ver que foi indeferido;

Que com ânimo quieto,
Leio, depois de almoçado,
Tudo o que sobre o arquiteto
Magalhães se há publicado;

Juro-lhe, leitor, repito,
Que cometer não quisera
O mais pequeno delito
Que este mundo haver pudera.

Furtar um par de galinhas,
Dizer algum nome feio,
Chegar mesmo às facadinhas,
Dar dois cachações e meio.

Não porque a moral condene
Tais atos; condena, é certo,
De um modo grave e solene,
Determinativo e aberto,

Nem também porque, somadas
As contas, mais ganha a gente
Passando as horas caladas
No belo sono inocente.

Não, senhor; outra é a causa,
É outra, uma certa lista,
Que é preciso ler com pausa,
Mente clara e clara vista.

Do rol dos processos digo
Que ao tribunal dos jurados
Foram, para seu castigo,
Inda agora apresentados.

Que traz esse rol? Descubro
Entre outros muitos nomes
Que em oitenta e seis, outubro,
Foi preso um Antônio Gomes.

Pronunciado em janeiro
De oitenta e sete, entra agora
No julgamento primeiro
Do que fez em tão má hora!

Mais três, um Afonso Rosa,
Um Coelho, uma tal Francisca
Xavier, trempe graciosa,
Ao parecer, pouco arisca.

Visto que foi agarrada
Logo em março, dezessete,
Em março pronunciada,
Em março de oitenta e sete!

Há também na lista um certo
Francisco Peres Soares,
Já em abril descoberto
E mandado a tomar ares;

O qual logo em maio teve
Pronúncia do seu delito;
Fez um ferimento leve,
Foi preso ao som de um apito.

Ora, com franqueza, vale,
Ser criminoso em tal era?
Uma peça de percale
Paga tão comprida espera?

Um tabefe, uma rasteira,
Mesmo uma canivetada,
Pagou de alguma maneira
A espera desesperada;

Portanto, e vistos os autos,
Dou de conselho prudência,
E digo aos homens incautos
Que inda o melhor é a inocência.

Malvolio
Gazeta de Notícias, 24 de fevereiro de 1888

BONS DIAS!

Gazeta de Notícias (1888-1889)
Imprensa Fluminense (1888)

HÃO DE RECONHECER QUE SOU BEM-CRIADO

Bons dias!

Hão de reconhecer que sou bem-criado. Podia entrar aqui, chapéu à banda, e ir dizendo o que me parecesse; depois ia-me embora, para voltar na outra semana. Mas não, senhor; chego à porta, e o meu primeiro cuidado é dar-lhe os bons dias. Agora, se o leitor não me disser a mesma coisa, em resposta, é porque é um grande malcriado, um grosseirão de borla e capelo; ficando, todavia, entendido que há leitor e leitor, e que eu, explicando-me com tão nobre franqueza, não me refiro ao leitor, que está agora com este papel na mão, mas ao seu vizinho. Ora bem!

Feito esse cumprimento, que não é do estilo, mas é honesto, declaro que não apresento programa. Depois de um recente discurso proferido no Beethoven, acho perigoso que uma pessoa diga claramente o que é que vai fazer; o melhor é fazer calado. Nisto pareço-me com o príncipe (sempre é bom parecer-se com príncipes, em alguma coisa, dá certa dignidade, e faz lembrar um sujeito muito alto e louro, parecidíssimo com o imperador, que há cerca de trinta anos ia a todas as festas da Capela Imperial, *pour* étonner *le bourgeois*; os fiéis levavam a olhar para um e para outro, e a compará-los, admirados, e ele teso, grave, movendo a cabeça à maneira de sua majestade. São gostos.) de Bismarck. O Príncipe de Bismarck tem feito tudo sem programa público; a única orelha que o ouviu foi a do finado imperador — e talvez só a direita, com ordem de o não repetir à esquerda. O Parlamento e o país viram só o resto.

Deus fez programa, é verdade (E Deus disse: Façamos o homem à nossa imagem e semelhança, para que presida etc. *Gênese*, i, 26); mas é preciso ler esse programa com muita cautela. Rigorosamente, era um modo de persuadir ao homem a alta linhagem de seu nariz. Sem aquele texto, nunca o homem atribuiria ao criador nem a sua gaforinha, nem a sua fraude. É certo que a fraude e, a rigor, a gaforinha são obra do diabo, segundo as melhores interpretações; mas não é menos certo que essa opinião é só dos homens bons; os maus creem-se filhos do céu — tudo por causa do versículo da Escritura.

Portanto, bico calado. No mais é o que se está vendo; cá virei uma vez por semana, com o meu chapéu na mão, e os *bons dias* na boca. Se lhes disser já que não tenho papas na língua, não me tomem por homem despachado, que vem dizer coisas amargas aos outros. Não, senhor; não tenho papas na língua, e é para vir a tê-las que escrevo. Se as tivesse, engolia-as e estava acabado. Mas aqui está o que é; eu sou um pobre relojoeiro que, cansado de ver que os relógios deste mundo não marcam a mesma hora, desci do ofício. A única explicação dos relógios era serem iguaizinhos, sem discrepância; desde que discrepam, fica-se sem saber nada, porque tão certo pode ser o meu relógio, como o do meu barbeiro.

Um exemplo. O Partido Liberal, segundo li, estava encasacado e pronto para sair, com o relógio na mão, porque a hora pingava. Faltava-lhe só o chapéu, que seria o chapéu Dantas, ou o chapéu Saraiva (ambos da Chapelaria

Aristocrata); era só pô-lo na cabeça, e sair. Nisto passa o carro do paço com outra pessoa, e ele descobre que ou o seu relógio estava adiantado, ou o de sua alteza é que se atrasara. Quem os porá de acordo?

Foi por essas e por outras que descri do ofício; e, na alternativa de ir à fava ou ser escritor, preferi o segundo alvitre; é mais fácil e vexa menos. Aqui me terão, portanto, com certeza até a chegada do Bendegó, mas provavelmente até a escolha do sr. Guaí, e talvez mais tarde. Não digo mais nada para os não aborrecer, e porque já me chamaram para o almoço.

Talvez o que aí fica, saia muito curtinho depois de impresso. Como eu não tenho hábito de periódicos, não posso calcular entre a letra de mão e a letra de forma. Se aqui estivesse o meu amigo fulano (não ponho o nome, para que cada um tome para si esta lembrança delicada), diria logo que ele só pode calcular com letras de câmbio — trocadilho que fede como o diabo. Já falei três vezes no diabo em tão poucas linhas; e mais esta, quatro; é demais.

Boas noites
Gazeta de Notícias, 5 de abril de 1888

Agora, sim, senhor

Bons dias!
    Agora, sim, senhor.
    Leio que o meu amigo dr. Silva Matos, 1º delegado de polícia, reuniu os gerentes das companhias de bondes e conferenciou com eles largamente. Ficou assentado isto: que as companhias farão cumprir, com a máxima observância, as posturas municipais e os regulamentos da polícia. Ora, muito bem. Mas agora é sério, não? Desta vez cumprem-se; não é a mesma caçoada da promulgação que fez crer à gente que tais atos existiam, quando não passavam de simples exercícios de filosofia escolástica. Vão cumprir-se com a máxima observância. Se aproveitassem a boa vontade das companhias, para obter que cumpram também o catecismo, as regras de bem viver, e um ou outro artigo constitucional? Seria exigir demais. Contentemo-nos com o bastante.

Nem por isso trepo ao Capitólio, e aqui vai a razão. Hão de lembrar-se da condenação de Pinto Júnior, como autor do crime de Campinas. Quando eu já havia posto esse caso na cesta onde guardo a revolução de Minas e a queda de Constantinopla, surge a polícia da corte e demonstra-me que não, que a carta de um tal Corso, dizendo ser autor do crime, era verídica. Reformo a cesta, e vou dormir; mas aqui aparece a polícia de São Paulo e afirma o contrário; Corso não foi autor do crime; a carta não passou de um estratagema de Pinto Júnior.

Vaidoso até a ponta dos cabelos, e não sabendo em qual das duas polícias crer, procurei por mim mesmo a solução do caso, e achei que a carta de Corso talvez não passe de um *calembour*, obra de algum advogado compungido e pilhérico. Quando lhe pedisse notícias de Corso e da carta, ele responderia que já se não dão *cartas de corso*, que os últimos corsários ficaram nos versos de Lorde Byron, e na famosa balada de Espronceda:

> *Condenado estoy a muerte...*
> *Yo me río!*
> *No me abandone la suerte.*
> *Etc. etc. etc.*

Se não é isto, e se as duas polícias discrepam, então não sei quem me dará a explicação do Corso e da carta. Não será o sr. dr. Bezerra de Meneses, porque este distinto homem político, a rigor, precisa ser explicado. Opôs-se à intervenção dos liberais na eleição de 19 do corrente; mas, tendo de cumprir a deliberação da Assembleia eleitoral, foi pedir candidato ao sr. senador Otaviano. Este recusou fazer indicação. Vai o sr. dr. Bezerra, a quem não pediram nada, designou um candidato, que não aceitou. É claro que a designação de s. ex.ª vinha grávida da recusa; era só para efeito decorativo. Mas então (e aqui começa o inexplicável) por que não me designou a mim? Eu, para deputado de verdade, não dou absolutamente; mas assim para um *aparte e vai-se*, para um *bout de rôle*, nasci talhado. Alcançava-se a mesma coisa, com realce para mim, porque é certo que eu havia de explorar o ato por todos os lados.

— Estou a ver que reprove o fato de estar o Partido Conservador com ideias liberais...? — interrompe-me o leitor.

Respondo que não reconheço em ninguém o direito de interrogar-me, salvo se é para publicar a conversação, porque então a coisa muda de figura. Distingo; nos países velhos os partidos podem pegar em algumas ideias alheias. Agora mesmo o Ministério Salisbury apresentou uma reforma liberal ao Parlamento, e o chefe da oposição, Gladstone, declarou em discurso: "O governo dispõe-se a uma grande e difícil tarefa: a oposição o acompanhará com todo o desejo de fazer que a medida saia satisfatória e completa." (Sessão da Câmara dos comuns de 19 de março.) E o *Daily News* comentou o caso dizendo: "Quando a gente adverte que é um governo *tory* que empreende a reconstrução do governo local em toda a Inglaterra, é impossível não ficar impressionado com o progresso que têm feito os princípios liberais." Em inglês: *"When we remember that..."*

— Basta; mas por que é que nos países novos não será a mesma coisa?

— Porque nos países novos há em geral poucas ideias. Supunha uma família com pouca roupa; se o Chiquinho vestir o meu rodaque, com que hei de ir à missa?

— Diga-me, porém...

— Não lhe digo mais nada. Resta-me algum papel, e é pouco para fazer uma denúncia ao meu amigo dr. Ladislau Neto. Com certeza, este meu amigo não sabe que há nas obras da nova praça do Comércio uma pedra, dividida em duas, pedaço de mármore que está ali no chão, exposto às chuvas de todo o gênero. Há nela a inscrição seguinte:

ANO 1783
En Maria prima regnante e pulvere surgit
Et Vasconceli stat domus ista maru.

Ora, arqueólogo como é, o meu amigo há de saber que o padre Luís Gonçalves dos Santos, nas suas *Memórias do Brasil,* dá esta notícia (Introd. pág. xxv): "Mais adiante está a porta da alfândega, sobre a qual se manifestam as armas reais em mármore com a seguinte inscrição (segue a inscrição acima) que denota que este vice-rei a mandou reedificar e aumentar".

Não parece ao meu amigo que esse mármore deve ser recolhido ao Museu Nacional? Se sim, dê lá um pulo, e verá; se não,

Boas noites
Gazeta de Notícias, 12 de abril de 1888

...E NADA; NEM PALAVRA, NADA

Bons dias!

...E nada; nem palavra, nada. Ninguém me responde; todos estão com os olhos na eleição do 1º distrito. Mas, com seiscentas cédulas! também eu, acabando, lá irei dar o meu recado, por sinal que já o trago de cor; mas cada coisa tem o seu lugar. Quando um homem chega e cumprimenta, parece que os cumprimentados o menos que podem fazer é retribuir o cumprimento; acho que não custa muito. Calaram-se, a pretexto de que vão votar, será político, mas não é político; não sei se me entendem. Enfim, por essas e outras é que eu gosto mais da roça. Na roça a gente vai andando em cima da mula; a dez passos já as pessoas bem-educadas estão de chapéu na mão:

— Bons dias, sr. coronel!

— Adeus, José Bernardes.

— Toda a obrigação de v. ex.ª...

— Todos bons, e a tua?

— Louvado seja Deus, vai bem, para servir a v. ex.ª

Que custa isto? Que custam dois dedos de boa criação? Nada. E note-se que lá fora, mesmo quando há eleição, ninguém se esquece dos seus deveres: às vezes até os cumprem com mais galhardia. Esta corte é uma terra de malcriados.

Pois olhem, quando eu entrei aqui, vinha alegre; tinha lido umas revelações do amigo dr. Costa Ferraz, que me lavaram a alma das melancolias pecuniárias, únicas que me afligem deveras. As outras não passam de canseiras ridículas. Falta de dinheiro, isso dói; ao menos, para quem não é governo. O governo até parece que quanto mais lhe falta mais lhe dão, e, às vezes, em condições inesperadas, como o caso do nosso recente empréstimo. Quem é que me fia mais, desde outubro do ano passado, um jantarinho assim melhor? Seguramente ninguém; mas ao governo fiam tudo; deve muito e emprestam-lhe mais. Por isso, não admira que tanta gente queira ser governo. Só esse gosto de ver chegar o credor, de chapéu na mão, todo zumbaias, com uma bolsa debaixo do braço, tratando o devedor por majestade, palavra que dá vontade de pôr a procissão na rua.

Mas, como eu ia dizendo, li umas revelações curiosas do amigo dr. Costa Ferraz, na ata da última sessão da Imperial Academia de Medicina. Tratam das rações e das dietas da Armada. S. ex.ª leu as tabelas vigentes e analisou-as. Chama-se ali regime lácteo a uma porção de coisas em que entra algum leite. "De sorte que (comenta o ilustre facultativo), a passar o princípio, todos que tomam seu café com leite e, à sobremesa, saboreiam um prato de arroz de leite, com o indispensável pó de canela, se devem julgar sujeitos ao regime lácteo!"

Refletindo bem, por que não? A razão de s. ex.ª é só aparente. Eu vou com as tabelas. Nem quero saber se realmente o cirurgião-mor da Armada, como declarou nas bochechas da Academia, não as aprovou, não as viu sequer; porque desta circunstância apenas se pode concluir a perfeita inutilidade dos cirurgiões, mores ou menores — *ce qui est mon opinion*. Vou com as tabelas e vou mais longe, quer em prosa, quer em verso:

> Vou com as tabelas,
> Vou mais longe que elas.

Não direi hoje até onde vou; vão sendo horas de ir votar. Digo só que o digno acadêmico não viu que o regime lácteo das tabelas deve ser entendido por um símile. Suponhamos o jogo do solo. Há o solo a dinheiro, que corresponde ao leite de vaca, puro, abundante, exclusivo... Vaca e dinheiro são, como se sabe, expressões correlatas; diz-se *vaca do orçamento*; diz-se também: *o pelintra meteu a boca na teta*, quando se quer deprimir alguém, que andou mais depressa que nós etc. etc. Mas além do solo a dinheiro, ou leite de vaca, há o solo a tentos, que é o que chamamos leite de pato. O regime da Armada é deste último leite. Mas vão sendo horas de ir votar e ainda não dei conta de uma reclamação que recebi.

Há dias reuniu-se o Banco Predial, para tratar dos escravos que lá estão hipotecados. Muitos foram os pareceres, duas as propostas, uma destas a aprovada, até que tudo acabou como nos demais bancos e no concílio dos deuses de Camões:

> Pelo caminho lácteo...
>
> (outra vez o lácteo!)
>
> Pelo caminho lácteo...
> Logo cada um dos deuses se partiu

Fazendo seus reais acatamentos
Para os determinados aposentos.

Ora, entre os discursos proferidos houve um do digno acionista sr. José Luís Fernandes Vilela, declarando ser tudo aquilo uma discussão vazia de sentido, porque já não existem escravos.

Confesso que estimei ler tão agradável notícia; mas como não há gosto perfeito nesta vida, recebi daí a pouco uma mensagem assinada por cerca de 600.000 pessoas (ainda não pude acabar a contagem dos nomes), pedindo-me que retifique o discurso do sr. Fernandes Vilela. Há escravos, eles próprios o são. Estão prontos a jurá-lo e concluem com esta filosofia, que não parece de preto: "As palavras do sr. Fernandes Vilela podem ser entendidas de dois modos, conforme o ouvinte ou o leitor trouxer uma enxada às costas, ou um guarda-chuva debaixo do braço. Vendo as coisas de guarda-chuva, fica-se com uma impressão; de enxada, a impressão é diferente".

Adeus. Já sabem que o coronel Almeida, deputado provincial pelo 14º distrito da Bahia, tendo sido acusado de traição ao dr. César Zama, declarou na assembleia que abandonava o seu partido. Exemplo austero e digno de imitação! dada uma acusação dessas, botemos o nosso partido fora, como um simples colete de seda enlameado. Mas os princípios, que nos ligavam ao partido? Perdão; mas os botões, que nos abotoavam o colete?

Boas noites
Gazeta de Notícias, 19 de abril de 1888

O *CRETINISMO* NAS FAMÍLIAS FLUMINENSES É GERAL

Bons dias!

O *cretinismo* nas famílias fluminenses é geral. Não sou eu que o digo: é o dr. Maximiano Marques de Carvalho. E qual a prova de tão grave asserção? O mesmo facultativo "a" dá nestas palavras, que ofereço à contemplação dos homens de olho fino: — "Não vedes todos esses indivíduos de pernas inchadas, que se arrastam pelas ruas desta capital? Não vedes que são portadores de enormes sarcoceles e de hidroceles e hematoceles?"

De mim confesso que, na rua, ando sempre distraído. Às vezes é uma ideia, às vezes é uma tolice, às vezes é o próprio tolo que me distrai, de modo que não posso, em consciência, negar nem afirmar. Depois, a minha rua habitual é a do Ouvidor, onde a gente é tanta e tais as palestras, que não há tempo nem espaço... Mas há outras ruas; deixe estar.

Sim, não se imagina como sou distraído. Para não ir mais longe, ainda ontem estive a conversar com alguém, sobre estes negócios de abolição e

emancipação. A conversa travou-se a propósito dos vivas do Partido Liberal, dados por uns escravos de Cantagalo, no ato de ficarem livres, manifestação política tão natural, que ainda mais me confirmou na adoração da natureza. E dei um viva à natureza. O sujeito deu outro; depois, piscando o olho esquerdo, creio que foi o esquerdo, perguntou-me:
— A quantos de maio nasceu Porto Alegre?
Respondi imediatamente:
— De porta acima.
O sujeito zanga-se, chama-me pedaço d'asno e some-se. Valha-me Deus! Estou com mais esse inimigo.

Entretanto, foi tudo distração. Quando ele piscou o olho, comecei a ruminar uma ideia que tenho, para dar emprego aos libertos que não quiserem ficar na agricultura; isto é o meu plano: aumentar o número de criados de servir, de tal maneira que ninguém tenha menos de três, ainda à custa de grandes sacrifícios... Aqui, quem supõe que está sendo empulhado, é o leitor; e eu digo-lhe que sim, só para ter o gosto de o desempulhar logo depois. Costuma ler os volumes da nossa legislação? Leia o de 1824: lá vem um aviso que lhe explicará tudo. Foi expedido em 7 de fevereiro de 1824 ao intendente-geral da polícia, mandando que às pessoas de primeira consideração se não conceda mais que três criados de porta acima, e às de segunda somente um.

Já o leitor começa a entender. Restaurando-se este aviso (aliás, não revogado expressamente), não haverá ninguém que não queira ser de primeira consideração, com três criados de porta acima. Por gosto, duvido que uma pessoa se deixe ficar entre as de segunda, menos ainda de terceira, que é a classe a que provavelmente pertencia d. João Tenório, criado de si mesmo.

Há de custar; mas tirando daqui uma vela, dali um par de sapatinhos ao Janjão, sacrificando alguns divertimentos, deixando mesmo de pagar algum credor mais pacato, chega-se à primeira consideração, que é o fim de todos nós.

Eu cá, se vou para as gerais dos teatros, ou para os camarotes de terceira ordem, é porque esses lugares são baratos, e a economia também é um enfeite público.

Mas expeça amanhã algum ministro um aviso, declarando que só irão para ali as pessoas de segunda consideração, e verá onde me sento. Ou não vou mais ao teatro. Lá ver-me tachado de segunda, em público, não é comigo. Quanto ao valor histórico do aviso, isso é com gente que possa puxar os colarinhos ao discurso, e dizer coisas de sociologia e outras matérias; não é comigo. Não quero saber se o aviso explica o nosso vezo de tudo esperar do governo, pois que ano e meio depois da Independência até esperávamos os criados. Também não quero saber se é dali que vem a introdução da raça dos credores, filha do diabo que a carregue. Sei que hoje pode ser um modo de empregar libertos, e deixo essa ideia no papel, para uso das pessoas que não tenham outras. Olhem lá, não briguem.

Outra ideia que também deixo aqui, é a de pedir à Sociedade dos Dez Mil que cumpra um dos artigos dos seus estatutos. Estabelece-se ali que uma parte dos fundos seja empregada em bilhetes de loteria.

Faz-se isso? Creio que não. As loterias correm, algumas têm planos excelentes, e em geral os prêmios saem em números bonitos. Não me consta que a sociedade tenha comprado um décimo que seja; ao menos, ultimamente. Era até um meio de resolver a questão das duas diretorias: se o bilhete desse, ficava a diretoria A, se não desse, ficava a diretoria B. Todas as coisas aleatórias devem reger-se por modo aleatório, como a loteria, algumas convicções e a *buena dicha*.

La bonne aventure, ô gué!
La bonne aventure!

Boas noites
Gazeta de Notícias, 27 de abril de 1888

...Desculpem, se lhes não tiro o chapéu

Bons dias!

...Desculpem, se lhes não tiro o chapéu; estou muito constipado. Vejam: mal posso respirar. Passo as noites de boca aberta. Creio até que estou abatido e magro. Não? Estou; olhem como fungo. E não é de autoridade, note-se; *ex-auctoritate qua, fungor*, não, senhor; fungo sem a menor sombra de poder, fungo à toa...

Entretanto, se alguma vez precisei de estar de perfeita saúde, é agora, e por várias razões. Citarei duas:

A primeira é a abertura das câmaras. Realmente, deve ser solene. O discurso da princesa, o anúncio da lei de abolição, as outras reformas, se as há, tudo excita curiosidade geral, e naturalmente pede uma saúde de ferro. O meu plano era simples; metia-me na casaca, e ia para o Senado arranjar um lugar donde visse a cerimônia, deputações, recepção, discurso. Infelizmente, não posso; o médico não quer, diz-me que, por esses tempos úmidos, é arriscado sair de casa; fico.

A segunda razão da saúde que eu desejava ter agora, prende com a primeira. Já o leitor adivinhou o que é. Não se pode conversar nada, assim mais encobertamente, que ele não perceba logo e não descubra. É isso mesmo; é política do Ceará. Era outro plano meu; entrava pelo Senado, e ia ter com o senador cearense Castro Carreira, e dizia-lhe mais ou menos isto:

— Saberá v. ex.ª que eu não entendo patavina dos partidos do Ceará...
— Com efeito...
— Eles são dois, mas quatro; ou, mais acertadamente, são quatro, mas dois.
— Dois em quatro.
— Quatro em dois.
— Dois, quatro.

— Quatro, dois.
— Quatro.
— Dois.
— Dois.
— Quatro.
— Justamente.
— Não é?
— Claríssimo.

Dadas essas explicações, pediria eu ao sr. Castro Carreira que me desse algumas notícias mais individuais dos grupos Aquirás e Ibiapaba... S. ex.ª, com fastio:

— Notícias individuais? Homem, eu não sei de política individualista; eu só vejo os princípios.

— Bem, os princípios. Sabe que o grupo Aquirás, com um troço liberal, tomou conta da mesa; mas o grupo Ibiapaba acudia com outro troço liberal, e pôs água na fervura. Quais são os princípios?

— Os primeiros de todos devem ser os da boa educação, sem os quais não há boa política. Dai-me boa educação, e eu vos darei boa política, diria o barão Louis. São os primeiros de todos os princípios.

— Os segundos...

— Os segundos são os comuns — ou que o devem ser, a todos os partidários, quaisquer que sejam as denominações particulares; refiro-me ao bem da província. É o terreno em que todos se podem conciliar.

— De acordo, mas o que é que os separa?

— Os princípios.

— Que princípios?

— Não há outros; os princípios.

— Mas Aquirás é um título, não é um princípio; Ibiapaba também é um título.

— Há entre o céu e a terra mais acumulações do que sonha a vossa vã filosofia...

— Pode ser, mas isso ainda não me explica a razão dessa mistura ou troca de grupos, parecendo melhor que se fundissem de uma vez, com os antigos adversários. Não lhe parece?

— O que me parece, é que a princesa vem chegando.

Corríamos à janela; víamos que não; continuávamos a *entrevista*, à maneira americana, para trazer os meus leitores informados das coisas e pessoas. O meu interlocutor, vendo que não era a princesa, olhava para mim, esperando. Pouco ou nenhum interesse no olhar; mas é ditado velho, que quem vê cara não vê corações. Certo fastio crescente. Princípio de desconfiança de que eu sou mandado pelo diabo. Gesto vago de cruzes...

— Há os Rodrigues, os Paulas, os Aquirases, os Ibiapabas; há os...

— Agora creio que é a princesa. Essas trombetas... É ela mesma; adeus, sou da deputação... Apareça aqui pelo Senado... No Senado, não há dúvidas...

Mas eu pegava-lhe na mão, e não vinha embora sem alguns esclarecimentos. Tudo perdido, por causa de uma coriza! Coriza dos diabos, agora ou nunca chegaríamos a entender aqueles grupos; e perde-se essa ocasião única, por tua causa, infame catarro, monco pérfido... Tuah! Vou meter-me na cama.

Boas noites
Gazeta de Notícias, 4 de maio de 1888

Vejam os leitores
a diferença que há

Bons dias!
    Vejam os leitores a diferença que há entre um homem de olho alerta, profundo, sagaz, próprio para remexer o mais íntimo das consciências (eu, em suma), e o resto da população.
    Toda a gente contempla a procissão na rua, as bandas e bandeiras, o alvoroço, o tumulto, e aplaude ou censura, segundo é abolicionista ou outra coisa; mas ninguém dá a razão desta coisa ou daquela coisa; ninguém arrancou aos fatos uma significação, e, depois, uma opinião. Creio que fiz um verso.
    Eu, pela minha parte, não tinha parecer. Não era por indiferença; é que me custava a achar uma opinião. Alguém me disse que isso vinha de que certas pessoas tinham duas e três, e que naturalmente essa injusta acumulação trazia a miséria de muitos; pelo que, era preciso fazer uma grande revolução econômica etc. Compreendi que era um socialista que me falava, e mandei-o à fava. Foi outro verso, mas vi-me livre de um amolador. Quantas vezes me não acontece o contrário!
    Não foi o ato das alforrias em massa dos últimos dias, essas alforrias *incondicionais*, que vêm cair como estrelas no meio da discussão da lei da abolição. Não foi; porque esses atos são de pura vontade, sem a menor explicação. Lá que eu gosto da liberdade, é certo; mas o princípio da propriedade não é menos legítimo. Qual deles escolheria? Vivia assim, como uma peteca (salvo seja), entre as duas opiniões, até que a sagacidade e profundeza de espírito com que Deus quis compensar a minha humildade, me indicou a opinião racional e os seus fundamentos.
    Não é novidade para ninguém que os escravos fugidos em Campos eram alugados. Em Ouro Preto fez-se a mesma coisa, mas por um modo mais particular. Estavam ali muitos escravos fugidos. Escravos, isto é, indivíduos que, pela legislação em vigor, eram obrigados a servir a uma pessoa; e fugidos, isto é, que se haviam subtraído ao poder do senhor, contra as disposições legais. Esses escravos fugidos não tinham ocupação; lá veio, porém, um dia em que acharam salário, e parece que bom salário.
    Quem os contratou? Quem é que foi a Ouro Preto contratar com esses escravos fugidos aos fazendeiros A, B, C? Foram os fazendeiros D, E, F. Estes é

que saíram a contratar com aqueles escravos de outros colegas, e os levaram consigo para as suas roças.

Não quis saber mais nada; desde que os interessados rompiam assim a solidariedade do direito comum, é que a questão passava a ser de simples luta pela vida, e eu, em todas a lutas, estou sempre do lado do vencedor. Não digo que esse procedimento seja original, mas é lucrativo. Alguns não me compreenderam (porque há muito burro neste mundo); alguém chegou a dizer-me que aqueles fazendeiros fizeram aquilo, não porque não vissem que trabalhavam contra sua própria causa, mas para pregar uma peça ao Clapp.

— Sim, senhor. Saiba que o Clapp tinha o plano feito de ir a Ouro Preto pegar os tais escravos e restituí-los aos senhores, dando-lhes ainda uma pequena indenização do seu bolsinho, e pagando ele mesmo a sua passagem da estrada de ferro. Foi por isso que...

— Mas então quem é que está aqui doido?

— É o senhor; o senhor é que perdeu o pouco juízo que tinha. Aposto que não vê que anda alguma coisa no ar.

— Vejo; creio que é um papagaio.

— Não, senhor; é uma república. Querem ver que também não acredita que essa mudança é indispensável?

— Homem, eu, a respeito de governos, estou com Aristóteles, no capítulo dos chapéus. O melhor chapéu é o que vai bem à cabeça. Este, por ora, não vai mal.

— Vai pessimamente. Está saindo dos eixos; é preciso que isto seja, senão com a monarquia, ao menos com a república, aquilo que dizia o *Rio-Post* de 21 de junho do ano passado. Você sabe alemão?

— Não.

— Não sabe alemão?

E, dizendo-lhe eu outra vez que não sabia, ele imitando o médico de Molière, dispara-me na cara esta algaravia do diabo:

— *Es dürfte leicht zu erweisen sein, dass Brasilien weniger eine konstitutionelle Monarchie als eine absolute Oligarchie ist.*

— Mas o que quer isso dizer?

— Que é deste último trono que deve brotar a flor.

— Que flor?

— As

Boas noites
Gazeta de Notícias, 11 de maio de 1888

Eu pertenço a uma família de profetas

Bons dias!
Eu pertenço a uma família de profetas *après coup, post facto, depois do gato morto*, ou como melhor nome tenha em holandês. Por isso digo, e juro se necessário for, que toda a história desta lei de 13 de maio estava por mim prevista, tanto que na segunda-feira, antes mesmo dos debates, tratei de alforriar um molecote que tinha, pessoa dos seus dezoito anos, mais ou menos. Alforriá-lo era nada; entendi que, perdido por mil, perdido por mil e quinhentos, e dei um jantar.

Nesse jantar, a que os meus amigos deram o nome de banquete, em falta de outro melhor, reuni umas cinco pessoas, conquanto as notícias dissessem trinta e três (anos de Cristo), no intuito de lhe dar um aspecto simbólico.

No golpe do meio *(coup du milieu*, mas eu prefiro falar a minha língua), levantei-me eu com a taça de champanha e declarei que, acompanhando as ideias pregadas por Cristo há dezoito séculos, restituía a liberdade ao meu escravo Pancrácio; que entendia que a nação inteira devia acompanhar as mesmas ideias e imitar o meu exemplo; finalmente, que a liberdade era um dom de Deus, que os homens não podiam roubar sem pecado.

Pancrácio, que estava à espreita, entrou na sala, como um furacão, e veio a abraçar-me os pés. Um dos meus amigos (creio que é ainda meu sobrinho), pegou de outra taça, e pediu à ilustre assembleia que correspondesse ao ato que eu acabava de publicar, brindando ao primeiro dos cariocas. Ouvi cabisbaixo; fiz outro discurso agradecendo, e entreguei a carta ao molecote. Todos os lenços comovidos apanharam as lágrimas de admiração. Caí na cadeira e não vi mais nada. De noite, recebi muitos cartões. Creio que estão pintando o meu retrato, e suponho que a óleo.

No dia seguinte, chamei Pancrácio e disse-lhe com rara franqueza:
— Tu és livre, podes ir para onde quiseres. Aqui tens casa amiga, já conhecida e tens mais um ordenado, um ordenado que...
— Oh! meu senhô! fico.
—... um ordenado pequeno, mas que há de crescer. Tudo cresce neste mundo; tu cresceste imensamente. Quando nasceste, eras um pirralho deste tamanho; hoje estás mais alto que eu. Deixa ver; olha, é mais alto quatro dedos...
— Artura não qué dizê nada, não, senhô...
— Pequeno ordenado, repito, uns seis mil-réis; mas é de grão em grão que a galinha enche o seu papo. Tu vales muito mais que uma galinha.
— Eu vaio um galo, sim, senhô.
— Justamente. Pois seis mil-réis. No fim de um ano, se andares bem, conta com oito. Oito ou sete.

Pancrácio aceitou tudo; aceitou até um peteleco que lhe dei no dia seguinte, por me não escovar bem as botas; efeitos da liberdade. Mas eu expliquei-lhe que o peteleco, sendo um impulso natural, não podia anular o direito civil adquirido por um título que lhe dei. Ele continuava livre, eu, de mau humor; eram dois estados naturais, quase divinos.

Tudo compreendeu o meu bom Pancrácio; daí para cá, tenho-lhe despedido alguns pontapés, um ou outro puxão de orelhas, e chamo-lhe besta quando lhe não chamo filho do diabo; coisas todas que ele recebe humildemente, e (Deus me perdoe!) creio que até alegre.

O meu plano está feito; quero ser deputado, e, na circular que mandarei aos meus eleitores, direi que, antes, muito antes da abolição legal, já eu, em casa, na modéstia da família, libertava um escravo, ato que comoveu a toda a gente que dele teve notícia; que esse escravo, tendo aprendido a ler, escrever e contar (simples suposição), é então professor de filosofia no Rio das Cobras; que os homens puros, grandes e verdadeiramente políticos não são os que obedecem à lei, mas os que se antecipam a ela, dizendo ao escravo: és livre, antes que o digam os poderes públicos, sempre retardatários, trôpegos e incapazes de restaurar a justiça na terra, para satisfação do céu.

Boas noites
Gazeta de Notícias, 19 de maio de 1888

Algumas pessoas pediram-me a tradução do evangelho

Bons dias!

Algumas pessoas pediram-me a tradução do evangelho que se leu na grande missa campal do dia 17. Estes meus escritos não admitem traduções, menos ainda serviços particulares; são palestras com os leitores e especialmente com os leitores que não têm o que fazer. Não obstante, em vista do momento, e por exceção, darei aqui o evangelho, que é assim:

1. No princípio era Cotegipe, e Cotegipe estava com a regente, e Cotegipe era a regente.

2. Nele estava a vida, com ele viviam a Câmara e o Senado.

3. Houve então um homem de São Paulo, chamado Antônio Prado, o qual veio por testemunha do que tinha de ser enviado no ano seguinte.

4. E disse Antônio Prado: O que há de vir depois de mim é o preferido, porque era antes de mim.

5. E, ouvindo isso, saíram alguns sacerdotes e levitas e perguntaram-lhe: Quem és tu?

6. És tu, Rio Branco? E ele respondeu: Não o sou. És tu profeta? E ele respondeu: Não. Disseram-lhe então: Quem és tu logo, para que possamos dar resposta aos chefes que nos enviaram?

7. Disse-lhes: Eu sou a voz que clama no deserto. Endireitarei o caminho do poder, porque aí vem o João Alfredo.

8. Essas coisas passaram-se no Senado, da banda de além do campo da Aclamação, esquina da rua do Areal.

9. No dia seguinte, viu Antônio Prado a João Alfredo, que vinha para ele, depois de guardar o chapéu no cabide dos senadores, e disse: Eis aqui o que há de tirar os escravos do mundo. Este é o mesmo de quem eu disse: Depois de mim virá um homem que me será preferido, porque era antes de mim.

10. Passados meses, aconteceu que o espírito da regente veio pairar sobre a cabeça de João Alfredo, e Cotegipe deixou o poder executivo e o poder executivo passou a João Alfredo.

11. E João Alfredo, indo para a Galileia, que é no caminho de Botafogo, mandou dizer a Antônio Prado, que estava perto da Consolação: Vem, que é sobre ti que edificarei a minha Igreja.

12. Depois, indo a uma cela de convento, viu lá um homem por nome Ferreira Viana, o qual descansava de uma página de Agostinho, lendo outra de Cícero, e disse-lhe: Deixa esse livro e segue-me, que em breve te farei outro Cícero, não de romanos, mas de uma gente nova; e Ferreira Viana, despindo o hábito e envergando a farda, seguiu a João Alfredo.

13. Em caminho achou João Alfredo a Vieira da Silva, e perguntou-lhe: És tu maçom? E ele respondeu: Sou, mas posso dizer-te, pelo que tenho visto, que maçom e ministro de ordem terceira é a mesma pessoa. Disse-lhe então João Alfredo: Vem comigo; serás ministro da ordem primeira, e trabalharás pelo céu.

14. Depois, vendo um homem que passava, disse João Alfredo: Vem aqui: não és Rodrigo Silva, que agricultavas a terra no tempo de Cotegipe? E Rodrigo respondeu: Tu o disseste. E tornou João Alfredo: Onde vai agora que parece abandonar-me? Vem comigo, e lavrarás a terra, e tratarás com os gentios, ao mesmo tempo, porque Antônio Prado vai a São Paulo, onde padecerá e donde voltará mais robusto.

15. Depois, vendo Tomás Coelho, homem justo, da tribo de Campos, disse: O Senhor Deus dos Exércitos manda que sejas ministro da Guerra. E descobrindo Costa Pereira: Este é o que esteve comigo em 1871: eu o conheço; vem, serás também meu discípulo.

16. Unidos os sete, disse João Alfredo: Sabeis que vim libertar os escravos do mundo, e que essa ação nos há de trazer glória e amargura; estais dispostos a ir comigo?

17. E respondendo todos que sim, disse um deles por parábola que, no ponto em que estavam as coisas, melhor era cortar a perna que lavar a úlcera, pois a úlcera ia corrompendo o sangue.

18. Mas, ficando João Alfredo pensativo, disseram os outros entre si: Que terá ele?

19. Então o mestre, ouvindo a pergunta, disse: Prevejo que há de haver uma consulta de sacerdotes e levitas para ver se chegam a compor certo unguento, que os levitas aplicarão na úlcera; mas não temais nada, ele não será aplicado.

20. E como perguntassem alguns qual era a composição desse unguento, o discípulo Viana, mui lido nas escrituras, disse:

21. Está escrito no livro de *Elle Haddebarim*, também chamado *Deuteronômio*, que quando o escravo tiver servido seis anos, no sétimo ano o dono o deixe ir livre, e não com as mãos abanando, senão com um alforje de comida e bebida. Este é decerto o unguento lembrado, menos talvez o alforje e os seis anos.

22. E acudiu João Alfredo: Tu o disseste: três anos bastam aos levitas e sacerdotes, mas a úlcera é que não espera.

23. Ora, pois, vinde e falemos a verdade aos homens.

24. E, tendo a regente abençoado a João e seus discípulos, foram estes para as câmaras, onde apresentaram o projeto de lei, que, depois de algumas palavras duras e outras cálidas de entusiasmo, foi aprovado no meio de flores e aclamações.

25. A regente, que esperava a lei nova, assinou com sua mão delicada e superna.

26. E toda a terra onde chegava a palavra da regente, de João Alfredo e dos seus discípulos, levantou brados de contentamento, e os próprios senhores de escravos a ouviam com obediência.

27. Menos no Bacabal, província do Maranhão, onde alguns homens declararam que a lei não valia nada, e, pegando no azorrague, castigaram os seus escravos cujo crime nessa ocasião era unicamente haver sido votada uma lei, de que eles não sabiam nada; e a própria autoridade se ligou com esses homens rebeldes.

28. Vendo isso, disse um sisudo de Babilônia, por outro nome carioca: Ah! Se estivessem no Maranhão alguns ex-escravos daqui, que depois de livres compraram também escravos, quão menor seria a melancolia desses que são agora duas coisas ao mesmo tempo, ex-escravos e ex-senhores. Bem diz o *Eclesiastes*: Algumas vezes tem o homem domínio sobre outro homem para desgraça sua. O melhor de tudo, acrescento eu, é possuir-se a gente a si mesmo.

Boas noites
Imprensa Fluminense, 20-21 de maio de 1888

Cumpre não perder de vista o meteorólito de Bendegó

Bons dias!
    Cumpre não perder de vista o meteorólito de Bendegó. Enquanto toda a nação bailava e cantava, delirante de prazer pela grande lei da abolição, o meteorólito de Bendegó vinha andando, vagaroso, silencioso e científico, ao lado do Carvalho.
    — Carvalho — dizia ele provavelmente ao companheiro de jornada —, que rumores são estes ao longe?
    E ouvindo a explicação, não retorquira nada, e pode ser até que sorrisse, pois é natural que, nas regiões donde veio, tivesse testemunhado muitos cativeiros e muitas abolições. Quem sabe lá o que vai pelos vastos intermúndios de Epicuro e seus arrabaldes?
    Vinha andando, vagaroso, silencioso, científico, ao lado do Carvalho.
    — Carvalho — perguntou ainda —, falta muito para chegar ao Rio de Janeiro? Estou já aborrecido, não da sua companhia, mas da caminhada. Você sabe que nós, lá em cima, andamos com a velocidade de mil raios; aqui, nestas ridículas estradas de ferro, a jornada é de matar. Mas espera, parece que estou vendo uma cidade...
    — É a Bahia, a capital da província.
    Chegaram à capital, onde um grupo de homens corria para uma casa, com ar espantado, ou como melhor nome haja em fisionomia, que não tenho tempo de ir ao dicionário. Esses homens eram os vereadores. Iam reunir-se extraordinariamente, para saber se embargariam ou não a saída do meteorólito.
    Até então não trataram do negócio, por um princípio de respeito ao governo central. O governo central ordenara o transporte e as despesas; a Câmara municipal, obediente, ficou esperando. Logo, porém, que o meteorólito chegou à capital, interveio outro princípio — o do direito provincial. Reuniu-se a Câmara e examinou o caso.
    Parece que o debate foi longo e caloroso. Uns disseram provavelmente que o meteorólito, tendo caído na Bahia, era da Bahia; outros, que vindo do céu, era de todos os brasileiros. Tal foi a questão controversa. Compreende-se bem que era preciso resolver primeiro esse ponto, para entrar na questão de saber se os meteorólitos entravam na ordem das atribuições reservadas às províncias. O debate foi afinal resumido e o voto da maioria contrário ao embargo; apenas dois vereadores votaram por este, segundo anunciou um telegrama.
    E o meteorólito foi chegando, vagaroso, silencioso, científico, ao lado do Carvalho.
    — Carvalho — disse ele —, os que não quiserem embargar a minha saída são uns homens cruéis. Mas por que é que aqueles dois votaram pelo embargo?
    — Questão de federalismo...
    E o nosso amigo explicou o sentido dessa palavra, e o movimento federalista que se está operando em alguns lugares do Império. Mostrou-lhe até

alguns projetos discutidos agora, para o fim de adotar a constituição dos Estados Unidos, sem fazer questão do chefe de Estado, que pode ser presidente ou imperador...

Aqui o meteorólito, sempre vagoroso e científico, piscou o olho ao Carvalho.

— Carvalho — disse ele —, eu não sou doutor constitucional nem de outra espécie, mas palavra que não entendo muito essa constituição dos Estados Unidos com um imperador...

Cheio de comiseração, explicou-lhe o nosso amigo que as invenções constitucionais não eram para os beiços de um simples meteorólito; que a suposição de que o sistema dos Estados Unidos não comporta um chefe hereditário resulta de não atender à diferença do clima e outras. Ninguém se admira, por exemplo, de que lá se fale inglês e aqui português. Pois é a mesma coisa.

Entretanto, confessou o nosso amigo que, por algumas cartas recebidas, sabia que o que está na boca de muitas pessoas é um rumor de república ou coisa que o valha, que essa ideia anda no ar...

— *Noire? Aussi blanche qu'une autre.*
— *Tiens! Vous faites de calembours?*
— Que queria você que eu fizesse — retorquiu o meteorólito — metido naquelas brenhas de onde você me foi arrancar? Mas vamos lá, explique-me isso pelo miúdo.

E o nosso amigo não lhe ocultou nada; confiou-lhe que andam por aí ideias republicanas, e que há certas pessoas para quem o advento da república é certíssimo. Chegou a ler-lhe um artigo da *Gazeta Nacional*, em que se dizia que, se ela já estivesse estabelecida, acabada estaria há muitos anos a escravidão...

Nisto o meteorólito interrompeu o companheiro, para dizer que as duas coisas não eram incompatíveis: porque ele antes de ser meteorólito fora general nos Estados Unidos — e general do Sul, por ocasião da Guerra de Secessão, e lembra-se bem que os estados confederados, quando redigiram a sua constituição, declararam no preâmbulo: "A escravidão é a base da Constituição dos estados confederados". Lembra-se também que o próprio Lincoln, quando subiu ao poder, declarou logo que não vinha abolir a escravidão...

— Mas é porque lá falam inglês — retorquiu o nosso amigo Carvalho —; a questão é essa.

O meteorólito ficou pensativo; daí a um instante:

— Carvalho, que barulho é este?
— É a visita do Portela, presidente da província.
— Vamos recebê-lo, acudiu o meteorólito, cada vez mais vagoroso e científico.

Boas noites
Gazeta de Notícias, 27 de maio de 1888

Agora fale o senhor, que eu não tenho nada mais que lhe dizer

Bons dias!

Agora fale o senhor, que eu não tenho nada mais que lhe dizer. Já o saudei, graças à boa educação que Deus me deu, porque isto de criação, se a natureza não ajuda, é escusado trabalho humano. Eu, em menino, fui sempre um primor de educação. Criou-me uma ama, escrava; e, apesar de escrava e ama, nunca lhe pus a boca no seio para mamar, que não pedisse licença. Não estava em mim; às vezes dizia comigo:

— Mas, Policarpo, tu tens direito a ser aleitado, e depois é obrigação da escrava alugada. Em vão chorava, a Florinda corria, desabotoava o corpinho, punha o seio de fora, e eu, por mais fome que tivesse, não lhe pegava sem pedir licença. Pedia por gesto; parece que era um gesto de olhos...

Aos cinco anos (era em 1831), como já sabia ler, davam-nos no colégio a *Pátria*, pouco antes fundada pelo sr. Carlos Bernardino de Moura, com as mesmas doutrinas políticas que ainda hoje sustenta. A minha alma, que nunca se deu com política, dormia que era um gosto; mas os olhos não, esses iam por ali fora, risonhos, aprobatórios.

Agora mesmo, lendo naquela folha que o governo é que deu o dinheiro com que os jornais fizeram as festas abolicionistas, pensam que, se tivesse de explicar-me, fá-lo-ia como a comissão da imprensa? Não; seria grosseiro. Nunca se deve desmentir ninguém. Eu diria que sim, que era verdade, que o governo tinha pago tudo, as festas e uns aluguéis atrasados da casa do Sousa Ferreira; que para isso mesmo é que fora contratado o último empréstimo em Londres; que o Serzedelo, à custa do mesmo dinheiro, tinha reformado o pau moral; que as botinas novas do Pederneiras não tinham outra origem; e que o nosso amigo e chefe José Telha, precisando de uma casaca para ir ao Coquelin, é que se meteu naquelas manifestações. O redator ouvia tudo satisfeito; e no dia seguinte começava assim o editorial: "Conforme havíamos previsto" (o resto como em 1844).

Podia citar casos honrosíssimos, como prova de boa criação. Um deles nunca me há de esquecer, e é fresquinho.

Estando há dias a almoçar com alguns amigos, percebi que alguma coisa os amargurava. Não gosto de caras tristes, como não gosto delas alegres: um meio-termo entre o Caju e o Recreio Dramático é o que vai comigo. Senão quando, com um modo delicado, perguntei o que é que tinham. Calaram-se; eu, como manda a boa criação, calei-me também e falei de outra coisa. Foi o mesmo que se os convidasse a pôr tudo em pratos limpos. Tratando-se de um almoço, era condição primordial.

Um dos convivas confessou que no meio das festas abolicionistas não aparecia o seu nome, outro que era o dele que não aparecia, outro que era o dele, e todos que os deles. Aqui é que eu quisera ser um homem malcriado. O mesmo que diria a todos, é que eles tanto trabalharam para a abolição dos escravos, como para a destruição de Nínive, ou para a morte de Sócrates... Eu, com uma sabedoria só comparável à desse filósofo, respondi que a história era um livro aberto, e a justiça a perpétua vigilante. Um dos convivas, dado a frases, gostou da última, pediu outra e um cálice de Alicante. Respondi, servindo o vinho, que as reparações póstumas eram mais certas que a vida, e mais indestrutíveis que a morte. Da primeira vez fui vulgar, da segunda creio que obscuro; de ambas sublime e bem-criado.

 Em linguagem chã, todos eles queriam ir à Glória sem pagar o bonde; creio que fiz um trocadilho. De mim, confesso que lá iria, se pudesse, com a mesma economia; mas, não havendo outro meio, pago o tostãozinho, e paro à porta do Clube Beethoven, que anda agora em tais alturas, que já foi citado pela boca de eminente cidadão... Hão de concordar que este período vai um pouco embrulhado, mas não devo desembrulhá-lo; seria constipar a minha ideia.

 Podia citar outros muitos casos de boa criação, realmente exemplares. Nunca dei piparotes nas pessoas que não conheço, não limpo a mão à parede, não vou bugiar, que é ofício feio, e ando sempre com tal cautela, que não piso os calos aos vizinhos. Tiro o chapéu, como fiz agora ao leitor; e dei-lhes os *bons dias* do costume. Creio que não se pode exigir mais. Agora, o leitor que diga alguma coisa, se está para isso, ou não diga nada, e

Boas noites
Gazeta de Notícias, 1º de junho de 1888

Valha-me Deus!

Bons dias!
 Valha-me Deus! Frederico III acaba de conceder a um alto funcionário do Estado o tratamento de excelência... Valha-me Deus!

 Que seja preciso um imperador para conceder lá aquilo que aqui concede qualquer pessoa! Decretos, formalidades, direitos de chancelaria, para uma coisa tão simples, quase um direito natural... Realmente, é autocracia, é feudalismo em excesso. De maneira que esse homem é boa pessoa, ou menos má!, cumprimenta os vizinhos, tem outras qualidades apreciáveis, recebe o ordenado ou os aluguéis, é secretário de Estado, como o sr. Puttkamer, e não pode receber excelência...

 Eu cá, no tempo em que tinha relojoaria aberta, distribuí excelência que foi um gosto. Às vezes até servia de animação e alívio ao freguês. Entrava-me algum carrancudo, assim como quem receia ser enganado. Eu, sem decreto, sem nada, zás, excelência. Em geral a carranca diminuía, falávamos risonhos, coração nas mãos, e caso houve em que o homem comprava o relógio por mais dinheiro que o marcado.

E fiquem sabendo que também eu recebia excelências, e agora recebo-as ainda mais; é certo, porém, que nunca me custaram dinheiro, porque eu não chamo dinheiro pagar o bonde a uma pessoa que me trate bem, ou um sorvete, ou ainda um almoço. Isso paga-se até a pessoas mal-educadas.

Há só um caso em que me parece que não se deve dar excelência, nem a reles senhoria, nada, absolutamente nada; é o de certos nomes antigos, que devem ser tratados à antiga. Para não ir mais longe, há em Mato Grosso, na Assembleia provincial, dois deputados, um chamado Cícero, outro Virgílio. Com que dor de coração li no resumo dos debates, dando apartes a um orador, o sr. Virgílio, e principalmente o sr. Cícero! Lembra-me que, em 1834, (há sempre um precedente de 1834) havia aqui na Câmara dos deputados um Alcibíades, que era inscrito assim, grotescamente: o sr. Alcibíades. Romanos e gregos, sede romanos e gregos. Tu, Cícero, tu, Virgílio, por que consentis que taquígrafos sem história, sem estética e sem pudor vos deem um tratamento que vos diminui? Tu, principalmente, Cícero. Não sentes que os manes do grande orador, teu avô, hão de padecer, quando souberem que o seu nome, feito para as familiaridades eternas, perdeu o uso antigo, e traz hoje um triste senhor, além da gravata que provavelmente há de trazer a pessoa a quem lho deram?

Falei de um Alcibíades de 1834. Temos agora, na Câmara dos deputados, um César, mas não usa César; usa só o sobrenome Zama, que não é de gente, embora seja antigo; acho que este não está no caso dos primeiros. Por falar em Zama (vejam a minha arte das transições), sabem que esse ilustre deputado reclamou há dias uns duzentos mil-réis que lhe não pagaram; recebeu apenas um conto e trezentos mil-réis. Francamente, eu não reclamava; eu, se amanhã me pagarem, já não digo um conto e trezentos, mas um simples conto de réis, não me zango, e a razão é clara, creio que entenderam, é porque ganho menos. Quando eu vejo uma pessoa zangar-se porque recebeu só um conto e trezentos, parece-me que ouço falar árabe. Outro deputado declarou na mesma ocasião que já recebeu de menos, uma vez, oitocentos mil-réis. É verdade que esse roeu calado — ou não roeu, que é mais verdadeiro.

Toda a questão é ter o sr. Zama chegado no dia 9, prestado juramento e tomado assento nesse dia. Entendeu a mesa que não lhe devia pagar os dias anteriores. Acho que teve toda a razão; mas não entendi o precedente de 1857. Esse precedente é que o deputado não reconhecido, uma vez que esteja aqui, embora seja reconhecido no fim do mês, recebe o subsídio do mês inteiro, em que não arredou pé, não votou, não discutiu, não faltou sequer às sessões. Creio que foi isso que li. Não juro que fosse, porque a coisa é tão extraordinária, que por mais que os olhos a mostrem, a razão recusa-se a admiti-la. Provavelmente é o que está acontecendo ao leitor. Eu, no caso da mesa, cumpria também o precedente, visto que eles regulam a vida parlamentar; não sendo da mesa, nem da Câmara, acho que o negócio é a um tempo precedente e presente.

Com esta vou-me embora. Queria falar-lhes de uma porção de coisas, das cinquenta cédulas do Senado, e outros sucessos, mas é tarde... nem falo como desejava, de um homem que achei... É verdade, achei um homem, mais feliz que Diógenes, e tão feliz como Napoleão, que o achou em Goethe. Não falo dele, até porque nunca o vi; aparentemente, só achei um quiosque, mas o quiosque é do homem, e pelo quiosque é que vejo o homem. É sabido que todos esses estabelecimentos vendem bilhetes de loteria, e têm títulos atraentes, afirmando cada um que ali é que está a fortuna e a boa sorte. Pois o meu homem pôs no seu quiosque este título fulminante: *Ao puro acaso*.

Realmente, é único. Ó tu, quem quer que sejas, autor dessa lembrança, posto que eu te anuncie desde já que, em menos de seis meses, estás quebrado, deixa-me dizer-te que és um homem. Quando toda esta cidade, e eu com ela, traz na algibeira o elixir da certeza e da infalibilidade, tu vens mostrar ingenuamente ao povo a orelha do casual e do incerto; tu dize-lhe: "Compre-me, se quer, estes papelinhos, mas não juro que valham alguma coisa. Pode ser que valham, pode ser que não; saia o que sair. Talvez o papel nem sirva para cigarros, por causa da tinta..." Homem único, manda-me o teu retrato.

Vou-me embora. Não quero falar do novo projeto adotado em um congresso de São Paulo, porque é assunto superior à minha capacidade. Já aqui dei opinião de aerólito de Bendegó, acerca da Constituição dos Estados Unidos com chefe hereditário, coisa que ele afirma que é o mesmo que pôr o chefe do Estado em terra. Agora adotou-se o mesmo projeto, com esta cláusula: que continuará o sistema parlamentar. Quando li isso a um amigo, vi-o ficar de boca aberta, e não entendi o motivo; agora mesmo, que ele me explicou o negócio, confesso que estou *in albis*. Diz ele (jurou-me por Deus Nosso Senhor) que o característico principal da Constituição dos Estados Unidos é ser justamente o avesso do sistema parlamentar; a união dos dois parece-me uma cobra casada com um rato, segundo disse um poeta. Depois releu a primeira notícia, releu a segunda, mirou as duas, e suspirou isto que não sei o que é:

Après l'Agésilas,
Hélas!
Mais, après l'Attila,
Holà!

Boas noites
Gazeta de Notícias, 11 de junho de 1888

Recebi um requerimento, que me apresso em publicar

Bons dias!

Recebi um requerimento, que me apresso em publicar com o despacho que lhe dei:

Aos pés de v. ex.ª vai o abaixo-assinado pedir a coisa mais justa do mundo.

Rogo me preste atenção por alguns instantes; não quero tomar o precioso tempo de v. ex.ª

Não ignora v. ex.ª que, desde que nasci, nunca me furtei ao trabalho. Nem quero saber quem me chama, se é pessoa idônea ou não; uma vez chamado, corro ao serviço. Também não indago do serviço; pode ser político, literário, filosófico, industrial, comercial, rural, seja o que for, uma vez que é serviço, lá estou. Trato com ministros e amanuenses, com bispos e sacristães, sem a menor desigualdade.

Cheguei até (e digo isto para mostrar atestados de tal ou qual valor que tenho), cheguei a fazer aposentar alguns colegas, que, antes de mim, distribuíam o trabalho entre si, *distinguindo-se* um, outro *sobressaindo*, outro *pondo em relevo* alguma qualidade particular. Não digo que houvesse injustiça na aposentação: estavam cansados, esta é a verdade. E para gente de minha classe a fadiga estrompa e até mata.

Ficando eu com o serviço de todos, naturalmente tinha muito a que acudir; e repito a v. ex.ª que nunca faltei ao dever. Não tenho presunção de bonito, mas sou útil, ajusto-me às circunstâncias e sei explicar as ideias.

Não é o trabalho, mas o excesso de trabalho que me tem cansado um pouco, e receio muito que me aconteça o que se deu com outros. Isto de se fiar uma pessoa no carinho alheio e na generosidade dos afetos é erro grave. Quando menos espera, lá se vai tudo; chega alguma pessoa nova e (deixe v. ex.ª lá falar o João) ambas as mãos da experiência não valem um dedinho só da juventude.

Mas vamos ao pedido. O que eu impetro da bondade de v. ex.ª (se está na sua alçada) é uma licença por dois meses, ainda que seja sem ordenado; mas com ordenado seria melhor, porque há despesas a que acudir, a fim de ir às águas de Caxambu. Seria melhor, mas não faço questão disso; o que me importa é a licença, só por dois meses; no fim deles verá que volto robusto e disposto para tudo e mais alguma coisa.

Peço pouco, apenas um pouco de descanso. Deus, feito o mundo, descansou no sétimo dia. Pode ser que não fosse por fadiga, mas para ver se não era melhor converter a sua obra ao caos; em todo o caso a Escritura fala de descanso, e é o que me serve. Se o Supremo Criador não pôde trabalhar, sem repousar um dia depois de seis, quanto mais este criado de v. ex.ª?

Não faltará quem conclua (mas não será o grande espírito de v. ex.ª) que, se eu algum direito tenho a uma licença, maiores e infinitos têm outros colegas, cujo trabalho é constante, ininterrupto e secular. Há aqui um sofisma que se destrói facilmente. Nem eu sou da classe da maior parte de tais companheiros, verdadeira plebe, para quem uma Lei de Treze de Maio seria a morte da lavoura (do pensamento); nem os da minha categoria têm a minha idade, e, de mais a mais, revezam-se a miúdo, ao passo que eu suo e tressuo, sem respirar.

Contando receber mercê, subscrevo-me, com elevada consideração, de v. ex.ª admirador e obrigado verbo *Salientar*.

O despacho foi este:

Conquanto o suplicante não junte documentos do que alega, é, todavia, de notoriedade pública o seu zelo e prontidão em bem servir a todos. A licença, porém, só lhe pode ser concedida por um mês, embora com ordenado, porque, trabalhando as câmaras legislativas, mais que nunca é necessária a presença do suplicante, cujo caráter e atividade, legítima procedência e brilhante futuro folgo em reconhecer e fazer públicos. Se tem trabalhado muito, é preciso dizer, por outro lado, que o trabalho é a lei da vida e que sem ele o suplicante não teria hoje a posição culminante que alcançou e na qual espero que se conservará honrosamente por longos anos, como todos havemos mister. Lavre-se portaria, dispensados os emolumentos.

Boas noites
Gazeta de Notícias, 16 de junho de 1888

Eu, se tivesse crédito na praça

Bons dias!

Eu, se tivesse crédito na praça, pedia emprestados a casamento uns vinte contos de réis, e ia comprar libertos. Comprar libertos não é expressão clara; por isso continuo.

Conhece o leitor um livro do célebre Gogol, romancista russo, intitulado *Almas mortas*? Suponhamos que não conhece, que é para eu poder expor a semente da minha ideia. Lá vai em duas palavras.

Chamam-se *almas* os campônios que lavram as terras de um proprietário, e pelos quais, conforme o número, paga este uma taxa ao Estado. No intervalo do lançamento de imposto, morrem alguns campônios e nascem outros. Quando há *déficit*, como o proprietário tem de pagar o número registrado, primeiro que faça outro recenseamento, chamam-se *almas mortas* os campônios que faltam.

Tchitchikof, um espertalhão da minha marca, ou talvez maior, lembra-se de comprar as *almas mortas* de vários proprietários. Bom negócio para os proprietários, que vendiam defuntos ou simples nomes, por dez réis de mel coado. Tchitchikof, logo que arranjou umas mil *almas mortas*, registrou-as como vivas; pegou dos títulos do registro, e foi ter a um monte de socorro, que, à vista dos papéis legais, adiantou ao suposto proprietário uns 200.000 rublos; Tchitchikof meteu-os na mala e fugiu para onde a polícia russa o não pudesse alcançar.

Creio que entenderam; vejam agora o meu plano, que é tão fino como esse, e muito mais honesto. Sabem que a honestidade é como a chita; há de todo o preço, desde meia pataca.

Suponha o leitor que possuía duzentos escravos no dia 12 de maio, e que os perdeu com a Lei de 13 de maio. Chegava eu ao seu estabelecimento, e perguntava-lhe:

— Os seus libertos ficaram todos?

— Metade só; ficaram cem. Os outros cem dispersaram-se; consta-me que andam por Santo Antônio de Pádua.

— Quer o senhor vendermos? Espanto do leitor; eu, explicando:

— Vendermos todos, tanto os que ficaram, como os que fugiram. O leitor assombrado:

— Mas, senhor, que interesse pode ter o senhor...

— Não lhe importa isso. Vendemos?

— Libertos não se vendem.

— É verdade, mas a escritura da venda terá a data de 29 de abril; nesse caso, não foi o senhor que perdeu os escravos, fui eu. Os preços marcados na escritura serão os da tabela da Lei de 1885; mas eu realmente não dou mais de dez mil-réis por cada um.

Calcula o leitor:

— Duzentas cabeças a dez mil-réis são dois contos. Dois contos por sujeitos que não valem nada, porque já estão livres, é um bom negócio.

Depois refletindo:

— Mas, perdão, o senhor leva-os consigo?

— Não, senhor: ficam trabalhando para o senhor; eu só levo a escritura.

— Que salário pede por eles?

— Nenhum, pela minha parte, ficam trabalhando de graça. O senhor pagar-lhes-á o que já paga.

Naturalmente, o leitor, à força de não entender, aceitava o negócio. Eu ia a outro, depois a outro, depois a outro, até arranjar quinhentos libertos, que é até onde podiam ir os cinco contos emprestados; recolhia-me à casa, e ficava esperando.

Esperando o quê? Esperando a indenização, com todos os diabos! Quinhentos libertos, a trezentos mil-réis, termo médio, eram cento e cinquenta contos; lucro certo: cento e quarenta e cinco.

Porquanto, isso de indenização, dizem uns que pode ser que sim, outros que pode ser que não; é por isso que eu pedia o dinheiro a casamento. Dado que sim, pagava e casava (com a leitora, por exemplo); dado que não, ficava solteiro e não perdia nada, porque o dinheiro era de outro. Confessem que era um bom negócio.

Eu até desconfio que há já quem faça isso mesmo, com a diferença de ficar com os libertos. Sabem que, no tempo da escravidão, os escravos eram anunciados com muitos qualificativos honrosos, perfeitos cozinheiros, ótimos copeiros etc. Era, com outra fazenda, o mesmo que fazem os vendedores, em geral: superiores morins, lindas chitas, soberbos cretones. Se os cretones, as chitas e os escravos se anunciassem, não poderiam fazer essa justiça a si mesmos.

Ora, li ontem um anúncio em que se oferece a aluguel, não me lembra em que rua — creio que na do Senhor dos Passos — uma insigne engomadeira. Se é falta de modéstia, eis aí um dos tristes frutos da liberdade; mas se é algum sujeito que já se me antecipou... Larga, Tchitchikof de meia-tigela! Ou então vamos fazer o negócio a meias.

Boas noites
Gazeta de Notícias, 26 de junho de 1888

Está o sr. comendador
Soares no Senado

Bons dias!

Está o sr. comendador Soares no Senado. Dou-lhe os meus sinceros parabéns.

Na qualidade de comerciante, como eu na de relojoeiro, o sr. senador Soares deve ignorar profundamente o latim. Mas não será tanto, que não conheça um famoso trecho de Lucrécio, que dizia que é sempre coisa muito agradável, estando em terra firme, ver de longe o naufrágio dos outros. O sr. senador Soares está firme das terras deste mundo, tão firme e tão vasta, que pega com o continente da morte e da eternidade. *Suave, mari magno... Suave, mari magno...* De lá, da glória eterna, esquina do campo da Aclamação, olha o sr. Soares tranquilamente para o vale de lágrimas da rua da Misericórdia. Com que olhos saudosos o vão ver sair dali os que, como ele, choraram e choram na terra, onde ficam padecendo as consequências da culpa do primeiro homem! O novo senador é magro: mas vai parecer muito mais gordo que o mais gordo dos seus ex-colegas da Câmara, e que era até há tempos o sr. Castrioto. Hoje creio que é o sr. Alves de Araújo; minto, é o sr. Góis. Tão certo que não há gordos nem magros; há fatos subjetivos.

Notemos que eu citei justamente três nomes que, mais tarde ou mais cedo, acabam na estatística senatorial. Mas, quantos, Deus de misericórdia, quantos estão ali que nunca hão de sair! Não cito nomes, para não vexar ninguém; mas as consciências dirão, lá fundo, que sim, que é isso mesmo...

Pois bem, trago a esses desesperados uma esperança... não me sufoquem: ouçam-me; sosseguem; deixem-me falar... Ouçam.

Hão de ter lido que se trata de federalizar o Brasil; não faltam projetos nem programas a esse respeito. Ainda agora apareceu o programa do Partido Liberal do Pará, estabelecendo as cláusulas da reforma, e uma delas é que cada província tenha o seu Senado especial.

Aí está o remédio. Quem não puder entrar no Senado geral, entra no provincial. Não é um Senado de primeira ordem, um Senado (como se diz na relojoaria) de patente, um cronômetro; mas é um senadozinho de prata dourada, afiançado por quatro anos, que é o prazo marcado no programa do Pará.

Pior! lá cai a viseira aos meus amigos. Mas, meus amigos, isso de quatro anos é um modo de falar; há meio de cumprir a lei e ficar vitalício; é a reeleição. Portem-se bem os senadores provinciais, deem-se uns com os outros, não puxem brigas, ajudem-se, e, quando mal cuidarem, estão vitalícios. Ouro é o que ouro vale.

Creio até (é um palpite) que de toda a federação que anda no ar, se ficar um só artigo, há de ser este, o Senado provincial. Há dúvidas sobre os outros, divergências daqui e dali; os próprios autores talvez os rejeitem, quando houverem de votar. Mas o Senado é dessas ideias simples, que se metem pelos olhos dentro; traz naturalmente equilíbrio à legislatura.

E, além das vantagens políticas, há outras de certa ordem. Quem me impede a mim, se for senador do Espírito Santo, quem me impede de mandar imprimir nos cartões: *fulano de tal, senador?* Ou então: *O senador fulano de tal*, sem mais nada? Podem confundir-me, é verdade, com os senadores do Império; mas que tenho eu com as confusões dos outros? Posso responder pela lucidez do espírito alheio? Hei de mandar pôr o meu retrato nos cartões? Etc. etc.

A única objeção que se pode fazer ao Senado provincial é tornar ainda mais ininteligível a política do Ceará. Quando os paula-aquirases e os ibiapaba-pompeus tiverem outro campo de divisão, certamente o problema ficará mais complexo. Mas, francamente, coração nas mãos. Há alguém que presuma decifrar aquilo no estado atual? Deixem-se de fumaças. Dobradas as dificuldades, subdivididos os partidos em ibia-pom-las e peu-aqui-pabas, fica o mesmo volapuque, com a diferença que, por ora, ainda há gente que queima as pestanas para ver se percebe o que é; quando vierem o Senado e a subdivisão deixaremos o caso aos americanistas de ofício.

Boas noites
Gazeta de Notícias, 6 de julho de 1888

Não gosto de ver censuras injustas

Bons dias!

Não gosto de ver censuras injustas.

Há dias, um eminente senador disse que a Câmara dos deputados era a Câmara de dois domingos, e disse a verdade, porque ali um sábado e um domingo são a mesma coisa. Não a censurou por isso, entretanto, mas por adiar para o sábado os requerimentos, isto é, mandar-lhes o laço de seda com que eles se enforquem logo.

Sejamos justos. A Câmara, não fazendo sessão aos sábados, obedece a um alto fim político: — imitar a Câmara dos comuns ingleses, que nesse dia também repousa. Desse modo, aproxima-nos da Inglaterra, *berço das liberdades parlamentares*, como dizia um mestre que tive e que me ensinou as poucas ideias com que vou acudindo às misérias da vida. Dele é que herdei a *espada rutilante da justiça* — *o timeo Danaos* — o devolvo-lhe intacto a *injúria*, e outros vinténs mais ou menos magros.

Dir-me-ão que os comuns ingleses descansam no sábado, porque ficam estafados das sessões de oito, nove e dez horas, que é o tempo que elas duram nos demais dias.

É verdade; mas cumpre observar que os comuns começam a trabalhar de tarde e vão pela noite dentro, depois de terem gasto a primeira parte do dia nos seus próprios negócios. Desse modo estão livres e prontos para ir até a madrugada, se preciso for. Trabalham com a fresca, despreocupados, tranquilos. Não acontece o mesmo conosco. As nossas sessões parlamentares começam ao meio-dia, hora de calor, sem dar tempo a fazer alguma coisa particular; e depois o clima é diferente. Nem já agora é possível tornar aos sábados. O sr. barão de Cotegipe disse que desde 1826 dormem projetos de lei nas pastas das comissões do Senado; com os requerimentos da Câmara deve acontecer a mesma coisa, mas suponhamos que só começam em 1876...

Censuras não faltam. Já ouvi censurar um dos nossos costumes parlamentares que justamente mais me comovem; refiro-me ao de levantar a sessão, quando morre algum dos membros da casa. A notícia é dada por um deputado ou senador, que faz um discurso, pondo em relevo as qualidades do finado. Às vezes o defunto não prestou ao Estado o menor serviço; não importa, essa é justamente a beleza do sistema democrático e de igualdade que deve reger, mais que todos, os corpos legislativos. Para o Parlamento, como para a morte, como para a Constituição, todos são legisladores, todos merecem igual cortesia e piedade.

Os censuradores alegam que esse uso não existe em parte nenhuma, fora daqui. O argumento Aquiles (como me diria o citado mestre) é que, tendo sido as câmaras inventadas para tratar dos negócios públicos, a morte de um dos seus membros deve pesar menos, muito menos que o dever social. Daí o discurso em que o presidente deve noticiar a morte, com palavras de saudade, e passar à ordem do dia.

Os preconizadores de hábitos peregrinos chegam a citar o que agora mesmo se deu no Parlamento de Inglaterra, quando chegou a notícia da morte do genro da rainha, que não era membro da Câmara dos lordes, mas podia sê-lo, se não fosse imperador da Alemanha. A notícia foi comunicada a ambas as câmaras por um ministro; respondeu-lhe o líder da oposição, e continuaram os trabalhos, durando os da Câmara até às duas da madrugada.

Mas quem não vê que nem o exemplo nem o argumento servem ao nosso caso?

Quanto ao exemplo, basta considerar que, posto que o imperador fosse um digno e grande homem, não era membro de nenhuma das casas. Fizeram-se mensagens à rainha e à imperatriz.

Além disso, pode ser que, realmente, nesse dia houvesse negócios urgentes. Digo isso porque o discurso do ministro na Câmara dos lordes, respeitoso e grave, ocupa apenas doze linhas no *Times*, e o da oposição, onze. Na dos comuns, o do ministro tem nove linhas, e o da oposição, oito. Cabe ainda notar que ninguém mais falou. Finalmente, dali em diante proferiram-se na Câmara dos comuns, sobre diversos projetos, mais de cinquenta discursos.

Quanto ao argumento, não há nada mais falho. É certo que as câmaras foram criadas para curar principalmente dos negócios públicos; mas onde é que constituições escritas revogam leis do coração humano? Podem transtorná-las, é certo, como na dura Inglaterra, na França inquieta, na Itália ambiciosa; mas, tais não são as nossas condições. Demais, a veneração dos mortos cimenta a amizade dos vivos.

Ponhamo-nos de acordo. Se a Câmara não faz sessão aos sábados, para acompanhar a dos comuns, aqui-del-rei. Se não acompanha a dos comuns, e se vai embora, sempre que morre algum membro, terá igual censura. Ponhamo-nos de acordo.

Boas noites
Gazeta de Notícias, 15 de julho de 1888

Quem me não fez
bei de Túnis

Bons dias!

Quem me não fez bei de Túnis cometeu um desses erros imperdoáveis, que bradam aos céus.

Suponhamos por um instante que eu era bei de Túnis. Antes de mais nada, tinha prazer de viver em Túnis, que é um dos meus mais desenfreados desejos. Depois, não entendia nada do que me dissessem, nem os outros me entendiam, e para estabelecer relações cordiais, não há melhor caminho. O sr. Von Stein fez-se amigo dos índios do Xingu, recitando versos de Goethe.

Não perderia o gosto cá do Rio, porque levaria naturalmente assinaturas de jornais; leria tudo, a questão da revista cível n° 10.893, o imortal processo do Bíblia, os debates do parlamento, os manifestos políticos etc. Quando alguma coisa me parecesse dita ou escrita em dialeto barbaresco, teria o meu colégio de intérpretes, que me explicaria tudo.

Não indo mais longe, acabo de ler no discurso do sr. senador Leão Veloso uma frase, que, se eu estivesse em Túnis, não lhe perderia o sentido. S. ex.ª declarou que a vitaliciedade do cargo não o segregou daqueles que o elegeram. Ora, os que o elegeram vão morrendo e hão de ir morrer todos, como já devem ter morrido os que elegeram o sr. Visconde do Serro Frio. Como é que não há segregação? Há e é uma das vantagens da instituição. Se em 1871 os srs. Silveira Martins e Barão de Mauá fossem vitalícios, não haveria o recurso aos eleitores, que pôs o sr. Mauá fora da Câmara. Quando o primeiro desafiasse o segundo a irem pleitear ante os eleitores liberais o procedimento de ambos, responderia o sr. Mauá:

— Mas, meu caro colega, os meus eleitores estão mortos. Há dois dias vivia o Bandeira, de Pelotas; pois morreu, aqui está o telegrama, que recebi agora mesmo da família. Sabe que somos velhos conhecidos...

Entretanto, aquela frase, que em português dá esse resultado, talvez possa ser explicada pelo arábico; mas eu não sou bei de Túnis.

Outras muitas coisas me explicará o colégio de intérpretes. Não as digo todas; mas aqui vai mais uma.

Os espiritistas brasileiros acabam de dar um golpe de mestre. Apareceu por aqui um médium, dr. Slade é o seu nome, com fama de prodigioso. A Federação Espírita Brasileira nomeou uma comissão para estudar os fenômenos da escritura direta sobre ardósias e outros efeitos físicos produzidos com o médium. Pois, senhores, não achou que o homem valesse a fama; declarou que os trabalhos ficaram muito abaixo do que esse mesmo médium conseguiu na Inglaterra, França, Alemanha, Estados Unidos e Austrália. É verdade que a própria Federação explica a diferença. "Todos os que estudam os fenômenos espiríticos (diz ela) conhecem que as mediunidades estão sujeitas a esses eclipses." E noutro lugar: "Sabem todos que os invisíveis não estão servilmente à nossa disposição".

Ora, tudo isso, que parece algaravia, sendo lido por um espiritista, é como a língua de Voltaire: pura, límpida, nítida e fácil. "Os invisíveis não estão servilmente à nossa disposição!" Não falo do enriquecimento da língua com a palavra mediunidade, que é nova, sem ser esbelta.

Fosse eu bei de Túnis, e o meu colégio me explicaria tudo isso e mais isto: "Somente lamentamos que nesses eclipses da sua faculdade, o *médium* — sem dúvida por sugestões malignas, busque simular os fenômenos que obtém nas condições normais..."

Ao que parece, o *médium* não só foi (com perdão da palavra) apenas um *minimum*, mas até procurou embaraçar a Federação. Não andou bem; e a Federação cumpriu o seu dever desvendando as sugestões malignas. Nem pareça que isso mesmo foi sugestão de despeito; a Federação conclui francamente aquele período: "fato aqui plenamente verificado".

Valha-me Nossa Senhora! Que porção de coisas abstrusas, que eu nunca hei de entender! E daí, quem sabe? Schopenhauer chegou a crer nas *mesas que giram*; há quem acredite no casamento da Constituição americana com o sistema parlamentar. Não é muito acreditar nos motivos do eclipse do dr. Slade, mesmo sem entendê-los... Ah! por que me não fazem bei de Túnis!

Boas noites
Gazeta de Notícias, 19 de julho de 1888

Antes de mais nada deixem-me dar um abraço no Luís Murat

Bons dias!

Antes de mais nada deixem-me dar um abraço no Luís Murat, que acaba de não ser eleito deputado pelo 12º distrito do Rio de Janeiro. Eu já tinha escovado a casaca e o estilo para o enterro do poeta e o competente necrológio; ninguém está livre de uma vitória eleitoral. Escovei-os e esperei as notícias.

Vieram elas, e não lhes digo nada: dei um salto de prazer. Cheguei à janela; vi que as rosas — umas grandes rosas encarnadas que Deus me deu —, vi que estavam alegres e até dançavam; a música era um bater de asas de pássaros brancos e azuis, que apareceram ali vindos não sei donde, nem como.

Sei que eram grandes, que batiam as asas, que as rosas bailavam, e que as demais plantas pareciam exalar os melhores cheiros. Umas vozes surdas diziam rindo: Murat, derrotado, Murat, derrotado.

E que bonita derrota, Deus da misericórdia! Podia perder a eleição por vinte ou trinta votos; seria então um meio desastre, porque abria novas e fundadas esperanças. Mas, não, senhor; a derrota foi completa; nem cinquenta votos. Por outros termos, é um homem liberto; teve a sua lei de 13 de maio: "Art. 1º Luís Murat continuará a compor versos. Art. 2º Ficam revogadas as disposições em contrário".

Não é que seja mau ter um lugar na Câmara. Tomara eu lá estar. Não posso; não entram ali relojoeiros. Poetas entram, com a condição de deixar a poesia. Votar ou poetar. Vota-se em prosa, qualquer que seja, prosa simples, ruim prosa, boa prosa, bela prosa, magnífica prosa, e até sem prosa nenhuma, como o sr. Dias Carneiro, para citar um nome. Os versos, quem os fez, distribui-os pelos parentes e amigos e faz uma cruz às musas. Alencar (e era dos audazes) tinha um drama no prelo, quando foi nomeado ministro. Começou mandando suspender a publicação; depois fê-lo publicar sem nome de autor. E note-se que o drama era em prosa...

Suponhamos que Luís Murat saía eleito, e que seu rival, o Augusto Teixeira, é que ficava com os quarenta votos. Com certeza, os versos de Murat não passavam a ser feitos pelo Teixeira; e era, talvez, uma vantagem. Em todo caso, ficávamos sem eles. Onde estão os do dr. Afonso Celso? José Bonifácio, se os fazia, enterrava-os na chácara... Podia citar outros, mas não quero que a Câmara brigue comigo.

Vá lá outro abraço, e adeus. Agora, é arrazoar de dia no escritório de advogado, e versejar de noite. Não fazem mal as musas aos doutores, disse um poeta; podem fazê-lo aos deputados.

Antes de mais nada, disse eu a princípio; mas francamente não vi se tinha mais alguma coisa que dizer. Prefiro calar-me, não sem comunicar aos leitores uma notícia de algum interesse.

Os leitores pensam com razão que são apenas filhos de Deus, pessoas, indivíduos, meus irmãos (nas prédicas), almas (nas estatísticas), membros (nas sociedades), praças (no exército), e nada mais. Pois são ainda certa coisa — uma coisa nova, metafórica, original.

Ontem, indo eu no meu bonde das tantas horas para (não digo o lugar), ao entrarmos no largo da Carioca, costeamos outro bonde, que ia enfiar pela rua de Gonçalves Dias. O condutor do meu bonde falou ao do outro para dizer que na viagem que fizera da estação do largo do Machado até a cidade, trouxe um só passageiro. Mas não contou assim, como aí fica; contou por estas palavras: "Que te dizia eu? Fiz uma viagem à toa; apenas pude apanhar um carapicu..."

Aí está o que é o leitor: um carapicu este seu criado; carapicus os nossos amigos e inimigos. Aposto que não sabia desta? Carapicu... Como metáfora, é bonita; e podia ser pior.

Boas noites
Gazeta de Notícias, 29 de julho de 1888

Apesar desta barretada

Bons dias!
Apesar desta barretada e da minha usual cortesia, fiquem sabendo que ando armado; trago aqui uma pistola, para meter uma bala na cabeça do primeiro que me falar ainda em Maria das Dores, Umbelino, Ramos, Vilar, e o mais que se prende ao crime da rua da Uruguaiana.

Crimes, em se tornando longos, aborrecem; os próprios crimes políticos perdem o sabor, com o tempo; mas, enfim, vão vivendo. Olhem o caso do Bananal; esse está ainda fresco, cheio de interesse e significação. Trata-se de uma família dividida por política, um sobrinho, um tio, alguns tiros, assassinato;

é a primeira feição; segunda feição: pelos depoimentos se conclui que uma das causas recentes do ato foi haver passado o comando superior da Guarda Nacional, do tio (comendador Nogueira) para o sobrinho (coronel Ramos). Tudo isto vale mais que trinta delitos da rua Uruguaiana.

Há ainda uma terceira feição no processo Bananal. Uma das testemunhas depôs que a vida do coronel Ramos e a de outras pessoas andavam *em quitanda*. Esta feição é puramente de língua e de estilo. Vemos aqui uma expressão nova — ao menos para mim —, nova e brasileira, genuinamente brasileira; expressão da roça, que bem merece direito de cidade. Estar com a vida *em quitanda*, pôr a vida *em quitanda*... Até por isso há mais interesse no crime do Bananal.

Não falarei das duas primeiras. A segunda principalmente é muito significativa. Esse rancor deixado ou acrescido com a troca de um posto de comandante superior da Guarda Nacional há que atrapalhar (ou quem sabe se esclarecer em muitos casos?) o historiador futuro. Terrível Guarda Nacional! Tu és mansa, tu és pacífica, tu chegas mesmo a não existir; mas quão funestos são os ódios que deixas! Verdade é que costumas consolar também. Possuo um retrato de mil oitocentos e sessenta e tantos; é de um varão, agora defunto, e que por esse tempo já não era nada; quero dizer, era isto que se lê por baixo da litografia da casa Sisson: *"Ao ilustríssimo senhor fulano, ex-major do batalhão de reserva, oferecem etc..."*

Ex-major e de reserva! Tão pouca coisa consolava o homem, e até lhe dava certo orgulho, porque a figura é altiva, e marcial. Ex-major e de reserva!

Há de haver algum mistério nessa instituição. Eu, ainda de rapaz, já achava esquisito que os liberais de outros países a quisessem, e que os do nosso falassem sempre em extingui-la. Concluí que não era a mesma coisa; mas então o que era? Agora mesmo, para complicar mais o problema, o indiciado Nogueira (do Bananal) é paralítico; estado que parece impedir qualquer comando superior ou inferior. Não entendo; duvido que alguém chegue a entendê-lo nunca.

Há outra espécie de crimes, que, não se tendo dado, são mais interessantes que o da rua da Uruguaiana. Não há muito, em discurso na Câmara dos deputados, declarou o sr. Zama que tivera três processos às costas, sendo um deles por crime de morte; o sr. barão de Jeremoabo respondeu, em aparte, que fora processado igual número de vezes, sendo uma vez por assassinato. Contaram isso, ninguém se admirou, ninguém lhes negou a mão, tomaram café com os colegas, e lá estão nos seus lugares; a razão é que toda a gente sabe que são crimes supostos; se morte houve, não houve assassinato. São truques políticos.

Outro gênero de crimes, que não deixa de ser curioso, é o dos crimes de *resistência*. Um ex-deputado, há tempos, dissolvida uma Câmara, disse-me que não ia pleitear a eleição no distrito, à vista da agitação política. Se lá fosse, era preso, *resistia*, e ficava morto na luta.

— Pois não resista — disse-lhe eu.

— Ah! isso é impossível; ainda que eu vá tranquilo, rezando comigo, obediente, hei de *resistir* por força; o meu distrito é assim. Resiste-se, morre--se na luta.

Ora, digam-me se qualquer de tais crimes não é muito mais interessante do que o da rua da Uruguaiana. Este não tem o sabor dos outros, nem envolve os mesmos problemas... Portanto, repito, trago aqui uma pistola e estou pronto a disparar sobre quem me vier falar de Maria das Dores... É verdade que, se tal caso se der, será justamente a parte interessante do crime da rua da Uruguaiana, não só pelas qualidades que me exornam, como porque será a última vez que lhes dê as minhas

Boas noites
Gazeta de Notícias, 7 de agosto de 1888

Agora que tudo está sossegado

Bons dias!
 Agora que tudo está sossegado, aqui venho de chapéu na mão e dou-lhes os bons dias de costume. Como passaram do outro dia para cá? Eu bem. Vi a chegada do imperador, as manifestações públicas, as iluminações, e gostei muito. Dizem que houve na rua do Ouvidor uns petelecos e não sei se algum sangue; mas como eu não piso na rua do Ouvidor desde 1834, não tenho sequer este delicioso prazer de saber se escapei de boa. Não escapei de nada.
 Estou a ver daqui a cara do leitor, os olhos curiosos que estica para mim, a fim de adivinhar o que vai acontecer nestes seis meses mais próximos, em relação à política. Bate à ruim porta, meu amigo. Eu, se pudesse saber alguma coisa, compunha um almanaque, gênero Ayer, anunciando as tempestades ou simples aguaceiros. Mas não sei nada, coisa nenhuma. Moram aqui perto um deputado e um senador, com quem me dou; mas parece que também não sabem nada. A única coisa positiva é que a primavera começa em setembro e que a semana dos quatro domingos ainda não está anunciada. É verdade que, tendo um geólogo moderno calculado que a duração da terra vai a mais de um milhão de séculos, há tempo de esperar alguma coisa, ainda quando o milhão de séculos deva ter um grande desconto, para a nova vida, desde que se apague o sol, isto é, daqui a dez milhões de anos.
 O que me agrada particularmente nos mestres da astronomia são os algarismos. Como essa gente joga os milhões e bilhões! Para eles umas mil léguas representa pouco mais que de Botafogo ao Catete... Creio que é Catete que ainda se diz; avisem-me quando for João Alves... E o tempo? Quem não tiver cabeça rija cai por força no chão; dá vertigens todo esse turbilhão de números inumeráveis. Ainda não vi astrônomo que, metendo a mão no bolso, não trouxesse pegados aos dedos uns dez mil anos pelo menos. Como lhes devem parecer ridículas as nossas semanas! A própria moeda nacional, inventada para dar estímulo e grandeza à gente, os seiscentos, os oitocentos

mil-réis, que tanto assombram o estrangeiro novato, para os astrônomos valem pouco mais que coisa nenhuma. Falem-lhes de milhões para cima.

Se eu tivesse vagar ou disposição, puxava os colarinhos à filosofia e diria naquele estilo próprio do assunto que esta nossa deleitação a respeito dos trilhões astronômicos é um modo de consolar a brevidade dos nossos dias e do nosso tamanho. Parece-nos assim que nós é que inventamos os tempos e os espaços; e não somente as dimensões e os nomes. Uma vez que os inventamos, é que eles estavam em nós.

Muita gente ficará confusa com o milhão de séculos de duração da terra. Outros dirão que, se isto não é eterno, não vale a pena escrever nem esculpir ou pintar. Lá eterno, como se costuma dizer, não é; mas aí uns dez séculos, ou mesmo cinco, é o que se pode chamar (com perdão da palavra) um retalho de eternidade.

Nem por isso os nossos políticos escreverão as suas memórias, como desejara o sr. senador Belisário. Há muitas causas para isso. Uma delas é justamente a falta do sentimento da posteridade. Ninguém trabalha, em tais casos, para efeitos póstumos. Polêmica, vá; folhetos para distribuir, citar, criticar, é mais comum. Memórias pessoais para um futuro remoto, é muito comprido. E quais sinceras? quais completas? quais trariam os retratos dos homens, as conversações, os acordos, as opiniões, os costumes íntimos, e o resto? Que era bom, era; mas, se isto acaba antes de um milhão de séculos?

Boas noites
Gazeta de Notícias, 26 de agosto de 1888

Não é pelo gosto de imitar o Fradique Mendes

Bons dias!

Não é pelo gosto de imitar o Fradique Mendes, que uso tomar nota de algumas frases parlamentares. Nem o conhecia ainda, quando já praticava este salutar costume. Nunca o disse a ninguém: digo-o agora, para que, quando morrer, se aparecer no meu espólio um livro assim, não me atribuam qualquer ideia de plágio.

Ainda na semana passada lá deixei uma nota, um pequeno aparte do sr. senador Siqueira Mendes: "Eu fui quem falou a ele". Referia-se a um presidente de província, mas podia referir-se a três, que tinha a mesma graça. "Eu fui quem falou a ele."

Escrevendo isto, não trago a menor intenção de me meter na questão entre aquele nobre senador e o sr. barão de Cotegipe; menos ainda na revelação dos estatutos que o sr. deputado A. Pena descobriu e leu na Câmara. Demais, este último caso é velho, e ninguém mais se lembra dele. *Où sont les neiges d'antan?* Tão somente os observadores de gabinete poderão ir acumulando esses e outros sintomas para estudos sociais; mas, cá fora, onde a gente vive e respira, não há tempo, os dias andam mais depressa, pela medida dos anos de Horácio.

Nova, nova, temos uma coisa; o anúncio de que o sr. senador Ávila vai tomar parte no concurso de tiro do Clube de Esgrima. Se o sr. Ávila quer um conselho de amigo, não se meta nisso; pelo menos, se ainda tem desejo de ser ministro; e, quando não o tenha, pode ser obrigado a sê-lo, que para isso está na política. Dado até que nem o queira nem o seja, é prudente não ir ao concurso. Vou dizer-lhe por quê.

Em absoluto, não há nada mau em atirar ao alvo; ao contrário, é exercício aprovado e louvável; mas todas as coisas dependem do meio. Os tiros que o sr. Ávila disparar no concurso, hão de cair-lhe em cima. Tem de ouvir epigramas, pôr-lhe-ão uma alcunha, pedir-lhe-ão a espingarda. Não faltará quem pense que s. ex.ª nesse dia rebaixou o Senado até a vil competência de um exercício sem dignidade. Quando ministro, dir-lhe-ão a rir: "O tiro de v. ex.ª não chegou ao alvo".

Tome o meu conselho; dispare um desaforo, que é melhor. Um parlamentar de espingarda na mão, ninguém ainda o concebe nem admite. Dispare uns documentos, lidos de fio a pavio, como fez agora, mas guarde a espingarda para caçar no mato, ou atirar à toa, no fundo da chácara.

E por falar em documentos, s. ex.ª ao ler agora alguns, referiu-se à regra estabelecida no regimento do Senado, que não permite a inserção de nenhum no discurso do orador, desde que não seja lido. Ora, valha-me Deus! Pois não é muito melhor a regra da Câmara! Na Câmara, o orador refere-se a documentos que traz, e, se lhe não convém lê-los, declara com esta simplicidade:

— Não os leio, para não fatigar a Câmara, mas inclui-los-ei no meu discurso.

À primeira vista, parece que só se pode imprimir oficialmente aquilo que a Câmara ouviu, e cuja publicação consente pelo silêncio; é o fundamento da disposição do Senado. Mas, atentando bem, vê-se que não. A boa regra é que o discurso de um orador pertence-lhe; que ele pode fazer dele o que quiser, trocá-lo, ampliá-lo ou *amenizá-lo*, como dizia há dias na Câmara o sr. barão de Jeremoabo, protestando contra uma expressão do sr. Mesquita. Logo, ele pode lá meter o que quiser, um documento, vinte documentos, cartas particulares, o *Evangelho de são Marcos*, ou as belezas de Chateaubriand. Se a Constituição garante a propriedade das minhas calças, que estão fora de mim, como não há de garantir a propriedade do meu pensamento? É ideia velha e invulnerável.

Que o Senado é superior em muitas outras coisas, não há dúvida; e é por isso que, se algum desejo me mata, é de não poder morrer lá. A Câmara pode arranjar crises, deitar ministérios abaixo, mas o Senado é que compõe os novos; e quando a Câmara é dissolvida, o Senado chega às janelas para vê-la passar e ouvi-la repetir o que aprendeu na escola: *Morituri te salutant*. Pois bem, naquele ponto, acho melhor o sistema da Câmara. A gente inclui o que quer; se teve dares e tomares com algum rival do distrito, põe tudo em letra oficial, sem gastar o tempo precioso em ler cartas anônimas ou artigos de jornais. Já não falo na economia...

Creio que tenho alguma coisa que dizer, mas não me lembro. Não era o Liceu, não eram as letras falsas, não era o fogo de Botafogo... Seja o que for,

Boas noites
Gazeta de Notícias, 6 de setembro de 1888

Venho de um espetáculo longo

Bons dias!
Venho de um espetáculo longo, em parte interessante, em parte aborrecido, organizado em benefício do incidente Manso.

Começou por uma comédia de Musset: *Il faut qu'une porte soit ouverte ou fermée*. Não confundam com o drama de grande espetáculo *Fechamento das portas*, representado há dias no Liceu, com alguma aceitação. Não: a peça de Musset é um atozinho gracioso e límpido. Trata-se de um conde, que vai visitar uma marquesa, e não acaba de sair nem de ficar, até que a dama conclui por lhe dar a mão de esposa. Clara alusão ao incidente Manso.

No dia seguinte, tivemos um drama extenso e complicado, cujos atos contei enquanto me restaram dedos; mas primeiro acabaram-se os dedos que os atos. Cuido que não passariam de vinte, talvez dezenove. Boa composição, lances novos, cenas de efeito, diálogos bem travados. Um dos papéis, escrito em português e latim, produziu enorme sensação pelo inesperado. Dizem que a inovação vai ser empregada cá fora, por alguns autores dramáticos, cansados de escrever em uma só língua, e, às vezes, em meia língua. Os monólogos, os diálogos, que eram vivíssimos, e os coros foram, se assim se pode dizer de obra humana, irrepreensíveis.

Essa peça, começada no segundo dia, durou até o terceiro, porque o espetáculo, para em tudo ser interessante, imitou esse uso das representações japonesas, que não se contentam com quatro ou cinco horas. Não bastando o drama, deram-nos ainda uma comédia de Shakespeare, *As you like it* — ou, como diríamos em português, *Como aprouver a vossa excelência*. Posto que inteiramente desconhecida do público, pareceu agradar bastante. Dois outros espectadores aplaudiram por engano umas cenas, em vez de outras; mas a culpa foi dos amadores, que não pronunciaram bem o inglês.

Como acontece sempre, algumas pessoas, para se mostrarem sabidas dos teatros estrangeiros, disseram que era preferível dar outra comédia do grande inglês: *Muito barulho para nada*. Mas esta opinião não encontrou adeptos.

Pela minha parte, achei o defeito da extensão. Espetáculos daqueles não devem ir além de duas ou três horas. Verdade é que, sendo numerosos os amadores, todos quereriam algum papel, e para isso não bastava esse ato de Musset. Bem; mas para isso mesmo tenho eu o remédio, se me consultassem.

O remédio era o fonógrafo, com os aperfeiçoamentos últimos que lhe deu o famoso Edison. Fez-se agora a experiência em Londres, onde por meio do aparelho se ouviram palavras, cantigas e risadas do próprio Edison, como se ele ali estivesse ao pé. Um dos jornais daquela cidade escreve que o fonógrafo, tal qual está agora aperfeiçoado, é instrumento de duração quase ilimitada. Pode conservar tudo. Justamente o nosso caso.

Acabada a representação, em pouco tempo, segundo convinha à urgência e gravidade do assunto e do momento, se ainda houvesse amadores que quisessem um papel qualquer, grande ou pequeno, o diretor faria distribuir fonógrafos, onde cada um daqueles depositaria as suas ideias; podiam ajustar-se três ou quatro para os diálogos.

A reprodução de todas as palavras ali recolhidas podia ser feita, não à vontade do autor, mas vinte e cinco anos depois. Ficavam só as belezas do discurso; desapareciam os inconvenientes.

E, reparando bem, está aqui o remédio a um dos males que afligem o regime parlamentar: o abuso da palavra. Não é fácil, mas é possível. Basta fazer uma escolha de oradores, um grupo para cada negócio, por ordem; os restantes confiariam ao fonógrafo os discursos que a geração futura escutaria.

No ano de 1913, por exemplo, abriam-se os fonógrafos, com as formalidades necessárias, e os nossos filhos ouviriam a própria voz de algum orador atual discutir o orçamento da receita geral do Império:

E, perguntaria ao nobre ministro, sabe que faleceu o tabelião de Ubatuba? Esse homem padecia de uma afecção cardíaca, mas ia vivendo; tinha mulher e quatro filhos — o mais velho dos quais não passava de sete anos. Note s. ex.ª que o tabelião nem era filho da província; nasceu em Cimbres, e de uma família respeitável; um dos irmãos foi capitão do 7º regimento de cavalaria, e esteve em Itororó; a sua fé de ofício é das mais honrosas que conheço; lê-las-á daqui a pouco; mas, como dizia, o tabelião de Ubatuba ia vivendo, com a sua afecção cardíaca e dois dedos de menos, circunstância esta que lhe tornava ainda mais penoso o escrever, mas à qual se acomodava pela necessidade. A perda de dois dedos originou-se de um fato doméstico, com o qual nada tem esta Câmara, posto que, ainda aí se posso ver um exemplo, não direi raro, mas precioso, das virtudes daquele homem. Chovia, uma das cunhadas do tabelião... Mas eu prefiro chegar ao caso principal, a entrada do Alferes Tobias. Senhores, este alferes...

E deste modo, discursos, que hoje não se leem, chegariam à posteridade com frescura da própria cor do orador. Os jornais do tempo os reproduziriam, os sociologistas viriam lê-los e analisá-los, e assim os linguistas, os cronistas, e outros estudiosos, com vantagem para todos, começando talvez por nós — ingratos!

Boas noites
Gazeta de Notícias, 16 de setembro de 1888

NÃO ME ACHAM ALGUMA DIFERENÇA?

Bons dias!
   Não me acham alguma diferença? Devo estar pálido, levanto-me da cama, e se não fosse a Alfaiataria Estrela do Brasil... quero dizer o xarope Cambará, ainda agora lá estava. Podia contar-lhes a minha doença; para os convalescentes não há prazer mais fino que referir todas as fases da moléstia, as crises, as dores, os remédios; e se o ouvinte vai de bonde, ruminando alguma coisa, então é que a narração nunca mais acaba. Descansem, que não lhes digo o que foi: limito-me a cumprimentá-los.
   E vosmecês, como vão da sua tosse? Provavelmente não perderam o *piquenique* (tenho lido esta palavra escrita ora *pik-nik*, ora *pic-nic*; depois de alguma meditação, determinei-me a escrevê-la como na própria língua dela), nem sessões de câmaras, nem a entrega da Rosa de Ouro a sua alteza imperial. E eu de cama, gemendo, sabendo das coisas pelas folhas. Foi por elas que soube da interpelação do sr. Zama, a qual deu lugar à *Gazeta de Notícias* proferir uma blasfêmia. Dizia ela que direito de interpelação degenera aqui, e chama-lhe válvula.
   A *Gazeta* parece esquecer a teoria dos meios, não estudou bem a climatologia, e finalmente não me consultou, porque eu lhe diria que nada degenera e tudo se transforma. Há lugares onde o quiosque é ocupado por uma mulher que vende jornais; aqui é ocupado por um homem que vende o bom café, a bela pinga e o rico bilhete de loteria. Pode-se chamar a isto de válvula? Note-se que também ali se vendem jornais — o que reforça ainda mais minha asserção.
   Uma hipótese. Pessoa muito entendida em costumes americanos me contou que no Congresso e no Senado dos Estados Unidos, como o melhor trabalho é feito pelas comissões, os oradores (salvo exceções de estilo) apresentam-se com os discursos na mão, leem só o exórdio e o final, e mandam para a Imprensa Nacional os manuscritos. *Time is money.* Os eleitores que os leiam depois. Suponhamos que, transplantado para aqui este costume, os nossos discursos se compusessem só de exórdios e finais, muito compridos ambos; diríamos que era degeneração ou transformação? E, mais que tudo, chamaríamos a isto válvula? Válvula é nome que se diga? Válvula será ela.

Sou assim; não gosto de ver censuras injustas e prefiro os métodos científicos. Há dias, o meu cozinheiro arranjou um prato de mil diabos, e mandando eu chamá-lo, censurei-o asperamente. Ele sorriu cheio de piedade, e disse-me, com um tom que nunca mais me há de esquecer:

— V. ex.ª fala mal deste arroz porque não conhece os métodos científicos.

Tanto mais me espantou esta resposta, quanto que sempre o vi a ler um velho romance *Oscar e Amanda*, ou *Amanda e Oscar*; e não é dali que ele tira os métodos.

Vamos adiante — ou melhor, vamos ao fim, porque só este pequeno esforço me está transtornando a cabeça. Assunto não me falta, mas os convalescentes devem ser prudentes, se quiserem rimar consigo. Creio que fiz algumas censuras; aqui vai um elogio. Nem eu sou pessoa que negue a verdade das coisas, quando as vejo bem ajustadas.

Sabem do banquete dado pelo internúncio aos bispos brasileiros e à embaixada pontifícia. Vi escrito no *menu* que se publicou, entre outros pratos, o *punch à la Romaine*... Oh! bem cabida coisa! Conheço esse excelente *punch* de outras mesas, em que foi sempre hóspede, por serem elas profanas. Ali, sim, ali é que ele esteve bem, perfeitamente bem. Tudo era ali romano, o internúncio, a embaixada e os bispos católicos. *Punch à la Romaine* calhou. Porque é preciso que lhes diga, e sem ofensa da unidade italiana: quando se fala em Roma, só me lembro da Roma papal; também me lembro da Roma antiga; a Roma do sr. Crispi é que me não acode logo. Há de acudir mais tarde. Nenhuma Roma se faz num dia.

Boas noites
Gazeta de Notícias, 6 de outubro de 1888

A Agência Havas acaba de comunicar

Bons dias!

A Agência Havas acaba de comunicar aos habitantes desta leal cidade, que o imperador Guilherme II visitou Pompeia, e foi muito aclamado. Não confundam essa Pompeia com o nosso Raul; este, vi-o hoje na igreja do Sacramento, e com certeza não foi o visitado. A Pompeia do telegrama é a velha cidade que o Vesúvio entupiu em 79, e foi descoberta em 1750.

Singular fortuna, a do atual imperador da Alemanha! Até os mortos o aclamam. Os esqueletos, se ainda os há, as velhas armas romanas, as trípodes, as colunas, os banheiros, as lâmpadas, as paredes, os mosaicos, tudo o que por lá resta do mundo antigo compreendeu que ali estava o árbitro dos tempos, e tudo se inclinou e bradou: *Viva o imperador!* Pode ser que até falassem em alemão.

Bulwer Lytton, como se sabe, escreveu um romance sobre os últimos dias daquela cidade e fez uma bela reconstrução da antiga vida elegante. Os que gostam dessas arqueologias, embora em romances, relembram com prazer as primeiras e alegres palavras do livro: "Olá, Diomedes, foi bom encontrar-te! Vais cear hoje à casa de Glauco?" — "Não, meu querido Cláudio, não fui convidado. Por Pólux! Pregou-me uma boa peça! Dizem que as ceias dele são as melhores de Pompeia". E a majestosa Ione! e a linda escrava Nídia! Depois aquele final terrível do Vesúvio...

Têm ido a Pompeia príncipes e reis. O nosso imperador também lá esteve, creio eu; mas o que era morto, morto ficou. Só um homem na terra teve o condão de restituir a fala do extinto. Singular fortuna a do jovem imperador da Alemanha! Os perfumes que se supunham esvaídos, começaram a desprender-se novamente das caçoulas; e as próprias eras mortas, que eram as Borghi-Mammos daquela sociedade, acharam nos ecos da Campânia as notas da música moderna para saudar o imperador. *Lebehoch! Lebehoch!*

Pode bem ser que Pompeia supusesse ver nele o antigo Tito. Esse morreu (e Deus o tenha lá muitos anos sem mim); mas nada obsta que o recente e germânico imperador chegue a imitar o antigo latino. Tem força, basta-lhe vontade. Há quem diga que estas duas coisas são sinônimas; não entro na questão; fiquemos na augusta necrópole.

Quer me parecer (a Agência Havas não o disse); quer me parecer que o imperador alemão, ouvindo falar a cadeira de bronze em que talvez se sentou Plínio, e o leito em que se estirou Diomedes, contou os séculos passados e mirou o sr. Crispi, companheiro de Félix Pyat no exílio, agora ministro de um grande Estado, e disse consigo: "Tudo passa; já lá o dizia um poeta brasileiro, Gonzaga, creio eu; e, antes dele, Horácio, e entre um e outro muitos poetas também lá vão: *Eheu! fugaces... Minha bela Marília, tudo passa... Delfim, meu caro Delfim, com que ligeiro...* etc. etc."

Saindo do reino dos vivos, o imperador deu com os Napoleões brigados, pai e filho, tão cheios de ódio que nem o casamento de uma Bonaparte os uniu por instantes. É assim mesmo, disse ele consigo; viva a razão de Estado!

Pela minha parte, ao contrário dos outros homens, não quisera ser príncipe, menos ainda imperador ou rei. É caro. Primeiramente, causa invejas; depois obriga a malquerer, quando o pede a felicidade geral da nação. Antes ser flor de maio virgem, tão coberta pela ramagem, que nem o vento a deite em terra... Meu Deus! Como estou poético! As belas imagens saem-me da boca já feitas, à maneira da fotografia instantânea, tudo por causa da Agência Havas.

— Olá, Diomedes, vais cear hoje à casa de Glauco? Traduzido em vulgar:

— Ó Pimenta, vais hoje ao bródio do nosso visconde?

— Homem, não sei... *Peut-être oui...* Vou, vou... Há madamismo?

Por Pólux! Parece a mesma coisa, mas não é a mesma coisa. No meio está o Vesúvio.

Boas noites
Gazeta de Notícias, 21 de outubro de 1888

Vive a galinha com a sua pevide

Bons dias!
    Vive a galinha com a sua pevide. Vamos nós vivendo com a nossa polícia. Não será superior, mas também não é inferior à polícia de Londres, que ainda não pôde descobrir o assassino e estripador de mulheres. E dizem que é a primeira do universo. O assassino, para maior ludíbrio da autoridade, mandou-lhe cartões pelo correio.
    Eu, desde algum tempo, ando com vontade de propor que aposentemos a Inglaterra... Digo, aposentá-la nos nossos discursos e citações. Neste particular, tivemos a princípio a mania francesa e revolucionária; folheiem os *Anais* da constituinte, e verão. Mais tarde ficou a França constitucional e a Inglaterra: os nomes de Pitt, Russell, Canning, Bolingbrook, mais ou menos intatos, caíram da tribuna parlamentar. E frases! e máximas! Até 1879, ouvi proclamar cento e dezenove vezes este aforismo inglês: "A Câmara dos comuns pode tudo, menos fazer de um homem uma mulher, ou vice-versa".
    — Justamente o que a nossa Câmara faz, quando quer — dizia eu comigo.
    Pois bem, aposentemos agora a Inglaterra; adotemos a Irlanda. Basta advertir que, há pouco tempo, lá estiveram (ou ainda estão) vinte e tantos deputados metidos em enxovia, só por serem irlandeses. Nenhum dos nossos deputados é irlandês; mas se algum vier a sê-lo, juro que será mais bem tratado. E, comparando tanta polícia para pegar deputados com tão pouca para descobrir um estripador de mulheres, folgazão e científico, a conclusão não pode ser senão a do começo: — Viva a galinha com a sua pevide...
    Aqui interrompe-me o leitor: — Já vejo que é nativista! E eu respondo que não sei bem o que sou. O mesmo me disseram anteontem, falando-se do projeto do meu ilustre amigo senador Taunay. Como eu dissesse que não aceitava o projeto integralmente, alguém tentou persuadir-me que eu era nativista. Ao que respondi:
    — Não sei bem o que sou. Se nativista é algum bicho feio, paciência; mas, se quer dizer exclusivista, não é comigo.
    Não se pode negar que o sr. senador Taunay tem o seu lugar marcado no movimento imigracionista, e lugar eminente; trabalha, fala, escreve, dedica-se de coração, fundou uma sociedade, e luta por algumas grandes reformas.
    Entretanto, a gente pode admirá-lo, sem achar que este último projeto seja inteiramente bom. Uma coisa boa que lá está, é a grande naturalização. Não sei se ando certo, atribuindo àquela palavra o direito do naturalizado a todos os cargos públicos. Pois, senhor, acho acertado. Com efeito, se o homem é brasileiro e apto, por que não será tudo aquilo que podem ser outros brasileiros aptos? Quem não concordará comigo (para só falar de mortos), que é muito melhor ter como regente, por ser ministro do Império, um Guizot ou um Palmerston, do que um ex-ministro (Deus lhe fale na alma!) que não tinha este olho?

Mas o projeto traz outras coisas que bolem comigo, e até uma que bole com o próprio autor. Este faz propaganda contra os chins; mas, não havendo meio legal de impedir que eles entrem no Império, aqui temos nós os chins, em vez de instrumentos de trabalho, constituídos em milhares de cidadãos brasileiros, no fim de dois anos, ou até de um. Excluí-los da lei é impossível. Aí fica uma consequência desagradável para o meu ilustre amigo.

Outra consequência. O digno senador Taunay deseja a imigração legal em larga escala. Perfeitamente. Mas, se o imigrante souber que, ao cabo de dois anos, e em certos casos ao fim de um, fica brasileiro à força, há de refletir um pouco e pode não vir. No momento de deixar a pátria, ninguém pensa em trocá-la por outra; todos saem para arranjar a vida.

Em suma — e é o principal defeito que lhe acho —, este projeto afirma de um modo estupendo a onipotência do Estado. Escancarar as portas, sorrindo, para que o estranho entre, é bom e necessário; mas mandá-lo pegar por dois sujeitos, metê-lo à força dentro de casa, para almoçar, não podendo ele recusar a fineza, senão jurando que tem outro almoço à sua espera, não é coisa que se pareça com liberdade individual.

Bem sei que ele tem aqui um modo de continuar estrangeiro: é correr, no fim do prazo, ao seu consulado ou à Câmara municipal, declarar que não quer ser brasileiro, e receber um atestado disso. Mas, para que complicar a vida de milhares de pessoas que trabalham, com semelhante formalidade? Além do aborrecimento, há vexame — vexame para eles e para nós, se o número de recusantes for excessivo. Haverá também um certo número de brasileiros por descuido, por se terem esquecido de ir a tempo cumprir a obrigação legal. Esses não terão grande amor à terra que os não viu nascer. Lá diz são Paulo, que não é circuncisão a que se faz exteriormente na carne, mas a que se faz no coração.

O sr. Taunay já declarou, em brilhante discurso, que o projeto é absolutamente original. Ainda que o não fosse, e que o princípio existisse em outra legislação, era a mesma coisa. O Estado não nasceu no Brasil; nem é aqui que ele adquiriu o gosto de regular a vida toda. A velha República de Esparta, como o ilustre senador sabe, legislou até sobre o penteado das mulheres; e dizem que em Rodes era vedado por lei trazer a barba feita. Se vamos agora dizer a italianos e alemães que, no fim de um ou dois anos, não são mais alemães nem italianos, ou só poderão sê-lo com declaração escrita e passaporte no bolso, parece-me isto muito pior que a legislação de Rodes.

Desagravar a naturalização, facilitá-la e honrá-la, e, mais que tudo, tornar atraente o país por meio de boa legislação, reformas largas, liberdades efetivas, eis aí como eu começaria o meu discurso no Senado, se os eleitores do Império acabassem de crer que os meus quarenta anos já lá vão, e me incluíssem em todas as listas tríplices. Era assim que eu começaria o discurso. Como acabaria, não sei; talvez nos braços do meu ilustre amigo.

Boas noites
Gazeta de Notícias, 28 de outubro de 1888

Há anos por ocasião do Movimento Ester de Carvalho

Bons dias!

Há anos por ocasião do Movimento Ester de Carvalho, aquela boa atriz que aqui morreu, lembra-me haver lido nos jornais um pequenino artigo anônimo. Nem se lhe podia chamar artigo; era uma pergunta nua e seca. O numeroso partido da atriz estava em ação; havia palmas, flores, versos, longas e brilhantes manifestações públicas. E então dizia a pergunta anônima: "Por que não aproveitaremos este Movimento Ester de Carvalho para ver se alcançamos o fechamento das portas?"

A pergunta tinha um ar esquisito, à primeira vista: mas, era a mais natural do mundo. Entretanto não se fez nada por dois motivos, um fácil de entender, que era a absorção do pensamento em um só assunto. A alma não se divide. A questão do fechamento das portas era exclusiva, pedia as energias todas, inteiras, constantes, lutando dia por dia.

A segunda razão é que há anos e há séculos de revoluções e transformações. Para o caso de que se trata não era preciso o século, mas o ano era indispensável. Entre a vinda de Jesus e a morte de César há pouco mais de quarenta anos: e a Revolução Francesa chegou à Bastilha depois de feita nos livros e iniciada nas províncias, desde os albores do século XVIII.

Aqui o caso era de um ano, o mesmo que viu a extinção da escravidão. Todas as liberdades são irmãs; parece que, quando uma dá rebate, as outras acodem logo.

Aí temos explicado o movimento atual, que, em boa hora, vai sendo praticado em paz e harmonia. Note-se bem que o movimento outrora tinha um caráter meio duvidoso; pedia-se o fechamento das portas aos domingos. O domingo, só por si, sem mais nada, é um dia protestante; e o movimento, limitando o descanso a esse dia, como que parecia inclinar à igreja inglesa. Daí esta frieza do clero católico. Agora, porém, a plataforma (se me é lícito dizer uma palavra que pouca gente entende) abrange os domingos e dias santos. Deste modo não se pede só o dia do Senhor, mas esse e os mais que o rito católico estabelece em honra dos grandes mártires ou heróis da fé, e dos fastos da Igreja desde os primitivos tempos.

Seguramente, há maior número de dias vagos, mas o trabalho dos outros compensará os perdidos; por esse lado, não vejo perigo. Pode dar-se também que a definição das férias se estenda um pouco mais, pelo tempo adiante. Por exemplo, o dia 2 de novembro é feriado ou não? Vimos este ano duas opiniões opostas, a do Senado e a da Câmara. O Senado declarou que era, e não deu ordem do dia; a Câmara entendeu que não era, e deu ordem do dia. Foi o mesmo que não desse, é verdade, porque lá não apareceu ninguém; mas a opinião ficou assentada. O Senado comemora os defuntos, a Câmara não. Talvez a Câmara não deseje lembrar o próximo fim dos seus dias. O Senado, embalsamado pela vitaliciedade, pode entrar sem susto nos cemitérios. Não é a lei que o há de matar.

Pois bem, ainda nesses casos o acordo é possível entre caixeiros e patrões; fechem as portas ao meio-dia. Os patrões e os rapazes irão de tarde aos cemitérios.

Noto, e por honra de todos, que não tem havido distúrbios nem violências. Há dias, é certo, um grupo protestou contra uma casa do largo de São Francisco de Paula, que estava aberta; mas quem mandou fechar as portas da casa não foi o grupo, foi o subdelegado. Tem havido muita prudência e razão. O próprio ato do subdelegado, olhando-se bem para ele, foi bem feito. Já lá dissera Musset estas palavras: *"Il faut qu'une porte soit ouverte ou fermée".* Não podendo estar abertas as da loja de grinaldas, foi muito melhor fechá-las. "É assim que eu gosto dos médicos especulativos", dizia um personagem de Antônio José.

Não sei se tenho mais alguma coisa que dizer. Creio que não. A questão chinesa está absolutamente esgotada; tão esgotada que, tendo eu anunciado por circular manuscrita que daria um prêmio de conto de réis a quem me apresentasse um argumento novo, quer a favor, quer contra os chins, recebi carta de um só concorrente, dizendo-me que ainda havia um argumento científico, e era este: "A criação animal decresce por este modo: — *o homem, o chim, o chimpanzé...*" Como veem, é apenas um *calembour*; e se não houvesse *calembour* no Evangelho e com Camões, era certo que eu quebrava a cara ao autor; limitei-me a guardar o dinheiro no bolso.

Boas noites
Gazeta de Notícias, 10 de novembro de 1888

Agora acabou-se!

Bons dias!

Agora acabou-se! Já se não pode contar um caso meio trágico em casa de família, que não digam logo vinte vozes:

— Já sei, outra mme. Torpille!

— Perdão, minha senhora, eu vi o que lhe estou contando. O homem não tinha pés nem cabeça...

— Mas tinha uma cruz latina no peito.

— Isso não sei, pode ser. A senhora sabe se trago também alguma cruz latina ao peito? Pois saiba que sim... Olhe, a cruz latina também figurou agora na revolução dos rapazes de Pernambuco; a diferença é que não era no peito que eles a levavam, mas às costas. Por falar em latim, sabem que Cícero...

Aqui não houve mais retê-las; todas voaram, umas para as janelas, outras para os pianos, outras para dentro; fiquei só, peguei no chapéu e vim ter com os meus leitores, que são sempre os que pagam as favas.

E, prosseguindo, digo que o velho Cícero escreveu uma coisa tão certa, que até eu, que não sei latim, só por vê-la traduzida em sueco, entendi logo o que vinha a ser, e é isto: "*Grata populo est tabella...*" Em português: "O voto secreto agrada ao povo, porque lhe dá força para dissimular o pensamento e olhar com firmeza para os outros".

Ora bem, este voto secreto, que me é tão grato, quer o nosso ilustre senador Cândido de Oliveira arrancá-lo ao eleitor, no projeto eleitoral que apresentou ao Senado. Note-se que foi justamente por ser secreto o voto, que eu, embora conservador, votei em s. ex.ª para a lista tríplice. Não gostei da chapa do meu partido, e disse comigo: — Não, senhor; voto no Cândido, no Afonso e no Alvim. Quando mais tarde o Cruz Machado (visconde do Serro Frio) me falou na eleição, declarei-lhe que ainda uma vez levara às urnas a lista da nossa gente. Era mentira; mas para isso mesmo é que vale o voto secreto.

S. ex.ª quer o voto público. Há de ser escrito o nome do candidato em um livro com a assinatura do eleitor (art. 3º §1º). Concordo que este modo dá certa hombridade e franqueza, virtudes indispensáveis. É fora de dúvida que, com o voto público, o caixeiro vota no patrão, o inquilino no dono da casa (salvo se o adversário lhe oferecer outra mais barata, o que é ainda uma virtude, a economia), o fiel dos feitos vota no escrivão, os empregados bancários votam no gerente, e assim por diante. Também se pode votar nos adversários. Mas, enfim, nem todos são aptos para a virtude. Há muita gente capaz de falar em particular de um sujeito, e ir publicamente com ele. São temperamentos.

Se as nossas eleições fossem sempre impuras, vá que viesse aquela disposição no projeto; mas é raro que a ordem e a liberdade se não deem as mãos diante das urnas. Uma eleição entre nós pode ser aborrecida, graças ao sistema de chamadas nominais, que obriga a gente a não arredar o pé da seção em que vota; mas são em geral boas. E depois, se o voto secreto já fez algum bem neste nosso pequeno mundo, por que aboli-lo?

Bem sei tudo o que se pode de bem e de mal acerca do voto secreto. Em teoria, realmente, o público é melhor. A questão é que não permite o trabalhinho oculto, e, mais que tudo, obsta a que a gente vote contra um candidato, e vá jantar com ele à tarde, por ocasião da filarmônica e dos discursos.

Voto público e muito público; foi o que aquela linda duquesa de Cavendish alcançou, estando a cabalar por um parente; parou dentro do carro à porta de um açougueiro e pediu-lhe o voto. O açougueiro, que era do partido oposto, disse-lhe brincando:

— Votarei, se vossa senhoria me der um beijo.

E a duquesa, como toda a gente sabe, estendeu-lhe os lábios, e ele depositou ali um beijinho, que já agora é melhor julgar que experimentar. Neste sentido, todos somos açougueiros. Tais votos são mais que públicos. Complete s. ex.ª o seu projeto, estabelecendo que as candidaturas só poderão ser trabalhadas por mulheres, amigas do candidato, devendo começar pelas mais bonitas, e está abolido o voto secreto. O mais que pode acontecer é a gente faltar a nove ou dez pessoas, se a vaga for só uma; mas creia s. ex.ª que não há beijo perdido.

Tinha outra coisa a dizer acerca do projeto, ou antes, que perguntar a s. ex.ª, mas o tempo urge.

Há uma disposição, porém, que não posso deixar de agradecer desde já; é a abolição do 2º escrutínio, saindo deputado com os votos que tiver; maioria relativa, em suma. Tem um distrito 1.900 eleitores inscritos; compareçam apenas 104; eu obtenho 20 votos, o meu adversário 19, e os restantes espalham-se por diferentes nomes. Entro na Câmara nos braços de vinte pessoas. Há famílias mais numerosas, mas muito menos úteis.

Boas noites
Gazeta de Notícias, 18 de novembro de 1888

Nunca tirei o chapéu com tanta melancolia

Bons dias!

Nunca tirei o chapéu com tanta melancolia. Tudo é triste em volta de nós. A própria risada humana parece um dobre de finados. Creio que somos chegados ao fim dos tempos.

Não faltam banquetes, é verdade; mas, pergunto eu, que é que se come nesses banquetes, estando tudo falsificado? Eu, se tivesse de dar programa aos republicanos, lembrava-lhes, entre outros artigos, a chanfana de Esparta. Está sabido que as comidas finas andam eivadas de morte ou de moléstia. Eu já pouco como; dois ou três dedos da Aurora, uma fatia de coxa de Davi, frutos de sabedoria, alguns braços da lavoura, eis o meu jantar. Manteiga, nem por sombra; consolo-me da falta, lendo estes versos de Nicolau Tolentino:

> Bota o cordão, *Manteiga*, agarra tudo.
> E sentido! não saltem da janela.

Mas, como se não bastasse a falsificação dos comestíveis, temos as mortes súbitas, os tiros com ou sem endereço, a peste dos burros, a seca do Ceará, vários desaparecimentos, e, porventura, algum harém incipiente seja onde for... mas isto agora entende com a liberdade dos cultos, projeto que está pendente na Câmara. Não é que o harém seja templo, mas é um artigo de religião muçulmana. Demais, enquanto vir na rua dos Inválidos uma casa, que se parece tanto com casa, como eu com o leitor, e na fachada da qual está escrito: *Igreja evangélica*, vou acreditando que o projeto do Senado pode esperar.

Já agora fico triste de uma vez, e digo que é muito melhor infringir a lei que reformá-la. Onde é que está a tristeza disso? Não sei; escrevi *triste*, como podia escrever *alegre* ou *polca*. A minha pena parece-se com um cachorrinho que me doaram; quando lhe dá para correr, tão depressa está em casa como nas pontas da lua. Não tem juízo esta pena. Não obedece a posturas, nem às leis, nem a nada; ainda, desanda, tresanda. Creiam-me; não me faltam ideias sublimes; falta-me pensar como que as fixe no papel. Agora mesmo, surgira-me cá dentro uma elegia a propósito dos burros doentes; mas a pena segreda-me que depois da elegia de José Telha, está tudo dito; o melhor é deixá-los penar.

Resta-me sempre um assunto, não por falta de outro, mas por ser fecundo em reflexões graves; é raro achar um homem menos dado a pilhérias do que eu. Eu prefiro sempre um coveiro a Molière, e nenhum orador aprecio tanto como o que me mete logo na sepultura desde o exórdio. O cipreste é a minha árvore de predileção. As rosas, por isso que pedem a alegria, acho-as insuportáveis. Eu, se fosse Nero ou Calígula, mandava cortar a cabeça a todas as bandas de música jovial. Desconfio do homem que ri; é uma onça disfarçada; é, quando menos, um gato-ruivo.

O assunto é fechamento das portas. Escrevo o título da coisa, sem acreditar que ele exprima a coisa. Mas, em suma, é assim que se escreve. Digo que este assunto dá lugar a reflexões graves, porque vem de longe, e é um documento vivo de que as campanhas pacíficas são as menos sangrentas. Todos os dias leio declarações de patrões que concordam em fechar as casas; e vão todos por classe.

Uma senhora ingênua, quando há tempo houve um barulho na rua, por causa de portas abertas, ao ler que um ferido foi levado à farmácia, perguntou-me:

— Mas se as portas das farmácias já estivessem fechadas?

Respondi a esta senhora que mui provavelmente não haveria barulho nem ferido, pois que as boticas (como se dizia até 1860) serão naturalmente as últimas que fecharão as portas. Nada impede até que haja algumas exceções na medida geral. Também se adoece aos domingos. Aqui está quem já escapou de morrer pela Páscoa.

Que este movimento liberal e generoso assuste a alguns, é natural. Assim é que um amigo meu, negociante de trastes velhos, dizia-me há dias que talvez chegasse o tempo em que ele e os colegas tenham de fazer um movimento igualmente liberal para obter a abertura de portas, aos sábados, por exemplo. A reflexão é grave, como se vê, mas nem por isso há de atar as mãos ao atual movimento. Façam primeiro 89; os ferros-velhos que tragam o 18 Brumário.

Boas noites
Gazeta de Notícias, 25 de novembro de 1888

Posso aparecer?

Bons dias!
Posso aparecer? Creio que agora está tudo sossegado. Enquanto houve receio de alguma coisa, não pus o nariz, quanto mais as manguinhas, de fora. Não, meus amigos, o grande fenômeno de longevidade não se obtém expondo-se a gente à bordoeira de um e outro lado. Se não houvesse jornais, que nos dão notícias, vá; e ainda assim um criado podia ir saber das coisas, e, se corresse sangue, corria o dele. Quando eu nasci, existia já este adágio: morrer por morrer, morra meu pai que é mais velho. Não digo que seja a última expressão da piedade filial; mas não há dúvida que sai das entranhas. E para morrer, qualquer pessoa, um criado, um vizinho, um cocheiro — em último caso, uma mulher — qualquer pessoa é pai.

Não se cuide que estive em casa vadio. Aproveitei a folga obrigada para compor uma obra, que espero seja útil ao meu país — ou, quando menos, a alguns compatriotas de boa vontade.

Vi publicado um *Orador popular*, ou coisa que o valha, contendo discursos prontos para todas as ocorrências e comemorações da vida — batizado, enterro, aniversário, entrega de uma comenda, despedida de um juiz de direito, casamento e outras muitas coisas, que podem aparecer. Lembrou-me então fazer uma imitação do livro, aplicada à política: *O orador parlamentar*.

É sabido que, se Deus dá o frio conforme a roupa, não faz o mesmo com as ideias; há pessoas bem-enroupadas e pouco *ideiadas*. Trinta coletes nem sempre supõem um silogismo. Entretanto, como tais coletes podem entrar nas câmaras, é bom pregar-lhes, em vez de botões, discursos. Aqui parece que faço confusão misturando ideias com discursos, coisas que, muita vez, andam separadas; mas é engano. Eu dou as ideias e o modo de as dizer.

O livro está a sair. O meu editor não queria admitir que publicasse nenhum trecho; mas alcancei dar dois, e aqui vão. São dois discursos, ambos para a resposta à fala do trono.

O primeiro destina-se ao orador oposicionista; o segundo ao ministerial:

Oposicionista:
Sr. presidente. Serei curto, porque é bem curta a vida que nos reserva o Ministério. Quando esses sete homens que aí estão cavando as ruínas da pátria, trancam os ouvidos às lamentações de uns, aos brados de outros, e às dores de todos, pouca vida nos resta; não há pensar senão na morte e na eternidade.

Entretanto, como há no nosso país um cantinho, a que sou particularmente afeiçoado — o (*aqui o número*) distrito da nobre província (*o nome da província*), não quero que se diga que, nesta hecatombe de todos os princípios e de todos os homens, deixei de implorar do Ministério alguma piedade, um pouco de misericórdia para aqueles que aqui me mandaram.

Não é debalde, sr. presidente, que *proletários* rimam com *argentários*; rimam na escritura e na política (*aqui convém percorrer os olhos pela Câmara, limpando os beiços*). E por que rimam? Rimam, porque uns e outros são, por assim dizer, os pobres corcéis que puxam o carro do Estado. O Ministério, entretanto, concebeu a singular ideia de fazer puxar o carro, cujo governo se lhe confiou, unicamente por um daqueles nobres animais...

UMA VOZ (provável). — Como os bondinhos da Lapa.

O ORADOR. — Os argentários dominam no meu distrito; todos os eleitores de poucos meios são postos à margem. O Ministério fez agora uma derrama de graças. A quem aproveitou esse ato de magnificência? Aos de bolsas grandes e cheias. Nenhum cidadão pobre, embora de altos serviços ao Estado, mereceu uma distinção qualquer. O governo não os conhece; e por que os não conhece? Porque os não pode corromper; eles receberiam a graça com a altivez de cidadãos que só têm um caminho, o da honra. E (*di-lo-á bem alto*) a honra destes tempos calamitosos está onde não estiverem o governo e os seus amigos!

MINISTERIAL:

Sr. presidente. Não venho trazer ao governo senão o apoio que dá ao patriotismo; venho repetir-lhe o que a nação inteira brada pela voz dos seus melhores filhos: avante!

Não sou dos que frequentam a tribuna; conheço que me faltam os méritos necessários; pouco tempo aqui estarei. Vou cedê-la aos grandes luminares desta casa, às vozes sublimes daqueles que (*aqui mais grosso*), como o profeta Isaías, contam as visões que tiveram aos homens que os escutam.

Entendo, sr. presidente, que a oposição segue caminho errado; o tempo não é de recriminações, o tempo é de salvar a pátria. A oposição não saiu ainda das generalidades; fatos, provas, não apresenta, nem apresentará nunca; pelo menos enquanto os nobres ministros merecerem o apoio do país.

É vezo antigo tudo esperar do governo; e daí vem acusá-lo quando ele não nos dá o sol e a chuva; mas os tempos vão passando, e a justiça se irá fazendo. Senhores, a história é a mestra da vida, dizia Cícero, se me não engano; ele nos mostra que nenhum governo deixou de ser acusado. Dou o meu apoio ao atual, enquanto marchar nas veredas da justiça e do patriotismo. Será fraco apoio, mas sincero e puro. Tenho concluído.

Não são dos melhores do livro, mas são bons. Há também para as discussões do orçamento, em que o orador pode tratar da farmácia e da astronomia.

Fiz até uma inovação. Até aqui a rolha era um simples pedido de encerramento. Eu enfeitei a rolha:

> Sr. presidente. Os ilustres oradores, tanto do governo como da nobre oposição, já esclareceram bastante a matéria; peço à Câmara um sacrifício à pátria: o encerramento.

O livro será exposto amanhã. Um só volume, in 8º, de ix-284 páginas, vi de índice, preço 2$400.

Boas noites
Gazeta de Notícias, 17 de dezembro de 1888

Cuidava eu que era o mais precavido dos meus contemporâneos

Bons dias!
    Cuidava eu que era o mais precavido dos meus contemporâneos. A razão é que saio sempre de casa com o *Credo* na boca, e disposição feita de não contrariar as opiniões dos outros. Quem talvez me vence nisto era o visconde de Abaeté, de quem se conta que, nos últimos anos, quando alguém lhe dizia que o achava abatido:
    — Estou, tenho passado mal — respondia ele.
    Mas se, vinte passos adiante, encontrava outra pessoa que se alegrava com vê-lo tão rijo e robusto, concordava também:
    — Oh! agora passo perfeitamente.
    Não se opunha às opiniões dos outros; e ganhava com isto duas vantagens. A primeira era satisfazer a todos, a segunda era não perder tempo.
    Pois, senhores, nem o ilustre brasileiro nem este criado do leitor, éramos os mais precavidos dos homens. Há dias, a gente que saía de uma conferência republicana foi atacada por alguns indivíduos; naturalmente, houve pancadas, pedradas, ferimentos, recorrendo os atacados aos apitos, para chamar a polícia, que acudiu prestes. Pouco antes, dois soldados brigaram com o cocheiro ou condutor de um bonde, atracaram-se com ele, os passageiros intervieram, e, não conseguindo nada, recorreram aos apitos, e a polícia acudiu.
    Estes apitos retinem-me ainda agora no cérebro. Por Ulisses! Pelo artificioso e prudente Ulisses! Nunca imaginei que toda a gente andasse aparelhada desse instrumento, na verdade útil. Os casos acima apontados são diferentes, as circunstâncias diferentes, e diferentes os sentimentos das pessoas; não há uma só analogia entre os dois tumultos, exceto esta: que cada

cidadão trazia um apito no bolso. É o que eu não sabia. Afigura-se-me ver um pacato dono de casa, prestes a sair, gritar para a mulher:
— Florência, esqueci-me da carteira, está em cima da secretária.
Ou então:
— Florência, vê se há charutos na caixa, e atira-me alguns.
Ou ainda:
— Dá-me um lenço, Florência?
Mas nunca imaginei esta frase:
— Florência, depressa, dá cá o apito!

Não há negá-lo, o apito é de uso geral e comum. Uso louvável, porque a polícia não há de adivinhar os tumultos, e este modo de a chamar é excelente, em vez das pernas, que podem levar o dono não ao corpo da guarda, mas a um escuro e modesto corredor. Vou comprar um apito.

Creiam que é por medo dele que não escrevo aqui duas linhas em defesa de um defunto dos últimos dias, o carrasco de Minas Gerais, pobre-diabo, que ninguém defendeu, e que uma carta de Ouro Preto disse haver exercido o seu *desprezível* ofício desde 1835 até 1858.

Fiquei embatucado com o *desprezível* ofício do homem. Por que carga d'água há de ser *desprezível* um ofício criado por lei? Foi a lei que decretou a pena de morte; e, desde Caim até hoje, para matar alguém é preciso alguém que mate. A bela sociedade estabeleceu a pena de morte para o assassino, em vez de uma razoável compensação pecuniária aos parentes do morto, como queria Maomé. Para executar a pena não se há de ir buscar o escrivão, cujos dedos só se devem tingir no sangue do tinteiro. Usamos empregar outro criminoso.

Disse então a bela sociedade ao carrasco de Minas, com aquela bonomia, que só possuem os entes coletivos: "Você fez já um bom ensaio matando sua mulher; agora assente a mão em outras execuções, e acabará fazendo obra perfeita. Não se importe com mesa e cama; dou-lhe tudo isso, e roupa lavada: é um funcionário do Estado".

Deus meu, não digo que o ofício seja dos mais honrosos; é muito inferior ao do meu engraxador de botas, que por nenhum caso chega a matar as próprias pulgas; mas se o carrasco sai a matar um homem, é porque o mandam. Se a comparação se não prestasse a interpretações sublimes, que estão longe da minha alma, eu diria que ele (carrasco) é a última palavra do código. Não neguem isto, ao menos, ao patife Januário — ou Fortunato, como outros dizem.

Em todo caso, não apitem, porque eu ainda não comprei apito, e posso responder que tudo isto é brincadeira, para passar os tempos duros do verão.

Boas noites
Gazeta de Notícias, 27 dezembro de 1888

Eu, se fosse gatuno, recolhia-me à casa

Bons dias!
    Eu, se fosse gatuno, recolhia-me à casa, abria mão do vício tão hediondo, e ia estudar o hipnotismo. Uma vez amaestrado, saía à rua com um ofício honesto, e passava o resto dos meus dias comendo tranquilamente sem remorsos nem cadeia.
    Foi o que fiz agora sem ser gatuno; gastei onze dias metido no estudo desta ciência nova. Tivesse a menor inclinação a ratoneiro, e nunca mais iria às algibeiras dos outros, aos quintais, às *vitrines*, nem ao famoso *conto do vigário*. Faria estudos práticos da ciência.
    Dava, por exemplo, com um homem gordo, suíças longas, barba e queixo raspados, olhos vivos, e lesto, e dizia comigo: — Este é o visconde de Figueiredo. Metia-o por sugestão no primeiro corredor, ele mesmo fechava a porta, por sugestão, e eu dizia-lhe, como Gassner, que empregava o latim nas suas aplicações hipnóticas:
    — *Veniat agitatio brachiorum.*
    O visconde agitava os braços. Eu, em seguida, bradava-lhe:
    — Dê-me v. ex.ª as notas que tiver no bolso, o relógio, os botões de ouro e qualquer outra prenda de estimação.
    S. ex.ª desfazia-se de tudo paulatinamente; eu ia recebendo devagar; guardado tudo, dizia-lhe com persuasão e força:
    — Agora mando que se esqueça de tudo, que passe alguns minutos sem saber onde está, que confunda esta rua com outra; e só daqui a uma hora vá almoçar no *restaurant* de costume, à cabeceira da mesa, com seus habituais amigos.
    Depois, à maneira do mesmo velho Gassner, fechava a experiência em latim:
    — *Redeat ad se!*
    S. ex.ª tornava a si; mas já eu ia na rua, tranquilo, enquanto ele tinha de gastar algum tempo, explicando-se, sem consegui-lo.
    Seriam os meus primeiros estudos práticos; mas imagine-se o que poderia sair de tais estreias. Casas de penhores, ourives, joalharias. Subia ainda; ia aos tribunais ganhar causas, ia às câmaras legislativas obter votos, ia ao governo, ia a toda parte. De cada negócio (e nisto poria o maior apuro científico), compunha uma longa e minuciosa memória, expondo as observações feitas em cada paciente, a maior ou menor docilidade, o tempo, os fenômenos de toda a espécie; e por minha morte deixaria esses escritos ao Estado.
    Por exemplo, este caso das meninas envenenadas de Niterói —... Estudaria aquilo com amor; primeiro o menino que aviou a receita. Indagaria bem dele se era menino ou boticário. Ao saber se era só menino, mas com cinco anos e a graça de Deus, esperava chegar a boticário, e, talvez, a médico da roça — mostrar-lhe-ia que a fortuna protege sempre os nobres esforços do homem; e assim também que, para salvar mil criaturas, é preciso ter matado cinquenta, pelo menos. Em seguida, tendo lido que o vidro do remédio fora mandado esconder por um facultativo, achá-lo-ia, antes da polícia, por meio

hipnótico; e este era o meu negócio. Exposto o vidro, na rua do Ouvidor, a dois tostões por pessoa... É verdade que tudo poderia já estar esquecido, ou por causa do assassinato do Catete, ou até por nada.

Tudo feito, chegaria a morrer um dia, e mui provavelmente são Pedro, chaveiro do céu, não me abriria as portas por mais que lhe dissesse que os meus atos eram puras experiências científicas. Contar-lhe-ia as minhas virtudes; ele abanaria a cabeça. Pois aí mesmo aplicaria o novo processo.

— *Veniat agitatio brachiorum.*

São Pedro, mestre dos mestres na língua eclesiástica, obedeceria prontamente à minha intimação hipnótica, e agitaria os braços. Mas como, então, não via nada, eu passaria para o lado de dentro; e logo que lhe bradasse de dentro: — *Redeat ad se*, ele acordaria e me perdoaria em nome do Senhor, desde que transpusera o limiar do céu. Esta é a diferença dos dois mistérios póstumos: quem entra no inferno perde as esperanças, quem entra no céu conserva-as integralmente.

Servate ogni speranza, o voi ch'entrate!

Boas noites
Gazeta de Notícias, 13 de janeiro de 1889

Vi, não me lembra onde

Bons dias!

Vi, não me lembra onde...

É meu costume, quando não tenho que fazer em casa, ir por esse mundo de Cristo, se assim se pode chamar à Cidade de São Sebastião, matar o tempo. Não conheço melhor ofício, mormente se a gente se mete por bairros excêntricos; um homem, uma tabuleta, qualquer coisa basta a entreter o espírito, e a gente volta para casa "lesta e aguda", como se dizia em não sei que comédia antiga.

Naturalmente, cansadas as pernas, meto-me no primeiro bonde, que pode trazer-me à casa ou à rua do Ouvidor, que é onde todos moramos. Se o bonde é dos que têm de ir por vias estreitas e atravancadas, torna-se um verdadeiro obséquio do céu. De quando em quando, para diante de uma carroça que despeja ou recolhe fardos. O cocheiro trava o carro, ata as rédeas, desce e acende um cigarro; o condutor desce também e vai dar uma vista de olhos no obstáculo. Eu, e todos os veneráveis camelos da Arábia, vulgo passageiros, se estamos dizendo alguma coisa, calamo-nos para ruminar e esperar.

Ninguém sabe o que sou quando rumino. Posso dizer, sem medo de errar, que rumino muito melhor do que falo. A palestra é uma espécie de peneira, por onde a ideia sai com dificuldade, creio que mais fina, mas muito menos sincera. Ruminando, a ideia fica íntegra e livre. Sou mais profundo ruminando; e mais elevado também.

Ainda anteontem, aproveitando uma meia hora de bonde parado, lembrou-me não sei como o incêndio do Clube dos Tenentes do Diabo. Ruminei os episódios todos, entre eles os atos de generosidade da parte das sociedades congêneres; e fiquei triste de não estar naquela primeira juventude, em que a alma se mostra capaz de sacrifícios e de bravura. Todas essas dedicações dão prova de uma solidariedade rara, grata ao coração.

Dois episódios, porém, me deram a medida do que valho, quando rumino. Toda a gente os leu separadamente; o leitor e eu fomos os únicos que os comparamos.

Refiro-me, primeiramente, à ação daqueles sócios de outro clube, que correram à casa que ardia, e, acudindo-lhes à lembrança os estandartes, bradaram que era preciso salvá-los. "Salvemos os estandartes!" e tê-lo-iam feito, a troco da vida de alguns, se não fossem impedidos a tempo. Era loucura, mas loucura sublime. Os estandartes são para eles o símbolo da associação, representam a honra comum, as glórias comuns, o espírito que os liga e perpetua.

Esse foi o primeiro episódio. Ao pé dele temos o do empregado que dormia, na sala. Acordou este, cercado de fumo, que o ia sufocando e matando. Ergueu-se, compreendeu tudo, estava perdido, era preciso fugir. Pegou em si e no livro da escrituração e correu pela escada abaixo.

Comparai esses dois atos, a salvação dos estandartes e a salvação do livro, e tereis uma imagem completa do homem. Vós mesmos que me ledes sois outros tantos exemplos da conclusão. Uns dirão que o empregado, salvando o livro, salvou o sólido; o resto é obra de sirgueiro. Outros replicarão que a contabilidade pode ser reconstituída, mas que o estandarte, símbolo da associação, é também a sua alma; velho e chamuscado, valeria muito mais que o que possa sair agora, novo, de uma loja. Compará-lo-ão à bandeira de uma nação, que os soldados perderam no combate, ou trazem esfarrapada e gloriosa.

E todos vós tereis razão; sois as duas metades do homem, formais o homem todo... Entretanto, isso que aí fica dito está longe da sublimidade com que o ruminei. Oh! se todos ficássemos calados! Que imensidade de belas e grandes ideias! Que saraus excelentes! Que sessões de câmaras! Que magníficas viagens de bondes!

Mas por onde é que eu tinha principiado? Ah! uma coisa que vi, sem saber onde...

Não me lembra se foi andando de bonde; creio que não. Fosse onde fosse, no centro da cidade ou fora dela. Vi, à porta de algumas casas, esqueletos de gente, postos em atitudes joviais. Sabem que o meu único defeito é ser piegas; venero os esqueletos, já porque o são, já porque o não sou. Não sei se me explico. Tiro o chapéu às caveiras; gosto da respeitosa liberdade com que Hamlet fala à do bobo Yorick. Esqueletos de mostrador, fazendo gaifonas, sejam eles de verdade ou não, é coisa que me aflige. Há tanta coisa gaiata por esse mundo, que não vale a pena ir ao outro arrancar de lá os que dormem. Não desconheço que esta minha pieguice ia melhor em verso, com toada de recitativo ao piano, mas é que eu faço versos; isto não é verso:

Venha o esqueleto, mais tristonho e grave,
Bem como a ave, que fugiu do além...

Sim, ponhamos o esqueleto nos mostradores, mas sério, tão sério como se fosse o próprio esqueleto do nosso avô, por exemplo... Obrigá-lo a uma polca, habanera, lundu ou cracoviana... Cracoviana? Sim, leitora amiga, é uma dança muito antiga, que o nosso amigo João, cá de casa, executa maravilhosamente, no intervalo dos seus trabalhos. Quando acaba, diz-nos sempre, parodiando um trecho de Shakespeare: "Há entre a vossa e a minha idade muitas mais coisas do que sonha a vossa vã filosofia".

Boas noites
Gazeta de Notícias, 21 de janeiro de 1889

SANITAS SANITATUM ET OMNIA SANITAS

Bons dias!

Sanitas sanitatum et omnia sanitas. Gracioso, não? É meu; quero dizer, é meu no sentido de ser de outro. Achei esta paródia de *Eclesiastes* em artigo de crítica de uma folha londrina. Já veem que não são só os queijos daquela naturalidade que merecem os nossos amores; também as folhas, e principalmente as que escrevem com sabor e graça.

A parte minha neste negócio é aplicar melhor a frase, porque lá só trata de um livro, e cá tratamos da cidade inteira. Creio que saiu-me um verso decassílabo: "e cá tratamos da cidade inteira". Não me sobra tempo para transpô-la a prosa. Repito o que disse, e acrescento que já alguém afirmou que citar a propósito um texto alheio equivale a tê-lo inventado. Creio que é tolice; mas, fiado nela, é que ousei dizer no princípio que a paródia era minha: *Sanitas sanitatum et omnia sanitas.*

Com efeito, não se fala de outra coisa. Tudo quer, tudo pede, tudo deseja a saúde, ou pelo menos, a ausência da febre amarela. Esta velha dama, que estabeleceu aqui um *pied-à-terre*, não se esquece de nós inteiramente; há anos em que traz toda a criadagem, e estabelece-se por uma estação e mais. Não é bonita, nem graciosa, nem se sabe quem seja, conforme dizem os abalizados. Eu creio, no tocante à genealogia, que é neta em quadragésimo grau do famoso Gargantua. Come que é o diabo, e dá muito de comer à empresa funerária, a qual, devendo detestá-la, pelo lado humano, não pode desadorá-la por outro lado, não menos humano.

Há dessas lutas terríveis na alma do homem. Não; ninguém sabe o que se passa no interior de um sobrinho, tendo de chorar a morte de um tio e receber-lhe a herança. Oh! contraste maldito! oh! dilaceração moral! Aparentemente, tudo se recomporia, desistindo o sobrinho do dinheiro herdado; ah! mas então seria chorar duas coisas: o tio e o dinheiro.

Seja ela (a febre) o que for, é certo que, assim como em França *tout finit par des chansons*, cá em nossa terra *tout finit par de polcas*. Os bailes não se adiam, e fazem bem. Na pior hipótese, morre-se; mas antes ir para a cova ao som de um *tango*, como os vizinhos da Matriz de São José, que sem música nenhuma. *Ergo bibamus!*

O pior é a formalidade do registro civil. Lá pelo interior parece que não o querem, pois que centenas de homens e mulheres, em várias localidades, têm pegado no pau, avançado para os escrivães, arrancado os livros do registro que são rasgados depois na praça pública. O ato é condenável, por ser motim e por opor-se à execução da lei; mas há quem receie que, ainda sem bulha nem matinada, a lei caia em desuso, não por injusta, mas por não ajustada. Também o sorteio militar é lei justíssima, e não pode ser cumprida. Não sei se este caso é como o da febre amarela, cuja origem se ignora. Opinião de chapeleiro não há de deixar de ser modesta; afirma-me um, que nunca vendeu chapéu senão bem ajustado à cabeça do freguês. Pode ser gabolice; pode até não ser opinião.

Outros quebram-me a cabeça com legislação científica, e misturam tudo com expressões arrepiadas. Para um homem que só está bem no meio de torrões de açúcar, é o mesmo que mandá-lo embora. Vou-me embora.

Boas noites
Gazeta de Notícias, 26 de janeiro de 1889

Toda a gente, além da febre amarela, fala da vitória Boulanger

Bons dias!

Toda a gente, além da febre amarela, fala da vitória Boulanger. Esta vitória lembra-me o que ouvi a um parlamentar nosso, parece que até senador — mas suponhamos simples deputado —, no dia em que aqui se soube que Boulanger apresentara e vira cair na Câmara um projeto de revisão: "lá morreu o Boulanger!", disse ele; e nunca proferiu coisa tão profunda.

Com efeito, de um só lance pintou bem esse parlamentar o nosso critério político. Para nós toda a opinião está nas câmaras; o que caiu nas câmaras, é o mesmo que se caísse no país, e é verdade. Não, nunca esse parlamentar disse coisa tão profunda, e aliás é homem de talento e tem feito bons discursos; mas, enfim, a respeito de discursos, eu estou com aquele ateniense a quem convidaram para ouvir um homem que imitava bem o rouxinol. "Eu já ouvi o próprio rouxinol", respondeu ele.

Não se desconsole, porém, o digno parlamentar. Cá e lá, más fadas há. Floquet, que lhe não é inferior, pensa agora, segundo dizem os telegramas de ontem, em acudir ao mal da vitória Boulanger, com uns papelinhos escritos, projetos de lei ou coisa que o valha, fazendo as eleições por distritos. A Câmara, que não é inferior a Floquet, cuida em modificar a lei de imprensa. Legislação de pânico, legislação de safra rascada.

É verdade que o dito Floquet, segundo os referidos telegramas, pretende também expor na tribuna a política do Ministério no interior e no exterior. Não quero antecipar o seu discurso; mas que diabo tem o discurso com as calças? Quem lhe pede programas a esta hora? Outro telegrama anterior havia noticiado o exílio do general, caso saísse vencedor; era asneira, filha do eterno pânico; mas, enfim, era um ato. Discursos! Programas!

Eu, se fosse ele, em vez de imitar o rouxinol, imitava o cisne, soltava o último canto, e recolhia-me a bastidores.

Os que as armaram que as desarmem. Sim, Floquet do meu coração, isto de ver um governo e um partido de radical, arrolhando a imprensa (que é o que parece dizer o eufemismo telegráfico), não é coisa nova, mas há de ser sempre coisa ridícula. Eia, entrega o penacho ao Clemenceau, que é um grande homem sem emprego, salvo o de não gostar de papoulas crescidas (Gambetta, Boulanger etc.); entrega-lhe o penacho, e verás como ele recompõe tudo em cinco minutos.

Assim pudesse eu recompor os espíritos cá da terra, acerca da febre amarela, que é o segundo assunto da conversação do dia. Há quem afirme que morrem mais de cem pessoas diariamente; que o obituário é desbastado para não assustar a população, e que a epidemia é dividida por outras verbas patológicas, com o mesmo intuito. Em verdade, parece que o mistério e o terror dão certo pico às coisas, ainda as mais graves e tristes. Feliz tu, se podes rir disto; se, no meio do burburinho que nos rodeia, não ouves o gemido de uma filhinha querida, presa na garra da terrível visita, como agora acontece a um bom pai, que não sei se tem olhos para ler estas linhas...

Daqui para falar de outras coisas é mui difícil. Nada aparecerá assaz sério, nem os revólveres que tanta gente traz agora no bolso, para defesa própria. Não há muitos dias, uma linda moça apontou-me um ao peito. Eu abri o paletó, e esperei; ela desfechou o tiro: era um jorro de essência pura... Ah! mas nem todos usam destes; os outros revólveres são de verdade; levam bala dentro, e basta pouco para arriscar um homem honesto a ir da rua para a cadeia. Eu não sei ainda se o uso é mau ou bom; tem utilidade e perigos: é crime e defesa... Vou pensar no negócio.

Por ora, assalta-me a ideia de que, ainda sem revólver, a morte aí vem, por seu pé, tranquila, nojenta, dolorosa, com um outro nome, agitando as asas da liberdade, e as unhas de grã besta. Madre implacável.

Boas noites
Gazeta de Notícias, 31 de janeiro de 1889

Deus seja louvado!

Bons dias!
Deus seja louvado! Choveu... Mas não é pela chuva em si mesma que o leitor me vê aqui cantando e bailando; é por outra coisa. A chuva podia ter melhorado o estado sanitário da cidade, sem que me fizesse nenhum particular obséquio. Fez-me um; é o que eu agradeço à Providência Divina.

Já se pode entrar num bonde, numa loja ou numa casa, bradar contra o calor e suspirar pela chuva, sem ouvir este badalo:

— A folhinha de Ayer dá chuva lá para 20 de fevereiro.

Pelo lado moral, era isto um resto das torturas judiciárias de outro tempo. Pelo lado estético, era a mais amofinadora de todas as cega-regas deste mundo:

— Oh! não pude dormir esta noite! Onde irá isto parar? Nem sinais de chuva, um céu azul, limpo, feroz, eternamente feroz.

— A folhinha de Ayer só dá chuva lá para 20 de fevereiro — acudia logo alguém.

Às vezes, apesar de minha pacatez proverbial, tinha ímpetos de bradar, como nos romances de outro tempo: "Mentes pela gorja, vilão!"

E é o que mereciam todos os alvissareiros de Ayer; era agarrá-los pelo pescoço, derrubá-los, joelho no peito e sufocá-los até botarem fora a língua e a alma. Pedaços de asnos!

Nem ao menos tiveram o mérito de acertar. Afligiam sem graça nem verdade.

Habent sua fata libelli! As folhinhas de Ayer, como anúncios meteorológicos, estão a expirar. Só este golpe recente é de levar couro e cabelo. Agora podem prever as maiores tempestades do mundo que não deixarei de sair a pé com sapatos rasos e meias de seda, se tanto for preciso para mostrar o meu desprezo.

Ayer é um dos velhos da minha infância. Oh! bons tempos da salsaparrilha de Ayer e de Sands, dois nomes imortais, que eu cuidei ver mortos no fim de uma década. Não seriam amigos, provavelmente, pois que cada um apregoava os seus frascos, com exclusão dos frascos do outro. A matéria-prima é que era a mesma.

Sim, meus amigos, eu não sou tão jovem como o apregoam alguns. Eu assisti a todo o ciclo do xarope do Bosque. Conheci-o no tempo em que começou a curar; era um bonito xarope significado nos anúncios por meio de uma árvore e uma deusa — ou outra coisa, não sei bem como era.

Curava tudo: à proporção que os curados iam espalhando que as folhinhas de Ayer só davam chuvas... Perdão, enganei-me; iam espalhando que estavam curados, a fama do xarope ia crescendo e as suas obras eram o objeto das palestras nos ônibus. A fama cresceu, a celebridade acendeu todas as suas luminárias. Jurava-se pelo xarope do Bosque como um cristão jura por Nosso Senhor. Contavam-se maravilhas; pessoas mortas voltavam à vida, com uma garrafa debaixo do braço, vazia.

Chegou ao apogeu. Como todos os impérios e repúblicas deste mundo principiou a decair; era menos buscado, menos nomeado. O rei dos xaropes desceu ao ponto de ser o lacaio dos xaropes, e lacaio mal pago; as belas curas, suas nobres aliadas, quando o viram no tão baixo estado, foram levar os seus encantos a outros príncipes. Ele ainda resistiu; reproduzia nos jornais a árvore e a moça, e repetia todos os seus méritos, aqui e fora daqui; mas a queda ia continuando. Pessoas que lhe deviam a vida, não sei por que singular ingratidão, preferiam agora o arsênico, os calomelanos e outras drogas de préstimo limitado. O xarope foi caindo, caindo, caindo até morrer.

Não falo nisto sem lágrimas. Se por esse tempo, aproveitando a morte do xarope do Bosque, tivesse inventado um xarope de Cidade, estava agora com a bolsa repleta. Teria palácio em Petrópolis, coches, alazões, um teatro, e o resto. A antítese dos nomes era a primeira recomendação. Se o do Bosque já não cura, diriam os fregueses, busquemos o da Cidade. E curaria, podem crer, tanto como o outro, ou um pouco menos. Há sempre fregueses... Ora, eu, que não alimentei jamais grandes ambições, nem de que juntasse uns três mil contos, dava o xarope aos sobrinhos. Pode ser que já agora estivesse com o outro (Deus lhe fale n'alma). Paciência; Babilônia caiu; caiu Roma, caiu Nínive, caiu Cartago. Ninguém mais repete este abominável *scie*:

— A folhinha de Ayer só dá chuva lá para 20 de fevereiro.

Boas noites
Gazeta de Notícias, 6 de fevereiro de 1889

O DIABO QUE ENTENDA OS POLÍTICOS!

Bons dias!

O diabo que entenda os políticos! Toda a gente aqui me diz que o meio de obter câmaras razoáveis é acabar com as eleições por distritos, nas quais, à força de meia dúzia de votos, um paspalhão ou um perverso fica deputado. Dizem agora telegramas franceses que o governo e a maioria da Câmara dos deputados, para evitar o mesmo mal, vão adotar justamente a eleição por distritos. Entenderam? Eu estou na mesma.

Felizmente, dei com uma dessas criaturas que o céu costuma enviar para esclarecer os homens, a qual me disse que Pascal era um sonhador. Não gosto de *calembour*, mas não pude evitar este: "Há de me perdoar, o Pascoal é confeiteiro". A pessoa não fez caso; continuou dizendo que Pascal era um sonhador, porque o que ele achava extravagante é que é natural; *verdade aqui, erro além*. Também se podem trocar as bolas: *verdade além, erro aqui*. Sabia eu por que é que lá adotaram o que para nós é ruim? Era para escapar do cesarismo. Sabia eu o que era cesarismo?

— Não, senhor.

— Cesarismo vem de César.

— Farani? — perguntei eu, e confesso que sem o menor desejo de trocadilho.

— Zama? Conheço um César Zama.

— Cale-se homem, ou ponha-se fora. Não estou para aturar cérebros fracos, nem pessoas malcriadas, porque, se é grande impolidez interromper a gente para dizer uma verdade, quanto mais uma asneira. César Zama! César Farani!

— Já sei: César Cantù...

— Vá para o diabo, que o ature. Quando quiser saber as coisas ouça calado, entendeu? Ora essa! Cantù, Farani, Zama... já viu o cometa?

— Há algum cometa?

— Há, sim, senhor, vá ver o cometa; aparece às 3 horas da manhã, e de onde se vê melhor é do morro do Nheco, à esquerda. Tem um grande rabo luminoso. Vá, meu amigo; quem não entende das coisas, não se mete nelas. Vá ver o cometa.

Fiquei meio jururu, porque o principal motivo que me levara a procurar a dita pessoa, não era aquele, mas outro. Era saber se existia a Sociedade Protetora dos Animais.

Afinal prestes a ir ver o cometa, tornei atrás e fiz a pergunta. Respondeu-me que sim, que a Sociedade Protetora dos Animais existia, mas que tinha eu com isso? Expliquei-lhe que era para mim uma das sociedades mais simpáticas. Logo que ela se organizou, fiquei contente, dizendo comigo que, se Inglaterra e outros países possuíam sociedades tais, por que não a teríamos nós? Prova de sentimentos finos, justos, elevados; o homem estende a caridade aos brutos...

Parece que ia falando bem, porque a pessoa não gostou, e interrompeu-me, bradando que tinha pressa; mas eu ainda emiti algumas frases asseadas, e citei alguns trechos literários, para mostrar que também sabia cavalgar livros. Afinal, confiei-lhe o motivo da pergunta; era para saber se, havendo na Câmara municipal nada menos que três projetos para a extinção dos cães, a Sociedade Protetora tinha opinado sobre algum deles, ou sobre todos.

A pessoa não sabia, nem quis meter a sua alma no inferno asseverando fatos que ignorava. Saberia eu o que se passava em Quebec? Respondi que não. Pois era a mesma coisa. A Sociedade e Quebec eram idênticas para os fins da minha curiosidade. Podia ser que dos três projetos já a Sociedade houvesse examinado quatro ou mesmo nenhum; mas, como sabê-lo?

Conversamos ainda um pouco. Fiz-lhe notar que os burros, principalmente os das carroças e bondes, declaram a quem os quer ouvir que ninguém os protege, a não ser o pau (nas carroças) e as rédeas (nos bondes). Respondeu-me que o burro não era propriamente um animal, mas a imagem quadrúpede do homem. A prova é que, se encontramos a amizade no cão, o orgulho no cavalo etc., só no burro achamos filosofia. Não pude conter-me e soltei uma risada. Antes soltasse um espirro! A pessoa veio para mim, com os punhos fechados, e quase me mata. Quando voltei a mim, perguntei humildemente:

— Bem; se a Sociedade Protetora dos Animais não protege o cão nem o burro, o que é que protege?
— Então não há outros animais? A girafa não é animal? A girafa, o elefante, o hipopótomo, o camelo, o crocodilo, a águia. O próprio cavalo de Troia, apesar de ser feito de madeira, como levava gente na barriga, podemos considerá-lo bicho. A Sociedade não há de fazer tudo ao mesmo tempo. Por ora o hipopótamo, depois virá o cão.
— Mas é que o...
— Homem, vá ver o cometa; morro do Nheco, à esquerda.
— Às três horas?
— Da madrugada; boas noites.

Boas noites
Gazeta de Notícias, 13 de fevereiro de 1889

MEA CULPA, MEA CULPA, MEA MAXIMA CULPA

Bons dias!
Mea culpa, mea culpa, mea maxima culpa. Confesso o meu pecado; estou pronto a purgá-lo esbofeteando-me em público. Só assim mostra um homem que realmente se arrependeu, e se acha contrito. Certo é que o meu erro não era da vontade, mas de inteligência; não menos certo, porém, é que tranquei sempre os ouvidos a qualquer demonstração que me quisessem opor, e esta inclinação a recusar a verdade é que define bem a pertinácia do ânimo ruim.
Vamos ao pecado. Os meus amigos sabem que nunca admiti o acionista, senão como um ente imaginário e convencional. O raciocínio que me levara a negá-lo, posto que de aparência lógica, era radicalmente vicioso. Dizia eu que, devendo ser o acionista um interessado no meneio dos capitais e na boa marcha da administração de uma casa ou de uma obra, não se podia combinar esta noção com a ausência dele no dia em que os encarregados da obra lhe queriam prestar contas. Vi caras de diretores vexados e tristes. Um deles, misturando a troça com as lágrimas, virava pelo avesso um adágio popular, e dizia-me em segredo:
— Não se pode ser mordomo com tais juízes.
Diziam-me depois que o acionista aparecia, ao fim de três chamadas, ouvia distraído o relatório, puxava o relógio, recebia uma cédula, metia-a na urna, e punha-se a panos. Não, retorquia eu, é impossível; se ele fosse um simples fiscal, podia fazer o que faz o da minha freguesia. Mas ele é o próprio capital, é o fundo, é o *super hanc petram*. Sem ele não há casa nem obra... Mas então como explica? Não explico, ignoro; só sei que o acionista é uma bela concepção. Homero fazia dos sonhos simples personagens, mandados

do céu para trazer recados dos deuses aos homens. O acionista há de ser a mesma coisa, sem a beleza genial de Homero.

Tal era a minha convicção. Queriam demonstrar o contrário; alguns, mais fogosos, chamavam-me nomes feios, que não repito por serem muitos, não por vergonha. Homem contrito perde os respeitos humanos. Para isto basta dizer que me chamavam *camelo, paspalhão, lorpa*. Creio que quem confessa estes três apodos, pode calar o resto.

Pois bem, achei o acionista, confesso o acionista, juro pelas tripas do acionista, pelas barbas do acionista, por todas as ações do acionista. Não grito: *eureka!* Porque deixei esta palavra estrompada e quase morta nos debates políticos de 1860; e demais podia dar ideia de presunção que não tenho.

Como e onde o achei? Nada mais simples. Desde alguns dias que não pergunto aos amigos senão estas duas coisas: Já teve a febre amarela? Quem substituirá o barão de Cotegipe no Banco do Brasil?

A esta segunda pergunta não me respondiam nada, porque nenhum dos meus amigos possui outras ações, além das que pratica. Abri de mão o interesse puramente gratuito que tenho no negócio, mas abri também os jornais, e foi isto que me trouxe a luz.

Não gosto de fazer grandes comparações comigo; lá vai uma, e é a última. Achei-me na estrada de Damasco, tal qual são Paulo, e ouvi, à semelhança daquele divino apóstolo, estas palavras, iguais às do Senhor: "Por que me persegue?" A diferença é que são Paulo — tamanho foi o seu deslumbramento — perdeu a vista, não podendo mais que ouvir a voz misteriosa. Eu, ao contrário, vi tudo: a resposta que eu pedia sobre a presidência do Banco do Brasil é dada por diferentes modos, mas sempre por um acionista na assinatura. Se fosse o nome da pessoa, não me convencia, porque eu podia muito bem assinar uma opinião, sem ter nada com o banco; mas é sempre um acionista, só, sem nada. Recordações de Mendes Leal. "Como te chamas? — Pedro. — Pedro de quê? — Pedro sem mais nada." No presente caso, não há Pedro, não há iniciais; são os próprios acionistas que, vendo que se trata do primeiro lugar, correm a dar a sua opinião. E tudo se explica. Não correm às assembleias, pela confiança que lhes merecem, não digo os dividendos, mas os divisores. Agora, porém, trata-se justamente de completar os divisores, por acordo prévio, e eita que metem a mão nos dividendos.

Verdade é que um dos artigos, que não é de acionista, dá por escusada qualquer competência, porque há um candidato do *dono da casa*. Imaginei que esse candidato era eu, e corri a procurar o dono da casa, isto é, do prédio em que está o banco, e disseram-me que o prédio é do próprio banco.

— Mas quem é então o dono da casa?
— Não há; o dono é o próprio acionista.

Aqui é que senti um pouco da turvação de São Paulo; mas era tarde, a conversão estava feita.

Boas noites
Gazeta de Notícias, 23 de fevereiro de 1889

Ei-lo que chega...
Carnaval à porta!

Bons dias!
 Ei-lo que chega... Carnaval à porta!... Diabo! aí vão palavras que dão ideia de um começo de recitativo ao piano; mas outras posteriores mostram claramente que estou falando em prosa; e se *prosa* quer dizer *falta de dinheiro* (em cartaginês, é claro), então é que falei como um Cícero.
 Carnaval à porta. Já ouço os guizos e tambores. Aí vêm os carros das ideias... Felizes ideias, que durante três dias andais de carro! No resto do ano ides a pé, ao sol e à chuva, ou ficais no tinteiro, que é ainda o melhor dos abrigos. Mas lá chegam os três dias, quero dizer os dois, porque o de meio não conta; lá vêm, e agora é a vez de alugar a berlinda, sair e passear.
 Nem isso, ai de mim, amigas, nem esse gozo particular, único, cronológico, marcado, combinado, e acertado, me é dado saborear este ano. Não falo por causa da febre amarela; essa vai baixando. As outras febres são apenas companheiras... Não; não é essa a causa.
 Talvez não saibam que eu tinha uma ideia e um plano. A ideia era uma cabeça de Boulanger, metade coroada de louros, metade forrada de lama. O plano era metê-la em um carro, e andar. E vede bem, vós que sois ideias, vede só se o plano desta ideia era mau. Os que esperam do general alguma coisa, deviam aplaudir, os que não esperam nada, deviam patear; mas o provável é que aplaudissem todos, unicamente por este fato: porque era uma ideia.
 Mas a falta de dinheiro (*prosa*, em língua púnica) não me permite pôr esta ideia na rua. Sem dinheiro, sem ânimo de o pedir a alguém, e, com certeza, sem ânimo de o pagar, estou reduzido ao papel de espectador. Vou para a turbamulta das ruas e das janelas; perco-me no mar dos incógnitos.
 Já alguém me aconselhou que fosse vestido de tabelião. Redargui que tabelião não traz ideia; e, depois, não há diferença sensível entre o tabelião e o resto do universo. Disseram-me que, tanto há diferença, que chega a havê-la entre um tabelião e outro tabelião.
 — Não leu o caso do tabelião que foi agora assassinado, não sei em que vila do interior? Foi assassinado diante de cinquenta pessoas, de dia e na rua, sem perturbação da ordem pública. Veja se há de acontecer coisa igual ao Cantanheda...
 — Mas que é que fez o tabelião assassinado?
 — É o que a notícia não diz, nem importa saber. Fez ou não fez aquela escritura. Casou com a sobrinha de um dissidente político. Chamou nariz de César à falta de nariz de alguma influência local. É a diferença dos tabeliães da roça e da cidade. Você passa pela rua do Rosário, e contempla a gravidade de todos os notários daqui. Cada um à sua mesa, alguns de óculos, as pessoas entrando, as cadeiras rolando, as escrituras começando... Não falam de política; não sabem nunca da queda dos ministérios, senão à tarde, nos bondes; e ouvem os partidários como os outorgantes, sem paixão, nem por um, nem por outro. Não é assim na roça. Vista-se você de tabelião da roça, com um tiro de garrucha varando-lhe as costelas.

— Mas como hei de significar o tiro?
— Isso agora é que é ideia; procure uma ideia. Há de haver uma ideia qualquer que signifique um tiro. Leve à orelha uma pena, na mão uma escritura, para mostrar que é tabelião; mas como é tabelião político, tem de exprimir a sua opinião política. É outra ideia. Procure duas ideias, a da opinião e a do tiro.

Fiquei alvoroçado; o plano era melhor que o outro, mas esbarrava sempre na falta de dinheiro para a berlinda, e agora no tempo, para arranjar as ideias. Estava nisto, quando o meu interlocutor me disse que ainda havia ideia melhor.

— Melhor?
— Vai ver: comemorar a tomada da Bastilha, antes de 14 de julho.
— Trivial.
— Vai ver se é trivial. Não se trata de reproduzir a Bastilha, o povo parisiense e o resto, não senhor. Trata-se de copiar São Fidélis...
— Copiar São Fidélis?
— O povo de São Fidélis tomou agora a cadeia, destruiu-a, sem ficar porta, nem janela, nem preso, e declarou que não recebe o subdelegado que para lá mandaram. Compreendo bem que esta reprodução de 1789, em ponto pequeno, cá pelo bairro é uma boa ideia.
— Sim, senhor, é ideia... Mas então tenho de escolher entre a morte pública do tabelião e a tomada da cadeia! Se eu empregasse as duas?
— Eram duas ideias.
— Com umas brochadas de anarquia social, mental, moral, não sei mais qual?
— Isso então é que era um cacho de ideias... Falta-lhe só a berlinda.
— Falta-me *prosa*, que é como os soldados de Aníbal chamavam ao dinheiro. *Uba sacá prosa nanapacatu*. Em português: "Falta dinheiro aos heróis de Cartago para acabar com os romanos". Ao que respondia Aníbal: *Tunga loló*. Em português:

Boas noites
Gazeta de Notícias, 27 de fevereiro de 1889

Pego na pena com bastante medo

Bons dias!
Pego na pena com bastante medo. Estarei falando francês ou português? O sr. dr. Castro Lopes, ilustre latinista brasileiro, começou uma série de neologismos, que lhe parecem indispensáveis para acabar com palavras e frases francesas. Ora, eu não tenho outro desejo senão falar e escrever corretamente a minha língua; e se descubro que muita coisa que dizia até aqui não tem foros de cidade, mando este ofício à fava, e passo a falar por gestos.

Não estou brincando. Nunca comi *croquettes*, por mais que me digam que são boas, só por causa do nome francês. Tenho comido e comerei *filet de boeuf*, é certo, mas com a restrição mental de estar comendo *lombo de vaca*. Nem tudo, porém, se presta a restrições; não poderia fazer o mesmo com as *bouchées de dames*, por exemplo, porque *bocados de senhoras* dá ideia de antropofagia, pelo equívoco da palavra. Tenho um chambre de seda, que ainda não vesti, nem vestirei, por mais que o uso haja reduzido a essa simples forma popular a *robe de chambre* dos franceses.

Entretanto há nomes que, vindo embora do francês, não tenho dúvida de empregar, pela razão de que o francês apenas serviu de veículo; são nomes de outras línguas. O próprio dr. Castro Lopes, se padecer de *spleen*, não há de ir pedir o nome disto ao general Luculo; tem de sofrê-lo em inglês. Mas é inglês. É assim que ele aprova xale, por vir do persa; conquanto, digo eu, a alguns pareça que o recebemos de Espanha. Pode ser que esta mesma o recebesse de França, que, confessadamente, o recebeu de Inglaterra, para onde foi do Oriente. *Shawl*, dizem os bretões; a França não terá feito mais que tecê-lo, adoçá-lo e exportá-lo. Deslindem o caso, e vamos aos neologismos.

Cache-nez é coisa que nunca mais andará comigo. Não é por me gabar, mas confesso que há tempos a esta parte entrei a desconfiar que este pedaço de lã não me ficava bem. Um dia procurei ver se não acharia outra coisa, e andei de loja em loja. Um dos lojistas disse-me, no estilo próprio do ofício:

— Igual, igual não temos; mas no mesmo sentido, posso servi-lo.

E, dizendo-lhe eu que sim, o homem foi dentro, e voltou com um livro português antigo, e ali mesmo me leu isto, sobre as mulheres persianas: "O rosto, não descobrem fora de casa, trazendo-o coberto com um cendal ou *guarda-cara*..."

Este guarda-cara é que lhe serve, disse ele. *Cache-nez* ou guarda-cara é a mesma coisa; a diferença é que um é de seda, e o outro de lã. É livro de jesuíta, e tem dois séculos de composição (1663). Não é obra de franchelho ou tarelo, como dizia o Filinto Elísio.

Sorriu-me a troca, e estive a realizá-la, quando me apareceu o *focale* romano, proposto pelo sr. dr. Castro Lopes; e bastou ser romano para abrir mão do outro, que era apenas nacional.

O mesmo se deu com *preconício*, outro neologismo. O sr. dr. Castro Lopes compôs este "porque a todos os homens de letras que falam a língua portuguesa foi sempre manifesta a dificuldade de achar um termo equivalente à palavra francesa *réclame*".

Confesso que não me achei nunca em tal dificuldade, e mais sou relojoeiro. Quando exercia o ofício (que deixei por causa da vista fraca), compunha anúncios grandes e pomposos. Não faltava quem me acusasse de fazer *réclame* para vender os relógios. Ao que eu respondia sempre:

— Faça-me o favor de falar português. *Reclamo* é o que eu emprego, e emprego muito bem; porque é assim que se chama o instrumento com que o caçador busca atrair as aves; às vezes, é uma ave ensinada para trazer as outras ao laço. Se não quer *reclamo*, use *chamariz*, que é a mesma coisa. E olhe que isto não está em livros velhos de jesuítas, anda já nos dicionários.

Contentava-me com aquilo; mas, desde que vi o recente *preconício*, abri mão do outro termo, que era o nosso, por este alatinado.

Nem sempre, entretanto, fui severo com artes francesas. *Pince-nez* é coisa que usei por largos anos, sem desdouro. Um dia, porém, queixando-me do enfraquecimento da vista, alguém me disse que talvez o mal viesse da fábrica. Mandei logo (há uns seis meses) saber se havia em Portugal alguma *luneta-pênsil*, das que inventara Camilo Castelo Branco, há não sei quantos anos. Responderam-me que não. Camilo fez uma dessas lunetas, mas a concorrência francesa não consentiu que a indústria nacional pegasse.

Fiquei com o meu *pince-nez*, que, a falar verdade, não me fazia mal, salvo o suposto de me ir comendo a vista, e um ou outro apertão que me dava no nariz. Era francês, mas, não cuidando a indústria nacional de o substituir, não havia eu de andar às apalpadelas. Vai senão, quando vejo anunciados os *nasóculos* do nosso distinto autor. Lá fui comprar um, já o cavalguei no nariz, e não me fica mal. Daqui a pouco, ver-me-ão andar pela rua, teso como um *petit-maître*... Perdão, peti-metre, que já é da nossa língua e do nosso povo.

Boas noites
Gazeta de Notícias, 7 de março de 1889

Faleceu em Portugal

Bons dias!

Faleceu em Portugal o sr. Jacome de Bruges Ornellas Ávila Paim da Câmara Ponce de Leão Homem da Costa Noronha Borges de Sousa e Saavedra, 2º conde da Praia de Vitória, 2º visconde de Bruges.

Quarta-feira, na Igreja do Carmo, diz-se uma missa por alma do ilustre finado, e quem a manda dizer é seu amigo — nada mais que amigo gratíssimo à memória do finado. Nenhum nome, nada, um amigo; é o que leio nos anúncios.

Quem quer que sejas tu, homem raro, deixa-me apertar-te as mãos de longe, e não te faço um discurso, para não te molestar; mas é o que tu merecias, e mereces. Singular anônimo, tu perdes um amigo daquele tamanho, e não lhe aproveitas a memória para cavalgá-lo. Não fazes daqueles títulos e nomes a tua própria condecoração. Não chocalhas o finado à tua porta, como um reclamo, para atrair, e dizer depois à gente reunida: — Eu, fulano de tal, mando dizer uma missa por alma do meu grande amigo Jacome de Bruges Ornellas Ávila Paim da Câmara Ponce de Leão Homem da Costa Noronha Borges de Sousa e Saavedra, 2º conde da Praia de Vitória, 2º visconde de Bruges.

Mas em que beco vives tu, varão modesto? Onde te metes? Com quem falas? Qual é o teu meio? Com muito menos grandeza, não escapava nem escapa um morto daqueles às grandezas póstumas. Ah! (dizia-me um fino repórter, quando faleceu o barão de Cotegipe) se eu fosse a tomar nota dos mais íntimos amigos do barão, concluiria que ele nunca os teve de outra qualidade. E é assim, nobre anônimo; um morto ilustre é um naco de glória que não se perde; e além disso uma ocasião rara, e, às vezes única, de superar os contemporâneos.

Podia ir quarta-feira à missa, com o fim único de perguntar quem a manda dizer; o sacristão mostrava-te de longe, e eu via-te, conhecia-te; mas não vou, não quero. Prefiro crer que é tudo uma ilusão, uma fantasmagoria que não existes, que és uma hipótese. Dado que não, ainda assim não quero conhecer-te; a vista da pessoa seria a maior das amarguras. Deixa-me a idealidade; posso imaginar-te a meu gosto, um asceta, um ingênuo, um desenganado, um filósofo.

Não sei se tens pecados. Se os tens, por mortais que sejam, crê que esta só ação te será contada no céu, por todos eles, e ainda ficas com um saldo. Lá estarei, antes de ti, provavelmente, e direi tudo a são Pedro, e ele te abrirá largas as portas da glória eterna. Caso não esteja, fala-lhe desta maneira:

— Pequei, meu amado Santo, e pequei muito, reincidi no pecado, como todas as criaturas que lá estão embaixo, porque as tentações são grandes e frequentes, e a vida parece mais curta para o bem que para o mal. Aqui estou arrependido...

— Foste absolvido?

— Não, não cheguei a confessar-me, por ter morrido de um *acesso pernicioso fulminante*, que o barão do Lavradio diz não saber o que é.

— Bem, praticaste algum grande ato de virtude?

— Não me lembra...

— Vê bem, o momento é decisivo. A modéstia é bela, mas não deve ir ao ponto de ocultar a verdade, quando se trata de salvar a alma. Estais entre duas eternidades. Deste algumas esmolas?

— Saberá vossa santidade que sim.

— Que mais?

— Mais nada.

— Foste grato aos amigos?

— Fui, a um principalmente, meu amigo e grande amigo. Mandei-lhe dizer uma missa, no Rio de Janeiro, onde então me achava, quando ele morreu no Funchal.

— Chamava-se na terra...

— Jacome de Bruges Ornellas Ávila Paim da Câmara Ponce de Leão Homem da Costa Noronha Borges de Sousa e Saavedra, 2º conde da Praia de Vitória, 2º visconde de Bruges.

Aqui o príncipe dos apóstolos sorrirá para si, e dirá provavelmente:

— Já sei; convidaste os outros com o teu nome por inteiro.

— Não, não fiz isso.

São Pedro incrédulo:

— Como...?... Não...?... Só as iniciais...
— Nem as iniciais; disse só que era um amigo grato ao finado.
— Entra, entra... Como te chamas tu?
— Deixe-me vossa santidade guardar ainda uma vez o incógnito.

Boas noites
Gazeta de Notícias, 19 de março de 1889

Antes do último neologismo
do sr. dr. Castro Lopes

Bons dias!
Antes do último neologismo do sr. dr. Castro Lopes, tinha eu suspeita, nunca revelada, de que o fim secreto do nosso eminente latinista era pôr-nos a falar volapuque. Não vai nisto o menor desrespeito à memória de Cícero nem de Horácio, menos ainda ao seu competente intérprete neste país. A suspeita vinha da obstinação com que o digno professor ia bater à porta latina, antes de saber se tínhamos em nossa própria casa a colher ou o garfo necessário às refeições. Essa teima podia explicar-se de dois modos: ou desdém (não merecido) da língua portuguesa, ou então o fim secreto a que me referi, e que muito bem se pode defender.

Com efeito, no dia em que eu, pondo os meus *nasóculos*, comprar um *focale* e um *lucivelo*, para fazer *preconício* no *Concião*, se não falar volapuque, é que estou falando cartaginês. E contudo é puro latim. Era assim até aqui; confesso, porém, que o último neologismo — digo mal — por ocasião do último galicismo, perdi a suspeita do fim secreto. Dessa vez o autor veio à nossa prata de casa; não lhe tenho pedido outra coisa.

Não há neologismo propriamente, já porque a palavra *desempeno* existia na língua, bastando apenas aplicá-la, já porque no sentido de *à-plomb* lá o pôs no seu dicionário o nosso velho patrício Morais. Contudo, foi bom serviço lembrá-la. Às vezes, uma senhora não sai bem vestida de casa por esquecimento de certa manta de rendas, que estava para um canto. Acha-se a manta, põe-se, a pessoa nada pediu emprestado e sai catita.

Contudo, surge uma dúvida. Hão de ter notado que eu sou o homem mais cheio de dúvidas que há no mundo. A minha dúvida é se, tendo já em casa o *desempeno*, para substituir o *à-plomb*, não será difícil arrancar este galicismo do uso — quando menos do parlamento — onde ele é empregado em frases com estas: "Mas o *à-plomb* do nobre ministro..." — "Não é com esse *à-plomb* insolente de s. ex.ª, é com princípios que se governam as nações..."

Para acudir ao mal, à dificuldade de extrair pela raiz esse dente francês, não poderiam usar a mesma palavra, com a forma portuguesa? Se *à-plomb* indica a posição tesa e desempenada da pessoa, dizendo nós *aprumo*, não teremos dado a nossa fisionomia ao galicismo, para incorporá-lo no idioma, já não digo para sempre, mas temporariamente? Deste modo facilitava-se mais a cura, embora fosse mais longa. Desmamava-se o galicismo.

Note-se que não estou inventando nada. Rebelo da Silva, homem de boas letras, escreveu esse vocábulo *aprumo*, e dizem que também anda em dicionários. Lá diz o Rebelo: "Respondendo... com o *aprumo* do homem seguro de ter cumprido etc. etc." Vá lá, desmamemos o galicismo, e demos-lhe depois um bom bife de *desempeno*. É verdade que podemos vir a ficar com as duas palavras para esta mesma ideia, coisa só comparável a ter duas calças, quando uma só veste perfeitamente um homem.

Mas confiemos no futuro; a *Gazeta*, que tem intenções de chegar ao segundo centenário da Revolução Francesa, aceitará o esforço generoso de alguém que bote o intruso para fora a pontapés. Desconfio que ele já anda em livros de outros autores; mas não afirmo nada, a não ser que, há muitos anos, quando me encontrava com um saudoso amigo e bom filósofo, dizia-me sempre:

— Então, donde vem esse *aprumo?*

Tempos! Tempos! O século expira; começo a ouvir a alvorada do outro.

Ecco ridente in cielo
Già spunta la bella aurora...

Boas noites
Gazeta de Notícias, 22 de março de 1889

QUANTAS QUESTÕES GRAVES SE DEBATEM NESTE MOMENTO!

Bons dias!

Quantas questões graves se debatem neste momento! Só a das farinhas de Pernambuco e da moeda bastam para escrever duas boas séries de artigos. Mas há também a das galinhas de Santos — aparentemente mínima, mas realmente ponderosa, desde que a consideremos do lado dos princípios. As galinhas cresceram de preço, com a epidemia, chegando a cinco e creio que sete mil-réis. Sem isso não há dieta.

De relance, faz lembrar o caso daquele sujeito contado pelo nosso João (veja *Almanaque do velhinho*, ano 5º, 1843) que, dando com um casebre a arder, e uma velha sentada e chorando, perguntou a esta:

— Boa velha, esta casinha é sua?

— Senhor, sim, é o triste buraco em que morava; não tenho mais nada, perdi tudo.

— Bem; deixa-me acender ali o meu cigarro?

E o homem acendeu o cigarro na calamidade particular. Mas os dois casos são diferentes; no de Santos rege a lei econômica, e contra esta não há quebrar a cabeça. Diremos, por facécia, que é acender dois ou três charutos na calamidade pública; mas em alguma parte se hão de acender charutos. Ninguém obsta a que se vendam as galinhas por preço baixo, ou até por nada, mas então é caridade, bonomia, desapego, misericórdia — coisas alheias aos princípios e às leis, que são implacáveis.

Não examinei bem o negócio das farinhas pernambucanas, mas não tenho medo que os princípios sejam sacrificados.

Quanto ao das libras esterlinas, não tenho nenhuma no bolso, não me julgo com direito de opinar. Contudo, meteu-se-me na cabeça que não nos ficava mal possuir uma moeda nossa, em vez de dar curso obrigatório à libra esterlina. Um velho amigo, sabedor destas matérias, acha este modo de ver absurdo; eu, apesar de tudo, teimo na ideia, por mais que me mostrem que daqui a pouco, ou muito, lá se pode ir embora o ouro, nacional ou não.

Mas, principalmente, o que vejo nisto é um pouco de estética. Tem a Inglaterra a sua libra, a França o seu franco, os Estados Unidos o seu dólar, por que não teríamos nós nossa moeda batizada? Em vez de designá-la por um número, e por um número ideal — *vinte mil-réis* — por que não lhe poremos um nome — *Cruzeiro* — por exemplo? *Cruzeiro* não é pior que outros, e tem a vantagem de ser nome e de ser nosso. Imagino até o desenho da moeda; de um lado a efígie imperial, do outro a constelação... Um cruzeiro, cinco cruzeiros, vinte cruzeiros. Os nossos maiores tinham os dobrões, os patacões, os cruzados etc., tudo isto era moeda tangível; mas vinte mil-réis... Que são vinte mil-réis? Enfim, isto já me vai cheirando a neologismo. Outro ofício.

Prefiro expandir a minha dor, a minha compaixão... Oh! mas compaixão grande, profunda, dessas que nos tornam melhores, que nos levantam deste mundo baixo e cruel, que nos fazem compartir das dores alheias. *J'ai mal dans ta poitrine*, escreveu um dia a boa Sévigné à filha adoentada, e fez muito bem, porque me ensinou assim um modo fino e pio de falar ao mais lastimável escrivão dos nossos tempos, ao escrivão Mesquita. *Mesquita, j'ai mal dans ta poitrine*.

Não te conheço, Mesquita; não sei se és magro, ou gordo, alto ou baixo; mas para lastimar um desgraçado não preciso conhecer as suas proporções físicas. Sei que és escrivão; sei que leste o processo Bíblia, composto de mil e tantas folhas, em voz alta, perante o tribunal de jurados, durante horas e horas. Foi o que me disseram os jornais; leste e sobreviveste. Também eu sobrevivi a uma leitura, mas esta era feita por outro, numa sociedade literária, há muitos anos; um dos oradores, em vez de versos, como se esperava, sacou do bolso um relatório, e agora o *ouvirás*. Tenho ainda diante dos olhos as caras com que andávamos todos nas outras salas, esguiando pelas portas, a ver se o homem ainda lia; e ele lia. O papel crescia-lhe nas mãos. Não era relatório, era solitária; quando apareceu a cabeça, houve um *Te-Deum laudamus* nas nossas pobres almas.

O mesmo foi contigo, Mesquita; crê que ninguém te ouviu. Os poucos que começaram a ouvir-te, ao cabo de uma hora mandaram-te ao diabo, e pensaram nos seus negócios. Mil e tantas folhas! Duvido que o processo Parnell seja tão grosso como o do testamento do Bíblia. A própria *Bíblia* (ambos os testamentos) não é tão grande, embora seja grande. Não haverá meio de reduzir essa velha praxe a uma coisa útil e cômoda? Aviso aos legisladores.

Boas noites
Gazeta de Notícias, 30 de março de 1889

A PRINCIPAL VANTAGEM
DOS ESTUDOS DE LÍNGUA

Bons dias!
A principal vantagem dos estudos de língua é que com eles não perdemos a pele, nem a paciência, nem, finalmente, as ilusões, como acontece aos que se empenham na polícia, essa fatal Dalila (deixem-me ser banal) a cujos pés Sansão perdeu o cabelo e André Roswein, a vida.

— André, tu ainda hás de fazer com que eu acabe os dias num convento — dizia Carnioli ao infeliz Roswein. Nunca repetirei isto ao ilustre latinista, que ultimamente emprega seus lazeres em expelir barbarismos e compor novas locuções. Língua, tanto não é Dalila, que é o contrário; não sei se me explico. Podemos errar; mas, ainda errando, a gente aprende.

Agora mesmo, ao sair da cama, enfiei um *chambre*. Cuidei estar composto, sem escândalo. Não ignorava (tanto que já o disse aqui mesmo) que aquele vestido, antes de passar a fronteira, era *robe de chambre*; ficou só *chambre*. Mas como vinha de trás, os velhos que conheci não usavam outra coisa, e o próprio Nicolau Tolentino, posto que mestre-escola, já o enfiou nos seus versos, pensei que não era caso de o desbatizar. Nunca mandei embora uma *caleça*, só por vir de *calèche*; o que mais faço é não dar gorjeta ao automedonte, vulgo cocheiro.

Imaginem agora o meu assombro ao ler o artigo em que o nosso ilustre professor mostra, a todas as luzes, que *chambre* é vocábulo condenável, por ser francês. Antes de acabar o artigo, atirei para longe a fatal estrangeirice, e meti-me num *paletó* velho, sem advertir que era da mesma fábrica. A ignorância é a mãe de todos os vícios.

Continuei a ler, e vi que o autor permite o uso da coisa, mas com outro nome, o nome é *rocló*, "segundo diziam (acrescenta) os nosso maiores".

Com efeito, se os nossos maiores chamavam de *rocló* ao *chambre*, melhor é empregar o termo da casa, em vez de ir pedi-lo aos vizinhos. O contrário é desmazelo. Chamei então meu criado — que é velho e minhoto — e disse-lhe que daqui em diante, quando lhe pedisse o *rocló*, devia trazer o *chambre*. O criado pôs as mãos às ilhargas, e entrou a rir como um perdido. Perguntei-lhe por que se ria, e repeti-lhe a minha ordem.

— Mas o patrão há de me perdoar se lhe digo que não entendo. Então o *chambre* agora é *rocló*?

— Sim, que tem?

— É que lá na terra *rocló* é outra coisa; é um capote curto, estreito e de mangas. Parece-me tanto com *chambre*, como eu me pareço com o patrão, e mais não sou feio...

— Não é possível.

— Mas se lhe digo que é assim mesmo; é um capote. Eu até servi a um homem, lá em Lisboa (Deus lhe fale n'alma!) que usava as duas coisas: o *chambre* em casa, de manhã; e, à noite, quando saía a namorar, ia com o seu *rocló* às costas, manguinhas enfiadas.

— Inácio — bradei levantando-me —, juras-me, pelas cinzas de teu pai, que isso é verdade?

— Juro, sim, senhor. O patrão até ofende com isso ao seu velho criado. Pois então é preciso que jure? Ouviu nunca de mim alguma mentira... Tudo por causa de um *rocló* e de um *chambre*... Isto no fim da vida... Adeus! Faça as minhas contas. Vou-me embora...

Deixei-o ir chorando, e fiquei a cogitar, no modo de emendar a mão ao nome, a fim de que a gente menos advertida não pegasse logo no *rocló*, que não é *chambre*. É coisa certa que a ignorância da língua e o amor da novidade dão certo sabor a vocábulos inventados ou descabidos. Mas como fazê-los, sem citar o depoimento do meu velho minhoto, que não tem autoridade? Estava nisso, quando dei um grito, assim:

— Ah!

Dei o grito. Tinha achado o segredo da substituição do nome. Com efeito, *rocló* vem do francês *roquelaure*, designação de um capote. Portugal recebeu de França o capote e o nome, e ficou com ambos, mas foi modificando o nome. Tal qual aconteceu com o *robe de chambre*. A mudança proposta agora, no artigo a que me refiro, ficaria sem sentido, se não fosse a intenção do autor, suponho eu, curar a dentada do cão com o pêlo do mesmo cão. *Similia similibus curantur*.

Boas noites
Gazeta de Notícias, 20 de abril de 1889

Não gosto que me chamem de profeta de fatos consumados

Bons dias!
Não gosto que me chamem de profeta de fatos consumados; pelo que, apresso-me em publicar o que vai suceder, enquanto o Conselho de Estado se acha reunido no paço da cidade.

Verdade seja, que o meu mérito é escasso e duvidoso; devo o principal dos prognósticos ao espírito de Nostradamus, enviado pelo meu amigo José Basílio Moreira Lapa, cambista, proprietário, pai de um dos melhores filhos deste mundo, vítima do Monte-Pio e de um reumatismo periódico.

Lapa está naquele período do espiritismo em que o homem, já inclinado ao obscuro, dispõe de razão ainda clara e penetrante, e pode entreter conversações com os espíritos. Há, entretanto, uma lacuna nessa primeira fase; é que os espíritos acodem menos prontamente, e a prova é que, desejando eu consultar Vasconcelos, Vergueiro ou o padre Feijó, como pessoas da casa, não foi possível ao meu amigo Lapa fazê-las chegar à fala; só consegui Nostradamus. Não é pouco; há mestres que não o alcançariam nunca.

A segunda fase do espiritismo é muito melhor. Depois de quatro ou cinco anos (prazo da primeira), começa a pura demência. Não é vagarosa nem súbita, um meio-termo, com este característico: o espírita, à medida que a demência vai crescendo, atira-se-lhe mais rápido. O último salto nas trevas dura minuto e meio a dois minutos. Há casos excepcionais de cinco e dez minutos, mas só em climas frios e muito frios, ou então nas estações invernosas. Nos climas quentes e durante o verão, o mais que terá visto é cair em três minutos.

Não se entenda, porém, que esta queda é apreciável por qualquer pessoa; só o pode ser por alienista e de grande observação. Com efeito, para o vulgo não há diferença; desde o princípio da alienação mental (isto é, começando o segundo prazo do espiritismo, que é depois de quatro ou cinco anos, como ficou dito), o espírita está perdido a olhos vistos; os atos e palavras indicam o desequilíbrio mental; não há ilusão a tal respeito. Conversa-se com eles; raros compreendem logo em princípio o sol e a lua; mostram-se todos afetuosos, leais e atentos. Mas o transtorno cerebral é claro. Toda a gente vê que fala a doentes.

Entretanto (mistério dos mistérios!), é justamente assim, e principalmente depois do último salto nas trevas, que os espíritos vagabundos ou penantes acodem ao menor aceno, não menos que os de pessoas célebres, batizadas ou não.

Tem-se calculado que, dos espíritos evocados durante um ano, 28 por cento o foram por espíritas ainda meio sãos (primeira fase); 72 por cento pertencem aos mentecaptos. Alguns estatísticos chegam a conceder aos últimos 79 por cento; mas parece excessivo.

Não importa ao nosso caso a porcentagem exata; basta saber que, para a melhor evocação e mais fácil troca de ideias, é preferível o maníaco ao são, e o doido varrido ao maníaco. Nem pareça isto maravilha; maravilha será, mas de legítima estirpe. Montaigne, mui apreciado por um dos nossos primeiros senadores, e por este seu criado, dizia com aquela agudeza que Deus lhe deu:

C'est un grand ouvrier de miracles que l'esprit humain! Os milagres do espiritismo são tais; a rigor, é o espírito humano que faz o seu ofício.

Eu chegaria a propor, se tivesse autoridade científica, um meio de desenvolver esta planta essencialmente espiritual. Estabeleceria por lei os casamentos espíritas, isto é, em que ambos os cônjuges fossem examinados e reconhecidos como inteiramente entrados na segunda fase. Os filhos desses casais trariam do berço o dom especial, em virtude da transmissão. Quando algum, escapando das malhas dessa lei natural (todos as têm) chegasse a simples mediocridade, paciência; os restantes, na idiotia e no cretinismo (com perdão de quem me ouve), prepariam as bases de um excelente século futuro.

Venhamos ao nosso Lapa. Evocado Nostradamus, vi claramente o que ele referiu ao evocador. Em primeiro lugar, a maioria do Conselho de Estado é contrária à dissolução da Câmara dos deputados, que alguns dizem incorretamente (explicou ele) "dissolução das câmaras". Sairá o gabinete de 10 de março. É convidado o sr. Correia, depois o sr. visconde de Cruzeiro, depois novamente o sr. Correia, e o sr. visconde de Vieira da Silva. Este, apesar de enfermo, tentará organizar um gabinete que concilie as duas partes do Partido Conservador; não o conseguirá; será chamado o sr. Saraiva, que não aceita; sobe o sr. visconde de Ouro Preto e estão os liberais de cima.

Boas noites
Gazeta de Notícias, 7 de junho de 1889

(*) Este artigo está em nosso poder desde o dia 23; não pôde sair por falta de espaço (N. da R.)

Ó DOCE, Ó LONGA, Ó INEXPRIMÍVEL MELANCOLIA DOS JORNAIS VELHOS!

Bons dias!

Ó doce, ó longa, ó inexprimível melancolia dos jornais velhos! Conhece-se um homem diante de um deles. Pessoa que não sentir alguma coisa ao ler folhas de meio século, bem pode crer que não terá nunca uma das mais profundas sensações da vida — igual ou quase igual à que dá a vista das ruínas de uma civilização. Não é a saudade piegas, mas a recomposição do extinto, a revivescência do passado, a maneira de Ebers, a alucinação erudita da vida e do movimento que parou.

Jornal antigo é melhor que cemitério, por esta razão que no cemitério tudo está morto, enquanto que no jornal está vivo tudo. Os letreiros sepulcrais, sobre monótonos, são definitivos: *aqui jaz, aqui descansam, orai por ele!* As letras impressas na gazeta antiga são variadas, as notícias aparecem recentes; é a galera que sai, a peça que se está representando, o baile de ontem, a romaria de amanhã, uma explicação, um discurso, dois agradecimentos, muitos elogios; é a própria vida em ação.

Curandeiros, por exemplo. Há agora uma verdadeira perseguição deles. Imprensa, política, particulares, todos parecem haver jurado a exterminação dessa classe interessante. O que lhes vale ainda um pouco é não terem perdido o governo da multidão. Escondem-se; vão por noite negra e vias escuras levar a droga ao enfermo, e, com ela, a consolação. São pegados, é certo; mas por um curandeiro aniquilado, escapam quatro e cinco.

Vinde agora comigo.

Temos aqui o *Jornal do Commercio* de 10 de setembro de 1841. Olhai bem: 1841; lá vão quarenta e oito anos, perto de meio século. Lede com pausa este anúncio de um remédio para os olhos: "... eficaz remédio, que já restituiu a vista a muitas pessoas que a tinham perdido, acha-se em casa de seu autor, o sr. Antônio Gomes, rua dos Barbonos nº 76". Era assim, os curandeiros anunciavam livremente, não se iam esconder em Niterói, como o célebre caboclo, ninguém os ia buscar nem prender; punham na imprensa o nome da pessoa, o número da casa, o remédio e a aplicação.

Às vezes, o curandeiro, em vez de chamar, era chamado, como se vê nestas linhas da mesma data:

"Roga-se ao senhor que cura erisipelas, feridas etc., de aparecer na rua do Valongo nº 147."

Era outro senhor que esquecera de anunciar o número da casa e a rua, como o Antônio Gomes. Este Gomes fazia prodígios. Uma senhora conta ao público a cura extraordinária realizada por ele em uma escrava, que padecia de ferida incurável, ao menos para médicos do tempo. Chamado Antônio Gomes, a escrava sarou. A senhora tinha por nome d. Luísa Teresa Velasco. Também acho uma descoberta daquele benemérito para impigens, coisa admirável.

Além desses, havia outros autores não menos diplomados, nem menos anunciados. Uma loja de papel, situada na rua do Ouvidor, esquina do largo de São Francisco de Paula, vendia licor antifebril, que não só curava a febre intermitente e a enxaqueca, como era famoso contra cólicas, reumatismo e indigestões.

De envolta com os curandeiros e suas drogas, tínhamos uma infinidade de remédios estrangeiros, sem contar as famosas *pílulas vegetais americanas*. Que direi de um *óleo Jacoris Asseli*, eficaz para reumatismo, não menos que o *bálsamo homogêneo simpático*, sem nome de autor nem indicações de moléstias, mas não menos poderoso e buscado?

Todas essas drogas curavam, assim as legítimas como as espúrias. Se já não curam, é porque todas as coisas deste mundo têm princípio, meio e fim. Outras cessaram com os inventores. Tempo virá em que o quinino, tão valente agora, envelheça e expire. Neste sentido é que se pode comparar um jornal antigo ao cemitério, mas ao cemitério de Constantinopla, onde a gente passeia, conversa e ri.

Plínio, falando da medicina em Roma, afirma que bastava alguém dizer-se médico para ser imediatamente crido e aceito; e suas drogas eram logo bebidas, "tão doce é a esperança!", conclui ele. O defunto Antônio Gomes e os seus atuais colegas bem podiam ter vivido em Roma; seriam lá como aqui (em 1841) verdadeiramente adorados. Bons curandeiros! Tudo passa com os anos, tudo, a proteção romana e a tolerância carioca; tudo passa com os anos... ó doce, ó longa, ó inexprimível melancolia dos jornais velhos!

Boas noites
Gazeta de Notícias, 14 de junho de 1889

Em Venezuela

Bons dias!
"Em Venezuela (diz um telegrama de Nova York, de 25, publicado no dia 26) *dissolveu-se o partido* do General Guzmán Blanco."
Fiquei como não imaginam; tanto que não tive tempo de vir cumprimenta-los, segundo o meu desejo. Corri ao escritório da companhia telegráfica, para saber se não haveria erro na tradução do telegrama. Podia ser *patrulha*, podia ser *patuscada*; podia ser mesmo um *batalhão*. Nós dissolvemos batalhões. Partido é que eu achava...
— Está aqui telegrama, senhorr — disse-me o inglês de alto a baixo, com um ar de sobressalente —; senhorr pode egzamina ele, e reconhece que Company não tem interesse em inventa telegramas.
— Há de perdoar, mas o príncipe de Bismarck pensa o contrário.
— Contrário à Company?
— Não, aos telegramas. Disse ele, uma vez, em aparte a um orador da Câmara: "O sr. deputado mente como um telegrama". Mas eu não vou tão longe; os telegramas não mentem, mas podem ser tatibitate...
— Senhorr fala latim; eu deixa senhorr...
E foi para dentro o inglês; desci as escadas e vim para a rua, desorientado e cada vez mais curioso de achar explicação à notícia, que me parecia estrambótica. Custava-me entender que um partido se dissolvesse assim, em certo dia, como se expede um decreto. Compreendo que uma reunião familiar se dissolva, em certa hora; assim o tenho lido, mil vezes: "As danças prolongaram-se até à madrugada, e dissolveu-se a reunião, deixando a todos penhorados com as maneiras da diretoria (ou dos donos da casa); e, com efeito, não se podia ser mais etc.". Mas um partido, uma vegetação política, lá me custava engolir.
Desse estado, que não ouso chamar ignorante, para me não descompor, fui arrancado agora mesmo por um artigo de muitos republicanos de Vassouras. Eu fui a Vassouras há muitos anos, quando ali era juiz municipal o Calvet, e juiz de direito o Dario Callado. Na vila não havia então republicanos, não havia mesmo ninguém, exceto os dois magistrados, o vigário, o

meu hospedeiro e eu. Ao domingo, o vigário reproduzia o milagre da multiplicação dos pães; para dizer missa, fazia de nós quatro umas cinquenta moças, muito lindas; mas, acabada a missa, voltávamos a ser cinco, ele vigário, eu, o meu hospedeiro, o Dario e o Calvet. *Où sont les neiges d'antan?*
Como ia dizendo, foi o artigo que me deu a explicação.

Afirmam os autores que a lembrança de fazer eleger por ali um candidato republicano de fora, que lá não nasceu nem mora, era antes um esquecimento, e parece ter por fim ofender os brios do 10º distrito e o caráter de dois candidatos do lugar. "Não acreditamos que esses distintos cidadãos se humilhem a ponto de se sujeitarem ao insulto que lhes é irrogado."

Acrescentam que o 10º distrito não é burgo podre; e concluem: "O caso é para dizer-se: perca-se o partido, mas salve-se a honra do distrito".

Mas, senhores, aqui está a federação feita; é a dos distritos. Todos os partidos a aceitam, antigos ou novos. Havia dúvidas sobre se os partidos mais recentes trariam este mesmo sabor *du terroir*; vemos que sim, e até com maior intensidade, o que está muito bem. Quanto ao lema: "Perca-se o partido, mas salve-se a honra do distrito" — aí fica a mais alta significação das liberdades locais. Aproveitamos este *filon*, que vai dar à grande mina.

Isto faz-me lembrar a anedota do campônio de uma freguesia, que foi a outra, onde chegou a tempo de ouvir um sermão de lágrimas. O pregador era patético, todos os fiéis choravam a valer; só o campônio ouvia de olhos enxutos as passagens mais sublimes. Interrogado por um dos presentes, acerca da falta de lágrimas, quando o pregador as arrancava a todos, respondeu tranquilamente: "É que eu não sou cá desta freguesia".

Em política (ao menos aqui) só choram os da paróquia na paróquia, entendendo-se que chorar quer dizer rir. Quem nasceu no alto mar, faça-se eleger pelos tubarões. Há aqui uma emenda à Lei Saraiva.

Que tem isto com a notícia telegráfica de Venezuela? Leve-me o diabo se me lembra onde é que estava a ligação. Vá esta, em falta de outra. Provavelmente, o partido de Guzmán Blanco compunha-se de todos os distritos de Venezuela; começou a perdê-los, até que chegou a um só, depois uma cidade, uma vila, uma rua, um beco, um quarteirão, uma casa, finalmente uma alcova: morreu o homem que dormia na alcova, dissolveu-se o partido. Note-se que isto não liga coisa nenhuma, mas é um modo de casar (como dizia Molière) a República de Veneza com o grão-turco. Grão-turco é o Guzmán Blanco.

Boas noites
Gazeta de Notícias, 29 de junho de 1889

Não venho desmentir o que ontem escreveu a *Revistinha*, a meu respeito

Bons dias!
    Não venho desmentir o que ontem escreveu a *Revistinha*, a meu respeito. Quando um homem tem exposto na *vitrine* do Bernardo a certidão da idade, pela qual se vê que não perdeu vintém na quebra do Souto, nem os sapatos na grande enchente de 1864, e tudo pela razão de que os sapatos, pelo menos, só se calçam depois que a gente nasce, pode rir à vontade das calúnias de um quarentão inventivo e implicante.
    Há muito tempo que eu andava com duas pedras na mão para atirar à cara deste homem, ou às costas, porque ele foge, como o atual cometa Davidson, que, segundo nos dizem lá do Observatório, está saindo da constelação da Virgem para entrar na da Serpente. Já é correr! Pois muito mais corre o nosso homem, quando a coisa lhe cheira a pedradas. Não fica bonito, porque a palidez não aformoseia ninguém, exceto as virgens de 1840:
    Pálida virgem, que minh'alma adora; mas fica leve e rápido que nem lhe ganha o melhor galgo.
    Negar que o aumento da tiragem da *Gazeta* é devido aos meus cumprimentos, é tapar o sol com uma peneira. Ninguém ignora que as pessoas bem-criadas fazem mais atrativas as casas e reuniões. Aqui que me conste, ninguém fala aos leitores saudando-os antes de começar, senão eu. Todos entram com o seu discurso, prosa ou verso, e o estendem logo, sem fazer caso dos que os ouvem. Daí vem que a *Gazeta* nunca teve mais de onze a treze assinantes, e sete leitores. Entrei eu, com estes gestos corteses, e a coisa mudou. A Fortuna é mulher: gosta de ser cortejada. Ao ver um jovem simples, bom caráter, mansueto, de chapéu na mão, disse consigo: "Aqui está um cavalheiro distinto". E abençoou estes tetos com ambas as suas mãos divinas.
    Senhores, as maneiras finas, polidas, e até graciosas, não são apenas, como podem supor os frívolos, uma questão de bom-tom. Constituem virtude; dão de si utilidades práticas.
    Há por aí agora uma porção de conflitos públicos. Um deles, por exemplo, é o da Companhia do Saneamento do Rio de Janeiro, cujos fundadores estão desavindos, segundo parece, por motivos mui complicados. Pois eu seria capaz de os conciliar, tão somente com este meu ar cortês, que me faz entrar em todos os corações. O mesmo direi do elixir Cabeça de Negro, destinado a outro saneamento, e parece com dois autores ou possuidores, ambos tenazes defensores dos seus direitos. A qual dos dois caibam estes, não sei; apenas juro que, no fim de cinco dias de briga, fui comprar o elixir e tenho tirado imenso proveito. Não digo qual deles me curou; mas, se os contendores me confiassem a decisão do negócio, achariam o melhor dos Salomões, porque não consta da Escritura (posto não conste o contrário) que Salomão fosse tão primoroso e delicado como eu. Bárbaro era, ordenando a divisão do filho; eu, no caso dele, insinuaria a aliança das mães.

Reconciliar adversários é pouco? Certo que não. Será pouco dar via a ideias que acham contra si a inércia dos legisladores e da própria opinião pública? O teatro nacional, por exemplo, não é tempo de o decretar, ou por meio de uma lei especial, ou por um aditivo ao orçamento do exercício de 1890, como disposição permanente, votando-se todos os anos uma verba para as despesas da invenção, composição, lances dramáticos, *la scène à faire* de Sarcey, e outras necessidades iniludíveis? Pois tudo isso alcançarei no dia em que quiser, só com estas barretadas, que me fazem gastar mais chapéus que pantalonas. Entrar cortês e dizer macio — é a divisa de todo cidadão discreto.

E tudo isso se esquece no dia em que a *Gazeta* faz anos! Não importa; a ingratidão é assim. Ir-me-ei daqui, sacudirei à porta desta casa os meus sapatos, esquecerei as boas horas passadas debaixo destes tetos, e cá tornarei antes que me digam: — Volta, volta.

Boas noites
Gazeta de Notícias, 3 de agosto de 1889

Dizia-me ontem um homem gordo

Bons dias!
Dizia-me ontem um homem gordo... para quê ocultá-lo?... Lulu Sênior:
— Você não pode deixar de ser candidato à Câmara temporária. Um homem dos seus merecimentos não deve ficar à toa, passeando o triste fraque da modéstia pelas vielas da obscuridade. Eu, se fosse magro, como você, é o que fazia; mas as minhas formas atléticas pedem evidentemente o Senado; lá irei acabar estes meus dias alegres. Passei o cabo dos quarenta; vou a Melinde buscar piloto que me guie pelo oceano Índico, até chegar à terra desejada...

> Já se viam chegados junto à terra,
> Que desejada já de tantos fora.

— Bem — respondi eu —, mas é preciso um programa; é preciso dizer alguma coisa aos eleitores; pelo menos de onde venho e para onde vou. Ora, eu não tenho ideias, nem políticas nem outras.
— Está zombando!
— Não, senhor; juro por esta luz que me alumia. Na distribuição geral das ideias... Talvez você não saiba como é que se distribuem as ideias, antes da gente vir a este mundo. Deus mete alguns milhões delas num grande vaso de jaspe, correspondente às levas de almas que têm de descer. Chegam as almas; ele atira as ideias aos punhados; as mais altivas apanham maior número, as

moleironas ficam com um pouco mais de uma dúzia, que se gasta logo, em pouco tempo; foi o que me sucedeu.

— Mas trata-se justamente de suprimi-las; não as ter é meio caminho andado. Tem lido as circulares eleitorais?

— Uma e outra.

— Aí está porque você anda baldo ao naipe: não lê nada, ou quase nada; os jornais passam-lhe pelas mãos à toa, e quer ter ideias. Há opiniões que eu ouço às vezes, e fico meio desconfiado; corro às folhas da semana anterior, e lá dou com elas inteirinhas. Pois as circulares, se nem todas são originais, são geralmente escritas com facilidade, algumas com vigor, com brilho e... Umas falam de ficar parado, outras de correr, outras de andar para trás...

— Justamente. Que hei de escolher entre tantos alvitres?

— Um só.

— Mas qual?

— De tantos homens que falaram aos eleitores, um só teve para mim a intuição política: "Conhecido dos meus amigos (escreveu o sr. dr. Nobre, presidente da Câmara municipal), julgo-me dispensado de definir a minha individualidade política". Tem você amigos?

— Alguns.

— Tem muitos. Bota para fora essa morrinha da modéstia. Você não terá ideias, mas amigos não lhe faltam. Eu tenho ouvido coisas a seu respeito, que até me admira, é verdade. Já vi baterem-se dois sujeitos por sua causa. Vinham num bonde ao pé de mim. Um disse que o encontrava nesse dia de fraque cor de rapé, o outro que também o vira, mas que o fraque tirava mais a cor de vinho. O primeiro teimou, o segundo não cedeu, até que um deles chamou ao outro pedaço d'asno; o outro retorque-lhe, não lhe digo nada, engalfinharam-se e esmurraram-se à grande. Eu nunca me benzi com um sacrifício destes. Vamos, amigos não lhe faltam.

— Pois sim; e depois?

— Depois é o que escreveu o candidato. Conhecido dos seus amigos, que necessidade tem você de definir-se? É o mesmo que dar um chá ou um baile, e distribuir à entrada o seu retrato em fotografia. Não se explique; apareça. Diga que deseja ser deputado, e que conta com os seus amigos.

— Só isso?

— Ó palerma, eles conhecem-te, mas é preciso visitá-los. A maior parte dos amigos não votam sem visita. A questão é esta. O eleitor tem três fases; está na segunda, em que a cédula é considerada um chapéu, que ele não tira sem o outro tirar primeiro o seu chapéu de verdade. Se houver intimidade, ainda podes dizer brincando: "Ó Cunha, tira o chapéu". Mas o teu há de estar na mão.

— Bem, se é só isso, estou eleito.

— Isso, e amigos.

— E amigos, justo.

— Não te definas, eles conhecem-te; procura-os. Quando o filhinho de algum vier à sala, pega nele, assenta-o na perna; se o menino meter o dedo no nariz, acha-lhe graça. E pergunta o pai como vai a senhora; afirma que tens estado para lá ir, mas as bronquites são tantas em casa... Elogia-lhe as bambinelas. Não ofereças charuto, que pode parecer corrupção; mas aceita-lhe o que ele te der. Se for quebra-queixo, pergunta-lhe interessado onde é que os compra.

— Já se vê, em cada casa a mesma cantilena. Uma só música, embora com palavras diversas. O eleitor pode ser um ruim poeta...

— Justamente; leva-lhe decorado o último soneto, um primor.

— Compreendi tudo. Definição é que nada, visto que são meus amigos. Compreendi tudo. Posso oferecer a minha gratidão?

— Podes; toda a questão é ir ao encontro do sentimento do eleitor, isto é, que ele te faz um favor votando; não escolhe um representante dos seus interesses. Anda, vai-te embora e volta-me deputado.

Boas noites
Gazeta de Notícias, 13 de agosto de 1889

Quem nunca invejou, não sabe o que é padecer

Bons dias!

Quem nunca invejou, não sabe o que é padecer. Eu sou uma lástima. Não posso ver roupinha melhor em outra pessoa, que não sinta o dente da inveja morder-me as entranhas. É uma comoção tão ruim, tão triste, tão profunda, que dá vontade de matar. Não há remédio para esta doença. Eu procuro distrair-me nas ocasiões; como não posso falar, entro a contar os pingos de chuva, se chove, ou os basbaques que andam pela rua, se faz sol; mas não passo de algumas dezenas. O pensamento não me deixa ir avante. A roupinha melhor faz-me foscas, a cara do dono faz-me caretas...

Foi o que aconteceu, depois da última vez que estive aqui. Há dias, pegando uma folha da manhã, li uma lista de candidaturas para deputados por Minas, com seus comentos e prognósticos. Chego a um dos distritos, não me lembra qual, nem o nome da pessoa, e que hei de ler? Que o candidato era apresentado pelos três partidos, Liberal, Conservador e Republicano.

A primeira coisa que senti, foi uma vertigem. Depois, vi amarelo. Depois, não vi mais nada. As entranhas doíam-me, como se um facão as rasgasse, a boca tinha um sabor de fel, e nunca mais pude encarar as linhas da notícia. Rasguei afinal a folha, e perdi os dois vinténs; mas eu estava pronto a perder dois milhões, contanto que aquilo fosse comigo.

Upa! que caso único. Todos os partidos armados uns contra os outros no Império, naquele ponto uniam-se e depositavam sobre a cabeça de um homem os seus princípios. Não faltará quem ache tremenda a responsabilidade do eleito, porque a eleição, em tais circunstâncias, é certa; cá para mim é exatamente o contrário. Deem-me essas responsabilidades, e verão se me saio delas sem demora, logo na discussão do voto de graças.

— Trazido a esta Câmara (direi eu) nos paveses de gregos e troianos, e não só dos gregos que amam o colérico Aquiles, filho de Peleu, como dos que estão com Agamenon, chefe dos chefes, posso exultar mais que nenhum outro, porque nenhum outro é, como eu, a unidade nacional. Vós representais os vários membros do corpo: eu sou o corpo inteiro, completo. Disforme, não; não monstro de Horácio. Por quê? Vou dizê-lo.

E diria então que ser conservador era ser essencialmente liberal, e que no uso da liberdade, no seu desenvolvimento, nas suas mais amplas reformas, estava a melhor conservação. Vede a floresta (exclamaria, levantando os braços). Que potente liberdade! e que ordem segura! A natureza, liberal e pródiga na produção, é conservadora por excelência na harmonia em que aquela vertigem de troncos, folhas e cipós, em que aquela passarada estrídula, se unem para formar a floresta. Que exemplo às sociedades! que lição aos partidos!

O mais difícil parece que era a união dos partidos monárquicos e dos princípios republicanos; puro engano. Eu diria: 1º, que não vinha ali combatê-los, mas representá-los, coisa diferente; 2º, que jamais consentiria que nenhuma das duas formas de governo se sacrificasse por mim; eu é que era por ambas; 3º, que considerava tão necessária uma como outra, não dependendo tudo senão dos termos; assim podíamos ter na monarquia a república coroada, enquanto que a república podia ser a liberdade no trono etc. etc.

Nem todos concordariam comigo; creio até que ninguém, ou concordariam todos, mas cada um com uma parte. Sim, o acordo pleno das opiniões só uma vez se deu debaixo do sol, há muitos anos, e foi na Assembleia provincial do Rio de Janeiro. Orava um deputado, cujo nome absolutamente me esqueceu, como o de dois, um liberal, outro conservador, que virgulavam o discurso com apartes — os mesmos apartes. A questão era simples.

O orador, que era novo, expunha as suas ideias políticas. Dizia que opinava por isso ou por aquilo. Um dos apartistas acudia: é liberal. Redarguia o outro: é conservador. Tinha o orador mais este e aquele propósito. É conservador, dizia o segundo; é liberal, teimava o primeiro. Em tais condições, prosseguia o novato, é meu intuito seguir este caminho. Redarguia o liberal: é liberal; e o conservador: é conservador. Durou este divertimento três quartos de coluna do *Jornal do Commercio*. Eu guardei um exemplar da folha para acudir às minhas melancolias, mas perdi-o numa das mudanças de casa.

Oh! não mudeis de casa! Mudai de roupa, mudai de fortuna, de amigos, de opinião, de criados, mudai de tudo, mas não mudeis de casa!

Boas noites
Gazeta de Notícias, 22 de agosto de 1889

HÃO DE FAZER-ME ESTA JUSTIÇA

Bons dias!
   Hão de fazer-me esta justiça, ainda os meus mais ferrenhos inimigos; é que não sou curandeiro, eu não tenho parente curandeiro, não conheço curandeiro, e nunca vi cara, fotografia ou relíquia, sequer, de curandeiro. Quando adoeço não é de espinhela caída, coisa que podia aconselhar-me a curanderia; é sempre de moléstias latinas ou gregas. Estou na regra; pago impostos, sou jurado, não me podem arguir a menor quebra de dever público.
   Sou obrigado a dizer tudo isso, como uma profissão de fé, porque acabo de ler o relatório médico acerca das drogas achadas em casa do curandeiro Tobias. Saiu hoje; é um bonito documento. Falo também porque outras muitas coisas me estimulam a falar, como dizia o curandeiro-mor, mal das vinhas chamado, que já lá está no outro mundo. Falo ainda, porque nunca vi tanto curandeiro apanhado — o que prova que a indústria é lucrativa.
   Pelo relatório se vê que Tobias é um tanto monsieur Jourdain, que falava em prosa sem o saber; Tobias curava em línguas clássicas. Aplicava, por exemplo, *solanum argentum*, certa erva, que não vem com outro nome; possuía uns cinquenta gramas de *aristolochia appendiculata*, que dava aos clientes; é a raiz de mil-homens. Tinha, porém, umas bugigangas curiosas, esporões de galo, pés de galinha secos, medalhas, pólvora e até um chicote feito de rabo de raia, que eu li rabo de saia, coisa que me espantou, porque estava, estou, e morrerei na crença de que rabo de saia é simples metáfora. Vi depois que era rabo de raia. Chicote para quê?
   Tudo isto, e ainda mais, foi apanhado ao Tobias, no que fizeram muito bem, e oxalá se apanhem as bugigangas e drogas aos demais curandeiros, e se punam estes, como manda a lei.
   A minha questão é outra, e tem duas faces.
   A primeira face é toda de veneração; punamos o curandeiro, mas não esqueçamos que a curanderia foi a célula da medicina. Os primeiros doentes que houve no mundo, ou morreram ou ficaram bons. Interveio depois o curandeiro, com algumas observações rudimentárias, aplicou ervas, que é o que havia à mão, e ajudava a sarar ou a morrer o doente. Daí vieram andando, até que pareceu o médico. Darwin explica por modo análogo a presença do homem na terra. Eu tenho um sobrinho, estudante de medicina, a quem digo sempre que o curandeiro é pai de Hipócrates, e sendo o meu sobrinho filho de Hipócrates, o curandeiro é avô do meu sobrinho; e descubro agora que vem a ser meu tio — fato que eu neguei a princípio. Também não borro o que lá está. Vamos à segunda face.
   A segunda é que o espiritismo não é menos curanderia que a outra, e é mais grave, porque se o curandeiro deixa os seus clientes estropiados e dispépticos, o espírita deixa-os simplesmente doidos. O espiritismo é uma fábrica de idiotas e alienados, que não pode subsistir. Não há muitos dias

deram notícia as nossas folhas de um brasileiro que, fora daqui, em Lisboa, foi recolhido em Rilhafoles, levado pela mão do espiritismo.

Mas não é preciso que deem entrada solene nos hospícios. O simples fato de engolir aqueles rabos de raia, pés de galinha, raiz de mil-homens e outras drogas vira o juízo, embora a pessoa continue a andar na rua, a cumprimentar os conhecidos, a pagar as contas, e até a não pagá-las, que é meio de parecer ajuizado. Substancialmente é homem perdido. Quando eles me vêm contar uns ditos de Samuel e de Jesus Cristo, sublinhados de filosofia de armarinho, para dar na perfeição sucessiva das almas, segundo estas mesmas relatam a quem as quer ouvir, palavra que me dá vontade de chamar a polícia e um carro.

Os espíritas que me lerem hão de rir-se de mim, porque é balda certa de todo maníaco lastimar a ignorância dos outros. Eu, legislador, mandava fechar todas as igrejas dessa religião, pegava dos religionários e fazia-os purgar espiritualmente de todas as suas doutrinas; depois, dava-lhes uma aposentadoria razoável.

Boas noites
Gazeta de Notícias, 29 de agosto de 1889

Direção editorial
Daniele Cajueiro

Editores responsáveis
Janaína Senna
André Seffrin

Produção editorial
Adriana Torres
Laiane Flores
Bárbara Anaissi
Laura Souza

Revisão
Carolina Rodrigues
Claudia Moreira
Tassia Cobo

Capa
Mateus Valadares

Diagramação
Henrique Diniz

Este livro foi impresso em 2021
para a **Nova Fronteira**.